HEYNE BÜCHER

W0244403

Von Leonie Ossowski
sind als Heyne-Taschenbücher erschienen:

Stern ohne Himmel · Band 01/7817
Wer fürchtet sich vorm schwarzen Mann · Band 01/7835
Weichselkirschen · Band 01/7954

LEONIE OSSOWSKI

LIEBE IST KEIN ARGUMENT

Roman

WILHELM HEYNE VERLAG
MÜNCHEN

HEYNE ALLGEMEINE REIHE
Nr. 01/7922

Copyright © R. Piper & Co. Verlag, München 1981
Printed in Germany 1989
Umschlagfoto: ZEFA / Kotho, Düsseldorf
Umschlaggestaltung: Atelier Ingrid Schütz, München
Satz: IBV Satz- und Datentechnik GmbH, Berlin
Druck und Bindung: Presse-Druck Augsburg

ISBN 3-453-03631-X

PROLOG

Vom Palazzo Communale fällt ein Schwarm Tauben in die Mitte des Platzes ein. Dort verstreut ein Kind Maiskörner. Die Tauben fressen ihm aus der Hand, das Kind lacht. Auf den Pflastersteinen des zum Palazzo leicht abfallenden, muschelförmigen Runds liegen oder sitzen junge Leute, reden miteinander, lesen oder dösen. Mittagszeit. Senkrecht fällt das Licht in die Gassen von Siena, in denen die Schatten jetzt kurz sind. Kaum hat der Kellner den Espresso serviert, redet Katharina weiter, den Blick auf die Tauben und das Kind gerichtet.

Wenn ich daran denke, daß seine Freundin in unserer Wohnung herumlungert, in meiner Küche kocht und vielleicht in meinem Bett schläft, wird mir übel.

Katharina trinkt kleine, hastige Schlucke.

Es ging so schnell, weißt du? Von einem Tag auf den anderen war sie da, und mit jedem weiteren Tag nahm sie mir mehr von ihm weg. Erst seine Zärtlichkeit, dann seine Liebe. Schließlich auch noch die Zeit, die er für mich erübrigt hatte. Jetzt ist er nur noch ein mürrischer Vater und ein gleichgültiger Ehemann, dem Claudia und ich lästig sind.

Und warum bist du nicht auf sie wütend, fragte Jette, warum auf ihn?

Sie winkt dem Kind, das alle Maiskörner verfüttert hat und nun mit leeren Händen traurig in der Mitte des Campo steht. Eilig kommt es angelaufen, hofft auf Lire für neues Futter und auf die Rückkehr der Tauben.

Das Kind umarmt Jette, küßt mehrmals ihr Gesicht, nimmt zweihundert Lire in Empfang und läuft wieder davon.

Willst du Claudia nicht eine Zeitlang bei mir lassen?

Nein, ich möchte mich nicht von ihr trennen. Es genügt, wenn sie auf den Vater verzichten muß. Außerdem will ich mit ihr von Heidelberg weg, bevor die Schule für sie anfängt.

Ganz anders werde ich mit ihr leben. Ich will nichts mehr hören von Aufopferung, erst recht nichts mehr von Hingabe und diesen verlogenen Plattheiten, verstehst du?

Jette schweigt. Die Unversöhnlichkeit der Schwester bedrückt sie, und sie schiebt die Hand über den Tisch, um Katharina zu streicheln.

Du bist beleidigt und fühlst dich verletzt, sagt sie, du meinst, du hast das nicht verdient. Du schlägst zurück und triffst dich selbst.

Vielleicht.

Das Kind kommt wieder und wirft sich Katharina auf den Schoß. Die Tauben, sagt es, haben immer noch Hunger. Ich möchte soviel Mais haben, bis sie satt sind, alle, auch die mit dem kaputten Flügel.

Aber es gibt keine satten Tauben, nur gefräßige, antwortet die Mutter, worauf das Kind zu weinen beginnt.

Die Kaffeehausgäste drehen sich gutmütig lächelnd um. Das Kind wird noch wütender und tritt gegen die Stuhlbeine am Nachbartisch.

Ohne sich um das immer heftiger schreiende Kind zu kümmern, steht Katharina auf und bittet die Schwester, mitzukommen.

Du willst sie in diesem Zustand allein lassen?

Claudia wird schon mitkommen.

Das Kind wischt sich die Tränen aus dem Gesicht, stampft noch einmal auf und folgt schließlich Mutter und Tante in weitem Abstand.

Ich werde, sagt Katharina, ohne sich nach dem Kind umzudrehen, mit Claudia nach Norddeutschland gehen. Dort kenne ich niemanden. Ich muß einen neuen Anfang machen, ohne Mann, das ist wichtig.

Von der Via di Città her kommt eine dicke, graugekleidete Frau auf die Geschwister zugelaufen. Sie ruft Jettes Namen, den sie italienisch ausspricht, laut über den Platz. Das klingt, als wolle sie einen Esel oder ein Pferd antreiben. Sie preßt eine Hand auf den heftig wogenden Busen, der mit einem Tuch bedeckt ist. Sie schwitzt. Das Kind, das über der dicken

Frau das Füttern der Tauben vergessen hat, ahmt jetzt lautlos das Rufen nach, schneidet Grimassen, tut so, als halte es ebenfalls ein Tuch über der Brust fest und folgt der Frau auf den Fersen. Die Leute drehen sich um.

Das ist Ninos Mama, sagt Jette, ich will nicht, daß Claudia sich über sie lustig macht.

Komm her, ruft Katharina streng und zerrt das Kind an ihre Seite.

Die dicke Frau redet atemlos auf Jette ein, lacht und läßt Jette keine Zeit, der Schwester auch nur ein Wort zu übersetzen.

Katharina hört Ninos Namen, versteht, daß es um Zahlen geht, um ein Haus. Die dicke Frau spricht auch Katharina an und tätschelt Claudia, ohne das Kind dabei anzusehen.

Wir sollen heute abend alle zu ihr zum Essen kommen, wiederholt Jette auf deutsch, Nino hat den Kaufvertrag für ein Haus abgeschlossen.

Si, si, nickt die Frau und redet schon wieder laut und pausenlos, bis Jette sie behutsam ein wenig beiseite schiebt. Aber die dicke Frau ist hartnäckig, läuft neben den Schwestern her, ist ganz besessen von dem, was sie sagt, während Katharina immer nur Ninos Namen versteht, die Worte nozze und banchetto nuziale.

Mittlerweile haben sie gemeinsam den Campo halb umrundet. Plötzlich scheint es die dicke Frau eilig zu haben. Noch einmal fällt Ninos Name, dann küßt sie Jette, gibt Katharina die Hand und verschwindet in einer der Gassen, die vom Campo weg in die Stadt führen. Das Kind läuft wieder zu den Tauben hinüber.

Komm, sagt Katharina, wir setzen uns auf die Steine.

Hier mitten auf dem Campo?

Jette bleibt vor der Schwester stehen, die sich ungeniert mit gekreuzten Beinen auf den Boden setzt.

Setzt du dich wegen Nino nicht her? Bist du zu fein, oder ist er zu etabliert, als daß sich seine zukünftige Frau auf dem Campo herumlümmeln könnte?

Unsinn! Jette setzt sich neben Katharina, wenn auch ein bißchen steif und mit wachen, prüfenden Blicken.

Nino ist das egal, solange wir uns nicht in seinem Museum auf die Dielen legen.

Aber die Mama ist altmodisch, auch der Vater, und ich nehme Rücksicht auf sie.

Aus der Nähe erkennt Katharina, daß Jettes Mundwinkel ein wenig schärfer geworden sind, und am Scheitel wächst ein einzelnes graues Haar, das sie ausreißt.

Werden wir alt?

Aber nein. Bis dahin ist noch viel Zeit, und überhaupt – wenn das Nino hören würde!

Plötzlich fassen sie sich an den Händen und halten sich fest, wie sie es seit ihrer Kindheit tun. Jettes Hände sind schmaler, die von Katharina kräftiger.

Mit André warst du oft hier?

Ja, sagt Jette versonnen, vor zehn Jahren, als wir noch in dem Bauernhaus wohnten und nur hin und wieder zum Einkaufen nach Siena kamen, da haben wir uns oft hier auf den Steinen ausgeruht.

Und wo ist er jetzt?

In Indien. Als ich anfing, in Siena zu studieren, Italienisch und Kunstgeschichte, da haute er ab. Vielleicht auch wegen Nino, ich weiß es nicht so genau. Gefragt habe ich ihn nie.

Von mir bekommt Claudia keine Lira mehr, sagt Katharina und blickt zu der Tochter hinüber. Manchmal ist sie ihrem Vater ähnlicher als uns anderen allen zusammen.

Sie legt sich lang hin. Den Kopf auf den Steinen, hat sie nur die Torre del Mangia mit dem knallblauen Himmel im Blick. Ein großer Turm, aus dem wie ein Schachtelhalm ein kleiner herauswächst.

Immer dasselbe, sagt Katharina, Mann, Hochzeit, Haus, Kind – zum Kotzen.

Die Tauben flattern davon, diesmal zur Loggia della Mercanzia.

Das Kind kommt zurück, kriecht zwischen Mutter und

Tante. Zufrieden, mit auf den Steinen liegen zu dürfen, sind ihm die Vögel egal.

Jette sieht über beide hinweg auf den Campo mit den alten Häusern. Das Rot der Dächer wirkt im Sonnenlicht fad. Keine Wolke am Himmel.

Jette sagt: Im September werden wir heiraten. Der Arzt hat mir neulich mitgeteilt, daß ich mit dreißig Jahren schon reichlich alt bin, um Kinder zu bekommen. Also muß ich mich beeilen, und Ninos Mutter möchte die Hochzeit bald feiern. Ihrer Meinung nach hat die Frau ihres Sohnes keine Berufsausbildung nötig, auch Nino sagt das. Aber ich mache trotzdem mein Abschlußexamen. Das Haus, das Nino gekauft hat, ist ein paar hundert Jahre alt und steht direkt neben dem Museum. Er hat also keinen weiten Weg, um zur Arbeit zu gehen.

Und auf dem Dachgarten zwischen den Mauerbögen werde ich Rosmarin und wilden Wein pflanzen. Duft und Schatten zugleich.

O ja, und jeden Tag wirst du hier auf dem Campo Kaffee trinken, so lange, bis alle deine Haare grau sind und du keine Zähne mehr hast. Nino wird einen dicken Bauch haben und stolz darauf sein, im Laufe der Jahre als Museumsdirektor ein paar mehr Bilder angekauft zu haben. Du wirst eine fabelhafte Hausfrau werden und nie von einem Examen oder Berufsabschluß Gebrauch machen. Du hast nichts gelernt.

Was hätte ich lernen sollen? Jette beginnt das Kind zu streicheln. Wie man eine unglückliche Ehe führt, um sich schließlich zu trennen?

Sie hebt den Kopf des Kindes hoch. Willst du immer noch Tauben füttern, Claudia?

Nein, sagt das Kind, ich will bei euch bleiben.

Katharina spricht jetzt jeden Satz mit Betonung aus. Ich habe meine Ausbildung als Kindergärtnerin viel zu spät gemacht. Heute ärgere ich mich darüber. Auch Ma hatte es schwer, bis sie selbständig war. Denkst du nie daran?

Ma, sagt Jette und macht eine Pause. Ich habe keine Lust,

an sie zu denken. Ich habe mein eigenes Leben, das nichts mit ihr zu tun hat.

Katharina erhebt sich, zieht das Kind hoch und gibt der Schwester die Hand.

Das denkst du bloß, Jette, du hast zuviel vergessen...

Es geht wieder los, sagte ein Mann und zog die Aktentasche unter seine Achseln. Er wies mit dem Kopf zum Uniplatz hin, und weil er keine Worte für seine Mißbilligung fand, spuckte er aus.

Die Studenten waren unterwegs, bildeten Reihen über die Straßen, ballten Fäuste und hatten einen gleichmäßigen Schritt, ohne zu marschieren.

Lea stand an der Kante des Bordsteins.

Der Stadthallenprozeß, sagte ein Passant hinter ihr, der Rektor hat die Uni geschlossen.

Unversehens bekam Lea einen Stoß und stolperte auf die Straße. Sie lief plötzlich als Flügelmann einer Achterreihe mit und paßte sich dem Schritt ihres Vordermannes an.

Ein junger Mann, der neben ihr ging, schob seinen Arm unter den ihren und hielt sie fest, weiß der Himmel warum. Er war gut einen Kopf größer als sie, und seine Haare wuchsen ihm lang über die Ohren weg. Er sprach sie nicht an, er zog sie nur mit, Schritt für Schritt, als könnte sie ihm in dem Durcheinander verlorengehen.

Lea sah die Reihe entlang, Kinn neben Kinn, die Münder zum Schrei aufgerissen: Gebt die Uni frei, raus mit der Polizei!

Und weil das nicht eindrucksvoll genug erschien, in der Wiederholung mehr an Dümmlichkeit gewann als an Aufmerksamkeit, gab ein Spaßvogel eine andere Parole durch: Die Bullen studieren, wir demonstrieren! Plötzlich kam Gegenbewegung auf, vom Uniplatz her rollten die ersten Wasserwerfer auf die Demonstranten zu. Ein eiskalter Strahl spülte die ersten Reihen wie Kehricht weg.

Komm, schrie der Junge neben Lea, komm mit!

Er zog sie hinter sich her in die Theaterstraße.

Die Beamten standen jetzt auf der leergewaschenen

Hauptstraße und hielten ihr zugewiesenes Revier frei von neu herandrängenden Demonstranten.

Der Junge zerrte Lea auf die gegenüberliegende Seite, wo andere Versprengte standen. Zurück auf die Hauptstraße konnte niemand mehr. Über die Grabengasse zum Uniplatz, schlug einer vor. Seine Jacke war zerrissen, und über seine linke Gesichtshälfte lief ein rotblauer Striemen. Plötzlich drehte er sich um und mußte sich übergeben.

Sie sollten sich hinlegen, sagte Lea. Sie haben sicher eine Gehirnerschütterung.

Der Verletzte säuberte sich mit einem Taschentuch und fragte verächtlich: Wer bist denn du?

Mit dem Sie hatte Lea sich verraten. Nicht die Kleidung, nicht das Alter, das Sie ordnete zu oder schloß aus. Alle schwiegen, bis sie sich anschickte zu gehen. Niemand hielt sie auf, auch der nicht, der sie mit hergeschleift hatte. In diesem Augenblick raste ein Auto heran, bog von der Plöck in die Straße ein und fuhr mit großem Tempo auf die Gruppe zu. Lea, die schon halb auf der Straße stand, konnte sich nicht mehr rechtzeitig auf den Bürgersteig retten. Mit den Händen fiel sie gegen den bremsenden VW-Bus, wo ihre Handflächen eine mächtige Delle hinterließen. Wütend trat sie gegen das Auto. Sofort wurden die Türen aufgerissen, Männer sprangen heraus und umringten die Gruppe. Einer von ihnen stürzte sich auf Lea. Er hielt ihren Kopf so, daß sie ihn ansehen mußte. Ein dickliches, schwitzendes Gesicht mit blauen Augen zwischen blonden Kinderwimpern. Der Mann tat ihr weh.

Na mein Täubchen, sagte er und drehte ihren Kopf hin und her, das wollen wir mal hübsch bleiben lassen.

Dann ließ er sie los und schlug ihr mit einem Gegenstand, den sie nicht erkennen konnte, auf die Finger. Der Schlag trieb ihr die Tränen in die Augen.

Von der anderen Straßenseite her sahen die Passanten bewegungslos zu.

Schwein, sagte Lea.

Der Mann nickte.

Ein Kommando ertönte. Laufschritte, die sich Richtung Hauptstraße absetzten. Jetzt erst begriff Lea, daß die Männer im Auto gar nichts mit ihr im Sinn hatten, sondern hinter dem mit dem striemengeteilten Kinn weg. Aber er hatte keine Chance. Zwei Polizisten kamen ihm auf Motorrädern entgegen, und Lea sah, wie ihn einer der beiden zu Boden riß. Der Striemengeteilte stolperte und flog kopfüber hin, sich einmal überschlagend. Erst da kam Leben in die übrigen der Gruppe. Sie wachten aus ihrer Erstarrung auf, schrien, rannten ihrem Freund hinterher und gingen vereint auf die Polizisten los, hinter ihnen die Männer aus dem Auto. Am Straßenrand staunten die Passanten. Ruhe löste das Geschrei ab, plötzliche, unbegreifliche Ruhe, in der alles zum Stillstand kam und die die Studenten mitten in der Bewegung innehalten ließ. So kannte es Lea von ihrer Kindheit her, wenn sie Figurenwerfen spielten. Einer schleuderte den anderen fort, und der Geworfene mußte sich vor dem Sturz abfangen, in der jeweiligen Bewegung verharren, und dann wurde die ausdrucksvollste Haltung mit einem Preis belohnt. Hier hätten die Polizisten das Spiel gewonnen. Aufrecht standen sie da, mit gesenkten Köpfen, die rechte Hand ausgestreckt, in der sie die schwarz glänzenden Pistolen hielten, die das Spiel überhaupt erst ausgelöst hatten. Langsam stand der mit dem Striemen auf, während die Passanten aufgefordert wurden, weiterzugehen.

Lea bemerkte jetzt, daß ihr Nebenmann aus der Achterreihe als einziger nicht mitgelaufen war, immer noch dort stand, wo er von Anfang an gestanden hatte, nicht weit von ihr entfernt. Auch er starrte auf die bewaffneten Polizisten, die jetzt die Gruppe einkreisten und sie zurück, dem VW-Bus zu, trieben. Lea brannten noch immer die Finger von dem unerwarteten Schlag. Und über den Mittelknochen zog sich eine leichte Rötung. Die Studenten kamen, Schulter an Schulter, zurück, dahinter ihre Bewacher. Dem mit dem Striemen im Gesicht wurden die Arme nach hinten gezerrt, mühselig stolperte er vorneweg und mußte es sich gefallen lassen, daß ihm vom Bürgersteig her ein Spuckfladen auf den

Schuh flutschte. Dann sah er Lea und ihren Nebenmann, dem er ein Zeichen gab.

Komm, sagte der Junge neben Lea wieder, komm mit!

Nur schrie er nicht wie vorhin, er flüsterte. Sie fühlte die Wärme seines Armes und ließ sich auf den Bürgersteig schieben, hinter die Passanten, um den Polizisten nicht aufzufallen. Sie ging eng an ihn gedrückt, ohne sich umzuschauen, nur damit beschäftigt, vorwärtszukommen. Erst am Theater-Café hielten sie an. Hineinzugehen hatte keinen Zweck, die Leute standen bis zur Tür. Lea lehnte sich an eine der Eingangssäulen und zog sich auf die erste der Stufen hoch. Sie schauten sich in Augenhöhe an, nahmen einander wahr und entschlossen sich, jeder für sich, zu einem Lächeln. Wie heißt du denn, fragte Lea, nachdem sie ihren Namen genannt hatte. Ihre kleine Nervosität gefiel ihm.

Max, sagte er, ich heiße Max.

Lea fiel nichts anderes ein, als seinen Namen zu wiederholen. Auch das gefiel ihm. Mit der Hand dicht neben dem Ohr, stützte er sich vor ihr stehend an der Säule ab. Sie sah, daß er oberhalb der Lippe eine kleine Narbe hatte. Sie sah in seinen braunen Augen helle Stipse. Sie sah eine komische Falte linksseitig über sein Gesicht laufen. Sie sah seine ungewöhnliche Blässe. Es schien einen Augenblick, als bliebe die Zeit stehen.

Max hätte nicht sagen können, warum er Lea so spontan mit sich gezogen hatte. Er hatte auch keinerlei Begründung, warum er überhaupt an dieser Demonstration teilnahm. Er war mitgelaufen, um dabeizusein. Alles andere war ihm gleichgültig. Er hatte sie stehen sehen, am Rand der Bordkante, eine Spur zu elegant, eine Spur zu neugierig, weder zu den einen noch zu den anderen gehörend und plötzlich durch einen Stoß an eine der beiden Fronten versetzt. Ihre Behendigkeit, mit der sie sich dem gemeinsamen Schritt anpaßte, gefiel ihm. Er begriff, daß sie verletzt gewesen war, als sie sich durch das Sie verraten hatte und sich ihrer Bürgerlichkeit bewußt wurde. Ihm gefiel, daß sie so wütend gegen den heranfahrenden Kripo-Bus getreten hatte, und er fühlte mit ihr den Schmerz, den ihr der Beamte mit dem Schlag auf die Finger zugefügt hatte.

Inzwischen änderte sich die Strategie von Demonstranten und Polizei. Die Wasserwerfer fuhren in die andere Richtung. Ein Teil der Demonstranten lief jetzt hinter ihnen her und sang: Das Wandern ist des Müllers Lust. Sie hatten sich aus den Seitengassen heraus wieder in neuen Gruppen zusammengefunden und machten den Polizeieinsatz zum kinoähnlichen Jux. In der Enge der Heidelberger Straßen ließen sich Passanten schlecht von Demonstranten unterscheiden. Alles lief und schrie in der Angst vor dem eiskalten Wasser, das in unberechenbaren Abständen über die Straße schoß.

Der Wasserstrahl hatte eine Polizistenmütze erwischt und ließ sie in großer Geschwindigkeit über die Hauptstraße tanzen. Der auf diese Weise barhäuptig gewordene Polizist stand vor Schreck wie gelähmt da, mit hochgeworfenen Armen, während seine Mütze nicht weit von Lea des Weges rollte. Sein hilfloses junges Gesicht, von Nässe und Scham gerötet, der Schadenfreude ausgesetzt, machte Lea betroffen. Seine Hand fuhr zum Gummiknüppel, hätte sicher noch lieber nach der Pistole gegriffen, aber mützenlos geworden, fühlte er sich auch dazu nicht mehr befugt. Also machte er sich auf, dem so wichtigen Teil seiner Beamtenkleidung nachzujagen. Wie ein Hase hetzte er von links nach rechts, über die zwei Stufen des Kinos Harmonie hinauf und Ecke Theaterstraße wieder hinunter. Die Mütze hüpfte und kullerte eierförmig und machte so die Bemühungen des Polizisten lächerlich. Plötzlich setzte sich Lea in Bewegung, witschte unter dem Arm von Max weg und rannte auf die Mütze zu, während der Polizist seine Jagd aufgab und sich hinter die schützenden Rücken seiner Kameraden zurückzog. Und schon hatte Lea die Beute, hielt sie triumphierend hoch, erntete rauschenden Beifall, rief irgend etwas und suchte, sich im Kreise drehend, nach dem Polizisten. Der blieb unsichtbar, statt dessen ein Kommando des Einsatzleiters: Wasser marsch. Ehe Lea das Mißverständnis begriff, war Max schon neben ihr, riß sie hinter ein Auto, auf das jetzt dröhnend ein Wasserstrahl prasselte. Sie fiel hin, konnte sich nur mühsam schützen, kauerte neben dem Hinterrad, an dem das Wasser vorbeispritzte, ihr über die Schuhe. Es quoll unter den Rock, in die Jackentaschen, erwischte ihre Haare. Zwei Polizisten rissen sie von hinten hoch und nahmen ihr die Mütze weg. Der Wasserwerfer rollte dem Uniplatz zu und von dort weiter zur Heiliggeistkirche, wo er mit Kraft aufzuräumen begann, nicht nur den Marktplatz unter Wasser setzte, sondern auch die Andenken der Souvenirstände. Zwei Stunden später war auf diese Weise die Ruhe wiederhergestellt.

Gemessen an dem Krach auf der Straße, war es in der Teestube leise. Die Gäste, alles junge Leute, hockten auf niedrigen Holzkisten an fast ebenso niedrigen Holztischen, über denen halbkugelförmige Lampenschirme aus aneinandergeklebten Pappbechern hingen. Die tief heruntergezogenen und mehrmals geteilten Fenster ließen nicht genügend Helligkeit herein. Manche Gäste hockten auf der Erde und benutzten die Kisten nur als Ellbogenstütze. Andere beugten ihre Oberkörper zwischen die hochgestellten Knie, auf denen sie Aschenbecher balancierten. Auch hier dampfte Feuchtigkeit, leicht durchsetzt vom süßlichen Geruch der herumwandernden Zigarette.

Nur hinten auf dem Podest war Bewegung. Von denen, die da saßen, hatte Lea schon einige bei dem VW-Bus gesehen. Alle waren sie naß, schlürften Tee und atmeten die Hitze der Flüssigkeit wieder aus. Dazwischen sprachen sie durcheinander, gestikulierten mit geballten Fäusten.

Lea klapperten die Zähne. Warum war sie nicht in ihren Laden gegangen? Max war der Meinung gewesen, daß sie am Uniplatz nicht vorbeigekommen wäre. Sie hatten es gerade noch bis zur Marstallstraße geschafft, und von dort hatte Max sie durch einen kleinen Hof hierher geführt.

André, rief Max, bring ihr einen Tee!

Er sagte nicht der Dame, er sagte nicht Lea, er bestellte auch nicht den Tee anonym, er sagte, bring ihr einen Tee, so als wäre sie Tag für Tag hier, hockte klitschnaß auf einer dieser Kisten und sei dem Teestubenbesitzer als Stammgast bekannt.

André, ganz in Weiß gekleidet, einen knielangen Kittel über einer Art Pluderhose und auf dem Kopf ein buntes Käppchen, strahlte etwas Sommerliches aus, paßte zwar in seine Teestube, aber nicht zu seinen Gästen. Er redete nicht gern, wandte sich jetzt stumm Max zu. Wenn ein Besucher nicht wußte, welche Teesorte er wählen sollte, war André nicht bereit, ihn zu bedienen. Taiwanischen Tee, sagte Max, und André nickte zufrieden. Lea zog die Feuchtigkeit über die Haut, kroch die Beine aufwärts über den Rücken hin, teilte den Körper in trockene und feuchte Stellen.

Was machte sie hier in dieser Teestube zwischen den ihr unbekannten Leuten, die alle mindestens zehn bis fünfzehn Jahre jünger als sie waren?

Schräg gegenüber entdeckte sie einen Spiegel, sah sich und ihre vom Wasser verklebten Haare. Die Schminke war verlaufen. Blässe und Kälte hoben ihre Nase in den Vordergrund. Ihr ganzes Spiegelbild drückte erbarmungswürdige Ratlosigkeit aus. Ärgerlich wandte sie sich Max zu.

Die Worte stolperten aus ihrem Mund, so schnell sprach sie. Die stummen Raucher sahen herüber, und auch die vom Podest horchten sekundenlang auf. André brachte den Tee. Nein, Lea hatte mit niemandem etwas zu schaffen. Nicht mit denen, und sie zeigte hinüber zum Podest, nicht mit Max und nicht mit dem Polizisten, dem sie die Mütze hatte aufheben wollen. Rundweg ein Unglückstag für sie. Sie war in eine Situation hineingezogen worden, und zwar von Max, den sie nicht kannte, auch jetzt nicht, nachdem er sie hierher geschleppt hatte.

Der Zorn hatte Lea die Haut getrocknet. Die Haare fielen ihr langsam ins Gesicht, das jetzt errötet und jung aussah. Sie merkte nicht, daß Max ihre Hände in den seinen festhielt.

Du bist aber mitgelaufen, sagte er leise, dafür kannst du niemandem die Schuld in die Schuhe schieben!

Lea nickte und vergaß, daß sie eigentlich Max für alles hatte verantwortlich machen wollen.

Ja, aber warum? Was hab' ich davon?

Max sah zu André hinüber, der wieder hinter seiner Theke stand und sich mit zwei Mädchen unterhielt, die offensichtlich Zwillinge waren. Max nickte einen Gruß. Erst dann antwortete er: Immerhin hast du mich kennengelernt!

Er sagte das ohne sonderliche Betonung, ganz selbstverständlich. Das beeindruckte Lea. Sie lächelte, ohne ihre Hände wegzuziehen. Sie sah ihn an und spürte, daß sie beobachtet wurde. Langsam drehte sie sich um, und plötzlich fühlte Max, wie sich ihre Fingerspitzen in seinen Handflächen krümmten. Sie wandte sich ihm wieder zu und sagte, ohne ein Antwort zu erwarten:

Meine Töchter.

Das Lächeln war aus ihrem Gesicht verschwunden, kehrte auch nicht zurück.

Aha, sagte Max.

Die Zwillinge wußten nicht, wie sie sich verhalten sollten. Sie hatten nicht erwartet, Lea in der Teestube vorzufinden. Im ersten Augenblick war Jette der Gedanke gekommen, ob die Mutter ihr wohl nachspionierte. Weder der Vater noch Lea wußten von ihrer Freundschaft zu André. Jette hielt diese Beziehung nicht für erwähnenswert, schon gar nicht ihren Eltern gegenüber. Allerdings, so wie die Mutter da drüben saß, sah es nicht aus, als hätte ihr Besuch etwas mit ihren Töchtern zu tun. Jette ließ sich von André Feuer geben. Sie saugte den Rauch ein, während sie mit dem Rücken zur Theke stand, Lea fest im Blick. Anders Katharina. Ihr gelang es nicht, der Mutter schweigende Gleichgültigkeit entgegenzubringen. Als sie in der Teestube Lea erkannt hatte, wollte sie sich neben sie setzen und fragen: Wie kommst du denn hierher? Erst dann hatte Katharina Max gesehen. Da war sie stehen geblieben, wie angewurzelt. Für Max, der vornübergebeugt auf seiner Holzkiste hing, schien nur Lea wichtig zu sein. Diesen Ausdruck seiner Augen kannte Katharina nicht. Zärtliche Gespanntheit und Neugierde. Egal, was die Mutter tat oder sagte, Max konnte sich nicht satt an ihr sehen. Dabei fand Katharina, daß die Mutter keineswegs einen vorteilhaften Anblick bot. Die Haare klebten strähnig am Kopf, ließen ihn klein und flach erscheinen. Die verlaufene Schminke vergröberte ihr Gesicht, ließ Falten ahnen, die sonst nicht zu sehen waren, und machte auf ihr Alter aufmerksam. Ungraziös hockte sie am Tisch, was zu ihrer zwar nassen, aber eleganten Kleidung nicht paßte. Außer der Lebhaftigkeit, mit der sie auf Max einredete, stimmte nichts an ihr, dachte Katharina.

Ich möchte wissen, sagte sie mit fragendem Unterton, woher sie Max kennt.

Auch sie nahm sich jetzt eine Zigarette, ließ sich von André Feuer geben und rauchte mit der gleichen Heftigkeit wie Jette.

Woher, wiederholte sie viel leiser, woher bloß?

Sie sind zusammen reingekommen, sagte André, sie kamen von der Demo.

Jette blies Rauch aus der Nase.

Sie auf der Demo? Du spinnst!

André hob die Schultern, schwieg. Im Grunde genommen interessierte ihn die Mutter der Zwillinge nicht. Leute, die er nicht kannte, langweilten und störten ihn. Frag sie doch, sagte er und fuhr über Jettes Schulter, ohne sie zu berühren.

Ja, sagte Jette, eine gute Idee.

Sie drückte die Zigarette aus, ging auf Lea und Max zu, Katharina folgte. Beide wirkten auf Lea bedrohlich, wie sie da vor dem niedrigen Tisch standen. Sie zeigten keine Lust, sich zu setzen, sie standen da, unbeweglich und schweigend; Jettes Interesse galt der Mutter, Katharina hatte nur Augen für Max.

Lea hatte ihre Hände zurückgezogen, und weil niemand etwas zu sagen wußte, begann sie ihren Tee zu schlürfen. Sie war nicht bereit, sich verunsichern zu lassen, zeigte auf Max, dann auf die Töchter. Ihr kennt euch, ja?

Es hätte nicht viel gefehlt, und sie hätte die drei einander vorgestellt. Max hielt sie mit einem Wink davon ab, wischte ihre sinnlose Frage aus der Luft und setzte ein Lächeln dagegen, mit dem er jede einzeln bedachte.

Was machst du hier, Ma?

Katharina konnte diese Wortlosigkeit nicht länger ertragen. Und Lea, dankbar für die Frage, zog sich schnoddrig aus der plötzlichen Verlegenheit.

Ich trinke Tee, sagte sie und setzte mit sanfter Ironie hinzu, daß Max sie dazu eingeladen habe. Kein Wort der Erklärung. Kleine, hörbare Schlucke beendeten die Konversation.

Jette angelte nach einer Kiste, schob sie zum Tisch und setzte sich, während Katharina zurück zur Theke ging. Jette ließ die Mutter nicht aus den Augen, nahm jede ihrer Bewegungen zur Kenntnis, taxierte den Abstand zwischen ihren Händen und denen von Max, die Intensität der Blicke, die Kürze der hingeworfenen Worte. Es kam ihr vor, als seien alle Geräusch der Teestube plötzlich verstummt, sie fühlte unter der Hautoberfläche eine leichte Hitze, wunderte sich über die Zischlaute ihrer Stimme, und der Nagel ihres Zeigefingers klickte ein ums andere Mal gegen das Uhrenglas.

In einer halben Stunde kommt Pa aus der Klinik nach Hause – er wird dich vermissen – Mühmchen ist heute in der Küche bei der Arbeit eingeschlafen – ach ja, Jette beugte sich scharf an Max vorbei der Mutter zu, deine Kosmetikerin hat angerufen, morgen hat sie einen Termin für dich!

Felix schätzte es nicht, wenn er nach Hause kam und niemand von seiner Familie in der zweigeschossigen Villa vorfand. Mit kurzen Schritten ging er durch die Zimmer, rief hin und wieder einen Namen, ließ die Türen hinter sich offen und nahm seine Familie in deren Abwesenheit auf besondere Weise wahr. Nicht, daß er neugierig war, Geschriebenes las oder gar Ordnung überprüfte. Vielmehr fahndete er nach Zeichen ihm bekannter Gewohnheiten von Lea und den Töchtern, verbuchte sie als Ausdruck erwünschter Zufriedenheit. Da konnten Blumen, herumliegende Platten, Zeitschriften und volle Aschenbecher genügen. Hier, das glaubte Felix mit einem Blick zu sehen, hatte er eine Umgebung geschaffen, in der man sich wohl fühlen konnte. Wenn er so das Haus durchwanderte, die Türen auch wieder hinter sich geschlossen hatte, zog er sich in sein Zimmer zurück. Hier erwartete er die Rückkehr seiner Familie, hoffte auf deren Berichterstattung. Felix sah wiederholt auf die Uhr und spürte gekränkte Ungeduld. Nicht einmal Mühmchen brachte den Tee, wie sonst um diese Zeit. Er hätte nach der Alten rufen können, ließ es aber lieber darauf ankommen, Lea zu demonstrieren, daß sie ihn vernachlässigte.

Vor ihm lagen Zeitungen, deren Überschriften groß und breit Aufmerksamkeit verlangten. Nixon, der neue Herr im Weißen Haus, hofierte die Deutschen nach allen Regeln amerikanischer Wahlkampfkunst, stand da. Kaum Präsident, schon in Europa, hielt er im deutschen Bundestag eine Rede, während die Apo eine Anti-Nixon-Demonstration anmeldete. Die Ursachen der Jugendunruhen, so las Felix, beunruhigten Nixon mehr, als es den Gastgebern lieb war.

Wen beunruhigten die schließlich nicht? Felix legte die Zeitungen weg. Nach einem Arbeitstag in der Klinik wünschte er sich Erholung und Frieden. Also widmete er sich seinen Erinnerungen, denn er liebte es, ungestört seinen beruflichen Aufstieg und die damit verbundenen finanziellen Verbesserungen in Gedanken nachzuvollziehen.

Gleich nach dem Krieg hatte er mit dem Medizinstudium begonnen und es in den erforderlichen elf Semestern beendet. Nein, gegönnt hatte er sich in dieser Zeit nicht viel. Alles stand im Schatten seiner Kriegserlebnisse. Er wurde sie nicht los. Sie raubten ihm den Schlaf, nahmen ihm den Spaß an freier Zeit und die Lust, mit Mädchen zusammenzusein.

Also blieb ihm nur das Studium, mit dem er sich seine Ängste wegzupauken versuchte. Ängste, die er sich tagtäglich mit seiner umgeänderten Uniformjacke wieder auf die Haut zog. Ängste vor dem Tod, davor, selber töten zu müssen und zu verletzen. Vor allem aber die Angst, Befehle geben zu müssen, vielleicht dabei zu versagen und damit eine Verantwortung tragen zu müssen, die er nie gesucht hatte.

Lea hatte er im Zug kennengelernt. Stundenlang hatten sie im ungeheizten und überfüllten Abteil nebeneinander gesessen. Ihre Körper drängelten sich wärmesuchend so lange aneinander, bis Lea zu sprechen begann und alles, was sie an Köstlichkeiten bei sich trug, in zwei Hälften teilte. Ein Brot, den Apfel, die Zigaretten und eine Handvoll Bonbons. Als sie dann noch hörte, daß er in München, wo sie beide hinfuhren, keine Unterkunft hatte, teilte sie auch ihr Bett mit ihm. Das alles war vor etwas mehr als zwanzig Jahren passiert. Seitdem lebten sie zusammen. Nicht viel später hatten sie geheiratet, hatte Lea die Zwillinge geboren, er sein Examen bestanden, und schließlich brachte er es zum Facharzt. Seine Einkünfte erlaubten ihnen ein immer großzügigeres Leben. Schließlich habilitierte er sich, kaufte die Villa in Heidelberg und leitete eine Privatklinik mit dreißig Belegbetten.

Von den bedrohlichen Kriegsängsten war inzwischen nichts übriggeblieben. Felix wußte, daß er sie durch Leistung und Aufstieg überwunden hatte. Den schwierigen Weg der Medizinerlaufbahn hatte er geschafft, er bot seiner Frau und seinen Töchtern ein ebenso sorgloses wie bequemes Leben und erhoffte sich dafür Anerkennung und Dankbarkeit.

Schon seit Stunden saß Mühmchen in der Küche. Hin und wieder riß Übelkeit sie hoch, aber die Beine schienen zu schwach, um sie zum Klo zu bringen. Sie atmete flach, bis der würgende Druck aufhörte, stillte dann ihren Durst mit Kamillentee und verfiel wieder in diese ihr nun schon vertraute Schläfrigkeit. Die Füße, an deren Spitzen die abgelatschten Hausschuhe hingen, hatte sie einwärtsgekehrt auf die Bank gelegt. Dann schmerzten die offenen Beine nicht so. Ihr Kopf kippte immer wieder nach hinten, während ihr kleiner Greisenmund unaufhörlich in Bewegung war, um sich gegen die Trockenheit zu wehren. Zunge, Gaumen, Lippen klebten knisternd aneinander, auch der Kamillentee schäumte nur zwischen den Schleimhäuten und löschte den Durst gerade für die Dauer des Schluckes.

Natürlich hatte Mühmchen Felix heimkommen hören. Der junge Herr Felix, wie sie ihn zu nennen pflegte, war ärgerlich durchs Haus gelaufen und hatte nach Frau Lea gesucht. Die aber war nicht da. Mühmchen rümpfte zwischen zwei Schlucken Kamillentee ihre kleine, mit schwarzen Pünktchen übersäte Nase. Ihrer Meinung nach hatte eine Frau ihren Mann zu Hause zu erwarten, wenn er von der Arbeit kam. So hatte es auch die Mutter vom jungen Herrn Felix gehalten, und von der hatte Mühmchen alles gelernt, was sich gehörte, während sie die Kenntnisse vom Haushalt bereits als junges Mädchen mitgebracht hatte. Als ein paar Jahre nach dem Krieg die Eltern des jungen Herrn Felix gestorben waren und Frau Lea die Zwillinge geboren hatte, war Mühmchen kurzerhand mit einem Teil des Hausrats ihrer verstorbenen Herrschaft vom jungen Herrn Felix übernommen worden. Obwohl das Alter ihr Gesicht zu zeichnen begann und die jahrzehntelange Hausarbeit ihren Körper mürbe gemacht hatte, fand sie keine andere Befriedigung, als ihrer Herrschaft zu dienen. Nichts konnte sie in größere Verzweiflung bringen als die Schwäche ihres Körpers. Dann schämte sie sich ihrer Nutzlosigkeit. Mürrisch gab sie dem jungen Herrn Felix über ihr Befinden Auskunft und betrachtete seine ärztlichen Bemühungen als Zeitverschwendung. So hatte die Familie viel zu spät von ihrer Zuckerkrankheit erfahren. Und da sie sich ihrer Krankheit schämte, nahm sie weder die Medikamente regelmäßig, noch befolgte sie die vorgeschriebene Diät, was zu Ausfallserscheinungen führte, deren sie nicht mehr Herr wurde.

Die Kopfhaltung erlaubte Mühmchen nur einen schrägen Blick aufwärts zur Kante des Küchenschranks hin, auf dem die Teebüchsen standen. Mühmchens Beine zuckten, ihre krummen Greisenfinger fuhren hin und her, rührten herum und trugen Gegenstände zusammen. Mühmchen bildete sich ein, sie bereite für den jungen Herrn Felix den Tee, den ihrer Meinung nach eigentlich Frau Lea aufbrühen sollte. In Wirklichkeit aber döste Mühmchen, ließ bald das Zucken ihrer Beine, das Herumfuhrwerken ihrer Hände und vergaß, was sie sich zu tun vorgenommen hatte.

Lea lief die Ziegelhäuser Landstraße rechts hinunter und

stand ein paar Minuten später vor dem Haus mit dem pompösen, von vier Säulen getragenen halbmondförmigen Balkon, der sich im ersten Stock fortsetzte. Die weißgestrichenen Eisengitter lockerten den wuchtigen Vorbau wieder auf, sorgten aber dafür, daß ein gewisser feudaler Eindruck blieb. Lea traf die Stille des Hauses. Sie hätte gern ihren Schritt gehört, das Geklapper der Absätze. Nichts als Teppiche über Teppichböden. Lea begnügte sich mit der Helle, die von der Straße zum Dielenfenster hereinfiel und alles mit kaltem Neonlicht beleuchtete. Wenn sie jetzt Licht anmachte, würde Felix die Tür seines Arbeitszimmers öffnen, nach ihr rufen und den Grund ihrer späten Heimkehr hören wollen. Also knipste sie das Licht nicht an, zog den nassen Mantel aus, auch die Schuhe. Mühmchen würde sie wieder putzen, Mühmchen verstand viel von Schuhpflege.

Im Schein der Straßenlampe das Telefon. Lea hatte die fünfstellige Zahl im Kopf. Sie hockte sich hinter die Tür des Wohnzimmers. Es mußte schnell gehen, das Rufzeichen tickte die Zeit.

Ich möchte Max sprechen, sagte sie, ohne ihren Namen zu nennen.

Max kam und hörte zu, ohne sie zu unterbrechen. Sie mußte ihn fragen, ob er noch am Apparat sei. Er war dran, blieb auch dran.

Es war schön mit dir, sagte Lea – das wollte ich dir sagen, weißt du? Von neuem: Ich mußte dich anrufen – nur so, und eigentlich habe ich keine Zeit.

Ihre Sätze zerfielen in unzusammenhängende Worte, bis auch die ihren Sinn verloren.

Ruf mich bitte wieder an, sagte Max, fügte ein zweites bitte hinzu und legte auf.

Oben öffnete sich die Tür. Felix. Lea knipste das Licht an. Der Flur tauchte in den vertrauten Lampenschein. Häuslichkeit. Seit vielen Jahren kannte sie dieses Licht, auch das kleine Ächzen der dritten Stufe von oben, denn Geräusche von Türen und Treppen verändern sich nicht.

Bevor Felix den Kopf über das Geländer beugte, sah sie

seine Hand. Auch das gehörte zu dem, was sich hier nicht änderte.

Dann fanden sie gemeinsam Mühmchen in der Küche, und gemeinsam brachten sie die Alte in ihr Zimmer. Während Felix Mühmchen untersuchte und Lea ihm half, machte einer dem anderen Vorwürfe.

Warum hast du nicht eher nach ihr gesehen? wollte Lea wissen und schob Mühmchens Beine ins Bett.

Felix fühlte den Puls, zog die Unterlider abwärts und betrachtete Mühmchens Augäpfel.

Wieso ich? fragte er.

Mühmchen nickte und blinzelte. Ihr Kinn zitterte, während sie die Worte hervorkaute: Der junge Herr Felix hat ganz recht!

Siehst du, sagte Felix und tätschelte Mühmchens Arm.

Sie hat dich großgezogen, vergiß das nicht!

Während Felix sich eine Spritze zurechtlegte, ließ er Mühmchen nicht aus den Augen. Sie gehört in dein Ressort, das solltest *du* nicht vergessen! sagte er.

Mühmchens Arm zuckte leicht beim Einstich der Spritze. Dann schlief sie ein.

Töchter und Eltern saßen sich am Eßtisch gegenüber. Gemischte Sitzordnung, seitdem Jette und Katharina denken konnten. Katharina hatte das Abendessen gekocht, Jette den Tisch gedeckt. Lea hatte sich umgezogen und die Haare gefönt. Die Erlebnisse des Nachmittags sah man ihr nicht an.

Wie geht es Mühmchen? unterbrach Jette das Schweigen, und Felix sagte: Sie arbeitet zuviel!

Sein Blick streifte Lea. Jetzt sah er, daß sie sich umgezogen hatte. Ihre Appetitlosigkeit fiel ihm auf, auch daß sie seine Antwort auf Jettes Frage nicht wahrnahm. Sie träumte mit vollem Mund vor sich hin, vergaß das Schlucken, kaute und kaute. Noch einmal wies Felix auf Mühmchens Überarbeitung hin. Lea hörte nicht zu. Nichts kannte sie besser als diese Anspielungen ihres Mannes, den es irritierte, daß sie Mühmchen einen Großteil der häuslichen Pflichten überließ.

Ihren Antiquitätenladen hielt er für eine Belastung, die einkommensmäßig nicht zu Buche schlug und die es überdies mit sich brachte, daß mit Leas ständiger Anwesenheit zu Hause nicht gerechnet werden konnte.

Auch Jette und Katharina kannten diese Anspielungen, sie entwickelten sich schnell zu einem hämischen Streit, in dem Hieb auf Hieb vernarbte Stellen traf, die weder den Vater noch die Mutter schmerzten. Scheuerstellen der ehelichen Sielen, wie Jette das nannte. Die Töchter hatten es aufgegeben, sich einzumischen. Sie wußten, daß die Eltern ihre Streitigkeiten genauso schnell wieder aufgaben, wie sie sie begonnen hatten, nicht selten sichtbar befriedigt darüber, daß einer dem anderen die Meinung gesagt hatte.

Heute war das anders, heute war Lea in der Teestube gewesen. Es gab Max, der im Leben der Mutter aufgetaucht und nicht wieder wegzuwischen war.

Felix, den Leas lustloses Kauen nervös machte, beugte sich über den Tisch. Die Helligkeit der Lampe schärfte seine Mundwinkel.

Wo warst du eigentlich den ganzen Nachmittag? Ich habe ein paarmal vergeblich in deinem Laden angerufen.

Katharina und Jette sahen die Mutter an. Was würde sie jetzt antworten? Sie traten sich unterm Tisch auf die Füße. Die Mutter schwieg, tat so, als hätte sie ihre Stimme verschluckt und sich daran satt gegessen. Kein Wort. Sie griff nach dem Salz und würzte den Rest ihres Essens.

Ma war auf der Demonstration, sagte Jette und sah dem Vater ins Gesicht.

Felix, der nicht gewohnt war, daß die Tochter statt der Mutter antwortete, auch Jettes lauernden Unterton heraushörte, erschrak. Er mochte es nicht, wenn sich die Töchter gegen Lea stellten.

Und woher willst du das wissen?

Wir waren auch auf der Demo.

Felix zog sich aus dem Schein der Lampe zurück und lehnte sich in seinen Stuhl.

Du warst nicht in der Klinik?

Nein, Jette war nicht in der Klinik gewesen, weder morgens noch am Nachmittag. Sie hockte auf ihrem Stuhl, im Blick des Vaters, hörte nicht zu und brachte so die Unterhaltung ins Stocken.

Jette dachte zurück in die Sandgasse.

Ein Raum unterm Dach. An der Wand ein Poster von Che Guevara. Matratzen auf der Erde, daneben übervolle Aschenbecher. Im miefigen Rauch der selbstgedrehten Zigaretten hatte Jette acht Leute gezählt, die in großer Geduld auf etwas zu warten schienen. Sie sahen einander kaum an. Nur ein Mädchen, das unaufhörlich eine ihrer Haarsträhnen zwischen den Fingern drehte, lenkte die Aufmerksamkeit auf sich. Mit der Zeit rückten die anderen von ihren Plätzen und kreisten das Mädchen ein, sachte und ohne Geräusche zu verursachen. Das Mädchen drehte wie verrückt an ihren Haaren, saß im Schneidersitz, die Lippen fest aufeinandergepreßt, die Augen aufgerissen.

Jette glaubte sie atmen zu hören, stoßweise durch die Nase und mit einem Rhythmus, der den ganzen Raum erfüllte und die Spannung vergrößerte. Jette hatte sich nicht gesetzt, schob sich Schritt für Schritt zwischen die Sitzenden bis in die Nähe des Mädchens.

Was macht ihr mit ihr?

Die Frage zog alle Blicke von dem Mädchen auf Jette.

Ein Junge, breitschultrig, größer als die anderen, wohl auch älter, sagte zu Jette:

Wenn du das nicht aushältst, dann rede eben von dir, uns ist egal, wer anfängt.

Von mir?

Jette schüttelte statt einer Antwort den Kopf und brachte gerade noch ein Lächeln fertig. Niemand nahm es auf, niemand wollte es haben. Das Mädchen stakste auf Jette zu, umarmte sie kurz mit verkrampften Armen, hart wie aus Holz. Ihre Stimme klang ungewöhnlich hell, als sie sich laut, für alle hörbar, bei Jette dafür bedankte, daß sie jetzt reden durfte. Dann ließ sie sich wieder im Schneidersitz nieder und fing an. Jette hörte gar nicht mehr zu, stieg über Beine und volle Aschenbecher zur Tür, nach draußen. Nur der mit den breiten Schultern war ihr nachgekommen, hielt sie auf der Treppe fest und sagte: Du mußt wiederkommen. Es ist wichtig für dich, ich weiß das.

Erst jetzt beantwortete Jette die Frage von Felix, der sich erkundigte, wieso er der Tochter ein Praktikum verschafft habe, wenn sie dann bloß mit ein paar Radikalen auf der Straße Unruhe stifte.

Es geht um die Uni, man hat sie geschlossen.

Und warum?

Felix hatte die Frage nach dem Verbleib seiner Frau ganz vergessen.

Weil ihr das Rektorat gestürmt habt, sagte er, weil ihr systematisch Vorlesungen durch Diskussionen sprengt – ach – er winkte ab.

Wie oft hatte er diese Auseinandersetzungen mit Jette gehabt, nie konnten sie sich einigen. Er begriff diese absurde Studentenrevolte nicht. Wo stünde er heute, wenn er sich damals mit solchen Ideen abgegeben hätte? Von was würden dann seine Töchter leben, von was könnten sie sich diesen Unsinn leisten, wenn sie Tag für Tag in einer Fabrik stehen müßten? Hätten sie dann für Demonstrationen Zeit, für Teach-ins und Zusammenstöße mit der Polizei?

Der Genuß am Abendbrot war ihm vergangen, noch mehr die Freude an der Nachricht, mit der er seine Familie überraschen wollte. Nie würden Lea und die Zwillinge einsehen, wie er sich jahrzehntelang für sie bemüht und krummgelegt hatte. Sie ernteten nur ab, grapschten sich die Bequemlichkeiten ihres Lebens aus seiner Tasche, nicht bereit, ihm seine Uneigennützigkeit zu lohnen.

Dennoch hörte er auf, Jette Vorhaltungen zu machen, fragte auch jetzt nicht, wieso sich Lea auf einer Demonstration herumgetrieben habe, setzte ein versöhnliches Lächeln auf und sagte: Ich habe für uns ein Grundstück gekauft!

Sie hörten mit Kauen auf, hielten das Besteck in die Luft,

sahen ihn an, sprachlos und, wie er meinte, in ungläubiger Freude.

Da staunt ihr, fuhr er zufrieden fort, fing seinerseits wieder zu essen an und berichtete langatmig und genau, wo dieses Grundstück im Neckartal lag und daß es mit einem Wochenendhäuschen bebaut werden sollte, für ihn und Lea später sehr gut als Alterssitz geeignet.

Alterssitz? fragte Katharina.

Später natürlich, viel später, lächelte der Vater, aber ich plane gerne voraus. Vorläufig ist es für uns alle gedacht!

Katharina sah zu der Mutter hinüber. Die saß mit gesenktem Kopf, die Hände vorgestreckt, als würden sie noch von Max festgehalten. Katharina konnte nicht anders, sie mußte Leas Fingerspitzen berühren, ganz leicht nur, ein Antippen, ein Fragen. Lea öffnete den Mund, als müßte sie losbrüllen, aber sie flüsterte: Ich will nicht noch ein Haus. Es genügt mir, hier eingesperrt zu sein.

Felix legte eine Hand an sein Ohr, als riefe ihm Lea aus weiter Ferne etwas zu. Mit jedem Wort, das er hörte, fror sein Lächeln mehr und mehr ein. Es wuchs sich zu einer Grimasse aus und machte sein Gesicht häßlich.

Lea begann aufzuzählen, was ihr zu einem Wochenendhaus einfiel: englischer Rasen und Zierpflanzen, Hollywoodschaukel, Swimmingpool, Sonnenterrasse und Gefriertruhe fürs Selbstgepflückte. Grillparty mit Gästen, die man einlädt, damit es sich herumspricht, was man hat.

Pause. Danach sprach Lea so laut, daß Felix nicht mehr die Hand ans Ohr zu legen brauchte.

Alterssitz – Lea lachte, den kannst du für Mühmchen suchen, die hat ihn nötig. Ich...

Weiteres blieb unausgesprochen. Und wieder mischte sich Jette ein, stand auf, was der ganzen Sache etwas Dramatisches gab. Weißt du, Pa, sagte sie, ohne Mutter anzusehen, Ma hat eine Menge auf der Demo erlebt!

Nicht weil sie eine Anspielung auf Max befürchtete, sondern weil Jette sie so niederträchtig zu verunsichern suchte, war Lea bestürzt.

Was denn? fragte Felix, obwohl er dadurch abermals Gefahr lief, auf das Thema Wochenendhaus verzichten zu müssen. Was soll deine Mutter schon erlebt haben?

Leas Augenbrauen rutschten hoch, rechts mehr als links, und Jette nahm zur Kenntnis: Die Mutter ließ sich nicht bange machen. Katharina, die Hände unter dem Kinn gefaltet, beobachtete einen nach dem anderen. Wer lief hier wem ins Messer? Jette, sagte sie leise, ohne daß die Schwester darauf einging.

Ma hat einem Polizisten die Mütze gerettet, fuhr Jette fort. Jeder konnte sehen, wie sie ihr nachlief und selbst dabei eins vom Wasserwerfer abkriegte, nicht wahr, Ma?

Ja, sagte Lea, das stimmt!

Jette nickte. Vielleicht steht es morgen in der Zeitung, oder Barbara hat ein Foto gemacht?

Der Gedanke gefiel Felix ebensowenig wie die ganze Geschichte, aber er wollte nicht darauf eingehen. Sagt mal, fragte er ungeduldig, was hat das alles damit zu tun, daß ich für uns ein Haus auf dem Land bauen will?

Nichts, antwortete Lea, und beide Töchter pflichteten ihr bei. Ich wünschte mir, sagte Felix und zog die Schulterblätter zurück, als müßte er mit Unvorhergesehenem rechnen, ich wünschte mir, daß ihr in den nächsten Tagen mit mir zu dem Grundstück fahrt. Dann stand er auf, legte seine Serviette auf den Tisch und verließ das Zimmer.

Nach dem Essen ging Lea zu Mühmchen, brachte ihr Tee, machte das Bett und lüftete das Zimmer. Alles mit der notwendigen Sorgfalt, doch mehr aus Pflichtgefühl als aus Zuneigung, denn ihre Beziehung zu Mühmchen war nie sonderlich gut gewesen. Der ewige Vorwurf der Alten, sie widme nicht mit der gleichen Hingabe ihr Leben der Familie, wie es die Mutter von Felix getan habe, ärgerte Lea. Aber über die Jahre hatten die beiden ihren Frieden gemacht. Zwar wollte Mühmchen Lea immer noch beibringen, was die wahren Pflichten waren, doch Lea ließ die Alte werkeln und für alles sorgen, womit sich Mühmchen die Wichtigkeit ihres Daseins bestätigte.

Die abgedunkelte Nachttischlampe gab der Alten etwas Totenähnliches. Die wimpernlosen Lider, die spitze Nase, der lippenlose Mund in dem weißhäutigen Gesicht ließen Lea nicht auf den Einfall kommen, Mühmchen anzusprechen. Ihre Gesichtszüge waren ähnlich unbewegt wie die der alten Frau.

Im Laufe der Jahre hatte sie gelernt, ihre Erinnerungen in Stationen zu sehen, an deren Ende die Bestätigung ihrer Ehegemeinschaft lag. Angefangen hatte es mit einem Apfel und einem jungen Mann, dem trotz des Jahres 1948 immer noch der Krieg im Gesicht stand, der neben ihr im Zug nach München saß, und zwar so dicht, daß sie seinen Geruch, auch seine Hände, die in Kurven unversehens ihre Knie berührten, eher wahrnahm als seine Stimme. Felix, bei dem sie Staunen auslöste, als sie mit geübtem Griff einen Apfel in zwei Hälften teilte, hatte ihr weder die dazu notwendige Kraft zugetraut, noch kannte er den handlichen Trick. Seine Bewunderung brachte ihm schließlich eine der Apfelhälften ein. Heute wußte Lea, daß es diese Bewunderung war, die ihr an Felix gefallen hatte. Und er zollte sie ihr nicht nur wegen des geteilten Apfels, er fand rundweg alles beeindruckend, was sie während der Zugfahrt von sich berichtet hatte. Zum Beispiel, daß sie nach München fahre, um in der Möhlstraße Kaffee gegen Anzugstoffe und andere Textilien zu tauschen. Auch der Schaffner im Fahrkartenhäuschen Bahnsteig II sei einem Zigarettenhandel nicht abgeneigt, wenn man ihm das entsprechende Kennwort zuflüsterte. Felix verschlug es die Sprache. Und ansonsten, erzählte Lea bereitwillig weiter, habe sie sowieso vor, sich von der Mutter zu trennen, um bei den Amis im PX-Laden zu arbeiten. Vielleicht, lachte sie Felix an, trete sie auch einer Damenkapelle bei, die gerade in München aufgemacht habe. Welches Instrument sie spiele? fragte Felix und verfiel abermals in Staunen, als er hörte, daß Lea gar keins spielte, sich aber für Saxophon entschlossen hatte. Einen Beruf, so sagte sie, werde sie später lernen, jetzt, da der Krieg zu Ende sei, wolle sie erst einmal leben.

Auch das fand Felix bewunderswert, und es führte dazu, daß er kurz nach der Ankunft in München und der Abwicklung des Zigarettenhandels mit dem Fahrkartenschalter von Bahnsteig II mit Lea ins Bett ging, wo sie beide ohne Absicht und Wissen die Zwillinge zeugten. Das war die erste Station.

Einer Abtreibung, mit der Felix nichts zu tun haben wollte und die mißglückte, folgte eine von Felix' Eltern karg ausgerichtete Hochzeit. Im engsten Familienkreis blieben die Mütter beim gegenseitigen Sie und schoben insgeheim dem Kind der anderen die Schuld für die Katastrophe in die Schuhe. Während Lea die von Mühmchen zubereiteten Speisen, kaum gegessen, stoßweise wieder ausspie und sich dabei auch ihre Jugend aus dem Leib würgte, hielt Felix den gramvoll dreinblickenden Eltern eine Ansprache. Von Verantwortung war da die Rede, auch von seiner Karriere, von dem Bienenfleiß, zu dem er sich fähig fühlte, und von dem festen Glauben an Lea, an deren Seite Unmögliches möglich würde. Die Eltern sahen erst sich vielsagend an, dann Lea, die mit frisch ausgespültem Mund zurückgekommen war, Felix küßte und für alle hörbar und deutlich sagte. Ich liebe dich.

Mitten in Leas Gedanken hinein griff Mühmchen plötzlich nach ihrer Hand und zog schmatzend die trockenen Lippen auseinander.

Frau Lea, wisperte Mühmchen und zupfte an Leas Arm, Frau Lea, Sie lassen den jungen Herrn Felix zu viel allein. Mühmchens Blick flatterte, und ihre Worte knisterten, als schöben sie sich auf Papier.

Er ist traurig. Jetzt wackelte sie mit dem Kopf, wollte ihn wohl schütteln, brachte es aber nur zu einem Nicken.

Lea gab keine Antwort, haßte die Alte in diesem Augenblick. Immer ein Auge auf Lea zu haben, das hatte sie wahrscheinlich der Schwiegermutter auf dem Totenbett versprochen, die selbst nie in der Lage gewesen war, ein eigenes Leben zu führen, und sich trotzdem die Verantwortung über andere anmaßte. Lea beugte sich über Mühmchen, die längst wieder eingedöst war.

Die Zwillinge kamen herein. Leise und auf Zehenspitzen traten sie hinter Lea, schoben sie zur Seite und hockten sich rechts und links auf die Bettkante; jede nahm eine Hand der Alten in die ihre.

Wir bleiben bei ihr, sagte Jette und strich Mühmchen das von Lea geordnete Haar in eine andere Richtung. Du kannst zu Pa gehen, sie machte eine Pause und fügte dann leiser hinzu, oder etwas anderes machen!

Die Mädchen schüttelten das Bettzeug, prüften die Kühle des Getränkes und die Helligkeit des Lichtes und gaben Lea unmißverständlich zu verstehen, daß sie hier überflüssig war.

Weder Jette noch Katharina sahen die Tränen, die Lea in die Augen stiegen. Sie merkten auch nicht, wie unsicher die Mutter der Tür zu ging, dennoch fest entschlossen, sich weder von Mühmchen noch von Felix und schon gar nicht von den Töchtern zurechtweisen zu lassen.

Etwas zu laut fiel die Tür ins Schloß, ließ Jette und Katharina zusammenfahren, während Mühmchen friedlich seufzend aus ihrem Dämmerschlaf tauchte und darin wieder versank, als sie die Nähe der Mädchen spürte.

Felix starrte auf den Fernseher. Den Ton hatte er abgestellt. Lautlos jubelten Berliner in dünnen Reihen auf den Bürgersteigen zwischen Mauer und Charlottenburger Schloß Nixon zu. Heiterkeit auf dem Gesicht des Präsidenten, der es sich nicht nehmen ließ, Bundeskanzler Kiesinger und Außenminister Brandt zu sich auf die Plattform seines Cadillacs zu ziehen. Aus der Heiterkeit wurde breites Lachen, der Präsident zeigte nach rechts, wo plötzlich ein einsames Schild zu sehen war. Ha-ho-he, Nixon ist O. K. Auch jetzt stellte Felix den Ton nicht an. Der Kommentar des Nachrichtensprechers war ihm gleichgültig. Jedenfalls konnte er so viel besser die Schritte im Nebenzimmer und auf dem Flur hören. Unerträglicher Gedanke, daß er den Abend über allein bleiben müßte und sich Lea mit den Töchtern über seine Vorstellung von Gemeinsamkeit hinwegsetzte. Warum kam Lea nicht, erklärte ihm ihr Verhalten und räumte seine Zweifel aus?

Als sie dann endlich im Nebenzimmer erschien, griff er nach einem Buch, sah nicht einmal auf. Er tat so, als hätte er ihr Kommen nicht bemerkt.

Lea fragte nicht einmal, was es im Fernsehen gab. Vielleicht hatte sie gar nicht bemerkt, daß er da war, dachte, er sei in seiner Enttäuschung weggegangen. Das machte ihn unruhig. Er hustete.

Lea kannte dieses Husten. Das war seine Art, Ungeduld zu äußern. Ohne hinzusehen, konnte sie sich vorstellen, wie er dasaß, auf seinem Schreibtisch herumfingerte und sich geschäftig gab. Lange würde er es nicht aushalten, würde gleich herüber in ihr Zimmer kommen und sie ansprechen. Die Erlebnisse des Nachmittags rückten wieder weg. Etwas verschlang ihr Gedächtnis und räumte mit allem auf, was nicht zwischen diese vier Wände gehörte.

Da war auch schon seine Stimme, sein Schritt, seine Hand, die sich auf die Lehne des Sessels legte, über den Stoff strich, als wäre es ihre Haut.

Leise begann er vor sich hin zu reden: Manchmal versteh' ich dich nicht, Lea. Sag mir, warum du dich hier eingesperrt fühlst!

Schon allein die Frage ist ein Vorwurf, wie soll ich dir da antworten?

Felix hatte aufgehört, den Stoff zu streicheln, hielt jetzt seine Hand in der Nähe ihres Nackens.

Du gehörst doch zu mir und zu meinem Leben!

Du drückst es falsch aus. Lea zog ihren Kopf weg und entfernte sich von seiner Hand. Warum sagst du nicht gleich, daß ich dir und in dein Leben gehöre?

Felix' Stimme wurde ein Spur härter. Das ist doch Wortklauberei. Seit über zwanzig Jahren leben wir zusammen...

Zusammen, unterbrach Lea. Wir leben nebeneinander her. Was weißt du von mir und was weiß ich vor dir? Daß du eine Klinik hast und ich ein Antiquitätengeschäft, keiner interessiert sich für des anderen Tätigkeit.

Aber ich habe dir dein Geschäft eingerichtet, Lea!

Natürlich hast du es mir eingerichtet, genauso wie du dieses Haus eingerichtet hast, und, wie ich höre, ein zweites einrichten willst.

Sie stand auf und erschreckte ihn durch ihren unbeherrschten Gesichtsausdruck.

Glaubst du denn, dadurch einen Anspruch auf mich zu haben?

Ja, sagte Felix, ging auf sie zu und umarmte sie. Aber diesen Anspruch habe ich nur, wenn du dich bei mir geborgen fühlst, wenn du begreifst, daß ich die Erfolge meines Lebens in den Dienst unserer Familie stelle.

Das klang pathetisch, und Felix merkte es. Aber im Augenblick wußte er sich nicht besser auszudrücken, wußte nicht, wie er Leas absurde Frage besser beantworten sollte. Andererseits wollte er das Gespräch nicht in einer Aufzählung von Dingen enden lassen, die sie früher verbunden hatten und ihnen bis heute noch geblieben waren.

Weißt du was, sagte er plötzlich lebhaft, wir fahren jetzt gemeinsam in deinen Laden, und danach gehen wir ein Glas Wein trinken!

Noch immer lief der Fernseher in tonlosen Bildern. Eigentlich hätte Lea gern nein gesagt und daß Felix mit seinem Getue nichts anderes als eine Auseinandersetzung zu verhindern suche. Doch sie nickte ihm Einverständnis zu. Sein geheucheltes Interesse berührte sie. Schließlich war es ein Beweis seines guten Willens, wohl auch seiner Liebe.

Das Telefon klingelte. Die Klinik. Da gab es nichts zu verschieben, Felix mußte hin. Was nun?

Ich werde dich begleiten, sagte Lea, du wolltest ja auch mit mir kommen, nicht wahr?

Er lächelte ihr zu.

Was ist los, wollte Katharina wissen, als beide das Haus verließen.

Pa muß in die Klinik!

Und du begleitest ihn?

Ja, warum nicht?

Die Zwillinge sahen den Eltern nach, löschten im Haus die Lichter, was Felix und Lea in der Eile vergessen hatten.

Gegen Mitternacht waren Felix und Lea wieder zu Hause. Ein Glas Wein hatten sie nicht mehr getrunken. Vergessen. Nachdem Felix die Haustür hinter ihnen abgeschlossen hatte, begann das abendliche Ritual, das sich bis zum Zubettgehen fortsetzte. Im Laufe der Jahre hatten sie sich aufeinander eingestellt und nahmen Rücksicht darauf.

Lea warf als erstes ihre Schuhe von den Füßen, lief ins Bad, schminkte sich mit dem immer gleichen, prüfenden Blick ab, zog sich danach aus und ging im Morgenmantel noch einmal durch die Wohnung. Eine Angewohnheit, die aus der Zeit stammte, als die Töchter noch klein waren. Sie liebte die Ruhe der Nacht in der Stille des Hauses.

Plötzlich stand sie, von großer Ängstlichkeit befallen, still, dachte sich das Haus weg, Felix und die Kinder. Was dann? Sie schluckte leer, ganz und gar mit der Angst beschäftigt, die dieser Gedanke in ihr auslöste. Ebensogut konnte man eine Katze ins Meer werfen oder eine Mimose zwischen Kartoffeln pflanzen. Felix hatte mit seinem Anspruch auf sie recht. Er hatte ihn sich, ohne daß sie es gemerkt hatte, mit seiner Fürsorglichkeit erworben, mit seinem Bemühen, ein guter Ehemann und ein guter Vater zu sein, das sie betäubt und von Jahr zu Jahr auswegloser an ihn gebunden hatte. Das schmerzte nicht, das machte auch nicht unglücklich, das hatte im Lauf der Zeit eher eine bequeme Zufriedenheit in ihr Leben gebracht.

Sie öffnete das Fenster und schloß es wieder, leerte einen Aschenbecher und stellte ein paar Lebensmittel in den Kühlschrank. Alles gewohnte Betätigungen, die beruhigten.

Felix trank noch etwas, ging durch die Zimmer, knipste die Lichter an und machte die Nacht zum Tag. Er genoß sein Haus. So gingen sie aus verschiedenen Gründen mehrmals aneinander vorbei, lächelten sich zu, ohne zu überlegen, was sie voneinander trennte.

Sonst lag Lea meist im Bett und schlief, bevor sich Felix neben sie legte. Das Knarren des Bettes weckte sie dann wieder auf, das Licht seiner Nachttischlampe drang ihr unter die Lider und das Knistern seiner Zeitung in die Ohren. Heute jedoch legte es Felix darauf an, gleichzeitig mit ihr ins Bett zu kommen. Keine Zeitung, kein Licht auf seinem Nachttisch, während Lea ihre Lampe angelassen hatte. Sie las mit vor Müdigkeit halbgeschlossenen Augen, wollte sich dem Ritual widersetzen.

Die Zeilen verschoben sich vor ihren Augen. Der Sinn der Sätze blieb außerhalb ihres Denkens. Sie konnte bestenfalls noch einzelne Buchstaben zu Wörtern addieren. Felix sah sie von der Seite an, sie fühlte, er wartete darauf, daß sie ihr Buch zuklappte. Wenn er darüber einschliefe, wäre ihr das angenehm.

Lea dachte an die Fahrt zur Klinik. Daß sie ihn begleitete, hatte Felix Freude gemacht. Er sprach von der Patientin, zu der man ihn rief, von deren Krankheit und dem, was er zur Besserung des augenblicklichen Zustandes zu tun gedenke. Er sprach mit ihr wie mit einer Kollegin. Auf der Station hatte man ihn erwartet.

Lea bekam im Dienstzimmer eine Tasse Kaffee.

Zucker, Frau Professor?

Nein, danke!

Danach war sie nichts weiter als Zuschauerin einer Nachtvorstellung, in der Felix die Hauptrolle spielte. Der Arztkittel, der ihn zum Mediziner kostümierte, schuf Distanz. Ein Instrumentenwagen wurde hinter Felix den Gang entlanggeschoben. Über der Zimmertür der Patientin, zu der Felix gerufen wurde, flackerte Licht. In der Tür drehte sich Felix um, winkte zur Verblüffung der Nachtschwester Lea zu, ihm zu folgen. Das Schauspiel wurde perfekt. Die in sich zusammengekrümmte Frau füllte den Raum mit pfeifendem Atem, der hin und wieder in stimmloses Rasseln überging, das sich auf ihre Glieder übertrug, sie schüttelte, während die Augen verglast geradeaus stierten.

Nicht ansprechbar, sagte die Nachtschwester. Felix klopfte der Frau leicht ins Gesicht, rief sie beim Namen, fragte, ob sie ihn höre. Nichts. Die Frau ließ das Schütteln nicht bleiben. Ihr ganzer Körper schlug hin und her. Dann griff sie sich an den Hals, ließ die Zunge aus dem Mund quellen und sah aus, als sei sie am Ersticken. Ununterbrochen redete Felix auf die Frau ein, schlug immer wieder ganz leicht in ihr Gesicht, forderte sie vergeblich auf, ruhiger zu atmen, während er Lungen und Herz abhorchte. Die Frau krallte sich an seinem Arm fest, röchelte ein ums andere Mal: Helfen Sie mir, Herr Professor, so helfen Sie mir doch! Plötzlich ließ sie Felix los und sank zurück, während ihr pfeifender Atem noch schneller wurde.

Dann ging alles sehr rasch. Zeichen, kleine Kommandos, ein Schnalzen mit dem Finger. Die Bewegungen der Schwester vollzogen sich mit automatischer Genauigkeit. Felix schlug der Patientin das Nachthemd zurück. Ein großer weißer Bauch, dessen Nabel nach außen gestülpt war. Felix tastete die linke und rechte Leistengegend ab. Dann setzte er die Spritze an, stach zu, ohne daß die Patientin einen Schmerz zu spüren schien. Blut nebelte in die Spritze. Langsam drückte er den Kolben herunter, die Frau beruhigte sich. Felix gab noch eine paar Anweisungen und verließ das Zimmer. Er zog seinen Kittel aus. Das Schauspiel war beendet. Während er sich die Hände wusch, sah er Lea an. Sie konnte nicht anders, sie erwiderte seinen Blick, mit einem Ausdruck der Bewunderung in den Augen.

Es war nicht akut, sagte er, das sieht nur so aus. Er legte seinen Arm um ihre Schulter und führte sie weg. Zugegeben, er hatte sich vor ihr produziert. Aber sie sollte sehen, wie sich seine Arbeit hier in der Klinik abspielte, was von ihm und seiner Fähigkeit abhing, wenn es um Krankheit und Menschenleben ging. Ihre Anerkennung stimmte ihn zärtlich, nun, als sie nebeneinander im Bett lagen.

Er lag ihr zugewandt, die Augen weit offen, wortlos. Seine Geduld breitete sich zwischen ihnen aus. Die Stille im Zimmer wurde schwer. Lesen hatte keinen Zweck mehr. Felix nahm ihr mit seiner Erwartung die Müdigkeit und mit einem Griff das Buch weg. Es fiel irgendwohin, ohne daß sie sich vorher ein Seitenzeichen machen konnte. Komm, sagte Felix. Mit der gleichen Selbstverständlichkeit, mit der er ihr das Buch weggenommen hatte, zog er sie jetzt in seinen Arm. Es gab keine Fragen zwischen ihnen, aber auch keine Abwehr von Leas Seite. Alles was Felix jetzt tat, wie er sie berührte, streichelte, war ihr vertraut. Im voraus wußte sie, welche Stellen ihres Körpers er küssen würde. Es gelang ihr nicht, sich gegen seine routinierten Bewegungen zu sträuben. Mit geschlossenen Augen überließ sie sich ganz und gar dem, was sie so genau kannte. Plötzlich wünschte sie sich einen Spiegel. Aber nicht zur Förderung der Lust oder zur Ermunterung von außergewöhnlichen Geschicklichkeiten. Sie wollte es einmal sehen, so wie auf einem Foto, einmal diese Hunderte von Malen wiederholte Haltung ihrer verschlungenen Körper vor dem Orgasmus betrachten können, wollte sehen, wie Felix sie besaß oder zu besitzen glaubte.

Zwiebeln haben sieben Häute. Wenn man sie richtig schält, tränen einem nicht die Augen. Katharina tränten die Augen, obwohl Mario es ihr gezeigt hatte; anschließend hatte er ihr einen Zehnkilosack hingestellt. Haut für Haut, gegen deren Schärfe höchstens die Dampfschwaden aus den Kochtöpfen halfen, hin und wieder auch die Hitze des Backofen. Lasagne, Canneloni, Tortelle alla Savoia, alles Spezialitäten in Marios Lokal, von der Lombardei bis Sizilien. Auf dem Herd die brodelnden Töpfe: Zuppa di Pesce, Minestrone und die Gemüse der Jahreszeit. Die Mehlgerichte verbreiteten kaum Gerüche. Mario stand am Grill, warf singend und pfeifend Fleisch und Fische auf den Rost über der Holzkohle. Von da wälzten sich graue, mit Thymian und Rosmarin durchsetzte Rauchschwaden die Decke entlang, streiften Katharinas Haar, und noch Stunden nach der Küchenarbeit roch sie wie ein Stück Ossobuco oder eine Bistecca.

Außer Jette wußte niemand in der Familie, daß Katharina bei Mario in der Küche arbeitete. Bisher hatten weder Felix noch Lea danach gefragt, ob sie genügend Geld für sich besitze. Das lag daran, daß Katharina auf Anforderung stets etwas zugesteckt bekam. Unausgesprochen wurde erwartet, daß sie um Geld bat, und das hielt Katharina ebensowenig aus wie die Frage nach ihren Berufsplänen. Sie hatte keine.

Trotz ernsthaften Grübelns und Ratschläge anderer stellten sich keine ein. Nichts, was Katharina eine Richtung wies, in der sie die Möglichkeit ihrer Existenz zu finden hoffen konnte. Sie träumte sich von einem Tag in den anderen. Träumte sie nicht, litt sie unter der Vorstellung, überflüssig zu sein. Lieber schnitt sie Zwiebeln, hackte Knoblauch, putzte Salat oder bediente die Geschirrspülmaschine. Das hielt vom Träumen nicht ab und gab zumindest ihren Händen einen Sinn. Der Stundenlohn reichte für Tee bei André, Kaffee im Pop, einen Wein im Cave und für Zigaretten.

Zwiebel auf Zwiebel, mattglänzend, seidenfeucht, tränentreibend. Katharina verschwamm der Blick. Das sanfte Blubbern der Suppen lullte sie ein und trug sie im Traum weg zu Max, ohne daß die Tätigkeit ihrer Hände an Tempo verlor.

Wenn Lea mit Max in der Teestube gesessen hatte, eingehüllt in seinen zärtlichen Blick, still unter seiner Berührung, konnten dann nicht auch Katharinas Märchenträume Wirklichkeit werden, von jetzt auf gleich? Plötzlich war sie es, die in der Teestube saß, Max gegenüber. Seine Zärtlichkeit galt ihr, auch sein Blick, während André den Tee servierte. Jette sah zu.

Ich nehme dich mit, sagte Max, jetzt gleich, wenn du willst!

Wohin?

Dorthin, wo die Häuser aus Blumen sind, die Fische am Himmel schwimmen und die Vögel durchs Meer fliegen. Wo die Steine lächeln und der Sand Glückstränen weint.

Katharina, so dicht vor seinem Gesicht, daß niemand sie hören konnte: Wo es nur Menschen gibt, die sich lieben?

Max nickte.

Und wer wird das sein?

Er stand auf, zog sie mit sich, an Jette vorbei, und antwortete: Du und ich!

Aus der Traum, Mario brachte den Knoblauch. Du mußt ihn kleiner schneiden, Katharina. Gestern war er zu grob!

Die Patienten hatten ihr Nachtessen verzehrt, obwohl der

Abend kaum angebrochen war. Die Schwestern verteilten die Medikamente und wünschten eine gute Nacht. Bedrohliche Ruhe verkündete, daß im Krankenhaus die Nächte länger als die Tage sind. Auf dem Flur lungerten noch ein paar Raucher herum. Gerüchte liefen um. Der alte Mann von Zimmer drei lag im Sterben, und der von Zimmer neun, der würde es auch nicht mehr lange machen, obwohl er erst Mitte vierzig war. Krebs. Danach wußte man nicht mehr viel zu sagen, höchstens, daß die alte Dame, die mehr unterwegs als im Bett war, immer noch behauptete, bei der Aufnahme habe man ihr Schuhe und Mütze geklaut.

Sehn Sie mal, die Kleine ist immer noch auf Station, hätte sie doch gar nicht nötig!

Der Raucher, der das sagte und dem das Rauchen verboten war, hielt jetzt seine Zigarette hinter dem Rücken versteckt.

Niemals hat man seine Ruhe, brummte er, niemals. Ewig sind sie einem hier auf den Fersen!

Jette kam den Gang entlang. Wie immer hatte sie ihren Feierabend hinausgezögert, mochte diese Zeit, zu der die Ärzte die Station wie ein Museum verließen. Für Ängste, Einsamkeit oder Sehnsucht nach Liebe fühlten sich die Sachverständigen der Krankheitsbilder nicht zuständig, verdeckten mit Medikamenten, was wegzuschlafen war. Alles andere schoben sie der Hoffnung auf den kommenden Tag zu.

Jette stand vor dem Raucher, der noch immer seine Zigarette hinter dem Rücken hielt.

Warum, fragte sie ihn ernst, warum tun Sie das heimlich?

Der Mann wurde verlegen, drückte die gerade erst angezündete Zigarette wieder aus, fragte: Ja, darf ich denn rauchen?

Nein, gab Jette freundlich zurück, natürlich nicht! Sie ließ den Mann stehen, der nicht wußte, ob er sich seine Zigarette nun wieder anzünden sollte, und ging ins Zimmer neun.

Guten Abend, Herr Söllner!

Der Mann grüßte nicht zurück. Seine Augen, für das blasse Gesicht zu groß, blickten verkniffen. Die Wölbung seines Leibes war unter der Bettdecke sichtbar und erinnerte an einen

Medizinball. Herr Söllner mußte künstlich ernährt werden. In seinem mageren Arm hing die Infusionsnadel. Er bewegte sich nicht.

Wenn ich noch mal operiert werden soll, häng' ich mich auf, Fräulein!

Jette nickte, setzte sich aufs Bett, traute sich nicht, die dürre Hand des Mannes zu berühren. Er war so mager, halbtot, wie sie wußte, und voller Abwehr. Daß sein Zustand so unverändert blieb, hatte sein Vertrauen in Ärzte und Krankenhäuser ausgedörrt wie seinen Körper. Haut und Knochen, nur dieser entsetzliche Bauch, der tagtäglich dicker wurde.

Ich habe Krebs, nicht wahr? Herr Söllner rückte seinen Kopf im Kissen zurecht, aber ich laß' mich nicht operieren, nicht noch einmal!

Jette wußte, daß ihr Vater Herrn Söllner nicht die Wahrheit sagte, auch der Stationsarzt nicht, die Schwestern hatten erst recht zu schweigen, und Herr Söllner mußte sehen, wie er mit dem zurechtkam, was er ahnte. Den Professor müssen Sie fragen, nicht mich, sagte Jette leise und berührte jetzt doch Haut und Knochen des Mannes. Der hob seinen Vogelkopf und zeigte beim Lächeln die Zähne.

Mach' ich, Fräulein, mach' ich, und dann will ich essen. Nicht, daß ich Hunger hätte. Aber ich will nicht verfallen, der Mensch muß essen, wenn er leben will. So hat's der Herrgott eingerichtet.

Ja, sagte Jette, prüfte die Infusionen und die Geschwindigkeit des Tropfes, der Herrn Söllner am Leben erhielt. Dann ging sie, winkte noch einen Gruß, sprachlos vor dem sinnlos erscheinenden Lebenswillen des Herrn Söllner.

Der Raucher rauchte wieder, hielt auch die Zigarette nicht mehr hinter dem Rücken, wartete ab, bis Jette an ihm vorbei ging. Kein Wort, kein Vorwurf.

Sie soll die Tochter vom Professor sein, munkelte der Zimmernachbar des Rauchers, worauf der einen tiefen Zug tat.

Wenn die's mir nicht verbietet, sagte er und sah Jette hinterher, dann is' ja gut.

Eigentlich wollte Jette Katharina abholen, mit ihr ihn die Teestube gehen, später vielleicht ins Cave.

Statt dessen lief sie die Sandgasse entlang, auf dem Weg zur S-Gruppe. Sie ging langsam, zu langsam für jemand, der weiß, daß er sich verspätet hat. Selbsthilfegruppe, der Name löste immer wieder aufs neue Erwartungen in Jette aus und setzte ihre Fantasie in Bewegung.

Aber bisher hatte sich nichts geändert, auch nicht durch die Teilnahme an der Gruppe, von der sie nicht einmal Katharina berichtete.

Niemandem mochte sie ihre Suche nach dem, was anders werden sollte, eingestehen. An den Gesprächen im Dachgeschoß in der Sandgasse nahm sie kaum teil, hörte nur zu und brachte sich nicht ein, wie es die Gruppe ausdrückte. Nur schrieb man letzteres nicht Jettes Suche nach dem anderen zu, sondern ihrer Herkunft. Ihre Zurückhaltung wurde als bürgerlich und arrogant abgestempelt. Ihr Schweigen zu diesen Vorwürfen bestätigte dies, und ihre unregelmäßige Teilnahme an den Gesprächen löste in der Runde eher Zweifel als Vertrauen aus.

Trotzdem ging Jette hin. Egal ob man von ihrer Person Kenntnis nahm oder nicht, wartete sie ab und hatte ein randvolles Herz, das sie um nichts erleichtert wieder nach Hause trug, enttäuscht von dem, was es zu erleben gegeben hatte.

Schon von der Treppenstiege aus hörte sie Karlas Stimme. Zu laut kreischte sie abgehackte Sätze aus sich heraus, deren Zusammenhang Jette nicht verstand. Die anderen wohl auch nicht, denn jetzt war Harald, der Junge mit den breiten Schultern, zu hören, auch Poli, der so hieß, weil er jeden Satz mit politisch gesehen anfing.

Abwechselnd forderten sie Karla zur Wiederholung dessen auf, was sie gesagt habe. Sie könne ruhig dabei schreien, auch weinen, wenn es ihr guttue.

Ich kann nicht, schrie also Karla, und Harald fragte leise zurück: Was kannst du nicht?

Antworten, flennte Karla, und bestimmt nicht dir!

Dann vielleicht mir, fuhr Poli dazwischen, und jeder konnte die Zärtlichkeit hören, mit der er das sagte.

Jette schlüpfte durch die Tür, sah Karla, die auf einer Matratze kniete und zu Harald und Poli hinüberstarrte. Beide saßen Karla direkt gegenüber. Plötzlich streckte sie die Hand aus, und niemand wußte, ob sie auf Harald oder Poli zeigte.

Ich kann nicht mehr mit ihm schlafen. Er hat es fertiggebracht, daß ich Orgasmusschwierigkeiten habe!

Tränen, die mit Wimperntusche vermischt in grauen Bahnen über Karlas Gesicht liefen.

Wer, fragte Jette laut, Harald oder Poli?

Sie konnte nichts dafür, daß ihre Stimme wütend klang.

Sie sah Herrn Söllner vor sich auf der Matratze. Er lag ausgestreckt mit seinem aufgeblähten Bauch da, hatte Socken über den kälter werdenden Füßen aus Haut und Knochen und kämpfte sich durch zwischen Leben und Tod, von Tag zu Tag.

Krebs nicht wahr? Er lauerte mit letzter Kraft im Dachgeschoß der S-Gruppe der Wahrheit auf. Herrn Söllners Angst schnürte Jette die Kehle zu.

In Wirklichkeit aber schrie Karla ihre Orgasmusschwierigkeiten heraus, die sie mit Harald wie Poli hatte, auch wenn sie aus Gründen der Selbstbefreiung mit beiden schlief.

Politisch gesehen, sagte Poli, und niemand fand das komisch, politisch gesehen und nach den Grundsätzen von Wilhelm Reich ist deine Frage nicht berechtigt. Es geht nicht darum, mit wem sie einen Orgasmus bekommt, sondern daß sie einen bekommt.

Jette glaubte ein kleines Zucken in Polis Mundwinkel zu sehen, auch ein Flattern seiner Augenlider.

Harald fing die Unsicherheit der Gruppe auf. Er ließ sich Zeit und bedachte Jette mit einem Lächeln, das keiner sonst fertiggebracht hätte.

Vielleicht sagst du einfach mal dein Problem?

Harald hatte leise nur das du betont. Das machte jeden mucksmäuschenstill und neugierig.

Jette nahm sich zusammen und suchte nach Worten.

Na, munterte sie Harald auf, hast du Angst?

Jette schüttelte den Kopf. Sie fühlte Wärme in den Händen und kam sich lächerlich vor. Karlas Gesicht war immer noch von Wimperntusche und Tränen verschmiert. Poli drehte sich eine Zigarette. Überhaupt rauchten hier alle mit großer Heftigkeit.

Plötzlich hörte Jette ihre eigene Stimme. Merkwürdig, sie betonte die einzelnen Silben mit einer Deutlichkeit, als gäbe es hier einen Mordslärm zu übertönen.

Ich habe heute in der Klinik mit einem Toten gesprochen, sagte sie.

Alle beugten sich vor. Sie fühlten sich von Jette gefoppt und starrten sie an.

Mit einem Toten? fragte Karla blöd und begann leise zu kichern.

Am liebsten hätten jetzt alle gelacht, aber das war während eines Gruppengesprächs nicht üblich. So saßen sie bloß grinsend da, nur Harald grinste nicht, hielt bloß seinen Kopf schief, so als könnte er dadurch besser sehen, und fragte: Was hat er denn gesagt, der Tote?

Daß er sich aufhängt, wenn er nicht am Leben bleibt!

War es jetzt doch Karlas Gekicher, das hörbar wurde und sich von einem zum andern fortsetzte? Jette wußte es nicht, wußte nur, daß sie hier keine Antwort bekam und Haralds Lächeln auf den Leim gegangen war.

Politisch gesehen, sagte Poli, und sanft begleiteten seine Worte das allgemeine Kichern, geht das eher deinen Vater an als uns.

Eben nicht, schrie Jette und hielt sich im gleichen Augenblick mit der Hand den Mund zu. Pa hatte mit denen hier nichts zu tun. Sie sagte kein Wort mehr, ging weg, verließ die Gruppe und hörte gerade noch Harald sagen, daß sie nicht fortlaufen solle, sondern über ihren Vater sprechen, jetzt und sofort.

Aber die Tür war schon zugefallen.

Vom Hof aus konnte Jette Katharina durchs Küchenfenster

am Tisch sitzen sehen. Ein Berg geschälter Zwiebeln, ein Schüsselchen voll gehacktem Knoblauch. Katharinas Hände arbeiteten automatisch. Hin und wieder schob sie sich mit dem Handgelenk die Haare vom Gesicht weg auf die Schulter. Lange, lockenlose dunkelblonde Haare, die sich Katharina manchmal auf dem Bügelbrett bügelte. Danach schirmten sie den Blick wie Vorhänge ab.

Jette schätzte es nicht, daß die Schwester bei Mario in der Küche arbeitete. Andererseits verstand sie das Bedürfnis nach der kleinen finanziellen Unabhängigkeit. Mario hielt Katharina für zuverlässig und hätte sie lieber als Bedienung bei sich gesehen. Aber das hätte Ärger mit dem Vater gebracht. Ma wäre es vielleicht egal gewesen.

Mario schleppte Kartons mit Konserven, winkte Jette zu.

Warum läßt du sie so miese Arbeit machen, fragte Jette.

Mario winkte ab. Er konnte nur die Arbeit vergeben, die er hatte. Niemand zwang Katharina, bei ihm Gemüse zu putzen. Er machte sich mit seinen Kartons davon. Jette lief Mario hinterher, half ihm tragen.

Katharina könnte deinen Kindern richtiges Deutsch beibringen! Die kommen im Sommer in die Schule, brummte Mario.

Eben, sagte Jette, deshalb. Oder willst du, daß man sie von Anfang an als Gastarbeiterkinder hänselt? Nein, das wollte Mario nicht. Er würde sich Jettes Vorschlag durch den Kopf gehen lassen, obwohl er dann nicht wußte, wer ihm die Zwiebeln schälen, den Knoblauch hacken und den Salat putzen sollte.

Katharina war froh, als die Schwester sie abholte. Weg aus der Küche.

Als die beiden ineinandergehakt die Hauptstraße entlanggingen, Autos und Straßenbahnen im gleichen Schritt auswichen, waren sie von hinten wie von vorne nicht auseinanderzuhalten.

Die Stimmung in der Teestube war am Abend nicht anders als am Nachmittag, derselbe süßliche Mief zog durch den

Raum. Auf dem Podest die, die redeten, weiter unten die, die rauchten. André servierte Tee. Sein Gang federte. Er rollte seine Füße von der Ferse her ab, als liefe er über Kugeln. Nie stieß er irgendwo an oder verschüttete Tee. Flüche und Gier bereiteten ihm Übelkeit. Geschmacklosigkeiten ahndete er mit Rausschmiß ohne Gewalt, indem er eine Bestellung stundenlang überhörte.

Heute war André nervös. Mehrmals sah er auf die Uhr, und die Tür mit dem Glasperlenvorhang blieb ständig unter seiner Kontrolle.

Was ist mit dir los? fragte Max.

Keine Antwort. Und Max fuhr fort: Jette etwa?

André lächelte, zeigte weißgeputzte Zähne.

Ist ja schon gut, sagte Max.

Der Perlenvorhang, die Tür, Jette. André drehte sich nicht um. Er wollte, daß sie ihn ansprach, hallo sagte oder seinen Namen rief. Nichts. Da wußte er, sie hatte ihre Schwester mitgeschleppt.

Die beiden hatten eine Art des Umgangs, die ihn ausschloß. André versteckte seine Gedanken hinter einem Lächeln.

Hallo, sagte jetzt Jette, und auch Katharina sagte hallo. Sie standen engumschlungen, zum Verrücktwerden ähnlich, mitten in der Teestube. André fühlte seinen Puls in der Halsschlagader klopfen.

Mal wieder zu zweit? fragte er lässig, ohne Zärtlichkeit.

Schon beim Hereinkommen hatte Katharina Max entdeckt. Er stand an keinem Tisch, suchte nach keiner Sitzgelegenheit und lehnte sich nirgendwo an. Er stand da, wie vom Nachmittag übriggeblieben, allein.

Katharina sagte weder hallo noch sonst etwas. Das war Max angenehm. Statt dessen warf sie ihre gebügelten Haare aus dem Gesicht.

Er hob die Hand, was nichts besagte, seine schmale, langfingrige Hand, die die Mutter gestreichelt hatte. Katharina ging der Hand entgegen. Guten Abend!

Augenmädchen, sagte Max, ich wette, du hast wieder

Zwiebeln geschält und Salat geputzt. Er besah ihre geränderten Fingernägel, schüttelte den Kopf und fuhr mit der Daumenkuppe die Innenseite der dunklen Halbmonde aufwärts.

Kommst du mit, fragte Max. Katharina senkte den Kopf. Die gebügelten Haare klappten vor ihrem Gesicht zu.

Wohin?

Max sagte nichts von den Häusern, die aus Blumen sind, von den Fischen, die am Himmel schwimmen und den Vögeln, die durch das Meer fliegen.

Max sagte: Ins Cave, wir könnten ein bißchen tanzen!

Ja!

André kam zurück. Auf seinem Tablett türmten sich leergetrunkene Teeschalen zu schiefen Türmen. Das Porzellan klirrte. Er sah zu Jette hin. Die hatte nur Augen für Katharina und Max.

Ich mach' hier gleich zu, sagte André, kommst du dann mit?

Wohin?

Zwei Armlängen entfernt stand Katharina. Was sie nur an Max fand, der sich nicht entblödete, mit Ma anzubandeln.

Ins Cave, sagte André.

Feuchte, musikgetränkte Luft. Die schmale Wendeltreppe schaufelte die Gäste abwärts. Wer hier rein wollte, mußte einen Club-Ausweis haben.

André und Max standen im Pulk an der Theke. Irgendwann würde es Platz geben. Zuerst waren sie alle vier auf der Tanzfläche gewesen. Gleich von der letzten Treppenstufe weg. Katharina hatte die Augen geschlossen, ihr Körper bewegte sich in kleinen rhythmischen Wellen. Zuerst begann ihr Kopf zu kreisen, dann die Schultern, schließlich setzten sich die Bewegungen in Armen, Ellbogen und Händen fort. Sanfte Flügelschläge, die sie um Max trugen, von ihm weg und zu ihm hin. Ihre Schritte schienen keinen anderen Sinn zu haben, als den ständigen Schwung der Hüften aufzufangen und in Balance zu halten. Hin und wieder flog Max das gebügelte Haar um die Ohren.

Augenmädchen, rief er, weil die Musik so laut war, wo tanzt du denn mit mir hin?

Dorthin, wo die Häuser aus Blumen sind, die Fische am Himmel schwimmen und die...

Was sagst du?

Katharina hatte nur die Lippen bewegt, nicht einmal geflüstert. Max zog den Vorhang der Haare von ihrem Gesicht weg.

Ich versteh' dich nicht, Augenmädchen!

Was wollte er mit dieser zärtlichen Geste? Katharina erstarrte plötzlich mitten in der Bewegung. Ihr Gesicht, eben noch verträumt, wurde hart. Sie schrie gegen die Musik an:

Ich dich auch nicht!

Sie hätte ihn gern geschüttelt, am Arm gepackt, bis er ihr sagte, was ihm an Ma so gut gefiel. Nichts. Sie stand und stand, still unter den Tanzenden.

Anders André und Jette. Bei den beiden war jede Bewegung aufeinander abgestimmt, ein von oben nach unten laufendes Gleiten, manchmal auch Zucken. Ihre Füße behielten stets denselben Abstand, ihre Hände berührten sich nie, auch nicht ihre Schultern. Hin und wieder tanzte Jette vor André in bewunderungswürdiger Übereinstimmung mit seinem Schritt. Zwei vorwärts Marschierende, die wie auf Kommando die Richtung wechselten, alles mit äußerster Disziplin.

Katharinas plötzliches Auf-der-Stelle-Stehen brachte Veränderung, Jette entfernte sich von André, überließ ihn sich selbst, so wie Max sich selbst überlassen blieb, und wandte sich Katharina zu, berührte die Schwester und tanzte mit ihr davon.

Mürrisch zogen sich André und Max an die Theke zurück, tranken in langsamen Schlucken ihr Bier. Nein, sie sahen Katharina und Jette nicht zu. Sie fühlten sich lächerlich gemacht. Es wurde geklatscht, Jettes und Katharinas Namen fielen, ihnen galt der Beifall.

Ich geh' nach Hause, sagte André, das hier ist mir zu dumm!

Du bist auf die Schwester eifersüchtig. Max klopfte André auf die Schulter.

André mochte es nicht, wenn jemand ihn durchschaute. In seinem Gesicht bewegte sich nur der Mund. Nicht ich bin eifersüchtig, Max. Die sind es – auf die Mutter! Max antwortete nicht. Darauf zahlten sie ihr Bier und gingen, ohne es Jette oder Katharina mitzuteilen.

Als die es bemerkten, fingen sie an zu kichern, tanzten noch einmal und viel ausgelassener als zuvor.

Das Haus schlief. Übrig blieben Geräusche und Gerüche. Sie kannten von Kindheit an das leise Klirren der Glastür. Sie wußten, welche Dielen knarrten, und traten darauf. In der Küche brummte der Eisschrank. Von der Straßenseite fiel Licht durch die Fenster. Es roch nach Leas Zigaretten, ihrem Parfüm und frischen Blumen; in der Diele stand ein Riesenstrauß, obwohl es keine Jahreszeit für große Sträuße war. Die alte Wiener Telleruhr tickte die Sekunden ab, die Jette und Katharina Hand in Hand entschlußlos dastanden, weil sie nicht wußten, wo im Haus sie sich jetzt wohl fühlen würden.

Komm, flüsterte Jette, wir gehen zu Mühmchen.

Aber Mühmchen schlief, ließ sich nicht wecken, obwohl ihr Jette die Kissen aufschüttelte. Katharina sah zu, half nicht.

Eigentlich komisch, sagte sie, Ma und Pa warten nie, bis wir nach Hause kommen!

Nein, Jette schloß leise die Tür von Mühmchens Zimmer, wir haben eben fortschrittliche Eltern!

Komm!

Ohne Licht anzumachen, gingen sie in ihre nebeneinander liegenden Zimmer im Dachgeschoß.

Sie zogen sich im Dunkeln aus und schminkten sich nicht ab. Ließen die schwarz umränderten Augen, wie sie waren, mochten alle beide keine Watte und Creme im Gesicht spüren. Sauberkeit konnte nackt machen. Bloß kein Licht, wo man doch sowieso alles kannte, vor allem die Wände, die nicht wegzurücken waren, die Türen, die immer denselben Ausgang und Eingang boten. Bloß kein Licht.

Ich will nicht schlafen, sagte Jette.

Ich auch nicht, antwortete Katharina.

Also krochen sie zusammen in Katharinas Bett, lagen dort, hielten sich fest und warfen sich kleine Sätze zu, die alle mit weißt du noch anfingen.

Samstagvormittag. Lea war früher als alle anderen aufgestanden. Kein Frühstück, weder mit Felix noch mit den Töchtern. Irgend jemand würde Mühmchen Tee bringen, das wußte sie. Nichts wie weg und allein sein, in ihrem Laden in der Kettengasse. Lea wußte genau, warum sie heimlich abgehauen war. Felix hatte seinen freien Tag und würde ihr und den Töchtern das Grundstück im Neckartal zeigen wollen. Wochenendhaus, Staudenbeete und Rosen, von dem Blick und der frischen Luft ganz abgesehen...

Lea schüttelte sich, zog den Altemöbelmief durch die Nase. Hier im Laden war es dunkel. Sie hockte sich auf das kleine Biedermeiersofa, die Beine, hochgezogen und von den Armen festgehalten, stützten ihren Kopf. Lea saß gerne so da, oft auch lange. Eine Spinne in ihrem selbstgebauten Netz, dachte sie dann, obwohl sie Spinnen nicht ausstehen konnte.

Was in ihrem Laden herumstand, war ein gepflegtes Sammelsurium von alten Kleinmöbeln, Gebrauchsgegenständen aus Bauernhäusern des Odenwalds und der Pfalz, Gläsern und Porzellan. Dazwischen ein bißchen Zinn und Spielzeug aus der Zeit des Jugendstils. Lea überlegte sich, ob sie über Land fahren sollte, einkaufen. In Neckargemünd wußte sie von einer Haushaltsauflösung, und in Waldmichelbach konnte sie auch einmal wieder vorbeifahren. Dort verhandelte sie schon lange mit einem alten Ehepaar wegen eines Schranks. Sie wolle ihn nicht mehr, hatte die alte Frau gesagt. Zum Sterben brauche man keine neuen Kleider, es reiche, die alten aufzutragen. Aber der Mann wollte nichts hergeben, meinte, der Ausverkauf finde erst nach seinem Tod statt, und darauf sei noch zu warten.

Lea lächelte. Ja, das war eine gute Idee, die Alten zu besuchen, auf dem Land herumzufahren und nach Antiquitäten zu schnüffeln. In jedem Falle könnte sie dann von Felix nicht erreicht werden, und der müßte seine Grundstücksbesichtigung mit den Töchtern allein vornehmen.

Plötzlich fiel ihr Max ein, seine Stimme und das, was er zu ihr am Telefon gesagt hatte: Ruf mich wieder an – bitte! Und das bitte hatte er wiederholt.

Die Nummer wußte sie noch immer. Sie drehte sie auf der Scheibe, ohne den Hörer dabei abzunehmen. Drehte Zahl nach Zahl immer wieder von vorn, bis sie alle Einzelheiten seines Gesichtes vor sich hatte. Die Narbe über der Lippe, die hellen Stipse in seinen braunen Augen und die Falte links von der Nase, nur links. Und weil ihr nichts weiter von ihm bekannt war außer sein Aussehen, sein Vorname und seine Telefonnummer, wünschte sie sich, nicht so viel an ihn denken zu müssen.

Sie hatte das sinnlose Wählen der Nummer aufgegeben. Um so mehr erschrak sie, als das Telefon jetzt klingelte. Sie legte die Hände über den Apparat, was den Ton veränderte. Sie schloß die Augen, als könnte sie so den Teilnehmer auf der anderen Seite fühlen. Das Klingeln dauerte an. Sie hätte es zählen sollen. Zählen beruhigt. Der einzige, der etwas mit dem Klingeln zu tun haben konnte, war Felix, der sie zum Frühstück vermißte, der Tee eingegossen haben wollte. Nach der nächtlich ausgeübten Ehezärtlichkeit erwartete er nun sicher frische Brötchen, ein Dreiminutenei und ausgepreßten Orangensaft.

Langsam hob Lea den Hörer hoch.

Hallo?

Gott sei Dank, ich dachte schon...

Max?

Ich muß dich sehen, ich will dich sehen, jetzt sofort...

Das geht nicht.

Natürlich geht das...

Max fuhr den 2-CV-Kastenwagen, mit dem Lea einkaufte und kleine Transporte unternahm. Sie redeten nicht. Statt Worte zu benutzen, saßen sie dicht nebeneinander. Als sie an der alten Brücke am Hackteufel rechts einbogen, konnte Lea über den Neckar hinweg ihr Haus sehen, den halbmondförmigen Balkon mit den vier Säulen. Die Küche, in der Felix sein Frühstück erwartete, lag nach hinten.

Max fuhr schnell. Februarlicht steckte in den Wolken, versprach aber, irgendwann hervorzubrechen und alles ein bißchen heller zu machen. Nebelfetzen hingen wie Nester in den Bäumen und machten die Landschaft trübe und kalt.

Lea suchte nach einem Gespräch. Alles war so schnell gegangen. Max hatte sich nicht abwimmeln lassen, wollte unbedingt mit, hatte Zeit. Bevor sie fertiggeschminkt war, stand er schon in der Kettengasse vor der Tür, war durch den Laden gelaufen, hatte dies und jenes angefaßt, wieder hingestellt, schließlich auch sie angefaßt, aber sofort wieder losgelassen, was ihr angenehm war. Zärtlichkeiten hätte sie unter keinen Umständen ertragen können.

Willst du fahren? hatte sie ihn gefragt, worauf er sich wortlos ans Steuer setzte.

Ein Gesprächsthema. Leas Meinung nach mußte eines gefunden werden. Für Max hingegen gab es weder etwas zu fragen noch etwas nachzudenken. Ihre Nähe machte ihn zufrieden, noch mehr, daß er ihren kleinen Widerstand gebrochen hatte und sie sich von ihm begleiten ließ. Alles andere würde sich dann ergeben.

Erzähl von dir, sagte Lea und glaubte, den richtigen Anfang gefunden zu haben.

Max trat aufs Gas, fuhr schneller und lächelte. Wozu?

Weil ich nichts von dir weiß.

Du weißt genug!

Das stimmte nicht. Gar nichts wußte sie von ihm. Seine Antwort machte sie verlegen und ärgerlich. Sie schob ihre Fußspitze unter den Gashebel, hob ihn ein wenig hoch und verlangsamte das Tempo.

Zum Beispiel, sagte Max, weißt du, daß ich gern mit dir zusammen bin und du mit mir, nicht wahr?

Lea sah geradeaus und mußte sich eingestehen, daß sie sich augenblicklich mit diesem fremden, ein wenig eingebildeten Jungen neben sich nicht sehr wohl fühlte.

Vielleicht hätte sie doch lieber...

Max fuhr mit zwei Rädern über den Randstreifen hinaus und hielt an. Hinter ihnen mußten die Autos bremsen. Es wurde gehupt. Ein Lkw-Fahrer zeigte ihnen den Vogel. Als Max die Bremse angezogen und die Hände frei hatte, drehte er Leas Gesicht zu sich, beugte sich zu ihr, küßte sie nicht, sondern sagte nur: Sei doch ein bißchen neugierig!

Auf was?

Auf uns.

Dann fuhr er wieder an. Die Nebelnester fielen endlich herunter. Die Bäume bekamen Licht und die Oberfläche des Flusses Glanz. Ein schöner Tag für diese Jahreszeit, Max pfiff einen Song von Bob Dylan. Kennst du das?

Nein!

Er pfiff etwas anderes. Und das?

Ja, von Jette und Katharina.

Die Namen der Töchter bekamen plötzlich einen Nachgeschmack, den Lea nicht los wurde. Sie mußte sich räuspern.

Du kennst die beiden gut?

Ja, antwortete Max, ich kenne sie gut!

Bei der Haushaltsauflösung in Neckargemünd war nicht viel zu holen. Ein wenig Geschirr und ein alter Spiegel, kaum der Rede und des Weges wert. Max war beim Einladen behilflich. Die ganze Sache schien ihn nicht zu interessieren.

Dann fuhren sie weiter, nach Waldmichelbach. Für das alte Ehepaar blieb Lea mit Max ein Gast, der zu bewirten war. Kaffee, Kuchen, Obstwasser, eins nach dem anderen, ohne daß von dem Schrank gesprochen wurde. Man saß in der Stube, das Kaufobjekt vor Augen. Der Alte behielt Lea im Blick und dachte, daß die ihm noch das Gemalte von der Schranktür pflücken würde. Er schüttelte schließlich den

Kopf, zeigte mit dem Daumen nach rückwärts und sagte, daß da vor seinem Tod nichts zu holen sei, auch nicht für gutes Geld.

Zutraulich nahm die Frau plötzlich Leas Hand und rieb sie zwischen den Fingern hin und her. Sie wollte etwas sagen, wußte aber nicht wie. Der Alte war schneller, drehte das Obstlerglas und wackelte mit dem Kopf. Es geht nicht um ihre paar Kleider, es geht nicht um den Platz, der dann in der Stube leer bleibt, auch nicht um das Geld. So ein Schrank, der Alte hob das Glas hoch, trank und fuhr fort, so ein Schrank ist etwas, das zu zwei Leuten gehört, die miteinander leben. Er ist nicht zum Weiterverkaufen, wie das heute modern ist.

Ja, sagte die Alte und ließ Leas Hand wieder los, so ist das. Und weil ihr nichts weiter einfiel, ihr wohl das Fragen auch nicht so geläufig war, verließ sie sich lieber auf ihre Augen. Der Blick lief von Lea zu Max und wieder zurück. Lea hüstelte und begann zu rauchen. Erst als sie Max' Hand auf ihrem Arm spürte, wurde sie ruhiger. Die Alte fummelte ihre Brille aus dem Etui, bog die Drahtbügel einzeln um die Ohren, sah sich die beiden noch einmal an und sagte. Ich weiß nicht...

Weiter kam sie nicht, erschrak und legte schnell die Finger auf ihren Mund. Max lachte. Nicht laut, auch nicht unverschämt, nur so, daß ihr die Worte wegblieben. Aber wir sind doch zu zweit, sagte Max.

Wenn das so ist, sagte der Alte skeptisch, dann muß man wohl darüber reden! Und er wiederholte zwischen zwei Obstlerschlucken, wenn das so ist!

Es ging alles ohne viel Worte. Nur Zahlen murmelte der Alte, wollte an die fünfhundert Mark für das Möbel, denn von solchen Summen hatte er im Wirtshaus gehört, nicht weniger, eher mehr. Die Alte räumte die Kleider aus, hängte sie über eine Stange in der Kammer, weinte ein bißchen und zeichnete mit Kreide das Zeichen des Glücks auf das Holz der Innenwand. Der Schrank war wenig später, säuberlich auseinandergenommen, im Kasten des 2-CVs verladen.

Wieder redeten sie nicht, saßen abermals eng nebeneinander, wenn auch jeder aus einem anderen Grund. Die Straße, der Himmel, der Neckar waren grau. Wieder befanden sie sich in der Nähe des Flusses. Der Tag hatte seinen Höhepunkt überschritten. Heller wurde es nicht mehr.

Zufrieden? fragte Max und horchte nach hinten, wo die Schrankbretter im Wagen aneinanderstießen.

Lea dachte an die Kreideglückszeichen, die sie später zu Hause abwaschen würde. Und sie dachte an die Gesichter der beiden Alten, die Max und ihr auf den Leim gegangen waren.

Weißt du, sagte Max, du solltest die Haare glatter tragen, nicht so toupiert wie jetzt, und Jeans müßten dir auch gut stehen. Hast du das schon mal probiert?

Nein!

Als sie sich verabschiedeten, gaben sie sich die Hand. Sie machten auch keine neue Verabredung aus, sie sahen sich kaum an, und keiner von beiden bemühte sich um eine Geste, die Zuneigung ausdrückte. Sie wußten auch so, daß sie sich bald wiedersehen würden.

Der Strumpffabrikant Herbert Leibig hatte gegen Mitternacht bestimmte Angewohnheiten, auf die er ungern verzichtete. Er hörte Marschmusik. Der gleichförmige Takt beruhigte, bereitete aufs Schlafengehen vor. Dazu trank er Milch, die seine Frau Hilde vorher anzuwärmen hatte. Das Glas in den Händen durchlief er das geräumige und teuer eingerichtete Wohnzimmer. Altdeutsche Möbel, Perserteppiche, deren Markenzeichen plus Preisangabe Hilde Leibig nie abgetrennt hatte und auf Wunsch mit einem Griff hervorziehen konnte, um sie gleich darauf wieder unter dem so gekennzeichneten Wertgegenstand verschwinden zu lassen.

Nun blieb es nicht allein bei Marschmusik und Milch. Herbert Leibig hatte auch etwas zu sagen, und zwar als Privatmann, Ehemann und Vater, wozu ihm tagsüber die Zeit fehlte. Da gehörte jede Minute seiner Fabrik. So hatte Herbert Leibig es seit dem Jahre 1938 gehalten und war damit nicht schlecht gefahren. Der damalige Umsatz der ursprünglich aus dem Erzgebirge stammenden Strumpfwirkerei und der des heutigen Werks war nicht im selben Atemzug zu nennen, und ebenso war der Maschinenpark vergrößert worden, war die Anzahl der Beschäftigten gestiegen.

Wo ist der Junge, fragte er zwischen Milchschlucken und kurzen Schritten. Seine Stimme verriet Ungeduld. Hilde Leibig wußte es nicht. Und weil sie diese Frage um diese Zeit noch nie hatte beantworten können, hob sie als Antwort nur die Schultern, ließ sie eine Satzlänge in Höhe ihrer Ohrläppchen und gab sich dann wieder ihrer Patience hin. Über Jahrzehnte hinweg des mitternächtlichen Zuhörens müde geworden, hatte sie sich das Patiencelegen angewöhnt. Dabei schlief sie nicht ein. Auch konnte sie durch regelmäßiges Kopfnicken ihre von Herbert erwartete Zustimmung demonstrieren.

Max hörte schon von der Treppe, was oben los war. Er vermied es, im Takt des Marsches zu gehen, sah die Mutter vor sich, die Patience-Karten auf dem Tisch, den Vater, wie er durch das Wohnzimmer lief. Vor allem aber hörte er ihn: ...du mußt wissen, was Verantwortung ist, Hilde. Max wußte, daß die Mutter jetzt nickte.

...du mußt wissen, daß du nur mit einem glasklaren Nationalbewußtsein aus den Situationen herauskommst, in denen wir uns heute befinden. So und nicht anders kannst du handeln, so...

Max platzte mitten in den Satz und stand nun da. Herbert redete nicht weiter, strafte durch Schweigen. Max wußte, daß er sich jetzt hinzusetzen hatte, um einiges über Disziplin zu hören die auch mit Rücksicht auf den Vater verbunden war. Den Vater, der für den Sohn lebte, für ihn dachte, plante, ihm Vorbild war, ihn als Erbe dessen erzog, was im Verlauf von vierzig Jahren ohne Unterbrechung aufgebaut worden war, die Fabrik.

Mein lieber Sohn, sagte Herbert im Stand wippend, du mußt lernen, um den Bestand der Ordnung zu kämpfen, die ich dir gezeigt habe. Ich will mir nicht Versuche ansehen müssen, mit denen du diese Ordnung unterläufst. Ordnung heißt Freiheit, und Freiheit bedeutet Verantwortung.

Max sah hoch, der Vater tappte in knappen Schritten von ihm weg, würde sich gleich umdrehen, ihn ansehen und fragen. Immer und immer dasselbe:

Wie steht's mit dem Examen, mein zukünftiger Betriebswirt?

Max lächelte in Ruhe erst dem Vater, dann der Mutter zu, gähnte, ohne müde zu sein. Wie oft sollte er noch sagen, daß er das Schriftliche im Sommersemester machen würde, wie oft?

Schon gut, schon gut. Herbert Leibig stellte den Plattenspieler ab, Hilde Leibig schob die Patience-Karten ins Etui. Der Tag war beendet. Gute Nacht, mein Sohn!

Ebenerdige Fenster, geschlossen. Ein Nachthimmel, der durch die Vierecke des weiß gestrichenen Gitters kaum auffiel. Der Raum war oval, hatte einen eigenen Eingang und war mit dem Haus und einer Kellertreppe verbunden. Die roch muffig und wurde außer von Max von niemandem benutzt. Der Junge sollte sein Reich haben, hatte Herbert Leibig vor Jahr und Tag gesagt und Max die ehemalige Waschküche und den Geräteraum zur Verfügung gestellt. Was Max dort machte, wußte er nicht, und er gab sich mit der Auskunft, daß dort unten gebastelt würde, zufrieden. Schließlich bastelt jeder Junge, und Max bekam die entsprechenden Kästen geschenkt, Chemie, Physik, später Elektronikkästen, die unbenutzt und säuberlich in einer Ecke gestapelt als Sitzgelegenheit dienten.

Rundum im Oval Farben. Harte, ins Auge fallende, zusammengeschobene Farben, wie aus Angst hingeknallt, unmenschliche Menschen auf Leinwand gemalt. Ein uniformierter Mann. Exakt der Schnitt seiner Jacke. Übergroße Revers mit Orden wie Teller. Der dunkelrote Mund zerschnitt das weiße Gesicht von einem bis zum anderen Ohr. Der Mann schien Kommandos zu brüllen, die milchtropfenden Kühen galten. Kühe, die im Gleichschritt marschierten, deren Hinterteile denen von Frauen glichen und in Bikinis steckten. Am kohlrabenschwarzen Himmel ein Kissen, das Licht spendete.

Lange stand Max vor dem Bild, griff endlich nach einem der Pinsel und malte dann eine Zwei auf die Mitte des Kissens. Es dauerte lange, bis er damit fertig war, zumal er mehrmals die Farben wechselte, bis er sich für das Mundrot im Gesicht des Mannes entschieden hatte.

Dann erst löschte Max die Lampe, nahm sich eine Decke und rollte sich unterhalb des Bildes zum Schlaf hin.

In der Zeitung stand, von zwölftausend Studenten seien elftausend nicht zu sehen, aber in den Straßen sah es anders aus. Die Heidelberger Bürger muckten auf, die Heidelberger Bürger setzten sich zur Wehr. Bürgerwehr, so hieß es. An der Hauptpost und vor dem Kaufhaus Horten wurden Unterschriften gesammelt: Schluß mit Provokation, Terror und Gewalt! Wer gegen die Gesetze verstößt, muß zur Verantwortung gezogen werden. Wer randaliert, wer Gewalt anwendet, um seine Meinung durchzusetzen, wer den Willen der Mehrheit nach Arbeit und Leistung beeinträchtigt, hat an unseren Hochschulen nichts zu suchen. Der von der jungen deutschen Demokratie in 20jähriger Arbeit geleistete Wiederaufbau darf nicht zerstört werden.

Max hatte eine Weile zugesehen, wie sie unterschrieben, die Erregten und Besorgten, wie sie der Empörung mit ihrer Unterschrift Luft machten, wie sie dabei die Münder zusammenkniffen und die Hinterteile im Ausgleich zu der gebückten Körperhaltung aufwärts reckten. Und Max hatte auch seine Mutter gesehen. Sie zögerte nicht lange, nickte nur, bevor sie den Stift in die Hand nahm. Ihr Mund war nicht verkniffen, und ihre Haltung drückte auch keinen übertriebenen Eifer aus. Vielmehr schien sie bereitwillig eine Pflicht zu erfüllen, von der sie die Parolen des Flugblattes und die Worte des Unterschriftensammlers schnell überzeugt hatten. Sie schob ihr Krokodiltäschchen vom rechten auf den linken Arm, zupfte behend den Handschuh von den Fingern und schrieb gut leserlich Hilde Leibig aufs Papier. Dann zog sie den Handschuh wieder an, wechselte die Tasche auf den rechten Arm zurück, lächelte höflich, wie es nun mal ihre Art war, und ging. Der Unterschriftensammler lächelte zurück, dankte, denn er wußte, wen er vor sich hatte. Wie sich später herausstellte, hatten nicht mehr als vierhunderfünfzig Heidelberger Bürger unterschrieben. Aber Hilde Leibig war dabei, was, wie sie später erfuhr, im Sinne ihres Mannes war.

Mehr erzählte Max nicht. Er verschwieg Lea, daß er Bernds Aufforderung, zum Teach-in zu kommen, abgelehnt hatte, er verschwieg, daß ihn die Wiedereröffnung der neuen Uni eigentlich nicht sehr interessierte, und er verschwieg, daß er soeben mit Katharina eine Portion Pommes frites gegessen hatte. Deine Mutter ist in ihrer Haltung wenigstens konsequent, sagte Lea.

Bist du das nicht?

Nein, Lea spielte an ihrer Kette, ich glaube, ich bin es nicht.

Max schob die Rückteile des Schrankes aus Waldmichelbach vorsichtig ineinander. Die zwei Bretter standen jetzt aufrecht wie eine Tafel und nahmen Licht vom Fenster weg. Max arbeitete geschickt, während seine Gedanken bei Lea waren.

Er wollte sich nicht mit ihr über seine Mutter lustig machen, er hätte nur gern mit ihr über sie geredet. Leas Bewunderung für die Mutter hatte ihn verärgert, auch das Bekenntnis zu ihrer eigenen Unsicherheit.

Das rechte Seitenteil klemmte und fügte sich nicht in die vorgesehene Nute, er brauchte den Hammer dazu.

Bei den Türen und dem Oberteil mußt du helfen!

Sie nickte, ohne sich zu rühren, hatte die Beine auf das Sofa gelegt. Vom Schrankinnern her sah er zu ihr hin. Ihre Rekelei reizte ihn. Er kam sich dumm vor und suchte Streit, redete plötzlich los, leise und ohne rechten Zusammenhang.

Ich zum Beispiel bin genau wie mein Vater!

Lea schwieg, und Max fuhr fort: Er läßt sich weder etwas aus- noch einreden. Er geht zäh seinen Weg, der ihn bisher nur bergauf geführt hat. Steil nach oben ohne Rücksicht, verstehst du?

Lea verstand, hob ein wenig die Schultern und ließ sie wieder sinken. Ihre Gleichgültigkeit störte ihn. Er trat aus dem Schrankgehäuse. Seine Stimme klang jetzt übertrieben laut.

Ich bin wie er!

Warum nicht, antwortete Lea freundlich, wenn du ihn so bewunderst?

Sie machte sich über ihn lustig, das spürte er. Vielleicht sollte er sie jetzt rücksichtslos küssen. Noch besser wäre es zu lachen. Statt dessen antwortete er ohne Überzeugungskraft: Ja, ich bewundere ihn!

Leas Lächeln war unerträglich. Er winkte sie vom Sofa weg, ihm zu helfen. Sie hielt die Tür, bis sie in den Angeln saß.

Und wie eiferst du deinem Vater nach?

Ich studiere erst einmal, sagte er und kam mit dieser Unwahrheit leichter zurecht, als er vermutet hatte. Ich habe ein einziges Semester verloren und mache im Sommer mein Examen – Betriebswirtschaft.

Mit der Lüge hatte er seine gewohnte Sicherheit zurückgewonnen, und er küßte Lea ohne Zärtlichkeit, aber auch ohne ihren Körper zu berühren.

Lea lag wach im Bett, der Schlaf war weg. Graues Morgenlicht und Stille, die keinen Gedanken störte.

Max. Seine plötzlichen Küsse gestern hatten Lea erst erschreckt. Aber als es nur bei den Küssen blieb, hatte sie ihn erleichtert umarmt. Sie hatte seinen Nacken in ihrer Armbeuge gespürt und war überrascht, wie kantig sich seine Schultern anfaßten. Dann hatte er ihre Arme von seinem Hals gelöst.

Komm mit, hatte er leise gesagt, komm mit, ich will dich malen.

Malen? Sie hatte keine Ahnung gehabt, daß er malte, und dann ausgerechnet jetzt?

Leas Gedanken zerplatzten. Felix' regelmäßiges Schnarchen ließ keine weitere Erinnerung zu. Übrig blieben nur ein paar Sätze, die Lea nicht vergessen hatte. Nein, hatte sie gesagt und: Jetzt nicht. Darauf hatte Max geantwortet, dann komm morgen, ich wünsche es mir so!

Morgen geht es schon gar nicht!

Wenn du willst, wird es gehen, das weiß ich genau!

Dieser Morgen war heute und wurde gerade zum Tag, zu einem besonderen Tag, einem Hochzeitstag, dem zwanzigsten von Lea und Felix.

Im Haus waren die ersten Geräusche zu hören. Lea stand auf, ging ins Bad und sah in den Spiegel. Als Felix aufwachte, fuhr seine Hand über das noch warme Kopfkissen. Schade. Für das gemeinsame Aufwachen an diesem gemeinsamen Tag hatte er sich ein paar Worte zurechtgelegt, die in keine andere Tageszeit paßten, auch in keine andere Nähe.

Er blinzelte in das Licht, gähnte und war stolz, daß es diesmal nicht Mühmchens Erinnerung an das Datum seiner Eheschließung bedurft hatte. Die Rosen hatte allerdings die Alte versteckt, damit sie eine Überraschung blieben.

Mühmchen war es zu verdanken, daß dieser Tag im Laufe der Jahre zu einem Familienfeiertag mit bestimmten Riten geworden war. Felix ging später als sonst in die Klinik. Zum Frühstück gab es Kaffee statt Tee, ein Kuchen stand auf dem Tisch und soviel Jahre, soviel Rosen. Als die Kinder noch klein waren, hatte Mühmchen ihnen aus dem von seiner Mutter stammenden Buch *Familienglück* Gedichte einstudiert. Heute wurden keine Gedichte mehr aufgesagt, nur das Feierliche war geblieben, der Kaffee, der Kuchen, die frische Damasttischdecke und die Rosen. Diesmal hatte Felix auch ein Geschenk, das sich sehen lassen konnte. Er freute sich, und während er sich anzog, dachte er an das Haus im Nekkartal.

Der Kaffee duftete durchs Haus, die zwanzig Rosen standen auf dem Tisch, und Mühmchen schnitt Stück für Stück vom Kuchen ab, während Jettes und Katharinas Blicke an der Mutter klebten. Sie trug Jeans, darüber einen Pulli, der Felix gehörte, und ihre Haare waren im Gegensatz zu sonst glatt zurückgekämmt, ihr Gesicht kaum geschminkt. Sie sah aus, als hätte sie sich für eine Bergwanderung zurechtgemacht.

Jeans muß man vor dem Tragen heiß waschen, sonst sitzen sie nicht, sagte Jette.

Der Kaffee plätscherte in die Tassen. Felix, der jetzt das Eßzimmer betrat, war durch den ungewöhnlichen Aufzug seiner Frau so verwirrt, daß ihm die zum zweiten Mal zurechtgelegten Worte im Hals steckenblieben. Er vergaß Umarmung und Gratulation, setzte sich und stand sofort wieder auf. Vielleicht wollte Lea mit ihm auf das Grundstück fahren?

Ach weißt du, sagte er unvermittelt und für alle Anwesenden etwas unverständlich, du bist wundervoll. Er hob Lea hoch und küßte sie auf den Mund. Da, sagte er mit weicher Stimme, seht euch eure Mutter an, seit zwanzig Jahren bin ich mit ihr glücklich.

Lea bekam unvermutet noch einen Kuß. Eine kleine Pause, bis Katharina leise und ohne Spott fragte, ob Ma denn auch mit ihm glücklich sei.

Mühmchen knallte die Kaffeekanne auf den Untersetzer. Wie das Kind bloß so unverschämt sein konnte.

Lea streckte über den Tisch hinweg ihre Hand nach Katharina aus. Die nahm sie nicht, tat so, als wollte Lea sich nur ein Stück Kuchen vom Teller nehmen, und einen Augenblick lang hing die Hand der Mutter in der Luft.

Jette lächelte. Felix, der von alledem nichts merkte, nur Katharinas Frage gehört hatte, nahm Jettes Lächeln auf und setzte es in fröhliches Lachen um.

Natürlich ist Ma mit mir glücklich, sagte er. Und weil er den Zeitpunkt für günstig hielt, griff er in die Tasche und holte sein Geschenk hervor. Eine Halskette. Lea mußte die Augen schließen, während Felix sie ihr umlegte. Sie fühlte seine Finger in ihrem Nacken, sie fühlte das Metall unterhalb des Halses, und als sie die Augen öffnete, sah sie Jette, die ihr einen Spiegel hinhielt. Um ihren Hals hing ein flaches Platinband, einen halben Zentimeter breit mit Saphiren und kleinen Brillanten besetzt, ein Vermögen wert. Halbverdeckt durch den gammeligen Pullover, sah es lächerlich aus. Felix zog den Wollrand seitlich weg.

Nun, fragte er, schön?

Lea konnte nicht antworten, weder nicken noch den Kopf schütteln, bis Jette den Spiegel wegnahm.

Ich möchte die Kette nicht haben, Felix. Lea öffnete den Verschluß und legte das Schmuckstück vorsichtig auf den Tisch zurück.

Gefällt sie dir nicht? fragte Felix bestürzt.

Doch, natürlich, sagte Lea. Ein Lächeln, das sie versuchte, gelang nicht. Sie hatte das Gefühl, daß ihr überhaupt nichts gelingen würde, was für diesen Augenblick geeignet wäre.

Felix machte Anstalten, ihr die Kette ein zweites Mal umzulegen.

Sie steht dir, sagte er, zu einem Abendkleid, wenn wir wieder einmal Gäste haben oder eingeladen sind.

Lea wich Felix aus. Aber wir haben schon lange keine Gäste mehr gehabt, und Einladungen langweilen mich. Sie wischte sich über den Mund, und alles, was sie sagte, klang so, als verstünde sie es selber nicht. Was ist denn an so einem Tag zu feiern, wollte sie wissen und sah zu, wie Mühmchen sprachlos die Hände über dem Kopf zusammenschlug.

Für was schenkst du mir heute so ein wertvolles Schmuckstück? Ist das eine Belohnung?

Felix wurde blaß. Mühmchen goß Milch in seinen Kaffee. Jette reichte ihm Kuchen; er nahm ein Stück, rührte es aber nicht an. Und Lea fuhr fort: Für Treue, für Gewohnheit, Rücksicht?

Plötzlich kippte ihre Stimme. Jetzt hatte Katharina nach ihrer Hand gegriffen, sie nur berührt. Vorsichtig, vielleicht sogar zufällig, aber es hatte genügt,

Lea fühlte beklemmende Übelkeit, die ihr den Magen aufwärts stieg. Warum hatte sie Felix so verletzt?

Er trank, ohne etwas zu essen. Er schluckte laut, während seine Fingernägel Muster in das Tischtuch ritzten.

Weißt du, sagte Lea, und immer noch war ihr übel, das Datum, das auf einem Papier steht, braucht nicht gefeiert zu werden.

Wir haben diesen Tag immer gefeiert.

Ja, sagte Lea, aber bloß, weil Mühmchen bis jetzt immer daran gedacht hat. Sie schob das Halsband Felix vor die Kaffeetasse.

Schenk es mir, wenn du einen Grund dafür hast, ja?

Felix steckte das Schmuckstück schweigend ein und aß immer noch nichts.

Mühmchen war nicht mehr in der Lage, ihre Empörung über Lea zu verbergen; erregt verließ sie das Eßzimmer. Felix war nicht bereit, zuzugeben, daß er gekränkt worden war, und suchte nach einem neuen Ausweg.

Also gut, sagte er, am Nachmittag fahren wir alle aufs Grundstück!

Wieso das? Die Töchter und Lea blickten ihn erstaunt an. Felix nahm es nicht zur Kenntnis, im Gegenteil er lächelte. Er stand auf, fuhr Lea über den glatt gekämmten Hinterkopf und sagte: Ma hat sich für diesen Ausflug schon angezogen!

Ohne eine Antwort abzuwarten, verließ er hastig das Zimmer. Niemand sah ihm nach, keiner der drei hatte etwas zu sagen.

Es ging auf die Mittagszeit zu. Außer Mühmchen war niemand im Haus. Sie sollte nichts kochen, hatte Lea gesagt, sie sollte sich schonen, am besten ein wenig ruhen. Selbst den Frühstücksabwasch hatte sie ihr verboten. Aber Mühmchen ruhte nicht. Sie trug ihre Empörung über Leas Worte treppauf, treppab durchs Haus. Nicht ein einziges Stück hatte der junge Herr Felix von ihrem Kuchen gegessen. Weggegangen war er, ohne einen Bissen, von seiner Frau vor den Kopf gestoßen, und das an so einem Tag. Wer sollte das begreifen? Der aufkommende Schwindel machte Mühmchen zu schaffen. Die Aufregung über den verunglückten Tag war ihr in die Beine gefahren. Sie gehorchten nicht mehr. Nicht einmal beim Frühstücksabwasch, den Mühmchen sich von Lea nicht verbieten ließ, wollten die Knie durchhalten. Sie knickten wie Schilfrohre weg und waren schwer wieder aufzurichten. Mühmchen mußte sich mit den Ellbogen am Spülstein festhaken, aber auch das gelang ihr nur für kurze Zeit. Dazu flogen ihr die Gedanken wie Vögel aus der Küche. Übrig blieb klebrig graue Leere, die Mühmchen festhielt, obwohl die Zeit fortschritt.

Hier, sagte Barbara und schob Lea ein Foto über den Tisch, willst du das haben? Die Zeitung wollte es kaufen, aber ich habe der Redaktion ein anderes angedreht. Wie kamst du denn auf die Demonstration?

Lea ging mit dem Foto zum Fenster, sah es sich an und sagte nach einer Weile: Sehe ich da nicht anders aus als heute?

Anders? Barbara verstand nicht, worauf Lea hinauswollte. An sich hätte Lea erleichtert sein müssen, daß das Foto nicht veröffentlicht wurde. Felix war in solchen Punkten empfindlich.

Ich meine, zwischen dem, was ich auf dem Foto anhabe, und dem was ich jetzt trage, fragte Lea, ist doch ein Unterschied, oder nicht?

Ich bin Pressefotografin, seufzte Barbara, und nicht für Mode zuständig!

Lea legte das Foto zurück, hantierte in ihrem Laden herum, als wäre Barbara gar nicht mehr da, und warf bei jeder Gelegenheit die Haare nach hinten. Schließlich verlor Barbara die Geduld. Sie packte Lea am Pullover und hielt sie fest, tippte mit ihrem Finger auf das Foto, mitten in das Gesicht von Max.

Weißt du, wer das ist, den du da anlachst?

Pause. Drei Atemzüge lang, vielleicht auch nur zwei.

Nein, sagte Lea, ich weiß es nicht.

Und willst du es nicht wissen?

Schon wieder dieses Zurückwerfen der Haare, danach ein Lächeln, an dem ein wenig Spott hing. Ich glaube nicht, Barbara.

Katharina hätte jetzt gern in Marios Küche gearbeitet. Warum nicht Zwiebeln schälen? Selbstgemachte Tränen. Sie trottete über den Fischmarkt und um die Heiliggeistkirche herum. Blick auf den Kornmarkt, darüber das Schloß. Postkartenaussicht, auch im Februarlicht ein Touristenmotiv.

Katharina sah das alles nicht. Sie aß Pommes frites und dachte an Max, weil sie mit ihm hier zuletzt Pommes frites gegessen hatte. Zu reden hatten sie, wie immer, nicht viel gehabt. Zweimal hatte er ihr ein Stück von seiner Portion in den Mund gesteckt. Dann machte er sie auf eine dreibeinige Katze aufmerksam, später auf eine Wolke, die die Form eines Fisches hatte und durch den graublauen Himmel schwamm.

Das hatte ihr für ein Lächeln genügt, lang genug, bis alle Pommes frites aufgegessen waren. Danach ging jeder seiner Wege.

Heute gab es keine Wolken am Himmel, jedenfalls keine, aus denen man etwas hätte herauslesen können. Auch die dreibeinige Katze ließ sich nicht blicken. Katharina überlegte, ob sie die Mutter besuchen sollte, und verwarf den Gedanken sofort wieder. Im Grunde genommen wollte sie Ma gar nicht sehen, sie hatte bloß an sie gedacht, an ihre plötzlich veränderte Aufmachung, an das verpatzte Frühstück und an die Kränkung, mit der sie Pa bedacht hatte.

Auf einmal spürte Katharina die Unruhe, die sich seitdem in ihr breitgemacht hatte. Ein unangenehmes Hin und Her von Gefühlen, denen Katharina aus dem Weg gehen wollte. Irgend etwas mußte ins Lot gebracht werden, und endlich wußte Katharina auch, was. Sie sah auf die Uhr und rannte zur nächsten Telefonzelle.

In der Zwischenzeit begleitete Jette den Vater bei der Visite. Komm mit, hatte Felix zu Jette gesagt, ich hätte dich heute gerne dabei. Warum er sie dabei haben wollte, sagte er nicht. Seine Stimmung war gedrückt, das sah man ihm an, seine Geduld begrenzt. Das bekamen nicht nur der Stationsarzt, die Stationsschwester und Jette zu spüren, das übertrug sich auch auf die Patienten. Ihre Erwartungen schlugen in Ängste um, hin und wieder in Aufmüpfigkeit. Nur der alte Mann von Zimmer drei blieb von der Stimmung des Professors unberührt. Schon gestern hatte ihn nichts weiter als der Schmerz in seinem Kopf beschäftigt. Zum Sprechen nicht mehr fähig, wies er ganz langsam auf seinen Schädel, öffnete die Augen und hatte für Arzt und Schwester nicht mehr als einen Blick. Darauf hatte Felix alle Fusionen bis auf die Flüssigkeitszufuhr absetzen lassen und angeordnet, daß der Patient flach gelegt wurde. Heute war der alte Mann weder zu einem Blick noch zu einer Bewegung fähig, blieb unansprechbar und atmete nur stark durch den Mund. Sein Röcheln erfüllte das ganze Zimmer. Weder legte die Stationsschwester das Krankenblatt vor, noch verlangte Felix danach. Hier war das Urteil gestern gefallen, hier galt es nur noch abzuwarten. Der nächste Patient. Die Krankenblätter schoben sich über die Bettkanten und lösten eine Flut lateinischer Ausdrücke aus, die sich wie Fremdkörper in die Ohren der Betroffenen pflanzten und ihnen den Schneid abkauften.

Das kriegen wir schon wieder hin, sagte Felix und ließ es auf diese Weise zu keinen weiteren Fragen kommen. So ging's von Bett zu Bett, bis zu Herrn Söllner, der wollte mit dem Hinkriegen nichts zu tun haben, der beharrte auf seiner Frage, saß aufrecht im Bett und hielt sich den geblähten Leib. Außer ihm wußten alle, wie aussichtslos sein Zustand war, wie kurz die Dauer seines Lebens, wie qualvoll sein Tod. Jette beobachtete, wie der Vater sich auf Herrn Söllners Bettkante setzte, und plötzlich glaubte sie, Feindseligkeit in den Blikken der beiden zu erkennen. Dabei fiel ihr die idiotische Formulierung vom Ende des Lateins ein. Dem Vater machte seine Hilflosigkeit als Mediziner mehr zu schaffen als Herrn Söllners Todesnähe. Der Stationsarzt schlug wiederholt Einläufe vor, Felix einen Wechsel der Medikamente. Aber Herr Söllner kämpfte an einer anderen Front um sein Leben.

Ich gehe nach Hause, sagte er mit verkniffenen Vogelaugen, hier werde ich jeden Tag kränker. Und er zeigte seine abgemagerten Beine, die Füße, über die er wegen der inneren Kälte Socken gezogen hatte. Er wies auf seine zerstochenen

Venen, auf seine hervorstehenden Rippen, nur die Wölbung seines Bauches ließ er aus. Ich will leben, Herr Professor, aber hier, er schüttelte den Kopf, hier verrecke ich eher, als daß ich gesund werde!

Wie Sie wollen, Herr Söllner. Felix stand auf. Er widersprach nicht, und er machte auch keinen Versuch, Herrn Söllner von einem frühzeitigen Verlassen des Krankenhauses abzuhalten. Er gab lediglich Anweisungen, wie das Absetzen der Fusion stattfinden und mit welchen Medikamenten sie ersetzt werden sollte.

Jette verließ jetzt das Krankenzimmer. Sie konnte weder Herrn Söllner noch den Vater ertragen, die aneinander vorbeiredeten, um sich vor dem Tod zu drücken, den der eine zu erwarten hatte und der andere verantworten zu müssen glaubte.

Kurze Zeit später und mit dem Vater allein, war Jette erregt und böse. Sie sprach laut: Du läßt ihn nur nach Hause, damit er nicht auf deiner Station stirbt. Und weil ihre Worte keine Wirkung hervorriefen, Felix sie nicht einmal ansah, sondern sie reden ließ, als wäre ihm das, was sie sagte, geläufig, fuhr sie fort: Jeden Toten auf deiner Station empfindest du als persönliche Kränkung! Deshalb...

Pause, die sich Jette zurechtschwieg, weil ihr die Worte für ihre Empörung fehlten.

Komm, sagte Felix, nahm sie wie ein Kind an der Hand und ging mit ihr in das Zimmer drei. Das Gesicht des alten Mannes hatte sich verändert, war jetzt gelb und ließ die Backenknochen unter der Haut hervorstehen. Der Mund, immer noch geöffnet, blieb ohne Atem. Die Augen waren geöffnet. Felix horchte das Herz ab, ließ auch Jette hören, flatternde Schläge, die immer seltener wurden. Dann drückte Felix dem alten Mann die Augen zu, die sich wieder öffneten, blicklos und gebrochen. Das wiederholte sich, erst dann sagte Felix, daß der Patient tot sei.

Ich weiß, warum du mich mit hierhergenommen hast, Pa!

Dann ist es ja gut.

Felix legte die Hände des alten Mannes ineinander und strich ihm leicht über den Kopf, so als lebte er noch.

Du hast ihn nur in Ruhe sterben lassen, weil er nicht mehr reden konnte, zu nichts mehr nutze war und sich nicht mehr abschieben ließ, wie es bei Herrn Söllner möglich ist!

Aber auch dieser Vorwurf brachte Felix nicht in Rage. Nicht einmal Ärger war aus seiner Stimme herauszuhören: Du wirst noch vieles lernen müssen, mein Kind. Und Jette antwortete: Oder ich verzichte auf die Medizin!

Oder du verzichtest.

Ein zähes, lähmendes Echo, das jede weitere Unterhaltung erstickte. Jette gab auf und sah dem Vater nach, wie er aus dem Zimmer drei heraus den Krankenhausgang entlangging. Sein Schritt war elastisch und zeugte von großer Geschäftigkeit, während er die ihm begegnenden Patienten jeden für sich mit einem vertrauensvollen Lächeln bedachte und so die schlechte Stimmung bei der Visite wieder wettmachte. Jette wurde ans Telefon gerufen.

Ich bin es, Jette, sagte Katharina. Sie sprach zu schnell und auch so leise, daß Jette nicht alles verstand. Nur soviel, daß Katharina sich um einen besseren Verlauf des elterlichen Hochzeitstages bemühen wollte.

Du und ich, sagte sie, wir fahren mit ihnen ins Neckartal auf das Grundstück, was hältst du davon?

An sich hielt Jette nichts davon, Pa und Ma sollten selber sehen, wie sie an so einem Tag miteinander auskamen. Aber da war ein Unterton in Katharinas Stimme, der Jette nachdenklich stimmte. Es klang wie Angst, erinnerte an die Kindheit und Katharinas flüsternde Frage: Bist du noch wach, wenn sie schon in den Betten lagen und hörten, wie die Eltern das Haus verließen. Jette war immer wach, und immer kroch Katharina dann zu ihr ins Bett, blieb da, bis irgendwann ein Geräusch im Haus anzeigte, daß die Eltern wieder zurückgekommen waren.

Gut, sagte Jette ins Telefon, ich bring' Pa mit, du bringst Ma mit, aber nicht vor zwei Uhr, sonst dreht Mühmchen durch und denkt, wir hätten ein Festessen erwartet.

Mühmchen drehte nicht durch, hatte auch an kein Festessen

gedacht. Sie lag auf dem Küchenboden. Trotz aller Bemühungen, sich am Spülstein festzuhalten, waren ihr doch die Beine weggeknickt. Mühmchen haßte ihre Beine. Nichts hielten sie aus, sie blieben unzuverlässig, hatten offene Stellen, aus denen es heraussuppte, und brauchten mehr Pflege, als sie wert waren. Verbände, Salben, Bäder. Zum Laufen eigneten sie sich von Tag zu Tag weniger, kaum zum Stehen, wurden ganz und gar unbrauchbar wie die Augen, mit denen Mühmchen schlechter und schlechter sah. Sie seufzte und kämpfte gegen die Müdigkeit an. Sie schämte sich, auf dem Kachelboden zu liegen, statt ihn zu wischen. Sie nahm alle ihre Kraft zusammen, um wenigstens die Gedanken festzuhalten und sie zu Ende zu denken, bevor der Schlaf über sie kam. Langsam begriff sie, daß es wohl Zeit zum Sterben war, wobei ihr das Bett lieber als der Küchenfußboden gewesen wäre. Und Mühmchen seufzte noch einmal, ergeben und halbwegs zufrieden, daß der Tod so schnell kam; dann wurde sie bewußtlos.

Ziemlich pünktlich traf Felix mit Jette, Lea und Katharina zu Hause ein. Bei Felix hatte es dazu wenig Überredungskunst gekostet. Lea hingegen brauste sofort auf und verbat sich Katharinas Einmischung. Mühmchens Idee?

Nein, hatte Katharina gesagt, nicht Mühmchens Idee, ich wünsche es mir, Ma, und Jette wünscht es sich auch. Letzteres war zwar gelogen, aber das machte Katharina nichts aus. Die Hauptsache, Lea kam mit.

Du erpreßt mich! hatte Lea geantwortet.

Statt etwas zu erwidern, hatte Katharina ihre Hand in die Leas geschoben. Eine Geste, die Lea wehrlos gemacht hatte, auch unsicher. Sie war mitgekommen, wortlos und ohne es wirklich zu wollen, stand jetzt vor Felix, der seinen Arm um sie legte und sie ins Haus führte. Alle Türen waren geöffnet, auch die der Küche, durch deren Spalt mit einem Blick Mühmchens Beine zu sehen waren. Sie lagen, nur bis zum Knie sichtbar, wie übriggeblieben da.

Mühmchen lag in einem Koma, und nur in der Klinik konnte Felix überprüfen, wie schlimm es um sie stand. In Minuten war der Krankenwagen da, Lea suchte ein paar Sachen zusammen, während Felix und Jette nicht von Mühmchens Seite wichen. Ich fahre mit, sagte Jette und hielt die Hände der Alten, als müßte Mühmchen jede Sekunde aus ihrer Ohnmacht auftauchen. Ich auch, meinte Katharina und sah zu Lea rüber. Die hatte nicht den Wunsch, Mühmchen zu begleiten, packte um so korrekter all das in eine Tasche, was in der Klinik benötigt würde. Aber Felix wollte nur Jette mitnehmen. Sie hatte wenigstens Erfahrung und konnte die Sitzwache übernehmen, bis es Mühmchen besser ging. Es gab keinen Widerspruch. Mit ein paar Handgriffen der Pfleger wurde Mühmchen wie ein Paket auf die Trage geschnürt. Blaulicht und Martinshorn sorgten für schnellen Start und zügige Fahrt.

Die Ruhe, die plötzlich wieder ins Haus einzog, trieb Katharina Tränen in die Augen. Mit Mühmchen war etwas herausgetragen worden, das eine Leere hinterließ, die ungewohnt war und sich in jedem Zimmer ausbreitete. Ab jetzt würde niemand mehr da sein, wenn einer nach Hause kam.

Meinst du, sie kommt bald wieder, fragte Katharina die Mutter, fragte aber umsonst, weil Lea inzwischen mit dem Telefon ins Wohnzimmer gegangen war.

Katharina blieb in der Tür stehen, lümmelte sich an den Rahmen zwischen Flur und Zimmer, als wollte sie nichts durchgehen lassen. Lea legte den Hörer wieder auf. Katharina lächelte und bedauerte, daß die geplante Fahrt ins Nekkartal nun ins Wasser gefallen sei. Lea hob die Schultern. Kein Wort über Mühmchen. Nur Leas Blick, der mit Ausdauer auf Katharina lag und sie aus dem Zimmer trieb.

Erst dann telefonierte Lea. Obwohl sich Katharina im Flur aufhielt, konnte sie die Worte nicht verstehen, nur das Lachen hören. Es war tief, kurz, und ein Ton von Zärtlichkeit lag darin, der Katharina wütend machte.

Später erfuhr sie, daß die Mutter jetzt weggehe, aber bis zum Abend wieder daheim sei. Das solle Katharina dem Vater sagen. Die Tür fiel sanft ins Schloß.

Katharina konnte vom Fenster aus sehen, wie Lea lautlos

über den Kiesweg zur Gartenpforte lief und die zwei Stufen abwärts in einem Satz nahm, so wie Jette es zu tun pflegte, wenn sie es eilig hatte.

Alleingelassen, stand Katharina erst eine Weile in der Stille des Hauses. Dann ging sie, jedes Geräusch vermeidend, einen Stock höher in das elterliche Schlafzimmer. Trotz der beginnenden Nachmittagsdämmerung machte sie kein Licht an. Sie zog sich aus, langsam und bedächtig. Ordentlich legte sie die Kleidungsstücke aufeinander, als müßten sie mit einem Handgriff wegzupacken sein. Sie ließ sich viel Zeit und betrachtete sich dazwischen aus einiger Entfernung im Spiegel. Erst als sie völlig nackt war, trat sie näher heran. Schließlich so dicht, daß die Brustspitzen das Glas berührten. Dann hob sie die Arme und drückte sich an den Spiegel, als wollte sie hineinkriechen. Dabei atmete sie kräftig mit offenem Mund und hauchte auf diese Weise ihr Gesicht aus dem Spiegelbild weg. Dazwischen fuhr sie über ihren Körper, ließ kurz die Hände auf den Brüsten, tastete sie ab, hob sie und wog sie wie Früchte. Dann prüfte sie den Hüftschwung, dazu die glatte Fläche des Bauches, den sanften, ein wenig zu breiten Po und den Ansatz ihres Schamhaares, das seitlich breit gewachsen war. Katharina wußte nicht, wie lange sie so dastand, ob sie noch einige Male ihr Gesicht weghauchte oder ihren Körper betrachtete. Jedenfalls war es dunkler geworden, und was zu sehen war, blieb nur noch schemenhaft erkennbar. Katharina kleidete sich wieder an, nahm aber nicht die eigenen, so säuberlich geordneten Kleider. Nein, sie griff in den Schrank der Mutter und holte sich dort heraus, was sie auf die Schnelle zu fassen kriegte. Sie zog Sachen an und ebenso rasch wieder aus, bis sie das fand, was ihrer Vorstellung entsprach. Sie knipste das Licht an, sah sich in dem Kleid der Mutter und murmelte: Katharina.

Nach dem Telefongespräch hatten sich Lea und Max im Drugstore getroffen. Auf einen Kaffee. Im Drugstore fiel niemand auf. Hier war jeder beschäftigt, las seine Zeitung oder spielte Schach. Die kleinen Tische standen auf einer erhöhten

Balustrade, während die Theke, viereckig, von Pfosten getragen, die Mitte des Raumes füllte. Schwarzbraunes Holz, abgegriffen, abgewetzt, Jahrzehnte alt, machte die Kneipe gemütlich. Lea bestellte einen Kaffee. Ein paar Gäste grüßten sie und wendeten sich dann wieder anderem zu. Wer hier auf Leute erpicht war, setzte sich nicht allein an einen Tisch, sondern stellte sich an die Theke. Max kam pünktlich, bestellte nicht einmal etwas, wollte Lea gleich mitnehmen. Ich habe nur zwei Stunden Zeit, sagte sie.

Auch das war Max recht, die Hauptsache, sie kam mit ihm in sein Atelier. Weder Max noch Lea sahen Barbara, die ihnen von der gegenüberliegenden Straßenseite etwas zurufen wollte, es aber bleiben ließ. Die beiden wirkten in der Art, wie einer neben dem anderen herging, auffallend zusammengehörig. Ihre Schultern stießen hin und wieder aneinander, ihre Schritte hielten zwar keinen gemeinsamen Takt, aber sie paßten sich gegenseitig an, als stünde ihnen die Straße nur begrenzt zur Verfügung. Die Gesichter waren einander zugewandt, zeigten ein Lächeln und kaum Interesse für das, was rundherum auf der Straße vorging. Barbara blickte ihnen eine Weile mit einer gewissen Besorgnis nach.

Max benutzte den eigenen Eingang zum Atelier. Dabei fiel Lea ein, daß sie noch immer nicht seinen Nachnamen wußte. Sie hatte auch keine Lust, ihn danach zu fragen. Im Gegenteil, diese Unvollständigkeit gab ihrer Beziehung zu Max eine zusätzliche Spannung. Max sollte für sie Max bleiben, mit einem Wort zu rufen und ohne den Stempel eines väterlichen Familiennamens.

Die Villa, in deren Untergeschoß sie jetzt gingen, lag in der Panoramastraße, mit Blick über Heidelberg hinweg in die Rheinebene. Ein klotziger Neubau mit Terrassen und breiten Fenstern, der hauptsächlich durch Größe auffiel.

Hier wohnst du?

Max zeigte schweigend auf das Untergeschoß mit den vergitterten Fenstern. Sie lief hinter ihm her und nahm als erstes den Geruch von Farbe und Terpentin auf. Das Licht war dämmrig. Sie mußte aufpassen, um nicht über Töpfe zu stolpern oder eines der Bilder umzustoßen. Die muffige Kühle des Raumes war ungemütlich, auch daß sie bis auf die Vergitterung der Fenster kaum etwas erkennen konnte, beunruhigte Lea. Max sagte kein Wort, machte auch kein Licht. Der Umriß ihres Körpers, dunkel und zart, gefiel ihm. Ein Schattenbild zum Ausmalen, das Lea in Farben teilte. Licht würde seine Vorstellung zerstören.

Bleib noch einen Augenblick so stehen, bat er leise, nur einen Augenblick.

Aber du kannst ebensowenig etwas sehen wie ich. Was soll das? Der ungewohnte Terpentingeruch reizte ihre Nasenschleimhäute. Sie mußte niesen. Max tastete sich zum Lichtschalter, knipste ihn an. Helligkeit bis in alle Ecken.

Lea stand vor dem uniformierten Mann und den milchtropfenden Kühen. Empört fuhr ihr Blick über das Bild. Sie schüttelte den Kopf, als wäre das nicht zu begreifen, was sie vor sich auf dem Bild sah. Plötzlich trat sie einen Schritt vor und berührte mit ausgestrecktem Arm, nur mit der Fingerspitze, den von einem zum anderen Ohr reichenden dunkelroten Mund, danach eines der obszönen Kuhhinterteile.

Widerlich, sagte sie.

Ich?

Lea schenkte keinem anderen Bild Aufmerksamkeit und sagte langsam: Ich werde mich von dir nicht malen lassen!

Er verstand sie nicht. Kein Wort fiel ihm ein, mit dem er ihr Mißfallen aus dem Weg räumen konnte. Er wollte Zeit gewinnen. Warum, fragte er, warum widerlich?

Eigentlich konnte es ihr egal sein, was dieser Junge malte. Wieso reagierte sie so absurd auf die Brutalität eines Bildes? Nichts wollte sie von dem zugeben, was sie betroffen gemacht hatte. Ich finde es einfach nicht gut, sagte sie. Ein Blitzlicht ließ sie zusammenfahren. Max hatte sie fotografiert.

Was soll denn das?

Lea fühlte sich überrumpelt. Sie nahm die Kamera, wog sie in der Hand, als müßte sie das Gewicht prüfen, wies zu dem Bild hin, lächelte ohne Freundlichkeit und sagte:

Vielleicht solltest du dich doch mehr deinem Studium zuwenden als der Malerei...

Weiter kam sie nicht. Max hatte sie bei den Schultern gepackt, seine Worte kamen wie auswendig Gelerntes aus dem Mund.

Ich schreibe an meiner Diplomarbeit, wenn dich das interessiert, und ich habe gerade ein Referat über Kostenrechnungen in Mittelbetrieben gehalten. Willst du auch noch etwas über mein Hauptseminar hören?

Obwohl Lea merkte, daß sie ihn verletzt hatte, ließ sie nicht locker.

Ehrlich gesagt, lächelte sie, imponiert mir das mehr!

Aber Max brauste kein zweites Mal auf. Stumm stand er da, mit herunterhängenden Armen. Sein Schweigen machte Lea unsicher.

Es ist ja nur meine Meinung, lenkte sie ein, die brauchst du nicht zu akzeptieren.

Max schwieg stur weiter, den Blick an Lea vorbei auf sein Bild gerichtet, ohne etwas anderes sehen zu wollen. Bleischwere Stille. Jedes Wort wurde allein schon beim Gedanken überflüssig. Hinter den weißgestrichenen Eisengittern machte sich die Dunkelheit breit und engte alles ein.

Ich muß gehen, sagte Lea unvermittelt und hoffte auf Widerspruch oder eine Geste, mit der er sie zurückhalten könnte. Nichts. Er ließ sie davongehen. Er nickte nur, öffnete wortlos die Tür und brachte es nicht einmal fertig, auf Wiedersehen zu sagen.

Katharina hatte alles aufgeräumt. Keine Spur mehr von ihrem Verkleidungsspiel. Nur ein wenig von Leas Parfüm auf den Fingerkuppen. Sie lang in ihrem Zimmer auf dem Teppich, roch das Parfüm von den Händen weg, wartete geduldig und ohne Angst.

Als unten die Haustür ging, konnte sie an den Geräuschen hören, wer gekommen war. Lea. Es war nicht nur der Schritt, auch das schnelle Aufreißen der Türen, um zu sehen, ob jemand da sei. Jetzt würde die Mutter rufen. Felix, Jette, Katharina, so war die gewohnte Reihenfolge. Heute rief Lea nur nach Katharina, mehrmals und mit Ungeduld.

Sind Pa und Jette schon zurück? Erst dann fragte Lea nach Mühmchen. Katharina schüttelte den Kopf, wußte von nichts, sah aus, als hätte sie die ganze Zeit über nichts weiter getan als geschlafen.

Wo warst du, Ma?

Lea nahm den Telefonhörer ab, wählte die Nummer der Klinik. Die Frage schien ihr nicht peinlich zu sein. Sie sah Katharina an und zeigte mit winzigem Lächeln die Zähne.

Ich war bei Max. Er hat mir seine Bilder gezeigt. Und ohne daß Katharina weiter fragte, fügte sie wie gelangweilt hinzu: Im übrigen ziemlich scheußliche Bilder. Aber du wirst sie ja kennen.

Nein, Katharina kannte die Bilder nicht.

Endlich meldete sich jemand am Telefon. Mühmchen, so hieß es, war aus dem Koma erwacht, es ging ihr den Umständen entsprechend gut.

Felix fuhr langsam, zu langsam und hielt dadurch den Verkehr auf. Hupen und Drohungen störten ihn nicht. Die Vorstellung, niemanden zu Hause vorzufinden, bedrängte ihn mehr als die Ungeduld der überholenden Autofahrer. Er entschloß sich, den Umweg über die Altstadt zu fahren und in der Kettengasse vorbeizuschauen, obwohl Lea auch dort nicht ans Telefon gegangen war. Felix bog in die Grabengasse ein und suchte sich vor der Uni einen Parkplatz. Dann ging er zu Fuß weiter. Dem kürzeren Weg durch die stillen Gassen zog er den Betrieb auf der Hauptstraße vor, wo seine Einsamkeit weniger auffällig wirkte. Die Schwierigkeit, damit umzugehen, wuchs. Das waren die Augenblicke, in denen er es haßte, allein zu sein. Es konnte nämlich passieren, daß er plötzlich zu laufen anfing. Zunächst beachtete ihn niemand, aber dann fiel es auf, so wie es auch jetzt auffiel. Ein erwachsener Mann rannte, Autos und Straßenbahnen ausweichend, in einem für sein Alter zu schnellen Tempo die Hauptstraße entlang. Schweiß auf der Stirn, den Mantel offen, den Blick verkniffen geradeaus gerichtet und, wie es schien, ziellos, nur um des Tempos willen. Im Laufe der Jahre hatte Felix diese Ausbrüche in den Griff bekommen. Längst war es ihm möglich, diesen aus Kriegserlebnissen herrührenden Zwang, plötzlich um sein Leben laufen zu müssen, abzuschütteln. Er dachte an Lea und stellte sich ihr Gesicht vor, dann das von Jette und Katharina. Das nahm ihm seinen Wunsch nach Flucht und verlangsamte seinen Schritt.

Felix stand jetzt in der Kettengasse, zwar schwitzend, aber ruhig. Die Tür war abgeschlossen. Endlich brachte er eine Art Gemessenheit zuwege, ging über die Meriangasse zum Uniplatz und stieg in sein Auto. Von zu Hause aus würde er sich sofort nach Mühmchen erkundigen. Er wußte, daß es schlecht um sie stand, und er machte sich wegen ihrer Starrköpfigkeit Sorgen. Seitdem sie aus dem Koma erwacht war, hatte sie kein Wort gesagt, den Kopf zur Wand gedreht, als schämte sie sich ihres Lebens. Gut, daß Jette die Wache übernommen hatte. Auch würde er heute keinen Tee, sondern einen Whisky trinken. Es war an der Zeit, sich die Baupläne noch einmal vorzunehmen. Den gemeinsamen Hochzeitstag würde er Lea gegenüber nicht mehr erwähnen. Jetzt war er sogar davon überzeugt, keine Enttäuschung zu verspüren, wenn sie nicht zu Hause war. Irgendwann käme sie sowieso zurück, das wußte er.

Zügig fuhr er die Hauptstraße hinunter, über den Fischmarkt der alten Brücke zu, von der aus die erleuchteten Fenster seines Hauses zu sehen waren.

Man erwartete ihn.

Du siehst aus, sagte Lea, als wärst du um dein Leben gerannt!

Dabei schob sie ihre Hand unter den Hemdkragen und fühlte die Feuchtigkeit seiner Angst. Er wehrte sich nicht. Das war im Laufe der Jahre zwischen ihnen unnötig geworden.

Weißt du, sagte Lea, du, Katharina und ich, wir drei gehen heute abend essen. Jette kann nachkommen, wenn sie will!

Felix fühlte plötzlich eine große Wärme, die ihm von den Fersen aufwärtsstieg und nirgendwo haltmachte.

Mühmchen schlief nicht, hatte alle fünf Sinne beisammen und nur die Augen geschlossen. Über ihr schaukelten Infusionsflaschen in verschiedenen Farben, von denen Schläuche bis hinunter in die knochendürren Arme führten. Selbst unter der Bettdecke kam ein Schlauch hervor, der in einem durchsichtigen Plastikbeutel endete, in dem die Menge des Urins gemessen wurde. Alles wirkte ein wenig zu groß. Das Bett, das Kissen, der Griff, an dem Mühmchen sich aufrichten konnte, selbst das Nachthemd. Ein starres schlohweißes Flügelhemd, hinten offen und mit Bändchen versehen.

Hin und wieder streichelte Jette Mühmchens Arm. Dann rührte der sich, glitt über das Bettzeug und versuchte, es wegzuschieben. Jette ließ es nicht zu, und für Mühmchen blieb alles weiß, unbeweglich und befremdlich. Nur an den Augäpfeln konnte Jette feststellen, daß die Alte nicht schlief. Sie bewegten sich hin und her, als gäbe es Dinge zu beobachten, die von großer Wichtigkeit waren.

Warum machst du die Augen nicht auf, fragte Jette.

Ich sehe doch nichts, flüsterte Mühmchen, was soll ich sie da aufmachen?

Es wird wieder besser, du mußt nur wollen!

Aber ich will nicht, antwortete Mühmchen. Ich möchte nach Hause und in meinem Bett sterben, wie sich das gehört.

Jette beugte sich über Mühmchen, roch den scharfen Atem des Diabetikers und küßte die Alte.

Wir brauchen dich, Mühmchen!

Kein Wort, kein Widerspruch, kein Lächeln, sogar die Augäpfel stellten das Hin und Her ein. Es war, als probierte Mühmchen den Tod aus. Jette fühlte den Puls und setzte sich wieder auf ihren Stuhl neben das Bett. Auch auf ein Streicheln reagierte die Alte nicht mehr, lag fest im Schlaf, nicht mehr gewillt, sich herausholen zu lassen.

Pa hatte gesagt, wenn Mühmchen schlafe, könne Jette gehen und die weitere Kontrolle einer der Schwestern überlassen. Aber Jette ging nicht. Sie betrachtete die kleine Greisengestalt, die sich kaum unter der Bettdecke abzeichnete. Der Tropf tickte wie eine Uhr und hielt Mühmchens Körper lebendig.

Eine Schwester kam herein, geschäftig und laut. Sie stellte Medikamente ab, wischte mit geübtem Griff Speichel aus Mühmchens Mundwinkeln und prüfte die Menge des Urins im Plastikbeutel. Sie tätschelte Mühmchens eingefallene Wangen, sagte: Das kriegen wir schon wieder hin, Oma, und verließ geschäftig und geräuschvoll das Zimmer. Wie zum Protest klappte Mühmchen ein paar Atemzüge lang ihre Augen auf. Ihr Blick, voller Verachtung, suchte nicht einmal Jette, die sofort ganz nah war.

Mühmchen, ich bin bei dir, und ich bleibe auch bei dir, wenn du das willst!

Allem Anschein nach wollte Mühmchen das nicht. Statt einer Antwort ließ sie die Augenlider wieder zufallen. Die Ablehnung traf Jette und beunruhigte sie. Nie hatte Mühmchen Zärtlichkeit von sich gewiesen, war zu jeder Tages- und Nachtzeit dafür zu haben gewesen. Wann auch immer Jette oder Katharina Liebe oder Verständnis vermißten, suchten sie bei Mühmchen Zuflucht, krochen unter deren Greisenhände, die dann alles stehen und liegen ließen, um zu streicheln und Tränen zu trocknen. Mühmchen konnte ohne zu fragen trösten, hörte geduldig zu und sparte nicht mit Zuspruch. Andererseits schien sie nie gekränkt, wenn Jette oder Katharina ebenso schnell wieder wegliefen, wie sie gekommen waren. Mühmchen rechnete nicht mit Erfolgsmeldungen. Sie stellte keinen Anspruch auf die Erfahrung, ob der erlittene Kummer durch ihren Beistand erträglich geworden war, gar beseitigt. Sie zeigte stets Freude, in der Not helfen zu können, und war obendrein dafür dankbar. Mühmchen war für die Familie da, und die Familie hatte nie etwas anderes erwartet.

Und jetzt? Mühmchen war weder für die Familie da, noch schien sie für Jettes Liebe dankbar zu sein. Mühmchen beschäftigte sich zum ersten Mal mit sich selbst.

Hier, zwischen den mit Ölfarbe gestrichenen Wänden eines Krankenzimmers, den Körper ans Bett gefesselt und mit Schläuchen versehen, war sie aller Aufgaben und Gewohnheiten enthoben worden, auch der, Liebe zu geben oder anzunehmen. Also blieben ihre Augen zu.

Jette erschrak über ihre eigene Nutzlosigkeit. Was wußte sie eigentlich von Mühmchen, außer daß sie als ewig alte Frau wie ein Möbelstück in das elterliche Haus gehörte, benutzt und je nach Bedarf hin und her geschoben wurde.

Mühmchen, flüsterte Jette plötzlich, wie alt bist du eigentlich?

Mühmchen lag stocksteif da, gab keine Antwort, stellte sich schlafend oder tot, was in ihrem augenblicklichen Zustand das gleiche war, verwirrt über das, was Jette zu wissen wünschte.

Wann sie jung gewesen sei, fragte Jette mit eindringlicher Stimme, ob Mühmchen jemals in ihrem Leben einen Mann geliebt habe, und warum sie nie eine eigene Familie gegründet und Kinder bekommen hätte. Die Fragen hörten nicht auf, hagelten auf Mühmchen nieder und brachten sie vollkommen durcheinander.

Aber Jette gab nicht auf, legte jetzt die Hand auf den Kopf der alten Frau, streichelte sie, so wie sie ein Leben lang von Mühmchen gestreichelt worden war, weinte hilflos, bis Mühmchen ohne ein Wort für Jette und ohne einen Blick vom Schlaf übermannt wurde.

Als Jette das Krankenzimmer verließ, sagte die Schwester: Sie macht nichts von dem, was sie soll. Die Alte wird noch an ihrem Starrsinn sterben!

Jette zog ihren Kittel aus, kämmte sich, langsam und ohne Hast.

Nein, sagte sie leise, nicht an ihrem Starrsinn, an ihrem Leben! Ließ die Schwester grußlos stehen und nahm sich vor, zu André zu gehen.

An diesem Abend war die Teestube geschlossen. Jette wußte, daß André auf sie wartete. Es gab zwar keine festen

Gewohnheiten zwischen ihnen, aber in diese Abende hatte sich im Laufe der Zeit eine gewisse Regelmäßigkeit eingeschlichen. Kam Jette nicht, so blieb dies anderntags unerwähnt, kam Jette aber, war alles für einen Besuch vorbereitet, was ihrer Meinung nach ebensogut auch jemand anderem gelten konnte.

Der Hof hinter dem Halbrund des Torbogens war unbeleuchtet. Die Zweige der großen Akazie schürften die Dachrinne entlang, was in Andrés Zimmer deutlich zu hören war. Auf dem höckrigen Kopfsteinpflaster waren Jettes Schritte bis in den ersten Stock hinauf vernehmbar. Gleich würde André den Plattenspieler anstellen. Ob er die Musik erst wählte, nachdem er seinen Besuch am Schritt erkannt hatte, wußte Jette nicht. Ihr jedenfalls galten die sanften Töne von Andenflöten, kühl und in der instrumentalen Einsamkeit befremdlich. Dazu Kerzenlicht. Jette schloß die einzige Tür, die es in Andrés Wohnung gab, die zur Treppe. Alle anderen Räume waren nur durch Perlenvorhänge voneinander getrennt. Um nichts zuschlagen zu können, hatte er einmal erklärt, auch drückten seiner Meinung nach Türen Brutalität aus, zerhackten Räume und verkürzten Blicke.

Kein Wort der Begrüßung. André veränderte nicht einmal seine Haltung. Er saß mit hochgezogenen Knien auf einer Matratze, den Rücken an die Wand gelehnt. Neben ihm standen auf einen Tablett zwei Teeschalen. Die Akazienzweige fuhren mit ihrem Gekratze an der Dachrinne zwischen die Töne der Andenflöte. Jette legte sich rücklings zu Andrés Füßen hin und sagte: Fang an!

André konzentrierte sich auf das Kratzen, hörte nicht mehr auf die Musik und begann, langsam und zunächst noch stokkend:

...Hauptsächlich war es dieses platzende Geräusch, das mich verwunderte. Ich hatte keine Ahnung, wie es zustande kam. Also sah ich aus dem Fenster. Die Dunkelheit brachte keinen Laut hervor. Auch vom Himmel fiel nichts herunter, und auf der Straße war sowieso nichts los. Nicht einmal die

Frauen verursachten das Geräusch. Mit ihrer Müdigkeit zwischen den Beinen waren sie eingenickt und schliefen jetzt fest. Die Tauben aus Ton kamen nicht auf die Dächer. Andere Tiere hätte ich überrumpelt, aber es waren keine da. Niemand außer mir schien dieses Geräusch zu hören, obwohl es sehr ungewöhnlich war. Das beunruhigte mich. Ich versuchte mich abzulenken und dachte an Crêpes Suzette. Aber das Geräusch fraß sich durch, ohne eine der schlafenden Frauen zu wecken. Es platzte in meinen Kopf hinein und wuchs dort von oben nach unten. Es krachte in mir, barst, bullerte und schob sich unter der Haut fort, daß mir die Luft wegblieb. Längst hatte ich aufgegeben, mich zu wehren. Statt dessen beteiligte ich mich an dem, was in mir vorging, traf meine Vorbereitungen und öffnete die Tür...

Um die Frauen herauszulassen? unterbrach ihn Jette.

Nein, antwortete André, um dich hereinzulassen!

Er rollte sich neben sie und legte Hand auf ihren Körper. Jette bewegte sich nicht.

Hast du das aufgeschrieben? fragte sie.

André sagte, er habe es nicht aufgeschrieben, und log. Stunden hatte er an diesen Zeilen geschrieben und sie danach auswendig gelernt, um Jette zu beeindrucken, vielleicht auch, um ihre Meinung zu erfahren. Ihre Unterbrechung hatte ihn aus dem Konzept gebracht. Die unerwartete Einmischung in seinen Text zerstörte sein Bedürfnis, damit fortzufahren. Er drückte auf einen Schalter. Der Raum wurde aufgeteilt in Licht und Schatten, in Schwarz und Weiß. Jette erschrak. Seine Hand strich über ihren Körper. Die Bewegungen dieser Hand, ihres und seines Körpers waren auf der schmucklosen Wand überlebensgroß zu sehen. Sofort wußte Jette, daß sie so und nicht anders seinen Text zu verstehen hatte.

Ich habe keine Lust, sagte sie, bemüht, ihre Silhouette zu verflachen, und preßte sich bäuchlings auf die Matratze, während Andrés Schatten an Größe gewann.

Ich habe keine Lust, wiederholte sie, tippte auf die Wand

und traf den Schattenriß seines Gliedes, deshalb bin ich nicht gekommen.

Die Musik war zu Ende. Das Kratzen des Akazienzweiges blieb als unangenehmes Geräusch übrig.

Weshalb dann? fragte André, um Spott bemüht, löschte das grelle Lampenlicht und damit seinen Schatten aus.

Jette fiel keine Antwort ein. Es ging ihr durch den Kopf, daß sie bisher längere Gespräche miteinander vermieden hatten. Sie führten eine Freundschaft, die sie einander fremd ließ, die nur Äußerliches vertraut machte, um Inneres zu schützen, also schwarz-weißes Schattenspiel, in dem sie sich verloren, von Andrés merkwürdigen Geschichten begleitet, bis sie sich liebten.

Statt einer Antwort ein Schrei, dachte Jette, mit dem sie die Welt zusammenbrüllen könnte, das wäre gut.

Sie stand auf, langsam und müde. Die Absätze ihrer Schuhe hinterließen auf der afghanischen Decke über der Matratze Spuren. André hatte sich wieder mit dem Rücken an die Wand gelehnt, die Beine angewinkelt, rauchte er. Das Kerzenlicht flackerte im Luftzug, die Perlenvorhänge klirrten leise. Jettes Schritte, auf dem höckrigen Kopfsteinpflaster bis in den ersten Stock hin vernehmbar, verloren sich allmählich hinter dem Torbogen.

Der Raum im Dachgeschoß war leer. Dem Zigarettenrauch nach zu urteilen, hatte die S-Gruppe noch vor kurzem hier getagt. Jette schob mit dem Fuß die Aschenbecher zusammen. Sie hätte wissen können, daß hier niemand mehr war. Dort drüben lagen Zigaretten auf dem Boden. Eigentlich rauchte sie nicht, aber jetzt hatte sie Lust dazu. Sie fand keine Streichhölzer und kein Feuerzeug. Im Licht der einzigen Glühbirne an der Decke war kaum etwas zu sehen.

Ein Licht, das gerade recht für Jettes Stimmung war und nach keinem Schrei verlangte. Es war gut, hier, wo alle redeten, zu schweigen und die Leere auszumalen, die zurückgeblieben war. Mühmchen schwieg auch, hatte mit der Krankheit das Reden aufgegeben, wollte sich stumm davonmachen und ohne Rücksicht auf Liebe. Jette schloß die Augen und fühlte Mühmchens Hände, die jetzt sinnlos auf dem weißen Klinikbettzeug herumlagen, weder arbeiteten noch Jettes Kopf streichelten.

Hallo, sagte plötzlich eine Stimme. Jette sprang auf, stand mit der Schachtel Reval mitten im Raum, ebenso erschrocken wie geniert, daß sie hier allein ertappt worden war.

Harald nahm ihr die Zigaretten ab und sagte, daß er sie hier liegenlassen habe.

Im ersten Augenblick wollte er wieder gehen, hatte schon die Hand zum Gruß gehoben, als er es sich anders überlegte. Willst du eine?

Harald zündete zwei Zigaretten auf einmal an und bot Jette eine an. Sie rauchten eine Weile stumm vor sich hin. Jette gefiel ihm, auch wenn sie innerhalb der Gruppe wenig Sympathie fand. Ihre Verschlossenheit erregte ihn mehr, als daß sie ihn störte.

Komm, sagte er, wir setzen uns!

Sie setzten sich. Jette sah an Harald vorbei, fixierte irgendeinen Punkt zwischen den Balken und machte den Mund nicht auf. Die Stille dröhnte Harald in den Ohren.

Sag was, bat er und vergaß, dem Grundsatz der Gesprächsgruppe zu folgen und abzuwarten. Er vergaß plötzlich so ziemlich alles, was er als Psychologiestudent über Therapie gelernt hatte, und berührte Jettes Haar. Es war glatt und weich und ließ sich leicht um den Finger wickeln. Da sie den Kopf nicht bewegte, hielt er sich eine Zeitlang daran fest. Dann schob er sein Gesicht zu ihr hin und spürte ein Stückchen Ohr unter seinen Lippen. Eine andere Stelle küßte er nicht. Er zog die Finger aus ihren Haaren und legte sie, wie zum Wärmen, zwischen den Pullover und ihre Brust.

Jette schwieg, schwieg ohne Zärtlichkeit und ohne Abwehr und schien nicht einmal verwundert. Das machte Harald wütend, und er nahm sich vor, mehr an sich zu denken.

Es ging alles schnell, obwohl es Jette hinterher wie eine Ewigkeit vorkam. Sie zog sich als erste die Jeans aus. Und weil sie bis dahin keinen Ton gesagt und keinen Finger gerührt hatte, erschrak er. Er starrte auf ihren Bauch, auf ihre Beine, die er anfaßte, bevor er sie auseinanderschob.

Jette fühlte nichts weiter als sein Gewicht und war froh, mit ihrer Einsamkeit auf diese Weise ins reine zu kommen. André hätte sie das nicht zumuten wollen, bei Harald war es ihr egal.

Sie dachte an Mühmchen und lächelte, was Harald für sich buchte. Und weiter dachte sie darüber nach, von wie vielen Männern sie in ihrem Leben wohl noch so wie jetzt von Harald beschlafen würde. Im Auf und Ab seines Körpers tauchte der trübe Schein der Glühbirne auf und leuchtete in ihre Augen, die sie nicht schloß, auch nicht, als Harald mit einem Schrei, der das ganze Dachgeschoß erfüllte, sich in sie hineinpreßte, als gäbe es sonst auf der Welt keinen Platz für ihn.

Pause, in der Jette weiterhin schwieg, sich schließlich anzog und ging.

Harald ließ sie als jemand Fremden zurück, warf ihm nur ein Tschüs zu, und das war eigentlich schon zuviel.

Katharina war schon zu Hause und lag im Bett. Die Eltern, so sagte sie, saßen noch in der Kneipe und kamen später. Pa hat heute Spendierhosen angehabt. Champagner und so, na du weißt schon! Ma sei erst ziemlich still gewesen, aber dann aufgetaut. Wahrscheinlich weil sie einen Schwips gehabt hatte, was Pa nicht weiter gestört habe. Katharina plapperte vor sich hin, froh, die Nähe der Schwester zu spüren, froh, nicht mehr allein sein zu müssen.

Hör zu, sagte Jette und setzte sich auf Katharinas Bettkante, Mühmchen wird sterben!

Katharina zeigte kein Erstaunen, fragte nicht einmal, sondern nickte nur und sagte: ja.

Warum sagst du ja? Jette schüttelte die Schwester, warum tust du so, als wüßtest du alles?

Ich weiß es nicht, antwortete Katharina, aber ich kann doch nichts ändern!

Du kannst aber fragen!

Natürlich hätte Katharina fragen können, natürlich. Aber sie fragte nicht, sondern rückte in ihrem Bett zur Seite, um Jette Platz zu machen. Die Haut der Schwester war weich und kühl. Sie streichelten sich nicht, legten sich nur dicht nebeneinander. Nach einer Weile sagte Jette: Wenn ich wenigstens heulen könnte! Als ich Mühmchen so in dem Krankenhausbett liegen sah, mußte ich an einen im Eis eingefrorenen Fischkutter denken. Ich habe sie nicht loseisen können, verstehst du? Da bin ich einfach ab und hab' sie allein gelassen.

Wohin?

Jettes Beine fuhren nervös unter der Bettdecke auf und ab.

Zu André! Von Harald sagte sie kein Wort.

Und?

Nichts, sagte Jette, nichts. Ebensogut hätte ich auf den Friedhof gehen können, um Gräber zu zählen.

Die Haustür klappte, die Eltern waren nach Hause gekommen. Mas Lachen drang durchs Treppenhaus, und Jette sagte: Sie lacht, hörst du?

Katharina hörte es, aber sie störte sich nicht daran. Im Gegenteil, sie mußte daran denken, daß die Mutter früher immer noch einmal bei ihnen hereingeschaut hatte. Das sagte sie aber nicht, wünschte es sich auch nicht, hatte nur daran gedacht und schlief unerwartet darüber ein.

Jette schlüpfte aus dem Bett der Schwester, haßte im Augenblick alle Vertrautheit, mochte die Wärme des Hauses nicht, nicht die Stille, in der jeder seinen gewohnten Schlaf fand und in der Mühmchen nicht vermißt wurde. Plötzlich sehnte sich Jette weg, weit weg in eine Einsamkeit, die unabhängig war, wie die von Mühmchen.

Hinterm Fensterglas ein graugrüner Nachthimmel. Jette lehnte ihr Gesicht an die Scheiben, stand so und ging ihrer Sehnsucht nach, bis irgendwo ein heller Schimmer auftauchte, der nichts mit dem Morgen zu tun hatte, ein Lichtfleck, der wieder verschwand.

Jette starrte ihm nach und wartete ab, bis der Himmel wieder fleckenlos graugrün war. Dann ging sie zu Bett, fand keinen Schlaf bis in den Morgen, hing nur ihren Träumen nach.

Über vier Wochen lang hatte niemand Max zu Gesicht bekommen. Er war weder in der Teestube noch im Cave und schon gar nicht in der Uni gesehen worden. Lea hatte ein um den anderen Tag auf seinen Besuch oder einen Anruf gewartet. Sie war in der Teestube gewesen und hatte schließlich Katharina nach Max gefragt. Aber die wußte auch nichts, antwortete mit einem Achselzucken und einem Lächeln, so daß Lea die Lust nach weiteren Fragen vergangen war. Schon gar nicht fühlte sie sich in der Lage, Max anzurufen. Sie schob ihn in die Erinnerung zurück, die, auf so lächerliche Weise abgebrochen, mehr schmerzte, als Lea zugeben wollte. Die Geschichte verlangte nach einem Abschluß.

Also hatte sich Lea eines Abends in ihr Auto gesetzt, um in die Panoramastraße zu fahren. Nur stieg sie nicht aus. Sie stellte nicht einmal den Motor ab, saß krumm über das Lenkrad gebeugt und starrte auf das Licht hinter den quadratischen Eisengittern, ihre Füße aus Blei, die Hände ans Steuer geklammert. Sie schaltete den Gang ein und kurbelte das Fenster herunter. Frische Luft. Eiskalter Märzwind, nichts da von Vorfrühling. Es roch nach Schnee, der irgendwo zwischen den Wolken hing. Lea fuhr zu schnell und nicht etwa nach Hause, in die Ziegelhäuser Landstraße, sondern zur Teestube.

Dort war es voll. Kiste für Kiste besetzt. Einen Augenblick lang stand Lea unschlüssig im rauchigen Raum und André im Weg, eher ein Fremdkörper als ein Gast und für niemanden von Interesse. Sekunden der Verlegenheit, die Lea den Rücken aufwärts kroch. Sie hatte mit einem Gruß von André gerechnet, vielleicht mit einem Wort. Er war der einzige, dessen Gesicht sie hier kannte. Keine Rede davon. Andrés Aufmerksamkeit galt den Bestellungen und dem Servieren des Tees. Er pflegte nie zu grüßen. Lea bezog seine Gleichgültigkeit auf sich, kniff die Augen zusammen und sagte etwas zu laut, daß sie Tee wolle, und zwar taiwanischen, genau wie das letzte Mal. An der Theke machte ihr jemand Platz.

Vier Wochen also hatte Max sich nirgendwo blicken lassen.

Vier Wochen, in denen er mit sich und dem Versuch, den Augenblick eines Gedankens zu malen, allein war. Vier Wochen, in denen er neben seiner Staffelei in eine Decke gerollt auf dem Boden schlief, um jeden Moment und ohne Zeitverlust an der Stelle fortzufahren, wo ihn zuvor Müdigkeit und Schlaf überfallen hatten. Bis auf kurze Unterbrechungen blieb er ungestört. Diese Unterbrechungen dienten den häuslichen Gewohnheiten, denen er sich beugte, um sowohl vor dem Interesse der Mutter als vor der väterlichen Kontrolle geschützt zu sein. In dieser Zeit entwickelte Hilde Leibig eine besondere Zärtlichkeit für ihren Sohn, bereitete seine Leibgerichte zu, um in das vom Lernen blaß gewordene Gesicht etwas Farbe zu bringen. Keineswegs sollte der Junge vom Fleisch fallen. Trotzdem aß Max wenig, schwieg viel, dankte höflich und suchte nach einem Vorwand, mit dem er seine Lüge vom Tisch tragen konnte.

Anders der Vater. Er war nicht so nachgiebig, ließ die wegen der Examensarbeit um Mitternacht eintretende Müdigkeit nicht gelten. Mein ganzes Leben, so gab Herbert Leibig seinem Sohn zurück, ist eine Examensarbeit, die ich vor mir, meiner Familie und vor dem Gesetz zu bestehen habe.

Im Gleichschritt marsch, dachte Max und hörte dem Vater zu, wie der zu berichten wußte, daß Arbeit frei mache. Da gab's nichts zu lachen, da galt es nur zu überlegen, wie dem ohne Widerspruch ein Ende zu machen war.

Hilde Leibig fächerte lautlos die Patiencekarten auf den Tisch, längst mit vor Schlaf hängenden Lidern über den Augäpfeln, aber noch bereit zu nicken, wenn es um die Zustimmung ging, die ihrem Herbert zustand.

Vater, unterbrach Max die immer kürzer werdenden Sätze Herbert Leibigs, gibt's eigentlich nichts in deinem Leben, für das du dich schämst?

Herbert Leibig stand still, wippte nicht einmal mit dem Absatz. Dann warf er unvermittelt seinem Sohn ein donnerndes Nein an den Kopf.

Sofort wurde Hilde Leibig hellwach und bot ihrem Mann erneut Milch an. Aber der lehnte ab, ganz mit der Frage seines Sohnes und dessen Aufmüpfigkeit beschäftigt. Wie kommst du darauf, fragte er lauernd, schon wieder dabei, hin und her zu gehen. Und als Max nicht gleich antwortete, herrschte er den Sohn an, der solle gefälligst B sagen, wenn er schon A gesagt habe.

Hilde Leibig legte die Hand auf den Mund und zeigte sich über die Erregung ihres Mannes bestürzt.

Max nahm sich für seinen Gehorsam Zeit.

Ich weiß nicht, sagte er schließlich, was an der Frage beleidigend ist. Eigentlich zeigt sie nur mein Interesse an dir.

Ob Herbert Leibig wollte oder nicht, hier mußte er dem Sohn recht geben. Also nickte er, rieb sich die Mundwinkel, in denen längst kein Milchtropfen mehr saß, und gab seiner Frau das Zeichen zum Schlafengehen. Er stellte den Plattenspieler ab, und als er merkte, daß Max ihn dabei beobachtete, wohl eine Erwiderung erwartete, lächelte Herbert Leibig plötzlich.

Du bist mein Sohn, sagte er milde, du hast das Recht, mich zu fragen, was du willst, und du wirst alle Antworten bekommen, wenn du dich selbst bewährt hast.

Später stand Max in seinem Atelier, stand an der Stelle, von wo aus er Lea vor dem Bild des Uniformierten fotografiert hatte. Er hielt das Bild in das Bild. War das alles, was er gesehen hatte? Was war die Wirklichkeit des Augenblicks, den er zu malen wünschte?

Max fühlte Schweiß in den Handflächen und hatte Leas Wort im Ohr: Widerlich! Er stand so lange, bis er sich setzen mußte. Seine Augen brannten. Trotzdem harrte er aus, nahm das Bild in sich auf, besessen davon, nichts auszulassen. Die Farben des Uniformierten begannen zu tanzen, sein knallroter Mund zerriß das weiße Gesicht. Halbierte Fratzen. Max hörte sich atmen und gab nicht nach. Er wartete, bis er fand, was er gesucht hatte, sich selbst in der Spiegelung einer Glasscherbe, die, ihm schräg gegenüber, an eine Flasche gelehnt im Regal stand. Max sah seine Augen, kippte seitlich weg, rollte sich in seine Decke und schlief sofort ein. In den folgenden Tagen bekamen ihn Herr und Frau Leibig kaum mehr zu sehen.

Als Max den Laden in der Kettengasse betrat, wußte Lea sofort, daß sie vier Wochen lang ohne Hoffnung auf diesen Moment gewartet hatte. Jetzt stand er da, ein großes verpacktes Bild vor sich, an dessen Schnur er verlegen herumfummelte, während Lea sich alle Mühe gab, Überraschung und Freude zu verbergen. So brachten beide vorerst nur einen kurzen Gruß fertig, an den Lea kleine unpersönliche Sätze knüpfte: Daß du auch mal vorbei kommst – und – wie geht's denn so? – und – gibt's bei dir was Neues?

Max kümmerte sich nicht um das, was Lea sagte. Er packte das Bild aus, ließ sich dabei Zeit, und, wie Lea fand, mehr als nötig, ging so behutsam vor wie einer, der fürchtete, durch eine falsche Bewegung in Gefahr zu geraten. Beeil dich, sagte sie ohne Neugier, mehr darauf aus, ihn aus seiner Langsamkeit zu treiben. Schließlich hob Max das Bild hoch, und zwar so hoch, daß er damit sein Gesicht verdeckte und nichts weiter als rechts und links seine Hände sehen ließ. Und auch auf dem Bild waren Hände zu sehen, die ein Bild hielten.

Obwohl es eine Weile dauerte, bis Lea etwas sagte, blieb Max in dieser Haltung stehen.

Das sieht zum Verrücktwerden aus, hörte er Lea, und er fühlte ihre Finger auf seiner Hand, die danach über die Hand auf dem Bild strichen. Er mußte ihr Ruhe lassen und durfte sie nicht stören.

Das Bild, sagte Lea langsam, überm Bild, im Bild. Sie berührte, was sie begriff – sich selbst. Ihr durchsichtiger Schattenrücken lag über dem Bild des Uniformierten, ließ Orden und sein rotmäuliges Gesicht durchscheinen, auch die Hinterteile der milchtropfenden Kühe. Links oben, anstelle des lichtspendenden Seidenkissens, ein gleichförmiges Loch, durch das eine von der Sonne beschienene Fabrik zu sehen war. Aber Leas Kopf überragte das Bild des Uniformierten, schuf sich seine eigene Dimension, war auch nicht durchsichtig, sondern gemalt wie aus Fleisch und Blut. Das Profil war dem Blick zweier Augen zugewandt, die in ein Gesicht gehörten, das von dem Bild des Uniformierten zur Hälfte verdeckt wurde. Ein Gesicht, das demjenigen gehörte, der wiederum das Bild des Uniformierten trug. Das Gesicht von Max. Als der jetzt die Arme sinken ließ und Lea ansah, so wie er sie auf dem Bild ansah, schoß ihr Röte ins Gesicht.

Widerlich?

Tatsächlich, Max fragte sie, ob sie sein Bild widerlich finde. Und er wies dabei auf ihre Schattenfigur, auf den Uniformierten, seinen Mund und seine Orden, auf sich, der das alles in Händen hielt und sie dabei ansah.

Lea schüttelte den Kopf und konnte nicht aufhören, das Bild zu betrachten.

Ich weiß nicht, was Wirklichkeit ist, sagte sie beunruhigt, ich kann es nicht erkennen, ich kann es nur ahnen. Wieder berührte sie das Bild, fuhr die Kanten der übereinandergemalten Blätter ab und vermied es, den Kopf und die von der oberen Ecke herabschauenden Augen zu berühren.

Ich habe versucht, den Augenblick eines Gedankens zu malen. Mein Gedanke, begreifst du ihn?

Max hatte das Bild auf einen Stuhl gestellt, so daß es günstiger beleuchtet war. Er wollte, daß Lea jede Einzelheit sah. Er wartete darauf, daß sie nach der Fabrik fragte, die da anstelle des Kissens leuchtete, nach den Überschneidungen der Bilder im Bild oder aber nach seinem Gedanken. Doch Lea suchte nach der Wirklichkeit, denn nur sie konnte ihr das Bild begreiflich machen. Ihren Kopf und seine Augen, mit denen er ihr Gesicht betrachtete. Die Wichtigkeit, die er ihr so offensichtlich auf dem Bild eingeräumt hatte, berührte sie, und sie küßte ihn. Vielleicht ein bißchen zu schnell, vielleicht ein wenig schüchtern.

Damit hatte Max nicht gerechnet, nicht jetzt und schon gar nicht damit, daß die Initiative von Lea ausging. Ganz ruhig blieb er, ganz ohne Atem. Zwar spürte er noch ihren Kuß, aber gleichzeitig befiel ihn Beklemmung. Lea hatte aus seinem Gedanken den ihren gemacht und ihn auf den Kopf gestellt, als hätte er, Max, nichts mehr zu sagen.

Sie kam mit ihrer Zärtlichkeit, hatte auch Worte dafür, sagte, daß sie ihn gern und keineswegs vergessen habe.

Er wehrte sich nicht und wartete ab, was passierte. Insgeheim wuchs in ihm der Wunsch, sich dieser Zärtlichkeit zu unterwerfen, um später das Kommando zu übernehmen.

Am Schaufenster gingen Menschen vorbei. Über den Pflastersteinen der Kettengasse lag Feuchtigkeit. Kühle. Im Laden selbst war es warm. Lea trug nur ein Herrenoberhemd über Jeans.

Willst du hier Kaffee trinken oder drüben im Drugstore? fragte sie.

Max schüttelte den Kopf. Sie setzten sich nebeneinander auf das Sofa. Sie sagten nichts. Sie hielten die Stille aus, jeder für sich und mit dem beschäftigt, was er dachte.

Lea kannte Max nicht wieder. Das war nicht der Junge, der sie in eine Demonstration hineingezogen hatte, das war nicht Max aus der Teestube, nicht der, der sie vor ein paar Wochen so unvermittelt aggressiv geküßt hatte, und das war auch nicht der Maler dieses Bildes da drüben.

Sie beugte sich zu ihm hinüber, als wolle sie ihn wecken, und sagte: He du, was ist mit dir los?

Max blieb wie ausgestopft und rührte keinen Finger. Dieses Gesicht, dachte Lea, warum machte er nur dieses Gesicht? Einladend war es nicht, aber auch nicht abweisend, eher starr.

Max fühlte jede Pore seiner Haut, hörte das Blut in den Adern, während sein Blick den Uniformierten auf dem Bild suchte. Als er endlich den Mund aufmachte, klang seine Stimme grob und befehlend. Mach schon, sagte er leise.

Na na, lächelte Lea ebenso amüsiert wie zufrieden.

Ihre Schritte auf den alten Dielen waren leicht. Trotzdem klirrten Gläser und Porzellan. Dann ließ Lea den Rolladen herunter, wählte Zinnleuchter aus, steckte Kerzen hinein und zündete sie an. Das alles tat sie ruhig und selbstverständlich, als gehörte es zu den Gepflogenheiten ihres Alltags. Der Stuhl vor dem Spiegel wurde zur Seite gerückt, ein anderer für Kleider frei gemacht. Lea zog sich aus und legte sich neben Max auf das Sofa.

Wie oft hast du das hier schon gemacht, fragte Max leise, wie oft? Wieder dieses amüsierte, zufriedene Lächeln.

Noch nie, sagte sie.

Max spürte, daß sie die Wahrheit sagte, und er umarmte sie, voller Verlangen, stärker zu sein als sie.

Das ist Lea, sagte Max und schob sich mit ihr auf eine freie Kiste. André fragte nach Tee, und Max bestellte Usambara. Niemand stellte sich Lea vor, keiner fragte, wieso sie hier sei und was sie mache. Einer, der Arno hieß und neben ihr saß, angelte sich wortlos ihr Feuerzeug, bediente sich und vergaß, es zurückzugeben. Er war einer von denen, die mit Füßen und Händen reden, keine Antwort abwarten und auf die Dauer am eigenen Wort ertrinken. Aber noch war Arno in Fahrt, redete von Kunst und wie er die auf seine Weise unter die Leute bringen wolle. Mitmachspiele müßten es sein, auch Musik, und das Publikum solle dabei nicht passiv konsumieren, sondern ganz etwas anderes dabei tun.

Was? fragte die Queen.

Na eben etwas unheimlich Tolles, sagte Arno.

Wie? fragte Suse, während sie sich vor einem Handspiegel die Lippen bemalte.

Indem es mitmacht, antwortete Arno, irgendwie. Eine Pause ließ Arno ertrinken. Später würde er etwas anderes sagen, das wußte er schon.

Bisher hatte Lea kaum zugehört. Sie war mit Max hierhergekommen, weil er hierher gewollt hatte und sie sich noch nicht von ihm trennen mochte. Die Wärme seines Körpers hielt sie in Atem, und sie versuchte, hin und wieder mit seinen Händen in Berührung zu kommen. Dann klopfte ihr das Herz.

Um zu begreifen, worum es hier ging, mußte sie sich zusammennehmen. Vielleicht konnte sie später mitreden. Joker hatte eine Menge Beispiele, wie man dem Publikum mit allerhand Maßnahmen kreativ auf die Sprünge helfen konnte. Lachen sollten sie, seiner Meinung nach, Spaß haben und sich selbst dabei ernst nehmen. Anders Suse. Die wollte auf nichts als auf die Information hinaus. Kunst als Mittel zum Zweck, wobei der Zweck von ihr ebenso bestimmt wurde wie die Information.

Autorität, warf Arno ein, Kunst kann nicht Anstoß zu etwas sein, sondern ist das Ende von etwas.

Das wiederum hielten alle bis auf die Queen für ausgemachten Schwachsinn. Ein Streit lag in der Luft, obwohl die Queen behauptete, daß beide Teile recht hätten. Arno war ihr dankbar. Aber das nahm sie nicht zur Kenntnis, paukte hingegen ihre eigene Vorstellung durch, nämlich daß Kunst nur ein Produkt der Kommunikation sein dürfe. Wie dieses zustande komme, sei im Grunde genommen egal.

Eine Wolke von Moschus hielt sich über dem Tisch, die Queen bewegte sich nach allen Seiten. Lea hätte gern gewußt, wie die Queen wirklich hieß. Es war aber nur zu erfahren, was sie alles konnte: Musik machen, tanzen, singen, malen, Objekte herstellen und Gedichte. Ziemlich viel, wie Lea fand.

Moritz hatte die ganze Zeit geschwiegen und an seiner Pfeife gezogen. Er kippelte mit seiner Kiste und war der einzige, der Geduld aufbrachte. Hin und wieder warf er Lea einen Blick zu. Nicht neugierig, aber interessiert. Als er jetzt zu reden anfing, bildete sie sich ein, daß er es ihretwegen tat.

Geht von dem aus, sagte er, was wir uns vorgenommen haben.

Moritz sprach eine Sprache, die Lea verstand, da wußte man, woran man war. Moritz sagte, daß alle im Grunde genommen dasselbe wollen, es gehe nur um die Durchführung, anders gesagt, um die Vermittlung.

Lea sah von einem zum anderen. Außer ihr schien hier jeder zu wissen, was vermittelt werden sollte. Das ärgerte sie. Die Queen hatte die Augen geschlossen, Arno setzte zu neuen Ausführungen an, während Suse ihre rotbemalten Lippen zu einem Gähnen öffnete. Joker strichelte auf kleinen Zetteln herum, die er anschließend numerierte.

Sie alle wirkten auf Lea wie Mondsüchtige, die, einmal geweckt, nicht wissen, wo sie sich befinden. Und da Max sich auch nicht zu einer Antwort bereit erklärte, stellte Lea unvermutet laut ihre Frage: Was wollt ihr denn vermitteln?

Nach einer Pause redeten alle auf einmal. Worte, Satzfetzen, Antworten, die sofort im Widerspruch erstickt wurden, Anfänge, die in Gesten endeten, Parolen, die wirkungslos blieben, Stimmengewirr, in dem sich Lea überflüssig vorkam. Niemand nahm ihre Frage wahr. Sie wollte weg, mit oder ohne Max, der so tat, als sei ihm dieses Durcheinandergerede wichtiger als sie.

Ich gehe!

Max nickte und legte kurz eine selbstverständliche Zärtlichkeit in seinen Blick, die Lea einen Moment lang für alle sichtbar zu seinem Besitz machte. Sie wurde rot. Kein Wort des Abschieds. Enttäuschung oder Wut, sie wußte es nicht, aber so ließ sie nicht mit sich umspringen. Ihre Füße fühlten sich schwer an, auch war ihr nicht klar, wie sie sich verabschieden sollte.

Halt, sagte Moritz, als sie sich hinter ihm vorbeidrückte, du kannst jetzt nicht gehen! Er zog sie am Ärmel und hielt sie fest. Setz dich! Er rückte zur Seite. Sie setzte sich, jetzt Max gegenüber, ohne ihm einen Blick zu gönnen, ganz und gar Moritz zugewandt. Der zeigte auf Lea und sagte vorwurfsvoll: Sie wollte gehen! Verwunderung. Warum sollte diese Frau, die ihnen unbekannt war, nicht gehen?

Sie hat uns etwas gefragt, fuhr Moritz fort, und niemand hat ihr geantwortet.

Dann formulier's doch mal, sagte die Queen, ich weiß nur, daß wir Räume brauchen!

Es fängt damit an, sagte Moritz, daß wir verkäufliche Kunst ablehnen.

Allgemeines Kopfnicken.

Und außerdem, Moritz saugte an seiner Pfeife, kann keiner von uns Kunst ohne Betrachter oder Publikum machen.

Will, warf Suse ein.

Okay, also es will keiner von uns Kunst ohne Publikum machen, wiederholte Moritz. Und weißt du auch, warum?

Ein Blick zu Max. Er war der einzige, der Lea hier auf die Sprünge helfen konnte, er hatte sie mit hierhergebracht, es waren seine Freunde. Aber Max schwieg ohne Lächeln und trank seinen Tee, abwartend und freundlich.

Arno, der Leas Blick gefolgt war und nun seinerseits Max ansah, sagte, der sei einer, der seine Kunst allein produziere!

Max widersprach nicht, er nickte sogar, als befriedigte ihn seine Außenseiterrolle.

Ein Produkt, sagte Moritz, hat zwei Pole. Einen, der es macht, und einen oder mehrere, die es in sich aufnehmen. Die dadurch ausgelöste Kommunikation ist die Kunst.

Beispiel?

Es hagelte Beispiele. Die Queen, Arno, Suse und Joker hatten sofort ihre Aktionen parat, mit denen sie jeder für sich der Dummheit und Schlechtigkeit dieser Welt zu Leibe rücken wollten. Arno wollte es mit Spontaneität versuchen, die Queen und Joker mit Freude, während Suse von einer Art höheren Weisheit sprach, die es zu vermitteln gelte, um soziale Gerechtigkeit auszulösen.

Und du, fragte Lea Moritz, wo liegt der Ansatz deiner Kunst?

Das alles zu organisieren!

Gelächter. Moritz mußte es sich gefallen lassen, von Joker als Dünnmann bezeichnet zu werden. Und damit kam die Diskussion in Gang, wie man zu Geld, zu Räumen und zu dem notwendigen Publikum kommen konnte.

Allmählich begann Lea mitzureden. Was sie da hörte, setzte neue Gedankenwege in ihr frei, verwandelte Wesentliches in Unwesentliches und schob das Übliche beiseite.

Ein endlos langer Kliniktag lag hinter Jette. Einer von denen, deren Stunden rund um die Uhr mit Schmerz, Jammer und Verzweiflung angefüllt waren, nur durch die Ausgabe der Mahlzeiten unterteilt. Es hatte Neuzugänge gegeben: zwei Schlaganfälle, eine Leberzirrhose und einen Patienten, dessen Herzschrittmacher eine neue Batterie brauchte. Mühmchen lag nicht mehr allein im Zimmer. Auf Anordnung von Felix hatte man ihr eine Patientin ins Zimmer gelegt, für die Mühmchen vielleicht Verantwortung entwickeln konnte. Aber Mühmchen hatte sich zur Wand gedreht, wollte von der neuen Zimmergenossin nichts wissen und lehnte es ab, sich auch nur deren Namen zu merken. Für Mühmchen gab's nur zwei Möglichkeiten: entweder bei dem jungen Herrn Felix in der Ziegelhäuser Landstraße der Hausarbeit nachzugehen oder zu sterben.

Du bist stur, hatte Jette gesagt, und Mühmchen hatte genickt. Hast du uns nicht lieb? hatte Jette gefragt, und Mühmchen hatte geschwiegen. Aber es geht um dein Leben, und Mühmchen hatte den Kopf geschüttelt, nicht bereit, auch nur ein Wort darüber zu verlieren.

Mühmchen will sterben, hatte Jette am Nachmittag zu ihrem Vater gesagt, und dessen Antwort zwischen Tür und Angel hieß, daß zwischen wollen und können ein Unterschied liege, dessen Ausmaß ein Patient in den seltensten Fällen überblicke. Darauf war Jette ein Kloß im Hals gewachsen, der ihr das Sprechen erschwerte.

Hier geht's doch um Mühmchen und nicht um irgendeinen Patienten! sagte sie. Und der Vater sah sie an, schüttelte langsam den Kopf, betonte damit seine Geduld mit der Tochter und antwortete: Jetzt aber ist Mühmchen ein Patient! Dann ging er weg.

Schmerz, Jammer und Verzweiflung, durchsetzt von der unbewußten Angst, Patient zu sein, das war's, was Jette plötzlich in den Gesichtern der Kranken entdeckte. Sie waren nicht mehr sie selbst, sondern sie gehörten mit der Bezeichnung Patient einem Kreis von Abhängigen an. Pa hatte es eben formuliert, und Mühmchen war die einzige, die es kapierte und sich dagegen wehrte.

Bevor Jette die Klinik verließ, war sie noch mal zu Mühmchen gegangen, hatte den Kopf der Alten von der Wand zu sich her gedreht, die seidigfeuchte Haut auf der Stirn geküßt und leise gesagt: Mühmchen, liebes Mühmchen...

Jette traute ihren Augen nicht. Sie vergaß sogar, was sie André sagen wollte. Als sie hereingekommen war, hatte sie Lea überhaupt nicht gesehen. Sie war müde, wollte nur ihren Tee und Andrés Nähe. Es war ihr angenehm, wenn er ihr ohne zu fragen einen Tee hinstellte, die Sorte für sie selbst auswählte, und sie mochte es, wenn er sie wortlos, ohne den geringsten sichtbaren Beweis seiner Zuneigung bediente. Dann konnte es passieren, daß Jette nach Andrés Texten fragte und ob er endlich etwas davon aufgeschrieben hätte. Nichts habe er aufgeschrieben, war die immer gleiche Antwort, aber sie solle ihn besuchen, dann würde er ihr wieder etwas erzählen, etwas, was nur für sie bestimmt sei. Das wiederum konnte bei Jette eine plötzliche Geste der Vertrautheit auslösen oder der Zugehörigkeit, wie André meinte. In jedem Fall dauerte dieser Augenblick aber nur kurz und war nur für ihn wahrnehmbar.

Es war das Lachen, das Jette herumfahren ließ. Die Mutter saß mit dem Rücken zu ihr und war von hinten weder von der Queen noch von Suse zu unterscheiden. Jetzt legte sie Moritz ihre Hand auf die Schulter. Max saß am anderen Ende des Tisches und hörte wie alle anderen dem zu, was Lea zu sagen hatte.

Ma mit denen dort sitzen zu sehen, das war ein Anblick, den Jette bestaunte. Sie schnappte ein paar Worte auf. Kunstverein zum Beispiel und Museumsgarten.

Du? fragte die Queen, und Lea sagte, daß sie es versuchen wolle, während sie Moritz ihre Telefonnummer aufschrieb. Jette wandte dem Tisch den Rücken zu, trank Tee und dachte einen Augenblick an Pa, der jetzt auch Tee trank. An Pa, der allein zu Hause saß und dessen Tee weder von Mühmchen noch von Ma zubereitet und deshalb wahrscheinlich zu bitter war. Wie lange, fragte Jette, zu fröhlich, zu gleichgültig, wie lange sitzt sie denn schon bei den Kunst-Chaoten?

André hob die Schultern, er wußte es nicht. Er wußte nur, daß sie mit Max gekommen war.

Aber jetzt saß sie neben Moritz, weiß der Himmel, neben wen sie sich morgen auf die Kiste quetschen würde.

Ganz schön, wie Ma hier mitmischte.

Jette bewegte sich mit kleinen Schritten dem Tisch zu, an dem Lea saß, den Rücken der Mutter im Blick, bis die sich umdrehte. Sie starrten sich mit vorgestreckten Köpfen ins Gesicht, die Münder geöffnet und die Brauen hoch in die Stirn gezogen, einander auffällig ähnlich.

Hallo, rief Max von seinem Platz aus über den Tisch. Jette nickte ihm zu und blieb hinter der Mutter stehen. Das war Lea nicht angenehm. Sie fand Jettes so absichtlich ins Licht gerückte Distanz ebenso kindisch wie ärgerlich. Trotzdem lächelte sie ihr zu und forderte die Tochter auf, Platz zu nehmen.

Ich? fragte Jette laut, hier?

Mehr sagte sie nicht, schüttelte nur den Kopf und hielt das für eine ausreichende Erklärung ihrer Ablehnung, drehte sich auf den Hacken um und kehrte zu André zurück. Sie hatte ihrer Mutter eins ausgewischt. Aber warum? Jette hatte Lea die Begeisterung genommen, auch die Beschwingtheit. Das Übliche schob sich wieder nach vorn. Begrenzung auf der ganzen Linie. Unmögliches hatte unmöglich zu bleiben.

Also was ist, wollte Moritz wissen, machst du mit?

Im Rücken Jettes Blick, der Lea die Antwort erschwerte. Am liebsten wäre sie jetzt aufgestanden und weggegangen. Sie kam sich dumm vor. Da sagte Max: Natürlich macht Lea mit! Sie war erleichtert. Sie fragte nicht, woher er das wisse und daß es da schließlich eine Menge zu überlegen gebe. Nein, sie war erleichtert und hatte mit einem Schlag ihre Sicherheit zurückgewonnen.

Lea stand auf, ging um den Tisch, küßte Max, wiederum Jette hinter sich wissend. Danach verabschiedete sie sich und versprach, alles zu tun, was in ihren Kräften stehe.

Jette spürte Wut. Als die Mutter jetzt auf sie zukam, wich sie so gut es ging an die Theke zurück. Aber das nützte nichts. Lea hatte nicht vor, wortlos an der Tochter vorbeizugehen. Im Gegenteil, fast sah es so aus, als hätte sie Jettes wegen ihren Tisch verlassen.

Kommst du mit? fragte sie, und da war auch schon die Berührung, leicht und nur an der Schulter, die genügte, daß Jette zusammenzuckte. Warum ließ Ma sie nicht in Ruhe? Schließlich war hier wirklich nicht der Platz für Vertraulichkeiten zwischen ihnen. Aber Lea ließ sie nicht in Ruhe, nahm noch einmal einen Anlauf, sagte leiser und noch sanfter: Ich würde mich freuen!

Wie albern das klang. Als ginge Lea nicht tagtäglich allein von der Stadt nach Hause. Ausgerechnet jetzt wollte sie eine Tochter zur Begleitung?

Vom Tisch her kam Gelächter, Joker hatte einen Witz gemacht. Die Queen verlangte neuen Tee, und André machte sich auf den Weg. Kaum war er außer Hörweite, zog Jette, ebenfalls leise, aber ohne Sanftheit, vom Leder.

Weißt du überhaupt, wieso du dich mit denen dort einläßt?

Und weil Lea mehr entsetzt als ärgerlich reagierte, beantwortete Jette die Frage selbst. Da brauchte sie nichts abzuwarten und konnte auf einmal loswerden, was ihr auf der Seele brannte. Das war viel, fing bei Pa und Mühmchen an, betraf Katharina, Jette selbst, Max und endete schließlich bei Lea, die nichts auslasse, wenn es darum gehe, sich in den Vordergrund zu spielen.

Jette hatte wirklich zu leise gesprochen, auch zu schnell. Den einen oder anderen Satz mußte sich Lea selbst zusammenreimen, um alles zu begreifen, was Jette ihr da an den Kopf warf. Es traf sie wie Hammerschläge und trieb ihr das Blut aus dem Gesicht.

Du meinst das alles ernst?

Jette schwieg. Blaß wie die Mutter und über sich selbst erschrocken, brachte sie kein weiteres Wort hervor. So hatte sie noch nie mit Ma gesprochen, so hatte sie noch niemandem die Meinung gesagt. Ma war verletzt. Ma bewegte sich nicht. Komisch. Sie verbat sich nicht den Ton, womit Jette gerechnet hatte, und sie ging auch nicht weg. Andererseits wartete sie auch nicht darauf, noch mehr über sich zu hören. Das sah ihr Jette an, und im gleichen Augenblick wußte sie, daß die Mutter nicht bereit war, die Vorwürfe der Tochter hinzunehmen, nicht jetzt und auch nicht später. Und tatsächlich, Lea brauchte nicht viel Zeit, um sich zu besinnen. Sie hob jetzt lässig die Hand, zeigte mit dem Daumen über die Schulter weg auf die Kunst-Chaoten und auch auf Max. Ihre Stimme schnitt in den Rauch der Teestube, ihre Augen lächelten kühl über den Kopf der Tochter weg. Was denn die Vorwürfe von Jette mit Aktionen, Happenings und Projekten und den Leuten, die sich um diese Kunst bemühten, zu tun hätten, fragte sie.

Lea rückte noch näher auf Jette zu und sah auf die Tochter.

Neidisch. Jette, du bist neidisch, nichts weiter!

Ich auf dich? Alle konnten Jettes spitzes Gelächter hören und sehen, wie sie mit ihrem Zeigefinger zwischen sich und der Mutter hin und her fuhr, als sagte sie einen Abzählreim auf. Aber Lea bekam den Finger zu fassen, hielt ihn fest, drückte ihn an sich und sagte: Es ist schwer, erwachsen zu werden, mein Kind!

Jette riß ihren Finger los. Auge um Auge. Die beiden sahen sich an.

Alt zu werden, scheint mir noch schwerer zu sein!

Das saß, das traf, die Mutter gab auf. Sie nahm ihre Tasche und zog ihren Mantel an. Sie überhörte ein Tschüs von Moritz und übersah die Hand, mit der Max ihr zuwinkte. Sie hatte den Kopf gesenkt, warf auch nicht ihre Haare zurück, sondern ließ es zur Hälfte über das Gesicht hängen und vergaß, André den Tee zu bezahlen.

Der Perlenvorhang klimperte, die Tür schloß sich leise.

Jettes Kopf hing über der Theke, als wäre sie von einer Sekunde zur anderen eingeschlafen. Erst als André die Tropfen sah, die sich neben ihrer Teetasse auf dem Holz sammelten, wußte er, daß sie weinte. Wortlos wischte er die Tränen weg. Seiner Meinung nach ging es niemanden etwas an, wenn Jette traurig war.

Auch als Lea die Teestube verlassen hatte, beteiligte sich Max kaum an dem Gespräch über das geplante Kunstereignis.

Er saß dabei, weil er irgendwo dabeisitzen wollte. Er fühlte sich in diesem Kreis wohler als in der politischen Gruppe mit ihrem ständigen Kampf gegen Rektor und Universität, gegen Polizei und Ordnungsrecht. Und doch lief er auch da mit. Aber sein Protest galt weniger Rektor und Polizei, nicht der Schließung der Uni oder der Verhaftung von Mitgliedern des SDS. Sein Protest war privat, ordnete sich lediglich in die Proteste der anderen ein und kam auf diese Weise an die Oberfläche. Sein Widerspruch galt dem Studium selbst, das ihm der Vater abverlangte. Da tat es gut, nicht einsam schreien zu müssen, nicht allein die Faust zu heben, oder einen Stein.

Hier in dieser Gruppe war er hauptsächlich wegen Moritz. Eine alte Freundschaft verband sie, eine von denen, die noch funktionierte, auch wenn sie im Laufe der Zeit zu nichts mehr nutze schien. Vielleicht war es Gewohnheit, vielleicht auch nur die gemeinsam entdeckte Malerei.

Zwölf Jahre alt waren sie damals. Per Zufall hatte Moritz von einem Maler in der Mantelgasse gehört, der angeblich nur nackte Frauen darstellte. Dazu holte sich Herr Brode, so hieß der Maler, Studentinnen, die sich ausziehen mußten und die er dann auf Stühle setzte, auf ein Bett legte oder einfach in die Stube stellte, und zwar so lange, bis sein Bild fertig war. Eben dieser nackten Mädchen wegen wollten Max und Moritz dem Maler einen Besuch abstatten, wobei sie Herrn Brode gegenüber ein starkes Interesse für dessen Kunst vorzuheucheln beabsichtigten.

Nur kam es anders, als sie dachten, denn Herr Brode hatte die beiden Jungen sofort durchschaut. An ihrem Blick hatte er sie erkannt, mit dem sie die splitternackte Studentin anstarrten. Sie saß im Schneidersitz auf einem Tisch und las in einem seitlich neben ihr liegenden Buch. Moritz behauptete später, daß dabei eine Menge von der Studentin zu sehen gewesen sei und sich demnach und trotzdem der Besuch bei Herrn Brode gelohnt habe.

Mit dem trotzdem hatte Moritz Herrn Brodes unerwarteten Vorschlag gemeint, sich dem hinzugeben, was sie da beide so bewunderten. Wie das? Max schnappte nach Luft, während Moritz puterrot wurde. Die Studentin las und las und rührte sich nicht. Alles, was einen interessiert, hatte Herr Brode gesagt, muß man selbst ausprobieren! Und während er das sagte, drückte er den verdutzten Jungen Zeichenblatt und Kohle in die Hand, zeigte auf das Mädchen und wies ihnen verschiedene Plätze an, von wo sie an die Arbeit gehen sollten.

Was sie zuwege brachten, zeigte wenig, und eigentlich war später nur dank des Malers Hilfe in dem Gezeichneten eine Frau zu erkennen. So hatte Moritz beispielsweise von dem, was es seiner Meinung nach bei der Studentin zu sehen gab, nichts zu Papier gebracht. Aber hingeglotzt hatte er ununterbrochen. Max war da schon mehr gelungen. Alles, was er sah, wollte er nun auch zeichnen. Herr Brode, der das merkte, nickte schließlich, lud Max wieder zu sich ein, während er Moritz keines weiteren Blickes würdigte. Die Blätter durften sie behalten.

Aber bereits am Heumarkt zerrissen sie ihre Zeichnungen, ohne daß einer für des anderen Werk ein Lob gefunden hätte. Herrn Brode besuchten sie beide nie wieder, aber ihr Interesse für die Malerei war geweckt und ließ sie nicht mehr los. Als erstes zeichneten sie sich gegenseitig ab, nackend und in der gleichen Haltung, wie sie die Studentin eingenommen hatte, wobei Moritz nichts wegließ und Max mit einem außerordentlich großen Geschlechtsteil versah.

Später versuchten sie sich in Farben, und von da an wandte sich Moritz der Landschaft zu, während Max seinem ersten Motiv treu blieb und weiterhin Menschen darstellte. Die Freunde verbrachten viel Zeit miteinander, kritisierten und lobten sich gegenseitig, tauschten Erfahrungen aus, ohne jemals wieder von Herrn Brode zu sprechen. Erst im letzten Jahr hatte Moritz die Malerei völlig aufgegeben, sich von der bloß produzierenden Kunst losgesagt, um mit der Queen, mit Suse, Joker und Arno gemeinsame Aktionen durchzuführen. Max blieb ein Mitläufer, ein Geduldeter, ein müder Turnschüler, der nur im Notfall von einer Mannschaft gewählt wurde.

Die Queen wedelte mit ihrem Schal herum und sah jetzt Max zu. War das nicht Jettes Mutter?

Irgend jemand nickte, und die Queen fuhr fort: Und der ist zu trauen?

Es war deutlich zu merken, daß man keineswegs Lea mißtraute, sondern Max, dem Turnschüler, der ein für allemal als Notlösung anzusehen war.

In diesem Augenblick fiel Moritz der Maler Brode ein. Er konnte nicht sagen warum, aber er sah jetzt die Zeichnung von Max vor sich, die der kommentarlos am Heumarkt zerrissen und in den Papierkorb geworfen hatte, sah die Studentin, deren Nacktheit Max nicht aus dem Weg gegangen war.

Plötzlich glaubte Moritz, Max in Schutz nehmen zu müssen, und er sagte, für die anderen ziemlich unvermittelt: Wenn er sie mitbringt, ist sie okay. Hat jemand was dagegen?

Kein Mensch hatte etwas dagegen, auch nicht, als Max sich davonmachte und es genug Gelegenheit gegeben hätte, noch einmal über Lea zu sprechen.

Niemand konnte behaupten, daß Herbert Leibig ein Träumer sei, niemand, am wenigsten er selbst. Trotzdem, es gab Augenblicke, da wirkte er so. Dann saß er in seiner Villa in der Panoramastraße an seinem Schreibtisch und starrte aus dem Fenster. Absonderlich wirkte auch der Standort des Schreibtisches, der nicht der Harmonie von Raum und Möbel entsprechend den Mittelpunkt des Arbeitszimmers einnahm, sondern sich, in eine Ecke geklemmt, vor dem Fenster befand, das den Blick nach Südwesten in Richtung Leimen freigab. Genau dort, an der Grenze des Landkreises Heidelberg, lag Herbert Leibigs Fabrik, eine Strumpffabrik von außerordentlicher Größe, deren Kapazität jedoch, wie Herbert Leibig plante, noch um einiges gesteigert werden sollte.

Es gab zweierlei Gründe, die Herbert Leibig dazu veranlaßten, in dieser absonderlichen Bewegungslosigkeit Richtung Leimen auf das Gelände seiner Fabrik zu starren, von dem er mit bloßem Auge nichts erkennen konnte. Der eine Grund hatte mit Herbert Leibigs Freude am eigenen Besitz zu tun, der andere Grund mit der Erhaltung desselben.

Für ersteres war eine gute Aussicht und möglichst Sonnenschein Voraussetzung. Dann nutzte Herbert Leibig die erstbeste Gelegenheit, sich hinter seinen Schreibtisch in der Panoramastraße zu zwängen. Der Platz für den Stuhl war ausreichend, wenn auch nicht üppig. Eine nicht notwendige Einschränkung der Bequemlichkeit, wie Hilde Leibig fand, die von den einsamen Gepflogenheiten ihres Mannes nichts wußte. Herbert Leibig also suchte, wann immer er nur konnte, bei guter Sicht und Sonnenschein den Platz hinter seinem Schreibtisch in der Panoramastraße auf. Von einem Besitz auf den anderen zu sehen, machte die Freude perfekt. Er griff links in die Schreibtischschublade, nahm sein Fernglas hervor und holte sich das, was er besaß, vors Auge. Sobald er die gelbgestrichenen längsseitigen Mauern der parallel zueinander gebauten Maschinenhallen ins kreisrunde Glas bekam, begannen in Herbert Leibigs Ohren die Maschinen zu lärmen. An die dreihundert Stück; Rundstrickmaschinen, Cottonmaschinen und Kettelmaschinen, jede mit dem ihr eigenen Geräusch, jede mit ihrer genau kalkulierbaren Produktion von Strümpfen und Strumpfhosen. Dann konnte es sein, daß Herbert Leibig den einen oder anderen Maschinentakt klopfte, wie zu einer Marschmusik. Er zählte Ausstoß für Ausstoß des gewirkten Strumpfes, als zähle er einen nie stillstehenden Herzschlag.

In anderen Augenblicken jedoch, wenn Herbert Leibig in gleicher Haltung, in gleicher Bewegungslosigkeit und mit gleicher Blickrichtung am Schreibtisch in der Panoramastraße saß, war keine Fröhlichkeit von seinem Gesicht ablesbar, eher etwas Verbissenes, auch Kämpferisches, hin und wieder sogar Ängstliches. In solchen Fällen spielten weder Sonnenschein noch gute Sicht eine Rolle. Da ging's Herbert Leibig um die Gewißheit, zu vermehren, was er besaß, Sicherheit zu schaffen und keinerlei Verluste hinzunehmen.

Da war jedes Mittel recht, jeder mit von der Partie, der auf seiner Seite stand, und jeder ein Feind, der bedrohte, was Herbert Leibig zum Sinn seines Lebens erklärt hatte: die Fabrik. In solchen Augenblicken öffnete er nicht die linke Schreibtischschublade, sondern die rechte. Dort lag handgreiflich nah eine Pistole. Nein, er nahm sie nicht heraus, er faßte sie nur an und ließ sich durch die Kühle des Metalls beruhigen. Sekunden später richtete sich sein Blick wieder aus dem Fenster, südwestwärts, Richtung Leimen. Die Fabrik, Bollwerk gegen Angst, Armut und Vergänglichkeit, sein Werk, das er nicht nur zu schützen und zu verteidigen, sondern auch zu vergrößern wußte.

Heute hatte sich Herbert Leibig aus dem einen wie dem anderen Grund hinter seinen Schreibtisch zurückgezogen. Selbstverständlich zog es wie üblich seinen Blick aus dem Fenster Richtung Südwesten. Aber er griff weder zum Fernglas noch nach der Pistole. Das Wetter ließ nur eine mittelmäßige Sicht zu, und beide Schubladen blieben geschlossen. Auch hatte er nicht die gewohnte regungslose Haltung eingenommen. Normalerweise hielt er sich um diese Zeit nie in der Panoramastraße auf, sondern in der Fabrik. Aber dort wollte er nicht das Telefonat entgegennehmen, das er erwartete und das für keine weiteren Mithörer bestimmt war.

Das Warten wurde ihm schwer. Er sah auf die Uhr. Längst mußte die Sitzung des Grundstücksausschusses im Gemeinderat beendet sein, und die Frage drängte sich ihm auf, ob er von seinem Gewährsmann im Stich gelassen worden war.

Herbert Leibig hatte jetzt seinen Atem statt den Takt seiner Cotton-Rundstrick- und Kettelmaschinen im Ohr und erschrak, als seine Frau das Arbeitszimmer betrat.

Du bist hier? fragte sie dümmlich und machte sich daran, die Zierpflanzen zu gießen.

Aber selbst seine Frau mochte Herbert Leibig nicht als Zeuge des erwarteten Telefongespräches haben.

Geh wieder, sagte er im gewohnten Befehlston, ich habe zu tun!

Hilde Leibig ging, machte die Tür hinter sich zu und beschloß, die Pflanzen ausnahmsweise am Nachmittag zu gießen.

Endlich klingelte das Telefon, die Nachricht war gut. Der Gewährsmann, ein Gemeinderatsmitglied, hatte Herbert Leibig nicht enttäuscht, und das sollte, wie jetzt zu hören war, dessen Schade nicht sein. Eine Hand wäscht die andere. Das Gespräch war kurz, denn alles andere, so sagte der Gewährsmann, gehe den offiziellen Weg.

Im ersten Augenblick wußte Herbert Leibig nicht, wie er seiner Freude Luft machen sollte. Er klatschte in die Hände, rieb sie auch gegeneinander, er lief hin und her, pfiff. Aber das alles war zu wenig, um den Druck in seinem Herzen auszugleichen, der sich dort hochgepumpt hatte und Herbert Leibig das Gefühl gab, vor Stolz platzen zu müssen. Der Wunsch nach einem Teilhaber seiner Freude durchzuckte ihn, und im gleichen Augenblick wußte er auch schon, wer dieser Teilhaber sein sollte. Max, sein Sohn, sein Erbe. Wärme stieg in dem Strumpffabrikanten Herbert Leibig auf, und er schämte sich nicht der Feuchtigkeit in seinen Augenwinkeln. Er nahm sich vor, seinen Sohn aufzusuchen und ihn als Verbündeten in seine Freude einzubeziehen.

Als Max die schweren Schritte seines Vaters auf der Treppe hörte, legte er den Pinsel, mit dem er gerade gemalt hatte, zur Seite und stellte sich in die Mitte des Raumes, obwohl er sich vor dem, was kommen würde, fürchtete.

Hingegen dachte Herbert Leibig immer noch mit Freude im Herzen darüber nach, warum er noch nie seinen Sohn hier unten aufgesucht hatte. Er machte sich Vorwürfe. Im Grunde genommen wußte er zu wenig von Max, viel zu wenig. Und weil er sich Mühe geben wollte, kratzte er einige Erinnerungen zusammen: die Geburt des Stammhalters, dessen erstes Wort nicht Mama, sondern Papa war. Später folgten die ersten Schritte zum Gehorsam. Max, so erinnerte sich der Vater, war ein fügsamer Junge, einer von denen, der kaum eines Klapses bedurfte, weil er den Sinn einer Strafe bereits als Kleinkind begriffen hatte. Früh übt sich, was ein Meister werden will, sagte dann Herbert Leibig und lobte den Sohn und dessen Bereitwilligkeit, sich vom Vater lenken zu lassen. Die Folgsamkeit des Sohnes belohnte Herbert Leibig mit einem seiner Meinung nach außerordentlichen Maß an zugestandener Freizeit, um der Entwicklung einer gewissen Selbständigkeit nicht im Wege zu stehen. Die Hauptsache, Max hielt sich an die mit dem Vater besprochenen Abmachungen: Schule, Abitur, Studium, um später die Fabrik zu übernehmen, fortzusetzen, was der Vater begonnen hatte. Und damit war Herbert Leibig mit seinen Gedanken wieder beim Ausgangspunkt, daß er von seinem Sohn zuwenig wußte, viel zuwenig. Die Tür war zu, das Treppenhaus dunkel. Hier roch's nach Farbe. Komisch, daß es hier so auffällig nach Farbe roch, wirklich komisch. Die Finsternis war ärgerlich. Keine Birne in der Flurbeleuchtung. Das sollte Max schleunigst beheben. So lief ein jeder, der hier herunterkam, Gefahr, sich die Beine zu brechen. Herbert Leibig rief laut und deutlich, ohne eine Antwort zu bekommen, ohne daß eine Tür geöffnet wurde. Vielleicht war Max nicht da, saß in einer Vorlesung, hielt ein Referat oder beteiligte sich an einem Seminar. Einen Augenblick überlegte der Vater, ob er hier überhaupt etwas zu suchen habe, wenn der Sohn nicht da war. Herbert Leibig zögerte, bis ihn die Neugierde übermannte. Er wollte wissen, wieso es so penetrant nach Farbe roch. Er tappte zur Tür und öffnete sie. Helligkeit, künstliches Licht halb und halb im Tageslicht, das Max beleuchtete. Er stand in feierlicher Haltung mitten im Raum, als handelte es sich bei dem Vater um einen hohen Gast, und deutete eine Verbeugung an.

Herbert Leibig sah dumm drein. Er befand sich hier keineswegs in einer Studierstube, deren Wände gerade renoviert worden waren, er befand sich hier in dem Atelier eines Malers. Der Maler war sein Sohn, und diese Entdeckung kostete Herbert Leibig im ersten Augenblick die gewohnte Redegewandtheit. Schweigend sah er sich um, langsam und in wachsender Ratlosigkeit. Auf verschiedenen Bildern, die nebeneinander standen, erkannte er sich, seine Frau, auch die Fabrik. Das wäre nicht weiter der Rede wert gewesen, wenn nicht die Form der Darstellung eine äußerst beunruhigende Wirkung auf Herbert Leibig ausgeübt hätte. Einerseits fühlte er sich von dem, was er sah, bedroht, andererseits empfand er die Bilder seines Sohnes als überaus lächerlich. Wo gab's denn so was? Da, das auseinandergerissene Fabrikgebäude, das in der Höhe um eine Handbreit verschoben wieder aneinandergesetzt war, darunter im Erdinnern, höhlengleich, ein Plätzchen, an dem sich Hilde Leibig zwischen Marmeladengläsern und Patiencekarten halbnackt, die Arme vor den hängenden Brüsten, an einem Feuerchen wärmte. Die Beine mit Abendschuhchen an den Füßen waren übereinandergeschlagen und verbargen die Scham. Bauchfalten über einem schwarzen Slip, in dem eine Spielkarte steckte, Pik-König. All das deutete auf eine selbstgegrabene Einsamkeit hin, die Herbert Leibig tückisch fand. Über Fabrik und Erdloch überdimensional eine Brille, Herbert Leibigs Brille. Er erkannte sie an dem doppelten Steg. Die Gläser reichten schräg über die Fläche von der einen Ecke des Bildes zur anderen. Durch das eine Glas, oberhalb der falsch zusammengesetzten Fabrik, also aus dem Himmel heraus, sah, der Dioptrien wegen stark vergrößert, hälftig das Gesicht von Max. Zwischen Fabrik und Erdloch, zwischen den Brillengläsern, unterm Mittelstück über grünes Gras hinweg lief eine Frauengestalt in Jeans und weitem Hemd, winzig klein, vom Betrachter weg irgendwohin, zu niemandem gehörend.

Meine Brille, fuhr es Herbert Leibig durch den Kopf. Das also sah Max durch die Brille des Vaters, den er selbst auf diesem Bild nicht der Darstellung für würdig hielt.

Max sah dem Vater zu. Kein Wutausbruch, keine Brüllerei, kein Zur-Rede-Stellen, das machte Herzklopfen. Schließlich hatte der Vater die Mutter erkannt, die Fabrik und die Brille, seine Brille, nur Lea nicht.

Aber es fiel kein Wort und keine Silbe.

Max fühlte, wie ihn das Schweigen des Vaters kränkte, der sich nicht einmal ärgerlich zeigte, der nichts, was sich außerhalb des angeblichen Studiums für Max abspielte, ernst nahm.

Herbert Leibig straffte seinen Rücken, auf dem er seine Arme gekreuzt hielt, die Hände ineinander verschlungen, und erschrak, als er feststellen mußte, daß der Mann auf dem zweiten Bild genau die gleiche Haltung innehatte. Herbert Leibig kniff die Augen zusammen. Die Farben des Uniformierten schmerzten, schnitten in den Blick und ließen mehr ein Ahnen als Erkennen zu. Das war er selbst. Er hörte seine Stimme, obwohl sie nur gemalt war, er registrierte den Zuchtmeister, obwohl Herbert Leibig nie in seinem Leben eine Uniform getragen hatte, und er ärgerte sich über die übergroßen Orden auf der Brust, da er sich seines Wunsches nach Auszeichnungen bewußt war.

Über die milchtropfenden Kühe mit den frauenähnlichen, in Bikinis steckenden Hinterteilen verbot er sich nachzudenken. Trotzdem konnte er nicht verhindern, daß er plötzlich an Hilde denken mußte. Pfui Teufel!

Vater und Sohn sahen sich an und blieben stumm. In seiner Unsicherheit sprach Max das Wort Vater aus, nichts weiter. Es hing im Raum, das Wort, und paßte nirgendwohin, weder zu Herbert Leibig noch zu dem uniformierten Mann, so daß es Max am liebsten wieder eingeatmet und heruntergeschluckt hätte.

Zu spät. Herbert Leibig kassierte schon, nickte, drehte sich um, ganz bedächtig, nahm das Wort mit und ging einfach weg, ohne daß Max etwas daran ändern konnte.

Dumpfes, rotes Licht, in dem Barbara hin und her huschte, während Lea auf einem Hocker neben dem Vergrößerungsapparat saß, fortwährend bedacht, Barbara ins Gesicht zu sehen. Vergeblich. Es blieben nur deren Hände erkennbar, auch mal das Profil, wenn sie sich über den Vergrößerungsapparat beugte, ein Ohr und der Ansatz ihres kurzen Haares, wenn sie einen Abzug aus dem Entwickler zog. Eine Bewegung löste die andere ab, die, weder fahrig noch langsam, in immer gleichem Tempo, Können und Routine zeigten.

Also die Räume des Kunstvereins möchtest du für diese Gruppe von jungen Künstlern?

Barbara klammerte ein Foto nach dem andern zum Trocknen fest. Immer dasselbe Gesicht, ein alter Mann und eine alte Frau. Eiserne Hochzeit.

Ja, sagte Lea, ich möchte gerne, daß du mich mit dem Direktor bekannt machst. Ich habe nie mit ihm zu tun gehabt.

Das letzte Foto hing. Zwanzigmal das alte Ehepaar Kopf an Kopf, seit siebzig Jahren im Rennen der Ehe. Zum Wahnsinnigwerden, dachte Lea.

Barbara entwickelte jetzt Filme, das nahm sie nicht so in Anspruch, das brauchte nur seine Zeit.

Warum setzt du dich für Leute ein, die du nicht kennst und von denen du nicht einmal weißt, ob sie etwas können, wieso gerade du?

Hier war gute Antwort teuer, Lea wußte keine und redete sich mit dem fest, was sie in der Teestube von der Queen, von Moritz, von Arno, Suse und Joker gehört hatte. Das klang soweit auch ganz gut, Barbara hörte zu und beschäftigte sich jetzt erneut mit ihrem Vergrößerungsgerät, in das sie ein weiteres Negativ eingelegt hatte. Etwa noch einmal die eisernen Alten?

Nein, es war Max. Barbara wählte seinen Kopf aus der Masse der Demonstranten, holte ihn mit Hilfe des Gerätes heran, immer näher, immer größer. Sekundenlang Belichtung, und Barbara tauchte das Papier im Entwickler unter, zog es dort auf und ab, hin und her, bis sich schwarz auf weiß das Gesicht von Max abhob.

Seinetwegen, sagte Barbara freundlich und leise, während sie das Bild von Max neben den Fotos der Alten zum Trocknen festklammerte, du tust es nur seinetwegen.

Barbara hatte das Licht angeknipst, sah, daß Lea knallrot geworden war, und fügte wie nebenbei hinzu: Weil du in ihn verliebt bist. Barbara lachte. Nicht laut, auch nicht anzüglich. Trotzdem ärgerte sich Lea, und sie war es, die jetzt anzüglich wurde.

Dir könnte so etwas wahrscheinlich gar nicht erst passieren!

Barbara hatte Leas Anspielung überhört, jedenfalls tat sie

so, obwohl der Seitenhieb sitzen mußte. Sie war nur ein paar Jahre jünger als Lea, seit Jahren geschieden, lebte seitdem allein und hatte, soviel Lea wußte, nicht mal einen Freund, mit dem sie sich sehen ließ. Lea überlegte ein Wort des Bedauerns.

Aber Barbara kam ihr zuvor, trat auf sie zu, faßte Leas Hemd an, zog es seitlich weg, daß man die ganze Länge und Weite sehen konnte, und sagte: Trägst du das jetzt immer?

Wieder ärgerte sich Lea, wieder war ihr nach Bosheit zumute, nach einem Hieb, der Barbara die Lust auf weitere Bemerkungen verderben sollte.

Ja, ich trage das jetzt immer!

Ein Lächeln aus den Mundwinkeln, ein Blick, der Barbaras Figur umfaßte, die für das Tragen von Jeans völlig ungeeignet war. Nicht, daß Barbara dick gewesen wäre, aber mollig konnte man sie nennen.

Dir steht das gut, sagte Barbara, ich wäre nie darauf gekommen, daß du so etwas anziehen kannst!

Also war das vorhin gar keine Spitze gewesen. Lea lächelte sich aus ihrer Verlegenheit heraus, rauchte jetzt, führte so gut es ging das Thema zurück auf den Grund ihres Besuches und fragte, ob Barbara helfen wollte oder nicht.

Barbara wollte. Allerdings nur unter der Voraussetzung, daß sie nicht persönlich mit der Gruppe und deren Aktionen in Zusammenhang gebracht wurde.

Hältst du nichts von moderner Kunst? fragte Lea, etwas zu scharf, etwas zu schnell.

Doch, Barbara hielt eine Menge von moderner Kunst, wie Lea sich ausdrückte, nur nichts von dieser Gruppe. Aber hier ging es ja schließlich um Leas Meinung, ihren Einsatz und ihre Kenntnisse.

Kenntnisse – das kam auch wieder so aus dem Hinterhalt. Schließlich wußte Barbara genau, daß Lea keine Kenntnisse hatte.

Du machst dich über mich lustig?

Und Barbara antwortete: Ein bißchen.

Lea fragte nicht nach dem warum, hatte keine Lust auf

Fortsetzung der Unterhaltung, wollte gehen. Raus aus dieser stickigen Dunkelkammer, weg von Barbara. Hör mal, sagte die jetzt und hielt Lea am Arm fest, weißt du eigentlich jetzt, wer dieser Max ist? Sie zeigte mit dem Daumen aufwärts, auf das Foto. Nein, sagte Lea, wütend darüber, daß sie überhaupt eine Antwort gab, ich weiß es nicht und ich will es nicht wissen!

Immer noch Barbaras Hand, die nicht losließ, jetzt sogar fester zupackte und Lea daran hinderte, aus der Tür zu gehen. Sie spürte Barbaras Gesicht hinter sich und deren Stimme ganz dicht am Ohr.

Max ist der Sohn von Herbert Leibig.

Lea kämpfte mit jeder einzelnen Silbe.

Dem Strumpffabrikanten?

Ja, sagte Barbara, dem Strumpffabrikanten. Ich wollte, daß du das weißt, mehr nicht!

Der Griff ihrer Hand lockerte sich. Lea hatte sogar das Gefühl, einen Schubs zu bekommen.

Draußen lief eine Katze von rechts nach links über die Straße, obwohl es regnete.

Lea ging zu Fuß. Ihre Schuhe klopften Schritt für Schritt die Erinnerungen aus der Vergangenheit wach. Thalheim, ein kleines Städtchen am Rande des Erzgebirges in der Nähe von Chemnitz, jetzt Karl-Marx-Stadt, Thalheim, Leas Geburtsort. Ein Nachmittag im Herbst des Jahres 1944, an dem der Wind die Blätter von den Ästen zerrte und sich die Leute darüber sorgten, womit sie im nahenden Winter ihre Öfen heizen sollten. Die Kohlenkeller waren leer, und die Wälder abgesammelt. Lea konnte ein Lied davon singen; sie war nämlich an diesem Nachmittag von der Mutter zum Holzauftreiben losgeschickt worden. Das Ergebnis der mehrstündigen Tour in den Wald war ein klägliches Bündelchen, mit einem Gürtel auf den Gepäckträger des Fahrrads gebunden und gerade ausreichend, um zweimal den Kachelofen im Wohnzimmer anzumachen. Lea traute sich nicht nach Hause, hörte schon das Gejammer der Mutter, den Vorwurf, daß Nachbars Kinder ihren Schuppen bereits voll hätten, während Lea auf der faulen Haut lag. Aber was tun, wenn der Wald sauber gefegt wie ein Tanzboden war? Kein Tannenzapfen, kein Zweiglein, nichts außer etwas Gestrüpp. Lea entschloß sich zu einem Umweg und hoffte auf ein Wunder oder den lieben Gott. Als sie dann tatsächlich des Wunders ansichtig wurde, vergaß sie prompt den lieben Gott. Der Umweg hatte sie an der Villa Goldstein vorbeigeführt. Natürlich hieß die Villa Goldstein offiziell längst nicht mehr so. Seit dem November 1938 wohnten hier Herr Leibig und seine Frau. Herr Leibig hatte als junger Spund, wie Leas Mutter zu sagen pflegte, Herrn Goldstein für einen Apfel und ein Ei die Strumpffabrik und das Haus abgekauft. Danach war die Familie Goldstein wie vom Erdboden verschwunden, was in diesen Zeiten nur gut für sie war. Herbert Leibig hingegen hatte das Geschäft seines Lebens gemacht, und Leas Mutter, die die Goldsteins gut kannte, sagte, man sollte lieber nicht fragen, wie. Jedenfalls zog er mit seiner jungen Frau in die Villa und lebte dort wie ein Fürst zwischen den Goldsteinschen Möbeln. Die an sich schon große Fabrik vergrößerte Herbert Leibig im Krieg um das Mehrfache, indem er Wirkwaren und Socken für die Wehrmacht herstellte. Millionen von Socken, die sich die Soldaten auf den Vor- und Rückmärschen an den verschiedenen Fronten durchliefen und an denen Herbert Leibig reich wurde. Auch das sagte Leas Mutter, und daran ließ sich unschwer erkennen, daß sie auf den Nachfolger des Strumpffabrikanten Goldstein nicht gut zu sprechen war.

Das war es dann auch, was Lea ihren Entschluß erleichterte, als sie das so erhoffte Wunder vor sich sah. Ein Berg von Brennholzscheiten, eben erst gehackt, nach Harz duftend und gerade abgeladen. Das Gartentor war noch offen, und die frischen Reifenspuren des Lkws waren in den Rasen des Rondells gedrückt. Herrn Leibigs Chauffeur, Arthur Klätke, war dabei, schwitzend und auf schnellstem Wege die kostbare Mangelware im Keller verschwinden zu lassen. Der Eile halber war wohl das Tor offengeblieben. Lea stellte ihr Fahrrad ab und überschlug die Minuten, die Herr Klätke zum

Transport eines Korbes voll Holz benötigte. Die Zeit reichte aus, auch der Sack, den sie für Kienäppel dabei hatte und den sie nun mit Holzscheiten füllen wollte. In dem Augenblick, als sich Arthur Klätke schwungvoll den vollen Korb auf den Lea zugewandten Rücken setzte, lief sie los, nicht mehr als zwanzig Schritt über den Rasen, immer schön geduckt, den Holzberg zwischen sich und den Fenstern der Villa Goldstein. In Null Komma nix war der Sack voll, es galt zurückzurennen. Da passierte es, Lea hatte nicht aufgepaßt, nicht hingehört, jedenfalls stand plötzlich Herr Leibig neben ihr und schrie aus vollem Hals nach Arthur. Erst dann sah er Lea und fragte, was sie da mache.

Herrn Klätke helfen, log sie drauflos und schulterte schon den Sack.

Gut, gut, sagte Herr Leibig, ganz ohne Mißtrauen, sogar fast fröhlich, dann sollst du die Neuigkeit auch erfahren. Ich habe soeben einen Sohn bekommen!

Einen Glückwunsch wartete Herr Leibig allerdings nicht ab, rief weiter nach Arthur, der jetzt die Kellertreppe herauskam und von Herrn Leibig fast umgerannt wurde.

Flaggen, schrie Herr Leibig, und zwar nach allen vier Seiten, meine Frau hat einen Jungen zur Welt gebracht!

Arthur Klätke ließ seinen Korb fallen, schlug die Hacken zusammen, murmelte: jawohl, Herr Direktor und: meinen Glückwunsch, Herr Direktor.

Dann flitzte er los, um den neuen Befehl auszuführen, während Herr Leibig, der allem Anschein nach Lea vergessen hatte, im Haus verschwand.

Nichts wie weg, sie schaffte es, rannte, den Sack mit Holz auf dem Sattel, neben dem Fahrrad her, wobei sie jetzt mehr an den lieben Gott als an das Wunder dachte. Als sie hinter der Kreuzung der Hindenburgstraße war, drehte sie sich erstmals um. Der Turm der Villa Goldstein war gut zu sehen, auch die Hakenkreuzfahnen, die Arthur Klätke nach Norden, Süden, Osten und Westen herausgehängt hatte.

Der Mensch denkt und Gott lenkt, war es darauf Lea durch den Kopf gegangen, und sie brachte der Mutter das Holz, ohne daß diese auch nur mit einem Wort nach dessen Herkunft gefragt hätte.

An diesem Tag war also Max geboren worden, von dem Lea jetzt wußte, daß er Max Leibig hieß, daß er fünfzehn Jahre jünger war als sie und über dessen Vater ihr aus der Kindheit genügend Gerüchte bekannt waren.

Guten Tag, Herr Direktor, guten Tag, Herr Max! Von allen Seiten wurde gegrüßt, Mützen wurden gezogen, und hin und wieder kam auch die Andeutung einer Verbeugung vor. Frauen nickten natürlich nur. Max hielt sich wie gewohnt einen halben Schritt hinter dem Vater, ging nicht rechts und nicht links, fand nie einen Grund, stehenzubleiben oder vorauszulaufen. Nur manchmal hörte er zu, was der Vater seinen Angestellten zu sagen hatte. Ehrlich gestanden, interessierte sich Max nicht im mindestens für Strümpfe. Aber gerade die waren das Thema, egal ob gewirkt, gekettelt, zusammengenäht, verpackt, vertrieben und verkauft, wobei Formung und Färberei unerwähnt blieben, da diese Arbeitsprozesse nicht in die Produktion von Herbert Leibigs Strumpffabrik gehörten. Und die geplante Erweiterung war der Grund, warum Herbert Leibig seinen Sohn aufgefordert hatte, ihn zu begleiten.

In der Fabrik fühlte sich Herbert Leibig nicht fehl am Platze wie zwischen den beunruhigenden Bildern von Max, hier war er auf sicherem Boden. Hier gab es nichts, was ihm die Sprache verschlagen konnte, nichts, was ihm nicht Leistung, Erfolg und selbstgeschaffenen Wohlstand bestätigte. Den Sohn hinter sich wissend, schritt Herbert Leibig seine Maschinen ab. Jetzt, so sagte der Vater zu Max, habe er eine Überraschung auf Lager, die es in sich hätte. Er lachte und schlug Max mehrmals kameradschaftlich auf die Schulter. Max mochte in diesem Augenblick das Lachen des Vaters. Es drückte pure Freude aus, auch Stolz, und steckte an. Aber keine der Arbeiterinnen hob den Kopf. Sie wußten, daß es für sie nichts zu lachen gab, überließen das dem Herrn Direktor und seinem Sohn.

So fröhlich habe ich dich noch nie gesehen, sagte Max und fügte noch Vater hinzu, was dem Satz unerwartete Zärtlichkeit verlieh. Die beiden sahen sich an. Jeder hatte plötzlich das Bedürfnis, sich dem andern mitzuteilen, ehrlich und ohne Umschweife, mitten im Lärm zwischen all den Frauen, die die Maschinen bedienten. Max war es, der begann, der sich aus dem Lachen des Vaters den Mut holte, um alle bisherige Lügerei mit einem Satz an den Nagel zu hängen. Er fing umständlich an, brachte seine Kindheit ins Spiel, erwähnte sogar den Besuch bei Herrn Brode in der Mantelgasse, redete ungereimt und mißverständlich um seine Malerei herum, womit er Herbert Leibigs Geduld überschätzte. Als Max zum Thema kam und sein Studium erwähnte, hörte der Vater nicht mehr zu. Längst war er mit seinen Gedanken bei den eigenen Plänen, nahm das Studium als Stichwort, um den Sohn zu unterbrechen.

Da, sagte Herbert Leibig und zeigte auf ein halbes Dutzend alter Maschinen, die am Ende der Halle standen, mit denen habe ich hier nach Kriegsende wieder neu angefangen, das war alles, was ich aus dem Erzgebirge mitbrachte, und nicht eine Garnrolle mehr. Und jetzt?

Er hatte sich umgedreht, hob die Arme, wies von rechts nach links, umfaßte alles mit den Blicken, nicht nur die Maschinen, sondern auch die Arbeiter und Arbeiterinnen, die hinter den Strümpfen her waren, Stück für Stück im Akkord produzierten.

Das alles habe ich in nicht weniger als vierundzwanzig Jahren aufgebaut. Er drehte sich zu Max und fügte hinzu: Unter anderem auch für dich.

Keine Antwort, doch Herbert Leibig ignorierte das Schweigen seines Sohnes. Sie waren an der hinteren Hallentür angelangt, die normalerweise verschlossen war. Heute nicht, Herbert Leibig stieß sie mit beiden Händen auf. Licht und ein Windstoß fuhren herein, draußen machte sich der Vorfrühling breit. Die Frauen arbeiteten ohne aufzublicken weiter.

Meine Überraschung!

Herbert Leibig blinzelte ins Sonnenlicht und nickte dabei

ein ums andere Mal vor sich hin. Er nahm sich Zeit, wartete darauf, daß Max etwas sagte. Der aber sagte nichts. Der starrte verdutzt auf das Umland vor seiner Nase, sah junge Disteln zwischen Steinen und Kies, tschilpende Spatzen, sonst nichts. Blauer Himmel, gegen den die Häuser von Leimen abzuzählen waren. Aus der Halle dröhnte rhythmisch das Maschinengeratter in Herbert Leibigs Herzschlag hinein. Max schloß die Fabriktür. Stille, die Max in Gegenwart des Vaters bedrückte.

Was also für eine Überraschung?

Neues Fabrikgelände, das Herbert Leibig zugeschlagen worden war, an die zehntausend Quadratmeter groß. Das hieß Platz für ein Kesselhaus und Platz für Form- und Färbereimaschinen, wodurch die Produktion von Strümpfen, Strumpfhosen und der eventuelle Einstieg mit Bodyslips und durchsichtigen Büstenhaltern in die Miederwarenbranche ermöglicht wurde. Herbert Leibig holte Zettel und Stift aus seiner Rocktasche und begann einen Lageplan aufzuzeichnen. Plötzlich gab er Max das Papier, auch den Stift. Du kannst damit besser umgehen, lachte er kumpelhaft, mal es dir selbst auf!

Dann drohte er leicht mit dem Finger und schnippte fröhlich dazu. Aber nicht so verrückt wie deine Bilder, sondern richtig.

Keinen Strich zeichnete Max, und er notierte auch keine der Zahlen, die ihm der Vater nannte. Max fühlte plötzlich die Zehen in seinen Socken. Sie krümmten sich und suchten über der Schuhsohle Halt, während er sich bemühte, ganz ruhig zu sprechen. Ich mag keine Strümpfe, Vater, ich möchte mich nicht mein Leben lang mit ihnen beschäftigen müssen.

Jetzt war es raus, jetzt galt es, mit dem nächsten Satz die Lüge aufzudecken, hier zwischen Steinen, Disteln und tschilpenden Spatzen das an den Nagel gehängte Studium zu erwähnen, zu sagen: Vater, ich studiere nicht mehr! Vater, ich will Maler werden! Vater, ich bin nicht du! Vater, ich möchte über mein Leben selbst entscheiden!

Vater, versteh mich, sagte er schließlich und kein Wort mehr.

Doch, sagte Herbert Leibig freundlich, ich versteh' dich!

Er ging neben seinem Sohn her, suchte im selben Schritt zu gehen, was nicht leicht war, da Max mal schneller, mal langsamer ging. Nicht die Strümpfe seien wichtig, erklärte der Vater, sondern die Rendite des eingesetzten Kapitals. Und weil Max dem weder zustimmte noch widersprach, sondern stehenblieb und in die Luft starrte, offerierte Herbert Leibig ein anderes Argument. Er sprach von dem Wiederaufbau des Vaterlandes und dem persönlichen Pflichtgefühl als deutscher Bürger, da die Stabilität der Bundesrepublik nur auf einem verantwortungsbewußten Unternehmertum beruhte, jawohl. Wie Strümpfe stülpten sich die Argumente über Max' Gedanken. Er schwieg. Seine Zehen lockerten sich wieder. Er ging weiter. Er hörte die Worte seines Vaters, ohne den Inhalt aufzunehmen. Er nickte. Seine Zustimmung, nichts weiter als die übliche Niederlage, verbuchte Herbert Leibig als Einsicht und guten Willen, während Max auf dem Rückweg durch die Hallen erneut eine halbe Schrittlänge hinter dem Vater der Nachfolger blieb, der er war.

Sie saßen in der Küche und aßen Camembert mit Erdbeermarmelade in Häppchen, die sie sich auf alten, mit ihren Namen versehenen Brettchen zurechtschnitten. Stets hatten sie diese Häppchen nur in der Küche hergerichtet, denn auf dem Eßtisch stand entweder Camembert oder Marmelade, nie beides auf einmal. Außerdem behauptete Ma, daß ihr bei dem Anblick dieser Zusammenstellung übel würde. Blieb die Küche, wo ihnen Mühmchen kopfschüttelnd zuzusehen pflegte und darauf achtete, daß sie sich nicht nur die Früchte aus dem Glas fischten. Heute war kein Mühmchen da. Eine Erdbeere nach der anderen wanderte aus dem Glas auf den Käse. Abendliches Dämmerlicht, das die stets am selben Fleck stehenden Dinge nur schemenhaft erkennen ließ. Egal, auch im Dunkeln würden sie hier kein Licht brauchen. Mühmchen hatte nie die geringste Veränderung erlaubt.

Kochtopf stand neben Kochtopf der Größe nach im Regal, Zucker, Salz, Mehl, Grieß, in altmodischen Porzellanbehältern verwahrt, hingen an der Wand, ebenso die Gewürze. Teebüchsen in reicher Auswahl auf dem Küchenschrank, dazwischen ein Kaffeewärmer in Form einer Puppe mit einem von Mühmchen gehäkelten Kleid. Nie von Lea benutzt, war der Kaffeewärmer schließlich dort oben gelandet, lediglich von den Zwillingen zum Spielen verwendet. In den Schubladen herrschte Ordnung. Weggeworfen wurde nichts, weder Tüten noch Gummibändchen, Schnüre, Korken, Werbeproben oder Gebrauchsanweisungen jeglicher Art. Über allem aber lag stets ein Hauch von Minze, die in Büscheln zwischen den Fenstern hing, von Mühmchen jährlich frisch gesammelt wurde und als Gewürz für allerlei Speisen diente.

Das alles nahm Jette wahr, während sie aß, auch den Minzeduft. Warme, einlullende Erinnerungen an die Kindheit, die wehmütige Sehnsüchte wachriefen.

Hol mal Mamü vom Schrank, sagte Jette.

Im Gegensatz zu früher brauchte Katharina heute keinen Stuhl mehr dazu. Hingegen mußte sie den Staub vom Gehäkelten blasen. Arme Mamü, so von der Welt vergessen. Jette strich über das Puppengesicht und stellte den Kaffeewärmer zwischen Käse und Marmelade, die Hand unterm wattierten Rock.

Weg von hier, sagte sie langsam, ich will hier weg!

Von hier? Katharina breitete die Arme aus, als wollte sie alles umfassen. Mamü, den Käse mit der Marmelade, die Töpfe, den Schrank, den Herd, die Minze zwischen den Fenstern und natürlich auch Jette.

Von hier willst du weg?

Jette nickte. Ihre Hand ballte sich unter dem Kaffeewärmer, ohne daß sie es merkte, während ihre Stimme fast gleichgültig klang.

Ja, ich ertrag's nicht mehr!

Was?

Alles! Mich kotzt diese Verlogenheit an, verstehst du? Diese widerliche Verlogenheit! Katharina sollte nur mal den

Vater in seiner Klinik erleben. Und erst die Familie, Jette lachte gekünstelt auf. Ob Katharina vielleicht von dem Eheglück der Eltern überzeugt sei? Aber ein Haus, das keiner will, das muß im Neckartal gebaut werden. Für wen wohl?

Katharina hob die Schultern, antwortete nicht, schob statt dessen ihrerseits die Hand unter den Kaffeewärmer und fühlte Jettes Faust. Dadurch kam Mamü in Bewegung und kippelte leicht.

Na und Ma erst, fuhr Jette fort, ist sie vielleicht eine Mutter?

Mamü hatte endgültig das Gleichgewicht verloren, fiel nach vorn, mit dem Gesicht in die Marmelade, wo sie liegenblieb.

Und ich, fragte Katharina, bin ich nicht genug für dich? Ihre Hand lag immer noch über Jettes Faust und hielt sie fest. Jette fischte Mamü aus der Marmelade, putzte sie ab.

Natürlich, lächelte sie, dich nehme ich mit.

Darauf zog Katharina ihre Hand weg. Nicht schnell, eher zu langsam, nahm Mamü und stellte sie zurück auf den Schrank. Jede Bewegung war präzise und bedächtig.

Ich glaube nicht, daß ich weggehe, sagte sie.

Auch nicht mit mir?

Katharina schüttelte den Kopf und strich die Haare nach hinten. Ihr Gesicht sah blaß und sehr klein aus. Nur die Augen blieben groß.

Ich hätte Angst!

Warum Angst? Jette verstand die Schwester nicht. Ihrer Meinung nach gab es nichts zu fürchten. Ihrer Meinung nach gab es nur einen neuen Anfang.

Vor dem Davonlaufen, sagte Katharina, davor hätte ich Angst! Was anderes ist es doch nicht, was du machst!

Wie da Jette aufsprang, jetzt vor der Schwester stand und die an den Schultern packte. Wie sie ihre Augen zukniff und ihre Zähne kaum auseinanderkriegte.

Ich werd' dir mal was sagen, Jette rächte sich und überlegte kein Wort, du bist von Pa und seinen Moneten abhängig, von dem Haus hier und allem, was dazugehört. Du kannst dich nicht gegen Ma wehren, und jetzt hast du auch noch Schiß, daß sie dir deinen Max wegschnappt, deswegen willst du nicht weg!

Stille, eine lang andauernde Stille, die sich weder von Katharina noch von Jette durchbrechen ließ. Also räumten sie auf. Die Kinderbrettchen, der Käse, die Erdbeermarmelade, alles kam an seinen Platz und verursachte dabei unsäglich vertraute Geräusche, bis alles an Ort und Stelle war.

Kam Lea zu Fuß über die Neckarbrücke, sah sie stets von derselben Stelle aus zu der Villa mit den vier bis zum ersten Stock reichenden Säulen hinüber. Beim vierten Brückenbogen hob sie den Kopf, den sie beim Gehen meistens gesenkt hielt, und vergewisserte sich des vertrauten Anblicks. Im Sommer ließen die großblättrigen Platanen nur das Obergeschoß und das Dach sehen. Jetzt im Frühjahr sah man zwischen den blattlosen Ästen das ganze Haus, Balkon, Fenster und sogar die Haustür. Lea hatte nie darüber nachgedacht, warum sie jedesmal von dieser Stelle aus auf das Haus starrte. Sah sie es stehen, klotzig und ein wenig großspurig, empfand sie ein paar Augenblicke lang ein Gefühl der Erleichterung. Heute starrte sie länger als üblich hinüber. Sie blieb sogar stehen und stützte die Arme auf die rotbraunen Quadersteine der Brückenmauer. Am Ufer schwappte das Flußwasser, von Kähnen in Bewegung gehalten, über die Steine die Böschung entlang. Nässe kroch aufwärts, saß im Gestein und hatte ihren eigenen Geruch. Lea kniff die Augen zusammen. Die Villa im Blick, hatte sie plötzlich die Stimme der Mutter im Ohr und fühlte deren harte Hand auf der Schulter.

Dreh dich noch mal um und sieh dir dein Zuhause an, da sind jetzt die Russen drin!

Mehr sagte die Mutter nicht. Einmal redete sie sowieso nie viel, und zum anderen war in diesem Augenblick wirklich nicht mehr zu sagen. Lea wußte mit ihren sechzehn Jahren ohnehin Bescheid: Ein Zurückkommen war nicht mehr möglich. Nachdem die sowjetische Armee das Haus beschlagnahmt hatte, sah die Mutter keinen Grund mehr, in Thalheim zu bleiben. Ab in den Westen und möglichst in die amerikanische Zone, egal wie, Hauptsache, weg von den Russen.

Kind, dreh dich noch mal um!

Ein Blick ist nichts, wenn man weiß, daß es der letzte ist. Hindenburgstraße, Ecke Hermann-Göring-Platz. Lea ging rückwärts, um nichts zu versäumen, war noch nie die Hindenburgstraße rückwärts gegangen, stieg Schritt für Schritt aus der Heimat, starrte sich die Augen aus dem Kopf, um zu sehen, was zu sehen war, und das war nicht viel. Rechts und links die Häuser mit vom Krieg lädierten Fassaden, grau und ohne eine Spur von Farbe. Kopfsteinpflaster, über das Schuberts Karl seine abgetretenen Stiefel schleifte, den Hund neben sich, den Karren hinter sich, auf dem er allerhand Gerümpel zusammengeklaut hatte. Hin und wieder Fahnen, in denen kreisrund ein dunkler Fleck im ganz schön verblichenen Rot saß.

Sieh dir dein Zuhause an!

Am Ende der Straße das Elternhaus, nicht klein und nicht groß, mit Leas Kindheit zwischen den Wänden, jetzt von zwei sowjetischen Soldaten bewacht.

Allez hopp, hier gab's nichts mehr zu gucken, die Mutter trieb zur Eile, Rückwärtslaufen hielt auf, so hatte sie sich das nicht gedacht. Aber Lea ließ sich nicht antreiben, sah an Schuberts Karl vorbei auf das Haus ihrer Eltern, stand da wie ans Pflaster geklebt, schrie und schrie: Feuer, Mama, es brennt, es brennt! Erst dann kam der Knall. Die Druckwelle raste die Hindenburgstraße entlang, warf Schuberts Karl mitsamt Hund und Karren um, während das Gerümpel in den Himmel geschleudert wurde. Zur gleichen Zeit zersplitterte ein Großteil der Thalheimer Fensterscheiben und deckte das Kopfsteinpflaster der Straßen zu. Was passiert war, wußte niemand. Auch später erfuhr es weder Lea noch ihre Mutter. Zwar waren Gerüchte per Post aus der Ostzone gekommen, daß es die Wehrwölfe gewesen sein sollten, andere behaupteten, daß die Russen im Suff mit Waffen und Munition gespielt hatten, und wieder andere glaubten, daß Schuberts

Karl die Explosion auf dem Gewissen hatte, weil ihm die Russen bereits im ersten Weltkrieg ein Bein abgeknallt hatten.

Auf jeden Fall hatte sich Leas Mutter nach dem ganz Thalheim erschütternden Donnerschlag auf die Socken gemacht. Kein Umdrehen mehr, kein Zuhause, kein letzter Blick. Nichts wie weg hier. Schließlich war's ihr Haus, das da mitsamt allem, was es drin und drum herum gab, in die Luft geflogen war. Das konnte weiß Gott Leben und Freiheit kosten. Blieb Lea als letztes Bild das sich öffnende Dach, aus dem mit Blitz und Donner all das herausgefahren war, was sie verlassen hatte.

Das war der Grund, warum sie hier an dieser Stelle Tag für Tag stehenblieb und hinüber zu dem Haus starrte, in dem sie schon mehr als sechzehn Jahre wohnte, und immer noch war das Dach nicht geborsten. Es saß fest auf dem Gemäuer und hielt alles zusammen, Felix, die Kinder und sie, komme, was da wolle. Zum Beispiel Max. Lea warf ihre Haare zurück, ihr Gang, wegen der flachen Schuhe schneller als sonst, verkürzte den Heimweg auf ungewohnte Weise. Unsicherheit bewegte sie vorwärts, eine Unsicherheit, die sie nicht erklären konnte. Etwas war in Gefahr, schiefzulaufen, und das hing mit Max zusammen, aber auch mit Felix, den Kindern und dem Haus, dem sie so eilig zustrebte.

Auf der Brückenmauer gegenüber lief ein kleiner Junge. Die Arme in der Dämmerung ausgebreitet, mit Turnschuhen an den Füßen, tänzelte er jauchzend zwischen Leben und Tod, an den Warnrufen der Erwachsenen vorbei, weder zu weit rechts noch zu weit links. Lea winkte ihm zu, und der Junge winkte zurück.

Das Haus war erreicht und nahm in Höhe und Breite Leas Blickfeld ein, jedes Fenster mit einem bis in die Winkel vertrauten Hintergrund. Im ersten Stock rechts saß Felix am Schreibtisch, ein Whiskyglas vor sich, mit Fachzeitschriften beschäftigt, den Kragen offen und den Schlips ein wenig heruntergezogen. Die Lampe beleuchtete nur den Schreibtisch. Die englische Uhr tickte. Hin und wieder würde Felix mit den Fingerspitzen über die Schreibtischplatte fahren; das kratzende Geräusch der Nägel konnte Lea ganz verrückt machen, doch war Felix von dieser Angewohnheit nicht abzubringen.

Das dunkle Fenster daneben gehörte zu ihrem Zimmer. Der Duft der stets frischen Blumen drang durch die Schiebetür zu Felix und mischte sich mit seinem Zigarettenrauch. Auf dem Schreibtisch standen Rosen, an den Fenstern Azaleen und auf dem Glastisch, neben ihrem Sessel, Veilchen, die ihr Max geschenkt hatte.

Max, Lea sagte seinen Namen laut.

Oben wohnten die Zwillinge, von denen man nie wußte, ob sie da waren. Unordnung herrschte da. Dazwischen Kerzen in allen Farben und Größen und ein ewig laufender Plattenspieler. Matratzen auf der Erde statt Betten und überall Obst, in Schalen, Körben und auf Tellern. Mit den Seiten nach unten aufgeschlagene Bücher, die auf dem Fußboden lagen, immer wieder neue und wenige zu Ende gelesene. An den Wänden Poster, auch immer wieder neue. Wenn Lea die Töchter besuchte, wußte sie nie, wo sie sich hinsetzen sollte.

Im Parterre Wohnzimmer, Eßzimmer und Küche. Hier war nirgendwo Licht. Aufgeräumtes, das nicht den Platz wechselte. Schöne alte Möbel, von Mühmchen auf Hochglanz poliert. Geputztes Silber, Teppiche, die Felix als Kapitalanlage gekauft hatte. Und auch hier alte Uhren, die Felix in Gang hielt. Glockenschläge alle fünfzehn Minuten, und das über ein Jahrzehnt lang, mit einer Regelmäßigkeit, auf die man sich verlassen konnte. Lea stand eine Weile im Mauerschatten ihres Zuhause, fühlte die Geborgenheit. Plötzlich hatte sie Lust, diese Geborgenheit aufzuheben. Vielleicht genügte es schon, wenn sie die Gewohnheiten änderte.

Also nicht durch die Vordertür gehen, nicht hallo rufen, nicht auf Antwort warten. Geräuschlos schlüpfte sie durch das Gartentor, schlich über den Rasen, jagte dabei ein paar Amseln, die sofort hilflos herumflatterten und die abendliche Stille zerkreischten, aus den Rhododendronbüschen. Akkurat vom Gärtner eingebundene Rosenstöcke. Nirgendwo ein Maulwurfhaufen, nirgendwo Unkrautgestrüpp. Sogar der

Springbrunnen in der Mitte war gegen Frost mit Plastik zugedeckt.

In der Waschküche brannte Licht. Dort standen die Fahrräder und Jettes Moped. Niedrige Fenster mit Gitterstäben schnitten das, was Lea sehen konnte, in Streifen. Jette. Ohne sich bemerkbar zu machen, blieb Lea am Fenster stehen, durch das Glas von Jette getrennt. Nichts war zu hören.

Jettes Haltung hatte etwas Madonnenhaftes. Sie kniete. Sie kniete im kargen Waschküchenlicht über dem Motor ihres Mopeds und reparierte daran herum. Die Haare, streng nach hinten gekämmt, waren zu einem Zopf geflochten. Jettes Rücken war schmal, wie die feingliedrigen Hände, die sich flink über Metallteile bewegten, sie auseinandernahmen und wieder zusammensetzten. Jette schien wenig Zeit zu haben. Es war ihre Eile, die Lea berührte, und in plötzlicher Zärtlichkeit fuhr sie mit dem Finger über das Fensterglas die Linie von Jettes Kopf entlang, auf und ab. Schon bei der Geburt hatte Jette Tempo an den Tag gelegt und es dann beibehalten. So war sie auch ohne Komplikationen sozusagen in einem Rutsch als erste auf die Welt gekommen und hatte sämtliche Kinderkrankheiten schneller als üblich überwunden. Selbst fürs Essen ließ sie sich wenig Zeit, immer war sie zuerst fertig und sah dann der übrigen Familie geduldig auf die kauenden Münder. Als Kind hatte sie die Kirschen mitsamt den Steinen gegessen, damit es schneller ging. Stets war Jette allen anderen eine Kopflänge voraus, besonders was die eilige Bestimmtheit ihrer Entschlüsse betraf. Heißsporn schimpfte dann Felix, während Lea die eigenen Eigenschaften in der Tochter wiederzuerkennen glaubte.

Der Motor war repariert, das Werkzeug verpackt, Jette wusch sich die Hände. Was im Schatten der Waschküchenfunzel gelegen hatte und von Jette verdeckt worden war, lag jetzt für Lea sichtbar neben dem Moped auf dem Fußboden. Ein Strauß Veilchen, ihre Veilchen, die von Max geschenkten Veilchen. Was, zum Teufel, hatte sich Jette dabei gedacht?

Lea fühlte Wut in sich hochsteigen, wollte sich Luft machen, und zwar sofort. Die Tür der Waschküche knallte gegen die Wand und wieder zurück. Jette, weiß vor Schreck, die Hände vor dem Mund und ganz stumm, starrte die Mutter an.

Lea hatte das Sträußchen aufgehoben, drehte es in der Hand. Der zarte, kaum wahrnehmbare Duft, der von den Veilchen ausging, besänftigte sie. Vielleicht war es aber auch Jettes Sprachlosigkeit, die Lea Genugtuung bereitete.

Schlechtes Gewissen? fragte sie leichthin und lächelte. Keine Antwort. Unverwandt sah Jette die Veilchen an. Lea kam es vor, als suchte die Tochter nach einer Erklärung.

Weißt du, sagte sie versöhnlich und gab Jette den Strauß zurück, ich fände es schön, wenn André sich über die Blumen freuen würde.

Beinahe hätte sie noch einen scherzhaften Satz hinzugefügt, ließ es aber, weil Jettes Gesicht so undurchdringlich blieb.

Behutsam verstaute Jette die Veilchen in der Tasche ihres Parkas, und schnalzend schnappte der Mopedständer hoch.

Die Veilchen sind für Mühmchen, Ma – nicht für André! Jette schob sich, ohne die Mutter anzusehen, eilig vorbei aus der Tür nach draußen. Der Motor sprang sofort an.

Wie lange Lea dann allein und bewegungslos in der Waschküche gestanden hatte, wußte sie später nicht mehr und wollte es auch nicht wissen. Quälend klangen Jettes Worte in ihren Ohren, alles Blut wich aus dem Körper in die Beine, keinen Schritt konnte sie gehen. Jette war also mit den Veilchen von Max unterwegs zu Mühmchen. Die Alte würde ihre spitze Nase zwischen die zarten Blüten stecken und Max' Zärtlichkeit herausschnüffeln. Der Gedanke brachte Bewegung in Leas Hände. Sie wischte sich Tränen aus dem Gesicht, denen keine weiteren folgten. Später gehorchte auch ihr Körper, trug sie über die Hintertreppe hinauf in die Wohnräume, über die Diele bis in ihr Zimmer.

Sie setzte sich, so wie sie war, noch im Mantel, ohne ein Wort der Begrüßung für Felix in ihren Sessel, saß ganz still mit geschlossenen Augen.

Nun sag mir mal, wo du die ganze Zeit warst, fragte Felix

und schien im selben Augenblick auf eine Antwort zu verzichten, ahnte vielleicht, daß er keine bekommen würde, und füllte die Stille mit den Vorwürfen auf, die er bereits gesammelt hatte.

Was sie sich eigentlich dabei denke, wollte er wissen, den Haushalt völlig zu vernachlässigen. Seit Mühmchens Abwesenheit klappte nichts mehr. Ganze Mahlzeiten fielen aus, nicht einmal Eiswürfel für Whisky waren vorhanden, kein gebügeltes Hemd im Schrank, und wenn Lea wollte, sollte sie sich einmal die Mühe machen und den Zustand seines Arbeitszimmers überprüfen, von anderen Dingen ganz zu schweigen.

Jeder Vorwurf schlug in die Kerbe, die Jette zuvor geschlagen hatte. Satz für Satz warf ihr Felix von seinem Schreibtisch aus zu, und unter jedem Wort, das er sagte, duckte sie sich tiefer, nicht fähig, auch nur einen Gedanken zu ihrer Verteidigung zu fassen. Jedesmal, wenn er eine Pause machte, hörte sie Jette wieder sagen, daß die Veilchen, die in der Waschküche auf dem Boden gelegen hatten, für Mühmchen bestimmt seien und nicht für André. Die Veilchen von Max.

Lea öffnete die Augen und sah hinüber zum Glastisch. Mein Gott, sagte sie laut, ich bin total verrückt! Da stand der Strauß lilablauer Blüten, die Veilchen von Max.

Gekauft, Jette hatte für Mühmchen die Blümchen gekauft. Wenn das nicht zum Lachen war.

Felix horchte auf. Endlich hatte Lea etwas gesagt. Nicht viel, nein, aber es klang nach Einsicht. Das genügte. Ein wenig wartete er noch. Manchmal sprach es sich leichter, wenn man dem anderen dabei nicht ins Gesicht sehen mußte. Schließlich wollte er die Situation nicht komplizieren, sondern die Dinge wieder in geordnete Bahnen bringen, und zwar unter allen Umständen.

Er hielt den Kopf schräg, horchte. Die befremdliche Stille machte ihn nervös. Kein Laut im ganzen Haus. Nur die Uhr neben seinem Schreibtisch tickte, doch klang das vertraute Geräusch plötzlich nicht mehr behaglich.

Lea, sagte Felix unvermittelt, kann es nicht wieder wie früher sein?

Er meinte damit keine gebügelten Hemden und regelmäßigen Mahlzeiten, er meinte damit ihre Gemeinsamkeit, was er allerdings nicht zum Ausdruck bringen konnte. Er müßte ein Stück ihrer warmen Haut spüren, sie berühren, um sprechen zu können. Er stand auf, um ein Geräusch zu verursachen, das ihm vertraut war. Wenn sie ihn jetzt wenigstens angesehen hätte. Ihr Gesicht, das er nur im Profil über die Sesselkante hinweg sehen konnte, zeigte keinerlei Regung. Felix fand, daß Lea schön aussah. Er kam langsam auf sie zu und stellte sich in ihr Blickfeld.

Ich meine das ernst, Lea!

Sie nickte, seiner Meinung nach ein bißchen zu schnell, und sie sagte auch sofort ja, als wollte sie ihren Gehorsam beweisen. Das ärgerte ihn und verletzte seine Gefühle. Er berührte Lea nicht, sondern schob jetzt seine Hände vor der Brust ineinander, eine Haltung, die er gern annahm, wenn er vor einem der Betten seiner Patienten stand.

Also? fragte Lea. Nichts weiter, nur dieses: also.

Sie hatte schon wieder die Augen geschlossen, sah Felix auch so vor sich, hörte ihm zu, war ganz und gar hier im Haus und weit weg von Max.

Ohne große Überlegung war Felix weg in die Erinnerung getaucht, löste einige Bilder heraus, um sie Lea ins Gedächtnis zu rufen. Gewissenhaft ließ er Dinge aus, die in seiner oder Leas Herzensnähe gelegen haben könnten, glaubte mehr zu erreichen, wenn er an die Anschaffung von Gegenständen erinnerte, die stets nach den Wünschen von Lea ausgefallen waren.

Oder nicht? fragte Felix, ohne sich vom Fleck zu rühren, immer noch vor Lea stehend. Zustimmung, nach der er fortfahren konnte. Schließlich gab es eine Menge, für das er sich krummgelegt hatte und das seiner Meinung nach nicht verdiente, in Vergessenheit zu geraten.

Plötzlich erhob sich Lea, stand mit ihren Füßen dicht vor den seinen, und ihr Gesicht war so nah, daß er die Wärme ihres Atems zu spüren bekam. Noch während sie sich erhob, hatte sie ihn unterbrochen. Nicht eilig und keineswegs unhöflich, sondern sanft und monoton zählte sie weitere Besitztümer auf, die seines Erachtens nicht der Rede wert gewesen waren. Sie hörte nicht auf, erwähnte Küchengeräte, Rasenmäher und ihren Pelzmantel, schnappte nach Luft, setzte neu an, hatte immer noch Sachen auf Lager und gab erst auf, als er ihr seine Hand auf den Mund legte.

So habe ich das nicht gemeint, Lea, so nicht!

Seine Hand hielt ihren Mund zu, dann begann er ihr Gesicht langsam zu streicheln, als wolle er es von oben bis unten abtasten. Natürlich sind da noch die Kinder – unsere Kinder, fuhr er fort, immer noch mit Streicheln beschäftigt, zärtlich und unbeholfen. Er wußte, daß er jetzt etwas über sie beide sagen sollte, über sein Verlangen, mit ihr sein Leben zu leben, und sofort fiel ihm das Grundstück im Neckartal ein, aber er traute sich nicht, darüber zu reden, fürchtete eine erneute Abfuhr. Er sah sie nur an. Ihr verkrampftes trostloses Gesicht verwirrte ihn. So schlecht hatte sie es doch weiß Gott nicht bei ihm.

Und trotz allem guten Willen spürte er Ungeduld.

Sieh mal, ich liebe dich doch, sagte er, breitete schnell die Arme aus und zog Lea hinein. So standen sie eine Weile aneinandergelehnt, wurden beide hin und wieder durch ein trocknes Schluchzen von Lea erschüttert. Sie fühlte mit ihren Lippen die Falten seines Halses. Seine Arme, dünner und weniger muskulös als die von Max, hielten sie fest. Stück für Stück hatte Felix sie gekauft. Ein Haus dafür bezahlt, Autos, Teppiche, Möbel, Reisen, Schmuck, mehr und mehr, alles mit seiner Hände Arbeit, denn von nichts kommt nichts. Endlich hörte das Schluchzen in ihr auf, sie hielt nur noch still. Über seine Schulter hinweg sah sie hinter dem Fenster die vorbeiwischenden Lichtkegel der Autos, in scheinbar regelmäßiger Folge. Und plötzlich wünschte sie sich, daß das Dach des Hauses bersten möge und sie wie eine Sternschnuppe hinausfahren würde, irgendwohin, weit weg.

Musik. Aus der Lautlosigkeit des Hauses dröhnte unerwartet und unerklärlich laut Musik. Lea war froh, einen Grund zu haben, um aus den Armen von Felix zu schlüpfen. Sie schüttelte sich wie ein Hund, der gegen seinen Willen angefaßt worden ist.

Na na, sagte Felix, was ist denn? Er machte erneut Anstalten, sie zu umarmen, griff nach ihr und lächelte dabei. Das hielt sie nicht aus.

Nein, sagte Lea.

Die Musik war leiser geworden, nur noch das dumpfe Dröhnen der Bässe war zu hören. Lea zählte die Takte, während sie Felix mit einem einzigen Blick umschloß. Jetzt wieder, im Abstand zu ihm, tat er ihr in seiner Ahnungslosigkeit leid, aber auch, weil sie wußte, daß sie ihm um der Ehrlichkeit willen Schmerz zufügen würde. Der Gedanke erleichterte ebenso, wie er belastete, und trieb ihr Röte ins Gesicht.

Hör zu, sagte sie und hielt nun ihrerseits die Hände über der Brust gefaltet, ich muß dir etwas mitteilen.

Mitteilen, das war in diesem Zusammenhang ein merkwürdiges Wort, und sie dachte einen Augenblick darüber nach, ehe sie weiter sprach. Jetzt war es Felix, der im Sessel saß.

Ich möchte, daß du es weißt!

Ein zweiter Anfang, nicht besser als der erste. Felix zeigte Neugier. Leas Nasenspitze wurde weiß, das sah er so deutlich wie das kleine Zittern ihrer linken Braue.

Nun?

Lea fehlten die Worte. Jede Formulierung erschien ihr schon im voraus lächerlich. Das fortdauernde Schweigen verlieh dem Ungesagten Gewicht. Lea nahm plötzlich die Gegenstände in ihrem Zimmer wahr, ihren Ohrensessel, in dem Felix saß, die Fotos der Mädchen auf dem Schreibtisch, den Eckschrank mit den alten Gläsern und natürlich auch den Veilchenstrauß von Max. Was war zu sagen? Die Uhr tickte. Lea zählte rückwärts, fing bei zwanzig an, wollte bei null reden. Ewig konnte sie nicht hier stehen und Felix stumm anstarren.

Als sie endlich den Mund aufmachte, war ihr, als fiele ihr

Körper in zwei Hälften auseinander, die eine auf Felix zu, die andere von ihm weg. Ich habe mich verliebt, Felix!

Und weil er nicht reagierte, wiederholte sie den Satz. Doch Felix wollte offenbar mit dieser Information nichts zu tun haben. Sie schien ihn nicht einmal zu stören, eher zu langweilen. Kein Blick für sie, kein Wort. Er sah zum Fenster hinaus auf das beleuchtete Schloß, das wie ein Bühnenbild am Berghang der gegenüberliegenden Neckarseite klebte.

Heidelberg bei Nacht, sagte er, Heidelberg bei Nacht! Nicht laut, auch ohne Hohn. Er sprach nur zu sich selbst, als wäre sie nicht hier. Dann stand er umständlich auf, zog dabei seine Hosen glatt, was unsinnig wirkte, weil er sich in seinem Zimmer sofort wieder hinsetzte. Sie folgte ihm auf den Fersen.

Willst du nichts wissen?

Nein.

Lea versuchte ein Lachen.

Da würde es mich aber wirklich interessieren, ob du mir sagst, was ich eigentlich für dich bin?

Natürlich, antwortete Felix ernst, für mich bist du meine Frau.

Vielleicht bleibe ich es aber nicht!

Fast hätte sie es geschrien, doch sie stotterte nur langsam die einzelnen Silben, die Felix in den Kopf schlugen und sich dort wieder zu Worten zusammensetzten. Seine Hände glitten über die Schreibtischplatte, Lea hörte das kratzende Geräusch der Fingernägel. Er machte sich also mit der Wahrheit vertraut, und sie atmete auf.

Es ist, sagte sie, ohne seine abwehrende Miene zu beachten, es ist Max Leibig.

Der Sohn von dem Strumpffabrikanten aus Thalheim?

Ja, genau der sei es, sagte sie, ganz überwältigt, daß sie alles so offen zugegeben hatte. Ihre Nasenspitze war nicht mehr weiß wie vorhin, auch die linke Braue bewegte sich nicht. Nur ihre Finger blieben lebhaft, glitten über die Lippen, als müßte jedes weitere Wort genau abgetastet werden. Nein, eine Szene wollte sie nicht, nicht mit Felix.

Felix hatte sich sehr zusammengenommen und spürte jetzt Übelkeit. Er war auf alles gefaßt gewesen, nur nicht auf diese geradezu alberne Offenbarung. Auch weiterhin gab er sich Mühe, keine Regung erkennen zu lassen, obwohl er sich erleichtert fühlte, daß es sich nicht um den Vater handelte. In dem Sohn sah er keinen Rivalen. Dieses peinliche Techtelmechtel seiner Frau konnte zwar Anlaß zu Klatschereien geben, aber nicht seine Ehe in Gefahr bringen. Da war sich Felix ganz sicher, es galt nur, Ruhe zu bewahren und das Richtige im richtigen Moment zu tun.

Plötzlich hatte er das Bedürfnis, aus dem Zimmer zu laufen und die Treppe hinunterzurennen. Er begann zu schwitzen. Erst unter den Armen, dann an den Schläfen, hinter den Ohren, am Hals. Die verfluchten alten Ängste aus dem Krieg, die er zwei Jahrzehnte lang mit Lea an seiner Seite verdrängt hatte, ausgerechnet jetzt tauchten sie auf und schüttelten seinen Körper. Er mußte sich festhalten, um nicht aufzuspringen, klammerte seine Füße von innen nach außen um die Stuhlbeine seines Schreibtischsessels.

Er konnte es nicht verhindern, daß sich Lea zu ihm herunterbeugte und mit den Fingern die Feuchtigkeit zwischen Hals und Kragen wahrnahm. Er fühlte ihre Hand in der Nähe seines Kehlkopfes und fürchtete sich.

Erst als sie ihn wieder losließ, konnte er sprechen, wenn auch unter starkem Räuspern. Er hörte auf zu schwitzen, und seine Füße hakten sich unauffällig von den Stuhlbeinen los. Langsam wurde ihm besser.

Der Sohn ist es also, sagte er und hörte befriedigt die Geringschätzung in seiner Stimme, hatte sie auch im Blick, mit dem er Lea ausführlich bedachte.

Hat er dir auch die Flausen in den Kopf gesetzt, dich so anzuziehen? Jeans, mit diesen langen Pullovern? Und die Haare, hat der junge Mann dir auch empfohlen, ab jetzt mit glatten Zottelhaaren herumzulaufen?

Lea erwiderte nichts. Es war wohl sein gutes Recht, daß er ihr jetzt eins auswischen wollte. Ihre Haare flogen seitlich über die Schulter, rutschten sofort wieder zurück und verdeckten das Profil.

Bei einer Frau in deinem Alter, fuhr Felix fort, sollte man diese Art Eskapaden nicht ernst nehmen. Er lachte, blies dabei ungewöhnlich viel Luft aus der Nase und fuchtelte mit den Händen herum.

Dein Hobby, der Laden in der Kettengasse, kostet die Familie schon genug Zeit, ich hoffe, daß dich die Liebe zu diesem jungen Mann nicht noch mehr beansprucht.

Wie meinst du das? Lea stützte sich auf den Schreibtisch, sah Felix an, griff nach seinen Händen und hielt sie fest. Wie meinst du das?

Das kann ich dir sagen, mein Kind. Er sagte mein Kind. Lea zuckte zusammen und ließ sofort seine Hände los.

Ich erwarte von dir, sagte Felix, ohne Leas lauernde Haltung zu beachten, daß du mit Hilfe deiner Töchter den Haushalt organisierst, ohne daß es zu einem Chaos kommt, egal, ob Mühmchen da ist oder nicht, und egal, ob du dir einen Liebhaber hältst oder nicht.

Er sagte nicht ein Wort mehr, brachte auch keine weitere Geste mehr zustande. Kraftlos saß er da, den Mund ein wenig geöffnet, die Augen verschwommen, ganz still.

Die Tür klinkte langsam ins Schloß, Lea hatte das Zimmer verlassen. Er schaltete den Fernseher ein, doch nicht den Ton.

Lea trug die Kränkung widerspruchslos aus dem Zimmer. So weit schaffte sie es gerade noch, aber weiter nicht. Sie mußte sich auf die Treppe setzen, weil ihre Knie nachgaben. Das Dach des Hauses senkte sich auf ihre Schultern und drückte sie in Grund und Boden. Plötzlich haßte sie alles, was hier niet- und nagelfest war, haßte sich selbst, weil sie dazugehörte.

Sie stand auf, hielt sich am Geländer fest und ging ein paarmal die Treppen hinauf und hinunter. Jedesmal knarrten die Stufen. Was ist los, sagte Katharina und zog die Mutter vom Flur in ihr Zimmer, du hast ja geweint!

Mag sein!

Hast du Krach mit Pa gehabt?

Wie man's nimmt, wäre Leas Meinung nach eine gute Antwort gewesen. Statt dessen sagte sie: Nein, nein.

Im Zimmer roch es nach indischen Räuscherstäbchen. Auf der abgelaufenen Platte quietschte die Nadel, Runde um Runde, bis Lea den Apparat abstellte.

Stille. Ganz unvermittelt umarmte Katharina die Mutter, ohne Zärtlichkeit.

Es ist gräßlich, wenn ihr euch zankt, sagte sie, könnt ihr euch nicht vertragen?

Lea versuchte, sich aus der Umarmung zu winden, fühlte sich unter Druck gesetzt, doch Katharina hielt sie in kindlicher Bockigkeit fest.

Ich mag das nicht, flüsterte sie, zog plötzlich ihre Hände von Lea weg und setzte hinzu: weil es für dich nicht gut ist!

War das Besorgnis? Lea wußte es nicht.

Komm, sagte sie, wir fahren noch ein bißchen weg.

Wohin?

Irgendwohin, ich muß hier raus, und wenn es nur für eine Stunde ist.

Katharina blies die Kerzen aus, ohne das elektrische Licht anzuknipsen. Sie zog sich im Dunkeln die Schuhe an, auch den Parka, ganz langsam, bedächtig. Wortlos faßten sie sich an den Händen und schlichen gemeinsam aus dem Haus. Keine von beiden hätte sagen können, weshalb sie aufeinander angewiesen waren, was sie, in diesem Augenblick, unzertrennlich machte. Erst als sie ins Auto stiegen, ließen sie sich los, und von da an redete Lea ununterbrochen, so, als wäre ihr das Sprechen im Haus verboten gewesen. Eine Frage holte die andere ein, und allesamt bezogen sie sich auf Katharina.

Sag doch was, bat Lea.

Sie waren nicht stadteinwärts gefahren, fuhren auf Waldwegen in Richtung Heiligenberg. Die Scheinwerfer leuchteten Lichtschneisen zwischen die Baumstämme und machten die Nacht stückweise sichtbar.

Was sollte Katharina der Mutter sagen, die plötzlich auf all das eine Antwort haben wollte, was Katharina selbst nicht wußte?

Zum Beispiel, wie es um ihre Zukunft bestellt sei und was sie für Pläne habe. Ob sie gern von zu Hause fort wolle, vielleicht woanders eine Ausbildung machen wollte oder gar im Ausland eine Chance für sich sähe.

Nichts, nichts, Katharina hatte nichts zu antworten, hob nur hilflos die Schultern, murmelte, ich weiß nicht. Dann hielt sie die Hände gegen die Scheibe, als müßte sie alles weitere an den Fingern ablesen.

Ich würde gern etwas mit den Händen tun, sagte sie leise und erschrak sofort, weil es so lächerlich klang.

Aber Lea lachte nicht, fuhr Katharina nur übers Haar und sagte: Schon gut. Nur, daß das schon gut Katharina auch nicht gefiel. Am liebsten wäre sie ausgestiegen, raus aus dem Auto, in die Nacht, die keine Sterne sehen ließ, und zurück in die Stadt, Straßen entlang, die sie kannte und in deren Häuser sie hineingehen konnte, ohne etwas gefragt zu werden.

Da redete die Mutter schon wieder, ließ ihr keine Ruhe.

Katharina werde von ihr nicht gedrängt, sagte sie, Katharina solle sich Zeit lassen, aber diese Zeit nützlich ausfüllen.

Lea sprach freundlich, bot Katharina an, sich mit ihr die Arbeit im Haushalt und Laden zu teilen, was sie auch finanziell honorieren würde. Wieder die Hand der Mutter im Haar und das Streicheln dazu. Was meinst du? Katharina fühlte, wie sich ihre Kopfhaut zusammenzog, duckte sich, sagte bloß ja, ohne Überzeugung.

Der Wagen hielt, sie stiegen aus und gingen zu Fuß bis zur Thingstätte. Sie sagten nichts und hielten sich auch nicht mehr an den Händen, sie gingen nur im gleichen Schritt. Wie still es war. Die steinernen, nach unten abfallenden Bänke, nachtfeucht und an der Oberfläche glitschig, schienen aus dem Halbrund heraus in den Himmel zu wachsen. Soweit das Auge die Dunkelheit durchdringen konnte, Bänke. In der Tiefe zwei aufeinanderliegende Plattformen, scheibenförmig wie ein Stück überdimensional großer Baumkuchen, vom Wind saubergefegt.

Lea und Katharina setzten sich dicht nebeneinander. Nur keine Geräusche machen, keine Träume verjagen, die aus der Finsternis auf die Plattformen fallen könnten.

Ma, flüsterte Katharina, die fürchtete, daß ihre Gedanken mit denen der Mutter identisch seien, denkst du an Max?

Ja, sagte Lea, ich denke an Max.

Liebst du ihn?

Nein, ich liebe ihn nicht.

Dabei lachte Lea, leise, doch mit einem Ausdruck des Triumphes. Katharina atmete flach, um ihre Erregung zu verbergen, sie sah die Mutter nicht an, sondern blickte nach wie vor auf die leergefegten Plattformen.

Und wie ist es mit Max, liebt er dich?

Ach Katharina, Lea legte den Arm um die Tochter und zog sie an sich, was sind das für blödsinnige Fragen. Ich finde das nicht wichtig, verstehst du das nicht?

Katharina antwortete nicht. Sie schlüpfte aus den Armen der Mutter und stand auf. Sie stieß mit den Schuhen überall an. Sie rannte die flachen Stufen abwärts, was ein dumpfes Echo verursachte. Unten bestieg sie die Plattform, wo sie nach der Stille des Waldes tanzen wollte. Statt dessen ging sie bis zur Mitte des Runds, langsam und mit schleppenden Füßen, blieb stehen, bewegungslos wie ein Baum, so daß Lea sie später unter großen Anstrengungen wegziehen mußte. Als sie wieder im Auto saßen, hatten sie sich nichts zu sagen. Ein paarmal setzte Lea zum Sprechen an, gab aber wieder auf, überzeugt davon, daß Katharina nicht antworten würde.

Zu Hause war es nicht anders. Jeder ging für sich seinen abendlichen Gewohnheiten nach, keiner nahm Notiz vom andern. Erst als Lea im Badezimmer stand und sich die Zähne putzte, kam Katharina herein. Sie sah der Mutter über die Schulter hinweg im Spiegel in die Augen.

Ich hab's mir überlegt, Ma, sagte sie, weder in deinem Laden noch hier im Haus möchte ich mir die Arbeit mit dir teilen.

Warum nicht? Lea drehte sich um, kam auf Katharina zu, halb ärgerlich, aber auch mit der Absicht, Verständnis zu zeigen. Nur wich Katharina zurück, war schon mit einem Bein aus der Tür, ließ der Mutter nur ein paar Worte zurück:

Ich will überhaupt nichts mit dir teilen.

Marios Lokal lag in der Hauptstraße. Stand die Tür offen, konnte man bis hinten zur Theke sehen. Moritz blieb einen Augenblick stehen, um seine Augen an die Dunkelheit des Raumes zu gewöhnen, der durch Mauerbögen abgeteilt war. Dazwischen Holztische, auf denen Katharina herumschrubbte. Ihr Gesicht war verdeckt, zeigte nur den Scheitel, der gerade und weiß von der Mitte der Stirn nach hinten lief und die Haare gleichmäßig nach links und rechts teilte. Moritz betrachtete ihre Hände, mit denen sie rhythmisch auf und ab fuhr, und er betrachtete ihren Po, der ebenfalls in Bewegung war. Nie gelang es ihm, Katharina allein anzutreffen. Verabredungen wurden von ihr so lange verschoben, bis es sich nicht mehr lohnte, sie darauf anzusprechen, in der Teestube war es stets Max, dem ihr Interesse galt, und im Cave machte die laute Musik eine Unterhaltung unmöglich. Wenn sie hin und wieder tanzten, widmete sich Katharina mehr der Musik als ihm.

Moritz fiel keine Geste und kein Wort ein. Also grüßte er nur und wartete darauf, daß sie ihn ansah. Ihr Blick tauchte aus Gedanken, die weit weg waren, blieb ganz ernst, während sie sagte, daß das Lokal geschlossen sei.

Ich weiß, murmelte Moritz und starrte auf die Holzmaserung des Tisches, die durch die Feuchtigkeit deutlicher geworden war.

Du stehst mir im Weg, sagte Katharina, und Moritz antwortete: Ich weiß.

Dann geh weg.

Nein!

Sie hörte mit ihrer Schrubberei auf, strich sich mit dem Unterarm Haarsträhnen aus dem Gesicht und wartete auf eine Erklärung. Moritz wußte, daß er so nicht weiterkam.

Ich hätte eine bessere Arbeit für dich, als hier in der Kneipe Tische zu schrubben.

Sonst bin ich ja in der Küche, sagte Katharina.

Er kam näher. Du könntest mir helfen. Ich habe einen größeren Zeichenauftrag von einer Agentur bekommen. Er hatte leise gesprochen, auch ein bißchen aufgeregt. Eigentlich konnte er es sich als freier Grafiker nicht leisten, Arbeit abzugeben. Er brauchte jeden Pfennig. Er beugte sich vor, ließ sein Lächeln beiseite und sagte: Wenn ich Max wäre, würdest du dann annehmen?

Katharina antwortete zu schnell, ohne einen Blick: Du bist nicht Max, und kratzte weiter mit der Bürste auf dem Tisch herum. Moritz blieb nichts anderes übrig, als ihr weiterhin zuzusehen.

Plötzlich stand Max unter der Tür. Wie auf Bestellung kam er herein, lachte und legte genau die Lässigkeit an den Tag, die Moritz an sich vermißte. Sekundenlang sahen sich die Freunde an, Moritz erwiderte das Lachen und begann, sich seine Pfeife zu stopfen.

Augenmädchen, sagte Max, was machst du für häßliche Arbeit? Er nahm ihr den Eimer aus der Hand, den Lappen und die Bürste und schrubbte statt ihrer weiter, daß die Wassertropfen bis zu Moritz hinspritzten. Katharina holte sich einen zweiten Eimer, und so gingen sie gemeinsam der Drecksarbeit nach, mit der Moritz nichts zu tun hatte, sosehr er es sich auch wünschte. Die Eifersucht machte Moritz traurig, das war ihm anzusehen. Er wirkte plötzlich kleiner, zog die Schultern nach vorn, und in seinem Gesicht machte sich ein Grinsen breit, das festsaß und starr blieb. In der Gegenwart des Freundes hätte er sein Angebot wiederholen, vielleicht Zahlen nennen und auf seine beruflichen Möglichkeiten hinweisen können, doch wozu?

Ich geh' dann, sagte er und steckte das Nicken ein, mit dem ihn beide gleichzeitig verabschiedeten. Auf der Straße überlegte er, ob es sich lohnte zu warten, ließ es und ging ins Pop, einen Espresso trinken.

Moritz hatte die Tür hinter sich zugemacht, es war dunkel.

Die Gaststube roch nach abgestandenem Bier, frischer Seifenlauge und nassem Holz. Katharina trug die Eimer weg, während Max sich in eine der Ecken verzog, wo die alten Tapeten und die vom Tabakrauch geschwärzten Ölbilder jeden Lichtschein verschluckten.

Wo bist du denn, fragte Katharina, als sie zurückkam. Sie wollte mit ihm weggehen, einen Spaziergang machen, einen Kaffee trinken, vielleicht auch nur in der Sonne herumstehen.

Setz dich, sagte Max aus seiner Ecke heraus, setz dich bitte zu mir.

Hierher? fragte Katharina und legte Arme und Hände ausgestreckt auf den noch feuchten Tisch. Am Spültisch tropfte der Wasserhahn, Katharina wartete. Auf die Dauer unterschied sie nicht mehr das Tropfen des Wasserhahns von ihrem Herzschlag. Wenn sie sich nicht rührte, dachte sie, würde Max nicht weggehen. Bis auf die Augen konnte er ihr Gesicht nur undeutlich sehen. Ich bin gern mit dir zusammen, sagte Max. Er legte seine Hände neben ihre, ohne daß sie miteinander in Berührung kamen.

Warum? fragte Katharina.

Weil ich friere!

Max sprang auf, zeigte erst auf die Füße, dann auf seinen Kopf. Von unten bis oben, alles eiskalt!

Und schon setzte er sich wieder, die Hände, die doch warm waren, nahe den ihren ausgestreckt, wie vorhin.

Hätte Katharina in diesem Augenblick nicht an die Mutter denken müssen, sie hätte gelacht, sie hätte ihn angefaßt und gesagt: Du spinnst!

Aber so sagte sie nichts, zog sogar die Hände ein wenig zurück. Plötzlich hob sie die Schultern und sah ihn an.

Ich friere auch.

Dann verstehst du mich ja, antwortete Max, Leute, die frieren, müssen zusammenhalten, oder nicht?

Am liebsten hätte Katharina Max umarmt, um die Wärme gemeinsam zu teilen oder auszutauschen. Aber das traute sie sich nicht zu, das dachte sie sich nicht einmal zu Ende. Statt dessen stand sie auf und öffnete die Tür. Helles Frühlingslicht. Katharinas Silhouette glich der von Lea, auch die Bewegung des Kopfes.

Mach die Tür wieder zu, sagte Max. Er hielt sich die Augen zu und atmete dabei so laut, daß es Katharina trotz der geöffneten Tür hören konnte. Die Dunkelheit fing beide wieder ein. Diesmal setzte sich Katharina nicht mehr Max gegenüber, sondern neben ihn und legte ihre Fingerspitzen auf seinen Jackenärmel.

Jetzt friere ich nicht mehr.

Sein Arm rutschte weiter zu ihr hin, bis er ihre ganze Hand spürte. Ich muß dir etwas sagen!

In Katharina blieb die Wärme weg und machte einer Unruhe Platz; das Bild der Mutter tauchte vor ihr auf.

Ich studiere gar nicht, ich tu' nur so, ich lüge allen etwas vor! sagte Max. Katharinas Griff ließ nach, und die Wärme kam in ihren Körper zurück, auch ein Gefühl der Fröhlichkeit.

Das soll ich dir glauben? lachte sie. Und wenn's doch stimmt, dann lüg weiter. Eine Lüge, mit der man sich etwas zurechtwünscht, ist nur gut. Und leiser: Ich habe nicht einmal das.

Hör zu, sagte Max, eher hilflos als enttäuscht, ich meine das ernst!

Ich auch, antwortete Katharina schnell, und Max wußte, daß sie ihm nicht glaubte.

Sie ließ ihn los und stand auf. Ihre Bewegungen wirkten leicht, ihr Körper schwebte, sie tanzte. Mit ausgebreiteten Armen, so wie er es bei ihr vom Cave her kannte, huschte sie über die Holzdielen hin, drehte sich dabei um sich selbst, tanzte bis zur Theke. Dabei sang sie. Kleine hüpfende Töne waren es, die ihre Schritte begleiteten, Wörter, die nichts mit einem Tanz zu tun hatten, schon gar nicht die Melodie. Es war ein König in Thule, gar treu bis an sein Grab... Zeile für Zeile sang Katharina, hatte die erste Stophe beendet und begann die zweite, unterbrach den Tanz, füllte zwei Gläser mit Wein und blieb von einem Wort zum anderen im Text stecken. Aus.

Weiter, Max wollte, daß Katharina weitertanzte, kramte Schulerinnerungen zusammen und fand endlich die Sätze der nächsten Verse, unvollständig, aber für seinen Gesang ausreichend: Und als es kam zum Sterben... Es folgte Gesumme, und Katharina tanzte, kam mit den Weingläsern zurück, paßte auf, daß nichts überschwappte und sang Strophe für Strophe weiter, ohne ein einziges Mal steckenzubleiben. Sie stießen miteinander an, prosteten sich zu und horchten jeder in das Herz des anderen, ohne etwas zu hören. Ich gehe jetzt nach Hause, sagte Katharina, soll ich Ma von dir grüßen? Max trank sein Glas leer, brachte es zur Theke, wusch es sogar aus und fragte, warum Katharina das wolle, er könne sie doch selbst sehen, wenn ihm danach sei.

Stimmt, antwortete Katharina, machte ein zweites Mal die Tür auf und stand im Licht. Jetzt hatte Max nichts mehr dagegen einzuwenden.

Die Beziehung von Felix zu seinen Töchtern war, wie er fand, herzlich und väterlich. Er freute sich, wenn jemand ihm sagte, daß die Mädchen hübsch seien, und selten gelang es ihm, dann seinen Stolz zu verbergen. Er liebte sie und wünschte sich, sie sollten glücklich sein und Vater wie Mutter lieben. Für ihn waren die Kinder ein Teil seiner selbst. Es fiel ihm nicht auf, daß er wenig, fast gar nichts von ihnen wußte, daß es kaum Auseinandersetzungen mit ihnen gab und alles stets darauf hinauslief, daß er seine Meinung äußerte und Ziele setzte, die die seinen waren. Dabei hoffte er stets auf die Zustimmung seiner Kinder. Harmonie war für ihn die Voraussetzung fürs Leben, für die Arbeit und erst recht für Leistung. So konnten sich Jette und Katharina auch nur an ein einziges Mal erinnern, als sie sich vom Vater bedroht fühlten. Das war, als sie noch klein waren, weder Kindergarten noch Schule besuchten und in Villa und Garten der Ziegelhäuser Landstraße unter der Obhut von Lea und Mühmchen aufwuchsen.

Ein Tag im Sommer. Mühmchen ging in der Waschküche ihrer Arbeit nach, während die Mutter in die Stadt gefahren war. Die Zwillinge, denen Mühmchen geduldig Spielzeug in den Garten getragen hatte, rührten nichts an, hockten statt dessen mit gespitzten Mündern am Rand ihrer Sandkiste und spuckten über die Puppenköpfe hinweg um die Wette. Da sie sich keiner Maßeinheit bewußt waren und somit das Resultat ihrer Leistung nicht bezeichnen konnten, suchten sie nach anderen Möglichkeiten, miteinander zu wetteifern. Sie nahmen sich Mühmchen aufs Korn, wollten deren Strenge erproben und sprachen sich gegenseitig den Mut ab, auf die frischgewaschene und noch ganz nasse Wäsche zu pinkeln, die Mühmchen im Korb in den Garten getragen hatte. In gleicher Geschwindigkeit hatten sie die Hosen heruntergezogen, zuckelten auf das Objekt ihrer Wahl zu, hoben die Hinterteile startbereit und achteten eine auf die andere, um nicht betrogen zu werden, als Mühmchen zischend und in die Hände klatschend aus der Waschküche kam, als handelte es sich um Hühner, die aus einem Beet vertrieben werden mußten.

Das kränkte die beiden, sie fühlten sich nicht ernst genommen, vergaßen die Lust, sich gegenseitig zu messen, und sannen auf eine wirksamere Weise, gemeinsam Beachtung zu finden. Jette hatte den Einfall, und Katharina begann mit der Ausführung. Sie liefen ins Haus, stürzten die Treppen hinauf, stürmten in ihr Zimmer im Dachgeschoß, stellten sich auf einen Stuhl und öffneten zwei in der Dachgaube liegende Fenster. Als erstes schwang sich Katharina auf den Sims, sah über die Dachziegel hinweg auf den Neckar und zurück zu Jette. Aber die bangte nicht um die Schwester, nickte rotbäckig mit ernstem Blick. Selber drauf aus, sich in Gefahr zu bringen, rückte sie sich den Stuhl zurecht, um es Katharina gleichzutun. Eine Weile standen sie aufrecht, jede für sich in einem Fensterrahmen, und harrten der Aufmerksamkeit, die sie erringen wollten. Aber nichts passierte. Kein Blick der Spaziergänger von der Neckarpromenade, kein Winken, kein Rufen, nur das Gebell eines Hundes. Darauf löste Jette eine Hand vom Fensterrahmen, hielt sie an den Mund und schrie aus Leibeskräften in den Himmel hinein.

Katharina folgte dem Beispiel der Schwester. Sie konnten nicht weit genug zählen, um zu wissen, wieviel Leute sich auf dem Fußweg der Ziegelhäuser Landstraße ansammelten, aber jedenfalls waren es sehr viele.

Komm, sagte Katharina und griff nach der Hand der Schwester, wir setzen uns auf die Dachrinne. Sie zogen ihre Röckchen hoch, um den Saum ihrer Kleider nicht zu beschmutzen, und rutschten ein Stück übers Dach abwärts. Ein Aufschrei von unten. Irgend jemand rief nach der Polizei, ein anderer nahm den Ruf auf, als ein Auto mit quietschenden Bremsen vor dem Haus hielt.

Der Sitz der Zwillinge in der Dachrinne schien bequem. Der Sims des Fensters gab ihrem Nacken Halt, während ihre Beine frei in der luftigen Höhe hin und her schaukelten. Es war ihnen nicht bewußt, daß sie sich noch an den Händen hielten. Vielmehr glaubten sie fest aneinandergewachsen zu sein und deshalb vor dem Herabfallen geschützt.

Ob wir auch fliegen können? fragte Katharina die Schwester. Aber Jette sagte glatt nein und gab sich mit dem zufrieden, was sie gemeinsam erreicht hatten.

Genau in diesem Augenblick griff die Hand des Vaters nach ihnen. Sein Auto war es, das vor dem Haus gebremst hatte. Durch die Menschenansammlung neugierig geworden, hatte er schon vom Wagen aus auf die Front seines Hauses geblickt und die Zwillinge dicht nebeneinander in der Dachrinne kauern sehen. Später wußte er nicht, wie schnell er aus dem Auto gekommen war. Er hatte es auf der Straße stehen gelassen, wo es hilfreiche Passanten zur Seite schoben. In rasendem Tempo war er ins Haus gerannt, die Treppen hinauf, ohne Gedanken, ohne Frage, nur immer das Bild seiner vom Dach stürzenden Kinder vor Augen. Mit einem Griff bekam er beide zu fassen und zog sie unter den Bravorufen der Zuschauer aufwärts und zum Fenster hinein.

Jette und Katharina duckten sich schon unter dem erwarteten Schlag, kniffen die Augen zu und die Lippen aufeinander, nicht bereit, auch nur einen einzigen Laut von sich zu geben. Aber der Vater schlug nicht zu. Er setzte sie mit Wucht auf den Boden, als wollte er sie in die Dielen des Hauses pflanzen. Er zitterte, war weiß im Gesicht, schwitzte, und seine Stimme kippte.

Wenn ihr so etwas noch einmal macht, sagte er und drückte unversehens seine Hände fest auf die kleinen Schultern seiner Kinder, dann kann ich euch nicht mehr liebhaben!

Die Zwillinge sahen sich an, Katharinas Mundwinkel begannen zu zucken, nach kurzer Zeit auch die von Jette, bis beide lautlos und heftig weinten.

Felix erschrak wiederum. In seiner Hilflosigkeit kniete er nieder, war in dieser Haltung nicht größer als die Zwillinge, und beide konnten jetzt aus der Nähe die Tränen des Vaters beobachten, die langsamer als die ihren das Gesicht herabliefen, während er seine Arme um sie legte und ihre Köpfe fest an sich drückte.

Katharina lief durch das Haus und suchte die Mutter. Sie sah nicht den Vater, der wie so oft vor dem ohne Ton laufenden Fernseher saß und in das zerquälte Gesicht des tschechoslowakischen Staatsmannes Dubček starrte, der die Konsequenz seiner letzten Demütigung zog, zurücktrat und Husak, so sollte der neue Parteichef heißen, bat, sein Nachfolger zu werden. Eine wirre Abfolge wortloser Bilder. Ein menschenleerer Wenzelsplatz wurde gezeigt, danach Bilder des Aufstands von 1968 und der Einmarsch sowjetischer Panzer, ein Kommentar, der das alles erklärte, und wieder Dubček, dessen politisches Drama hier nacherzählt wurde, diesmal auf einer Fotografie. Felix sah sich an dem melancholisch-klugen Gesicht des Mannes fest, dessen Mut keinerlei Erfolg gezeitigt hatte, und wollte kein Wort hören. Längst wußte Felix aus der Zeitung, daß man Dubček nur noch die Rolle des Edelkomparsen zubilligte, denn es gab keine Reform.

Stellst du bitte ab, Lea, rief Felix ins andere Zimmer hinüber, davon überzeugt, sie wäre hereingekommen, um ihn zum Abendbrot zu holen. Er glaubte sogar, ihr Parfüm zu riechen, fühlte schon ihre Hand auf seiner Schulter und freute sich auf die Speisen, die sie ihm aufzählen würde und die bereits auf dem Eßtisch standen. Er hatte Hunger.

Katharina fuhr beim Klang der Stimme des Vaters zusammen. Ich bin's, sagte sie leise und nahm die Enttäuschung des Vaters als Vorwurf. Sie wollte das Zimmer der Mutter wieder verlassen, unauffällig und ohne Diskussion über den Verbleib von Lea. Felix, der sich ihr zugewandt hatte, rief sie zurück.

Ist es schlimm, daß ich euch verwechselt habe?

Katharina schüttelte den Kopf. Die seltsame Frage des Vaters, die wie eine Entschuldigung klang, berührte sie. Sie sah ihn aufmerksamer als sonst an, stellte fest, daß sein Haar dünner wurde, bemerkte auch den leichten Ansatz von Tränensäcken und die Halsfalten, die sich vom Hemdkragen gebündelt aufwärts zogen. Plötzlich hatte sie den Wunsch, Felix zu streicheln, ihm auf irgendeine Weise Zärtlichkeit zu erweisen. Aber weil das nicht ihren Gewohnheiten entsprach, unterdrückte sie diese Regung und fragte nur, ob der Vater nicht etwas essen wollte. Felix, der sich wieder auf seinen Hunger besann, nickte. Er könnte ja dabei helfen, schlug er vor. Katharina war verblüfft. Der Vater half nie in der Küche. Selten genug, daß er überhaupt etwas hinaustrug. Sie sah ihn ein zweites Mal an und fing sein kumpelhaftes Lächeln auf.

Zu zweit, meinte er, werden wir schon etwas Ordentliches zuwege bringen. Dabei wußte er genau, daß Katharina schon oft genug allein für die ganze Familie gekocht hatte. Aber sie widersprach ihm nicht, nahm ihn mit, setzte ihn an den Küchentisch und ließ ihn Zwiebeln schneiden. Wie sorgfältig er das Messer ansetzte, wie glatt er die Ringe schnitt und danach die kleinen Würfelchen, das bewunderte sie. Für einen Mediziner ist das keine Kunst, sagte Felix und schnitt weiter, während Katharina Kartoffeln pellte.

Das ungewohnte Zusammensein mit dem Vater in der Küche gefiel Katharina. Eine Gelegenheit zum Reden, wie sie dachte, einfach seine Nähe zu erfahren, von der sonst kaum etwas zu spüren war. Also hielt sie mit der Arbeit inne, ließ ein bißchen Stille vorangehen, damit er von dieser ungewöhnlichen Arbeit, der er sich hingab, hochblickte. Nicht einmal die Augen tränten ihm. Er prüfte nur die Schärfe des Messers und schnitt ohne Unterbrechung weiter.

Ich sag' dir was, begann Katharina vorsichtig, ich sag' dir was, was du nicht weißt.

Das gefiel Felix und wärmte sein Herz. Insgeheim nahm er sich vor, öfter mit einer der Töchter allein zu sein, um ihnen zuzuhören. Er lächelte im voraus und nickte Katharina aufmunternd zu, bereit, mit allem, was sie sagte, einverstanden zu sein.

Mit dem, was du da machst, sie wies auf die geschnittenen Zwiebeln, verdiene ich mir Geld.

Wie das? Felix begriff nicht, worum es ging, war aber immer noch auf Zustimmung eingestellt. Katharina schüttete die kleingehackten Ringe in die Pfanne mit heißem Fett. Das dampfte und brutzelte, übertönte jedes weitere Wort, und der Geruch füllte die Küche aus. Felix verlor seine Ruhe und fühlte durch Katharinas unverständliche Mitteilung eine Beklemmung, der er gern aus dem Weg gegangen wäre. Gerade noch hatte er hier mit ihr allein heimliche Freude und so etwas wie Kumpanei verspürt. Nun erhob er sich unauffällig, schob den Stuhl zurück an den Tisch, um die alte Ordnung wieder herzustellen, und wusch sich den Zwiebelsaft von den Händen. Seine Bewegungen wirkten, als wollte er so schnell wie möglich die Küche verlassen. Bleib hier, sagte Katharina, es ist schön, wenn du da bist!

Felix setzte sich wieder hin, wenn auch in einer anderen Haltung. Er saß gerade, unbequem und wartete. Er roch den Duft der im Fett gebratenen Kartoffeln, und erneut meldete sich sein Hunger. Katharina stellte ihm Tomaten hin, die er in Viertel teilen sollte. Für den Salat, sagte sie und küßte ihn auf die Stirn.

Und dann begann sie ohne Pausen zwischen den Sätzen zu erzählen, daß sie bei Mario in der Küche arbeitete, ganz selten auch mal bediente und die Kneipe putzte. Aber hauptsächlich schnitt sie Zwiebeln, hackte Knoblauch und wusch Salat.

Bei einem Gastarbeiter verdienst du Geld?

Katharina wußte nicht, ob Mario als Gastarbeiter zu bezeichnen war. Sie hatte nie darüber nachgedacht und, ehrlich gestanden, war ihr das gleichgültig. In jedem Fall ging die Kneipe gut, und der Stundenlohn war nicht schlecht.

Und haben dich da Freunde von uns schon bedienen sehen? Felix hatte Mühe, sich zu beherrschen.

Nein, Katharina glaubte es nicht. Aber wenn es so wäre, fragte sie, was den Vater denn daran störte?

Sie sah ihn mit großen Augen und trotzigem Blick an. Sie wußte, daß ihm Art und Ort ihrer Tätigkeit nicht paßten, aber sie tat so, als wäre nichts daran auszusetzen, als hätte er froh zu sein, daß sie überhaupt etwas tat.

Wieder kam sie näher, diesmal ohne Zärtlichkeit, nur mit ein paar Worten, die sie ihm ins Gesicht sagte, die in seinem Ohr hängenblieben und für die er keine Antwort fand.

Es gibt keinen Beruf für mich, keinen, der mir Spaß machen würde. Deshalb ist es völlig egal, wo ich arbeite, verstehst du das?

Nun, nun, sagte Felix, um seine Verständnislosigkeit zu verbergen und sich selbst zu beschwichtigen. Er begriff nicht, wieso sich Katharina für keinerlei Ausbildung entscheiden konnte, und er fügte nach einer Pause, die seine Geduld demonstrieren sollte, hinzu, daß es am Geld nicht liegen sollte. Geld, sagte Katharina, als wenn alles im Leben vom Geld abhängig wäre. Das finde ich schrecklich. Geld macht kaputt, merkst du das nicht?

Felix schnitt weiter Tomaten, häufte sie sorgfältig auf den Teller. Er konnte sich auf keinen Tag seines Lebens besinnen, wo ihm Geld nicht Erleichterung und Freude gebracht hätte. Obwohl das seiner Meinung nach keine Schande war, äußerte er sich nicht dazu, schluckte die auf der Zunge liegende gepfefferte Antwort hinunter und gewann sich ein Lächeln ab. Ihm wäre es dann lieber, sagte er und konnte sich die Entschiedenheit in der Stimme nicht verkneifen, wenn Katharina gar nichts täte. Er stand auf und legte seine Hand auf ihren Nacken.

Noch kann ich meine Familie allein ernähren. Dabei lachte er und schüttelte Katharina zärtlich hin und her.

Seine Hand machte Katharina jetzt Angst, lag wie eine Klammer um ihren Hals und hielt sie fest. Wieso war sie nur auf die Idee gekommen, Pa von ihrer Arbeit bei Mario zu berichten?

Jetzt fuhr die Hand abwärts und tätschelte leicht ihr Hinterteil.

Ist das Essen bald fertig?

In dem Augenblick wirbelte Jette herein und umarmte Katharina. Dann staunte sie den Vater an.

Du, hier – in der Küche?

Er hat mir geholfen, sagte Katharina, als ob sie den Vater verteidigen müsse, während Felix Katharinas Fertigkeit lobte, Bratkartoffeln zuzubereiten.

Jette deckte den Tisch, aber nicht wie gewöhnlich im Speisezimmer, sondern in der Küche. Felix setzte sich zwischen seine Töchter und machte sich über das Essen her. Keiner der drei dachte an Lea.

Die Auseinandersetzung hatte kein Ende nehmen wollen. Arno, Joker und die Queen waren total festgefahren, waren ganz und gar uneins, was die Funktion des Publikums betraf, von dessen Existenz sie Leas Meinung nach noch gar nicht ausgehen konnten. Aber das hatte die drei nicht interessiert. Für sie und ihre Kunst brauchte man sich um Publikum nicht zu bemühen. Leas Einwand, sich doch erst einmal mit der Organisation zu beschäftigen, hatte kein Gehör gefunden. Es ging um Wichtigeres, nämlich um die Frage, wie man mit dem Resultat einer Publikumsprovokation umzugehen hatte oder ob das Publikum als Teil der Kunst anerkannt werden sollte, gleich, ob es sich passiv verhielt oder nicht. So jedenfalls hatte es Suse gesehen. Die Queen war mehr auf Ausbeutung aus, betrachtete Publikum als Mittel für ihren Zweck. Aber was das für einer war, das sollte sie erst einmal erklären, hatte Arno gefordert und damit die Diskussion wieder ins Ausgangsstadium gebracht. André servierte eine neue Runde Tee. Lea ertappte sich dabei, daß sie nicht zuhörte, statt dessen auf die Uhr sah. Wo ist Max, fragte Moritz, der dem Anschein nach auch nicht zuhörte und sie beobachtet hatte. Lea lächelte Moritz an. Einesteils fühlte sie sich ertappt, andererseits gefiel ihr die Aufmerksamkeit, die er ihr entgegenbrachte. Mit einer Vertraulichkeit, die Moritz verlegen machte, fragte sie ihn, warum sie denn wissen müsse, wo Max zur Zeit sei. Und weil er sich über ihr fortdauernd amüsiertes Lächeln zu ärgern begann, versuchte er ihr eins auszuwischen und sagte: Vielleicht ist er mit Katharina weg!

Vielleicht, antwortete Lea, hörte nicht auf, zu lächeln, und wandte sich wieder den anderen zu. Arno redete inzwischen vom kollektiven Traum des Happenings, das als Gemeinschaftserlebnis betrachtet werden müsse.

Lea sah erneut auf die Uhr. Längst war es Zeit geworden, nach Hause zu gehen, um für Felix Abendbrot zu machen. Er wartete auf sie, saß sicherlich vor dem Fernseher und hatte Hunger. Heute war Dienstag, der Tag, an dem es in der Klinik am meisten zu tun gab.

Könnt ihr euch nicht kurz fassen, fragte sie plötzlich in die Debatte hinein, was maßloses Staunen auslöste.

Kurz fassen? fragte Suse töricht zurück.

Ja, sagte Lea, ich muß doch einmal von euch wissen, was für Vorbereitungen ich zu treffen habe.

Schnaubendes Gelächter, das die Queen begann und von Joker fortgesetzt wurde, Suse aufnahm und lauter werden ließ, bis Arno und Moritz einfielen. Ob Lea etwa Kunst als ein Produkt von Zeit und Leistung betrachte, wollten sie wissen. Niemand bemerkte ihren Zorn oder hielt ihn für erwähnenswert, niemand begriff, wie überflüssig, geradezu lächerlich sie sich in diesem Augenblick fühlte.

Sie würden schon sehen, wie weit sie mit ihren Fantastereien kämen, dachte Lea und konnte es nicht ändern, daß ihr wieder Felix mit seinem Hunger einfiel. Wenn wenigstens Max hier wäre. Aber der malte, wie er gesagt hatte, oder Katharina war tatsächlich im Spiel.

Lea fühlte plötzlich Wärme den Hals aufwärts steigen, sie war rot geworden.

Ich muß gehen, sagte sie, ohne auf Widerspruch zu stoßen, und nur mit einem Blick von Moritz bedacht, der ihr eine Weile nachsah und dabei schon wieder das Zuhören vergaß.

Alle drei schoben Bratkartoffeln in ihre Münder, sie kauten, schluckten ganz langsam und sahen Lea dabei an, die in der Küchentür stand.

Als sie das Haus betrat, hatte sie als erstes Katharinas Parka in der Garderobe hängen sehen. Danach war sie die Treppen hinaufgeeilt zu Felix, aber der saß nicht in seinem Zimmer, wie sie vermutet hatte. Also aßen sie schon. Aber auch das Eßzimmer war leer. Erst dann hatte sie die Küche betreten.

Solange Lea mit Felix dieses Haus bewohnte, hatte sie ihn noch nie in der Küche sitzen sehen, geschweige denn dort essen, schon gar nicht mit den Zwillingen. Keiner der drei forderte sie auf, sich dazuzusetzen. Auch fehlte ein vierter Stuhl, der ihr die Möglichkeit gegeben hätte, von allein und wie selbstverständlich Platz zu nehmen.

Schmeckt es euch wenigstens, fragte Lea mit schlecht gelungenem Spott. Sie nickten, und Felix sagte: Danke ja. Drei gegen einen und umgekehrt. Lea fühlte, wie sich das Bild vor ihr, in dem sie fehlte, langsam in ihr Hirn eingrub. Jette, die als einzige den Blick aushielt, mit einem Gesicht ohne Regung und wie aus Porzellan. Katharina, deren Augen der dichte Wimpernkranz verdeckte, die ihre Gabel auf dem Teller herumschob und keinen zweiten Bissen in den Mund steckte. Felix, der mit vollen Backen aß, lieber schluckte als redete und sich dabei ein Bier eingoß.

Sie hatten Lea ausgestoßen und sich verbündet, um sie zu strafen. Der Mann ohne Frau, die Kinder ohne Mutter, das hielt zusammen wie Pech und Schwefel. Lea fühlte ihr Herz, das sich von denen dort am Tisch nicht einordnen ließ. Sie hatte das Bedürfnis, auf alle drei wie auf Schießbudenfiguren zu werfen. Sie ließ die Türklinke los und machte sich bei offener Tür langsam davon, wurde aber weder von Felix noch von Katharina oder Jette zurückgerufen, obwohl sie im Flur noch etwas wartete. Erst dann zog sie sich in ihr Zimmer zurück.

Hier oben war es still, nur das Ticken der Uhren von Felix. Aber auch hier ganz leicht der Geruch von Bratkartoffeln. Lea wischte sich nicht eine der Tränen ab, die ihr über das Gesicht liefen. Sie halfen ihr über die Verlassenheit hinweg und wuschen den Zorn fort. Es gelang ihr nicht, an Max zu denken. Es tauchte keine Sehnsucht auf, die sie von hier weg zu ihm lockte. Auf keinerlei Weise war Max mit ihrem Leben als Frau von Felix und Mutter der Töchter in Einklang zu bringen. Hier im Haus wollte sie jedenfalls mit von der Partie sein und war nicht bereit, auf die Liebe zu verzichten, die ihr zustand.

Türenklappen, Schritte, die die Treppe hoch kamen, Felix. Lea kroch in ihren Sessel, zog die Füße hoch und stemmte sie gegen die Seitenlehnen. Sie hörte, wie Felix seine Uhren aufzog, fühlte die knarrenden Umdrehungen, so als wäre sie es, die aufgezogen würde. Jetzt kam Felix herüber in ihr Zimmer, ging an ihr vorbei, aufrechter als sonst, mit bedrohlich sicherem Schritt. Lea spürte förmlich, wie ihm die Gunst der Töchter den Rücken stärkte. Gewiß wartete er auf eine Erklärung, vielleicht auf eine Entschuldigung, und war in ihr Zimmer gekommen, um es ihr leichter zu machen. Jetzt zog er auch ihre Uhr auf, machte das so langsam und sorgfältig, daß Lea kaum hinsehen konnte. Felix, der sie mit einem Seitenblick beobachtete, ärgerte sich. Weinte sie etwa? Ihre Art, die Dinge zu dramatisieren, empfand er stets als Flucht, durch die sie sich einem Gespräch entzog. Heute wollte er das nicht zulassen, heute würden ihn weder Tränen beeindrucken noch ein Fortlaufen oder Türenwerfen, heute fühlte er sich in der Gemeinschaft mit Katharina und Jette stark. Er holte ein paarmal Luft, überlegte, ob er sich Lea gegenübersetzen oder lieber einen Stehplatz in der Nähe des Fensters wählen sollte. Er entschloß sich für den Stehplatz und entging damit dem

Risiko, sitzen bleiben zu müssen, während Lea das Zimmer verlassen könnte. Vorerst machte sie keine Anstalten dazu. Sie hockte mit eingezogenen Füßen, auch ein wenig gekrümmt, eng in den Sessel gedrückt. Sie weinte nicht. Sie hatte nicht den Anflug eines schlechten Gewissens. Eher glaubte Felix so etwas wie Trotz aus ihrem Gesicht herauslesen zu können. Es war ihm angenehm, das Gespräch nicht über Lea, sondern über die Töchter in die Wege zu leiten. Da er sich im Recht fühlte, konnte er sich Großzügigkeit leisten. Ob sie wüßte, fragte er freundlich, was Katharina eigentlich täte. Dabei stand er still auf einem Fleck, mit Geduld gegen die Pause gewappnet, die Lea entstehen ließ. Nein, sie wußte nicht, was Katharina tat, die Tochter hatte es ihr nicht berichtet.

Aber mir, sagte Felix, mir hat sie es gesagt.

Lea kam es albern vor, daß Felix so stolz auf Katharinas Mitteilsamkeit war. Am liebsten hätte sie gelacht. Nichts, was ihr in diesem Augenblick an Felix vertraut war. Vielleicht haßte sie ihn sogar, dachte sie. Was, um Gottes willen, ging in Katharina vor, wenn sie dem Vater Dinge anvertraute, die Lea unbekannt waren?

Max tauchte in ihrer Fantasie auf, Katharina und Max, ohne in ein und dasselbe Bild zu passen. Hatte sich die Tochter bei dem Vater über die Mutter beschwert?

Was hat sie dir gesagt, fragte Lea.

Es gelang ihr nicht, das Unbehagen, das in ihr hochkam, wegzuräuspern. Es blieb und wuchs und wurde immer größer. Was also hatte Katharina gesagt?

Sie arbeitet in einer Kneipe bei einem Italiener, antwortete Felix und fuhr nach vielsagendem Schweigen fort, Gastarbeiter, wie man das heute nennt.

Jetzt kicherte Lea wirklich, gluckste vor sich hin, froh, daß Max aus dem Spiel blieb, und heuchelte Verständnis. Felix sollte, sagte sie und schob die Füße aus dem Sessel und in die Schuhe hinein, in der Tatsache, daß Katharina überhaupt arbeitete, lieber etwas Vorteilhaftes sehen. Im allgemeinen lehnten junge Leute Arbeit als eine Unterstützung des kapitalistischen Systems ab, um auf Kosten der älteren Generation und des Staates die große Veränderung zu planen. Manche nannten das auch Revolution, wie Felix wohl wüßte.

Nicht, was Lea sagte, brachte Felix in Rage, sondern wie sie es sagte. Der unüberhörbare Spott, mit dem sie seine Sorge um Katharina vom Tisch fegte und in lächerlichster Weise Parolen benutzte, die ihr so fremd wie ihm waren, ließ ihn alle Beherrschung verlieren.

Er kam vom Fenster weg auf sie zu. Er hob die Arme, packte Lea an den Schultern, hob sie aus dem Sessel und schüttelte sie leicht hin und her, ohne etwas zu sagen. Sein schneeweißes Gesicht und sein halboffener Mund, aus dem kein Wort herauskam, machten auch Lea stumm. Sie starrten sich an, nicht mehr fähig zu denken und nur noch mit dem beschäftigt, was sie in diesem Augenblick füreinander spürten, nämlich Feindschaft.

Das war neu. Das hatten sie im Laufe ihrer zwanzigjährigen Ehe noch nie offen an den Tag gelegt. Dazu hatte ihnen bisher zwar nicht die Gelegenheit, doch der Mut gefehlt, denn eine Feindschaft zwischen sich hätten sie nicht ertragen.

Das war es, was Lea in diesem Augenblick begriff und was sie zugleich ängstigte. Sofort versuchte sie, seinen Händen zu entschlüpfen. Aber er hielt sie fest, fester als zuvor.

Laß mich los, sagte sie, ich kann das nicht ertragen.

Sofort wurde er ruhig. Seine Unbeherrschtheit schlug in Mitleid um, und er konnte Leas gekrümmte Haltung, ihren gesenkten Kopf kaum ansehen. Immer würde sie seiner Obhut ausgeliefert sein, das wußte er jetzt. Ein Gefühl der Leichtigkeit ergriff ihn und trieb ihn zu einem ungewöhnlichen Entschluß. Er ging zum Schreibtisch und holte das Halsband aus der Schublade, das ursprünglich für den Hochzeitstag gedacht gewesen war. Lea wollte die Kette weder grundlos noch als Belohnung geschenkt haben. Nun hatte er einen Grund, und um eine Belohnung handelte es sich, weiß Gott, auch nicht. Er empfand Freude darüber, Herr seiner Entschlüsse zu sein, und er gab sich dieser Freude hin, auch der

Großzügigkeit, zu der er sich fähig fühlte. Jede seiner Bewegungen war beschwingt, und ein kaum wahrnehmbares Pfeifen drängte sich zwischen seine Lippen hindurch. Als er es hörte, erschrak er.

Die Kette lag geschmeidig in seiner Hand, während seine Fingerkuppen die Steine entlang wie über Rosenkranzperlen glitten. Ein Schmuckstück, dessen sich Lea nicht zu schämen brauchte, er übrigens auch nicht. Felix legte sich Worte zurecht, auch Sätze, die Lea seine Liebe ebenso begreiflich machen sollten wie ihre Pflichten, ihre Verantwortung und Aufgaben. Dabei ging er in langen, ausgreifenden Schritten zwischen den beiden Zimmern auf und ab. Schließlich bat er Lea, die immer noch im Sessel kauerte, aufzustehen, verharrte in der Türöffnung, und als sie nicht zu ihm kam, ging er mit dem gleichen ausladenden Schritt auf sie zu und legte ihr die Kette um den Hals. Sie wehrte sich nicht, und sie bewegte sich nicht, sie fühlte nur den Schmuck auf ihrem Hals.

Während sie das Gefühl hatte zu ersticken, reihte Felix Satz für Satz auf, laut und deutlich, geduldig und freundlich, so wie er es sich vorgenommen hatte.

Mit uns beiden, sagte er und klickte den Verschluß fest, damit fängt es erst einmal an.

Aber was fing an, was? Lea wußte es nicht, wollte auch nicht darüber nachdenken.

Dann küßte er sie flüchtig, hakte sie unter, hielt ihren Arm, einem vertrauten Gegenstand ähnlich, unter den Ellbogen gedrückt fest und ließ sie mit ihm hin und her von Zimmer zu Zimmer Schritt halten.

Seiner Meinung nach war jetzt der richtige Moment, auf das zu sprechen zu kommen, was ihm wichtig war. Katharina sollte augenblicklich aufhören, bei einem Italiener Küchendienste zu verrichten. Die gleiche Arbeit könnte sie gegen Entgelt im Haus tun, seinethalben auch in Leas Laden. Felix blieb stehen und konnte nicht verhindern, daß sein Blick von Leas Gesicht auf die Halskette abrutschte. Seine Stimme wurde schneller, der Ton lauter, trotzdem blieb er freundlich und ging auch schon wieder auf und ab, diesmal allein.

Lea sollte wie jedes Jahr ihre Ladenparty machen, sagte er. Ein wenig Werbung täte ihrem Laden gut, und so könnten sie beide in unkonventioneller Art ihren gesellschaftlichen Verpflichtungen nachkommen. Und schon fing Felix mit der Gästeliste für die Party an, sparte nicht an Bemerkungen, die für ihn und für sie Vorteile aufzeigten. Unterstützen wollte er sie, auch den Wein besorgen und überhaupt mit Rat und Tat zu Seite stehen. Dasselbe erhoffte er sich von Katharina, denn, so sagte er jetzt leise: Schließlich gehören wir doch alle zusammen!

Keine Antwort von Lea, nicht einmal Widerspruch, das beruhigte. Felix fühlte sich erschöpft wie nach einem langen, gut verlaufenen Kliniktag und sehnte sich nach einer Ruhepause. Sein Rücken tat ihm plötzlich weh, und er fühlte ein Zucken in den Augenlidern, das nicht weiter auffiel, aber ein Zeichen seiner Übermüdung war.

Okay? fragte er und fuhr über Leas Gesicht, wobei er ihr gleichzeitig die Haare in die gewohnte Frisur zurückstrich. Dann zog er sich hinter seinen Schreibtisch zurück, legte die Beine hoch und begann, ihr aus der Tageszeitung vorzulesen: Gestern diskutierten Christ- und Sozialdemokraten ohne Haß und Hader siebzehn Stunden lang an Kiesingers Kabinettstafel. Gemeinsam bewältigten sie Relikte aus Deutschlands brauner Vergangenheit, gemeinsam verkleisterten sie die Finanznot der Gegenwart, gemeinsam schoben sie Deutschlands außenpolitische Zukunft auf die lange Bank und gemeinsam...

Auf der gemalten Leinwand hing das in der Mitte zerteilte Bild eines frühlingsblauen Himmels. Die Wand, grau und düster, machte den lichten Himmel künstlich. Der Himmel, sonnengetränkt und weit, ließ das beengende Mauerwerk nicht zu. Der Riß des Bildes quer im Bild, mit dem Max den Himmel mutwillig zerstörte, gönnte dem Blick keine Ruhe und keine Freude, drängte sich in den Vordergrund und machte kaputt, was zu sehen war – auch das Paar, das, seltsam in sich verschlungen, auf dem Fußboden vor der Wand und dem Himmel lag. Die Kopfhaltung der Frau konnte ebensogut die von Lea wie die von Katharina sein. Das Gesicht war, dem Betrachter abgewandt, über einen liegenden Mann gebeugt, von dem nur ein ausgestreckter Arm mit geballter Faust und angezogene Beine zu sehen waren. Die Frau lag bäuchlings mit aufgestützten Armen halb über dem Mann, und da beide schwarz gekleidet waren, ließen sich nur die Gliedmaßen, nicht die Körper voneinander unterscheiden.

Max war konzentriert bei der Arbeit. Stand schon Stunden so und malte mit langandauernder Besessenheit. Hatte viel Zeit für den Himmel verwendet, noch mehr für den Riß, der ihm fast fotoähnlich gelungen war. Sogar die gebogenen Kanten des gemalten Papiers waren zu erkennen. Hin und wieder nahm er zur Kontrolle eine Lupe in die Hand, wählte einen noch dünneren Pinsel, malte noch genauer. Gegen den strahlenden, in zwei Hälften geteilten Himmel wirkte das Paar auf dem Fußboden schemenhaft. Es schien so, als hätte hier Max die Lust an einer naturgetreuen Wiedergabe der Körper verloren. Oder war es Entschlußlosigkeit? Nur die Beine und Arme, die hatte er mit der gleichen Gewissenhaftigkeit wie den Himmel und den Riß gemalt. Ebenso den Hinterkopf der Frau. Es war so still im Atelier, daß jedes Geräusch überlaut im Raum hängenblieb, obwohl Max sich bemühte, alles zu vermeiden, was das schwarz gekleidete Paar ablenken konnte. Wenn sie den Himmel über sich nicht wahrnahmen, nicht dessen Zerstörung, sondern ganz und gar in sich eins blieben, sollte sie auch nichts anderes auseinanderbringen. Für immer und ewig würden ihre schwarzen Leiber ineinander ruhen, der eine in den anderen verwachsen. So fand er es gut. Er lächelte zufrieden und merkte erst jetzt, daß er Durst hatte. Seine Zunge war trocken. Die Schleimhäute der Lippen klebten pelzig an den Zähnen. Irgendwo mußte Bier stehen. Er drehte sich um und sah hinter den Gitterstäben durch das Fensterglas Leas blasses Gesicht.

Dem Ausdruck nach zu schließen, mußte sie ihm schon eine Weile zugesehen haben.

Nachdem sich Felix die Zeitung vorgenommen und laut zu lesen begonnen hatte, seine zuvorkommende Stimme alles einhüllte und Friedlichkeit vortäuschte, fühlte sich Lea am Ende ihrer Kraft. Leere rundum, Leere, in der wie durch ein Guckloch Felix zu sehen und zu hören war, viel zu weit weg, auch zu klein, als daß sie ihn irgendwie hätte treffen können. Da Lea nicht gegen sein Vorlesen ankam, probierte sie es mit Schritten. Kleine, schleichende Schritte trugen sie schließlich unauffällig zur Tür. Dort wandte sie sich noch einmal um. Unermeßlich groß wirkte Felix jetzt auf sie, wie er da hinter seinem Schreibtisch zwischen den vier Wänden seines Hauses saß und ihr vorlas. Leise, nur leise sein, und bloß kein Licht. Noch immer drang die Stimme von Felix aus dem Zimmer, las und las laut. Von unten die Stimmen der Zwillinge aus der Küche, deren Tür angelehnt war. Ein gleichbleibendes, kaum zu unterscheidendes Gemurmel, das keine Einmischung zuließ. Lea schlich die Treppen abwärts und machte sich dünn, um nicht augenblicklich von dem, was um sie herum passierte, erdrückt zu werden.

Die Luft des Aprilabends war für die Jahreszeit zu lau. Es roch nach wachsendem Gras und aufbrechenden Knospen. Am Neckarufer liefen die Pärchen Hand in Hand unter den Kastanienbäumen auf und ab. Manche blieben stehen, küßten sich, standen anderen im Weg und bekundeten auf diese Weise den Grad ihrer Zusammengehörigkeit. Weiter weg in der Nähe der alten Brücke spielte jemand schlecht und recht Johnny Cashs Countrylieder nach. Zwischen den Steinen am Ufer leuchtete weiß das Gefieder eines verirrten Schwans, der dort im schmutzigen Neckarwasser schlief. Ein paar Amseln gaben noch immer nicht den Tag auf oder waren schon im nächsten. Lea stand still vor dem Haus und überlegte sich, ob sie Max von der Telefonzelle aus anrufen oder ob sie ihn überraschen sollte. Sie haßte dieses nach Urin stinkende, jeden zärtlichen Gedanken tötende Glasgehäuse. Jede enttäuschte Geste, jedes Lächeln unterhielt die Wartenden oder löste deren Ungeduld aus. Blieb also nichts anderes übrig, als mit abweisend gekrümmten Rücken möglichst unbeweglich Frage und Antwort in die Telefonmuschel zu flüstern. Nein, das wollte Lea nicht. Lieber ging sie das Risiko ein, Max nicht anzutreffen.

Da stand plötzlich Barbara vor ihr und schreckte sie mit ihrer hellen Stimme auf.

Wohin willst du denn, fragte Barbara enttäuscht und neugierig, ich wollte dich besuchen. Mal hören, was aus deinem Einsatz für die moderne Kunst geworden ist. Warst du schon beim Museumsdirektor?

Sie hörte gar nicht auf zu fragen, zerredete den lauen Abend und die Stimmung, um die sich Lea bemühte. Es war nicht leicht, Barbaras Resolutheit auszuweichen, noch weniger der soliden Neugier, mit der sie Lea betrachtete. Na, fragte Barbara mit plötzlicher Vertrautheit, das geschminkte Gesicht dicht vor Lea. An Barbara hatte alles sportliche, unauffällige Eleganz, sogar ihr Parfum, das nicht in den Aprilabend paßte, nicht zu den Pärchen und nicht zu den Liedern von Johnny Cash. Lea war nach einer Lüge zumute, nach einer dicken, aufgesetzten, lächerlichen Lüge, die ihr Barbaras Fragen vom Hals schaffen würde.

Ich geh' weg, sagte sie, ich packe meine sieben Sachen und mach' mich davon. Erschrocken über das, was sie da als Lüge ausgab, hielt Lea die Luft an, sah sich davonfahren mit ihrem klapprigen Auto, nichts drin, was ihr gehörte, außer ein paar Klamotten. Sah sich in die muffige Enge ihres Ladens in der Kettengasse ziehen, zwischen Trödel, Porzellan und alten Gläsern, den Bauernschrank aus Waldmichelbach mit ihren Kleidern füllen, ihr Bett auf dem Sofa aufschlagen, um es sich dort Tag und Nacht gemütlich zu machen. Und sie hörte die Fragen der Kunden und Freunde, die, knapp den Fuß in der Tür, auf der Schwelle stehenblieben und erstaunt ausriefen: Was, hier wohnst du jetzt? Wie sie sich Mühe geben müßten, nicht überall anzustoßen, wie sie die kärgliche Bleibe begutachteten, mit der Lea jetzt vorliebzunehmen hatte.

Abhauen willst du? fragte Barbara mehr amüsiert als besorgt, von ihm weg? Mit einer Kopfbewegung wies sie über die Straße auf die Villa, als stünde dort Felix dreistöckig mit Fenstern und Balkonen gemauert als unverzichtbares Abbild seiner selbst, als ein Schild, unter dem Lea im Laufe der Jahre festgewachsen war. Barbara lachte. Erst laut, dann leiser, dann hörte sie auf, weil Lea nicht einstimmte, sondern sie so angestrengt anstarrte, als trübten die Straßenlampen ein.

Und wenn mich einer fragt, sagte Barbara spöttisch, was soll ich da sagen?

Es wird dich keiner fragen, antwortete Lea, wiederum erschrocken, wie endgültig das klang. Ihr Blick fiel auf eine Katze, die steilschwänzig die Mauer des Nachbargrundstücks entlangschnürte und nichts Gutes verhieß, heruntersprang und die Straße querte. Der Imitator von Johnny Cash hatte seinen Gesang eingestellt. Von Osten strich ein Wind über den Neckar und brachte die Pärchen auf Trab. Nur der Schwan blieb da, wo er war, im Wasser hocken.

Ich geh' jetzt, sagte Lea unvermittelt, nicht mehr bereit, noch länger mit Barbara auf der Straße herumzustehen.

In die Panoramastraße? fragte Barbara aufs Geratewohl. Ohne Antwort zu erwarten, wandte sie sich der Gartenpforte zu, so als brauchte sie keinerlei Bestätigung ihrer Vermutung, und sagte, daß sie nun eben Felix besuchen würde. Auch gut. Lea stieg in ihr Auto. Unter keinen Umständen wollte sie den Vater von Max treffen. Sie nahm sich sogar vor, Max die Bekanntschaft mit Herbert Leibig aus Thalheim zu verschweigen. Das war alles viel zu lange her und hatte nichts mehr mit der Lea von heute zu tun. Ein Grund, warum sie nicht klingelte, sondern über den niedrigen Zaun kletterte und den Kiesweg vermied, um sich bei Max nur durch Klopfen am Fenster bemerkbar zu machen.

Er stand mit schiefgehaltenem Kopf vor dem Bild, von dem Lea wenig sehen konte, und tupfte an den Wolken eines hellen Frühlingshimmels herum, der ein Stück Zimmerwand bedeckte. Auf dem Fußboden lag auf blanken Holzdielen ein Paar. Die Beine von Max, unverkennbar seine Schuhe. Die

Füße der Frau waren nackt, ebenso Waden und Knie, die in gleißender Fleischfarbe von der Leinwand herunterleuchteten. Das Ganze war mit äußerster Akkuratesse gemalt. Der andere Teil des Bildes blieb durch Max verdeckt. Lea wartete ab, um das ganze Bild zu sehen, bevor sie klopfte. So stand sie eine Weile, denn Max bewegte sich kaum, schien auch jedes Geräusch zu vermeiden, so daß die Stille draußen wie drinnen eine tiefe Spannung auslöste. Lea wußte nicht, wieviel Geduld sie noch aufbringen würde, und umklammerte jetzt das Gitter mit beiden Händen, um das Gesicht näher an die Scheibe bringen zu können. Erst jetzt bemerkte sie die Ähnlichkeit des Fußbodens mit dem auf dem Bild. Auch das Mauerwerk schien dasselbe zu sein. Nur die Kahlheit im Bild stimmte nicht mit der Unordnung des Ateliers überein. Nichts von den überfüllten Regalen, den Farben, Flaschen und der Spiegelscherbe gegenüber dem Fenster, nichts von den Büchern, Papieren, die sich auf dem alten Schreibtisch stapelten. Endlich ging Max zur Seite, drehte sich um, griff nach einer Bierflasche und sah Leas Gesicht.

Eine Weile starrten sie sich durch die Glasscheibe an, und Max murmelte ihren Namen. Sie hörte nichts, sah nur die Bewegung der Lippen. Dann kam er zum Fenster, öffnete es und küßte sie zwischen den Gitterstäben hindurch auf den Mund, und Lea vergaß alle Zweifel. Ihre Hände, die sie jetzt durch die Gitterstäbe streckte, faßten nach seinem Nacken. Er mußte sich bücken, um diese Zärtlichkeit spüren zu können. Komm, sagte Max, komm herein.

Ihre Füße waren ganz leicht, und nicht nur ihre Füße, ihr ganzer Körper war leicht, ihr Herz und der Rhythmus des Pulsschlags. Selbst Worte wurden auf ihrer Zunge zu schwer und fielen unausgesprochen in atemloses Schweigen. Noch bevor Max die Tür öffnen konnte, hatte Lea die Arme gehoben, stand wie zum Davonfliegen bereit da, die Augen halb geschlossen mit Seligkeit unter den Lidern, ganz darauf aus, ihn mitzunehmen.

Was dann folgte, ging weder langsam noch schnell vor

sich, eher zielstrebig. Max zog die Vorhänge vor, und Lea schuf auf dem Fußboden Platz. Sie räumte Farben, Pinsel und was sonst noch herumlag mit der Sorgfalt einer Hausfrau in eins der Regale, nah genug, daß es Max mit einem Handgriff wieder hinstellen konnte. Dazwischen sahen sie sich immer wieder an. Mal lächelte der eine, mal der andere. Max stellte die Staffelei an die Wand, und einen Augenblick standen sie sich auf dem leergeräumten Fußboden unschlüssig wie Kinder gegenüber, die nicht wissen, wer mit dem Abzählreim beginnen soll. Dann begannen sie sich gleichzeitig auszuziehen, ordneten jeder für sich ein Häufchen Kleidung, die sie wegschoben, um auch damit nichts zu tun haben zu müssen. Nur das Halsband behielt Lea um, machte auch keine Anstalten, es abzulegen. Aber Max tat so, als trüge sie stets diesen wertvollen Schmuck, er fuhr sogar mit seinen Fingern darüber, selbstverständlich, als wäre der Schmuck in ihrer Haut verwachsen. Dann streckte er sich aus, darauf bedacht, die Haltung des Mannes auf dem Bild einzunehmen, und ganz ohne Rücksicht auf die Kälte, die aus den Ritzen des Holzbodens in seinen Körper drang. Er zitterte in seiner Nacktheit, die Lea bewegungslos vor ihm hockend betrachtete. Endlich beugte sie sich über ihn, wurde der Frau auf dem Bild ähnlicher und begann, ihn mit Küssen zu übersäen, die auf seiner Haut brannten. Als er seine Hände zu Fäusten ballte, um Lea nicht plötzlich unbeherrscht an den Hüften zu packen und auf sich zu setzen, kürzte sie die Folge ihrer Küsse ab, sah zu dem Bild und legte sich über seinen Körper, die Ellbogen aufgestützt, so daß ihre Haut auf der seinen hin und her glitt und ihre Brustspitzen kleine Kurven, wie die eines Seismographen, auf ihm zeichneten. Er wußte, daß er jetzt gemeinsam mit ihr in der Umkehr seines Bildes lebte. In wenigen Minuten würde der Himmel zerreißen und sein Blau über ihm ausschütten, um ihn für immer und ewig unter Wolken zu begraben. So schnell, als gelte es, auf ein fliehendes Pferd zu springen, setzte sie sich plötzlich auf ihn, die Arme weit ausgebreitet, und ritt ihn mit leise keuchenden Tönen zwischen den Himmeln hindurch, daß ihm Hören und Sehen verging.

Max, rief sie plötzlich kaum hörbar, Max, und noch einmal, Max! Da holte er ihre ausgebreiteten Arme ein, hielt sie wie die Flügel eines Vogels fest, bis Lea aus den Himmeln auf ihn herunterstürzte, zitternd und mit gekrümmtem Rücken liegenblieb. Noch immer kein Wort, nur Stille, und in dieser Stille begann Max Leas Schultern zu streicheln. Immer öfter fuhren seine Fingerspitzen über das Halsband und unterbrachen damit den Ablauf seiner Zärtlichkeit. Plötzlich sah ihn Lea an: Mach es ab, es erwürgt mich.

Max schüttelte langsam den Kopf, seine Hände glitten wieder von dem Schmuck zurück auf ihre Schulter.

Und wie über ihre Bitte verdrossen, richtete er sich auf und angelte nach dem Häufchen seiner Kleider.

Das mußt du schon selber machen, sagte er.

Und weil sie gar nicht erst versuchte, den Verschluß zu öffnen, Max immer weiter nur ansah, begann er sich anzuziehen.

Wenn das Halsband nicht aufgeht, zerreiß es und wirf es in den Neckar!

Auch Lea zog sich an, räumte mechanisch Farbtöpfe und Pinsel aus dem Regal und stellte alles wieder auf den Fußboden. Als Max die Staffelei wieder von der Wand in den Raum zog, standen sie eine Weile eng nebeneinander davor, bis Lea leise fragte, ob die Frau nicht auch Katharina sein könnte.

Ja, antwortete Max, ohne Widerspruch oder Erklärung. Später wußten beide nicht, ob sie sich voneinander verabschiedet hatten. Nach der Trennung fühlten sie nur jeder für sich noch lange die Wärme des anderen Körpers.

Nachdem erst die Mutter, dann der Vater die Küche verlassen hatte, vergaß Katharina die Eltern und wandte sich Jette zu. Sie begann zu erzählen, sprach von Moritz und dann von Max. Nichts ließ sie aus, weder seine lustige Lügerei noch den Tanz, noch das Lied vom König in Thule. Wenn

Katharina mit Jette sprach, redete sie oft wie mit sich selbst, ließ dieses oder jenes Wort aus, sprach abgehackt und eintönig.

Meinst du, er und Lea? fragte sie abschließend.

Vielleicht, antwortete Jette und strich über die Hände der Schwester, die ineinandergefaltet auf dem Tisch lagen.

Sie hörten die Mutter, die eilig das Haus verließ, weiß Gott wohin, und sie lauschten stumm dem Geräusch der Schritte nach, bis nichts mehr zu hören war.

Dann erst sagte Katharina: Sie kotzt mich an, dich auch?

Nein, antwortete Jette gedehnt, sie ist mir egal.

Nicht viel später kam Barbara, die, wie sie sagte, Felix besuchen wollte, aber nicht darauf verzichtete, ein wenig mit den Zwillingen zu reden. Sie erkundigte sich nach Mühmchen, wollte wissen, ob es stimmte, daß Katharina bei Mario arbeitete, und wann Jette mit ihrem Studium beginne. Barbara war der Meinung, daß man sich eigentlich viel zuwenig sehe, oder ob die Zwillinge auch zu denen gehörten, die keinem über dreißig trauten?

Barbara störte sich nicht an der Schweigsamkeit der beiden, lachte und redete herzlich, so wie sie es schon getan hatte, als Katharina und Jette noch klein waren. Schon verrückt, sagte sie, wie groß ihr geworden seid. Und weil weder Jette noch Katharina in ihrer Größe einen Grund zum Verrücktwerden sahen, ging Barbara flüchtig auf ihr eigenes Alter ein. Man wird eben nicht jünger!

Die Zwillinge sahen sich an, und Jette sagte höflich: Nein. Ein lauernder Blick von Barbara, so kam es jedenfalls Katharina vor. Und ohne Übergang fragte Barbara, ob Katharina und Jette auch bei der Künstlergruppe mitmachten.

Welcher Künstlergruppe?

Nun, die Gruppe, der sich Lea angeschlossen hat, antwortete Barbara. Schließlich wäre das naheliegend.

Warum?

Schon fiel wie nebenbei der Name Max Leibig, und das hatte eine Pause zur Folge, die keine der beiden Mädchen überbrückte.

Immerhin seid ihr kaum jünger als Max, nahm Barbara unbeirrbar das Gespräch wieder auf, und Lea stammt wie Leibigs aus demselben Ort im Erzgebirge, aber das hat sie euch sicher schon selbst erzählt, auch daß sie den Vater von Max kennt, oder?

Die Köpfe der Zwillinge fuhren herum. Hier war etwas im Busch, von dem sie selbst nichts wußten.

Natürlich, sagte Katharina, bemüht, ihre Antwort beiläufig klingen zu lassen, aber was hat das mit der Gruppe von Künstlern zu tun, für die Lea sich einsetzt?

Barbara winkte ab. Es wäre ihr nur so eingefallen und sei auch nicht der Rede wert. Außerdem wollte sie die Zwillinge nicht weiter stören und nur noch rasch bei Felix reinschauen. Schnell und leise ging sie weg, warf ein flüchtiges Tschüs hin, das mit ihrem Parfum in der Küche zurückblieb.

Im ersten Augenblick wußten die Zwillinge nichts zu sagen. Sie standen, jeder für sich, verloren in der Küche herum, mochten plötzlich diesen Raum nicht mehr und entschlossen sich, in ihre Zimmer zu gehen.

Ich denke, Lea kotzt dich an, fragte Jette, während sie eine von Katharinas Lieblingsplatten auflegte, warum schwindelst du dann ihretwegen?

Was weiß ich, antwortete Katharina mürrisch und legte sich bäuchlings auf die Erde, den Kopf auf die Ellbogen gestützt, vielleicht wegen dieser Barbara.

Ob die etwas weiß?

Soll sie doch, das kann uns doch egal sein, findest du nicht?

Komm her, sagte Jette und legte ihre Hände auf die Schultern der Schwester, rollte sie eine Umdrehung zu sich heran, bis ihre Gesichter dicht nebeneinander lagen und einer des anderen Haut spürte, ich muß dir etwas erzählen!

Jette begann trotz der Musik zu flüstern, ihre Lippen dicht an Katharinas Ohr. Beide hatten die Augen geschlossen. Seit sie zurückdenken konnten, erzählten sie sich auf diese Art ihre Geheimnisse, brachten es fertig, stundenlang wie schlafende Hunde Seite an Seite zu liegen, nur das zwischen sich, was niemanden anders etwas angehen sollte.

Jette fing von Mühmchen an, erzählte, daß die Alte sterben wollte, keine Liebe mehr zuließ, keine Fürsorge, weil sie beides nie erfahren hatte. Jette berichtete von Mühmchens unruhigen Händen, dem Widerstand, den ihr winziger Körper leistete, und von der Hilflosigkeit, die dieser Widerstand rundherum auslöste. Sie wird sterben, sagte Jette und lag eine Weile stumm da, sie wird sterben, und ich werde ihr dabei helfen.

Katharina rührte sich nicht, und Jette erzählte jetzt von André, der immer mit sich selbst beschäftigt war und auf nichts einging, was sie betraf. So hatte er nicht ihre Traurigkeit begriffen und nicht ihre Verzweiflung, hatte statt dessen mit ihr schlafen wollen.

Ich hätte es nicht aushalten können, flüsterte Jette, nicht in diesem Moment, weil man doch nicht immer alles damit erledigen kann, auch wenn man jemand gern hat. Ich wollte mit ihm schreien, weißt du, einfach gemeinsam losbrüllen. Aber da kam ich mir albern vor, und ich bin gegangen. Und dann erzählte Jette der Schwester zum ersten Mal von der Selbsthilfegruppe. Aber dort sei sie schlecht angeschrieben. Zu still, sagte Jette, ich bekomme bei denen kein Wort heraus. Obwohl man dauernd von sich selbst reden solle, sei ihr das nicht möglich. Und dann... Jette wisperte, dann habe ich mit einem von der Gruppe geschlafen. Bloß so, weißt du, weil ich mich so beschissen einsam fühlte, und das habe ich bei dem andern besser aushalten können als bei André. Aber ich muß es noch lernen.

Katharina drehte sich um und sah die Schwester an.

Was?

Allein zu sein, sagte Jette.

Katharina zuckte zusammen. Dann warf sie die Arme um den Hals der Schwester. Schrei mit mir, sagte sie, jetzt und laut, daß alles auf der Stelle zusammenbricht.

Sie hielten sich gegenseitig fest und lagen stumm mit geöffneten Lippen da, versucht zu schreien, aber nur zu quälendem Schweigen fähig, bis sie leise zu weinen begannen.

Am nächsten Morgen erfuhr Lea von Felix, daß er einen gemütlichen Abend mit Barbara verbracht habe, was ihm in der gegenwärtigen Situation angenehm gewesen sei.

Eine kluge Frau mit Verständnis...

Und Neugierde, fuhr Lea dazwischen und bereute sofort ihre Worte. Felix lächelte ihr über seine Teetasse hinweg befriedigt zu und registrierte ihre Eifersucht. Er sagte: Na na, ließ das Lächeln in seinem Gesicht stehen, so als könnte er es auch weiterhin gut gebrauchen. Er sagte, daß sie an die Ladenparty denken solle, er sagte, daß er zum Wochenende zumindest mit ihr, falls die Töchter keine Zeit hätten, zu dem Grundstück ins Neckartal fahren wolle, und er sagte, Lea werde sich wohl oder übel nach einer neuen Haushälterin umsehen müssen, da Mühmchen wahrscheinlich nicht mehr auf die Beine zu bringen sei, im Haushalt jedenfalls könne sie nicht mehr mithelfen. Am Lohn für die Putzfrau brauche nicht gespart zu werden, das sei ihm die Sache wert. Das Lächeln kerbte ein Fältchen Fröhlichkeit nach dem anderen in sein Gesicht, und mit diesem Lächeln und dieser Fröhlichkeit verabschiedete er sich und ging in die Klinik.

Viel später kam Katharina, hatte verschlafen und war durch Leas Aufräumungsarbeiten im Haus wach geworden. Barfuß, im Nachthemd, mit von Wimperntusche verschmierten Augen schlürfte sie in der Küche den übriggebliebenen Tee, vergaß den gewohnten Morgengruß für die Mutter und träumte den Träumen nach, die sie mit in den Tag genommen hatte und die von Max gehandelt hatten und von der Einsamkeit, die Jette sich wünschte. Der Tee war lauwarm und viel zu schwarz. Frühlingsregen tropfte hinterm Fenster von feuchtglänzenden Zweigen. Amseln bohrten sich emsig Würmer aus dem Rasen im Garten, ließen kein Fleckchen aus. Katharina hockte sich auf einen Stuhl, zog die Knie an, unter das Nachthemd, und wünschte sich, den ganzen Tag nichts reden zu müssen.

Da platzte Leas Stimme in die Küche, ungeduldig und laut. Wie siehst du denn aus, fragte die Mutter, fragte, warum Katharina sich abends nicht abschminke, morgens so spät aufstehe, barfuß im Haus herumlaufe und nicht, wie man erwarten könnte, mit den Eltern frühstücke. Ob die Mutter vielleicht alles allein machen solle, ob Katharina denn zu gar keiner Hilfsbereitschaft fähig sei, und was denn überhaupt in ihr vorgehe?

Katharina brachte es fertig, nicht mehr zuzuhören, stopfte die Ohren mit Verachtung zu, preßte die Lippen aufeinander, damit kein Wort herauskam, und wehrte sich gegen die aufkommende Angst, indem sie stur vor sich hin sah. Lea lief mit kurzen Schritten durch die Küche, mal hierhin, mal dahin. Sie räumte auf, stellte die Zuckerdose vom Tisch auf ein Tablett und von dort in den Schrank, die Marmelade in den Eisschrank. Teelöffel fielen herunter, der Boiler des Heißwasserhahns sprang nicht an, und Teeblätter hatten den Ausguß verstopft.

Starr mich nicht so an, fuhr Lea Katharina an. Sie hatte Katharinas Schweigen satt, noch mehr ihre Hockstellung, die nichts als Abwehr bedeutete, dazu ihr Gesicht, das bewußt verständnislose Leere ausdrückte, nur glatt und jung war. Der Unterschied sprang in die Augen. Feindselig betrachteten sie sich, voller Neid und ohne Liebe, jede überzeugt, die andere sei vom Schicksal bevorzugt.

Katharina schob ihre Beine unter dem Nachthemd hervor, stand auf. Im Gegenlicht war durch den Stoff hindurch ihr Körper zu sehen.

Eigentlich habe ich doch viel Zeit, sagte sie, warum willst du das nicht verstehen? Sie ging lautlos durch die Küche, reckte sich, schob ihre Haare vom Nacken her aufwärts, schloß die Augen, ging blind auf und ab, ohne irgendwo anzustoßen. Lea ahnte nicht, wieviel Kraft es Katharina kostete, diese Gleichgültigkeit zur Schau zu stellen. Sie beobachtete Katharinas Schritte, empfand keinen Stolz auf die gutgewachsene Tochter, keine Mütterlichkeit. Sie sah nur die eigene Jugend, die Katharina und Jette an sich genommen hatten und jetzt davontrugen, irgendwohin, wo sie für Lea nicht mehr zu finden war.

Plötzlich hatte sie das Bedürfnis, Katharina auf den Stuhl zu setzen, ihr Schuhe über die nackten Füße zu ziehen, das Gesicht zu schrubben und ihre Haare mit einer Drahtbürste zu ordnen. Leas Rücken wurde steif. Ihre Mundwinkel verzogen sich, zeigten Wut an, Spott und für Sekunden auch Verletzlichkeit. Ihre Stimme klang drohend.

Hör zu, Katharina – dein Vater und ich wollen nicht, daß du bei diesem Italiener Geld verdienst.

Katharina öffnete Augen und Mund. Mein Vater und du? wiederholte sie und hätte gern gelacht über diese Gemeinsamkeit der Eltern, die da plötzlich vom Himmel fiel und gegen sie gerichtet wurde.

Ja, antwortete Lea, du kannst hier zu Hause dein Geld verdienen. Ich schufte mich genug ab. Umsonst übrigens, aber das meine ich nicht.

Was dann? Katharina spürte die Kühle der Küchenfliesen von den Fußsohlen her aufwärtsziehen.

Es ist, sagte Lea langsam, es ist eine Frage der Solidarität.

Wie lächerlich das Wort im Mund der Mutter klang, wie aufgesetzt und unpassend. Katharina hielt die Luft an, wartete ab, ob Lea davon noch mehr zu bieten hätte.

Aber Lea zog es vor, der Tochter übergangslos ihre Vorschläge zu unterbreiten. Im Haus sollte Katharina helfen, aber auch im Laden, wo Lea innerhalb der nächsten Zeit eine Party veranstalten wollte. Umsonst sei der Tod, und selbstverständlich werde Katharina Geld für ihre Arbeit bekommen. Lea wartete weder Zusage ab noch Widerspruch. Sie setzte Gehorsam voraus, lächelte Katharina zu, goß ihr noch ein wenig Tee in die Tasse und verließ die Küche mit den Worten, Katharina möge nicht immer barfuß herumlaufen, denn damit könne sie sich den Unterleib fürs ganze Leben ruinieren.

Schien die Sonne, tauchte der Laden in der Kettengasse aus dem schummerigen Graulicht in den gebrochenen Schimmer seidiger Helligkeit und überzog alles mit freundlichem Glanz. Heute schien die Sonne. Überall lag dieser freundliche, seidige Glanz und brachte den Staub bis in die letzte Ecke zum Flimmern. Putzlauge und faltige, bleiche Finger, der Geruch von feucht gewischtem Holz. Frank Zappa aus dem Transistorradio, dann Pink Floyd. Katharina streckte den Rücken und besah ihre vom Wasser aufgeweichten Hände, die, gegen das Licht gehalten, aus schrundiger Haut statt aus Fleisch und Blut bestanden. Was für ein Wahnsinn. Der Stundenlohn derselbe wie bei Mario, von Vater und Mutter bezahlt. Das Putzwasser rann ihr bis zu den Ellbogen und tropfte von dort auf die ausgetretenen Dielen, die noch geschrubbt werden mußten. Jeder Gegenstand, der hier zu säubern war, atmete Alter aus, so wie die Puppenstube da drüben. Vater, Mutter, Kind, nachempfundener Trampelpfad über drei Generationen hinweg, immer derselbe alte Hut. Katharina räumte die Puppenstube auf, wischte die zierlichen Möbelchen Stück für Stück ab, manches schon geklebt und gekittet, einst von Kindern zerbrochen, vielleicht sogar im Zorn, das ganze Spielzeug weitergegeben an Kinder und Kindeskinder und als Mahnung gedacht: Du sollst Vater und Mutter ehren! Aber ja doch. Katharina kam ihrer Aufgabe gründlich nach, sie vergaß auch nicht den kleinen Herd, an dem die Köchin, ein Häubchen auf dem kleinen Porzellanköpfchen, in fingerhutgroßen Töpfen das Essen zubereitete. Die Mutter, fein gekleidet, mit langem, glockig geschnittenem Rock, hochbusig geschnürt, lehnte müßig im Wohnzimmer an der Lehne des Kanapees, das blasse Gesicht im Schatten eines breitrandigen, federgeschmückten Hutes, während der Vater, mit einem Hausmantel bekleidet, am Fenster in einem Sessel saß. Mit ein paar Handgriffen brachte Katharina die freundliche Idylle zu Fall. Die Köchin wanderte samt Kochlöffel ins Bett, was lächerlich aussah, da ihr unbeweglicher Körper nicht zum Ruhen gemacht war. Bei dem Vater war das schon etwas anderes. Bei ihm ließen sich Arme und Beine bewegen. Katharina nahm ihn aus dem Sessel und stellte ihn zur Wand, wobei er linksseitig schief zu stehen kam. Sie schob millimetergenau die linsengroße Wärmflasche unter sein rechtes Bein, auf dem er mühsam balancierte, so daß er bei der geringsten Bewegung Gefahr lief, umzufallen. Nun kam die Mutter dran, deren Rock Katharina über die weißen Füße aufwärts schob, so daß die braun aufgemalten zierlichen Stiefelchen zum Vorschein kamen. Und dann setzte Katharina mit einem Ruck, hurtig und ohne Überlegung, die Mutter breitbeinig auf die Mittelwand der Puppenstube; von dort aus konnte sie nun hexengleich über Küche, Schlafstube und Wohnzimmer hinwegreiten. Juchzend, ohne Mann und ohne Köchin. Von Kindern keine Spur. Katharina war mit ihrem Werk zufrieden und wandte sich, um die verlorene Zeit aufzuholen, mit größerer Eile als vorher ihrer Putzarbeit zu. Porzellan, Gläser, Uhren, Besteck, Silber und Zinn, das alles mußte auf Hochglanz gebracht werden. Kein Kunde sollte beim Berühren der Gegenstände staubige Finger bekommen, so hatte es Lea gewünscht. Durch den ungewöhnlichen Ortswechsel der Puppenmutter von der Wohnstube auf die Wände des Zuhauses, von denen sie nicht wieder herunterkam, verflog Katharinas Zorn auf Lea mit einem Mal. Nicht daß er sich aufgelöst hätte, im Gegenteil. Er ballte sich noch mehr zusammen, wurde größer, saß kugelförmig unter der Bauchdecke, richtete sich nun aber gegen Katharina selbst, gegen ihre kindliche Wehrlosigkeit, die sie in diese unwürdige Lage gebracht hatte. Sie fing an, Schimpfworte zu formulieren, die sie schnell und immer schneller vor sich hin sagte, und je ausfälliger sie wurden, desto mehr fühlte sich Katharina erleichtert. Nichts, was mies genug gewesen wäre, um nicht mit der Mutter verglichen werden zu können. Erst als ihr gar nichts mehr einfiel, warf sie den Putzlappen hin, trocknete sich die Hände ab und hatte mehr als zuvor ihre Freude an der auf der Puppenstubenwand schaukelnden, nicht vom Fleck kommenden Puppenmutter.

Langsam und bedächtig verwischte Katharina die Spuren ihrer Tätigkeit und begann, wenn auch mit gewisser Vorsicht, die frühere Unordnung wiederherzustellen. Sie wollte der Mutter keine unnötige Arbeit bereiten, andererseits aber auch keinen Gehorsam unter Beweis stellen. So legte sie die durcheinander geratenen Stiche der Größe und nicht der Herkunft oder der Jahreszahl nach zusammen. Ihre Finger glitten gleichgültig über die vergilbten Papiere, ihre Augen nahmen nichts weiter wahr als Dinge, die nichts mit ihr zu tun hatten und Ewigkeiten alt waren. Ewigkeiten. Doch plötzlich hielt sie inne. Vor ihren Augen setzten sich Buchstaben fein geschwungen zu Wörtern und Versen zusammen. Blumen, zierlich gestochen, vortrefflich genau. Ein Schloß war zu sehen und dahinter unendlich das Meer. Die Verse lauteten:

Es war ein König in Thule
Gar treu bis an sein Grab...

Den König mußte sich der Betrachter des Blattes dazudenken, er war nicht zu sehen, auch nicht seine Buhle. Katharina hielt den Stich gegen das Licht. Sie las Zeile für Zeile und summte die Melodie vor sich hin. Sie legte das Blatt nicht zurück auf den Stoß, sondern nahm es an sich. Dann ging sie zum Schreibtisch der Mutter, nahm ein Kuvert, schob den Stich vorsichtig hinein und klebte den Umschlag zu. Sie schrieb die Anschrift von Max darauf, fügte absichtlich keinen Absender hinzu und frankierte ihn.

Kurz danach verließ sie Leas Laden, machte sich auf zu Mario und wählte den Umweg an einem Briefkasten vorbei.

Weder Mario noch dessen Frau hatten Katharina zu dieser Stunde erwartet. Aber zu tun gab es schließlich immer etwas, zum Beispiel konnte sie spülen. Während heißes Wasser und Dampf, gemischt mit scharfen und ätzenden Spülmitteln, Teller und Bestecke reinigten, schrubbte Katharina singend und summend an den Töpfen herum, kratzte Reste von den Rändern weg, schabte die Topfböden frei und störte sich nicht an den Fettklümpchen, die im Spülwasser herumschwammen, nicht an den immer röter werdenden Händen und am allerwenigsten an dem von Mario bezahlten Lohn.

Mühmchen wußte nicht, wie lange sie schon in diesem würfelartigen Krankenzimmer lag, wieviel Schläuche etwas in sie hineinpumpten oder aus ihr heraussogen. Mühmchen aß nichts, redete kaum und täuschte, so gut sie konnte, Schlaf vor, um den Tod nicht zu verpassen. Aber sosehr sie ihm auch auflauerte, er wollte sich nicht einstellen und ließ sich zu Mühmchens Verdruß von Tag zu Nacht und Nacht zu Tag immer wieder neu vertreiben. Weder Ärzte noch Schwestern gewährten ihm Eintritt. Sie stellten sich ihm mit Medikamenten und Fusionen in den Weg, und schlich er sich trotzdem an Mühmchens Bettkante, hockte dort in klapperdürrer Geduld, nur auf eine günstige Gelegenheit aus, dann hatten sie ihre Spritzen parat, um ihn zu verscheuchen.

Mühmchen lag still und kramte in ihren Gedanken, die keinen Sinn ergeben wollten. Sie mochte es nicht, wenn der junge Herr Felix in dem ungewohnten weißen Kittel an ihr Bett trat, ihr über Kopf, Arme oder Hände fuhr und sie nach dem gemeinsamen Wohlergehen befragte. Solange Mühmchen den jungen Herrn Felix kannte, und das waren immerhin vierzig Jahre seines Lebens, hatte er nie diese Form der Begrüßung gewählt, und so zuckte sie jedesmal zusammen, wenn er sie berührte.

Aber Mühmchen, pflegte er dann begütigend zu sagen, warum sind wir denn so schreckhaft? So schlimm steht's doch nicht mit uns, das kriegen wir wieder hin. Dabei schlug er die Bettdecke zurück, zog ihr das Nachthemd aufwärts, betastete ihren nackten Körper, schob das Stethoskop unter ihre fladenförmigen Brüste und horchte in sie hinein.

Wie immer bei dieser Prozedur hielt Mühmchen auch heute die Augen geschlossen. Sie schämte sich und sah nicht ein, warum sie dem jungen Herrn Felix, den sie großgezogen, für den sie gesorgt, gekocht und gelebt hatte, die Blöße ihres Leibes preisgeben sollte. Sie spürte sein über sie gebeugtes Gesicht nah wie sonst nie und mußte daran denken, daß Frau Lea seine Hemden sicherlich in die Wäscherei brachte, statt sie selbst zu waschen und zu bügeln.

Sekunden der Ruhe, in der es Mühmchens Herzschlag und

dessen Ausdauer zu prüfen galt. Ein Atemanhalten, das Respekt forderte, die Schwestern zum Schweigen brachte und nach dem stets der Herr Professor das erste Wort hatte.

Diesmal kam ihm Mühmchen zuvor, öffnete unversehens die Augen und sagte, daß sie ab nun nichts mehr mit sich machen lasse. Um ihren Entschluß zu bestätigen, griff sie blitzschnell nach der Infusionsnadel und riß sie sich vom Handgelenk, auf dem sich ein kugelrunder, immer größer werdender Blutstropfen bildete. Niemand begriff so schnell diese Aufsässigkeit, während Mühmchen sich bereits daran machte, auch den Katheter zwischen ihren Beinen zu entfernen. Sie war mutig geworden und räumte an sich auf, ohne Rücksicht auf Schmerz oder Gefahr. Kein Blick für die Schwestern, auch kein Blick für den jungen Herrn Felix, der vergeblich ihre Hände festzuhalten versuchte. Mühmchens Atem pfiff und war von einer Ecke des Zimmers bis zur anderen zu hören. Sie war in Aufruhr geraten, und die Stationsschwester mußte Felix zu Hilfe kommen.

Lassen Sie mich das mal machen, Herr Professor, sagte sie und hatte Mühmchen in null Komma nichts an Händen und Füßen gebändigt. Weiße, blütensaubere Mullbinden, die Mühmchen am Bettgestell festhielten, sie unbeweglich und machtlos machten, auch stumm, obwohl Felix fürsorglich auf sie einredete. Sie zuckte nicht einmal, als er die Infusionsnadel erneut zwischen Haut und Knochen in ihren Handrücken stach, sie wehrte sich nicht gegen die Schwester, die den Katheder zurechtrückte, und sie hatte die Augen wieder geschlossen. Sie muckste sich auch nicht, als Jette hereinkam und mit einem Blick erfaßte, was sich hier abgespielt hatte. Mühmchen lag wie geschlachtet auf dem Rücken, Beine und Arme gefesselt, während aus der Stimme des Vaters leise Ungeduld klang.

So könne sich Mühmchen hier nicht verhalten, sagte er, so werde sie nie gesund und so könne ihr niemand helfen, nicht einmal er.

Wie gut Jette diese Stimme kannte, wie sie sich als Kind unter ihr geduckt hatte, mit Katharina an der Hand zu Mühmchen gelaufen war, um sich zwischen deren Rockfalten zu verstecken, wenn sie den Vorwurf nicht mehr ertragen konnte. Und Mühmchen hatte immer etwas zur Hand, was dann wortlos in die Münder der Zwillinge glitt. Ein Stück Teig, eine Erdbeere, Würfelzucker, Rosinen oder Mandeln, mit denen sie ihre Angst hinunterschluckten.

Aber Mühmchen konnte nicht aufstehen, nicht weglaufen, war festgebunden und mußte sich Wort für Wort anhören, was Pa ihr zum eigenen Besten vorhielt. Und ihr war nicht mit Rosinen und Mandeln zu helfen, auch nicht mit Spritzen, Pillen und Infusionen.

Rücksichtslos schob Jette die Stationsschwester, die nochmals kontrollierte, ob die Knoten der Mullbinden fest genug waren, vom Bett weg und sagte: Was ihr macht, ist gemein.

Du gehst zu weit, Jette! Felix sah die Schwester an, die ihm nachher eine Szene machen würde, gekränkt über die Art, mit der Jette sich über sie hinweggesetzt hatte.

Herrisch klopfte die Schwester Protest auf Mühmchens Bettdecke und drängte auf Fortsetzung der Visite. Felix legte zum Abschied noch einmal seine Hand auf Mühmchens Haar, verlangte Wohlverhalten und versprach bald wiederzukommen. Er nickte der Schwester zu, die Mühmchens Kurvenakte zusammenklappte, um die nächste aufzuschlagen, dann wandte er sich an Jette. Ich verlass' mich auf dich, sagte er mit dem gleichen Unterton, mit dem er von dem halbtoten Mühmchen Wohlverhalten gefordert hatte. Während er sich aufrichtete, fuhren seine Hände, die eben noch Mühmchens Haar gestreichelt hatten, lässig in die Taschen seines Arztkittels. Er lächelte nach Meinung der Stationsschwester viel zu nachsichtig seiner Tochter zu und sagte, ohne daß Jette ihn danach gefragt hätte, er wisse schon, was er tue.

Und draußen war er, schnell und leise, die Schwester im Gefolge, das festgebundene Mühmchen hinter sich lassend, auch Jette, der er vertraute.

Als erstes band Jette Mühmchen die Beine los. Zuvor hatte sie das Fenster geöffnet, als könnte sie Mühmchen nach deren Befreiung geradewegs in den Himmel schicken. Drei aufgewickelte Mullbinden, und Mühmchen sagte noch immer kein Wort, rührte sich nicht und hielt nach wie vor die Augen geschlossen.

Du mußt mit mir reden, sagte Jette, sonst fürchte ich mich vor dir!

Jetzt war auch die vierte Binde aufgewickelt, stand auf dem Nachttisch neben den anderen wie eine übergroße weiße Patronenhülse. Wirf sie raus, sagte Mühmchen, und Jette ließ den säuberlich aufgerollten Mull aus dem Fenster fallen, wo ihn der Wind ergriff, auseinanderzog und in großen Schlaufen über das Geäst der nahe stehenden Bäume hängte.

Wird es der Tod sehen?

Was?

Daß ich mich ihm ergeben habe, sagte Mühmchen, während sie auf den weißen Mull in den Zweigen des Baumes sah.

Bestimmt, antwortete Jette.

Bisher achtete niemand der Passanten auf die Parolen der Spruchbänder, hörte kaum einer den Sprechchören zu, die in unregelmäßigen Abständen, ohne Kommando, durch die Straßen gebrüllt wurden, sich überschnitten und eher an eine mißglückte Filmszenerie erinnerten als an eine organisierte Demonstration. Eine Kundgebung sollte stattfinden. Eine Kundgebung, die nicht genehmigt war, weil es dabei nicht nur um das Hochschulreformgesetz ging, sondern um die Folgen des Stadthallenprozesses, um die Freisprechung oder nicht stafrechtliche Verfolgung von Polizisten, die Studenten brutal zusammengeschlagen hatten. Das rechtsstaatswidrige Verhalten sollte verurteilt und der Öffentlichkeit bekanntgemacht werden. Aber die zeigte kein Interesse, die mußte erst aufgemöbelt werden. Die brauchte ihre Sensation, um aufmerksam zu werden, das hatten die Studenten längst heraus. Deshalb rechneten sie mit denen, die den Anlaß zum Konflikt gegeben hatten, den Polizisten. Das beste Mittel, um den Einsatz der Polizei zu provozieren, blieb eine nicht genehmigte Kundgebung wehr- und waffenloser Studenten. So war's geplant, so wurde es ausgeführt.

Noch war kein Polizist zu sehen, noch ließen sich die Bürger der Stadt nicht von ihren Einkäufen ablenken. Mürrisch nahmen sie wahr, was sich auf der Straße tat, und zeigten für die zum Langsamfahren gezwungenen Autofahrer das größere Verständnis. Ein Flugblatt? Nein danke, von Jugendlichen lassen wir uns nichts vorschreiben. Und dann noch in dem Ton? Unsereins hat sich so etwas nicht erlauben dürfen, da hieß es: Wer nicht arbeiten will, soll auch nicht essen. Das stand schon in der Bibel.

Katharina fuhr herum. Zwei Gesichter, hart, mit Falten durchsetzt, unter Hüten. Kein Lächeln, keine Neugierde. Ablehnende Augen, die Katharina jetzt feindselig anstarrten.

Ja ja, sagte der Mann und hob das Kinn aus gestärktem Kragen aufwärts, als hätte Katharina eine Frechheit parat, das können Sie mir ruhig glauben. Die Frau nickte zu jedem Wort ihres Mannes; dabei fältete sich ihr Hals wie der eines Puters, und ihre Augen bekamen einen Glanz, als wären sie gebohnert.

Katharina gab keine Antwort, sah in das nächste Gesicht, auch nicht viel jünger und wie aus Ton gemacht. Ich hab' damit nichts zu tun, sagte das Gesicht, ich hab' andere Sorgen. Und plötzlich tauchte vor Katharina ein Gesicht nach dem anderen aus der Menge auf. Mal hier, mal da, Abwehr, Feindseligkeit, Widerwille. Keine Frage, keine Zustimmung, nicht einmal Staunen. Die Jungen auf der Straße waren den Alten lästig geworden, ließen sich weder vertreiben noch dorthin zurückschicken, wo sie hergekommen waren, in die Ordnung der Elternhäuser. Katharina wußte nicht wohin, wollte nicht auf die Straße und mochte nicht unter den Alten bleiben. Also balancierte sie auf dem Bordstein entlang, der gerade so schmal war, daß sie mit ausgebreiteten Armen einen Fuß vor den anderen setzen konnte.

Auch so eine Verrückte, sagte die Frau mit den auf Hartglanz gebohnerten Augen und drehte sich weg.

Dann, von einer Minute zur anderen, änderte sich das Bild. In kleinen Gruppen traten behelmte Polizisten auf, hatten Schlagstöcke zur Hand, die sie wie Taktstöcke schwangen. Die Studenten hakten sich ein, setzten zum Laufschritt an und stülpten sich allerhand auf die Köpfe. Auch die Sprechchöre kamen endlich in Takt, während die Passanten verstummten und nur noch warteten. In den oberen Stockwerken flogen die Fenster auf. Kissen schoben sich heraus, zum bequemeren Zuschauen.

Max sah Katharina schon von weitem. Ihre Art, auf dem Bordstein zu gehen, fiel auf. Hin und wieder schien es, als berührten ihre Fingerspitzen die Schulterstücke der Polizisten. Einmal drohte sie abzurutschen, fing sich wieder und wurde von einem der vorbeilaufenden Demonstranten gestützt. Weiter, weiter mit konzentriertem Blick auf ihr Schuhwerk zwischen zwei Welten hindurch, ohne zu hören und zu sehen, was links und rechts passierte. Aus den Reihen, von der Straße her, rief Moritz. Er trug an einem Transparent, das quer über den Köpfen der Demonstranten die ganze Breite der Hauptstraße einnahm.

Das Auge des Gesetzes sitzt im Gesicht der herrschenden Klasse, stand darauf. Das Tuch mit der aufgemalten Schrift hing durch, nahm dem einen oder anderen die Sicht. Moritz braucht Hilfe und wollte sie von Katharina. Aber Katharina hörte nicht, blieb Schritt für Schritt auf der Bordsteinkante, die Arme nach wie vor ausgebreitet, während Moritz weitergezerrt wurde.

Eins, zwei, drei – wo ist die Polizei?

Katharina wurde von einem Mann in einem Regenmantel fotografiert. Die Nachmittagssonne sorgte für gutes Licht, der Zug der Demonstranten war an der Märzgasse angelangt und bewegte sich auf den Bismarckplatz zu. Aus den Seitengassen drangen Polizisten, die ersten Pfiffe und Megaphone ertönten. Katharina blieb stehen. Max. Er kam ihr so plötzlich entgegen, daß sie nicht mehr ausweichen konnte und sie aufeinander prallten. Ihre Arme flogen nach vorn auf seine Schultern, so, als wolle sie ihn umarmen.

Augenmädchen, sagte Max und hielt sie fest, was machst du hier?

Ich fliege, sagte Katharina, vielleicht schwimme ich auch, genau weiß ich es nicht.

Die Pfiffe der Polizisten wurden lauter, auch die Rufe der Studenten, die nicht von der Straße wichen, schneller und schneller liefen. Nur die Leute auf den Bürgersteigen sahen zu, daß sie wegkamen, und einige Geschäftsinhaber ließen die Rolläden herunter.

Willst du mit? Max zeigte auf die Straße.

Katharina schüttelte den Kopf. Ich fürchte mich, sagte sie, hob entschuldigend die Hände, ohne weiterzureden, und sah nur auf die in den Gürteln schaukelnden Gummiknüppel.

Ich auch, sagte Max, obwohl ich manchmal mitlaufe.

Warum?

Weil es die anderen machen und ich mich nicht blamieren will.

Hinterher ist es ein gutes Gefühl, dabeigewesen zu sein.

Vielleicht, sagte Katharina, aber ich habe trotzdem Angst.

Max mußte an Lea denken, die keine Angst gehabt hatte, die mitgelaufen war und sogar eins abgekriegt hatte. Mit Verwunderung stellte er fest, daß er an Katharina nicht vermißte, was ihm an Lea gefiel. Das Getümmel um sie herum wurde lauter. Motorräder, Mannschaftswagen und immer wieder Pfiffe. Eins, zwei, drei, da ist die Polizei!

Die Sprechchöre gerieten durcheinander und endeten in Geschrei. Von den Passanten war kaum noch jemand zu sehen.

Komm mit auf mein Schloß, schrie Max in Katharinas Ohr und zog sie, ohne eine Antwort abzuwarten, hinter sich her, in die Märzgasse hinein, Richtung Plöck, wo sein Auto stand.

Sie hatten sich für den Burgweg entschlossen und das Auto am Kornmarkt gelassen. Sie liefen schnell, obwohl der Weg steil war, und hielten sich in den finsteren Gewölben, die sie durchquerten, an den Händen. Hier roch es muffig und nach

Urin. Unter Altanen und jahrhundertealten Palästen führte der Weg direkt in den Schloßhof. In Gruppen standen Touristen da, schoben sich fotografierend im Schlepptau der Fremdenführer von Fassade zu Fassade. Friedrichsbau. Gläserner Saalbau, Ottheinrichsbau, Stilarten, so erklärten die Fremdenführer in englischem und deutschem Singsang, von der Gotik bis zur Hochrenaissance. Am Rande ein Trüppchen Japaner, den Blick nach rechts ausgerichtet auf die fünf Gestalten der christlichen Tugenden, während die Amerikaner laut und durstig dem von Perkeo bewachten Keller zustrebten, um ein Faß zu bewundern, das einst 221726 Liter Wein gefaßt hatte. Auch ein paar Schulklassen trieben sich herum, äugten mal hierhin, mal dorthin, wenig interessiert an kurfürstlicher Wohnkultur und mehr auf Schabernack aus und auf Eis. Von der Bergseite her fuhren neue Busse an. Die Saison hatte begonnen, die Beete an der Brunnenhalle waren bereits mit Tulpen bepflanzt. Erst eine blühte, saß vorwitzig als roter Farbklecks über der braunen Erde und zog Katharinas Blick an.

Es war ein König in Thule, sagte sie, sprang in das Beet und pflückte die Tulpe ab.

Weil sich Max auskannte, bewegten sie sich ganz selbstverständlich dem Glockenturm zu, dessen Betreten für Unbefugte verboten war. Keine Tür war verschlossen.

Zufall, sagte Katharina.

Nein, antwortete Max, ich bin der König in Thule, und führte sie vorsichtig in das Innere, die Holzstufen aufwärts, bis sie die obersten Fensterbögen erreichten. Dort hockten sie sich ins Gemäuer, saßen wie Tauben nebeneinander und hörten eine Weile in den Wind, der keine Geräusche von der Stadt her zuließ. Die Dächer schirmten den Blick auf die Straßen ab, wo der Teufel los war und es Prügel setzte. Warum hast du die Tulpe abgepflückt, fragte Max und sah Katharina an, wie sie sorgfältig den Stil unterhalb der Blüte abknipste, bis der Blumenkelch wie ein Becher aussah. Rund und rot lag er in ihrer Hand, bereit, gefüllt zu werden.

Willst du? Katharina fragte, als ginge es darum, ihm Wein oder Saft anzubieten. Max nickte.

Ohne Zögern beugte sie das Gesicht über den Tulpenrand, hauchte mehrmals sacht hinein, bedacht, den Blütenbecher nicht überlaufen zu lassen, sah prüfend hinein, warf noch ein kleines Lächeln dazu und bot ihn Max an.

Er dankte und trank ihn mit kurzen luftigen Schlucken aus, wobei er nicht versäumte, sich anschließend den Mund abzuwischen.

Jetzt mußt du ihn ins Meer werfen, sagte Katharina.

Aber das tat Max nicht, sondern er aß die Tulpe bis auf die Blütenkapsel auf, störte sich nicht an dem säuerlich-bitteren Geschmack und nicht an Katharinas Enttäuschung.

Du ißt den Becher einfach auf?

Natürlich, Augenmädchen, ich sterbe doch nicht, oder willst du das?

Sie lachten und rückten dichter zusammen. Später küßten sie sich, aber nur mit zärtlicher Flüchtigkeit und nicht sehr oft. Sie schwiegen miteinander und sie redeten miteinander, meist kleine, abgerissene Sätze, die sie nicht gewohnt waren auszusprechen und die deshalb unglaubwürdig klangen. Manchmal wiesen sie nur auf eine Wolke hin oder auf segelnde Möwen und stellten auf diese Weise Vergleiche her zu dem, was sie dachten oder sich wünschten. Es konnte ein Stück Bergkette sein, ein Sonnenstrahl, den Katharina für sich verbuchte, oder ein Stein, dessen Wertlosigkeit Max beunruhigte. Nicht immer hörte einer dem anderen zu, sondern sie nahmen oft nur die Stichworte auf, um neue Versuche der Erklärung für sich zu finden. Keiner von beiden konnte später sagen, wie lange sie da oben im Glockenturm des Heidelberger Schlosses gesessen hatten, aber es mußte eine ganze Weile gewesen sein. Als sie in die Stadt zurückkehrten, hatten die Läden schon geschlossen.

Inzwischen hatte Lea Mühmchen besucht, hatte nutzlos und schweigend neben dem Bett der Alten gesessen, das dritte Mal nun, ohne daß es zu einem Gespräch gekommen war.

Unbeweglich lag Mühmchen zwischen den Kissen, gab kein Zeichen von sich, sah sie nicht an, stellte sich tot. Sinnlos also die mitgebrachten Blumen, das Nachthemd und die Nachttischuhr. Lea kam sich fehl am Platze vor und konnte ihren Ärger darüber nicht verhehlen.

Sie nahm erneut einen Anlauf, um die Alte zum Reden zu bringen, und fragte, ob es irgend jemand gebe, der zu benachrichtigen sei. Keine Antwort. Es gab niemand, und das wußte Lea im Grunde genommen. Mühmchen hatte keine Verwandte, keine Freunde, war ihr Leben lang lebendes Eigentum ihrer Herrschaft gewesen, ein Arbeitstier mit krummgewordenen Händen und Füßen, die in der ungewohnten Ruhestellung von Tag zu Tag dünner wurden.

Ich geh' jetzt, sagte Lea, am Fußende des Bettes stehend, doch bereit, sich wieder zu setzen, wenn die Kranke den Wunsch dazu äußern sollte. Totenstille, die unterbrochen wurde, als Jette leise hereinkam und das Fenster öffnete.

Warum hat man ihr die Hände festgebunden? fragte Lea.

Damit sie nicht stirbt.

Das verstehe ich nicht.

Ich auch nicht, gab Jette freundlich zurück, nicht gewillt, Lea zu erklären, daß Mühmchen ihre letzte Kraft darauf verwandte, ihrem Leben ein Ende zu bereiten. Jette räumte das Nachthemd weg und stellte die Uhr auf den Tisch.

So etwas braucht Mühmchen nicht mehr.

Lea schwieg und sah, wie Jette sorgfältig Mühmchens Hände losband, sah zu, wie die Alte die Finger bewegte und nach Jette griff. Kleine runzlige Fingerchen, die unter Jettes Berührung hin und her fuhren.

Willst du etwas trinken? fragte Jette.

Mühmchen öffnete einen Blick lang die Augen, sah erst Jette an, dann Lea. War das Zustimmung? Lea kam sich noch überflüssiger vor und sagte, daß sie nicht stören wollte.

Du störst nicht, sagte Jette, paß auf sie auf, bis ich zurück bin.

Wie paßt man auf eine Tote auf? dachte Lea und erschrak,

als nach einer Weile statt Jette die Stationsschwester ins Zimmer kam und heftig das Fenster schloß.

Das geht zu weit, lärmte sie los und machte sich sofort an Mühmchen zu schaffen.

Wenn Jette sich nicht augenblicklich den notwendigen Anordnungen füge, ihnen weiter zuwiderhandele und die Wünsche der Patienten mehr respektiere als die von der Station ausgegebenen Weisungen, sei eine Fortdauer von Jettes Praktikum nicht möglich. Mit präzisen und schnellen Handgriffen band sie Mühmchen wieder fest, sagte zu der Alten kein Wort, schnaubte nur drohend, während Mühmchen kleiner und kleiner wurde.

Ich finde, meine Tochter hat recht, sagte Lea und ließ Mühmchen nicht aus den Augen, sah die alte Frau da liegen und haßte sie um des Mutes willen, den Jette für sie aufbrachte. Sie wartete nicht auf die Antwort der Schwester, auch nicht auf die Rückkehr von Jette, sie verschwand, machte sich mit rückwärts zur Tür gerichteten Schritten davon.

Die Teestube war voll. Wie üblich saßen die Politischen oben auf dem Podest, die einen zufrieden, die anderen enttäuscht über den Ausgang der Demonstration. Verhaftungen hatte es keine gegeben, hingegen Prügel. Trotzdem blieb die Bevölkerung auf der Seite der Polizei, was eine Frage der Strategie war, die geändert werden mußte.

Die Kiffer, die auf und zwischen den Kisten hingen, als säßen sie noch von gestern da, träumten vor sich hin. Irgendeiner erzählte eine Geschichte, die sehr lang war und von der er nicht wußte, ob er sie sich ausgedacht hatte oder ein anderer. Ein anderer, sagte ein Mädchen und zeigte hinüber zu Arno, der am Nachbartisch saß und dort dieselbe Geschichte erzählte, nämlich die einer Katastrophe. Zwei Ereignisse über ein und dieselbe Person, die ein und dasselbe Erlebnis gehabt hatte, wie Lea feststellte. Sie hörte mal hierhin, mal dorthin, hörte der Geschichte zu und gleichzeitig Arnos Katastrophe.

Niemand außer Lea achtete auf Arno, niemand außer ihr sah, wie er mit den Händen herumfummelte, wie seine Mundwinkel zitterten, keiner außer ihr war auf das Ende von Arnos Geschichte scharf. Er stand auf, setzte sich mit dem Rücken zu dem Kiffer, der dieselbe Geschichte erzählt hatte, und sagte, daß er die Hilfe der Freunde brauche, jetzt und sofort.

Was denn, schon wieder?

Das allgemeine Interesse war nicht groß. Lea beobachtete, wie ein paar vielsagende Blicke die Runde machten, von Arno aber nicht weiter wahrgenommen wurden. Er schüttelte seine langen, fransig gewachsenen Haare nach hinten, als könnte er dadurch besser hören, und schickte dem, was er zu sagen hatte, ein Lächeln voraus.

Meine Zimmerwirtin hat mich rausgeschmissen, kann ich bei einem von euch wohnen?

Einen Augenblick lang trat eine Stille ein, durch die Arnos Frage an Bedeutung gewann. Nur blieb die Antwort aus, statt dessen wollte die Queen wissen, was denn passiert sei. Ob er die Miete nicht bezahlt habe, fragte Suse, zu laut gewesen sei, eine Frau mitgenommen oder sich andere Frechheiten erlaubt habe.

Jeder konnte sehen, daß Arno Schwierigkeiten hatte, mit der Wahrheit herauszurücken, und die Freunde damit nur noch neugieriger machte. Auch die Typen am Kiffertisch hörten zu. Nur am Podest wurde weiterdiskutiert.

André servierte den Tee und schob Arno ein Glas zu. Arno trank zügig, blickte jetzt hoch, sah in Leas Gesicht und sagte: Ich habe alles zerschlagen. Kurz und klein. Den Schrank, die Stühle, den Tisch. Ich weiß nicht, warum. Sie kamen auf mich zu und bedrohten mich. Da hab' ich durchgedreht, versteht ihr?

Nein, sagte der Kiffer am Nachbartisch, oder du bist ein unheimlicher Negativtyp. Ihm jedenfalls war eine solche Wirkung auf schwarzen Afghan nicht bekannt.

Man fing an, über Arnos ungewöhnliche Reaktion zu rätseln. Das brachte Stimmung. Schließlich saß hier niemand am Tisch, der nicht hin und wieder kiffte. Doch, ich, sagte Lea mit verhaltenem Trotz. Mir fehlen eure Erfahrungen, und ich kann deshalb auch nichts über Arno sagen. Ich kann ihm nur anbieten, bei mir zu wohnen, bis er was gefunden hat.

Schweigen, Verblüffung. Mit Lea hatte niemand gerechnet, man hatte einfach vergessen, daß sie dabeisaß. Nun fühlte sie, wie sie in den Mittelpunkt rückte. Sie mußte plötzlich an Jette denken, die sich für Mühmchen stark machte, an Katharina, die es vorzog, in einer miesen Kneipe statt bei der Mutter ihr Taschengeld zu verdienen. Flüchtig dachte sie an Felix, vor allem aber an Max, den sie vermißte.

Was starrt ihr mich denn so an, sagte sie, der verwunderten Blicke überdrüssig. Arno mußte schließlich irgendwo schlafen. Und wenn er mit dem Sofa in ihrem Laden in der Kettengasse vorliebnehmen wollte, sollte ihr das recht sein. Endlich wurde das Schweigen gebrochen. Arno bedankte sich, sagte, daß Lea dufte sei, und überhörte Jokers Bemerkung, daß er Antikes auf dem Gewissen habe, wenn er seine neue Bleibe zertrümmere.

Die Fröhlichkeit am Tisch nahm zu, war bis zum Podest der Politischen zu hören, die nichts damit anfangen konnten. Arno trug es gelassen, daß seine Vernichtungsschlacht mit dem von ihm gewünschten Happening des kollektiven Traums verglichen wurde – wenn die Wirtin mitgemacht hätte. Lea fühlte sich ganz locker, zog mal das eine, mal das andere Bein auf die Kiste, auf der sie saß. Joker hatte ihr eine Zigarette gedreht, deren Tabakkrümel sie jetzt von der Zunge wegsammelte. Wenn sie in den gegenüberliegenden Spiegel sah, war sie mit sich zufrieden.

Du könntest dir die Haare noch länger wachsen lassen, sagte die Queen, die Lea beobachtet hatte.

Meinst du?

Suse fiel es erst jetzt ein, Moritz zu entschuldigen, aber da Lea ja hier sei, wäre es nicht so schlimm. Außerdem könnte man sowieso nicht immer von der Arbeit sprechen. Der Kiffer bot seinen schwarzen Afghan an, von dem außer Lea und

Arno jeder einen Zug nahm. Eigentlich hätte Lea auch gern einmal probiert, tat es aber Arnos wegen nicht. Plötzliche Ausgelassenheit packte sie. Nach Wein war ihr zumute, nach Max, die Welt war umarmenswert und der Frühling stand vor der Tür. Sie mußte sich zusammennehmen, um nicht die Arme in die Luft zu werfen und zu sagen, wie glücklich sie sich fühlte. Sie versprach Arno, ihn gegen neun im Pop abzuholen, um ihm sein Quartier zu zeigen. Und weil sie ihren Überschwang nicht bändigen konnte, lud sie alle zu ihrer Ladenparty ein.

Was sollen wir denn da machen? fragte Joker skeptisch.

Einfach dasein, so wie ihr hier seid!

Schließlich raffte sie sich auf, um nach Hause zu gehen, und folgte den guten Vorsätzen, die sie mühsam zusammengesammelt hatte. Nichts über den Haufen werfen, sagte sie sich und stand jetzt im Geviert des Hofes vor der Teestube ganz still, als Max und Katharina durch den Torbogen auf sie zukamen.

Da bist du ja, sagte Lea.

Ganz klar, sie meinte Max, das merkte Katharina. Die Mutter lächelte ihr zwar zu, aber begrüßt hatte sie Max. Sie schien nicht einmal wissen zu wollen, wo Katharina mit Max gewesen war. Immerzu sah sie Max an, mit einem Blick, der Katharina ausschloß, der ganz und gar Max gehörte, ungeduldig und zärtlich wurde.

Ma, sagte Katharina und hatte Mühe, so ruhig auf ein und demselben Fleck zu stehen, kommst du mit?

Wohin?

Nach Hause.

Nein.

Sie standen alle drei in gleichem Abstand voneinander. Sie hätten nur die Arme auszustrecken brauchen, um sich anzufassen. Katharinas linkes Bein schlurrte rückwärts, das rechte zog nach. Jetzt stand sie außerhalb, mehr hinter Max als neben ihm, an die zwei Schritt von Lea entfernt. Max hielt Leas Nein fest, als hätte sie es geworfen, und behielt es für sich. Er sah sie an und konnte von ihrer Ungeduld nicht genug kriegen. Er roch ihre Haare, ihre Haut und fühlte zwischen Daumen und Zeigefinger die Sehnen ihres Halses. Kein Wort fiel ihm ein. Plötzlich die Hand von Katharina, die sich leicht auf seine Schulter legte.

Und du? fragte sie, kommst du mit mir mit?

Nein.

Okay, sagte Katharina, sah weder die Mutter noch Max an und ging weg. Es war mehr, als flöge sie, so lautlos war ihr Schritt. Max, der ein Lächeln für sie bereit hatte, mußte es für sich behalten, hob nun die Hand, um zu winken, aber Katharina sah sich nicht um.

Komm, sagte Lea, ich möchte mit dir ein Glas Wein trinken.

Fast jeder Mensch hat seine Form von Heimatverbundenheit. Bei Herbert Leibig äußerte sie sich in dem Verzehr von Klößen, zu deren Zubereitung nach Thüringer Rezept er seine Frau einmal in der Woche anhielt. Ein Tag, an dem Hilde Leibig auf die gute Laune ihres Gatten bauen konnte und Max nicht mit quälenden Fragen über den Fortgang seines Studiums rechnen mußte.

Allerdings war pünktliches Erscheinen zu dieser Mahlzeit erforderlich. Nichts haßte Herbert Leibig mehr als die graugrüne Haut, die wie ein Film die erkalteten Klöße überzog, sie glitschig machte und ihnen jeden Geschmack nahm. Noch mehr konnte ihn das Fernbleiben von Max verdrießen. Bei diesem Essen wünschte er sich Frau und Sohn an den gemeinsamen Tisch, das war er Herkunft und Tradition schuldig. Nur wechselte der Tag des Klöße-Essens von Woche zu Woche, was von den unterschiedlichen Sitzungen von Herbert Leibig abhing, die oft bis in den späten Abend hinein dauerten.

Max mochte dieses Klöße-Essen nicht, hatte es schon als Kind verabscheut, noch mehr des Vaters ewigen Spruch: Wer die Klöße nicht ehrt, ist des Bratens nicht wert. Denn von dem Braten bekam er nichts, wenn er die Klöße links liegen ließ. Dann konnte es sein, daß der Vater mit schnellem

Griff das Fleischstück vom Teller wegholte und wieder auf die Platte zurücklegte. Dann blieben nur noch die Klöße, die, mit der Sauerbratensoße übergossen, wie zwei dampfende Ungetüme vor ihm lagen, gegessen werden mußten, seinen Magen vollstopften und für nichts anderes mehr Platz ließen, kaum für die Weißbrotbrocken, die, in Butter geröstet, im Inneren des Kartoffelgemischs schlummerten, das Beste waren, wie die Mutter sagte, und deshalb am Schluß gegessen wurden.

Max bewunderte den Vater, wie der Kloß um Kloß zerteilte, im Soßensaft wälzte und hinunterschluckte, ohne daß ihm dabei übel wurde. Die Brösel knirschten zwischen seinen Zähnen, so daß kaum zu verstehen war, was er beim Kauen sagte. Aber das machte nichts aus, da sowohl Hilde Leibig wie Max Satz für Satz kannten. Denn mit den Thüringer Klößen zerteilte Herbert Leibig auch die Vergangenheit. Fing mit der Armut des Dorfes an, aus dem er stammte, mit der Zähigkeit des Vaters und der Unermüdlichkeit der Mutter. Er wußte von Hunger zu berichten und der Freude über die sonntäglichen Klöße, die auch ohne Festtagsbraten mit Appetit verschlungen wurden. Barfuß war der Vater zeitweilig gelaufen, um die Schuhsohlen zu schonen, und zur Winterszeit konnte er nur umschichtig mit dem Bruder das Haus verlassen, weil es für beide bloß einen Mantel gab. Heimarbeit hatte die Mutter neben der Hausarbeit verrichtet, um sich ein paar Groschen hinzuzuverdienen, bis dann im Jahre 1933 eine Wende zum Besseren eintrat. An dieser Stelle ließ Herbert Leibig sich meist zum zweiten Mal Klöße auf den Teller legen, aß nun langsamer und erzählte ausführlicher von seinem stetigen Aufstieg, der mit der Lehre im Textilbereich begonnen und mit der eigenen Fabrik seine Krönung gefunden hatte. Da Herbert Leibig stets dasselbe erzählte, wußte Max nicht, was der Vater aussparte und im Lauf der Jahre aus dem Bild seiner Vergangenheit herausgewischt hatte. Da gab es keine Lücken, da war nur von Strebsamkeit die Rede, dem Ergreifen von Chancen, hin und wieder auch vom deutschen Nationalgefühl. Aber in erster Linie blieb das Leitbild des Vaters die Härte gegen sich selbst und die Verantwortung für den Besitz, egal, ob vererbt oder geschaffen. An dieser Stelle krachten die Weißbrotbrocken im Mund des Vaters. Die Klöße waren vertilgt, auch der Sauerbraten.

Herbert Leibig wischte sich die Essensreste ab, lehnte sich zurück und rauchte die Zigarre, die sich sein Vater zeitlebens nicht hatte leisten können.

Heute hatte sich Herbert Leibig zu Hause um zwei Stunden verspätet. Der Erwerb des neuen Grundstücks hatte eine längere Sitzung erforderlich gemacht. Das geplante Kesselhaus für Dampf, Formen und Klima brachte Umstellungen für das Werk mit sich, die genauestens auf ihre Rentabilität geprüft werden mußten.

Herbert Leibig war müde und hatte insgeheim schon während der Sitzung zweimal kurz an die Thüringer Klöße gedacht, sich aber gleich wieder und noch konzentrierter dem Vortrag der Heizungsingenieure gewidmet.

Hilde Leibig sah unterdessen jeden Augenblick auf die Uhr. Ihre Handbewegungen verrieten Nervosität. Als sie jetzt das dritte Gedeck wieder wegräumte, war ihre Oberlippe einwärts gezogen, als hätte sie ein Stück davon abgebissen. Es würde Krach geben, Auseinandersetzungen, wieso es ihr nicht gelungen sei, Max auf die Pflicht seines Erscheinens zum Essen hinzuweisen.

Das kann ich ja wohl noch verlangen, würde Herbert sagen und sagte es später auch, während Hilde Leibig den Vorwurf vorausnahm und Max darauf hinwies, daß der Vater schließlich einmal wöchentlich auf ein gemeinsames Essen mit dem Sohn rechnen dürfe.

Max, der auf Leas Besuch hoffte, versagte den gewohnten Gehorsam, glaubte, mit anderthalb Stunden Wartezeit den väterlichen Erwartungen genügend entsprochen zu haben, und machte sich ohne ein Wort der Erklärung davon. Erstmals war sein Widerstand größer als seine Fügsamkeit. Er umarmte seine Mutter, erklärte, er sei bereit, im voraus seine Mahlzeit einzunehmen, könne aber nicht warten.

Hilde Leibig erschrak über die ungewohnte Zärtlichkeit ihres Sohnes.

Vielleicht ihr zuliebe?

Nein, auch nicht ihr zuliebe.

Er sah sie an. Haarscharfe Fältchen unter der Schminke, selbst die Haut verströmte den Geruch dieser verdammten Klöße. Doch nicht etwa Milchtröpfchen statt Tränen in den Winkeln der unfröhlichen Augen? Mutterliebe in Nylonstrümpfen, hautnah. Warum tut das ein Sohn seiner Mutter an?

Er spürte das wabbelnde Zittern ihrer Arme, mit denen sie ihn festzuhalten versuchte und die ihn vom Tisch, von ihr wegtrieben.

Hilde Leibig begriff nichts mehr. Sie biß schon wieder auf ihrer Oberlippe herum, hoffte, das weggenommene Gedeck wieder auflegen zu können. Herbert würde gleich dasein. Dem Sauerbraten hatte die Wartezeit nicht geschadet, dem nicht.

Noch einmal umarmte er sie, küßte sie, hob sie sogar ein wenig hoch und sagte, ach Mama, und stellte dabei fest, daß sie doch nicht nach Klößen roch, sondern nach Parfum.

Er stieg die muffig riechende Treppe in sein Atelier hinunter. Kein Licht. Er kannte die Höhe jeder Stufe, jeden Mauervorsprung, an dem er sich in der Dunkelheit abwärts tastete, eine halbe Wendeltreppe lang, dann sah er Licht. Lea war da.

Er hatte ihr den Schlüssel gegeben, um sie nicht warten zu lassen. Seitdem er sie im Hof der Teestube getroffen hatte, war er plötzlich verrückt nach ihr. Anders konnte er es nicht ausdrücken, obwohl er lieber eine bessere Formulierung gefunden hätte. Schon Katharinas wegen. Wenn er nur daran dachte, wie sie lautlos weggegangen war, vielleicht lächelnd, wahrscheinlich traurig. Mies war er sich vorgekommen, mies und verlogen, unentschlossen zwischen rechts und links hängend. Den Entschluß hatte Lea gefaßt, ohne Rücksicht auf Katharina und ohne ihn zu fragen. Sie hatte vorausgesetzt, daß er über der Begegnung mit ihr alles vergessen würde, vor allem Katharina. Sie hatte ihm ihre Zärtlichkeit und ihre Lust nach ihm so hemmungslos gezeigt, daß ihm Hören und Sehen verging. Blind und taub war er ihrem Entschluß wie ein Hündchen gefolgt.

Er solle zu ihr stehen, wie sie zu ihm stehe, schließlich habe sie Schwierigkeiten genug, sagte Lea, während sie den Wein tranken. Darauf hatte er ihre Hände berührt und in ihre Augen gesehen.

Gleich? hatte er gefragt und ein Kribbeln auf seinem Rükken gespürt, weil sie so schnell kapierte.

Nicht gleich. Erst wollte sie noch kurz nach Hause, um für Felix Abendbrot zu machen. Später müßte sie Arno seine Schlafstatt zeigen, aber danach komme sie. Arno werde nie wieder ausziehen, hatte Max gesagt, der sei dafür bekannt, daß er in Wohnungen anderer Leute besonders seßhaft würde. Wie sie darauf gelacht hatte, das brachte ihn ebenso durcheinander wie die Vorstellung, daß Arno auf dem Sofa im Laden schlafen sollte. Ob sie mit ihm wohl auch? Nacheinander hatte er sich ein paar Atemzüge lang das eine, dann das andere vorgestellt und leerte dabei viel zu schnell sein Weinglas. Der Alkohol machte ihn ungeduldig und heiter zugleich. Von Felix redeten sie nicht. Allerdings nicht aus Respekt oder Takt, sondern weil sie ihn vergessen hatten. Zum Abschied küßten sie sich nur kurz. Sie würden sich ja bald wiedersehen.

Zu Hause erregte Leas Benehmen Felix' Aufmerksamkeit. Es waren die Kleinigkeiten, die Alltagsgewohnheiten, die einen anderen Dreh bekamen. Sie pfiff kleine Töne in Abständen vor sich hin und führte deren Melodie im Kopf weiter, helle und dunkle Töne, kurze und lange, die provozierend durchs Treppenhaus hallten und in den Ohren von Felix nachzitterten. Und ihre Schritte zeigten keine abendliche Müdigkeit an, sondern hüpften durchs Haus und verursachten kindischen Lärm, vor dem Felix Schutz suchte, indem er seine Tür schloß. Aber auch in sein Zimmer hatte sie ihre fröhliche Unruhe hineingebracht, stand plötzlich vor ihm, nicht etwa um mit ihm über Jette und Mühmchen zu sprechen, sondern um ihm fröhlich mitzuteilen, daß sie wieder weggehe. Dabei rückte sie ein paar Gegenstände in seinem Zimmer zurecht, als müßte sie erst eine bestimmte Ordnung herstellen, bevor sie das Haus verließ. Selbst dem Fernseher drehte sie den Ton auf. Ein Sprecher kommentierte die Studentenunruhen in Frankfurt. Ein persischer Student war Zeuge einer fragwürdigen Polizeiaktion geworden und sollte abgeschoben werden. Entweder übernehmen die Radikalen die Macht, oder der Staat muß sehen, was es hier noch zu retten gibt, erklärte der Rektor der Universität. Felix hatte sofort wieder abgestellt, ließ nur die Bilder laufen. Hunderte von Studenten, erst vor der Uni, später im Flughafengebäude. Polizisten, Helme und Schlagstöcke kamen ins Bild. Auch Blut war zu sehen. Weder die lautlosen Bilder noch die kommentierten Bilder erregten das Interesse von Lea und Felix. Sie ließen ihren eigenen Film laufen und hatten damit zu tun. Ich möchte mit dir sprechen, sagte Felix in die wiederhergestellte Stille.

Jetzt nicht, sagte Lea freundlich. Es fehlte nicht viel, und sie hätte ihm das schüttere Haar gestreichelt. Fast hatte er schon das Innere ihrer Handflächen gespürt.

Statt dessen ging sie hinüber in ihr Zimmer, riß das Fenster auf und atmete den Frühling ein. Das Schloß hing beleuchtet am Himmel, hell wie ein Mond. Felix ließ Lea nicht aus den Augen. Ach, sagte sie, die Arme aufwärts gestreckt, ach... Es folgte nichts, ähnlich wie zwischen den Pfiffen im Treppenhaus keine Melodie gefolgt war. Nichts, aus dem sich Felix hätte einen Vers machen können.

Plötzlich hatte sie die Uhr angehalten. Das Pendel stand still, und er müßte sie erst wieder bei dem alten Uhrmacher in Neuenheim reparieren lassen.

Warum machst du das? fragte Felix, und sie antwortete, sie sei so glücklich, daß sie sich wünsche, die Zeit stehe still. Dann hatte sie Felix verlassen, war aus dem Haus gelaufen, laut und schon wieder pfeifend, hatte in aller Eile Arno gezeigt, wo er schlafen konnte, und war jetzt hier, hoffte auf Max, der schließlich gewußt haben mußte, warum er ihr den Schlüssel gegeben hatte.

Wie still das hier war. Der Geruch nach Farbe kroch aus den Bildern und verdarb den Duft nach Frühling. Gemaltes Glück. Lea betrachtete das schwarze, in sich verschlungene Paar auf dem nackten Fußboden über dem zerfetzten Himmel und fühlte ihren Atem flach werden. Ihren ganzen Körper durchzog pochende Wärme, eine Art Schauer, der sich gemeinsam mit der Wärme in ihr festsetzte. Lea ging im Oval des Ateliers rundum, verwirrt über die Ungeduld, mit der sie sich nach Max sehnte.

Dort im Regal der Spiegel, nur eine Scherbe, doch groß genug, um das Gesicht darin zu sehen. Sie mußte sich auf die Zehenspitzen stellen, sogar am oberen Fach Halt suchen, bis sie sich im Blick hatte.

Nein, so sah keine schuldbewußte Frau aus, weiß Gott nicht. Sie ließ das Fach los, an dem sie sich festgehalten hatte, und spielte mit dem Gedanken, sich auszuziehen. Sofort schämte sie sich ihrer Fantasie. Es wäre gut, wenn Max jetzt käme. Noch immer die Stille, vielleicht war Max überhaupt nicht im Haus, vielleicht würde sie hier von Herbert Leibig ertappt und zur Rede gestellt? Plötzlich segelte ein Blatt vom Regal, an das sie sich gelehnt hatte. Ein altes Blatt, das sah sie sofort. Es war ein Stich, den sie da auffing, ein Stich, den sie genau kannte: das Lied vom König in Thule. Erst hielt sie ihn verkehrt herum, drehte ihn dann langsam und las den Text, als wäre er ihr völlig unbekannt. Mit einem Blick erkannte sie ihre Handschrift; Herkunft und Jahreszahl waren auf die Rückseite geschrieben. Und mit dem gleichen Blick sah sie jetzt Max an, der zur Tür hereinkam.

Im ersten Augenblick spürte sie seine Umarmung nicht. Sie sah auf die Finger von Max und sah nicht wieder weg. Ihre Hände hielten das alte Papier zwischen Daumen und Zeigefinger fest. Irgend etwas mußte gesagt werden. Endlich eine Frage, der sie zuhörte, als würde sie von jemand anderem gestellt, hinterlistig und auch spitzfindig.

Hab' ich dir den Stich geschenkt?

Nein, sagte Max, Katharina.

Er hob das Kinn und sah über sie hinweg. Ein paar Sekunden lang schien er nicht dazusein, schon gar nicht sein Blick, der nichts mit ihr zu tun hatte. Vielleicht mit Katharina? Der Name war Lea ins Herz geflogen und schlug dort Alarm, lag in ihren Ohren, fuhr unter die Haut. Er lähmte die Zunge zwischen den Zähnen und drückte aufs Zwerchfell. Lea hustete, keuchte sich Silbe für Silbe Katharinas Namen von der Seele.

Was ist mit dir, fragte Max.

Nichts.

Sie schob ihm den Stich zu, gleichgültig und mit großer Gelassenheit. Das erleichterte Max. Er streichelte Lea, überwältigt von seinem Verlangen nach Zärtlichkeit.

Inzwischen war Herbert Leibig nach Hause gekommen. Lauwarme Klöße waren schon ärgerlich genug, aber nichts im Vergleich zu der Unverfrorenheit des Sohnes, einfach fernzubleiben. Wo treibt er sich rum? brüllte Herbert Leibig seine erschrockene Frau an und mußte hören, daß sie es nicht wisse, ihn allerdings im Erdgeschoß vermute.

Malte er vielleicht ein Bild? dachte Herbert Leibig und fühlte sich erneut gefoppt, ein Bild, das zum wiederholten Mal den Vater oder die Mutter abartig und unnatürlich darstellte? Und weil er sich einen solchen peinlichen Anblick ersparen wollte, andererseits aber Max diese Eigenwilligkeit nicht durchgehen lassen wollte, forderte er seine Frau auf, den Sohn herauf und an den Tisch zu holen.

Ich? lehnte sich Hilde Leibig vorsichtig auf, wieso ich?

Weil du seine Mutter bist.

Natürlich war sie sich der Lächerlichkeit seiner Antwort bewußt, hatte aber nichts dagegenzusetzen und machte sich auf den Weg.

Sie hörten gerade noch rechtzeitig die Schritte auf der Treppe. Wohin bloß? Unmöglich, sich in dieser Geschwindigkeit anzuziehen.

Hier, flüsterte Max, warf Lea eine Decke zu, zog sich so rasch es ging seine Hose an und zeigte neben das Regal, dort.

Ein Satz. Die Farbtöpfe klirrten, und die Spiegelscherbe kam ins Rutschen, die Tür ging auf. Frau Leibig, die schneller, als sie wollte, begriff, was sich hier abspielte, und deshalb Gottverdilladuldemich sagte, sah einen von Leas nackten Füßen. Er sah aus der Decke heraus und hinter dem Regal hervor, unbeweglich, weiß und für Frau Leibig äußerst befremdlich. Doch wagte sie nicht, der Sache nachzugehen, versuchte vielmehr, den Fuß zu übersehen, und drehte sich um.

Lea konnte jetzt Frau Leibig von hinten betrachten. Ein Schlitz in der Regalwand gab den Blick auf die Mutter von Max frei, die breithüftig im Raum stand.

Lieber Gott, sie darf mich nicht erwischen. Lea atmete noch flacher, drückte ihren Kopf mehr zwischen Wand und Regal, sah dort wieder den Stich liegen, ihr gestohlen und Max geschenkt. Die Wolldecke kratzte auf der nackten Haut und machte das Stillhalten schwer. Wieso warf Max seine Mutter nicht raus?

Dem saß ein Lächeln im Hals, das er nicht loswurde. Würde er den Mund aufmachen, fiele es heraus, der Mutter entgegen und Lea in den Rücken. Also behielt er's für sich, darauf bedacht, weder die eine noch die andere zu kränken.

Arme Mutter, die sich um ihres Sohnes Liebe willen schämte, nicht wissend, wem sie zuteil wurde.

Arme Lea, nackt und bloß unter einer Wolldecke, bemüht, nicht erwischt zu werden, und starr vor Scham.

Nein, sagte er mit fragwürdiger Heiterkeit, er komme nicht zum Essen herauf, das könne die Mutter dem Vater sagen. Kein warum, das war nicht mehr nötig, das wußte Hilde Leibig auch so, das sah sie an dem nackten weißen Fuß hinterm Regal.

Schämen solltest du dich, posaunte sie plötzlich los, drehte sich in Regalrichtung und wiederholte laut, jawohl, schämen!

Durch die eigene Stimme ermutigt, spürte sie plötzlich Neugierde, faßte sich ein Herz und ging auf den Fuß zu.

Halt, rief Max, und Lea sah, wie er sich seiner Mutter in den Weg stellte, sah weiter, daß er behutsam den Arm um sie legte und sie zur Tür führte, ein ungleiches Paar, stumm und einander zugetan.

Weg mit der Decke und hinein in die Kleider, das war eins. Leas Hände flogen, zitterten und rissen einen Knopf ab. Egal. Kein Blick für Max, auch kein Wort. Sein Lächeln, hilflos und bittend, bemerkte sie nicht einmal. Nur raus hier, weg und nach Hause. Sie schämte sich.

Es tut mir leid, sagte Max, aber ich kann nichts dafür. Er reichte ihr Strümpfe, Schuhe, dann die Handtasche. Mit dem Hinausgehen der Mutter war ihm das Lachen vergangen. Leas blindwütige Eile machte ihn verlegen.

Hör mir zu – begann er.

Aber sie hörte nicht zu, fuhr ihn an, er solle den Mund halten und sich für später merken, daß man eine Frau nie einer derart peinlichen Situation aussetzen dürfe. Sie jedenfalls würde ihn hier nicht mehr besuchen, dazu sei sie zu alt. Lea erschrak, als sie das sagte, schwieg. Bisher hatte sie nie ihr Alter erwähnt. Wieso jetzt?

Sie lief nach draußen. Frühlingsabendluft und Frühlingsdüfte. Tränen täten jetzt gut. Nichts. Sie rannte die Panoramastraße entlang, erst vom Auto weg, dann zum Auto hin, wo Max auf sie wartete. Wie angewachsen stand er da, als hätte er sich für die ganze Nacht eingerichtet, um sie nicht zu verpassen. Er müsse mit ihr reden, sagte er, jetzt und sofort, seinethalben auch auf der Straße. Er sprach mit großer Eindringlichkeit und berührte sie hin und wieder an der Schulter, am Arm oder an der Hand, einmal strich er ihr sogar über den Hinterkopf, und sie zuckte zurück.

Du müßtest meinen Vater kennen, sagte er, dann würdest du mich verstehen. Ohne die Mutter zu erwähnen, fuhr er fort zu erklären, was für ein achtenswerter Mann sein Vater sei und wie er sich vom Textillehrling bis zum Fabrikbesitzer hochgearbeitet habe. Nichts ließ er aus, benutzte hin und wieder die vom Vater eingebleuten Redewendungen, machte da Pausen, wo der Vater Pausen zu machen pflegte, und erwähnte auch die Härte, ohne die Herbert Leibigs Meinung nach kein Fortkommen möglich sei und die er von seinem Sohn genauso verlangte wie den Gehorsam.

Lea, die nicht wußte, was das mit ihr zu tun haben sollte, schwieg beharrlich und verdrossen, hatte das alles ja auch schon einmal von ihm erfahren.

Ich bin nicht immer seiner Meinung, sagte Max jetzt, leiser als vorher, ich würde mich auch wehren, wenn ich könnte. Aber das schaffe ich höchstens in meinen Bildern, und die magst du ja nicht.

Nein, sagte Lea und hatte plötzlich das Bedürfnis, Herbert Leibig den erwiesenen Respekt und die Achtung zu schmälern, Max aufzuwiegeln, um auf diese Weise Ausgleich zu schaffen.

Auf einmal war ihr seine Berührung nicht mehr unangenehm. Einen Augenblick lang hörte sie dem Jaulen eines Hundes nach, der nicht hören wollte und deshalb fühlen mußte. Als er verstummte und mit eingezogenem Schwanz seinem Herrchen folgte, fragte Lea nach der Mutter von Max.

Die könne sich noch weniger wehren, sagte er und lächelte, für die gebe es nicht einmal einen Ersatz, sie könne auch nichts anderes als den Haushalt führen.

Lea nickte, fuhr jetzt ihrerseits Max über den Hinterkopf.

Haßt du deinen Vater?

Um Gottes willen, nein, wie kam er dazu. Max wich ihrer Hand aus, gab aber zu, daß er die Unangreifbarkeit des Vaters fürchte.

Er war ein Nazi, sagte Lea und wollte Max Zeit lassen, darauf zu antworten. Nur brauchte der keine Zeit, fragte zurück. Satz für Satz reihte sich aneinander, während ihre Gesichter immer näher rückten.

Damals waren alle Nazis.

Aber nicht jeder hat sich an Juden bereichert.

Mein Vater etwa?

Ja.

Woher weißt du das?

Von meiner Mutter. Sie kannte die Leute, und sie kannten deinen Vater.

Das glaub' ich dir nicht.

Das ist deine Sache.

Woher kennt deine Mutter meinen Vater?

Aus Thalheim, wo sie herstammt, genau wie ich.

Und du, kennst du auch meinen Vater von früher?

Ja.

Der Himmel hatte alles Licht geschluckt, stand dunkelblau über ihnen, mit Sternen gepunktet. Kein Mond und wenig Sicht. Max war das Fragen vergangen, obwohl sich sein Mund ununterbrochen bewegte, das konnte Lea erkennen.

Jetzt habe ich einmal damit angefangen, sagte sie, jetzt mußt du auch alles wissen.

Jetzt?

Wie betroffen das klang, wie verloren Max vor ihr stand. Die Arme hingen herunter, der Kopf war gesenkt, nur die Fäuste waren geballt, wie zum Schlagen.

Lea setzte von neuem an. Vorsichtiger und langsamer, als wolle sie einem Kind eine Geschichte erzählen: Es war einmal... Aber Max fiel ihr ins Wort und in die Arme. Er könne es nicht hören, murmelte er, vielleicht ein andermal. Dabei hielt er sich schutzsuchend an ihr fest, drückte sein Gesicht in ihre Halsgrube und ließ sie nicht mehr los.

Du darfst mich nicht allein lassen, sagte er, versprich mir das.

Natürlich. Sie schob sein Gesicht von ihrem Hals weg, streichelte sein Haar. Irgend etwas rückte sie auch an seiner Kleidung zurecht, und später küßte sie ihn. Natürlich würde sie ihn nicht allein lassen, auf sie sei Verlaß.

Und jetzt geh nach Hause, sagte sie, ich fahre auch heim. Morgen können wir telefonieren, schon ganz früh, wenn du willst.

Max wollte, nickte und nickte, stand jetzt viel gerader als vorhin, hielt den Kopf hoch und hatte die Hände in den Taschen seiner Jeans.

Auch gut, hatte Felix gedacht, als Lea das Haus verließ, auch gut. Er war in seinem Zimmer sitzen geblieben, um seine Gedanken zu ordnen, seine Hoffnungen und seinen Ärger. Und weil ihm dies nicht gelang, fuhr er in die Klinik. Es war ihm angenehm, jetzt zu unerwarteter Zeit dort nach dem Rechten zu sehen.

Was, jetzt noch? fragte die Nachtschwester und schüttelte verwundert den Kopf. Sie wußte nicht, ob der Besuch des Herrn Professor der Kontrolle ihres Nachtdienstes galt, einem Patienten oder ob es sich dabei mehr um die unberechenbaren Allüren eines Chefs handelte.

Felix sah in ihr von durchwachten Nächten farblos gewordenes Gesicht und erfuhr, daß es auf der Station ruhig sei. Aber er gab sich damit nicht zufrieden, blätterte in dem Eintragsbuch herum und fragte nach diesem und jenem Patienten. Also doch eine Kontrolle, dachte die Schwester und schob ihr Strickzeug von der Bank in die Tasche.

Aber nicht doch, sagte Felix und bewunderte das komplizierte Muster. Die Schwester zeigte sich daraufhin erleichtert und berichtete, ohne gefragt zu werden, von ihren schulpflichtigen Kindern, für deren Unterhalt der geschiedene Ehemann nur zögernd aufkam. Eine Weile drückte Felix nicht vorhandenes Interesse aus, nickte und stimmte allem zu, was immer die Nachtschwester auch sagte. Dann stand er auf, schnitt weitere Informationen über den Familienstand der Schwester ab, winkte ihr zu, daß seine Zeit begrenzt sei, und verschwand mit einem Gutenachtgruß aus dem Dienstzimmer.

Glänzend gebohnerter Fußboden im leeren Flur. Bei jedem Schritt quietschte es leicht. Museumsstille, die Felix durchmaß. Numerierte Türen, breit genug, um ein Bett durchzuschieben, dick genug, um Schmerzensschreie und Todesnähe nicht unter die Leute zu lassen. Klinken, groß genug, daß man sie mit dem Ellbogen öffnen konnte. Hier war alles bis zum letzten durchdacht, auf Hygiene ausgerichtet und dazu bestimmt, dem Personal die Arbeit zu erleichtern. Felix stand vor Mühmchens Zimmer, drückte die Klinke und hörte dem saugenden Geräusch nach, das das Öffnen der Tür verursachte. Davon wachte kein Patient auf. Eine Notlampe, in deren Licht Mühmchen wie auf Mondschein gebettet auf dem Rücken lag. Kleine, gurgelnde Laute machten darauf aufmerksam, daß noch Leben in ihr war, und Felix atmete unwillkürlich auf. Lautlos rückte er sich einen Stuhl in ihre Nähe und setzte sich hin. Den Worten der Nachtschwester war Glauben zu schenken, alles hatte seine Ordnung, Mühmchen war weisungsgemäß angebunden, die Infusionsnadel saß fest unter der Haut.

Felix starrte auf die in der Dunkelheit leuchtenden Mullbinden und dachte an seine Kindheit, als ihm Mühmchen, während er Windpocken hatte, ihrerseits die Hände festgebunden hatte, damit er sich nicht das Gesicht narbig kratzte. Was sein muß, muß sein, hatte sie dazu gesagt, wer ein schöner Bub sein will, muß auch was aushalten. Aber Felix hatte geweint, gestrampelt und sein pockiges Gesicht in den Kissen gerieben. Er hatte geschrien und Mühmchen schließlich ins Gesicht gespuckt, daß ihr der Speichel wie Eischnee auf der Backe saß. Also spuckte Felix sie tagtäglich an, wischte sie den Speichel mit dem Unterarm weg, schüttelte nur den Kopf und setzte sich an sein Bett, so wie Felix jetzt an dem ihren saß, prüfte die von ihr neugeknüpften Fesseln und redete pausenlos vor sich hin.

Was würde aus dir werden mit Narben im Gesicht, soviel wie Fische Schuppen haben, wie? Ach Felixchen, hatte sie geseufzt und die Hände zusammengeschlagen, kein schmukker Offizier, sie winkte verächtlich ab, nicht mal ein Unteroffizier. So ein Gesicht bringt keinen Respekt ein, nur Spott und Hohn. Und eine Frau, hatte Mühmchen gesagt, die kriegst du auch nicht mit diesen Kraterchen. Dabei war sie mit Mittel- und Zeigefinger über die Pusteln gefahren. Wenn er da kratzte und puhlte, lief er später häßlich wie ein Warzenschwein herum. Da Felix noch nie ein Warzenschwein gesehen hatte, Mühmchen übrigens auch nicht, ließ sein Protest nach. Ja und dann, hatte Mühmchen weiter gesagt, schneller und auch mit Triumph in der Stimme, könntest du auch kein Doktor werden. Wer sich selbst nicht hilft, würden die Leute sagen, der kann auch anderen nicht helfen.

Das hatte Felix schließlich überzeugt und ihn davon abgehalten, sich weiterhin zu wehren.

Heute war er es, der Mühmchen festgebunden hatte, und es war an ihm, dafür eine Begründung zu finden, die ihr einleuchtete.

Mühmchen, sagte Felix und berührte ihren knöchernen Handrücken, dicht neben der Nadel, hörst du mich?

Er sprach leise und duzte sie, was seine Mutter nur bis zur Konfirmation zugelassen hatte, während ihn Mühmchen von diesem Tag an den jungen Herrn Felix nannte.

Mühmchen hörte und hielt den Atem an.

Wenn du stirbst, flüsterte Felix unter großer Anstrengung, wird niemand mehr zu mir gehören. Er horchte seinen Worten nach, froh, daß es dunkel war, und erschrocken über das, was er da gesagt hatte. Er beugte sich über sie und brachte sein Ohr in die Nähe ihres Mundes, aus dem zwar wieder der gurgelnde Atem zu vernehmen war, aber sonst keine Silbe. Das machte ihn ungeduldig und wütend.

Du sagst nichts? fragte er drohend und richtete sich auf, rückte den Stuhl beiseite und durchmaß das Krankenzimmer mit seinen Schritten, drei hin und drei her, immer wieder, als hätte er einen langen Weg zurückzulegen.

Er machte plötzlich Licht, sah das Zucken in Mühmchens Augenlider und lächelte.

Wer sich selbst nicht hilft, kann auch anderen nicht helfen. Diesmal erschrak er nicht über seine Worte und nutzte das Licht, um die Regelmäßigkeit der Infusion zu prüfen, Mühmchens Puls und das Weiß ihrer Augäpfel. Er deckte sie zu, schüttelte ein wenig die Kissen auf, öffnete das Fenster einen Spalt und löschte dann wieder das Licht.

Dann wollen wir mal schön schlafen, sagte er dazu und verließ das Zimmer.

Noch von der Klinik aus rief Felix Barbara an und fragte, ob sie nicht Lust hätte, bei ihm ein Glas Wein zu trinken, Lea sei nicht da, und ihm würde die Zeit allein zu lang.

Am liebsten wäre Lea, von niemandem beachtet, in ihr Bett geschlichen. Am allerwenigsten wollte sie auf Katharina treffen, der es nichts ausmachte, die Mutter zu bestehlen, um Max zu beschenken. Lea würde die Tochter zur Rede stellen, das hatte sie sich vorgenommen, aber nicht mehr am heutigen Abend.

Auch wollte Lea Jette nicht begegnen, sich schon gar nicht mit Tod oder Leben von Mühmchen auseinandersetzen und Verantwortung übernehmen, wo sie keine für sich sah. Am leichtesten wäre es, so glaubte Lea, Felix aus dem Weg zu gehen. Um diese Zeit war er sonst über einem Buch eingeschlafen, oder er saß dösend vor dem Fernseher, die Beine ausgestreckt, das Hemd unterm Schlips geöffnet, hin und wieder an seinem Whisky nippend, wobei er die Flüssigkeit nie gleich schluckte, sondern eine Weile im Mund behielt. Dann stürzte er plötzlich alles ohne ersichtlichen Grund, unabhängig von Wärme oder Aroma, geräuschvoll wie ein Pferd hinunter. Nachdem das Glas zurückgestellt war, wischte er sich mit immer derselben schnellen Bewegung die Mundwinkel aus, wozu er Daumen und Zeigefinger benutzte. Hin und wieder folgte ein kleines lautloses Aufstoßen, für das er sich zeitweise entschuldigte. War die Fernsehsendung beendet, gab er gern den Inhalt des Beitrags wieder, unabhängig davon, ob ihn Lea mit angesehen hatte oder nicht.

Unter seiner Tür war ein Lichtstreifen zu sehen, zu hören war Musik, eine Klaviersonate von Schubert. Lea blieb stehen, unschlüssig, ob sie dem Ungewöhnlichen auf den Grund oder ins Bett gehen sollte. Wieso hörte Felix eine Klaviersonate von Schubert? Leise drückte sie die Klinke hinunter, öffnete die Tür nur so weit, daß sie nicht quietschte und ihr einen Blick ins Zimmer erlaubte.

Komm ruhig herein, sagte Felix.

Da saß er, trank Wein statt Whisky, hatte auch das Hemd unterm Schlips nicht geöffnet, döste über keinem Buch und sah auch nicht fern. Er saß viel gerader als sonst in seinem Sessel und rauchte mit übereinandergeschlagenen Beinen.

Sein sonst blasses Gesicht war mit leichter Röte überzogen und wirkte lebhafter als gewöhnlich.

Munter, wie Lea fand, für seine Verhältnisse sehr munter. Erst dann nahm sie Barbara wahr. Ein selbstverständlicher Gruß von einer zur anderen, nur der Blick war aufmerksamer als sonst. Barbara hatte es sich in Leas Sessel bequem gemacht, was weiter nicht von Bedeutung war, aber Leas Beachtung fand. Warum gerade da? Schließlich gab es andere Sitzgelegenheiten genug.

Barbara schien erfreut über Leas Rückkehr und bat die Freundin, Platz zu nehmen, ohne selbst von der Stelle zu rücken. Sie zupfte ihren Rock zurecht, ihre Bluse und fuhr sich durchs Haar. Wenn sie lachte, fielen ihre geraden Zähne auf, die sie gern zu zeigen schien.

Trinkst du noch ein Glas mit uns, fragte sie, und Lea fiel auf, daß sie mit uns sagte.

Ein Blick von Felix, lauernd und mit kleinem Triumph in den Augenwinkeln. Er bat sie nicht, zu bleiben, schenkte statt dessen neu ein, hob sein Glas und prostete Barbara wortlos zu. Also eine Show, dachte Lea. Beinah wäre sie Felix auf den Leim gegangen, beinah hätte sie ihm den Gefallen getan und wäre ärgerlich geworden.

Ich bin viel zu müde, sagte sie und hauchte ein langatmiges Gähnen durchs Zimmer, mit dem Felix jetzt zurechtkommen mußte, so wie mit dem Lächeln, das ihm und Barbara galt, fröhlich und kumpelhaft war. Es fehlte nicht viel, und sie hätte Barbara zugezwinkert, so jedenfalls kam es Felix vor. Er schluckte den Wein in lautlosen Schlucken herunter, und mit dem Wein sank die Stimmung. Dagegen war nichts zu machen. Barbara zog es vor zu gehen, ihrerseits Müdigkeit im munteren Blick vortäuschend. Die beiden Frauen umarmten sich flüchtig, wandten erst rechts, dann links ihre Gesichter einander zu und küßten an ihren Wangen vorbei eine gute Nacht in die Luft. Zwei winzige knallende Geräusche, mit denen Felix nichts zu tun haben wollte.

Es nutzte nichts. Felix wußte, daß sie noch nicht schlief, also machte Lea die Augen wieder auf, sah ihm zu, wie er sich Stück für Stück seiner Kleider entledigte, wobei ihr seine Gewohnheiten mit jeder Bewegung mehr auf die Nerven gingen.

Weißt du, was sich Jette mit Mühmchen leistet? fragte er in aufsässigem Ton, so als wäre Jettes Entschluß, Mühmchen beim Sterben behilflich zu sein, eine Idee der Mutter.

Ja, sagte Lea, nicht bereit, zuzustimmen oder zu widersprechen. Sie gab sich Mühe, an Max zu denken, an seinen Körper und an seine Nacktheit. Felix streckte sich aus. Wie immer ächzte das Bett unter seinem Gewicht.

Du wirst doch nicht glauben, fuhr Felix fort, daß ich solche Eigenmächtigkeiten in meiner Klinik dulde?

Nein, sagte Lea, das glaube ich nicht.

Er mochte ihr Zugeständnis nicht und wünschte sich Widerstand. Auch ein Streit wäre ihm recht. Dieses stumme und befremdliche Nebeneinandereinschlafen wollte er unter allen Umständen verhindern.

Was sagst du dazu?

Nichts, antwortete Lea, drehte Felix den Rücken zu und schwieg.

Ist dir Mühmchen egal? fragte Felix in leise drohendem Ton, ist dir Jette egal und das, was in meiner Klinik passiert?

Und weil sie nichts sagte, weiter den Mund hielt, als ginge sie das alles nichts an, suchte er nach neuen Vorwürfen. Jette, so sagte er, wäre nie auf den Einfall gekommen, seine Autorität in der Klinik zu unterlaufen und sich seinen Anforderungen zu widersetzen, wären die häuslichen Verhältnisse nicht auf den Kopf gestellt.

Wie still es plötzlich wurde, wie man auf einmal das Rascheln des Bettzeugs hörte, bis auch das aufhörte. Stocksteif lagen sie nebeneinander im Bett. Die waghalsige Beschuldigung von Felix zwischen sich, jeder über die Wirkung, die diese Worte auslösten, erschrocken. Plötzlich fuhr Leas Hand herüber, fuhr seine Schulter aufwärts, legte sich auf seine Stirn und blieb dort liegen. Felix rührte sich nicht. Wie warm diese Hand war und wie leicht sie auf seinem Kopf lag.

Das sind Zusammenhänge, sagte Lea, mit denen du Jette, dich und mich verletzt. Das hat zumindest Jette nicht verdient.

Er antwortete nicht, und sie ließ ihre Hand bei ihm liegen, bis sie schließlich beide einschliefen.

Jette begriff es einfach nicht. Sie starrte Arno an, dann den Sack mit seinen Klamotten, der unterm Sofa lag, auf dem er saß.

Du schläfst hier, in dem Laden meiner Mutter?

Sie schüttelte den Kopf, seufzte und behauptete, verrückt zu werden. Arno wollte wissen, warum.

Weil wir nichts davon wissen.

Darauf war von Arnos Seite aus nichts zu sagen, die Familie ging ihn nichts an. Er war froh, ein Dach überm Kopf zu haben und ein Sofa, auf dem er schlafen konnte. Alles andere interessierte ihn wenig. Lea sei nicht da, sagte er, wenn Jette die suche. Bis sie zurückkomme, bleibe er hier, so sei es ausgemacht. Und Arno, der glaubte, damit genug Auskünfte gegeben zu haben, rekelte sich wieder auf dem Sofa zurecht, den Stiefelabsatz an der Kante des Polsters, wo er kleine graue Streifen hinterließ. Jette roch, daß Arno gekifft hatte, und sah es ihm außerdem an.

Ich möchte wissen, wieso sie dich hier wohnen läßt.

Wieso nicht? Deine Mutter ist ein ganz menschlicher Typ. Vielleicht weißt du das nur nicht.

Vielleicht. Jette winkte ab. Sie hatte keine Lust, mit Arno über Lea zu diskutieren. Sie dachte über die Mutter und deren plötzlichen Sinneswandel nach. Nie hatte jemand den Laden ohne sie betreten dürfen, es sei denn die Töchter zum Saubermachen. Schon gar nicht hätte dort jemand schlafen dürfen. Stets trug sie den Ladenschlüssel bei sich, darauf bedacht, ihr Reich vor Unbefugten zu schützen. Und nun ließ sie von einem Tag auf den anderen Arno hier hausen. Arno, von dem jeder wußte, daß er ein ausgeflippter Typ war, unzuverlässig und chaotisch, entweder vollgekifft oder vollgesoffen, oft beides, was, wie Lea schließlich wissen mußte, zur Katastrophe führte.

Sie spielt sich auf, sie mischt sich ein, sagte sich Jette, sie wird dabei auf die Schnauze fliegen.

Ich warte auf sie, sagte sie und hockte sich auf die andere Seite des Sofas, wenn du willst, kannst du gehen.

Auch gut, Arno ging, froh, nicht länger Jettes Fragen ausgesetzt zu sein. Lea mochte er lieber.

Wo ist Arno, fragte Lea wenig später, er sollte mich vertreten. Ich habe das übernommen, erwiderte Jette, oder ist dir das nicht recht?

Lea beantwortete die Frage mit einem wortlosen Lächeln. Sie begann, aufzuräumen und Gegenstände hin und her zu tragen. In jeder ihrer Bewegungen lag eine Fröhlichkeit, die Jette daran hinderte, das Gespräch zu beginnen, das sie mit der Mutter eigentlich hätte führen wollen. Lea fragte auch nicht, hielt den Besuch der Tochter für selbstverständlich, obwohl Jette seit Wochen nicht hier gewesen war. Sie benahm sich so, als wäre sie allein, summte vor sich hin, sah in den Spiegel und kam plötzlich auf den Gedanken, zu telefonieren.

Warte, sagte Jette, und Lea legte den Hörer wieder auf, ließ aber die Hand noch am Telefon. Die Hartnäckigkeit, mit der Jette sie betrachtete, beunruhigte Lea, auch die Zeit, die sie brauchte, bis sie endlich leise zu reden anfing. Obwohl Jette lange Pausen machte, äußerte sich Lea zu keiner von ihren Bemerkungen. Es fiel weder ein Wort der Verteidigung noch der Rechtfertigung. Nur die Hand blieb, lag unnütz auf dem Hörer, ohne ihn abzuheben.

Ob sie denn nicht merkte, wollte Jette wissen, wie die Dinge zu Hause eine andere Wendung bekamen, wie nichts mehr funktionierte, man kaum noch gemeinsame Mahlzeiten einnahm und der Vater von Tag zu Tag niedergeschlagener wurde, was alles nichts mit Mühmchens Abwesenheit zu tun hatte, sondern mit der der Mutter.

Keine Antwort, statt dessen immer noch dieses Lächeln und ein Blick zur Tür, weg von Jette. Diese Töne verfingen bei Lea nicht. Als wenn es gerade Jette gewesen wäre, die gemeinsame Mahlzeiten vermißte und Ordnung im Haus oder der am Wohlbefinden des Vaters sonderlich gelegen war.

Ein Kunde betrat den Laden, verlangte ein altes Glas, es konnte auch eine Tasse oder eine Figur sein. Unschlüssig nahm er einen Gegenstand nach dem anderen in die Hand, ließ sich erst von Lea beraten und wandte sich dann Jette zu.

Zwei sehen mehr als einer, sagte er. Ganz offensichtlich hielt er Jette für eine Kundin, und weder Mutter noch Tochter widersprachen. Obwohl Jette ihm ganz ernsthaft Vorschläge machte, konnte er zu keiner Entscheidung kommen und verließ den Laden unverrichteter Dinge und unter mehrmaligen Entschuldigungen.

Sehr ähnlich sehen wir uns wohl nicht, sagte Lea und stellte alles an den Platz zurück, was hervorgeholt worden war.

Ihr scheint alles egal zu sein, dachte Jette, sie vergißt glattweg, daß wir Mutter und Tochter sind. Vielleicht wäre es besser, zu gehen und den Mund zu halten.

Aber Jette ging nicht, sie hielt auch nicht den Mund, sie setzte sich lässig zurück, sprach wiederum sehr leise und betrachtete ihre Fingernägel, während sie mit dem Daumen Spitze um Spitze abtastete.

Jetzt nahm sie die Kunst-Chaoten aufs Korn, wollte wissen, ob Lea die Sache wirklich ernst nehme und ob sie sich dazugehörig fühle. Allein Organisation oder gar Unterkünfte anzubieten reiche ja wohl nicht aus, um anerkannt zu werden. Jettes Stimme war höher geworden, der Ton schärfer.

Was meinst du eigentlich, fragte jetzt Lea, immer noch freundlich und nicht verärgert. Sogar das Telefon hatte sie losgelassen und eine ihrer neu angewöhnten Haltungen angenommen, flapsig und ein wenig jungenhaft, die Ellbogen auf beide Knie gestützt.

Okay, sagte Jette, ich weiß, daß du mit Max übers Wochenende wegfahren willst. Ich habe zufällig neulich euer Telefonat mitgekriegt...

Schrie Jette? Lea hatte das Bedürfnis, sich die Ohren zuzuhalten. Jedes Wort kam ihr vor wie eine Ohrfeige. Sie war ertappt worden, diesmal nicht von Mutter Leibig, diesmal von der eigenen Tochter. Das war noch schlimmer, das machte taub, blind, vor allem stumm.

Die Mutter war rot geworden. Jette sah es deutlich, ohne ein Gefühl des Triumphes, vielmehr mit einer unerträglichen Wut. Sie redete nicht mehr leise, machte keine Pausen mehr, wartete nicht mehr auf eine Erklärung, sie packte einfach aus.

Denkst du nicht an Katharina? Weißt du denn nicht, wie weh du ihr damit tust? Und dann – Jette holte tief Luft, suchte nach einer Formulierung und fuhr fort –, dann bist du für Max einfach zu alt.

Letzter Hieb, Jette hatte nichts mehr zu sagen, hörte nur noch die Mutter atmen und sah später ein paar Leute am Schaufenster vorbeigehen, wie in Zeitlupe. Wahrscheinlich würde Ma jetzt in Tränen ausbrechen, und Jette müßte sich wohl oder übel entschuldigen.

Jette wartete umsonst. Lea nahm den Hörer ab und wählte eine Nummer, die sie auswendig wußte. Sie räusperte sich und sah Jette an, vielmehr durch sie hindurch:

Damit du nicht wieder dem Zufall ausgeliefert bist...

Max meldete sich, als hätte er auf das Gespräch gewartet. Jette erkannte sofort seine Stimme. Wenn sie auch nicht jedes Wort verstand, das er sagte, spürte sie doch seine Freude über den Anruf.

Was ist? hörte sie ihn ein paarmal hintereinander fragen, fahren wir?

Ja, sagte Lea, es bleibt unser Wochenende, du kannst dir aussuchen, wohin wir fahren...

Mehr hörte Jette nicht. Sie war aufgesprungen, stolperte über eines von Arnos Gepäckstücken, sah sich nicht mehr um, war mit ein paar Sätzen draußen und schloß, für Max nicht hörbar, leise die Ladentür hinter sich zu.

Lea hatte eine Lüge aufgetischt, eine, die niemand glaubte und die deshalb auch nicht in Frage gestellt wurde. Sie hatte von Ausspannen geredet, von dem Wunsch, mal ganz allein zu sein, um abzuschalten. Die Zwillinge hatten geschwiegen, fragten nicht einmal, wohin die Reise ging, und unterließen es, sich von der Mutter zu verabschieden. Und Felix begnügte sich mit der Bemerkung:

Ich hoffe, du weißt, was du tust!

Ja, hatte Lea geschrien, ja, ich weiß es!

Es regnete. Dicke Frühlingsregentropfen prallten gegen die Windschutzscheibe, hingen flatschig am Glas und machten es undurchsichtig, bis Max den Wischer einschaltete. Der Ausblick, fächerförmig und nur für Sekunden frei, wechselte mit schlierigem Grau. Ein Rhythmus, der Lea verrückt machte und im Takt die Worte von Felix zurückholte: Ich – hoffe – du – weißt – was – du – tust. Wußte sie das?

Kaiserstuhl, Pfalz, Elsaß oder Odenwald, hatte Max vor der Abfahrt gefragt, und sie hatte geantwortet: Nicht so weit weg.

Wie albern sie war. Allein wie sie dasaß, die Knie aneinandergepreßt, die Hände um ihre Handtasche verkrampft, den Kopf unbeweglich geradeaus gerichtet. Abschußrampe, dachte sie, ich sitze auf einer Abschußrampe, einem Schleudersitz, der mich ins Unglück stürzen wird, der Regen war ein sicheres Zeichen.

Halt an, sagte sie, oder besser, dreh um.

Noch war es nicht zu spät, noch konnte sie behaupten, sich eines Besseren besonnen zu haben, noch waren sie erst ein paar Kilometer Richtung Odenwald unterwegs, noch gab es kein Ziel und keine Bleibe, noch...

Fast wäre ihr Kopf gegen die Scheibe geschlagen, so heftig hatte Max gebremst, ähnlich wie damals auf dem Weg nach Waldmichelbach. Nur drehte er diesmal nicht ihr Gesicht zu sich, um sie zu küssen, sondern blieb ohne Bewegung hinterm Steuer sitzen, sprachlos und erschrocken.

Raus, nur raus, mitten hinein in den Regen, der vom Himmel fiel. Leas Bluse wurde naß, ihre Haare und schließlich auch die Füße. Vom Westen kam Wind auf und bog die Bäume über die Straße. Autoreifen pfiffen heulend Wasserspuren den Asphalt entlang. An keiner Stelle wurde der Himmel heller, Sonne, Mond und Sterne gab's nicht mehr, alles war irgendwo im Regen geblieben.

Lea!

Max schrie ihren Namen aus dem Auto heraus, nein, in das Auto hinein, denn er hatte das Fenster nicht geöffnet.

Mit einem Satz war sie am Wagen und riß die Tür auf. Er saß noch in der gleichen Haltung hinterm Steuer.

Max, flüsterte Lea, Max.

Sie kniete sich auf den Sitz, schlang ihre Arme um seinen Hals, küßte ihn immer wieder und merkte nicht, wie das Wasser aus ihren Haaren über sein Gesicht lief.

Du siehst aus, sagte er, als hätte ich dich aus dem Wasser gezogen.

Ja, nickte Lea und küßte ihn noch einmal.

Plötzlich mußten sie lachen und erinnerten sich an die Demonstration und an den Polizisten, um dessen Mütze willen Lea unter den Wasserwerfer geraten war. Sie lachten und fanden alles komisch, vor allem, daß Lea sich jetzt im Auto umziehen mußte.

Nimm den, sagte Max und warf ihr einen seiner Pullis zu. Zu groß, zu weit, zu lang, aber er roch nach Max, und Lea hatte das Gefühl, sie sei in seine Haut geschlüpft. Daran lag es wohl auch, daß sie kaum noch an Felix dachte, schon gar nicht an die Töchter. Und als es auch noch zu regnen aufhörte, war sie sich ganz und gar im klaren darüber, was sie tat.

Ich möchte mit dir in das kleinste Gasthaus, das es gibt.

Ich auch, sagte Max.

Noch fuhren sie die Straße am Neckar entlang. Neckarsteinach und Hirschhorn lagen hinter ihnen, Orte mit Hotels und Pensionen, mit Kegelbahnen und Plastiktischen. Das alles entsprach nicht ihren Vorstellungen, und sie nahmen sich vor, nicht eher zu halten, bis sie gefunden hatten, was sie wollten. Fachwerkhaus oder Walmdach, sagte Lea, und Max wünschte sich einen Vorgarten mit Gartenzwergen, in dem Vergißmeinnicht blühten, obwohl es dafür noch viel zu kalt war. Im Haus müßten die Holzdielen knarren, die Betten mit Buntkariertem überzogen sein, und in der Gaststube müßten gescheuerte Tische stehen.

In Beerfelden fanden sie zwar jede Menge Fachwerkhäuser, aber kein Gasthaus von der gewünschten Größe. Also weiter. Die Straße wurde schmaler und führte an einem Bach entlang durch ein Tal, links und rechts bewaldete Höhen, eine liebliche Landschaft, wie von Menschen vergessen.

Sieh mal, sagte Max und zeigte auf ein Schild, auf dem Falkengesäß stand.

Da, rief Lea und zeigte nach links, da ist es! Tatsächlich. In einer weiten Schlinge des Bachs, unter einer mächtigen Linde und etwas abseits der Dorfstraße stand ein Haus mit niedrigem Dachfirst, an dessen Wand in verblichenen Lettern das Wort Gasthaus stand. Die Fenster, fast quadratisch, warfen schummriges Licht nach draußen in die Abenddämmerung. Die Wetterseite war mit Holzschindeln gedeckt, schuppig und grau. Ein rotäugiger Hund von unbestimmbarer Rasse lag längs auf der abgetretenen Schwelle der Haustür und wedelte mit dem Schwanz. Im Vorgarten blühten Tulpen, zwischen denen keine Gartenzwerge standen, sondern ein holzgeschnitzter Sämann, der seiner Wege ging, hinter ihm eine Frau. Sie trug eine Sichel in der Hand, um mit gekrümmtem Rücken das eben erst vom Bauern gesäte Korn sogleich vom Halm zu schneiden. Der Hund hob den Kopf, zeigte beim Gähnen gewaltige Zahnlücken und sah Max und Lea zu, wie sie mit höflichen Worten der Entschuldigung über ihn wegstiegen und ins Haus gingen.

Hier war es so still, als seien die Bewohner verstorben. Leas Hallo blieb ungehört, das Klopfen von Max wirkungslos. Was nun?

Lea meinte, man könne doch nicht einfach alle Türen aufmachen, vielleicht sei das hier gar kein Gasthaus mehr. Aber Max hatte Bier gerochen und eine mit einem Holztürchen verschlossene Durchreiche entdeckt, an die er jetzt pochte. Das Türchen flog auf, und heraus sah eine alte Frau.

Ja bitte? fragte sie und schob mit großer Geschicklichkeit

ihr heruntergerutschtes Gebiß nach oben, was ihrem Gesicht einen freundlicheren Ausdruck verlieh. Bevor Max sein Anliegen vorbrachte, wiederholte sie ihr ja bitte, und noch ein drittes Mal, als Lea zu reden anfing. Darauf sahen sich alle drei ein wenig hilflos an, während die Zähne der Alten schon wieder ins Rutschen kamen.

Sie ist schwerhörig, sagte eine mickrige Stimme im Rücken von Lea und Max. Beide fuhren erschrocken herum. Sie hatten nichts gehört. Dasselbe Gesicht, nur die Zähne darin schienen festzusitzen.

Mein Gott, fuhr es Lea durch den Kopf, das sind Zwillinge, uralte, vom Tod vergessene Zwillinge. Unwillkürlich griff sie nach der Hand von Max.

Wir möchten ein Zimmer, brüllte er los und sah von der einen zur anderen. Die gleichen hundertfachen Fältchen im handtellergroßen Gesicht. Die gleichen silberweißen, zu aufwärts stehenden Dutts verknoteten Haare, die in einem Tüllhäubchen von gleicher Farbe und gleichem Muster versteckt waren. Die gleichen Münder, die gleichen dünnen Lippen, respekteinflößend lange Nasen, die vogelartig darüberhingen.

Die Taubheit sei das einzige, sagte die Alte mit den festsitzenden Zähnen, was sie auf Anhieb von der Schwester unterscheide. Max möge also nicht so brüllen, sie habe sehr gut verstanden, um was es gehe.

Dann sah sie Lea an, kam näher, riß ihre Altweiberäuglein doppelt so weit auf, kniff sie wieder zusammen und bedauerte, daß sie keine Einzelzimmer habe.

Wollen wir auch nicht, sagte Max und drückte Leas Hand, die er immer noch in der seinen hielt, was der Schwester mit den Rutschzähnen nicht entgangen war.

Wie bitte? krähte sie aus ihrer Durchreiche hervor, als stünde ihr kein anderes Wort zur Verfügung, und sah ihre Schwester an. Sofort begannen sich die beiden mit unnachahmlicher Geschwindigkeit durch Zeichen zu verständigen und benutzten dabei nicht nur die Hände: auch die Haltung des Kopfes, die Bewegung der Augen, die Art, wie sie den

Mund verzogen, dienten der Verständigung. Wortlos verfolgten Max und Lea das Schauspiel.

Gut, nickte jetzt diejenige, die hörte, und winkte den beiden, ihr zu folgen. Offensichtlich interessierte sie sich mehr für Lea als für Max.

Die Alte schloß das Zimmer auf, schüttelte die buntkarierten Federbetten mit geübtem Griff auf. Das soll einer verstehen, murmelte sie mit gerunzelter Stirn unterm haubenbedeckten Dutt und verschwand schnell.

Kaum war sie weg, lachten Lea und Max, daß ihnen die Tränen aus den Augen liefen. Sie hüpften im Zimmer herum, bewarfen sich mit den säuberlich gebügelten Kopfkissen, wippten auf den federnden Matratzen und waren ganz und gar aus dem Häuschen.

Meinst du, sie sind gemeinsam weggefahren? fragte Katharina, meinst du wirklich?

Sie lag der Länge nach in einer Kuhle des Flokatis, unter dessen Ränder Decken gestopft waren, so daß das Ganze wie ein großes weißes Boot aussah, in dem Katharina bäuchlings lag und durch das riesige Zimmer schwamm. Zottelige Fransen, aufrecht zusammengezwirbelt, umgaben ihr Gesicht wie weiße, überlange Dornen. Möbel standen wenige in dem Raum. Ein Kleiderschrank an der Wand, und zwischen den Fenstern lag auf zwei Böcken eine große Tischplatte, belegt mit allerlei Zeichenutensilien, Papieren und Prospekten. Gegenüber, durch zwei Holzpfeiler abgeteilt, war eine Art Kochnische mit rundem Tisch und verschiedenartigen Stühlen drumherum.

Moritz hockte auf einem Barhocker am Bug des Flokatibootes, das ihm auch als Bett diente, und sah auf Katharina hinab. Den Barhocker hatte er irgendwann einmal geschenkt bekommen. Er saß gern darauf, entweder um zu träumen oder um nachzudenken. Er betrachtete seine Umgebung teils von oben herab, teils von unten herauf. Das war stets eine Frage seiner Stimmung, und insgeheim verglich er sich dabei mit einem Laubfrosch. Normalerweise hätte ihn Katharinas

Frage, die ihm alle Fröhlichkeit nahm, blitzschnell ins Boot geworfen. Aber da lag sie mit ihrer Trübsal drin und ließ ihm keinen Platz.

Also, fragte sie, sind sie nun zusammen weg oder nicht?

Moritz zog an der Pfeife, blies blaue und graue Wolken durchs Zimmer über Katharina hinweg und sagte: Ja, ich denke schon, machte eine Pause und hängte die Frage, warum auch nicht, hinten dran.

Katharina hörte auf, die Zotteln zusammenzuzwirbeln, und drehte sich auf den Rücken. Da sie mit dem Kopf zu Füßen des Barhockers lag, hatte einer den anderen verkehrt im Blick. Bart oben, Augen unten – wie verändert Moritz plötzlich aussah.

Dir kann's egal sein, sagte sie, und Moritz antwortete, daß sie damit recht habe. Darauf schwiegen sie eine Weile, und zwischen ihnen blieb nur dieser gekreuzte Blick.

Moritz fand Katharina im Augenblick so schön, daß er sie am liebsten nie aus seinem Flokatiboot herausgelassen hätte. Katharina wiederum überlegte sich, daß sie sofort aufstehen würde, wenn Moritz auf die Idee käme, von seinem Barhokker zu ihr herunterzusteigen. Er blieb oben und paffte an seiner Tabakspfeife, in deren Rauch er sich nach und nach einnebelte.

Aus den umliegenden Zimmern drangen die Geräusche der Wohngemeinschaft zu ihnen. Zuerst hörte man Musikfetzen, doch dann setzte sich Kindergebrüll durch.

Ist das immer so laut hier?

Moritz wußte es nicht, da ihn Lärm nicht störte. Außerdem hatte er Jimmy sehr gern, auch dessen Mutter und die anderen Typen, die hier wohnten. Das sei, sagte er, überhaupt die Voraussetzung, wenn man zusammenziehe. Man müsse sich gern haben.

Warum nehmt ihr Arno nicht auf? Platz ist doch genug da.

Ich habe ihn aber nicht gern, sagte Moritz.

Könnte ich hier wohnen?

Du solltest von zu Hause weg, sagte er, ohne eine direkte Antwort zu geben, du solltest sehen, wie du mit deinem Leben allein fertig wirst. Wo sie dann schließlich wohnen werde, sei eine Sache, über die man später reden könne.

Ich weiß nicht, sagte Katharina leise und stieg staksig aus dem Flokatiboot, manchmal ist alles, was einem so durch den Kopf geht, unheimlich dämlich.

Die Gaststube, von den alten Zwillingsschwestern als Wohnzimmer benutzt, trug kein Schild. Die wenigen Gäste, die des Abends ihr Bier hier tranken, kannten auch so den Weg. Alte Männer, die am runden Stammtisch saßen, meist stumm, denn alles, was sie wußten, hatten sie sich im Laufe der Jahrzehnte schon erzählt, und viel Neues gab es in Falkengesäß nicht zu erleben. Kaum machte einer den Mund auf, krähte die Taube schon ihr ja bitte in die Runde, die einzigen Worte, die sie sprechen konnte oder wollte. Auf die Dauer dämpfte das die Lust an der Mitteilsamkeit. Lea und Max saßen am Nebentisch. Trotz Protest hatte die Taube ein Tischtuch auf das gescheuerte Holz gebreitet, an dem sie jetzt die Suppe löffelten, die die Schwester servierte. Danach gab es Leberknödel und Sauerkraut. Das gleiche Menü, das die beiden Alten in ihrer Wohnzimmerecke einnahmen und das für die schlecht sitzenden Zähne der Tauben bestimmt war, da sich eine Speisekarte, wie die Schwester meinte, in Falkengesäß nicht lohne. Gegen das Schweigen, das Schlucken und das Geklapper des Bestecks kamen sie nicht an, zumal die Taube mit schnellem Blick jeder Lippenbewegung nachjagte, um sich die Worte von der Schwester in Zeichen übersetzen zu lassen. Weil aber niemand etwas sagte, sie jedoch auf Unterhaltung aus war, begann sie emsig und stumm ihre Signale zu geben, wobei sie vorher mit der Gabel an ihren Teller klopfte.

Ganz klar, die Männer am Stammtisch verstanden sie, nickten bereitwillig und wandten sich jetzt Lea und Max zu, froh, mit einer Frage aufwarten zu können, nämlich, was Lea und Max nach Falkengesäß verschlagen habe.

Die Liebe, gab Lea bereitwillig Auskunft und trat Max unterm Tisch auf den Fuß.

...zum Odenwald, setzte der den Satz fort.

Feigling, flüsterte Lea, und prompt kam das ja bitte aus der Wohnzimmerecke. Während die Taube mit ihren Handsignalen loslegte, glaubte Max, ein verständnisvolles Blinzeln in ihren Augen zu erkennen.

Hast du das gesehen?

Lea hatte nichts gesehen, legte den Arm um seine Schultern und küßte ihn auf die Ohren.

So was, sagte die Hörende und schob eine Stricknadel, die zum praktischen Gebrauch zwischen einem Strauß künstlicher Rosen steckte, über die juckende Kopfhaut unter dem Dutt.

Zur Krappendelle müßten sie gehen, sagte einer der alten Männer, und von dort zur dicken Eiche, die achthundert Jahre alt sei.

Nein, sagte die Hörende, zum Galgen, wo 1804 zuletzt eine Zigeunerin wegen Diebstahls von zwei Laib Brot und einem Huhn gehängt worden sei.

Plötzlich winkte sie ab, gab damit zu verstehen, daß sie nun die eigene Meinung äußerte, sah Lea an und erklärte, daß es sich wahrscheinlich um ein schwereres Delikt gehandelt habe, nämlich um Hurerei, jawohl! Die Männer am Stammtisch waren anderer Meinung. Das sei eine Ausgeburt der Weiberfantasie, die Zigeunerin solle nämlich sehr schön gewesen sein und habe den Männern im Dorf die Augen verdreht.

Schön wie sie, sagte einer der Männer und zeigte auf Lea, ohne sie anzusehen. Dabei schlug er sich aufs Knie und wischte den Bierschaum aus dem Bart. Alle sahen Lea an und prosteten ihr zu, auch Max. Stimmung kam auf, die die Taube durch immerwährendes Kichern anheizte. Die Leonhardskapelle, früher ein Wallfahrtsort, sei auch kein schlechtes Ausflugsziel, hieß es, obwohl es sich nur noch um eine Ruine handelte. Auch darüber gab's Geschichten, wenn sie auch weniger spektakulär waren als die von der Zigeunerin.

Mit der Zeit ging das Interesse an Lea und Max verloren. Die Gäste am Stammtisch wandten sich wieder einander zu, das Gespräch verstummte nach und nach, bis wieder nur noch in gleichmäßigem Rhythmus die Biergläser gehoben und dann auf den Tisch gestellt wurden.

Die Alten wurden erst wieder gesprächiger, als Max und Lea erklärten, sie wollten sich vor dem Schlafengehen noch etwas die Beine vertreten. Man schlug ihnen vor, sie sollten eine bestimmte Richtung einschlagen, sagte ihnen, welchen Weg sie gehen müßten, dann gab die eine der Schwestern Max einen Hausschlüssel, während die Taube Lea unvermittelt und augenzwinkernd zuwinkte.

Jetzt habe ich es auch gesehen, sagte Lea beim Hinausgehen. Noch immer lag der Hund auf der Schwelle, nur nicht mehr der Länge nach, sondern brezelartig ineinander verschlungen, die Wärme des Tages hütend. Auch jetzt mußten Lea und Max über ihn hinwegsteigen.

Wie still das hier draußen war. Nur im Dorf knatterten ein paar Mopeds. Ein leichter Wind trocknete die letzten Regentropfen an den Bäumen. Der Abend, die Nacht, der Frühling, der Wind, so, wie er jetzt vom Finkenbachtal her ihnen die frische Luft ins Gesicht blies, gehörte ihnen, morgen und übermorgen auch. Schade, daß der Finkenbach nicht rauschte und kein Gesang von Nachtigallen zu hören war.

Sie gingen dicht nebeneinander her, umarmten sich nicht und hielten sich nicht an der Hand. Nur der Rhythmus ihrer Schritte war derselbe.

Lea, sagte Max plötzlich, erzähl mir von meinem Vater.

Jetzt?

Ja.

Sie wollte nicht, daß er in diesem Augenblick an seinen Vater dachte, vielmehr, es gefiel ihr nicht. Sie warf die Arme hoch, drehte sich einmal um sich selbst, nicht ahnend, wie sie in dieser Bewegung Katharina ähnelte.

Ich hab's vergessen, sagte sie, ich kann nur an dich denken.

Trotz der Dunkelheit sah sie seine Verblüffung, ließ die Arme wieder sinken und stand still. Jetzt war es an ihm, etwas zu sagen, oder die Stimmung war hin. Warum, um Gottes willen, machte die Nacht keinen Krach, bis er irgendeine Antwort gab?

Endlich. Aber kein Wort, keine Silbe, kein Laut. Dafür seine Arme, seine Hände, sein Mund. Heftige, fast schmerzende Küsse, hintereinander weg, nicht zu zählen.

Ohne etwas zu sagen, gingen sie zum Gasthaus zurück, vielleicht etwas schneller, und ließen einander nicht mehr los.

Morgen, fragte Max, während er die Haustür aufschloß, von deren Schwelle der Hund verschwunden war, erzählst du mir morgen von ihm?

Vielleicht, antwortete Lea.

Jedesmal, wenn sie in der Nacht aufwachten, liebten sie sich. Schliefen sie, lagen sie dicht nebeneinander ausgestreckt, bis sie von der Wärme ihrer Körper wieder wach wurden. Einmal hatte Lea geflüstert: ich kann nicht mehr. Aber Max hatte nur geantwortet: du kannst noch, und sie von neuem umarmt.

Erst gegen Morgen, als die Vögel längst in der Linde spektakelten und der alte Hund wieder auf der Haustürschwelle Stellung bezogen hatte, verfielen sie in stundenlangen Schlaf.

Das, was Lea wußte, hatte sie Max jetzt schon zum zweiten Mal erzählt. Aber es war ihm immer noch nicht genug. Er wollte es ein drittes Mal hören. Zuerst hatte er nur den Kopf geschüttelt, hatte gelacht und Leas Geschichte glatt für erfunden erklärt.

Sie hatte alles geduldig wiederholt. Dann hatte er versucht, seinen Vater zu rechtfertigen, der sicherlich in gutem Glauben gehandelt hatte, absolut unfähig, sich auf Kosten anderer zu bereichern. Danach wollte Lea das Thema wechseln, aber Max fragte jetzt nach Details, nach Datum, Ort und Stunde und wer davon alles gewußt habe.

Ganz Thalheim, hatte Lea geantwortet.

Danach schwieg er. Ebensogut hätte jeder den Spaziergang zur Leonhardskapelle allein zurücklegen können.

Weg war alles, was schön war, übrig blieb ein Gefühl der Bedrückung. Was sie mit seinem Vater zu schaffen habe, wollte Lea wissen, rief, daß jetzt alle Stimmung zum Teufel sei. Und Max schrie zurück, sie sei es ja schließlich, die dem Vater Gemeinheiten anhänge, damit er, der Sohn, den Respekt verliere.

Ach, so war das also. Sie hatte den Mund gehalten, traurig und wütend über das, was ihr da Max in die Schuhe schob. Erst als sie am Galgen angelangt waren, begannen sie wieder zu reden. Die Richtstätte, mit Steinplatten eingefriedet, war ein freundlicher Platz, der von Wanderern zum Picknicken benutzt wurde. Der größte und besterhaltene Galgen im Bundesgebiet, stand im Fremdenführer, 1597, während der Herrschaft der Grafen von Erbach gebaut. Lea dachte an die Zigeunerin. Ein Huhn, zwei Laib Brot oder Hurerei? Man lebt nur einmal.

Max ging im Kreis, umrundete die drei schlanken, hohen Rotsandsteinsäulen, zwischen denen Lea saß, einmal rechts, einmal links herum, ohne Unterlaß. Nie hatte der Vater ihm gegenüber die Familie Goldstein erwähnt. Hatte stets nur von Fleiß und der Verantwortung sich selbst und dem Vaterland gegenüber erzählt. Verlangte Gehorsam und Fortsetzung dessen, was er mit Betrug begonnen hatte, und lehrte den Sohn das Fürchten: Du sollst Vater und Mutter ehren...

Warum denn, wenn Schmach, Schande und Niedertracht zugrunde lagen? Max schluckte die aufsteigende Übelkeit hinunter, aber immer wieder sammelte sich Speichel unter der Zunge, bis er ihn ausspuckte. Er wußte nicht, ob er lachte oder heulte, spürte nur ein ruckartiges Zucken seines Körpers, das er mit den Schultern aufzufangen versuchte. Wenn alles stimmte, was Lea sagte, war sein Vater ein Schwein. Und er, Max, fraß aus dessen Trog und war auf dem besten Weg dazu, selber eins zu werden.

Er stellte sein Herumrennen ein, sah zu Lea hinüber, die ruhig zwischen den Galgensäulen saß und ihn beobachtete. Sie würde ihm helfen, nur sie, sonst niemand.

Der Schluckzwang hörte langsam auf, auch die Übelkeit

verschwand, und er glaubte, an Gewicht verloren zu haben, so ausgelaugt fühlte er sich.

Lea, sagte er und hockte sich vor sie hin, was hast du für Beweise?

Mein Gott, das ist alles so lange her.

Für mich ist es wie heute.

Er nahm ihre Hände und streichelte sie, dann ihr Gesicht. Er zog sie hoch, weg von den kalten Steinen, und sagte: Bitte!

Er wußte, jetzt würde er ihr erzählen, daß er den Vater seit langem belog, daß er in Wirklichkeit überhaupt nicht studierte. Jetzt hatte er den Mut, seine Feigheit und seine Angst einzugestehen. Aber vorher brauchte er die Beweise.

Also gut, seufzte Lea, verbarg ihre Ungeduld und kramte alles aus ihrem Gedächtnis zusammen, was ihr die Mutter über Goldsteins und Leibigs erzählt hatte. Herr Goldstein sei ein beliebter und angesehener Mann in Thalheim gewesen, der dem Stadtpark Bänke gestiftet habe. Sie konnte sich noch an die Metallplättchen erinnern, die jede Banklehne geziert hatten und mit dem Namen des Stifters versehen waren. Die Nazis hatten sie abgerissen, und eines Tages waren auch die alten Bänke durch neue ersetzt worden, auf denen Herbert Leibig als Spender angegeben war. Auch beim Bau des Kreiskrankenhauses hatte sich Herr Goldstein finanziell beteiligt, obwohl es sich um ein evangelisches Krankenhaus gehandelt hatte. Kurzum, er war ein äußerst beliebter Thalheimer gewesen, dem niemand etwas zuleide hätte tun können. Wie Max ja wohl wußte, war der Vater kein gebürtiger Thalheimer, und deshalb war ihm wohl das eine oder andere nachzusehen. Kein Ortsansässiger hätte es gewagt, die Familie Goldstein aus ihrem eigenen Haus herauszusetzen.

Hat mein Vater das gemacht?

Lea hob nur die Schultern. Herbert Leibig war, daran konnte sie sich sogar selbst noch erinnern, von einem Tag auf den anderen mit seiner Frau in die Villa Goldstein gezogen und hatte sich zwischen deren Möbeln niedergelassen.

Und Goldsteins? fragte Max.

Die wurden im Chauffeurshaus untergebracht. Auch das

wußte sie selbst noch, denn sie hatte im Auftrag der Mutter Frau Goldstein frisches Obst bringen müssen. Die Mutter hatte ihr gesagt, sie sollte sich ja nicht erwischen lassen, und da war sie über den Garten durchs Küchenfenster eingestiegen, was Frau Goldstein sehr erschreckt hatte.

Und wie war diese Frau Goldstein?

Lea wußte es nicht mehr. Traurig war sie, blaß und ziemlich zittrig. An etwas anderes konnte sich Lea nicht erinnern.

Und weiter?

Ja, dann waren Goldsteins am Tag nach der sogenannten Kristallnacht wie vom Erdboden verschwunden gewesen. Am Anfang hatte man noch allerlei gemunkelt, aber mit der Zeit waren sie in Vergessenheit geraten. Nur das Elternhaus von Max hatte im Volksmund nach wie vor Villa Goldstein geheißen.

Und was hat man gemunkelt?

Daß dein Vater die Goldsteins übers Ohr gehauen habe. Mehr wollte Lea nicht sagen.

Doch Max erklärte, daß er alles wissen müsse. Sie würde später schon begreifen, warum.

Und da es Lea nicht gelingen wollte, Max anzulügen, blieb ihr nichts anderes übrig, als das letzte, was sie wußte, auch noch zu erzählen.

Der Arthur Klätke also, Leibigs Chauffeur, der sie einmal beinahe beim Holzklauen erwischt habe, begann sie umständlich, der habe den Goldsteins auch das Geld überbracht.

Was für Geld?

Na von deinem Vater, für die Firma, das Haus und das Mobiliar. Nur sei es zu wenig gewesen. Man erzählte sich damals, daß die Goldsteins mehr als 100000 Reichsmark zu wenig bekommen hätten. Entweder, solle Klätke ausgerichtet haben, das Geld bar auf die Hand oder gar nichts. Am nächsten Tag waren die Goldsteins weg.

Ich schlage ihn tot, sagte Max, ich mache ihn fix und fertig! Das fand Lea überspannt. Je länger sich das Gespräch über Herbert Leibig und seine Vergangenheit hinzog, um so mehr ergriff sie unbewußt dessen Partei. Max hingegen ließ auf einmal kein gutes Haar mehr an ihm, sammelte Punkt um Punkt, als gelte es, etwas aufzurechnen.

Weißt du, sagte Lea in plötzlichem Zorn, steh erst einmal auf deinen eigenen Beinen, mach dein Studium fertig und beginn dein Leben, dann kannst du mit deinem Vater hadern, aber so –

Weiter kam sie nicht. Er hielt ihr den Mund zu und schrie sie an, er wolle kein Wort mehr hören.

Nicht von dir, rief er mehrmals hintereinander, nicht von dir!

Warum denn nicht? Es kostete sie Mühe, sich loszumachen.

Du spinnst!

Ja, schrie er, weiß im Gesicht, und sie glaubte, Tränen in seinen Augen zu sehen. Hätte er jetzt zugeschlagen, so hätte sie sich nicht gewundert.

Ich gehe, sagte sie ganz leise und ließ ihn stehen.

Er sah ihr nach, wie sie Schritt für Schritt davonging, von ihm weg, und ohne sich umzudrehen. Er hätte schreien können. Er wußte, daß er es nie schaffen würde, ihr die Wahrheit zu sagen. Jetzt nicht mehr.

Lea lief zurück zum Gasthaus nach Falkengesäß. Es war gut, jetzt allein zu sein. Irgend etwas war zwischen ihnen passiert, das rätselhaft blieb und sie auseinandergerissen hatte. Warum hatte sie das alles Max erzählt? Und warum konnten sie dieses Wochenende nicht in Frieden und Zärtlichkeit miteinander verbringen?

Vor dem Gasthaus fuhrwerkte eine der Schwestern im Garten herum. Harkte, grub, pflanzte und rieb den hölzernen Bauern und seine Frau mit einer schützenden Flüssigkeit ein.

Als Lea vor dem Haus stand, erhob sich der Hund, schlüpfte mit ihr durch die Tür und sah sie schwanzwedelnd an. Er sprang gegen die Klinke der Gaststube und wartete, bis Lea ihm folgte. Auf dem Sofa in der Wohnzimmerecke hockte die Taube, die Zähne beim Dösen heruntergeklappt, obwohl sie die Augen offen hatte. Blitzschnell drückte sie das Gebiß aufwärts und winkte Lea, sich neben sie zu setzen, während der Hund seine kalte Schnauze gegen Leas Hände und Beine stupste.

Ja bitte? krähte die Taube auch schon los, beugte sich vor und sah Lea gespannt an.

Da redete sie los, leise, fast tonlos, und die Alte hörte zu, als hätte sie die Ohren eines Luchses.

Später wußte Lea nicht genau, ob sie überhaupt etwas gesagt oder sich alles nur eingebildet hatte.

Aber das spielte auch keine Rolle. Wichtig blieb, daß sie plötzlich von ruhiger Heiterkeit erfüllt war.

Die Alte döste längst wieder vor sich hin, diesmal mit geschlossenen Augen, und der Hund sprang auf, öffnete auch die nach innen gehende Tür mit den Pfoten und verließ mit Lea die Gaststube, um sich auf der Schwelle vor dem Haus wieder auszustrecken.

Max saß unter der Linde auf einer Bank, wo er schon lange auf sie gewartet haben mußte.

Wollen wir zurückfahren? fragte er, und Lea antwortete: Nein.

In dieser Nacht gelang es Max nicht einmal, Lea zu umarmen. Lange nachdem sie bereits eingeschlafen war, lag er noch wach, verwirrt und hilflos vor Einsamkeit.

Es hatte Max einige Überlegungen gekostet, bis er wußte, wo er sein Gespräch mit dem Vater führen wollte. Erst war ihm der Gedanke gekommen, das wöchentliche Klöße-Essen dafür zu nutzen. Aber dann hatte er an seine Mutter gedacht und den Einfall gleich wieder verworfen. Sie wollte er nicht kränken und schon gar nicht in Schwierigkeiten bringen, denen sie nicht gewachsen war. Blieben noch die Fabrik oder Vaters Arbeitszimmer übrig. Aber in der Fabrik war kein ruhiges Gespräch zu führen, und im Arbeitszimmer fühlte sich Max seiner nicht sicher genug.

Da hatten ihm schon als Junge die Knie geschlottert, wenn

der Vater ihn für Lob oder Strafe zu sich bestellte. Nie war ihm ein Stuhl angeboten worden. Das Lob fiel stets sachlich und knapp aus.

Gut so, hatte der Vater gesagt, oder, weiter so, und dabei genickt. Dann griff er in die linke Schublade seines Schreibtischs, ließ Max mit Hilfe des Fernglases Richtung Leimen auf die Fabrik sehen und fügte hinzu: Damit du weißt, wofür du gescheit werden sollst. Max hatte nicht eingeleuchtet, warum er für eine Strumpffabrik gescheit werden sollte. Aber den Mut, dem Vater diese Frage zu stellen, hatte er nie aufbringen können. Manchmal gab er dem Glas einen kleinen Rechtsruck, in der Hoffnung, die Türme des Straßburger Doms ins Blickfeld zu bekommen. Selten genug hatte er das Glück gehabt. Oft lag es am Wetter, aber meistens an der Ungeduld des Vaters.

Hier ist kein Hochsitz, um nach Igeln und Hasen Ausschau zu halten, mein Sohn, hier ist der Arbeitsplatz deines Vaters und... das war stets die Pause vor einem gutmütigen Klaps auf den Hinterkopf von Max, später wird er dir gehören, wenn du ihn dir verdienst.

Jedesmal hatte sich Max über die Behauptung geärgert, daß er hier nach Igeln und Hasen Ausschau hielt. Dann müßte er tatsächlich strohdämlich sein. Trotzdem hatte er nie widersprochen und lieber die Suche nach dem Straßburger Dom aufgegeben.

Noch weniger reizte Max die Vorstellung, den Arbeitsplatz des Vaters zu verdienen, der so wenig Fröhlichkeit versprach. Einmal, als Max zwölf Jahre alt war, hatte er ihn ausprobiert. Er war in des Vaters Zimmer geschlichen und hatte sich hinter den Schreibtisch gesetzt. Er hatte sich Mühe gegeben, die Haltung Herbert Leibigs anzunehmen, hatte in Papieren geblättert und schließlich die Bleistifte gespitzt, um sie wieder der Größe und Farbe nach hinzulegen. Er hatte den Telefonhörer abgenommen und fremde Nummern gewählt. Schließlich hatte er nach dem Fernglas gegriffen und sich die Fabrik angesehen. Mit dem Straßburger Dom war bei dem Wetter nicht zu rechnen gewesen. Alles in allem hatte er keinen Spaß an dem Arbeitsplatz gefunden. Schließlich griff er nach der rechten Schublade, die sonst verschlossen war. Diesmal nicht, er zog sie auf und starrte entsetzt die Waffe an. Wozu hatte der Vater die? Wen wollte er damit erschießen? Rasch schloß er wieder die Schublade und rannte hinaus.

Ab nun fürchtete er den Vater noch mehr, zumal wenn es ums Strafen ging. Das dauerte sowieso länger als das Loben. Erst einmal hatte Max eine Weile stehend zu warten, dann, wenn der Vater seinen Stuhl zurückgeschoben und die Brille abgenommen hatte, mußte Max den Verlauf seiner jeweiligen Schandtat und das dazugehörige Motiv angeben. Die Entschuldigung, daß man es nicht wisse, wurde von Herbert Leibig nicht akzeptiert. Das alles dauerte quälend lang, bis endlich der Vater das Maß seiner Strafe mitteilte. Nie setzte es Prügel, stets bestand die Strafe im Entzug von Freiheit, Mahlzeiten oder Spielzeug. Aber schlimmer noch war die vom Vater an den Tag gelegte Enttäuschung über den Nichtsnutz und Taugenichts von Sohn, der es nicht wert war, des Vaters Lebenswerk fortzusetzen. Er, Herbert Leibig, hatte, weiß Gott, einen Sohn von anderem Kaliber verdient.

Jedesmal, wenn der Vater das sagte, hatte Max die Vorstellung, nun würde er die Pistole aus der Schublade ziehen, seinen Sohn erschießen und sich nach einem anderen Erben umsehen. Natürlich war das Quatsch, aber Max war die Angst davor nie losgeworden. Also kam allein wegen der Waffe in der Schublade das Arbeitszimmer nicht in Frage. Blieb nur das Atelier, in dem Max nun recht unterschiedliche Vorbereitungen traf. Als erstes kramte er die Studienbücher der Betriebswissenschaft und der Wirtschaftslehre hervor und ordnete sie auf seiner Arbeitsplatte in verschiedenen Stößen an. Er hatte sogar ein paar handschriftliche Zettel angefertigt, die lose herumlagen, und legte Auszüge aus der Diplomarbeit eines Freundes dazu, die dieser nicht mehr benötigte und Max zur Einsicht gegeben hatte.

Alles in allem sah die Arbeitsplatte jetzt weit eher nach einem fleißigen Studenten als nach einem Maler aus. Max war erleichtert. Alles weitere würde man schon sehen.

Dann holte er das Bild des Uniformierten hervor und stellte es auf die Staffelei. Damit würde er den Anfang machen. Er mußte den Vater treffen, noch besser, ihn erschüttern. Am besten wäre, er bekäme einen Schreck, der Max das Reden ermöglichte und dem Vater den Mund stopfte. Nur war Herbert Leibig nicht so schnell zu erschrecken, und das wußte Max.

Wieder ging er zum Tisch und ordnete die Bücher neu. Er schämte sich. Wahnsinn, was er da vorhatte, und vielleicht hatte Lea recht. Steh erst einmal auf deinen eigenen Beinen, hatte sie gesagt. Unwillkürlich faßte er seine Beine an, seine Knie, seine Waden. Weiß Gott, er tastete sie auf Haltbarkeit ab. Er saß auf dem Stuhl vor den ungelesenen Büchern, den abgeschriebenen Notizen und den ausgeliehenen Arbeitspapieren, ganz besessen von der Vorstellung, nicht mehr aufstehen zu können. Er kam sich vor wie ein Krüppel, dem der Uniformierte seine Befehle zubrüllte. Max starrte auf das Bild und glaubte, das Klimpern der handtellergroßen Orden zu hören. Gleich würde der blutrote, vom einem zum anderen Ohr reichende Mund ihn mit Haut und Haar verschlingen. Ebenso blutrot leuchtete die große Zwei von dem goldenen, das ganze Bild in strahlendes Licht tauchenden Kissen. Der Uniformierte wußte Bescheid und setzte die milchtropfenden Kühe in Marsch, Hintern an Hintern im Gleichschritt. Max schloß die Augen, ohne die Vorstellung des Bildes loszuwerden. Das goldene Kissen mit der blutroten Zahl nahm mehr und mehr an Größe zu, wurde noch heller, noch strahlender und sengte Max die Seele an. Er riß die Augen auf, ging hinüber zu dem Bild, begann mit großer Sorgfalt an die Stelle der Zwei ein Hakenkreuz zu malen, mitten auf das Himmelskissen. Max ließ sich Zeit, setzte penibel Pinselstrich neben Pinselstrich. Das Hakenkreuz wurde zum Kunstwerk mit Schatten und Kanten, als wäre es aus Stahl, in dem sich das Licht spiegelte. Es beherrschte das ganze Bild und erinnerte, so nahe dem Kopf des Uniformierten, an einen Heiligenschein. Eine gelungene Arbeit.

Herbert Leibig freute sich über die Bitte seines Sohnes, mit ihm ein Gespräch zu führen. Warum also nicht in dessen Atelier? Schließlich strebte Herbert Leibig den engeren Kontakt mit dem erwachsenen Sohn mehr als zuvor an. In aufgeräumter Stimmung, mit einer Flasche Kognak im Arm suchte er Max auf. Es war ein Sonntag, und er wollte sich Zeit nehmen.

Als erstes fiel der Blick des Vaters auf das Hakenkreuz. Nur löste es nicht den erwarteten Schreck aus. Der Vater stand ganz ruhig da und sah es sich an, bemüht, dem Uniformierten und den widerlichen Kühen keine Aufmerksamkeit zu schenken. Ich finde es nicht gerade beachtenswert, sagte er und tippte auf das Kissen mit dem Emblem, aber was soll das Ding da bedeuten?

Max glaubte zu flüstern, merkte nicht, daß er viel zu laut sprach. Deine Vergangenheit, sagte er.

Das schien den Vater zu amüsieren. Er lächelte und sagte, aha, ohne dem etwas hinzuzufügen. Vielmehr sah er sich nach Gläsern und einer Sitzgelegenheit um, wobei er es so einrichtete, daß er mit dem Rücken zu dem Bild Platz nahm, während Max stehenblieb. Max war beunruhigt. Stand er hier nicht wieder wie in Kinderzeiten neben des Vaters Schreibtisch? Der Vater besah sich die Bücher, die Notizen, blätterte stumm in den Auszügen der geborgten Diplomarbeit. Lob oder Tadel? Max kämpfte um seine Beherrschung. Er war es doch, der dem Vater etwas nachweisen wollte.

Wer, fragte er also und räusperte sich die Ängstlichkeit weg, wer war vor dir Besitzer der Fabrik in Thalheim?

Nicht, daß Herbert Leibig erschrak, aber die Frage kam unerwartet und bereitete Unbehagen. Wie Max denn darauf komme, wollte er wissen. Was es von früher zu berichten gebe, sei Max hinlänglich bekannt.

Es waren Juden, sagte Max und goß dem Vater Kognak ein, Goldstein hießen sie, nicht wahr?

Herbert Leibig starrte seinen Sohn an. Woher wußte er diesen Namen? Nie hatte er Max erzählt, daß die Firma einen jüdischen Inhaber gehabt hatte. Wozu auch? In Herbert Leibigs Augen war die Firma auf legalem Wege arisiert worden. Dieses Gespräch begann in ein Verhör auszuarten, und Herbert Leibig ärgerte es besonders, daß Max es war, der ihn auszufragen beabsichtigte. Er trank sein Glas in einem Zug aus. Der Alkohol tat ihm gut.

Ob das der Grund sei, fragte er, weswegen ihn Max zu einem Gespräch gebeten habe?

Ja.

Und dieses lächerliche Hakenkreuz? Herbert Leibig winkte mit dem Daumen nach hinten, wo das Bild stand. Glaubst du, daß mich das beeindruckt?

Er schnaubte seine Verachtung aus. Da mußte der Herr Sohn schon früher aufwachen, wenn er seinen Vater aufs Kreuz legen wollte. Erst dann wurde Herbert Leibig böse. Max kannte diesen Blick mit den zugekniffenen Augen, den Mund, der sich dann stets etwas öffnete, die Mundwinkel, die in die Breite gingen.

Mir kommst du nicht mit dem Revoluzzergehabe, wie es bei euch an der Uni Mode ist. Apo und SDS, das sind für mich Banditen.

Herbert Leibig trank im Stehen das zweite Glas Kognak, trank geräuschvoll, beugte sich über den Tisch zu Max hin, der gar nicht dazu kam, den Vater zu fragen, was Apo und SDS mit seiner Vergangenheit zu tun haben sollten. Herbert Leibig geriet in Fahrt und ließ keine Pause zu.

Den Alten am Zeuge flicken, um von der eigenen Faulheit abzulenken, das ist es doch. Auf den Straßen rumkrakeelen und gegen unseren Wohlstand demonstrieren, von dem ihr alle lebt, weil ihn eure Eltern zuwege gebracht haben, so wie ich.

Jawohl, Herr Leibig schlug dröhnend gegen seine Brust, und jetzt kommst du Gernegroß und willst mich zur Rechenschaft ziehen, weil ich eine arisierte Firma in einer Zeit gekauft habe, von der du keine Ahnung hast?

Hier, er knallte Buch um Buch auf den Tisch, damit hast du dich gefälligst zu beschäftigen, vor allem, solange du von meinem Geld studierst, sonst – er machte eine umfassende Bewegung –, sonst ist Schluß mit der Schmiererei.

Einen Augenblick war Herbert Leibig versucht, einen Pinsel zu nehmen, um das Hakenkreuz verschwinden zu lassen. Aber er nahm sich zusammen und ließ es bleiben.

Du bist mein Sohn, sagte er leise, daran können wir beide nichts ändern, merk dir das. Wir gehören zusammen und deshalb... Herbert Leibig zeigte auf die Bücher. Max stand starr da, gelähmt von der Zuneigung, die plötzlich aus den väterlichen Worten herausklang. Das war schlimmer als jeder Anpfiff und jede Drohung, das machte ihn unfähig, noch irgendeine Frage nach der Vergangenheit und nach begangenem Unrecht zu stellen.

Herbert Leibig schraubte seine Kognakflasche zu. Verschwunden war seine gute Laune, hinfällig sein Wunsch, mit dem Sohn gemeinsame Sache zu machen. Was wußte der Junge von den Goldsteins, und vor allem von wem? Er nickte Max zu, nicht freundlich und nicht unfreundlich, wandte sich zum letzten Mal dem Arbeitstisch zu und sagte in gewohnter Manier: Weiter so! Dann ging er wortlos, stapfte die Ateliertreppe aufwärts in sein Arbeitszimmer, um dort, wie Max vermutete, mit dem Fernglas in Richtung Leimen zu sehen.

Verwirrt stand Hilde Leibig auf dem Heumarkt in der Nähe der Hauptstraße und traute ihren Augen nicht. Kinder demonstrierten. Was noch nicht laufen konnte, wurde Huckepack getragen oder in Tragtaschen geschleppt. Kinderwagen gab es wenige zu sehen, hingegen unzählige rote Fähnchen, die die Kleinen schwenkten. Die etwas größeren sangen dabei aus piepsenden Kehlen die Internationale, hin und wieder von hilfreichen Eltern unterstützt, wenn sie im Text nicht mehr weiter wußten. Es gab auch Parolen, auf Minispruchbänder gepinselt oder im Takt gekräht.

Mehr Eltern für jedes Kind, hörte Hilde Leibig staunend

und offenen Mundes. Wie sollte das vor sich gehen? Hilde Leibig starrte die Mütter und Väter an, die da mit ihren Kindern auf die Straße zogen, Unruhe stifteten und vorsagten, was die Kleinen nachbrüllten:

Kinder aller Länder, vereinigt euch!

Wozu, fragte Hilde Leibig und hielt eine der Frauen am Ärmel fest, wozu?

Weil unsere Kinder keine Starfighter wollen, sondern Kindergärten. Und Hilde Leibig hörte weiter, daß den antiautoritären Genossen keine Räume für ihre Kindergärten zur Verfügung stünden, aber genau die brauchte man. Die Frau hatte nicht zu Ende gesprochen, war noch mitten im Agitieren, als Hilde Leibig leise aufschrie und Kaltes an ihren Beinen herunterlaufen fühlte. Vom Rock abwärts über die Waden bis zu den Fersen lief eine leuchtendrote Flüssigkeit. Hilde Leibig hätte in den Boden versinken mögen.

Die Farbbeutel waren eigentlich für die Heimbesetzung, rief die Frau den Kleinen zu, die jetzt Hilde Leibig umringten und sich über die roten Beine freuten.

Wie die aussieht, sagte ein Fünfjähriger, wollen wir sie jetzt grün machen?

Nein, sagte die Frau fröhlich, wir heben uns die Farbe für nachher auf, da kommen sicher die Bullen.

Au ja, schrie der Junge und hüpfte hin und her, für die Bullen!

Keine Erklärung, keine Entschuldigung. Frau und Kinder gingen weiter, andere Mütter und Väter zogen vorbei, die Kinderchen piepsten ihre Parolen, und von der Unteren Straße her rückten die ersten Polizeimannschaften an, während Hilde Leibig mit rotgefärbten Beinen das Weite suchte, bereit, jederzeit wieder ihre Unterschrift zur Gründung einer Bürgerwehr gegen studentische Machenschaften zu geben.

Herbert Leibig teilte zwar ihre Empörung, zeigte aber wenig Interesse an dem verunstalteten Rock und den rot gefärbten Beinen seiner Frau, die Hilde Leibig in der Badewanne zu säubern versuchte.

Zeiten sind das, jammerte sie ein ums andere Mal. Daß ich so was noch erleben muß!

Plötzlich wurde ihr das Ungewöhnliche der Situation bewußt. Herbert Leibig hatte sie ins Badezimmer begleitet, sah auch ihrer Säuberungsaktion zu, schien aber mit ganz anderem beschäftigt zu sein. Böse sah er aus, zeigte Falten auf der Stirn und versetzte allein durch den Ausdruck seines Gesichts Hilde Leibig in Nervosität. Wahrscheinlich ärgerte es ihn, daß seine Frau in diese lächerliche Situation gebracht worden war.

Es hat mich niemand gesehen, den wir kennen, glaub mir!

Quatsch, sagte Herbert Leibig, packte seine Frau an den Schultern, drehte sie auf dem Badewannenrand zu sich herum, daß das rötliche Wasser spritzte, und sah ihr ins verdatterte Gesicht.

Was hast du Max von Goldsteins erzählt?

Ich?

Wie sie ihn jetzt ängstlich ansah, erinnerte sie ihn an Max. Es gab Momente, da haßte er sie.

Wer denn sonst? schrie er sie an und wußte längst, daß sie keine einzige Silbe gesagt hatte.

Damals habe ich dir versprochen, nie davon zu reden.

Sie trocknete sich ab, behielt die Strumpfhose in der Hand, die sie in Gegenwart ihres Mannes nicht anziehen wollte, stand also barfuß.

Hab' ich schon einmal etwas getan oder gesagt, was nicht deinen Wünschen entsprach? fragte sie zurück, teils stolz, teils immer noch ängstlich.

Erst als Herbert Leibig das Badezimmer verlassen hatte, wurde ihr bewußt, daß sie ihn gar nicht gefragt hatte, was Max denn von Goldsteins wußte und warum ihr Mann so ärgerlich war.

Es hatte Max Schwierigkeiten gekostet, anzurufen. Es war ihm nicht einmal möglich gewesen, seinen Namen zu nennen, und am liebsten hätte er den Plan wieder aufgegeben. Drei Familien Goldstein gab es in der Umgebung. Zufall, wenn eine von ihnen mit den Thalheimer Goldsteins verwandt oder bekannt war. Wo Thalheim denn liege, hatte der erste Goldstein wissen wollen und dann mitgeteilt, daß er keine Verwandtschaft in Sachsen oder Thüringen habe, im übrigen auch nichts mit der DDR zu tun haben wolle. Der zweite Goldstein war eine Frau namens Magda, die ihre Kindheit im KZ verbracht hatte und aus Breslau stammte. Von einem Ehepaar Goldstein aus Thalheim war ihr nichts bekannt. Der dritte Goldstein wußte auch nichts von irgendwelchen Thalheimer Namensvettern, er zeigte sich aber aufgeschlossen und verwies Max an eine Stuttgarter Adresse. Dort gebe es einen Rabbi dieses Namens, der viel Kenntnis über die Schicksale jüdischer Familien aus Mittel- und Ostdeutschland habe.

Der Rabbi hatte Max höflich, aber bestimmt nach dem Grund gefragt, der ihn zu dieser Fahndung veranlaßt habe. Privat, hatte Max am Telefon gestottert, Leas Mädchennamen und deren Mutter genannt, die mit Goldsteins eng befreundet gewesen sei. Außerdem sei ihm bekannt, hatte Max zwar stockend, aber mit fester Stimme gesagt, daß jene Goldsteins von einem gewissen Herbert Leibig beim Verkauf ihrer Strumpffabrik betrogen worden seien, was leider noch bis heute des Nachweises bedürfe. Dem hatte der Rabbi zugestimmt, sprach gar von einer Summe, die hunderttausend Mark überstieg. Allerdings würde es viel Schreiberei und Ärger verursachen, das Geld einzufordern, und dem wollten sich die beiden alten Leute nicht aussetzen. In Amerika wohnten sie nun, hatte der Rabbi endlich Auskunft gegeben, Ort und Straße genannt.

Und jetzt? fragte Lea, die Max aufmerksam zugehört hatte. Daß er sie, beziehungsweise den Namen ihrer Mutter in die Geschichte verwickelte, gefiel ihr gar nicht. Mehr und mehr überkam sie das befremdliche Gefühl, von Max in eine Sache hineingezogen zu werden, die ihr Unannehmlichkeiten bereiten könnte.

Im Drugstore war es heute laut. Über die Tische hinweg stritt man sich über ein Fußballspiel. Die Bundesrepublik hatte mit ihrer Nachwuchsmannschaft gegen die DDR verloren. Das war eine Blamage und erhitzte die Köpfe der sonst friedlichen Schachspieler. Die einen nahmen's politisch, die anderen gingen mit Jugendtrainer Lattek ins Gericht.

Auswahlpannen durften nicht geduldet werden, wenn schließlich Spieler wie Seeler, Beckenbauer und Schnellinger aus der Jugendmannschaft hervorgegangen waren. Stimmt's, fragte der, der am lautesten diskutierte, und klopfte Max auf die Schulter. Max winkte ab, von Fußball verstand er nichts.

Na so was! Man wandte sich ab, sparte Lea und Max aus der Debatte aus und redete über ihre Köpfe hinweg. Merkwürdigerweise störte Lea der Lärm nicht, sondern ermöglichte es ihr, nicht gleich zu verstehen oder zu antworten.

Könntest du den Goldsteins nicht schreiben?

Wie bitte?

Statt zu antworten, trank sie Schluck um Schluck von ihrem Kaffee, bis die Tasse leer war und Max seine Frage schließlich wiederholte. Und weil sie immer noch nicht antwortete, sondern den Schachspielern zuhörte, wurde Max ungeduldig.

Ich kann es doch nicht, sagte er laut, die Leute würden meinem Namen gegenüber mißtrauisch, gar nicht erst antworten, verstehst du das nicht?

Nein, Lea behauptete, das nicht zu verstehen, es kam nur auf die Formulierung an, mit der er sich von seinem Vater distanzieren müßte, oder ob er sich davor vielleicht scheute?

Jetzt war es an Max, seinen Kaffee auszutrinken und einem Gespräch zuzuhören, das ihn nicht interessierte. Zu Herbergers Zeiten, so hieß es, habe es aufgrund der Wandersportlehrer eine fast lückenlose Talentauslese gegeben, aber heute sei alles nur noch Vereinsmeierei.

Talentauslese, das Wort hakte sich bei Max fest, erinnerte ihn an Nichtsnutz und Gernegroß. Er überlegte.

Schließlich ist er mein Vater, sagte Max in eine günstige Stille hinein, um diesen Satz nicht auch noch wiederholen zu müssen. Aber das hat nichts mit seinem Verhalten Goldsteins gegenüber zu tun.

Eben, gab Lea zurück und ließ alles weitere offen.

Zu Hause empfing Lea beklemmende Stille. Keine Antwort auf ihre fragendes Hallo. Wieso eigentlich? Plötzlich vermißte sie Mühmchen, die ihr die Einkäufe abzunehmen pflegte und berichtete, was sie alles im Haushalt erledigt hatte. Felix sah nicht über das Treppengeländer und erwartete seinen Tee, obwohl er schon hätte daheim sein müssen, auch war aus den Zimmern der Töchter keine Musik zu hören. Nur die Uhren tickten wie eh und je. Vom Wohnzimmer her, durch die offene Tür, fiel die Abendsonne in den Flur. Ein heller Streifen, nicht breiter als ein Handtuch, in dessen Mitte ein Staubflusen lag, grau und zart, wie ein hingehauchtes Wölkchen. Lea hob ihn auf und entdeckte dabei einen zweiten, nicht ganz so zart und mit Sand durchsetzt, hinter der Tür. Schmutz, das Haus war schmutzig. Im Wohnzimmer standen die Blumen von der vergangenen Woche, verwelkt und in grün gewordenem Wasser. Der Papierkorb war überfüllt, und im Eßzimmer lagen noch die Servietten und Sets vom Vortag auf dem Tisch. Turmhoher Abwasch in der Küche neben benutzten Gläsern. Der Mülleimer strömte Modergeruch aus, und eine der Kochplatten war immer noch eingeschaltet. Lea stellte sie ab. Plötzlich lief sie, weiß Gott warum, wie gehetzt durchs ganze Haus. Ein Handgriff löste den anderen ab. Sie hatte sich nicht einmal die Mühe gemacht, sich umzuziehen. Die Betten der Töchter waren ungemacht, mochten seit Tagen nicht zugedeckt worden sein. Gebrauchte Wäsche lag herum, randvolle Aschenbecher. Lea öffnete überall die Fenster. Wieso hatte sie nicht gemerkt, daß das Haus langsam eindreckte? Felix hatte etwas gesagt, hatte in irgendeinem Zusammenhang mit Max an ihre Hausfrauenpflichten erinnert, von denen sie nichts wissen wollte. In seinem Zimmer sah es noch am ordentlichsten aus, doch auch hier gab es Flusen und Staubflächen, in die man den Namen schreiben konnte.

Lea arbeitete sich flink und ohne Pause von Zimmer zu Zimmer, als gälte es, die versäumte Putzarbeit durch Schnelligkeit wieder wettzumachen. Hin und wieder wischte sie sich mit dem Handrücken die Haare aus der Stirn oder streckte ihr Kreuz. Sie dachte nicht nach, sie fluchte nicht vor sich hin, und sie vermißte auch keine Hilfe, sie arbeitete in aller Stille ihr schlechtes Gewissen ab und war in gewisser Weise damit zufrieden.

Als das Telefon klingelte und die Queen aus der Teestube anrief, ob Lea nicht komme, es gebe eine Menge zu besprechen, auch Max sei schon da, behauptete Lea, daß sie keine Zeit habe. Ohne Überlegung sagte sie das und mit einer Selbstverständlichkeit, die keinen Widerspruch erlaubte. Die Queen hängte ein. Lea sah auf die Uhr, es hatte keinen Zweck mehr, für Felix Tee zu machen. Zu spät, dann schlief er nachts nicht. Also würde sie ein Abendbrot zubereiten, ein Essen, von dem sie wußte, daß es alle drei gern aßen. Was? Griechische Pfannkuchen mit kleingeschnittenen trockenen Feigen, Korinthen, Mandeln, Zimt und Zucker. Dank Mühmchens guter Haushaltsführung waren Vorräte vorhanden. Nur den Abwasch wollte sie noch vorher bewältigen und die vertrockneten Blumen aus dem Wohnzimmer nehmen. Jetzt sah das Haus schon ganz anders aus, fast als wäre Mühmchen wieder da. Lea deckte den Tisch. Auf dem Weg in die Küche, die welken Blumen in der Hand, kam sie am Spiegel vorbei und blieb stehen. Sie starrte sich an, als wüßte sie nicht, wen sie da sah. Die ganze Hausfrauenbehendigkeit war plötzlich zum Teufel. Sie war so damit beschäftigt, sich zu betrachten, daß sie über ihre eigene Stimme erschrak, obwohl die Worte kaum zu hören waren.

Warum machst du das eigentlich?

Warum räumte sie plötzlich auf, putzte, kochte und bestellte das Haus? Warum hatte sie so ein Tempo drauf, warum war sie bloß drauf aus. Ordnung herzustellen und Bequemlichkeit zu schaffen?

Um nicht ihre Vorwürfe zu hören! Lea gab zu, daß sie Angst hatte, es mit Felix und den Töchtern zu verderben, die

Villa in der Ziegelhäuser Landstraße verlassen zu müssen und womöglich allein zu sein. Sie beugte sich vor, dicht vor den Spiegel, einen Blick lang, dann ging sie in die Küche und rührte den Teig. Daß sie dabei heulte, war ihr ziemlich egal. Irgendwann würde schon eine der Töchter oder Felix nach Hause kommen.

Als wären sie verabredet, kamen sie alle drei fast zur selben Zeit. Kaum im Haus, hoben sie die Köpfe und schnupperten den Geruch der frischen Pfannkuchen. Verdutzt sahen sie sich an, sagten nichts, lächelten nur verlegen und hörten mit schiefen Köpfen Leas Aufforderung an, daß sie gleich essen könnten, der Tisch sei schon gedeckt.

Fabelhaft, rief Felix zurück, klatschte in die Hände und sagte zu den Töchtern: Los, wascht euch!

Mein Gott, wie albern, dachte Jette und fragte spöttisch zurück, ob sie sich vielleicht auch die Haare kämmen und die Fingernägel saubermachen sollten. Eigentlich war sie nur nach Haus gekommen, um sich umzuziehen. Der von Ma in Szene gesetzte Familienabend paßte ihr gar nicht.

Was soll denn das? fragte sie Katharina im Bad, ich hab' nicht einmal Hunger.

Dann geh eben wieder, antwortete Katharina und säuberte sich tatsächlich die Fingernägel.

Jette ging nicht, saß wie die anderen am Eßtisch vor den dampfenden Pfannkuchen und pickte die Feigen heraus. Magst du die nicht, fragte Lea, und Jette sagte:

Schon lange nicht mehr, zu süß.

Aber Felix war nicht bereit, schlechte Stimmung aufkommen zu lassen, zählte die verschiedenen Vorzüge der Feige auf und erwähnte, daß sie ebenso in Mittelfrankreich wie in Tirol wachse, was doch recht erstaunlich sei.

Danach sprach man allgemein über Südfrüchte, bis Jette abrupt das Thema auf Mühmchen brachte.

Wenn es ihr besser geht, wird sie nicht mehr auf so abwegige Gedanken kommen, sagte Felix, bei ihrem jetzigen Zustand muß man einfach Geduld haben.

Er nahm sich nochmals einen Pfannkuchen, teilte ihn sorgfältig in Viertel und bestreute ihn dick mit Zucker und Zimt. Jette konnte seinen mahlenden Kiefern nicht zusehen, hörte das Knirschen des Zuckers zwischen seinen Zähnen, später das Schlucken.

Ich weiß, wann ein Leben zu Ende geht, und solange es nicht soweit ist, habe ich es zu erhalten – erst recht bei Mühmchen, das bin ich ihr schuldig.

Jetzt wischte er sich den Mund ab, legte die Gabel zurück auf den Teller, war satt und griff doch noch einmal zu. Es schmeckte ihm zu gut.

Vielleicht – fiel Katharina ein und wurde schon vom Vater unterbrochen.

Da gebe es kein vielleicht, er wisse genau, was er sage, und wünsche keine weitere Diskussion darüber, schon gar nicht beim Essen.

Von was also sollte dann die Rede sein? Sie sah die Mutter an, die sprachlos dasaß, rundum blickte und so gar nichts mit der Lea aus der Teestube gemein hatte. Wie gerade sie am häuslichen Tisch saß, nicht lässig hingelümmelt wie auf Andrés Kisten. Wo war hier das Lachen in ihrem Gesicht, wo waren die zärtlichen Blicke?

Nicht, daß sie auf Katharina miesepetrig wirkte. Nein, ganz und gar nicht, eher so, wie sie die Mutter seit Jahren kannte. Fürsorglich und ein wenig streng, stets verständnisvoll, so wie man es von ihr erwartete, auch wenn's ihr schwerfiel. Stets hatte sie Lea an der Seite von Pa gesehen, und gegenüber anderen Frauen ihres Alters sah sie jung aus und elegant. Eine schöne Mutter.

Auch eine schöne Lea? Katharina wußte es nicht. Ma oder Lea, war das überhaupt eine Frage für sie? Nein, es war für Katharina keine Frage, zumindest nicht im Augenblick. Sie lächelte der Mutter zu, sagte, daß ihr es gut geschmeckt habe, und erkundigte sich nach der bevorstehenden Ladenparty. Nächste Woche, gab Lea Auskunft.

Ihr werdet doch eurer Mutter helfen? wollte Felix wissen, auch bereit, selbst mitzuzugreifen, wenn es nötig sei.

Weiß nicht, antwortete Jette ruppig, ich halte von dieser Art Show nichts.

Und du, Katharina? fragte Lea. Bisher hatte sie während des ganzen Essens fast kein Wort gesagt, und Katharina empfand plötzlich zärtliches Mitleid für sie. Warum sollte sie nicht der Mutter helfen. Schon wollte sie zustimmen, sagen, daß sie gern mithalf, da sagte Lea:

Natürlich brauchst du das nicht umsonst zu machen, jemand anderen müßte ich auch bezahlen.

Aus. Verschwunden war die Zärtlichkeit und mit ihr die Hilfsbereitschaft. Statt dessen böse Gedanken. Ob die Mutter wohl Max auch bezahlte?

Ist ja gut, sagte Lea leise, reg dich nicht auf, ich schaff's auch so.

Jette stand ohne Ankündigung auf und stellte ihren Stuhl unter den Tisch. Eure Sorgen, sagte sie, die möchte ich haben. Sie zupfte die Schwester am Ärmel.

Ich seh' noch mal bei André rein, kommst du mit? Und mit einem Blick auf Lea fuhr sie fort: Max ist auch da.

Das saß. Lea fuhr zusammen, und Felix merkte es.

Okay, sagte Katharina und fühlte, wie ihr Röte ins Gesicht schoß, okay.

Dann stand auch sie auf, schob ihrerseits den Stuhl unter den Tisch und verließ dicht hinter Jette das Zimmer. In der Eile vergaßen beide den Gutenachtgruß. Nur weg von hier. So sah es jedenfalls aus.

Eine Weile saßen Lea und Felix schweigend vor den leer gegessenen Tellern. Dankbar, daß er nicht auch fortlief, sah sie ihm zu, wie er bedächtig Zuckerkrümel von seinem Finger leckte. Nichts konnte er auf einem Teller liegenlassen. Eine Angewohnheit aus der Kriegszeit, die er nicht mehr los wurde und über die sie oft beide gelacht hatten. Plötzlich kam er ihr vertrauenswürdig vor. Warum, wußte sie nicht, vielleicht weil er gerade jetzt bei ihr blieb und schwieg. Das Bedürfnis, ihm alles mitzuteilen, was sie bedrückte, wurde so stark, daß sie obendrein noch seine Nähe suchte, ihren Platz verließ und sich neben ihn setzte.

Ich muß dir etwas erzählen, Felix, willst du zuhören?

Natürlich wollte er zuhören. Hatte er nicht lange genug auf eine Aussprache gewartet? Schließlich war es an der Zeit, daß sie wieder zur Vernunft kam. Nichts lag ihm ferner, als diese kleine Liebesgeschichte zu dramatisieren, wenn nur alles wieder ins Lot kam. Schon im voraus zur Vergebung bereit, nahm er ihre Hand in die seine.

Erst verhaspelte sich Lea ein paarmal, aber dann berichtete sie zügig und schnell von der Geschichte mit den Goldsteins. Wenn ich Max jetzt allein lasse, ihm nicht helfe, sagte sie abschließend, wird alles noch schwieriger für ihn. Ehrlich gesagt, weiß ich nicht, ob ich mich da einmischen soll oder nicht.

Einmal ins Reden gekommen, bemerkte sie nicht, wie Felix ihre Hand losgelassen hatte und aufgestanden war, sich aber sofort wieder setzte, nicht fähig, stehen zu bleiben.

Also keine Beichte, kein Verlangen nach Vergebung, kein Wunsch nach Rückkehr zu ihm. Felix begriff nur langsam, was seine Frau von ihm wollte, nämlich einen Rat, wie sie ihrem Liebhaber aus der Patsche helfen sollte, in die sie ihn dem Anschein nach selbst hineingezogen hatte.

Was für eine Unverfrorenheit. Schweiß in jeder Pore fühlte er, kalten Schweiß, und seine Beine zuckten, als müßte er jeden Augenblick davonlaufen. Aber wohin?

Lea ließ ihm Zeit, stellte die Teller zusammen, trug sie in die Küche und räumte die Sets weg, genauso sorgfältig, wie sie vorher den Tisch gedeckt hatte. Heuchlerin, dachte Felix, während ihm die griechischen Pfannkuchen aufstießen, verdammte Heuchlerin. Das würde er ihr heimzahlen. Wichtig war nur, daß sie seine Enttäuschung nicht merkte, schon gar nicht seine Wut. Endlich hatte er sich soweit zusammengenommen, daß er ruhig sprechen konnte.

Daß du einen Liebhaber hast, ist eine Sache für sich, die mich wenig beeindruckt, wie du weißt...

Er horchte seinen Worten nach und prüfte ihr Gesicht, ob er sich verraten hatte. Wohl nicht, den sie senkte sofort den Blick.

Aber, fuhr er, tief Luft holend, fort, daß du mich in Ungelegenheiten bringst, das interessiert mich schon.

Dich? fragte Lea. In Ungelegenheiten, wieso denn?

Weil es mein Name ist, den du unter diesen obskuren Brief setzen willst. Mein Name – Felix klopfte sich auf die Brust, und wenn diese ganze lächerliche Geschichte ans Tageslicht gezerrt wird, nimmt Herr Leibig zu Recht an, daß ich dahinterstecke. Kannst du dir vorstellen, was das bedeutet?

Lea schüttelte den Kopf.

Wieso dein Name? Ist es denn nicht auch meiner?

Mein Ansehen wird damit geschädigt, nicht deines.

Er verkniff sich zu sagen, daß sie kaum eins habe, und fuhr endlich so erregt, wie ihm zumute war, fort, daß er sich genau das nicht leisten konnte und wollte. Lange genug hatte er gebraucht, um sich seinen guten Ruf als Mediziner in Heidelberg aufzubauen, und er dachte nicht daran, ihn wegen solcher Kinkerlitzchen aufs Spiel setzen zu lassen.

Kinkerlitzchen, das nennst du Kinkerlitzchen?

Lea starrte ihn an, brachte kein einziges Wort mehr heraus. War sie denn wahnsinnig geworden, daß sie Felix alles erzählt hatte?

Es ist ja noch nichts passiert, sagte sie endlich leise.

Und es wird auch nichts passieren, schrie Felix, packte sie an den Schultern und wurde sofort wieder leise.

Ich verbiete dir, diesen Brief zu schreiben, jawohl, ich verbiete es dir, egal, was du davon hältst.

Arno hatte sich, wie von den Freunden vorausgesagt, in Leas Laden eingenistet. Meist stand er erst auf, wenn sie kam. Der Bequemlichkeit halber hatte er das Sofa in die hintere Ecke geschoben und einen Vorhang davor angebracht. Das veränderte den Laden, machte ihn ungemütlicher und engte ihn ein. Erstaunlich war es, wie Arno sich auf dem Sofa eingerichtet hatte. Nicht nur, daß er dort schlief, nein, er arbeitete auch darauf, fertigte Skizzen seiner Mitmachspiele an und hantierte mit großen Rollen Papier, die er wie Säulen um sich in die Decken pflanzte, bemalte oder mit Schnüren aneinanderband, um auf diese Weise Bäume, Häuser oder Menschen darzustellen.

Komm, sagte er, als Lea den Laden betrat, ich erklär' dir mal meine Botschaft!

Botschaft?

Arno kniete, nur mit einer Unterhose bekleidet, zwischen Schlafsack und Decken auf dem Sofa. Seine langen strähnigen Haare hatte er hinter den Ohren zusammengebunden. In seinem blassen Gesicht hing eine Zigarette, deren Asche beim Sprechen herunterfiel und das Papier verschmierte.

Ich denke mir das so, sagte Arno, eine geschlossene Gruppe von Leuten wird durch Häuser, Läden, Parks und Höfe geführt. Dabei stoßen ihnen allerhand Dinge zu, verrückte und alltägliche.

Und was soll deine Botschaft sein?

Das Begreifen des Wechsels von Fantastischem und der Gleichform des Alltags. Ich will eine Mischung herstellen, die bei jedem Betrachter individuell eine andere Wirkung auslöst.

Weißt du, seufzte Lea und versuchte etwas Ordnung in Arnos Ecke zu bringen, hob Kippen auf, schob mit dem Fuß seine herumliegenden Socken zusammen und öffnete das Fenster, weißt du, daß bei mir diese Mischung schon längst eine Wirkung ausgelöst hat?

Und was für eine?

Daß ich will, daß du jetzt endlich Leine ziehst und hier verschwindest. Das Fantastische, daß du noch immer hier wohnst, mischt sich mit der Gleichform meines Alltags in einer Art und Weise, die mir auf die Nerven geht.

Arno zeigte sich gekränkt und mimte Verständnislosigkeit.

Es kauft ja sowieso kaum ein Mensch etwas bei dir. Du machst das doch hier bloß, um dir die Langeweile zu vertreiben. Beschäftigungstherapie, nichts weiter. Dieses Sammelsurium – er war aufgestanden, zeigte auf Glas, Porzellan, Spielzeug, Stiche und Gebrauchsgegenstände –, das hat doch nichts mit wirklichen Antiquitäten zu tun. Im Grunde genommen könntest du mich hier mitverkaufen, das fiele überhaupt nicht auf.

Lea begann, seine Sachen zusammenzutragen, häufte sie auf das Sofa, steckte sie schließlich in den alten Kartoffelsack, den Arno beim Einzug mitgebracht hatte, stellte ihn vor die Tür und sagte, daß sie ab heute auf das Fantastische verzichte.

Und wohin soll ich? schmollte Arno.

Ich weiß es nicht. Ich habe jedenfalls morgen meine Ladenparty und brauche jeden Quadratmeter. Sie nahm den Vorhang ab und rückte unter Anstrengung das Sofa an die alte Stelle. Arno half ihr nicht dabei. Er zog sich an, und als Lea es ablehnte, weiterhin mit ihm zu diskutieren, nicht einmal bereit war, sich mit der Botschaft seines neu konzipierten Happenings zu beschäftigen, verabschiedete er sich mit dem Satz, trau keinem über dreißig, und knallte die Tür zu.

Katharina hatte gründlich geputzt, es galt nur noch, die eine oder andere Verkaufsware umzuräumen und auszuzeichnen. Hundert Karten hatte Lea verschickt, die Hälfte der Eingeladenen würden der Erfahrung nach kommen, wiederum die Hälfte davon würde etwas kaufen. Wenn man die Unkosten abzog, blieb kaum ein Verdienst. So war es bisher immer gewesen. Doch Felix betrachtete das Fest stets als originelles gesellschaftliches Ereignis, das aus dem allgemeinen Rahmen fiel und zur Tradition geworden war. Aber wozu veranstaltete sie es eigentlich? Arno hatte ihr mit seinen Bemerkungen die Stimmung verdorben. Sonst hatte sie immer behauptet, daß sie diese Party wie auch das Geschäft aus Spaß betreibe, aus Freude an alten Dingen. Beunruhigt stellte sie fest, daß Spaß und Freude plötzlich in die Nähe der Lächerlichkeit rückten, daß ihr das ganze Unternehmen als reichlich sinnlos erschien. Am Ende war nur Felix befriedigt, der gern seine Kollegen dazu einladen ließ, auch Patienten, und ihr jedes Jahr eine ganze Liste von Gästen überreichte. Zu irgend etwas muß dein Geschäft ja gut sein, sagte er, froh, damit einen Teil seiner gesellschaftlichen Verpflichtungen zu erledigen. Also war auch hier wieder Felix im Spiel, ordnete ein, ordnete zu und wies ihr den Platz zu, auf den sie gehörte.

Lea sah auf die Uhr. Längst müßte Max mit den Gläsern und Tellern hier sein, die er in einem Verleihgeschäft abholen sollte. Selbst der Rest ihrer guten Laune schrumpfte mehr und mehr zusammen. Wären ihr wenigstens die Töchter behilflich, hätte sie bereits die Blumen besorgt oder mit Felix den Wein eingekauft. Aber Jette hatte es vorgezogen, bei Mühmchen zu bleiben, und Katharina war schon am frühen Morgen aus dem Haus gegangen, weiß Gott wohin.

Ein paar Minuten später wußte es Lea. Katharina saß neben Max im Auto, das jetzt direkt vor der Ladentür hielt. Sie trug einen Maxi-Rock, weit geschnitten und in hellen Farben. In den Armen hielt sie ein Bündel japanischer Kirschzweige, Flieder und ein paar Orchideenblüten, wie Lea selbst sie nicht besser hätte aussuchen können. Katharina stieg aus dem Auto, und weil sie den Arm voller Blumen hatte, half Max ihr dabei. Die beiden hatten also zusammengesteckt. Kein Wort davon hatte Max gesagt, während sie hier warten konnte.

Und was trieben die beiden jetzt? Küßte er Katharina? Auf der Straße, gegenüber vom Drugstore? Nein, jetzt durch die Scheibe der Glastür sah sie es besser, er küßte sie nicht, wikkelte nur ihre Haare aus den Zweigen. Wie zärtlich das wirkte, wie vertraut. Plötzlich ging Lea rückwärts. Jedes Geräusch vermeidend, verzog sie sich in den letzten Winkel des Ladens, Augen und Ohren für das offen, was sie glaubte, beobachten zu müssen. Tatsächlich, sie versteckte sich, um nicht sofort von den beiden entdeckt zu werden. Ein unbändiges Verlangen packte sie, zu wissen, wie sie miteinander redeten, wenn sie sich allein glaubten. Nur einen Satz wollte sie hören, nur einen einzigen. Wie lange das dauerte, bis sie hereinkamen. Sie blieben erst noch einmal vor der Tür stehen und lächelten sich zu, als gelte es, Abschied zu nehmen. Lea fühlte jeden Muskel in ihrem Körper, der von der Anspannung schwer wurde und, ohne daß sie sich darum bemühte, von allein unbeweglich blieb. Endlich ging die Tür auf, sie riefen Hallo, dann Leas Namen. Lea reagierte nicht. Jetzt würden sie also reden, vielleicht sogar über sie selbst. Lea wagte kaum zu atmen, und das Blut wich ihr aus dem Gesicht. Aber sie sagten nichts, sie schwiegen sich aus. Hin und wieder sahen sie sich an. Katharina machte sich daran, die Blumen zu sortieren. Gleich würde sie in den hinteren Teil des Ladens kommen, um Vasen und Wasser zu holen, und dabei die Mutter entdecken. Dazu durfte es unter keinen Umständen kommen. Lea gab ihren Horchposten auf. Wütend über sich selbst und die Nutzlosigkeit ihres Unternehmens, fuhr sie Katharina an, wo sie so lange geblieben sei.

Die Tochter gab keine Antwort, fragte statt dessen: Sind die Blumen nicht schön?

Nein, antwortete Lea, ich wollte andere.

Es gelang ihr nicht, freundlich zu sein. Im Gegenteil, sie wollte sich rächen, war selbst ganz wehrlos gegenüber diesem Gefühl, das nur Katharina, Max ganz und gar nicht betraf. Ohne Überlegung sprudelte sie Wort für Wort heraus, Katharina ins Gesicht, schnell und befehlend.

Ich will meinen Stich wiederhaben. Das Lied vom König in Thule. Ich möchte ihn morgen verkaufen. Er ist sehr wertvoll, und ich weiß, daß du ihn hast.

Katharina wurde rot wie die japanischen Kirschblüten, die sie immer noch in den Armen hielt, und Lea fürchtete Tränen. Wortlos legte Katharina die Blumen auf den Tisch.

Du bist unfair, Lea, sagte Max leise, natürlich bekommst du deinen Stich wieder. Und nach einer Weile fügte er hinzu: Das wußte ich nicht.

Er sah Katharina an, und Katharina fragte sich, ob das ein Blick des Vorwurfs war. Fragen konnte sie nicht, nicht einmal denken, sie wollte nur Lea aus den Augen. Gut wäre es, wenn Jette jetzt hier wäre. Aber Jette war nicht da, und Katharina mußte sehen, wie sie allein davonkam.

Ich gehe jetzt, sagte sie, ich gehe zu Mühmchen.

Der weite Rock wischte durch die Tür, weg war sie.

Hör zu, sagte Lea mit spröder Stimme, ich habe es mir überlegt. Ich schreibe für dich an die Goldsteins.

Max drehte sich langsam zu ihr hin. Ihr kam vor, als bewege er sich wie im Zeitlupentempo, auch sprach er viel zu langsam, als er endlich sagte:

Wann wirst du es tun?

Morgen, wenn diese blöde Party vorbei ist.

In der folgenden Nacht war in der Klinik der Teufel los. So drückte es jedenfalls die Nachtschwester aus, als Felix anrief. Auf seinen Wunsch hin hatte man eine neue Patientin zu Mühmchen ins Zimmer gelegt. Sie möge sich um die Bettnachbarin kümmern, bat Felix, die brauche Hilfe. Aber Mühmchen dachte nicht daran, verhielt sich ähnlich wie beim ersten Mal und richtete kein Wort an die neu dazugekommene Patientin. Die Frau war jünger als Mühmchen, litt an Lungenkrebs und hatte, wie sie sofort mitteilte, große Angst vorm Sterben. Manchmal weinte sie so laut, daß es im Flur zu hören war. Manchmal lag sie wimmernd im Bett, haderte mit Gottes Gerechtigkeit, zählte die Pflichten auf, die sie im Laufe ihres Lebens erfüllt habe und für die sie nun mit einem vorzeitigen Tod bestraft werden solle.

Mühmchen hörte sich das Weinen und das Klagen an. Kein Wort des Trostes kam über ihre Lippen, kein Wort des Verständnisses oder des Mitleids. Schweigend hörte sie der Leidensgenossin zu, sah sogar zu ihr hin und hörte auf, sich totzustellen. Auch bestand Mühmchen nicht mehr auf dem offenen Fenster. Und weil sie so ruhig und vernünftig wurde, band man sie los.

Keine Dummheiten mehr, hatte die Stationsschwester gedroht und zur Warnung die Mullbinden auf dem Nachttisch stehen gelassen. Mühmchen richtete es so ein, daß sie die Frau im Auge behielt. Das bedeutete eine unbequeme Schräglage, die sie in Kauf nahm, um sich nichts entgehen zu lassen, was mit der anderen vorging.

Na sieh mal einer an, sagte Felix bei der Visite, unser Mühmchen braucht nur eine Aufgabe, dann geht's ihr gleich besser, und er ordnete an, den Tropf abzusetzen. Wenn sie wolle, könne sie sogar aufstehen.

Mühmchen wollte nicht.

Wozu, fragte sie, wozu soll ich aufstehen?

Felix seufzte und nickte Jette zu. Sie solle Mühmchen die passende und schon mehrmals wiederholte Antwort geben. Er selbst habe jetzt keine Zeit. Jette setzte sich auf Mühmchens Bett und folgte dem Wink, sich noch mehr zu ihr herüberzubeugen.

Wird sie sterben? wisperte Mühmchen.

Ja, sagte Jette, ich glaube schon.

Gut, gut, nickte Mühmchen und schickte Jette fort, während sie selbst wieder die frühere Schräglage einnahm.

Mit der Zeit hatte die Bettnachbarin das Weinen eingestellt und auch das Hadern mit Gott. Sie hatte um jeden Atemzug gekämpft, und jeden Atemzug hatte Mühmchen aufmerksam verfolgt. Nun aber atmete die Todkranke plötzlich flach und stoßweise, merkte auch nicht, daß Mühmchen das Licht anknipste und mühsam aus ihrem Bett kroch, das Fenster öffnete und sich so dicht wie möglich neben sie hockte und ihre Hände nahm. Jetzt würde es gleich soweit sein, und die andere könnte dem Tod von der Schippe springen. Mühmchen fühlte sich leicht und froh, hielt die Hände der Sterbenden fest und dachte gar nicht daran zu klingeln. Sie mußte wohl lange so gegessen und auf den Tod gewartet haben, um ihn für sich abzufangen, bis sie merkte, daß er sie gar nicht gewollt hatte.

Die Nachtschwester fuhr entsetzt auf. Ein langgezogener, dünner, verzweifelter Schrei. Mitten im Krankenzimmer stand Mühmchen barfuß, außer sich und zitternd.

Ich bin tot, schrie sie ein ums andere Mal, ich, nicht sie! Dabei breitete sie die Arme aus, stolperte auf das Fenster zu, um sich, wie die Schwester befürchtete, hinauszustürzen. Danach ging alles sehr schnell. Mit Hilfe des diensthabenden Arztes und einer weiteren Schwester wurde Mühmchen eingefangen und zurück ins Bett gebracht. Felix ließ es sich nicht nehmen, sofort zu kommen, um Mühmchen die entsprechenden Beruhigungsmittel zu verabreichen, und am frühen Morgen war alles wieder beim alten, nur daß Mühmchen allein im Zimmer lag, stumm und mit geschlossenen Augen. Was auch immer die Nachtschwester an ihrem Bett sagte oder tat, Mühmchen reagierte nicht.

Gegen Abend standen Gäste dicht gedrängt in dem kleinen Raum, nahmen mal dies, mal jenes in die Hand, suchten nach dem Preisschild, nickten oder schüttelten die Köpfe und rückten nach aufmerksamer Betrachtung alles wieder an Ort und Stelle. Nur wenige kauften. Felix füllte als aufmerksamer Gastgeber die Gläser nach. Keiner sollte zu kurz kommen, darauf legte er Wert. Immer wieder hörte Lea sein Lachen aus dem Stimmengewirr heraus, so als müßte er ununterbrochen seine gute Laune bekunden. Aber natürlich freue er sich über Leas Nebenbeschäftigung, sagte er zwischen kleinen hüpfenden Lachern, nichts sei schlimmer als eine nur zur Hausfrau abgerichtete Partnerin. Und er winkte zu ihr hinüber, damit sich jeder von seinem und Leas Glück überzeugen konnte. Sie winkte zurück, wenn auch ohne zu lächeln.

Wo sind denn Ihre Töchter, fragte eine Dame mit Hut, die Handschuhe griffbereit über dem Täschchen.

Da! Lea zeigte zu Katharina hinüber, die für die Mutter den Verkauf übernommen hatte, jetzt an dem Tisch mit den Stichen stand, wo zuoberst der König in Thule lag.

Was kostet er? rief Katharina und hielt das Blatt über die Köpfe weg der Mutter entgegen.

Unverkäuflich, rief Lea zurück, verlegen und ärgerlich, weil sie nicht gewußt hatte, daß der Stich wieder da war. Max konnte ihn nicht gebracht haben, der war heute abend nicht gekommen. Also hatte Katharina ihn noch einmal getroffen. Wann? Wo?

Ein Glas fiel zu Boden, und jemand sagte, Scherben bringen Glück. Was für ein Glück?

Lea wandte sich anderen Gästen zu, drückte Hände, lächelte und bedankte sich für das Kommen. Worte knallten ihr um die Ohren, die in Andrés Teestube nie zu hören waren.

Nein, wie reizend – Mein Gott, ist das süß – Sagen Sie, wußten Sie schon – Lea hätte sich gerne die Ohren zugehalten. Meine Frau, sagte ein Herr mittleren Alters, langjähriger Kunde und Besitzer einer Ladenkette, meine Frau hätte nie den Mut, so etwas auf die Beine zu stellen. Sie bewundert Sie. Die Frau des Ladenkettenbesitzers nickte Zustimmung und wollte wissen, ob Leas Töchter auch tüchtig zur Hand gingen.

Nein, antworte Lea, eigentlich nicht.

Also, wie Sie das schaffen –

Lea drehte sich um, hörte der zweiten Satzhälfte nicht zu und war froh, als Felix plötzlich neben ihr stand.

Alles okay? fragte er freundlich.

Ja, danke.

Er legte eine Hand auf ihre Schulter, wo sie wie angewachsen liegenblieb. Barbara kam herein, und in ihrer Begleitung befand sich Hilde Leibig. War das ein Zufall?

Barbara und Felix wechselten rasch die Blicke. Also kein Zufall, dachte Lea, ein abgekartertes Spiel, von Felix ausgeklügelt und von Barbara in Szene gesetzt. Felix wollte Lea mundtot machen, ihre Beziehung zu Max gefährden, und Barbara zeigte sich dabei behilflich. Sie kam mit Hilde Leibig auf Felix und Lea zu, lächelte und öffnete den Mund, um Frau Leibig bekannt zu machen, kostete schon Leas Schreck aus.

Sie sind Frau Leibig, nicht wahr? sagte Lea, schlüpfte unter der Hand von Felix weg und legte sichtbare Herzlichkeit in ihr Lächeln. Woher Lea das wisse, fragte Frau Leibig mit zurückhaltender Höflichkeit, und fügte gleich ein Lob über den hübschen Laden hinzu, den sie von nun an öfters aufsuchen wolle. Das sei ja eine Fundgrube für originelle Geschenke. Sie plapperte kleine sinnlose Sätze vor sich hin, zupfte an ihrem toupierten Haar und schien keine Antwort auf ihre Frage zu erwarten, während sich Lea bei Barbara mit leichtem Überschwang für das Mitbringen des Gastes bedankte.

Felix stand am selben Fleck, die Hand, der Lea sich entzogen hatte, immer noch etwas angehoben, als hätte er jetzt vor, Hilde Leibig zu umarmen. Das ist mein Mann, sagte Lea und wartete ab, bis die beiden sich begrüßt hatten. Herr und Frau Leibig kommen wie ich aus Thalheim.

Allgemeines Staunen, und Hilde Leibig sagte: Nein so etwas!

Sofort dachte sie an ihren Herbert, und wie dem neulich das Ehepaar Goldstein wieder eingefallen war! Wenn es sich hier also um eine Mitwisserin handeln sollte, mußte eine geschickte Frage gestellt werden. Leas Mädchenname sagte Hilde Leibig zwar nichts, hingegen war ihr die Straße, in der Lea mit ihrer Mutter gewohnt hatte, bekannt, auch die Tatsache, daß das Haus bei der russischen Besetzung auf unbegreifliche Weise in die Luft geflogen war. Aber Lea selbst? Nein, Hilde Leibig bedauerte, sie könne sich nicht erinnern. Aber dem könnte man vielleicht bei einem gemeinsamen Abend und einem Glas Wein nachhelfen. Hilde Leibig sprach eine halbherzige Einladung aus, zu der Lea schwieg und für die Felix sich bedankte.

Trotzdem nahm Hilde Leibig noch einmal einen Anlauf und fragte rundheraus, woher Lea denn wisse, daß ausgerechnet sie und ihr Mann mit den Leibigs aus Thalheim identisch seien.

Von Ihrem Sohn, sagte Lea, ich kenne Max.

Eine Pause entstand, in der Lea einfach wegging. Ganz leicht war ihr zumute, und sie fühlte sich heiter. Nichts war ihr mehr zu laut, kein Gerede zu blöd. Sie schob sich zwischen den Gästen hin und her und staunte über sich selbst, wie gut sie sich plötzlich unterhielt. Sie verkaufte, sie beriet, sie verschenkte. Sie hörte kein einziges Mal mehr das Lachen von Felix aus dem Stimmengewirr heraus, und Barbara würdigte sie keines Blickes. Später, als die Stimmung fröhlicher wurde, ausgelassener und der Wein seine Wirkung tat, griff Lea nach dem Stich von dem König in Thule.

Hier, sagte sie zu Katharina, gib ihn Max zurück.

Alles in Ordnung?

Jette hatte der Stationsschwester zugenickt und die Tür zu Mühmchens Krankenzimmer leise hinter sich zugezogen.

Alles in Ordnung!

Wie schnell sich das sagte, wie selbstverständlich. Die Auskunft reichte aus. Jette hätte zufrieden sein können, wenn sich nicht plötzlich völlig neue Wahrnehmungen in den Vordergrund geschoben hätten. Die Schritte zum Beispiel. Wie die Patienten ergeben über das Gebohnerte schlurften, ängstlich und gebückt. Dazwischen die Schwestern, geschäftig natürlich und eilig, ihr Wissen über den Zustand eines jeden, der hier eingeliefert worden war, unter dem kecken Häubchen versteckt. Jette schlich über den Flur, um Lautlosigkeit bemüht, den Blick auf ihre Füße gerichtet.

Erst außerhalb des Krankenhauses fing sie an zu laufen. Auf der Bank, am Ausgang zur Straße, hockten im Abendlicht zwei alte Frauen, einen ausnehmend fetten Kater zwischen sich, den sie abwechselnd kraulten. Jette kannte die beiden. Sie saßen oft hier, starrten schweigend mit leeren Augen auf das, was sie nichts mehr anging, stets auf das letzte Stündlein gefaßt. Heute nicht. Sie hatten ihre sonst schwarzen und grauen Mäntel mit farbenfrohen Kleidern vertauscht. Sie trugen kleine Hüte mit Blümchen aus Stoff, die den Sommer ankündigten. Sie kicherten hinter vorgehaltenen Händen, mit denen sie ihre Zahnlücken verdeckten, und schämten sich nicht ihrer Fröhlichkeit. Ohne sich umzusehen, lief sie weiter der Innenstadt zu. Auch hier glaubte Jette, nichts als Alte zu sehen. Krummbeinig und Stöcke schwingend eilten sie durch die Straßen, winkten sich zu und wiesen keinerlei Schwächen auf, schon gar keine Krankheiten. Jettes Kehle schnürte sich zu. Immer größere Angst befiel sie, je mehr alte Menschen sie sah, die unverdrossen ihres Weges zogen, zufrieden, wie es schien, und dem Leben nicht abgekehrt. Alte Häuser, alte Bäume, vielleicht waren auch die Tauben uralt und die Spatzen zwischen den Stühlen des Kaffeehauses.

Jette weinte und hatte endlich die Kettengasse erreicht. Die

Ladentür stand offen, und ein paar Gäste rauchten auf der Straße. Hier jedenfalls waren keine alten Leute zu sehen. Dort stand Ma, ein Glas in der Hand, den Kopf zurückgeworfen, eine Schar Gäste um sich, deren Mittelpunkt sie war. Die Leute lachten. Jette hörte nicht hin und machte sich Platz.

Mühmchen ist tot, sagte sie, als sie vor der Mutter stand, Mühmchen ist tot!

Sätze des Entsetzens und Bedauerns.

Schmeiß die Leute raus, flüsterte Jette und fühlte schon wieder Tränen in den Augenwinkeln, komm mit!

Die Gäste sahen sich an. Das war ja wohl nicht ernst gemeint, und jemand wollte wissen, ob denn etwa die Polizei geholt werden müsse.

Nein, sagte Lea, nicht die Polizei, es geht um eine Patientin meines Mannes.

Sie streckte die Hand aus und bekam Jette an der Schulter zu fassen, griff zu und hielt fest. Da gab es kein Umfallen, kein Wanken, da gab es nur ein unglaubliches Gefühl der Sicherheit. Jette lächelte Lea zu, hinter der jetzt Felix auftauchte und später Katharina.

Wann? fragte Felix, und Lea antwortete schnell, daß Jette es nicht wisse, daß sie nur die Nachricht übermittelt habe. Felix drehte sich um, wortlos nickend, als gälte es, sich für die unangenehme Nachricht zu entschuldigen, und begab sich zum Telefon, um in der Klinik anzurufen.

Ich möchte nach Hause, sagte Jette, und Lea war es, die vorschlug, Katharina solle sie begleiten. Felix telefonierte, und Lea ahnte, was er jetzt erfahren würde: In der Klinik wußte noch niemand, daß Mühmchen bereits gestorben war.

Irgend jemand reichte Lea ein Glas Wein. Sie trank es aus. Große Schlucke, ein wenig zu schnell. Felix verabschiedete sich und versprach, wiederzukommen. Die Zwillinge waren schon weg. Vielleicht war Mühmchen gar nicht tot?

Lea hörte ihrer Stimme, ihrem Lachen zu. Irgendwann würde diese Party ein Ende haben.

Sie schwiegen, erschöpft von den Fragen, die sie sich gegenseitig nicht gestellt hatten. In der Dämmerung des Zimmers sehnten sie sich nach Licht und Geräuschen. Bewegungslos hing jeder den Erinnerungen an Mühmchen nach. Mit angezogenen Knien, den Rücken an die Wand gedrückt, saßen sie in gleicher Haltung, zum Verwechseln ähnlich, nebeneinander, fast atemlos und sehr lange. So lange, bis Jette zu schluchzen begann. Katharina hielt es nicht mehr aus.

Sag endlich, was los ist.

Noch einmal dieses Schluchzen. Es klang, als würde Jette daran ersticken.

Ich war es, flüsterte sie endlich, das Gesicht auf die Knie gedrückt, ich!

Was?

Ich habe ihr geholfen zu sterben.

Jette hatte diese Ungeheuerlichkeit zwischen ihre Knie gemurmelt, ohne den Kopf zu heben.

Katharina war aufgesprungen, stand eine Weile mit aufgerissenem Mund und setzte sich wieder hin, in derselben Haltung, alles ganz lautlos.

Wie, fragte sie, wie hast du das gemacht?

Hundert Einheiten Insulin – ich habe ein Reiterchen aufgesetzt, das heißt, das Zeug direkt in den Schlauch gespritzt.

Und?

Jette hob die Hände. Es fiel ihr schwer zu antworten, aber Katharina blieb unerbittlich.

Und? wiederholte sie.

Vielleicht bist du die einzige, sagte Jette, der ich es erzählen kann, denn einem muß ich es sagen können.

Katharina rührte sich nicht, drückte weder Zustimmung noch Ablehnung aus, wollte nur zuhören.

Mühmchen sei auch heute verstört gewesen, berichtete Jette. Seitdem die Bettnachbarin gestorben war, hätte Mühmchen von nichts anderem als vom Tod gesprochen. Jette war sogar der Meinung, Mühmchen habe heimlich von den Süßigkeiten der anderen Patientin genascht, um auf diese Weise die eigene Krankheit zu forcieren.

Kein vernüftiges Wort war mit ihr zu reden gewesen. Von

Weihnachten hat sie fantasiert, von Schnee vor dem Fenster und von Blumen, die ich aus ihrem Mund pflücken sollte. Und dann ihre Augen, mit denen sie mich angesehen hat und die sie schloß, sobald ein anderer das Zimmer betrat. Diese Augen, mit denen sie ihren Tod, den sie selbst nicht herbeiführen konnte, von mir abhängig machte, verstehst du das?

Keine Antwort. Katharina ließ ihren Oberkörper vor und zurück wippen. Vielleicht war das ein Ja, und Jette fuhr fort, daß alles weitere schnell und ohne viel Überlegung vor sich gegangen sei. An das Insulin heranzukommen, war nicht schwierig gewesen, eher der Zeitpunkt, es Mühmchen zu verabreichen, ohne Gefahr zu laufen, daß jemand das Zimmer betrat. Aber auch das war gut gegangen, kurze Zeit später war Mühmchen in eine tiefe Bewußtlosigkeit gefallen, und schließlich hatte der Atemzustrom versagt. Mehr gab es nicht zu berichten. Höchstens, daß es Jette nicht mehr ausgehalten hatte, noch länger in dem Zimmer zu bleiben, daß sie die Stationsschwester angelogen hatte und fortgelaufen war.

Katharina wippte immer noch mit dem Oberkörper vor und zurück.

Warum, ich will nur wissen, warum du es gemacht hast.

Ich mußte etwas tun, sagte Jette.

Tun? wiederholte Katharina dümmlich und zog die Zehen in ihren Schuhen einwärts.

Ich habe es nicht mehr ertragen, sagte Jette und fügte hinzu, daß alle, egal, ob es sich dabei um den Vater in der Klinik handle, um die Mutter, um André, um Studenten bei den Demos oder um die Selbsthilfegruppe, nur pausenlos daherredeten, ohne selber Verantwortung zu übernehmen. Die aber habe sie, Jette, gesucht und gefunden.

Indem du Mühmchen hast sterben lassen? Katharina schien die Zusammenhänge nicht verstehen zu wollen. Sie zog die Lippen über die Zähne nach innen. So sah ihr Gesicht böse aus.

Wer gibt dir das Recht dazu?

Mühmchen, sagte Jette leise, sie selbst hat es gewollt.

Und du glaubst, daß sie das beurteilen konnte?

Wer denn sonst? fuhr Jette auf. Der Vater etwa, die Stationsschwester oder die anderen Ärzte, denen es nur darum geht, daß ein Patient am Leben bleibt, aber nicht wie? Nein, nein, da war keiner in der Lage, Entscheidungen zu fällen, die den Wunsch des Patienten nach dem eigenen Tod berücksichtigten. Zu feige, zu festgefahren, zu angepaßt. Gesetze, sagte Jette, sind denen allen wichtiger als Menschen. Dagegen habe ich mich mit Mühmchen gewehrt, ist das so schwer zu verstehen?

Ja, sagte Katharina.

Danach schwiegen sie und spürten plötzlich ein ungewohntes Befremden zwischen sich aufkommen, das ihnen Angst einjagte. Von unten herauf war das Schlagen der Haustür zu hören. Das konnte nur Pa sein. Wie heftig sein Schritt war, wie laut. Jetzt rief er, nein, er schrie mehrmals Jettes Namen und daß sie sofort in sein Zimmer kommen möge.

Die Mädchen sahen sich an, duckten sich nicht wie früher, suchten nach keinem Versteck. Mühmchen gab es nicht mehr, hinter deren Röcke man hätte fliehen können. Ma war nicht da. Der Vater hörte nicht auf zu rufen.

Die Dämmerung war endgültig vorbei. Im Schein des Neonlichtes der Lampen, die über der Ziegelhäuser Landstraße hingen, breitete Katharina die Arme aus, bis Jette hineinfiel. Stumm hielten sie sich fest, während Katharina die Augen der Schwester küßte.

Mord, schrie Felix ein ums andere Mal, Mord!

Jette horchte den Worten nach, die so kurz und bündig und, mehrmals hintereinander ausgestoßen, wie die Schüsse aus einer Spielzeugpistole klangen. Ohne die Fragen des Vaters abzuwarten, hatte Jette berichtet, was zu berichten war. Sein forderndes, herrisches Lautsein, das nichts weiter als seine Befürchtungen ausgedrückt hatte, ließ Jette auf alle Rücksicht verzichten.

Jawohl, einhundert Einheiten Insulin.

Woher?

Aus dem Medikamentenschrank.

Wer hat dich gesehen?

Niemand.

Jette legte die leere Ampulle auf des Vaters Schreibtisch. Wenigstens hatte sie das Beweismaterial nicht in der Klinik gelassen, Gott sei Dank.

Einen Augenblick lang hatte er das Bedürfnis, Jette mitten in ihr ruhiges, schönes und Lea so ähnelndes Gesicht zu schlagen. Wenn das, was du getan hast, herauskommt, keuchte er, kann ich meinen Hut nehmen.

Jettes Augen konnte Felix ablesen, daß ihr egal war, was er sagte. Was für eine Ungeheuerlichkeit!

Noch einmal war ihm nach Schlagen zumute. Statt dessen bedeckte er sein Gesicht mit beiden Händen, froh um die Finsternis, in die er jetzt dumpf hineinredete.

Womit er das verdient habe, wollte er wissen, und ob es überhaupt noch jemand in der Familie gebe, der an ihn denke und auf den er sich verlassen könne. Da er auf eine Antwort wartete, machte er eine Pause und nahm schließlich auch die Hände vom Gesicht. Unentwegt starrte ihn Jette an, sprachlos, wie es schien, und ohne ein Wort der Entschuldigung.

Du hast nichts zu sagen?

Jette schüttelte den Kopf, sah plötzlich nicht mehr den Vater vor sich, sondern Mühmchen, von der hier nur als Leichnam die Rede war, sah sie vor sich, wie sie die Augen verdrehte, Winter und Sommer in einen Tag warf, den Mund voller Blumen, mit beiden Füßen im Grab stehend. Von ihr wollte Pa nichts wissen. Er mußte sie vergessen haben. Jetzt schrie er wieder mit lächerlich kehliger Stimme, in der Zorn saß und nichts von Trauer um Mühmchens verlorenes Leben zu spüren war.

Aber das stimmte nicht, das kam Jette nur so vor. Felix hatte seine eigene Art zu trauern: Wer sich selbst nicht hilft, kann anderen auch nicht helfen. Felix fühlte Mühmchens Finger auf den Windpockenpusteln seines Kindergesichts, er hörte ihre stets etwas zu dünne Stimme, die stockend und ohne jede Betonung vorlas und bei der er sofort einschlief. Er schmeckte die Schulbrote, die sie ihm hergerichtet hatte, auf der Zunge, Ei, Mettwurst und saure Gurkenstückchen. Er roch die Hemden, die sie in frischer Luft getrocknet und später gebügelt hatte. Er sah ihren immer kleiner werdenden Körper unbeweglich in der horizontalen Lage, zu nichts mehr fähig als zu sterben, was er zu verhindern hatte.

Jette, wie sie ihm hier gegenüberstand, wortlos und mit ausdruckslosem Gesicht, Jette hatte sich eine Schuld aufgeladen, die er ihr heimzahlen würde.

Ab sofort, schrie er sie plötzlich an, ist das Praktikum in meiner Klinik für dich beendet. Und zweitens, er holte Luft, ohne die Lautstärke zu vermindern, wirst du dir dein Medizinstudium allein finanzieren müssen. Für mich sind die ethischen Voraussetzungen zu diesem Beruf bei dir nicht vorhanden, nach dem, was geschehen ist.

Felix konnte sich nicht besinnen, je eine seiner Töchter angebrüllt zu haben. Er fühlte Schweiß zwischen Hals und Hemd. Nichts wäre ihm jetzt lieber gewesen als aufzustehen und fortzulaufen, unbemerkt und schnell. Es sei denn, Mühmchen wäre noch am Leben und brächte ihm Tee.

Pa, sagte Jette, und noch einmal Pa.

Aber dabei blieb es, es folgte nichts, nicht einmal der Versuch einer Erklärung.

Von der Kettengasse bis zur Ziegelhäuser Landstraße Touristenverkehr. Was veranlaßte die Menschen, auf der Straße im Gänsemarsch zu gehen und Lieder dabei zu singen? Was war das für eine Fröhlichkeit, die sich zwischen Rinnsteinen und dunklen Häuserwänden von den Kneipen her breitmachte?

Lea schob sich fröstelnd an den grölenden Grüppchen vorbei, schubste zurück, wenn sie angestoßen wurde, und bemühte sich, den Heimweg durch Tempo zu verkürzen. Erst auf der alten Brücke wurde es ruhiger. Ein paar Liebespaare strebten der gegenüberliegenden Neckarseite zu, gingen still nebeneinander her, küßten sich oder suchten den Himmel nach Sternschnuppen ab. Der Fluß roch muffig, kroch lautlos und schlingernd westwärts, mit Schaum an den Rändern, der wie in Mundwinkeln festsaß. Von der Mitte der Brücke ging Leas Blick zum Haus, das fest in seinen Mauern stand und dessen Dach nicht in die Luft geflogen war. Lea beugte sich über die Mauer, zählte die Lichter der Fenster. Felix, Katharina und Jette waren von den vier Wänden des Zuhause wie in einer Glaskugel eingeschlossen, an der jemand geschüttelt hatte. Schwarzer, roter, grüner Schnee. Lea murmelte Jettes Namen vor sich hin, fühlte wieder deren Schultern unter den Händen, die festgehalten werden mußten. Plötzlich rannte sie los, hatte nur noch den Wunsch, Jette nicht allein zu lassen, sich vor sie zu stellen, sie zu verteidigen, egal, was zu verantworten war.

Hinter der Haustür Stille, in der sich für Lea hundertfach Jette darstellte. Leporello einer Kindheit.

Ma, komm mit mir mit!

Warum?

Weil ich nicht essen will, nicht schlafen, nicht gehorchen, nicht zuhören, nicht lernen, nicht brav sein, nicht anständig.

Sondern?

Mit dir fortfliegen.

Wohin?

Wo andere nicht hindürfen.

Wo ist das?

Das hatte Jette nie gewußt, stets nur mit einem Lächeln darauf gehofft, daß die Mutter es ihr verraten würde. Nie hatte Lea eine befriedigende Antwort parat gehabt, und im Lauf der Jahre hatte Jette sie immer seltener zum Mitkommen aufgefordert, schließlich gar nicht mehr.

Letzte Gelegenheit. Lea vermied alle Geräusche und konnte es doch nicht ändern, daß die oberen Treppenstufen knarrten und Felix sie hören würde. Jette, liebe Jette.

Das Zimmer war leer und hell erleuchtet, und das von Katharina. Lea stand still inmitten der bis in alle Ecken ausgebreiteten Unordnung. Nach einer Weile merkte sie, wie sinnlos ihr Vorhaben war, sich mit Jette ausgerechnet jetzt davonmachen zu wollen.

Mechanisch bückte sie sich und hob Gegenstände auf, die sie zusammentrug, um einen übersichtlichen Zustand des Zimmers herzustellen, in dem es ihr möglich sein würde, bis zu Jettes Rückkehr zu warten. Wenn Jette jetzt da gewesen wäre, hätte Lea nicht im Traum daran gedacht, etwas aufzuräumen. Im Gegenteil, sie wäre in diese Unordnung hineingekrochen, die zu Jette und Katharina gehörte, um sich dort einzunisten. Aber sie waren nicht da.

Plötzlich begriff Lea, daß es hier nichts gab, auf das zu warten war, schon gar nicht auf die Möglichkeit, Liebe nachzutragen.

Schnee, den Mühmchen in Bewegung gesetzt hatte, indem sie mit ihrem Tod die Glaskugel auf den Kopf gestellt hatte.

Natürlich hatte Felix Leas Schritte erkannt, als sie die Treppe hinauf in die Zimmer der Mädchen geschlichen war, die längst weggegangen waren, wie er wußte. Er hatte alle seine Geduld gebraucht, um zu warten, bis Lea wieder herunterkommen würde. Aber es war still geblieben, und plötzlich hatte er befürchtet, sie wäre, von ihm unbemerkt, wieder hinuntergeschlichen und zur Haustür hinaus. Er wußte, daß er Lea unter keinen Umständen weggehen lassen würde, und fühlte schon jetzt, wie die Wut in ihm hochstieg.

Langsam hatte er sich erhoben, darauf bedacht, keine eilige Bewegung zu machen, auch leise zu sein, um ja nicht die Gelegenheit zu verpassen, sie eventuell noch auf der Treppe abzufangen. Im Flur war es dunkel, also mußte sie noch oben sein. Eine Weile war er unschlüssig, wußte nicht, ob er sich wieder vor den Fernseher setzen sollte. Aber dann überlegte er es sich anders, wandte sich der Treppe zu und gab seinem Schritt Gewicht.

Lea kniete auf der Matratze, die Arme weit ausgebreitet, als umarmte sie Jette. In dieser Haltung kam ihm seine Frau lächerlich und theatralisch vor.

Was soll das? fragte er unfreundlich von der Tür her.

Erschrocken klappte Lea die Arme abwärts, wurde rot und machte sich erneut ans Aufräumen. Schweigend sah Felix eine Weile zu.

Das Affentheater, das Lea seiner Meinung nach vollführte, machte ihn noch wütender. Er kam näher und stellte sich ihr provozierend in den Weg, wobei er mit der Fußspitze an einen Bücherstapel tippte, der ins Rutschen kam. Lea begriff sofort, daß Felix die Bücher mit Absicht umgestoßen hatte. Sie brauchte gar nicht in sein Gesicht zu sehen. Sie wußte auch so, was er davon hielt, wenn sie hier um diese Zeit Ordnung schuf. Seit Mühmchen in der Klinik war, hatte nie mehr jemand seinem Zimmer diese Sorgfalt zukommen lassen, die Lea hier für Jette aufbrachte. Felix fühlte sich versucht, noch einmal etwas umzustoßen, er mußte sich beherrschen. Die Luft, die er hörbar durch die Zähne einsog, kühlte angenehm die Mundhöhle und beruhigte ihn, bevor er wieder ausatmete. Das wiederholte er ein paarmal, dann griff er nach Leas Ellbogen und zog sie vom Fußboden hoch.

Los, sagte er und drängte sie zur Tür, los, los!

Kein Wort mehr, Lea gehorchte auch so. Damit hatte er nicht gerechnet. Willig ließ sie sich am Arm abwärts in sein Zimmer führen, wehrte sich mit keiner Bewegung, nicht einmal mit einem Blick. Sofort setzte sie sich in ihren Sessel, und wieder spürte er diesen Zorn, der merkwürdigerweise immer mehr von Jette auf Lea überwechselte.

Die Uhren tickten den Takt der beginnenden Nacht. Längst war die Schloßbeleuchtung ausgeschaltet. Nichts als Himmelsschwärze, in der die Sternschnuppen steckengeblieben waren. Lea wartete ab, die Augen halb geschlossen. Am Geklirr des Glases in der Vitrine konnte sie die Heftigkeit der Schritte von Felix ermessen. Er schien erregt zu sein, blieb bei jeder Kehrtwendung an derselben Stelle stehen. Dann fuhr er sich übers Haar, danach zwischen Hals und Kragen. Wahrscheinlich schwitzte er. Unwillkürlich rieb Lea mit dem Daumen ihre Fingerkuppen entlang, als klebte dort die Feuchtigkeit seiner Haut. Um nichts in der Welt hätte sie Felix jetzt anfassen wollen. Seine Nähe, der Geruch seines

Rasierwassers vermischt mit dem seiner Kleidung würde sie ersticken. Säße Jette nicht in der Klemme, wäre Lea nicht hier, und sie dachte einen Atemzug lang an Max.

Mit der komplizierten Ausdrucksweise eines Mediziners begann Felix, Mühmchens Krankheitsbild darzustellen, zeigte in erster Linie Heilungsaussichten auf und sprach kaum von den Komplikationen, mit denen zu rechnen gewesen war. Überhaupt nicht erwähnte er Mühmchens eisernen Todeswillen. Vielmehr schien es so, als hätte es sich nur noch um Tage gehandelt, und Mühmchen hätte wieder die Führung des Haushalts übernommen, Tee gekocht, Hemden gebügelt und Kuchen gebacken.

Felix setzte seinen heftigen Gang fort, der jetzt an Schnelligkeit zugenommen hatte, und überlegte sich Formulierungen für das Ungeheuerliche, das er seiner Frau zu berichten hatte. Schließlich zog er die Ampulle aus der Tasche und legte sie Lea in den Schoß.

Damit, sagte er, damit hat sie es gemacht.

Was?

Mühmchen getötet?

Jetzt schwitzte er wirklich. Das Hin- und Herlaufen hatte er eingestellt. Er saß in sich zusammengesunken auf der Ecke seines Schreibtisches, während Lea sich im Sessel zurechtrückte, als müßte sie Federn aufplustern, unter denen Jette Schutz suchen könnte.

Vielleicht, sagte Lea mit wachem Blick, hat Jette in Mühmchen mehr den Menschen als den Patienten respektiert.

Schweigen. Felix hatte ihr den Rücken zugekehrt. War sie zu weit gegangen? Erst dann stellte sie fest, daß Felix gar nicht zugehört hatte, denn er lächelte plötzlich. Sein Blick hing an einem in Silber gerahmten Kinderfoto.

Ja, sagte Felix, immerfort mit dem Kopf nickend und befremdlich grinsend, ihr sollte ich vielleicht gar nicht den Vorwurf machen.

Lea sprang auf. Steine fielen ihr vom Herzen. Sie fühlte Felix gegenüber Dankbarkeit in sich aufsteigen und sagte, daß Felix keinen Grund zu irgendwelchen Befürchtungen zu haben brauche, wenn niemand außer der Familie etwas davon erfahre. Wieder hörte er nicht zu, stellte sich taub und reagierte auch nicht, als sie das Thema der Beerdigung ansprach.

Statt dessen begann er wieder auf und ab zu laufen, nur langsamer als zuvor, betrachtete sie und sagte: Du bist daran schuld!

Jedes Wort sprang zischend zwischen seinen Lippen hervor.

Wieso ich? fragte sie erschrocken.

Plötzlich sah sie Haß in seinen Augen, der sich mit jedem Atemzug verstärkte und ganz auf sie gerichtet war. Hier galt es nicht, Jette zu verteidigen, hier ging es um sie.

Du bist verrückt, sagte Lea, um Zeit zu gewinnen, was habe ich damit zu tun?

Sie wich ihm aus und setzte sich wieder in ihren Sessel, hilflos und stumm. So hatte sie Felix noch nie erlebt, so bestimmt, so unversöhnlich.

Ihm war das nur recht. Auch er hatte ihre Nähe schlecht ertragen, noch weniger ihre leichtfertige Art, Jettes Verhalten zu bagatellisieren. Wie sie da in dem Sessel hockte, wie sie ihn ansah, in allem Jette so sehr ähnlich. Immerhin, er hatte sie erschreckt. Felix kostete diesen Augenblick aus, versuchte in Ruhe zu überdenken, was zu sagen war. Er schloß die Augen, und da war es schon wieder, dieses Knistern, dieses Schettern, dieses schwirrende Rieseln, von dem er nicht wußte, wo es stattfand, im Gebälk seines Hauses oder in ihm. Es löste ein Zittern in ihm aus, das ihn zwischen Stuhl und Schreibtisch hin- und herschwanken ließ. Jetzt war es nicht mehr nur Lea, die ihm nach seinem bescheidenen Glück trachtete, jetzt hatte sich auch Jette auf den Weg gemacht, und bald würde Katharina folgen. Felix konnte nicht verhindern, daß er mehrmals laut schlucken mußte. Vor zwanzig Jahren hatte er mühsam genug begonnen, das aufzubauen, was sie alle drei heute ihr Zuhause nannten, in dem sie sich breitgemacht hatten, ohne zu fragen, wie er das zustande gebracht hatte. Das wollte er hinnehmen, das war der Lauf der

Dinge, aber er nahm nicht hin, daß man es zerstörte, unbrauchbar machte, und damit auch ihn. Und Lea, er sah seine Frau an, die gehörte an seine Seite, die hatte ihren Teil Verantwortung an den zwei Jahrzehnten selbst zu tragen und konnte nicht alles auf seinen Schultern abladen. Das ließ er nicht zu.

Du hast als Vorbild versagt, als Mutter, du hast Jette die Normen des Anstands und der Moral genommen. Weil du dich ihr und mir gegenüber deiner Verantwortung entledigt hast, hat sich Jette ihre Lebensweisheiten auf der Straße, in der Uni und in Kneipen zusammengesucht. Das heißt Chaos und Vernichtung alles dessen, was meine Grundsätze bedeuten, das heißt Haltlosigkeit bis hin zu Verzweiflungstaten, wie Jette sie an Mühmchen verübt hat.

Erst hatte es Lea mit Spott probiert, mit Lachen angesetzt und kleinen Einwürfen, die ihre Geringschätzung für das, was er sagte, beweisen sollten. Aber alle Versuche erstarben ihr auf den Lippen, zerstoben in Atemlosigkeit. Felix redete und redete, paukte ihr Vorwurf auf Vorwurf ins Hirn, ließ kein gutes Haar an ihr, schlug ihr jedes Wort aus dem Kopf, bevor es ausgesprochen war, sprach ihr die Liebe zu den Kindern, Pflichtgefühl und Zärtlichkeit ab und warf ihr statt dessen krankhafte Ichbezogenheit vor, mit der sie die eigene Familie zerstörte.

Leas Gesicht war versteinert, ihre Bewegungen hölzern. Das leibhaftige schlechte Gewissen, dachte Felix und verzichtete auf das letzte, was er noch zu sagen vorgehabt hatte. Vielleicht würde sie ihn umarmen, vielleicht.

Aber Lea ging an ihm vorbei, stakste auf die Vitrine zu, öffnete sie und entnahm ihr den Hochzeitspokal, ein Erbstück, das ihnen seine Eltern geschenkt hatten. Sie hob ihn über ihren Kopf, gab ihren Armen Schwung, holte zweimal aus und knallte ihm das Glas vor die Füße. Als nächstes folgte eine seiner Uhren, eine Tabakdose und ein weiteres Glas. Dann lief sie beweglich und keineswegs hölzern hinüber in sein Zimmer, wo sie rasch nach weiteren Gegenständen griff, die ihm am Herzen lagen, um die ganz ruhig vor seine Füße zu werfen.

Entsetzt stand Felix inmitten der Trümmer von dem, was er geliebt und gesammelt hatte, nicht in der Lage, auch nur ein Wort des Protestes herauszubringen.

Als letztes folgte Leas Schrei. Dünn zog er sich von einer Ecke des Zimmers zur anderen, mit keinem Wort verbunden, nur unnatürlich hoch, und Felix hatte das Gefühl, daß auch der Schrei vor seinen Füßen landete. Noch immer konnte er sich nicht von der Stelle rühren. Gott sei Dank hatte Lea wenigstens aufgehört zu schreien. Nur ihr Mund war offen, als hätte man ein Loch in ihr Gesicht geschlagen.

Jetzt erst bemerkte er, daß ihn ein Glassplitter verletzt hatte. Blut trat durch die Socke, unterhalb des Knöchels, und lief in den Schuh, ganz wenig nur. Trotzdem zog er den Schuh aus und untersuchte die Wunde, was er zum Anlaß nahm, sich auf einen Stuhl zu setzen.

Katharina erschrak, als Lea die Tür aufriß und in Jettes Zimmer stürzte.

Warum ist Jette nicht da, fragte Lea, kam jetzt zu Katharina ins Zimmer und hockte sich auf die Matratze.

Sie ist weggegangen, sagte Katharina.

Wohin?

Zu André, gab Katharina Auskunft, dort wolle sie bleiben. Es könne sein, daß Jette auch noch morgen bei André bleibe, nach allem, was passiert sei. Gut, sagte Lea, dann gehe ich eben zu André. Ich muß mit Jette reden.

Nein, das tust du nicht!

Die Bestimmtheit, mit der Katharina das sagte, war ungewohnt, auch der kühle, distanzierte Blick. Es sei besser, sagte sie, wenn Lea Jette jetzt in Ruhe lasse, außerdem sei es ziemlich spät. Morgen könne man alles weitere besprechen.

Ja, sagte Lea, stand auf, blieb plötzlich in der Tür zwischen den beiden Zimmern stehen, sah zu Katharina hinüber und sagte: Kann ich hier schlafen? Hier in Jettes Bett?

Statt einer Antwort hob Katharina nur die Schultern, lächelte ein wenig und rekelte sich dann unter ihrer Bettdecke zurecht. Den Gutenachtgruß der Mutter erwiderte sie später nicht. Vielleicht schlief sie schon.

Die Akazienäste schrappten über die Dachrinne, obwohl nur ein mäßiger Wind blies. Kein Schwarzweißlicht, sondern Kerzen, die André in allen Räumen aufgestellt hatte und deren Licht sich in den Perlenvorhängen brach.

Jette sprach über Mühmchens Tod, schon eine Stunde lang. André hörte zu und rauchte seinen Joint. Rücklings lagen sie nebeneinander auf der Matratze, und nur ihre Fußspitzen berührten sich hin und wieder. Noch nie hatte einer von beiden dem anderen in dieser Ausführlichkeit von sich selbst und seinen Problemen erzählt. Das hatten sie bisher als wohltuend empfunden, als eine Art von Unabhängigkeit, die sie vor dem Anspruch auf Besitz schützte. Jette hatte dieses Abkommen nicht eingehalten, war plötzlich spät in der Nacht bei André aufgetaucht und hatte ihn gefragt, ob er Zeit habe. André hatte Zeit. Viel Zeit, wie er sagte. Nichts ließ sie weg, auch nicht die Skrupel, die sie beim Verlassen der Klinik befallen hatten. Es dauerte eine Weile, bis André zu reden begann. Er setzte sich dazu hin und faßte Jette an den Händen.

Hast du Vertrauen zu mir? fragte er.

Jette wußte es nicht, hob die Schultern und hätte am liebsten nein gesagt.

Vertrauen ist Liebe, und Liebe kann nur zwischen unabhängigen Menschen Energie freimachen.

Energie für was?

Für Entscheidungen, wie du sie gefällt hast. Nur tapfere Menschen haben Mut, Unbekanntes zu erfahren, sich zu entschließen. Feiglinge verlassen sich auf die Hoffnung.

Wie du das sagst! Jette war betroffen, so hatte sie André noch nie reden hören. Plötzlich wollte sie mehr von dem wissen, was er dachte.

Der Tod, sagte er leise, sei ein Teil des Lebens, eine Rückkehr zum Ursprung, von dem aus man wiedergeboren würde. Der Tod erscheine nur als Feind, solange man sich an das Leben klammere.

Du meinst, ich habe Mühmchen nicht das Leben genommen?

Nein, meiner Meinung nach hast du es ihr gegeben.

Er sagte das wie nebenbei.

Ich habe Vertrauen zu dir, sagte Jette.

André nickte, als hätte er das schon immer gewußt. Er zog sie zu sich heran und legte ihren Kopf in seinen Schoß. Der Baumwollstoff seiner pludrigen Hosen war angenehm weich. Alles roch nach Räucherstäbchen, aromatisch und ein klein wenig zu süß.

Gib mir dein Käppchen, sagte Jette.

André nahm es vom Kopf und legte es auf ihr Gesicht.

Du lebst in dieser Dunkelheit, wenn du deine Augen nicht zu öffnen lernst, sagte er.

Und wie lerne ich das?

Indem du nicht seßhaft wirst, dir keine Bequemlichkeit wünschst. Du mußt in Bewegung bleiben. Komm mit mir mit ins Unbekannte.

Wohin?

Weg von hier.

André sagte, sie solle ihn begleiten. Er könne die Teestube an seinen Bruder verkaufen. Der warte nur darauf und hätte auch ein wenig Geld. Heute, morgen, übermorgen.

Und warum mit dir?

Weil wir zwei unabhängige Menschen sind, die sich lieben und vertrauen. Du hast es selbst gesagt. Liebe aber ist Energie, und Energie bewegt sich, also auch uns. Dein Zuhause muß nicht hier sein. Dein Zuhause kann genausogut der Wald sein, die Wildnis oder die Einsamkeit.

André beugte sich über sie, nahm das Käppchen von ihrem Gesicht und küßte Jette auf den Mund. Liebesenergie, sagte er, ist für mich eine Frage der Intelligenz.

Später hatte André die Lampen angeknipst. Schwarzweiße Schatten auf der Wand, die ineinander verschmolzen, sich wieder lösten und ständig in Bewegung waren. Vertrauen und Liebe gleich Energie? Jette wollte darüber nachdenken.

Wenn du recht hast, sagte sie mitten in der Nacht, komme ich mit dir mit. Er fuhr aus dem Schlaf, der ihn schon übermannt hatte, und sagte: Dann gehen wir nach Italien.

In der Selbsthilfegruppe stellte sich nach Jettes Bericht Schweigen ein. Ratlosigkeit machte sich breit. Was sollte man sagen? Am besten nichts.

Alle Teilnehmer saßen im üblichen Schneidersitz oder lehnten mit angezogenen Knien aneinander. Nur wenige rekelten sich auf den Matratzen herum. Katharina hielt sich in der Nähe der Tür auf. Geduckt und sprachlos verfolgte sie, was vor sich ging, bereit, die Schwester jederzeit in Schutz zu nehmen.

Jette hatte nicht eher Ruhe gegeben, bis Katharina einwilligte, mit in die Sandgasse zu kommen.

Ich muß ihre Meinung wissen, hatte Jette gesagt, erst dann kann ich mich entscheiden.

Entscheiden wozu?

Hierbleiben oder weggehen.

Warum Jette das von der Gruppe in der Sandgasse abhängig mache, warum nicht von Pa oder Ma, wollte Katharina wissen, und Jette antwortete, daß sie den Vater verachte, ihn wegen seines opportunistischen Denkens verabscheue und daß deshalb seine Meinung ohne Gewicht sei.

Und Ma? hatte Katharina gefragt.

Auf sie ist kein Verlaß, antwortete Jette mit herabhängenden Mundwinkeln, das weißt du doch am besten.

Dann hatten sie weiter gepackt, mit kleinen fahrigen Bewegungen zwei Taschen vollgestopft und es dabei vermieden, sich anzusehen. Plötzlich hatte Jette Katharina umarmt und geschluchzt: Komm du doch wenigstens mit! Ganz still hatte Katharina gehalten, die Wärme der Schwester von oben bis unten gespürt und nein gesagt. Danach hatte sie weiter gepackt, wenn auch langsamer und nicht mehr ganz so genau Stück für Stück abwägend.

Jette sah rundum in die Gesichter. Gekicher gab es diesmal nicht. Der Tod war auch hier unvorhergesehen und befremdlich. Karla drehte Haarsträhne für Haarsträhne einwärts, den Mund offen, den Blick irgendwohin gerichtet, ohne Ausdruck. Zwei andere Mädchen, jeweils in der Umarmung eines Jungen, fragten, wie Jette denn ihre Tat mit der herrschenden Rechtlosigkeit der Patienten vereinbaren könne, warum Jette nicht vorher diese Situation in der Gruppe zur Sprache gebracht habe.

Sollen wir dich jetzt wegen deines unverantwortlichen Handelns trösten?

Katharina sah, wie Jette blaß wurde, wie sie sich an den Pfeiler lehnte und das Holz in ihre auf dem Rücken verschränkten Hände schnitt.

Der einzige Besitz, über den ein Arbeiter verfügt, rief einer von den hinteren Matratzen her, ist die Ware seiner Arbeitskraft. Wer darüber nicht mehr verfügt, ist kein Rechtssubjekt. Diese Meinung hast du unterstützt, ist dir das klar?

Nein, Jette schüttelte den Kopf, erschrocken und enttäuscht, ahnte plötzlich die Feindschaft, die ihr entgegenschlug. Wie sie ihre Münder spitzten, ihre Zähne schliffen und die Zungen wetzten, um einer wie der andere nach ihr zu schnappen, bis nichts mehr von ihr übrigbleiben würde.

Harald schob sich vor und stellte sich neben sie, den Arm über ihre Schulter am Pfeiler abgestützt, sein Gesicht dicht vor dem ihren. Seine Vertraulichkeit wirkte befremdlich.

Ich kann mir schon vorstellen, sagte er und sah über ihren Kopf weg in die Runde, wo der Ansatzpunkt liegt.

So? fragte Jette und zog sich so gut es ging aus seiner Nähe.

Harald nickte. Die Krankenhäuser, sagte er, seien Fabriken, in denen der Patient alles abliefere, was er produziere. Urin, Stuhl, Blut, Körperteile, Schmerzen, Halluzinationen usw. Diese Produkte wurden in Ärzterechnungen umgewandelt, Laborbelege und Verwaltungskosten, die damit in die Staatskasse und den Wirtschaftsprozeß einflossen. Dem Patienten wurde seine Krankheit weggenommen, damit sie in Kapital für die Herrschenden umgewandelt werden konnte. Dem Einhalt zu gebieten, war richtig, es ging jedoch nicht an, einem Menschenwrack ohne Arbeitskraft das Recht auf das eigene Leben zu nehmen.

Sondern? schrie Jette, und alle zuckten zusammen. Ihr versteht mich ja gar nicht.

Die Krankheitssymptome sind dialektisch aufzulösen, damit die Energie des Patienten freigemacht wird, sagte Harald.

Energie freimachen durch Dialektik, schrie Jette immer noch schrill, bei einem alten todkranken Menschen, seid ihr denn verrückt?

Sie zerrte an Haralds Jacke, sie trat in einen Aschenbecher, verlor das Gleichgewicht und fing an zu lachen.

Politisch gesehen, setzte Poli ein und störte sich nicht an dem Krach, den Jette machte, ist Krankheit Protest und gleichzeitig Hemmung dieses Protestes. Die Hemmung kriegst du aber nur durch die dialektische Symptomdeutung weg, und dann wird der Protest eine Form von politischer Aktivität, wodurch der Patient natürlich nicht gesund wird, aber den Ursprung seiner Krankheit begreifen lernt.

An sich hatte Poli noch weiter reden wollen, denn er war erst am Anfang seiner Ausführungen. Aber Jette ließ es nicht zu und sagte ohne ein Wort der Erklärung Feigling zu ihm. Ein anderes Schimpfwort fiel ihr nicht ein. In diesem Augenblick war Katharina da, war lautlos und unauffällig über die Sitzenden hinweggestiegen, nur um Jette anzutippen.

Komm, sagte Katharina, komm nach Hause!

Jette merkte erst jetzt, daß Poli nichts mehr sagte.

Die kennt auch nur die eigenen Bedürfnisse, hörte sie jemanden hinter sich sagen. Jette gab keine Antwort, blieb auch nicht stehen, als Harald ihren Namen rief, sondern drückte sich hinter Katharina her zur Tür hin.

Also, fragte Katharina, kommst du mit nach Hause?

Nein.

Am Abend trafen sie sich im Cave. Katharina hatte Jette die Taschen mitgebracht; in eine davon hatte sie Mamü gepackt, die Puppe mit dem von Mühmchen gehäkelten Kleid. Das alte Kinderspielzeug nahm sich hier merkwürdig aus. Jette hatte Mamüs Rock über eine Colaflasche gestülpt, so daß die Puppe mit vornübergekipptem Kopf schläfrig zwischen den Gläsern hockte.

Rund um die Theke standen Typen in Zweierreihen, und alle Tische waren besetzt. Über die kleine Wendeltreppe quollen in Schüben mehr Gäste nach. Feuchte Kellerluft, Musik, Musik. Ins Cave ging man der Musik wegen, aber man ging auch ins Cave, weil alle ins Cave gingen. Heute spielte keine Band, heute lief die Musik über den Plattenspieler.

Musik zum Hören, nicht zum Tanzen, und wie immer zu laut. Jette verstand nicht jedes Wort, das Katharina sagte, und mußte den Rest von ihren Lippen ablesen. Daß sie sich gerade hier verabschiedeten? Hin und wieder flogen ihnen ein paar Grüße zu, die sie winkend zurückgaben, nicht bereit, ihre Zeit mit anderen zu teilen.

Irgend jemand setzte ein Spotlicht auf die Tanzfläche. Kreisrund lag das Licht halb auf der Wand, halb auf dem Boden, groß genug für zwei.

Komm, sagte Jette, stand auf und stieg mit jeder ihrer Bewegungen in die Musik ein, Katharina hinter sich. Sie tanzten bis in den Lichtkreis, eins mit dem Rhythmus, eins mit dem Licht, das sie blendete und ihnen rundum die Sicht nahm. Schritte, die sie im rhythmischen Wechsel aufeinander zu oder voneinander weg führten. Hände, deren Finger knapp den Takt schnippten, hoch über den Köpfen und ständig in Bewegung. Täuschend ähnlich ihre Gesichter, die sich nicht vor einer Berührung scheuten. Ein Mund, der den anderen flüchtig küßte, das hatte noch niemand im Cave unter Geschwistern gesehen. Beifall.

Ein Witzbold griff Mamü vom Tisch und warf sie den beiden zu.

Katharina gelang es gerade noch, die Kaffeewärmerpuppe aufzufangen, hielt sie jetzt zwischen Jette und sich fest, unfähig, auch nur noch einen Schritt weiterzutanzen.

Nein, Mamü gehörte hier nicht her. Katharina hätte sie lieber im Dunkel der Küche lassen sollen, auf dem Schrank zwischen dem Geruch von Gewürzen und dem Wrasen von gebratenem Fett. Mamü war hier ein Irrläufer, etwas, was zu verbergen und schnellstens in die Tasche zu stecken war. Als hätten sie eine Zirkusnummer beendet, verließen Jette und Katharina die Tanzfläche, packten Mamü sorgsam vor den Blicken der Neugierigen weg und machten sich davon.

Draußen standen sie noch eine Weile an der Holztür gelehnt, stumm und dicht nebeneinander, die Giebel der Krämergasse über sich. Morgen, sagte Jette, ohne den Satz zu vollenden, vielleicht auch erst übermorgen...

Katharina nickte mit einer Ergebenheit, die Jette wütend machte. Keine Frage, du kommst mit, sagte sie.

Ach Jette, seufzte Katharina, indem sie die Arme wie an die Cave-Tür genagelt ausgebreitet hielt, ich habe nichts, vor dem ich weglaufen könnte. Also bleibe ich hier.

Die vier Männer gingen im Gleichschritt. Von Berufs wegen waren sie andere Gewichte gewohnt. Auch hatten sie die größte Strecke des Weges mit Hilfe eines Wagens zurückgelegt, der leicht zu ziehen gewesen war, da er nicht, wie sonst oft, mit Kränzen befrachtet war, die die Räder in den Kies drückten.

Ein einziger Kranz baumelte zwischen grünen Zweigen seitlich am Kopfende des Sarges, aufgehängt wie ein Jackett an einem von vielen sonst leeren Haken. Schwarz-goldene Kranzschleife mit Aufschrift. Für Mühmchen, in Liebe, Felix und Familie.

Der Pfarrer ging zu schnell, war mit seinen Beerdigungsterminen um zehn Minuten im Verzug und brachte das Friedhofspersonal zum Schwitzen.

Avanti.

Mühmchen schaukelte, in ein weißes Papierhemd gekleidet und eingesargt, auf die Schnelle ihrem Grab zu, Felix, Lea und Katharina hinter sich, keinen Menschen mehr. Ein prunkloses Begräbnis. Eine armselige Trauergesellschaft. Eine Trauergesellschaft, der Jette fehlte. Felix hatte darauf bestanden, daß man wartete, obwohl Katharina dem Vater keine Hoffnung machte, daß Jette noch kommen würde.

Sie kommt überhaupt nicht mehr, hatte sie schließlich mit einem Blick auf den Sarg geflüstert, als könnte Mühmchen von dort aus zuhören. Felix hatte nicht geantwortet, statt dessen Pfarrer und Bestattungspersonal um Aufschub der Zeremonie gebeten, um im Portal der Friedhofshalle, auf dem Weg zum Eingangstor starrend, Jette zu erwarten.

Inzwischen konnte Felix sicher sein, daß niemand von Jettes Tat wußte. Sicherlich hatte es Fragen gegeben, Zweifel der Stationsschwester an der Zuverlässigkeit von Jette, die in verantwortungsloser Weise den ernsten Zustand der Patientin unbeachtet gelassen hatte. Infolgedessen war der Entschluß von Felix, seine Tochter das Praktikum auf der Station nicht beenden zu lassen, von der Stationsschwester wie von dem Stationsarzt mit Genugtuung aufgenommen worden. Alles war noch einmal gutgegangen. Jetzt hieß es, sich um die Tochter kümmern, sie mit Strenge und Güte zur Einsicht bringen, auch auf einen Lebensweg, den Felix ihr weisen wollte. Zu diesem Thema hatte er hier und heute bei Mühmchens Begräbnis eine Menge zu sagen. Das war er allein schon der alten Frau schuldig, die ihr ganzes Leben in den Dienst seiner Familie gestellt hatte.

Nur war Jette nicht da. Der Pfarrer drängte auf den Beginn der Feierlichkeit und forderte die Sargträger auf, ihrer Pflicht nachzukommen.

Geläut der Sterbeglocke.

Katharina lief stumm neben dem Vater her. Als Kind waren sie so spazierengegangen. Pa links, Ma rechts, die beiden Kinder in der Mitte, während Mühmchen zu Hause geblieben war, um den Sonntagskuchen zu backen.

Lauft mal ordentlich, hatte dann Ma oft gesagt und sich mit Pa darüber amüsiert, daß die Zwillinge zwar gehorsam losrannten, über Pfützen und Baumstämme sprangen, aber dabei nicht aufhörten, sich an der Hand zu halten, selbst wenn sie hinfielen.

Kannst du denn nichts ohne Jette machen? hatten die Eltern immer wieder gefragt, kopfschüttelnd und verwundert über die Unterschiedlichkeit ihrer Kinder.

Mühmchen, die jetzt dort im Sarg mit den Füßen nach vorn in ihr Grab getragen wurde, hatte das nie gefragt. Die hatte lächelnd auf die verschlungenen Kinderhände gesehen und genickt: Recht so, haltet euch nur fest, geteilter Schmerz ist halber Schmerz! Aber uns tut nichts weh, hatten sie dann eingewendet, und Mühmchen antwortete, daß der Schmerz von ganz allein komme und man darauf nicht zu warten brauche.

Heute war er da und ließ sich nicht teilen. Katharina hatte Jette losgelassen, ging allein zwischen Vater und Mutter, die das nicht merkten, weder lobten noch sich freuten, noch die Frage aufwarfen, wieso Katharina allein zurückgeblieben war.

Katharina hatte Sehnsucht nach Jettes Hand und hätte sich am liebsten neben das stumm gewordene Mühmchen gelegt, um mit ihr davongetragen zu werden, von den anderen betrauert und vermißt.

Endlich hatte die Totenglocke aufgehört zu läuten.

Lea empfand keine Trauer, obwohl sie von oben bis unten schwarz angezogen war. Aus dem Katalog des Bestattungsinstitutes hatte sie Totenhemd, Sarg und Blumenschmuck gewählt, den Choral bestimmt und dem Pfarrer Mühmchens Leben geschildert, damit er einen passenden Bibelspruch finden und eine Grabrede halten konnte, die zwar Mühmchens scheue Zufriedenheit ausgelöst hätte, aber kaum Gefühlsregungen in Felix, Katharina oder ihr hervorrufen konnte. Der Kranz war etwas zu üppig geraten und hing drohend, mit wehender Herrschaftsschleife, über dem Kiefernsarg. Da paßte Katharinas Frühlingsstrauß, den sie in den Händen trug, schon besser zu dem, was Mühmchen sich selbst gegönnt hätte.

Lea hätte gern gewußt, ob Felix traurig war, ob ihm mit Mühmchen ein Stück Kindheit weggestorben war oder ob er nur den Verlust von Gewohnheit und Bequemlichkeit zu spüren glaubte.

Nach dem Verstummen der Glocke lief der Pfarrer noch schneller. Die Kieselsteinchen spritzten von den Rädern des Leichenwagens, während die Männer vom Bestattungsdienst ihre Mützen ins Genick schoben, obwohl es noch früh am Tag war.

Lea dachte mehr an Jette als an Mühmchen. Wo war das Kind? Seit der Ladenparty hatte sich Jette nicht mehr blicken lassen, strafte die Mutter mit Auszug, als hätte Lea nicht genug Verständnis für die Situation gezeigt. Mit Felix hatte sie sich Jettes wegen gestritten, die Tochter verteidigt und deren Partei ergriffen. Kein Wort der Anerkennung, nicht einmal der Wunsch nach Aussprache oder Verständigung. Wortlos war Jette mit zwei gepackten Taschen ausgezogen und hatte sich mit Mühmchens Tod davongemacht. Es war, als wäre es Mühmchen gewesen, die mit ihrer Kocherei, ihrem Putzen, ihrem ewigen Bedürfnis, für jeden da zu sein, die Familie zusammengehalten hätte.

Das Grab war erreicht. Frischgeschaufelte Erde, der Pfarrer nahm seine Position ein und sprach ein Gebet. Felix faltete die Hände, während sich Leas Finger zu Fäusten krümmten. Wo, so fragte sie sich immer wieder, wo war Jette? Der Pfarrer begann seine Rede und sprach Mühmchen mit Vor- und Nachnamen an. Das klang fremd und ungewohnt.

Bei André? Jette würde sich doch nicht jetzt bei André aufhalten? Der Pfarrer sprach vom Sinn des Dienens und nannte Mühmchens Leben beispielhaft, erfüllt und nachahmenswert, was Felix veranlaßte, Lea einen Blick zuzuwerfen.

Der Pfarrer hob die Hände zum Segen. Sein Gebet war kurz, während die Männer mit Hilfe der Seile den Sarg in die Grube gleiten ließen. Lea schob sich an Katharina heran. Die stand am Grabrand und teilte weinend ihren Frühlingsstrauß in zwei Hälften.

Von Jette, flüsterte sie und warf den einen Teil der Blumen dem Sarg nach, und von mir, wobei sie den Rest des Straußes folgen ließ. Nur keine Erde auf Mühmchens Kopf.

Wo ist Jette? flüsterte Lea unbeherrscht, aber leise genug, daß es außer Katharina niemand hörte, du weißt es doch!

Drei Schäufelchen Erde aus den Händen des Pfarrers fielen dumpf dröhnend ins Grab. Lea war dran und hielt jetzt das Schippchen in der Luft, wie einen Stock, mit dem es etwas abzuwehren galt.

Bitte, sagte der Pfarrer mit einer leichten Verbeugung. Aber Lea setzte die Schippe nicht in Bewegung und schien ganz und gar ihre Pflicht zu vergessen. Sie denkt nur an Jette, fuhr es Katharina durch den Kopf. Mühmchen und ich sind ihr ganz egal. Wut packte sie, die mit einem Mal alle Traurigkeit verdrängte. Katharina sah auf die Uhr. Jetzt wird sie schon weg sein – vielleicht auch noch nicht.

Wohin?

Nach Italien. Mit André – für immer.

Aber Jette hat kein Geld.

Natürlich, das war das erste, woran Ma dachte, an Geld. Wer kein Geld hatte, kam ihrer Meinung nach nicht vom Fleck und konnte sich nicht verändern. Katharina kam es vor, als beruhigte Lea der Gedanke, daß Jette mittellos war.

Der Pfarrer verlor die Geduld. Er fand das Geflüster zwischen Mutter und Tochter während der Bestattungszeremonie ebenso gotteslästerlich wie würdelos, legte seine Hand auf den Stiel des Schippchens und führte auf diese Weise gemeinsam mit Lea dreimal dieselbe Bewegung aus. Wiederum dröhnte die Erde auf Mühmchens Sargdeckel.

Sie trampt auf der Autobahn, da braucht man kein Geld.

Mehr sagte Katharina nicht, trat zurück und machte Felix Platz, der würdevoll und ruhig der Toten die letzte Ehre erwies. Dann schüttelte er dem Pfarrer die Hand, der sich darauf umwandte und eiligen Schrittes den Weg, den sie gerade gekommen waren, zurücklegte, um die versäumten Minuten wieder einzuholen.

Um diese Zeit war der Verkehr auf der Bergheimer Straße ruhig. Lea konnte schon von weitem die Autobahnausfahrt überblicken. Sie glaubte, Jette zu erkennen, die mit ausgestrecktem Arm am Rand der Fahrbahn stand. Erst war es die Haltung, die Lea vertraut vorkam, etwas vornübergebeugt, schlaksig, mit schief gehaltenem Kopf, die Füße auseinandergestellt. Lea atmete auf und nahm den Fuß vom Gas. Jedes Wort war zu überlegen.

Was für eine verrückte Idee, Elternhaus und Berufsausbildung aufzugeben, die Familie beiseitezuschieben, zu verletzen und gegen eine ungewisse Zukunft einzutauschen, die in einer Katastrophe enden konnte. Lea stieg aus, zupfte an ihrem schwarzen Kleid herum, in dem sie sich albern vorkam und das sie an Mühmchen erinnerte. Doch war dies hier nicht der Ort, über deren Tod mit Jette zu reden. Aber über was dann?

Über Felix? Sollte Jette etwa wegen Vater und Mutter zu Hause bleiben? Das war lächerlich. Allein der Gedanke machte Lea die Zunge klebrig. Zu spät, alles war zu spät. Kein Argument schien stichhaltig, statt dessen kroch ihr ein Gefühl der Schuld von den Fußsohlen aufwärts. Sie hielt den Atem an, um ihr schlechtes Gewissen besser ertragen zu können. Kein Vorbild, hatte Felix gesagt, keine Verantwortung und keine Moral. Jette war auf die schiefe Bahn gekommen, hatte erst Mühmchen in den Tod geschickt und verschwand jetzt selber.

Ausgerechnet in diesem Augenblick hielt ein Laster neben Jette, die Tür ging auf, Jette stieg mit André ein. Über eine Stunde mußten die beiden gewartet haben, und jetzt, als Lea fast in Rufnähe war, Jette zurückholen wollte, da hielt der Laster und nahm sie mit.

Halt, schrie Lea, halt, halt! und fuhr mit quietschenden Reifen los.

Es war ein Sattelschlepper, in den die beiden gestiegen waren, weiß mit roter Reklameschrift: OSRAM – hell wie der lichte Tag. Ohne zu überlegen, nahm Lea die Verfolgung auf. Hunderttausende von Glühbirnen, mit denen Jette davonfuhr, wohin?

Lea ließ den Osram-Schriftzug nicht aus den Augen, kam näher und signalisierte Lichtzeichen aus dem immer kürzer werdenden Abstand. Schließlich winkte der Fahrer ihr aus dem heruntergelassenen Fenster zu, sie solle vorbeifahren.

Riesige Räder neben sich, die pfeifend über den Asphalt rasten, das Zischen der Luftdruckbremsen und der Motorenlärm waren alles, was sie von dem Lkw wahrnehmen konnte. Nicht einmal ein Blick ins Führerhaus war ihr beim Überholen möglich. Lea hupte, und der Fahrer des Sattelschleppers hupte fröhlich zurück. Jetzt fuhr sie vor ihm her, verlangsamte die Fahrt, sah im Rückspiegel Jettes Kopf, der sich vorbeugte und dem Fahrer zuwandte. Sie mußte das Auto ihrer Mutter erkannt haben. Lea sah Jettes Hände. Der Sattelschlepper setzte zum Überholen an, gab wieder Gas und legte gleiches Tempo vor. Endlich konnte Lea Jette sehen, die seitlich zu ihr herunterblickte.

Vergebliche Zeichen, vergebliches Lächeln. Jette hob die Hand und winkte der Mutter ganz langsam zu, von rechts nach links und links nach rechts. Der Fahrer des Sattelschleppers legte an Geschwindigkeit zu, auch Lea fuhr schneller und hielt Jette im Blick. Ein gefährliches Rennen, das dem Fahrer auf die Nerven ging. Er verlangsamte das Tempo und protestierte mit wilder Huperei, als auch Lea die Geschwindigkeit zurücknahm.

Warum lächelte Jette nicht, warum nur dieses Winken im Zeitlupentempo? Langsam drückte der Sattelschlepper Leas Wagen dem Randstreifen zu. Es ging um Sekunden, dann mußte sie nachgeben und zurückbleiben. Und während Lea Meter für Meter ausnützte, griff sie in die Tasche und zog ein Bündel Geldscheine heraus.

Wenigstens das!

Aber Jette stellte nun auch das Winken ein, schüttelte den Kopf und zog sich in den Innenraum der Führerkabine zurück. Lea blieb nichts anderes übrig als zu bremsen. Das Spiel war aus, sie hatte verloren.

Kein Licht. Der muffige Geruch des Ladens war Lea ebenso angenehm wie die Stille und das fade Licht, das die schmalen, zu Schaufenstern umgewandelten Fenster hereinließen.

Mit bloßem Auge war kein Gegenstand vom anderen zu unterscheiden, auch Lea nicht von dem Sofa, auf dem sie seit einer halben Stunde bewegungslos saß. Kein Geräusch riß sie aus dieser Haltung, nicht einmal das Telefon. In Gedanken an Jette versunken, rührte sie sich nicht von der Stelle, hatte immer nur dieses sinnlos langsame Winken der Tochter vor Augen, von dem sie wußte, daß es Abschied bedeutet hatte. Kein auf Wiedersehen, von Mutter und Vater fort, wortlos und selbstverständlich, als wäre nur die Straßenseite zu wechseln. Und ich? rief Lea plötzlich in die Stille hinein, horchte der Frage nach. Ihre Finger verkrampften sich im Plüsch des Sofas, ihre Nägel zogen Spuren über den Stoff. Sie schloß die Augen in der Hoffnung, dann ruhiger zu werden.

Die Starrheit ihres Körpers löste sich, sie konnte sich wieder bewegen, wenn auch alles, was sie jetzt tat, ein wenig fahrig wirkte. Sie machte Licht, setzte sich an den hinteren Tisch und schrieb an die Familie Goldstein. Im letzten Absatz gab Lea zu verstehen, daß sie sich als Zeugin zur Verfügung stellte, um jegliche Form der Wiedergutmachung an der Familie Goldstein zu unterstützen. Trotzdem war Lea mit dem Brief nicht zufrieden, sie hatte Max nicht erwähnt, kein Wort von seinem Wunsch, das Unrecht des Vaters wiedergutzumachen, kein Wort von seiner Absicht, auf der Seite der Goldsteins stehen zu wollen. Also begann Lea noch einmal. Aber auch bei dem zweiten Brief wollte sich keine Zufriedenheit einstellen. Unter dieses Schreiben gehörte die Unterschrift von Max, sonst klang es nach Halbheit und fragwürdiger Denunziation. Nach kurzer Überlegung entschloß sie sich für den ersten Brief, zerriß den zweiten sorgfältig und machte sich auf den Weg nach Hause.

Beinah wäre Lea die Tasche aus der Hand gefallen, der Brief auf den Fußboden. Felix. Die Vorstellung, sich jetzt mit seinem Zorn und seinen Vorwürfen auseinandersetzen zu müssen, erschreckte sie. Nur das nicht. Ausnahmsweise vermied sie den Blick in den Spiegel, drückte sich dann vorbei, schlich die Treppe hinauf und rief leise Katharinas Namen.

Aber die antwortete nicht, lag in ihrem Zimmer quer über der Matratze und sagte auch nichts, als Lea den Kopf zur Tür hereinstreckte.

Kann ich hereinkommen?

Ja.

Bisher hatte Lea noch nie eine der Töchter gefragt, ob sie deren Zimmer betreten dürfe. Sie war hereingekommen, wann es ihr paßte, und hatte auch nie geklopft.

Stör' ich dich?

Nein.

Katharina fand, daß die Mutter in dem schwarzen Kleid dürftig aussah, irgendwie befremdlich. Und wie leise sie ging, wie vorsichtig sie sich auf das Fußende der Matratze setzte, das war schon komisch.

Ich habe Jette nicht mehr erwischt, sagte Lea, ich kam zu spät.

Wie enttäuscht das klang, dachte Katharina, als wenn ihr der Lieblingsvogel aus dem Käfig entflogen wäre. Der hübscheste vielleicht, der mit den prächtigsten Farben und dem schönsten Gesang. Jetzt war er weg und ließ sich nicht mehr einfangen.

Katharina spürte Schadenfreude, die ihre Traurigkeit leichter machte. Sie lächelte.

Lach nicht, sagte Lea, das halte ich nicht aus.

Ich lauf' nicht weg, sagte Katharina, du brauchst keine Angst zu haben.

Lea knipste das Licht an. Mit der veränderten Beleuchtung verlor sich Katharinas Lächeln. Einen Augenblick lang wünschten sich beide Ablenkung. Aber das Haus atmete von unten bis oben Stille.

Ich habe eine Bitte, sagte Lea und zog den Brief an die Goldsteins aus der Tasche, drehte einen Augenblick das Kuvert in den Händen, zögerte, wie um der Sache Nachdruck zu verleihen, und gab erst dann Katharina den Umschlag.

Für Max, sagte sie, ich möchte, daß du ihn ihm bringst.

Katharina steckte den Brief einfach weg, mit Schweigen beschäftigt. Ihr Blick sparte die Mutter aus.

Willst du nicht wissen, um was es geht?

Katharina hob die Schultern, und Lea redete drauflos, erzählte von Goldsteins und von Herbert Leibig. Katharina zeigte noch immer keine Neugierde, hörte aber zu, als Lea von Max berichtete und seinem Wunsch, den alten Goldsteins Gerechtigkeit widerfahren zu lassen, egal nun, ob Herbert Leibig dadurch in Schwierigkeiten kommen würde oder nicht.

Spätestens jetzt hätte Katharina fragen müssen, was die Mutter damit zu tun habe, was sie veranlaßte, sich in so heikle Sachen zu mischen und Risiken einzugehen. Spätestens jetzt hätte Katharina Anerkennung und Interesse bekunden müssen. Statt dessen zeigte sie sich gehorsam und wollte wissen, ob der Brief Max sofort zu bringen sei oder ob die Sache noch bis morgen Zeit habe. Dabei war sie eilfertig aufgestanden, bereit, nach Jacke und Schuhen zu greifen, wenn die Mutter es wünschte.

Nein, Lea wünschte es nicht. Verstand Katharina denn nicht, daß die Mutter sie mit einbeziehen wollte und freiwillig beiseite rückte? Schließlich war es Lea egal, wann Max das Schreiben an Goldsteins bekam. Sie ertappte sich bei dem Wunsch, der Tochter klarzumachen, welch großen Verzicht sie leistete. Schon streckte sie die Hand aus, nicht schnell, nicht grob, aber für Katharina bedrohlich.

Gut, sagte Katharina endlich, griff nach dem Brief, ihrer Jacke und den Schuhen, dann erledige ich deinen Auftrag gleich.

Mühmchens Altweibermief hing noch im Raum, als wäre sie nur mal schnell weggegangen, um ihren Pflichten im Haushalt nachzukommen. Obwohl Lea seit Tagen lüftete, kroch der Geruch immer wieder neu aus Schubladen und Schachteln, quoll aus Schrank und Bett hervor und hielt auf diese Weise die Erinnerung an Mühmchen lebendig. Lea war unschlüssig, was sie hier tun sollte, wo anfangen, um Mühmchens kleine Welt beiseite zu schaffen. Jeder Gegenstand hatte hier seinen mit Sorgfalt ausgesuchten Platz. Da standen die von Felix und Lea aus den Ferien mitgebrachten Souvenirs säuberlich im Regal aufgereiht. Dazwischen Bilder der Zwillinge und von Felix aus Kindertagen. Hinter Glasscheiben des kleinen Wohnzimmerschranks Keksdosen und Sammeltassen aller Art, eine Kristallobstschale und ein Tablett, auf dem das Heidelberger Schloß zu sehen war. Kissen, farbenprächtig gehäkelt, jedes ein Kunstwerk für sich, von Mühmchen in Feierabendstunden hergestellt, Decken mit Zierstichen und Hohlsäumen, die überall dort lagen, wo ein Fleckchen dafür zu finden war. Drucke an den Wänden, hinter Glas gerahmt, und über dem Bett ein weißgekleideter Schutzengel, mit Flügeln, die von den Schultern bis zur Wade reichten, der zwei Kinder über einen reißenden Bach führte. Jette und Katharina, so hatte Mühmchen immer gesagt, und sich selbst dabei in dem Schutzengel gesehen.

Neben dem Nachttisch, in Höhe des Bettes, ein Abreißkalender, das Weihnachtsgeschenk eines Lebensmittelgeschäftes, dessen Datum den Tag anzeigte, an dem Mühmchen in die Klinik eingewiesen worden war. Auch die Wanduhr war stehengeblieben, eine schöne handbemalte Bauernuhr, einziges Erbe, das Mühmchen von ihren Eltern erhalten hatte. Lea öffnete den Kleiderschrank, schob Kleider und Röcke beiseite, wie auf der Suche nach Verstecktem. Wenn es nach Lea gegangen wäre, hätte sie einen Trödler zum Aufkauf des Nachlasses bestellt und alles mitnehmen lassen, was Mühmchen ihr eigen genannt hatte. Aber Lea fürchtete, von Felix und Katharina für pietätlos gehalten zu werden.

Katharina mußte inzwischen in der Panoramastraße angelangt sein, vielleicht klingelte sie gerade oder klopfte an das Fenster. Sein Gesicht, Lea sah das Gesicht von Max vor sich, erstaunt, vielleicht enttäuscht, vielleicht aber auch erfreut.

Sie hatte eine Weile in den Schrank gestarrt und nur Mühmchens Geruch wahrgenommen, der ihr unangenehm war.

Jetzt spätestens hatte Katharina Max den Brief überreicht. Jetzt würde er sich fragen, wieso Katharina kam, wenn Lea doch den Brief geschrieben hatte. Sie bewegte sich nicht, unfähig, sich darüber zu freuen, daß sie Katharina zu Max geschickt hatte. Ein Bild nach dem anderen tauchte in ihrer Fantasie auf, und plötzlich erschien ihr der Verzicht voreilig. Katharinas Haar zwischen den Fingern von Max, Katharinas Gesicht in seiner Nähe, ihr Mund, ihre Augen, Katharina in seinen Armen, Katharina vor seinen Bildern.

Milchige Straßenbeleuchtung schirmte den Himmel ab und ließ keinen Blick nach oben zu. Die Ampel zeigte rot. Katharina dachte an Jette, an Italien, wo es um diese Jahreszeit nach Rosmarin roch und nach Ginster, wo der Himmel mit Sternen bestickt war, wie Mühmchens Weihnachtstischdekken, wo Nachtigallen Träume weckten und das Meer blau war.

Gehupe hinter ihr, die Ampel zeigte grün. Auto neben Auto, sie mußte aufpassen. Jette, die fort war und nichts als Sehnsucht nach ihr hinterlassen hatte. Katharina schickte kleine Küsse in den Wind, die von den Lippen weg zu Jette fliegen sollten, um sie zur Nacht mit Katharinas Liebe zuzudecken.

Katharina hatte Max noch nie besucht und kannte deshalb nicht den Eingang zu seinem Atelier. Also klingelte sie an der Haustür. Herbert Leibig öffnete ihr. Vom Wohnzimmer her war Musik zu hören.

Ich möchte zu Max, sagte sie, nachdem sie ihren Namen gesagt hatte, und betrachtete Herbert Leibig, von dem sie vor kurzem nichts Gutes gehört hatte. So also sieht ein Nazi aus, dachte sie und hatte an dem freundlichen Gesicht Herbert Leibigs nichts auszusetzen. Auch mißfiel ihr nicht die Höflichkeit, mit der er ihr mitteilte, daß sie durch den Garten direkt zu Max ins Atelier gehen könne. Selbstverständlich aber auch durch das Haus. Kommilitonin von Max? fragte er neugierig und trat zurück, um Katharina ins Haus zu lassen.

Nein, antwortete Katharina und blieb stehen, wo sie stand, auf der Schwelle des Hauses. Wo war das Böse in Herbert Leibig? Wie unterschied er sich von Pa?

Wenn es Ihnen nichts ausmacht, sagte sie, dann gehe ich

durchs Haus. Penible Ordnung überall. Alte Stiche von Soldaten und Schlachtengewimmel an den Wänden. Dazwischen ein Großfoto der Thalheimer Fabrik.

Ihr Vater ist Internist in Heidelberg, nicht wahr?

Merkwürdig, daß er Pa erwähnte, ohne nach Ma zu fragen. Er begleitete Katharina bis zur Treppe und legte plötzlich seine Hand auf ihre Schulter, leicht, schnell, und nahm sie auch gleich wieder weg.

Wenn Sie nicht studieren, was machen Sie dann?

Herbert Leibig war am Treppenrand stehengeblieben, hatte ihr die Frage von oben herab zugeworfen, vielleicht gar nicht auf Antwort erpicht, fragte nur so aus Höflichkeit, wie es Pa auch hätte tun können.

Nichts, flüsterte Katharina und wiederholte, nichts.

Und ehe Herbert Leibig sich dazu äußern konnte, machte sie auf dem Absatz kehrt, nahm mit zwei Schritten die Treppenstufen wieder aufwärts und schlüpfte rasch an ihm vorbei zur Haustür.

Ich gehe doch lieber durch den Garten, sagte sie und zog die Klinke hinter sich ins Schloß.

Von Lea, hatte Katharina zu Max gesagt und ihm den Brief in die Hand gedrückt.

Seine Verwunderung über die Tatsache, daß Lea nicht selbst gekommen war, hatte sie mit einem Achselzucken quittiert. Zu reden gab es für sie darüber nichts. Ohne diesen Brief wäre sie nicht hier. Der Vorwand war ihr recht, und daß es ein Auftrag war, den sie für die Mutter ausführte, störte sie nur wenig.

Ma hat mir von deinem Vater erzählt, auch von Goldsteins, und daß sie für dich an diese Leute geschrieben hat.

Warum kann *ich* dir nicht helfen? fragte sie voller Erwartung. Dabei wechselten ihre Gedanken zu Vorstellungen und Bildern über, die atemlos machten, weil sie von einer Gemeinsamkeit ausgingen, die Hand und Fuß hatte. Weg mit dem König in Thule, den Träumereien und Hirngespinsten. Max sollte eine andere Katharina kennenlernen, eine, die sie selbst noch nicht kannte, aber deren Kraft sie jetzt spürte und auf die sie sich verließ.

Du? fragte Max, mehr gerührt als beeindruckt. Er schüttelte den Kopf. Ach, Augenmädchen, wie willst du mir schon helfen.

Nenn mich nicht immer Augenmächen, ich mag das nicht mehr, sagte sie ruhig, während sie sich den Bildern zuwendete und eins nach dem anderen betrachtete. Und weil sie dazu schwieg, weder Zustimmung noch Ablehnung äußerte, beschäftigte er sich mit Leas Brief an das Ehepaar Goldstein.

Du liest ihn jetzt schon zum dritten Mal, sagte Katharina. Wieder fiel ihm die Bestimmtheit auf, die er von ihr nicht gewohnt war. Alles an ihr drückte Neugierde und Aufmerksamkeit aus. Sie bewegte sich zwischen den Bildern hin und her, räumte um, veränderte die Anordnung.

Sie hatte das Gemälde mit dem in sich verschlungenen, sich auf dem Fußboden umarmenden Paar unter dem zweigeteilten Frühlingshimmel in den Vordergrund gestellt. Das Lampenlicht ließ den Himmel noch leuchtender erscheinen, und Katharina glaubte sich in der Kontur des Frauenkopfes zu erkennen, so wie sich Lea erkannt hatte. Nur daß bei Katharina keine Zweifel aufkamen, daß ihr auch nicht die geringste Ähnlichkeit mit der Mutter auffiel.

Sie sah, daß Max sich jetzt mit dem Standort des Bildes beschäftigte, und jedes Wort, das sie sagte, sagte sie so behutsam, als gehörte es einer fremden Sprache an.

Das ist wie ein Schatten von Träumen, von Liebe, vielleicht von Traurigkeit oder Glück, ein schöner Schatten unter einem kaputtgegangenen Himmel.

Sie legte die Hand auf eine Stelle des Bildes, wo Wolken und Frühlingsblau auseinandergerissen waren und die grauen Mauersteine, die Max dazwischengemalt hatte, zum Vorschein kamen.

Wenn der Himmel nicht gemalt wäre, könnte ich ihn jetzt zusammennähen.

Ja, sagte Max, aber er ist nun mal gemalt.

Danach schwiegen sie und wichen ihren gegenseitigen Blicken aus.

Max dachte über das nach, was Katharina eben gesagt hatte. Sätze, die ihm nie eingefallen wären und die ihm gefielen. Erst jetzt bemerkte er, daß die Bilder, auf denen Lea zu sehen war, von Katharina zur Seite geräumt worden waren. Dicht aneinandergestellt bildeten sie einen kleinen Block. Und die Bilder, die die Fabrik, Herbert Leibig oder seine Frau zeigten, hatte Katharina wie eine Wand aufgebaut, die bedrohlich den Raum verkleinerte. Er fragte, was sie damit ausdrücken wolle.

Deine Angst, gab sie vorsichtig zurück, deine Abhängigkeit und deine Wut.

Mehr hast du dazu nicht zu sagen?

Nein.

Und zu diesen Bildern? Max zeigte auf den kleinen Block.

Auch nichts.

Wieder diese Wortlosigkeit, aus der sich Max schließlich mit einem Lachen rettete.

Du bist verrückt oder eifersüchtig, sagte er und erschrak, als genau in diesem Augenblick die Stimme seiner Mutter auf der Treppe zu hören war, die ihn ans Telefon rief. Er rannte nach oben und ließ die Türen offen.

Das gehe zu weit, hörte Katharina Frau Leibig sagen, um diese Zeit seien Telefonate rücksichtslos und nicht erwünscht.

Lea, schoß es Katharina durch den Kopf, während sie sich einen Schritt weit in den dunklen Flur drückte.

Ich bin es, sagte Lea, als Max den Hörer in die Hand nahm, ich bin es.

Ja, antwortete Max. Es folgte ein langes Schweigen. Weder erwähnte er den Brief, noch wollte er wissen, warum sie nicht selbst gekommen war.

Der Brief? fragte Lea schließlich.

Er ist in Ordnung, ich schicke ihn ab. Danke.

Ein Lob also, weiter nichts, dann wieder Schweigen. Ob Katharina da sei?

Ja, sagte Max, sie ist hier, willst du sie sprechen?

Nein, natürlich nicht. Es folgte wieder eine Pause.

Hör mal, sagte sie viel zu schnell, du kannst ja später zurückrufen.

Wieso später? Jetzt geht es doch auch.

Lea hielt den Hörer ans andere Ohr.

Ich meine nur, wenn es dir jetzt nicht paßt.

Was meinst du damit?

Einfach so. Der Gedanke, jemand zu stören, macht mich verrückt, lieber lege ich auf.

Aber sie legte nicht auf, horchte auf jeden seiner Atemzüge, hoffte auf Widerspruch und Zärtlichkeit, überhaupt auf einen zusammenhängenden Satz. Ungeduldig fragte er schließlich, was sie denn habe, er verstehe sie nicht.

Vielleicht willst du mich nicht verstehen, oder du kannst es nicht.

Dann sag wenigstens, warum du Katharina geschickt hast, und leiser fügte er hinzu, daß er eigentlich *sie* erwartet habe.

Nicht nur den Brief?

Nein, Lea, nicht nur den Brief.

Das Ende des Gespräches blieb für Katharina unverständlich. Max sprach zu leise. Sie nahm nicht einmal mehr wahr, wie er den Hörer auflegte. Wie angewurzelt stand sie am Fuß der Treppe und hielt sich am Geländer fest. Jedes Wort, das Max gesagt hatte, wiederholte sich hundertfach in ihren Ohren, drang in die Hirnzellen und von dort in den Körper. Sie war wie gelähmt.

Ma hatte wieder Katz und Maus gespielt. Nur zwei Stunden lang hatte sie auf Max verzichtet.

Max kam die Treppe herunter, noch mit einem Lächeln im Gesicht, bis er sie sah.

Du hast zugehört?

Ja.

Katharina hatte keine Lust zu lügen. Sie nickte sogar, als Max sagte, daß er ihr Verhalten mißbillige. Sie folgte ihm stumm ins Atelier, blieb erst an die Tür gelehnt stehen und sah ihm zu, wie er nervös vor der Bildwand hin und her ging, die sie aufgestellt hatte.

Noch immer spürte Katharina einen Rest ihrer Kraft in sich. Es verlangte sie danach, Max zu umarmen. Da war keine Scham, keine Angst, sich lächerlich zu machen oder abgewiesen zu werden. Sie ging auf ihn zu und fing ihn mit ihren Armen aus seinen kurzgehaltenen Schritten ab. Sie hielt ihn ganz sanft, bedrängte ihn nicht, forderte nichts. Das machte ihn unsicher. Es tat ihm gut, und zwei Atemzüge lang fühlte er sich wohl.

Alles, was Katharina jetzt sagte, sagte sie leise. Manchmal flüsterte sie.

Ich wollte mit dir probieren, anders zu leben. Ich dachte, du und ich, wir würden es zusammen schaffen, allein, ohne ihr Geld, ohne ihre... Ratschläge. Nicht so wie Jette, das brachte nichts, das war wie Fortlaufen. Nein, unter den Augen der Alten mußte man sich ändern, sie zusehen lassen, daß man auch anders glücklich sein konnte.

Ich hasse ihr Leben, ihre Berufe, den Fleiß, mit dem sie ihren Besitz zusammentragen, für uns, wie sie sagen, um uns dazu zu bringen, genauso zu werden wie sie.

Katharina kauerte sich vor die Bilder, tippte mal auf die Fabrik, mal auf ein Haus.

Das alles hätten wir nicht gebraucht, du und ich, das weiß ich. Sie lachte traurig auf, ganz versunken in seine Bilder, die sie an ihren alten Platz stellte, so daß der Raum wieder größer wirkte. Wir hätten in einer Wohngemeinschaft leben können.

Und wovon? fragte Max endlich.

Bis du mit deinem Studium fertig gewesen wärst, von mir. Wenn ich will, verdiene ich genug Geld bei Mario. Das reicht für zwei...

Max riß sie zu sich herum, schüttelte sie und schrie:

Wie oft soll ich dir noch sagen, daß ich gar nicht studiere, daß ich es meinem Vater nur vormache?

Auch gut, sagte sie, und Max spürte, daß sie ihm nicht glaubte, dann male Bilder, bis du berühmt bist oder eine Arbeit gefunden hast.

Wie Kinder kauerten sie voreinander, feindselig und zornig.

Und glaubst du denn, fuhr er sie an, ich lasse mich von einer Frau durchfüttern?

Warum nicht? gab Katharina zurück, ich habe es geglaubt.

Die Nacht draußen war nicht mehr freundlich. Die Dunkelheit zog eiskalt hinterm vergitterten Fenster vorbei, und die Zeit verging plötzlich schneller.

Sie zeigte auf die einzelnen Bilder: Sicherheit liegt dir mehr als Mut.

Sie fühlte, daß sie ihn verletzt hatte, und nickte zu dem Bild des schwarzen, in sich verschlungenen Paares hin. Plötzlich wußte sie, daß nicht sie, sondern die Mutter in der Frau dargestellt war.

Lea, sagte Katharina, sie ist dir wichtiger.

Noch einen Augenblick lang betrachtete sie den zerrissenen Himmel, dann stand sie auf, verließ das Atelier durch den Garten und sagte kein Wort des Abschieds.

In den folgenden Tagen gingen sich Felix, Lea und Katharina aus dem Weg. Am Abend schlich einer an des anderen Tür vorbei. Sie verhielten sich unauffällig, wie rücksichtsvolle Hotelgäste, fingen an, sich mit Zetteln zu verständigen, die sie dann in der Wohnung auslegten. Für die gröbste Hausarbeit war eine jugoslawische Putzfrau eingestellt worden, die in immer gleicher Bedächtigkeit ihrer Arbeit nachkam. In Hausschuhen huschte sie lautlos von Zimmer zu Zimmer, fragte nicht, ob sie störe, sondern führte schweigend die Arbeit aus, für die sie bezahlt wurde.

Felix hatte seinen freien Tag und konnte ausschlafen. Trotzdem wachte er zur gewohnten Zeit auf. Er drehte sich auf die andere Seite. Wie so oft in letzter Zeit hatte Lea ihr Bettzeug ins Gastzimmer getragen. Er schloß die Augen, schob alle Gedanken weg und versuchte, wieder einzuschlafen. Umsonst, an Schlaf war nicht mehr zu denken. Vielleicht lag Lea gar nicht im Gastzimmer, vielleicht lag sie im Bett ihres Studenten. Felix sah auf die Uhr. Kurz vor sechs. Er könnte sich hinüberschleichen, die Tür öffnen und nachsehen, sie hatte einen tiefen Schlaf. Noch nie hatte er sie kontrolliert. Wie sollte er sich verhalten, wenn sie da war? Er stellte sich Szenen vor, die ihm alle gleichermaßen verabscheuungswürdig erschienen.

Seine Hand fuhr über das faltenlose Laken neben ihm, das ohne Kissen und Decken lächerlich wirkte. Trotzdem blieb sein Arm ausgestreckt darauf liegen. Er konnte sich damit nicht abfinden, von heute auf morgen allein schlafen zu müssen, betrachtete es als eine Demütigung. Je öfters Lea nachts woanders schlief, um so mehr mußte er sich eingestehen, daß es ihre Gleichgültigkeit war, die ihn am meisten verletzte. Darüber schlief er ein. Stunden später wischende Geräusche. Es war neun Uhr, und draußen putzte die Jugoslawin, die nie etwas anderes als einen Gruß zu sagen hatte und ihm den freien Tag verleidete, wenn er mit ihr allein im Haus war. Er zog die Decke bis zum Kinn hoch. Am besten wäre es, den ganzen Tag hier liegenzubleiben. Erinnerungen stießen ihm auf und mischten sich in den Rhythmus des Putzgeräusches. Je mehr Erinnerungen auftauchten, um so bedrückender wurden sie, bis er sich entschloß, aufzustehen.

Nirgendwo eine Nachricht, weder im Bad noch in der Küche oder auf seinem Schreibtisch, das war neu. Felix blieb im Flur stehen, überlegte, ob er nicht ohne Frühstück das Haus verlassen sollte, um in der Stadt seinen Kaffee zu trinken. Aber sofort verwarf er diesen Gedanken. Nichts sollte seine Gewohnheiten verdrängen, ihn gar aus den eigenen vier Wänden treiben.

Früher pflegte Mühmchen an solchen Tagen den Frühstückstisch auf dem Balkon zu decken. Lea ließ den Laden geschlossen, leistete ihm beim Kaffee Gesellschaft, während die Kinder längst in der Schule waren. Es gab Kuchen, Lachsschinken, Brötchen und Spiegeleier, alles Dinge, die er gern aß und die entweder von Mühmchen oder von Lea auf den Tisch gestellt wurden, damit er seinen freien Tag so richtig genießen konnte. Wie oft hatte sich dann ein Glücksgefühl eingestellt, das ihn in den Tag hineintrug, den er mit Lea verbrachte, auch mit den Kindern. Dankbar empfand er die Freude als Lohn seiner Arbeit und als Bestätigung dafür, daß er am Ziel seiner Wünsche angekommen war.

Erschrocken fuhr Felix auf. Die Jugoslawin stand vor ihm, nestelte an ihrer Schürze herum und brachte einen Zettel zum Vorschein, den sie ihm mit den Worten, Frau nicht da, linkisch überreichte.

Frau nicht da. Wie sie das sagte und wie sie ihn ansah. Das war keineswegs Mitleid, das war Geringschätzung, die ihn aus ihrem Blick unterm Kopftuch her traf.

Lea hatte es also fertiggebracht, ihn auch zum Gespött dieser jugoslawischen Putzfrau zu machen.

Das weiß ich, fauchte er wütend.

Am liebsten hätte er gegen ihren Putzeimer getreten, um Wasser auszuschütten, das sie dann hätte auf allen vieren wieder aufwischen müssen. Er ging brüsk an ihr vorbei und nahm ihren Geruch wahr, der ihn noch mehr aufbrachte. Dieses Gemisch von Schweiß und billiger Seife hatte in seinem Haus nichts zu suchen.

Sie können gehen, sagte er, jetzt – sofort und fügte noch ein Dalli an, das die Jugoslawin störrisch machte.

Frau sagt, ich putzen, radebrechte sie los, den Kopf vorgereckt, die Schultern hochgezogen, bereit, eher einen Hieb hinzunehmen als ihren Arbeitsplatz zu verlassen.

Sie gehen, donnerte Felix los, ich zahle.

Und während er ein paar Scheine, viel zu viel, wie er wußte, aus seinem Portemonnaie fummelte, sah er nicht die Jugoslawin, sondern Lea vor sich.

Auf dem Zettel stand: Bin erst heute abend zurück, tut mir leid, Lea. Als ob es ihr leid täte! Absichtlich war sie weggegangen, schadenfroh wahrscheinlich beim Gedanken, wie er hier allein den Tag über die Runden bekommen würde.

Die Jugoslawin packte ihre Arbeitskleidung sorgfältig in eine Plastiktüte und verließ grußlos das Haus.

Felix fühlte sich wohler. Während er sich sein Frühstück zubereitete, stellte er die Überlegung an, daß dieser unerträgliche Zustand nichts weiter sei als eine in allen Ehen übliche Krise.

Später versuchte er, die von Lea zertrümmerte Uhr zu reparieren. Die Scherben des Hochzeitskruges hatte er bis auf eine fortgeworfen. Die lag jetzt auf seinem Schreibtisch, ein nutzloses Souvenir ihres Zorns, von dem er sich nicht trennen wollte. Auch die Tabakdose hatte er wieder in Ordnung gebracht, und unter den übrigen Gegenständen, die sie auf den Fußboden geworfen hatte, gab es kaum einen, den er nicht schon längst verschmerzt hätte.

Besorgt stellte er fest, daß der Gangregler zerbrochen war, eine Reparatur, die er nicht vornehmen konnte. Das verstimmte ihn, weil er es als gutes Omen gesehen hätte, wenn ihm die Wiederherstellung des Uhrwerks gelungen wäre.

Herrje, sagte der Uhrmacher kopfschüttelnd und konnte sich nicht vorstellen, daß Felix, ein langjähriger Kunde, der mit solchen Dingen umzugehen verstand, eine alte Uhr so unbedacht behandelt hatte.

Ein Unglücksfall, sie ist mir aus der Hand gefallen, erklärte Felix und war froh, plötzlich eine Medaillon-Uhr zu sehen, deren kunstvolle Ziselierung und Schönheit ihn ablenkte. Die würde zu Lea passen.

Ein teures und seltenes Stück, Herr Professor, sagte der Uhrmacher, als er Felix' Interesse bemerkte, vielleicht etwas für die Frau Gemahlin?

Ja, sagte Felix und lächelte dabei.

Er kaufte die Uhr, legte keinen Wert darauf, wie üblich erst einmal zu handeln, hatte es plötzlich eilig und verlangte eine Geschenkverpackung.

Fröhlich grüßend verließ er den Laden, vergaß zu fragen, wann er die reparierte Uhr abholen könne, und benahm sich ganz so, als hätte er plötzlich keine Zeit zu verlieren.

Die ist für mich?

Felix hörte ihre Stimme, ihr Gesicht sah er kaum. Es war zu dunkel. Eigentlich konnte sie gar nicht würdigen, wie schön die Uhr war, die er ihr da mitgebracht hatte. Allein das Geschenk versetzte sie in Staunen und unerwartete Freude. So hatte er es sich gedacht und gewünscht. Wie warm ihr Lachen war, wie herzlich, fast zärtlich. Es sah hübsch aus, wie sie in dem schemenhaften Licht das Medaillon über der Brust mit beiden Händen festhielt. Felix hatte Lust, sie zu küssen, fuhr ihr dann aber nur kurz übers Haar.

Er hatte den ganzen Weg in der Angst zurückgelegt, Barbara könnte nicht da sein und sein freier Tag würde vollends zum Fiasko. Aber sie war da, freute sich über seinen Besuch und bat ihn des Lichtes in der Dunkelkammer wegen um Geduld.

Sein Wunsch, gerade ihr etwas zu schenken, hatte ihn mit einer solchen Heftigkeit überfallen, daß er ihr die Uhr sofort um den Hals hängte.

Ich weiß nicht, sagte Barbara, während sie Bild um Bild durch den Entwickler zog, womit ich das verdient habe.

Im Grunde genommen wußte sie genau, daß Felix Lea eins auswischen wollte. Aber das schmerzte nicht, beschämte auch nicht, sondern erfüllte sie mit wohltuender Zufriedenheit.

Ein Geschenk, sagte Felix, verdient man nicht, das bekommt man, und das ist ein Unterschied.

Sie knipste das Licht an, zog die Rolläden hoch und konnte die Uhr in ihrer ganzen Schönheit bewundern. Felix hörte ihre Ausrufe des Entzückens, sah ihr zu und sah sie an, nahm mit einem Blick ihr Fotolabor wahr, auch die Bilder, die für die Zeitung bestimmt waren. Eine Frau mit einem Beruf, der Hand und Fuß hatte. Eine Frau, wie Lea es nicht wahr.

Noch immer beschäftigte sie sich mit der Uhr, stellte die Zeiger auf die richtige Zeit ein, hörte das Ticken des Werkes ab und küßte plötzlich den Sprungdeckel. Erst dann bedankte sie sich.

Wenn du mir eine Freude machen willst, sagte er, dann komm mit mir ins Neckertal. Ich habe dort ein Grundstück gekauft, das würde ich dir gern zeigen.

Eintausend Quadratmeter Wiese zwischen bebauten Grundstücken. Die Südhänge aufwärts Bungalow neben Bungalow, mit Blick auf den Neckar, der hier zwischen Schlierbach und Ziegelhausen von Ost nach West floß. Wer hier baute, der hatte etwas vorzuweisen, das sah man schon an Nachbars Garten.

Wirst du dir auch einen Swimmingpool bauen? fragte Barbara. Ja, sagte Felix, mit aufheizbarem Wasser für Frühlings- und Herbsttage.

Toll!

Sie saßen inmitten der Wiese. Weder Ziersträucher, Staudenbeete oder Rosenstöcke, statt dessen Margeriten, Wegerich, Hahnentritt und Klatschmohn.

Du mußt dir das so vorstellen – hier das Haus, Swimmingpool, Garten, Garage. Dort der Eingang, da der Sonnenplatz mit überdachter Terrasse. Die Fenster zur Südseite plante er ebenerdig. Im Wohnzimmer wünschte er sich die Glasfront versenkbar.

Daß es so etwas gab, hatte Barbara noch nie gehört, aber sie konnte es sich gut vorstellen. Es dauerte nicht lange, und ihre gemeinsame Fantasie hatte die Wiese in ein gepflegtes Grundstück verwandelt, mit einem Wochenendhaus drauf, bis ins letzte ausgetüftelt und mit allem Komfort ausgestattet.

In so einem Haus muß es deine Frau bequem haben, sagte Barbara, auf dem Rücken liegend und mit einem Margeritenstengel zwischen den Zähnen. Sie vermied es, Leas Namen auszusprechen, und bezog die Freundin nicht ein.

Ja, sagte Felix, steckte sich seinerseits einen Margeritenstengel in den Mund und legte sich ebenfalls ins Gras, nicht auf den Rücken, sondern seitlich und auf den Ellbogen gestützt, Barbara zugewandt. Meine Frau, die wird es immer bequem haben.

Er lächelte, als wären die Fältchen in seinem Gesicht für immer und ewig festgenäht. Nur seine Hände waren unruhig und rupften im Gras herum.

Warum bist du nicht heiter, fragte Barbara und strich ihm über den Kopf. Du hast mir so eine große Freude gemacht, ist das denn nicht auch schön für dich?

Doch, sagte Felix erleichtert, es ist sehr schön für mich!

Sie begannen, wieder von dem Haus zu reden, teilten Räume auf, einigten sich auf Farben und kamen zu dem Schluß, daß, im Gegensatz zu der Villa in der Ziegelhäuser Landstraße, hier nur moderne Möbel stehen sollten. Lea, mal von Felix, mal von Barbara verdrängt, rückte in Vergessenheit.

Felix lachte plötzlich und lief mit übermütigen Schritten das Wiesengrundstück ab. Vom unteren Ende aus winkte er Barbara zu, die zurückwinkte. Jetzt kam sie auf ihn zu, die Beine ein wenig nach außen werfend, und gab kleine juchzende Laute von sich, weil der Hang steil war und sie zu stürzen glaubte.

Halt mich, Felix, bitte!

Er breitete die Arme aus und stellte sofort fest, daß sie leichter war, als er gedacht hatte. Er hielt sie nur so lange im Arm, bis sie ihre Balance wiedergefunden hatte, und fühlte trotzdem noch lange das Gewicht ihres Körpers.

Als Felix nach Hause kam, war es spät. Ob Lea schon im Bett lag? Der Gedanke, einmal später als sie heimzukommen, befriedigte ihn. Er gab sich nicht einmal Mühe, leise zu sein. Im Hausflur summte er einen alten Schlager vor sich hin, von dessen Text er nur Bruchstücke kannte. Schade, daß ihm keine andere Melodie einfiel. Er hätte auch gern die Schubertsonate aufgelegt, die er neulich mit Barbara gehört hatte. Andererseits fürchtete er, damit Leas Spott hervorzurufen. Leise schlich er ins Schlafzimmer, um sie nicht zu wecken. Es wäre ihm nicht unrecht gewesen, noch ein paar Worte mit ihr zu reden. Nur so und keineswegs, um etwas von Barbara zu berichten. Eigentlich wollte er nur, daß Lea etwas von seiner Fröhlichkeit erfuhr, die ganz ohne sie zustande gekommen war.

Erst vom Bett aus knipste er das Licht an. Leer. Der Platz neben ihm war leer, wie in der Nacht davor. Ein glattgespanntes Laken, nichts weiter. Felix lag ganz still, mit der Hand auf dem Lichtschalter, und versuchte, sich an die

Fröhlichkeit zu erinnern, die er Lea hatte vorführen wollen.

Plötzlich stand er auf und ging hinüber ins Gastzimmer. Das Bett war leer und unberührt, die Kissen sauber aufgeschüttelt.

Die Teestube war nicht mehr in, kein Treff mehr, seitdem André sie seinem Bruder übergeben hatte. Obwohl Tische, Sitzkisten, Lampen, Spiegel und Perlenvorhänge sich nach wie vor am selben Fleck befanden, selbst der Tee von gleicher Qualität war, hatte sich die Atmosphäre verändert. Das lag am Bruder. Statt in den weichen weißen Baumwollgewändern, in denen André auf lautlosen Sandalen mit sanften und eindrucksvollen Gesten den Tee serviert hatte, kam nun dieser Typ in seinen abgeschrappten Jeans und T-Shirts daher. Zu allem hatte der Bruder eine Meinung parat, hatte für die Politischen mehr übrig als für die Künstler und für die wiederum mehr als für die Kiffer. Die zogen am schnellsten aus und machten ihre Stammecke neuen Politischen frei. Niemand glaubte mehr, leise sein zu müssen, keine Tischrunde nahm mehr Rücksicht auf die andere. Kerzen wurden beiseite geräumt, um Stößen von Flugblättern und Infos Platz zu machen. Parolen wurden entworfen und ausprobiert. Polizisten schützen die Faschisten, schrie einer, andere winkten ab. Das war heute nicht das Thema. Was dann? Grundordnung und Mitbestimmung. Welche Basisgruppe hat sich vorbereitet? Tische wurden zusammengerückt. Einer las aus einem Info vor, sprach von fachidiotischer Verdummung studentischer Politik. Nach der neuen Grundordnung haben studentische Vertreter nur die Wahl zwischen Speichelleckerei und Querulantentum. Was tun?

Weiterkämpfen!

He, schrie Moritz zu Andrés Bruder hinüber, kannst du nicht dafür sorgen, daß man sich hier in Ruhe unterhalten kann?

Der Bruder zuckte nur die Achseln und lachte blöde.

Wer sich nicht mit dem politischen Kampf der Studenten solidarisiere, sagte er großspurig, brauche bei ihm auch keinen Tee zu trinken.

Darüber geriet Arno in Empörung und beglich seine Rechnung mit ein paar Teebeuteln billigster Sorte, die er am Vormittag beim Supermarkt zur Eigenverpflegung hatte mitgehen lassen.

War meine letzte Tour zu dir, sagte er, ohne auch nur hinzusehen, was Andrés Bruder mit den Teebeuteln machte.

Die anderen gingen wortlos davon, schoben mit den Füßen ihre Kisten zur Seite und hinterließen eine Leere, die nicht so schnell aufzufüllen war.

Warum hast du die Typen rausgeekelt? fragte Bernd, der Wortführer der Gruppe, und Andrés Bruder ärgerte sich, weil die Politischen sein Engagement nicht zu würdigen schienen. Zum erstenmal kam ihm der Gedanke, ob er sich nicht lieber um eine Alkoholkonzession bemühen solle.

Niemand fragte, allen war klar, daß es bei Moritz und Suse den meisten Platz gab. Ein saalähnlicher Raum, in dessen Mitte der Flokatiteppich. Die Decke wurde von Holzpfeilern gestützt, an die Moritz Prospektentwürfe und Fotos geheftet hatte. Die geweißelten nackten Wände wirkten in ihrer Höhe ungemütlich. Zwischen den Fenstern ein Bild von Max aus früheren Zeiten. Lea erkannte es an den Farben. Wenige Möbel, Stühle, die nicht zusammenpaßten, Blumentöpfe auf dem Fußboden, aufgeschichtete Decken, mehrere Paar Schuhe, in der Ecke eine Hängematte und am einen Ende des Flokatis ein einzelner Barhocker. Es roch nach Pfeifentabak und von der Kochecke her nach Kaffee. Die Tassen waren unterschiedlich und reichten nicht. Moritz bot Gläser an, der Zuckerlöffel wurde gemeinsam benutzt. Aschenbecher mußte man sich suchen. Bis auf Lea hatten sich alle gesetzt. Nur der Barhocker war noch leer, ragte wie ein kleines Podest, das sie jetzt bestieg, über die Köpfe der anderen. Max fehlte. Nur Moritz schien wissen zu wollen, wo er abgeblieben war, überlegte, ob er telefonieren sollte.

Warum? fragte Lea und lächelte von ihrem Barhocker herunter Moritz ins Gesicht, das langsam rot wurde. Dann begann sie von ihrem Besuch beim Museumsdirektor zu berichten und wie schwierig es gewesen sei, ihn für die gemeinsame Sache zu gewinnen. Wie, rief die Queen voller Bewunderung, wie hast du das gemacht? Keiner wollte es so recht glauben, und Lea mußte die ganze Geschichte noch einmal erzählen. Jetzt schmückte sie die eine oder andere Bemerkung etwas aus, besonders aber ihre fantasievolle Schilderung der einzelnen, von der Gruppe geplanten Aktionen, mit denen sie am Ende den Mann so überzeugt habe, daß man mit seiner Hilfe zu Geld kommen könne.

Sie habe, so sagte Lea weiter, Firmen vorgeschlagen, bei denen man mit Unterstützung des Museumsdirektors vorsprechen solle, um an Spenden heranzukommen. Auch Banken schienen ihr geeignet, von Privatpersonen oder Vertretern des öffentlichen Lebens ganz abgesehen.

Siehste, Moritz, sagte Joker, so muß man das machen!

Moritz antwortete nicht, blies blauen Tabakrauch aus, hob nur die Hand. Jeder sah, daß ihn Jokers Bemerkung verletzt hatte.

Ohne Moritz geht nichts, sagte Lea, sprang vom Barhocker und stellte sich hinter ihn. Liebevoll und kumpelhaft drehte sie ihn zu sich herum. Du und ich, wir müssen ein Konzept machen, das habe ich dem Museumsdirektor versprochen!

Wieso ihr? fuhr Suse dazwischen, es sind unsere Aktionen!

Aber einer mußte die Sache zu Papier bringen. Die Frage war nur, was konzipiert und wie konzipiert werden sollte.

Als sich herausstellte, daß der Museumsdirektor nur den Museumsgarten zur Verfügung stellen wollte, bekam die ganze Sache einen Dämpfer. Die Queen und Joker wollten aussteigen, sahen sich nicht als Freiland-Künstler.

Moritz widersprach.

Wir machen doch keine Museumskunst für Experten, wir wollen doch das gemeinsame Erlebnis von Publikum und Künstler, oder nicht?

Eine Weile hörte Lea nur zu. Queen und Joker waren wieder eingestiegen. Arno schien in jedem Fall zufrieden, weil er so sein Happening im Museumsgarten enden lassen konnte. Suse sagte, sie brauche für ihre Aktionen keinen Raum, die wären überall durchführbar, wo Menschen seien.

Arno hatte ein Stück Kreide gefunden, mit dem er die Grundrisse des Museumsgartens auf den Fußboden malte.

Wir brauchen eine gemeinsame Zielrichtung, von der aus wir eine Programmgestaltung vornehmen.

Aber genau das wollten die anderen nicht. Das Erleben von Kunst kann keine Zielsetzung haben, behauptete Joker, es muß zur Ursache werden.

Ursache von was?

Idiot!

Suse mußte eine zweite Kanne Kaffee aufbrühen.

Ein Ereignis, sagte Lea, es muß ein Ereignis werden, das Kunst und Leben gleichermaßen aufzeigt. Ein Fest, das beides verbindet. Essen, Trinken, Hören, Sehen, Spielen, Kunst begreifen, sich selbst begreifen. Lea fuhr fort, daß, von dieser Perspektive aus gesehen, alle Aktionen im Garten stattfinden könnten. Zum Beispiel Suses Gebrauchsanweisung, wie der Mensch mit Hilfe eines Handzettels zum Kunstobjekt wurde. Oder das Loch in der Postkarte, mit dem man sein eigenes Bildmotiv bestimmte. Die Geräuscheorgel, die erst dann zum Objekt wurde, wenn der Zuschauer ihr Töne entlockte. Nur Jokers Setzkästen mußten größer werden als geplant.

Als Max hereinkam, sah er Lea auf dem Barhocker sitzen, dicht neben ihr Moritz, dem sie sich bei jedem zweiten Wort zuwandte. Er hörte eine Weile zu, schüttelte den Kopf über den Unsinn, der hier verzapft wurde. Wie Lea lachte, wie sie Lob einsteckte, den anderen nach dem Mund redete, Moritz an ihre Seite zog, gerade von ihm jeden Gedanken bestätigt haben wollte, das machte ihn ärgerlich.

Die Queen und Suse lagerten mit angezogenen Beinen auf dem Flokati, zwischen sich Joker. Alle drei waren mit Filzstiften und großen Papierbögen ausgerüstet, auf denen sie in bunten Farben Markierungen setzten und Positionen für ihre Aktionen festlegten. Arno redete unverdrossen auf Moritz und auf Lea ein, von der er behauptete, daß sie genau wisse, wie seine Botschaft ablaufe.

Ja, ja, sagte Lea, das Begreifen des Wechsels von Fantastischem und der Gleichform des Alltags.

Wieder so ein Blödsinn. Max hätte gern eine spöttische Bemerkung gemacht, aber was er auch sagen würde, es würde ihm doch keiner zuhören.

Ist was mit dir? fragte Suse, die zufällig hochblickte.

Nein, sagte Max, es ist nichts mit mir.

Er schob sich langsam auf Lea zu. Er hätte sie gern an die Hand genommen, um mit ihr von hier wegzugehen, um sie aus allem herauszuhalten, was nichts mit ihnen beiden zu tun hatte. Es gelang ihm, sich zwischen sie und Moritz zu drängen und die beiden um eine Armeslänge voneinander zu trennen.

Komm mit mir, sagte er zärtlich, drehte sich um und ging so leise und unauffällig weg, wie er gekommen war.

Das würde dir so passen, brummte Moritz leise.

Aber Max hörte es nicht. Die Tür schlug ins Schloß. Von nun an gelang es Lea nicht mehr, sich auf das Thema zu konzentrieren. Sie starrte die Tür an, hinter der Max verschwunden war, so, als müßte er jeden Augenblick wieder hereinkommen.

Kommst du wieder? fragte Moritz, als sie aufstand und ging. Keine Antwort. Hinter der Tür ein Flur mit weiteren Türen. Eine davon mußte zur Treppe führen, welche?

Ein Kind schrie, schrie vor Vergnügen, lachte und schien ganz außer Rand und Band zu sein. Lea drückte die Klinke herunter. Katharina.

Sie lag auf dem Rücken, die Knie angezogen und die Fußsohlen aufwärts gerichtet, auf denen ein kleiner Junge sein Hinterteil zurechtrückte.

Achtung, Jimmy, schrie Katharina und streckte in einem Schwung die Beine geradeaus. Jauchzend flog Jimmy durch die Luft, krümmte den Rücken und plumpste auf das nahegelegene Sofa, wo er japsend vor Vergnügen liegenblieb.

Noch mal, noch mal!

Dann sah er Lea in der Tür stehen.

Guck mal, sagte er, guck mal die da!

Er kam auf Lea zugelaufen, zerrte sie an der Hand zu Katharina hin und forderte Lea auf, sich ihrerseits mit Hilfe von Katharinas Füßen auf das Sofa abschießen zu lassen.

Das ist sehr schön, sagte er, probier es mal!

Er begriff nicht, warum sich Katharina schweigend erhob.

Max, fragte Lea schließlich, hast du ihn gesehen?

Katharina schüttelte den Kopf, ließ sich wieder auf den Rücken fallen und placierte Jimmy auf ihre Füße. Schwupp – und er flog aufs Sofa, jauchzte und kümmerte sich nicht mehr um die fremde Frau.

Die gegenüberliegende Tür führte zur Treppe. Lea ärgerte sich, daß sie den Ausgang nicht gleich gefunden hatte. Von Max war keine Spur mehr zu sehen.

Zuerst hatte Felix Katharina angebrüllt und war wieder in sein Zimmer gegangen. Zufall, daß er überhaupt ihren Auszug bemerkte. Sie hatte es nicht geplant, glaubte, er sei in der Klinik, und hatte es darauf abgesehen, allen Diskussionen aus dem Weg zu gehen.

Das Gartentor stand offen, und auf der Straße hielt ein alter VW, den ein junger Mann mit Taschen, Kisten und Koffern belud, die Katharina heranschleppte. Es fiel Felix auf, daß sie ununterbrochen auf dem Trab war, ganz außer Atem und nicht bereit, einmal stehenzubleiben oder sich auszuruhen. Sie lief die Treppen auf und ab, als wäre der Teufel hinter ihr her. Lea hielt sich wie immer um diese Tageszeit in ihrem Laden auf.

Das alles stellte Felix fest, als er während der Überprüfung eines Gutachtens, dessentwegen er nach Hause gekommen war, von dem, was da vorging, abgelenkt wurde.

Seine Frage, was das zu bedeuten habe, erschreckte Katharina so, daß sie schweigend an ihm vorbeihuschte und erst von der oberen Treppenstufe herunterrief, er möge sich nicht beunruhigen, alles sei okay.

Aber für Felix war nichts okay. Seine Tochter zog aus, die

zweite, die weglief. Er wartete, halb in der Türfüllung versteckt, bis Katharina wieder die Treppe herunterkam, ihre Nachttischlampe und ein Kofferradio in der Hand.

Ich erlaube es nicht, verstanden? brüllte er los und nahm ihr das Kofferradio weg, als ginge es ihm nur um den Abtransport dieses Gegenstandes. Katharina schwieg, und er wertete dieses Schweigen als versöhnliches Zeichen. So fiel es ihm leichter, sich zurückzuziehen, dennoch bleib ihm die Luft mit den Gedanken weg, sein Atem ging schwer, und er fühlte Speichel zwischen den Lippen, der heruntergeschluckt werden mußte, wie ein Stück Angst. Seine Frau ließ ihn im Stich, seine Kinder liefen weg, sein Haus war kein Heim mehr.

Durchs Fenster sah er, wie Katharina ihr Bettzeug zu dem Auto trug. Der junge Mann sagte wohl etwas Tröstendes und stopfte Kissen wie Decken auf den Hintersitz.

Felix wollte Katharina bitten zu bleiben, ihn nicht zu verlassen und den jungen Mann fortzuschicken, auch mit den Sachen, wenn es sein mußte. Er, Felix, würde neue kaufen. Aber er brachte nichts weiter fertig als sie zu umarmen. So standen sie eine Weile, horchten einer auf des anderen Herzschlag und sagten nichts, bis Katharina sich behutsam aus seinen Armen löste, ein paar Schritte rückwärts ging und winkte, als wäre sie bereits weit von Felix entfernt.

Am südlichsten Zipfel des Leibigschen Fabrikgeländes stand inmitten eines gepflegten Gärtchens ein Haus. Weiß gekalkt, nicht allzugroß. Mit rotem, schrägem Ziegeldach nahm es sich gegenüber den mächtigen Fabrikhallen recht ungewöhnlich aus. Eine Wohngegend war das hier nicht. Max ging langsam den Fußpfad an der spärlich wachsenden Hecke entlang auf das Grundstück zu. Wie oft war er hier als Kind hin- und hergelaufen, hatte Steine geschleppt und Mörtel gerührt, war zur Hand gegangen und hatte, wie Arthur Klätke lächelnd meinte, seinen Anteil am Aufbau des Eigenheims geleistet. Später, wenn der Vater ihn mit in die Fabrik nahm, nutzte Max jede Gelegenheit, um zu Mutter Klätke zu entwischen, wo er Schmalzstullen bekam und im Sommer soviel Erdbeeren vom Strauch pflücken durfte, wie er essen konnte. Herr Klätke, den der Vater Arthur nannte, obwohl Herr Klätke wesentlich älter als Herbert Leibig war, hatte Grundstücke und Material zum Bau des Hauses für lebenslange treue Dienste geschenkt bekommen. Solange Max denken konnte, gehörte Arthur Klätke, den Max übrigens auch Arthur nannte, zur Familie und zur Fabrik.

Junior, pflegte Arthur Klätke seit Jahr und Tag zu sagen, alles, was ich habe, verdanke ich deinem Vater, und das ist viel.

Max konnte sich nicht besinnen, je anders als Junior von Arthur Klätke genannt worden zu sein. Arthur Klätke war davon nie abzubringen gewesen, hatte es auch nicht lassen können, Max mehr und mehr mit den väterlichen Rundstrickmaschinen, Cottonmaschinen, Kettel- und Strumpfnähmaschinen vertraut zu machen. Deshalb begann Max mit der Zeit, Arthur Klätke aus dem Weg zu gehen, und verzichtete auch auf die Besuche bei Mutter Klätke, deren Schmalzstullen und Erdbeeren.

Die Hecke war trotz ihrer Spärlichkeit im Laufe der Jahre höher geworden, und vor dem Haus stand eine Platane, ein Geschenk von Herbert Leibig zur Feier von Arthur Klätkes letztem Arbeitstag in der Fabrik. Eine Erinnerung an die Heimat, hatte Herbert Leibig in seiner Ansprache gesagt, ein Symbol der Gradlinigkeit und der Zuverlässigkeit, aber auch eine Mahnung, daß die Heimat nicht vergessen werden dürfe.

Es hatte Applaus gegeben, und danach war der bereits mehrere Meter große Baum eingepflanzt worden. Zunächst war er eingerüstet, doch inzwischen stand er längst frei, war groß und ausladend. Darunter befand sich eine von Arthur Klätke selbst gezimmerte Bank, auf der er gern saß, den Blick auf die Fabrik gerichtet, während Mutter Klätke mit einer gewissen Verbissenheit die gute alte Zeit vor dem Tag lobte, mit dem sie zurechtzukommen hatte.

Schon von weitem sah Max die alten Klätkes unter der Platane auf der Bank sitzen. Er vom Alter ein wenig gekrümmt, sie mit breit ausladendem Hinterteil, zwischen den Oberschenkeln eine Schüssel, in der sie Gemüse putzte.

Der Junior, rief Arthur Klätke erfreut, als er Max am Gartentor stehen sah, und Mutter Klätke erklärte den Besuch zu einer seltenen Überraschung. Wir sind halt alte Leute, meinte sie, und für den Junior nicht mehr interessant. Dabei tätschelte sie liebevoll Max' Gesicht und ließ ihn zwischen Arthur und sich auf der Bank Platz nehmen.

So saßen sie eine Weile alle drei unter der von Herbert Leibig spendierten Plantane und fragten nach dem gegenseitigen Wohlbefinden.

Arthur Klätke kam schnell auf die Fabrik zu sprechen. Der Bau eines Kesselhauses, sagte er, sei unumgänglich, wenn Herr Leibig die Strumpffabrikation modernisieren wolle. Auch mußte Arthur Klätkes Meinung nach eine Verpackungsmaschine angeschafft werden, denn per Hand war das auf die Dauer nicht mehr zu bewältigen. Max hörte nicht zu, nickte und überlegte krampfhaft, wie er auf sein eigentliches Thema kommen sollte.

Mutter Klätke war inzwischen mit dem Putzen ihres Gemüses fertig geworden. Auch sie hörte ihrem Mann nicht zu, hatte für die neue Fabrik wie für die neue Heimat, wie sie Leimen nach vierundzwanzig Jahren immer noch nannte, nicht viel übrig und kam insofern Max unerwartet zu Hilfe.

Thalheim, seufzte sie und lehnte den Kopf an den Stamm der Platane, sei eben doch etwas ganz anderes gewesen.

Halb so groß, widersprach Arthur Klätke unwillig und zeigte auf die Fabrik, mit Leimen nicht zu vergleichen. Allein das Gelände, die Hallen, die Maschinen, wo wäre dafür in Thalheim Platz gewesen? Außerdem seien da jetzt die Kommunisten, und mit denen wolle er nichts gemein haben, am wenigsten die Heimat. Mit einem Schlag hätten die sich unter den Nagel gerissen, was einzelne Leute, so wie der Vater von Max, in jahrelanger Fleißarbeit aufgebaut hätten.

So wie Goldsteins, warf Max ein und sah geradeaus über das Gelände weg auf das Fabriktor.

Mutter Klätke seufzte tief und trug das Gemüse in die Küche. Mit dieser Geschichte wollte sie nichts zu tun haben. Arthur Klätke hatte die Erwähnung von Goldstein nicht mißtrauisch gemacht.

Junior, sagte er und klopfte Max vertrauensvoll auf die Schulter, Unkraut vergeht nicht.

Damit waren offensichtlich Goldsteins gemeint, denn Arthur Klätke fügte hinzu, wenn nicht Herr Leibig die Firma aufgekauft hätte, dann wäre es eben ein anderer gewesen.

Er zeigte hinüber zu den Hallen und meinte, daß das schließlich etwas anderes sei als der von Goldsteins übernommene Strickschuppen. Jede Mark sei zuviel gewesen, die der Vater habe bezahlen müssen. Das könne er, Arthur, genau beurteilen. Und dann ließ Herr Klätke durchblicken, daß seiner Geschicklichkeit und seinem Mut Max das künftige Erbe eigentlich zu verdanken habe.

Schließlich hätte der alte Goldstein ja auch schießen können, sagte er gewichtig. Es war Nacht, und es gab keine Zeugen.

Ein Jude, zur damaligen Zeit schießen? fragte Max.

Wenn er im Recht gewesen wäre? Aber der wußte schon, daß seine Bruchbude nicht mehr wert gewesen war. Und dann das Geld in der Nacht verlangen, in bar, zufrieden mit jeder Summe, die man anbot, das war faul, da brauchte man keine Rücksicht zu nehmen. Da konnte man – Arthur Klätke drehte seine Hand vielsagend von außen nach innen und kicherte fröhlich – die eingesparte Summe besser in neue Maschinen investieren.

Max war sprachlos. Weniger wegen der ihm schon bekannten Tatsache als wegen der Kumpanei, die Arthur Klätke bei Max, dem zukünftigen Erben der Leibigschen Strumpffabrik, voraussetzte.

Plötzlich hatte er Mühe, in der alten Vertrautheit neben dem Alten sitzen zu bleiben. Er scheute dessen Berührung ebenso wie dessen väterlichen Blick und bekam zu hören, daß die Thalheimer wie Pech und Schwefel zusammenhalten müßten.

Mutter Klätke war aus dem Haus zurückgekommen und stimmte dem zu, froh, daß die Unterhaltung zwischen Max und ihrem Mann eine Wende genommen hatte. Ja, ja, sagte sie wehmütig wie immer, wenn die Rede auf die Heimat kam, die Thalheimer, auf die sei Verlaß.

Ein paar Tage später kam Mutter Klätke aus dem Staunen nicht heraus. Nein so was, sagte sie ein ums andere Mal und schlug die Hände zusammen, daß man nichts voneinander gewußt habe, obwohl man so dicht nebeneinander wohne, und wie es denn der Mutter gehe.

Tot, sagte Lea, schon vor Jahren sei sie gestorben.

Ach Gott, nein, so ein Jammer!

Mutter Klätke holte Selbstgebackenes, kochte Kaffee, und dann wurde über Thalheim geredet. Sie nannte in singendem Thüringisch Namen für Namen, erwähnte sogar Schuberts Karl, den tatsächlich die Russen kurz eingesperrt und dessen Hund sie erschossen hatten. Angeblich war er den sowjetischen Soldaten dumm gekommen mit russischen Flüchen, die er im ersten Weltkrieg gelernt hatte, wo ihm sein Bein abhanden gekommen war. Ach ja, Mutter Klätkes Gedächtnis war scharf und ließ keinen Namen aus. Ihre Wangen röteten sich, ihre Augen glänzten in der Erinnerung, und hin und wieder mußte sie Lea streicheln, so glücklich war sie über den Besuch aus der alten Heimat, den Max mitgebracht hatte.

Lea fiel es schwer, Mutter Klätke mit dem, was zu sagen war, zu erschrecken. Max knabberte appetitlos an seinem Gebäck und entschuldigte sein Schweigen mit der Tatsache, daß er niemand mehr in Thalheim gekannt habe. Arthur Klätke überließ die Unterhaltung seiner Frau, fragte lediglich, ob Lea den Vater von Max kenne.

Dem Namen nach, antwortete sie, und dann weiß ich eben das, was man sich in meiner Jugend von Herrn Leibig erzählt hat.

Eine Pause trat ein, die alle außer Max verlegen machte. Der richtete sich auf, übersah Arthur Klätkes unruhigen Blick, auch Mutter Klätkes Hand, die an den Mund fuhr, und störte sich nicht an Leas hilflosem Lächeln, mit dem sie ihm zu verstehen gab, die Sache auf sich beruhen zu lassen.

Max hatte sie hier in etwas hineingezogen, was sie nichts anging. Warum sollte sie diese alten Leute, die sie kaum kannte, mit deren eigener Vergangenheit erschrecken? Um nicht weiter zu reden, stopfte sie sich den Mund voll Kuchen, was Mutter Klätke veranlaßte, erneut Kaffee einzuschenken. Lea lächelte ein Danke und lobte den Kuchen zum x-ten Male. Arthur Klätke atmete auf und blinzelte Max erleichtert zu.

Eine Katze sprang zum geöffneten Fenster herein, hob den Buckel, sah von einem zum anderen, sprang Arthur Klätke auf den Schoß und rollte sich schnurrend zurecht.

So ein Tier, sagte Herr Klätke und kraulte die Katze zwischen Ohren und Kehle, so ein Tier hat Gespür, das weiß, auf wen es sich verlassen kann.

Max schob Lea Kaffee und Kuchen vor der Nase weg.

Was hat man von meinem Vater erzählt?

Nicht doch, entfuhr es Herrn Klätke. Seine vom Alter wäßrig gewordenen Augen blitzten Max ärgerlich an. Wonach der Junior da gefragt hatte, war mehr als töricht, es war dumm.

Alles Geschwätz, Junior, wiegelte er ab, und keine Frage wert. Dabei wischte er mit der Hand über den Tisch, und die Katze sprang von seinem Schoß. Aufstehen und gehen wäre jetzt richtig gewesen, Lea wußte es ganz genau, zumindest erwartete das Arthur Klätke. Er rückte den Stuhl nach hinten und sagte, daß er eigentlich keine Zeit mehr habe. Natürlich, Lea erhob sich. Ganz ohne Hast und mit einem höflichen Lächeln an Herrn Klätke vorbei, gab sie Max das Zeichen zum Aufbruch. Sie wollte nichts mehr von Thalheim hören, nichts mehr mit den Nazimethoden des Herrn Leibig zu tun haben, und schon gar nichts mit denen von Arthur Klätke.

Vielen Dank, der Kuchen hat geschmeckt.

Aber Max blieb sitzen und rührte sich nicht vom Stuhl, wollte die Antwort auf seine Frage. Er ließ sich weder von Arthur Klätke noch von ihr beeindrucken, würde so lange sitzen bleiben, bis Lea die Goldsteins erwähnte und Arthur Klätke seine Schandtat zugegeben hatte. Und wenn sie es nicht tat, wenn sie sich schweigend davonmachte? Unwillkürlich starrte sie Max an. Er würde ihr nicht verzeihen. Doch selbst die Angst brachte sie nicht zum Reden. Vom Fabrikhof her waren die Motoren von Lkw's zu hören, deren brummende Geräusche die Worte in der Stube übertönten.

Plötzlich hatte Lea ein anderes Bild vor Augen. Frau Goldstein, wie sie blaß und zitternd in der Chauffeurswohnung saß. Frau Goldstein, der Lea Obst zu bringen hatte und die untätig auf der Bank saß, als gäbe es nichts mehr im Leben für sie zu tun. Von ihrem Platz aus konnte sie die Rückfront der Villa sehen, konnte sehen, wie aus mehreren Autos Leibigsches Hab und Gut mit Sorgfalt ins Haus getragen wurde, während Goldsteinscher Hausrat, der nicht mehr erwünscht war, auf einen Lastwagen flog, um Gott weiß wohin transportiert zu werden. Wenn es krachte und schepperte, zuckte Frau Goldstein zusammen, und als eine Kiste Bücher der Eile halber einfach ausgeschüttet wurde, um im Haus neu gefüllt zu werden, stand sie entsetzt von der Bank auf und hob die Arme, als müßte sie um Hilfe schreien. Aber sie schrie nicht, bewegte nur die Lippen und setzte sich wieder hin. Unheimlich hatte das ausgesehen und Lea veranlaßt, unbemerkt durch das Fenster, von wo sie gekommen war, wieder fortzugehen. Danach hatte sie noch eine Weile neben den Autos gestanden und sich die Sachen angesehen, die heraus- wie hereingetragen wurden. Darüber vergaß sie Frau Goldstein. Einen Tag später war sie mit ihrem Mann weg.

Niemand schien den Verlust ihres Eigentums nachzuempfinden, kein Mensch erwähnte die Ungerechtigkeit. Selbst die Mutter hatte Lea das Geschehen hinter vorgehaltener

Hand zugeflüstert. Danach kam es nie wieder zur Sprache und verschwand aus Leas Gedächtnis.

Dann war die Geschichte aufgetaucht, aber nicht als ein Elend für sich, sondern verknüpft mit Max und seinem Vater. Frau Goldstein, die damals höchstens so alt war wie Lea heute, Herr Goldstein, der um Besitz und Fabrik betrogen worden war und die beide kaum mehr retteten als ihr Leben: ihr Schicksal war vielleicht erwähnenswert, aber als Menschen interessierten sie nicht.

Vielleicht war das der Grund, warum Lea ganz unvermutet doch redete. Sie mußte sogar das Bedürfnis unterdrücken, eine von Mutter Klätkes Kaffeetassen zu zerschlagen, nur um die zu erwartende Empörung von Herrn Klätke mit Frau Goldsteins damaligem Leid vergleichen zu können.

Die Goldsteins, sagte Lea mit kratzender Stimme, die würde ich gerne fragen, wie es ihnen damals nach der Kristallnacht ergangen ist, oder wissen Sie es, Herr Klätke?

Ich? Nein, wie kommen Sie darauf?

Weil man es sich so erzählte.

Flüssig und leicht, als sei es eine Anekdote, berichtete Lea von Arthur Klätkes Betrug, den er im Namen von Herbert Leibig begangen hatte.

Lüge und Verleumdung, begehrte Arthur Klätke auf, er kenne keine Goldsteins, sei auch kein gebürtiger Thalheimer und verbitte sich im übrigen die böse Nachrede. Arthur Klätke wurde laut und ausfallend. Er drohte. Lea möge sich in acht nehmen und ihr Mundwerk hüten. In seiner und des Juniors Gegenwart solche Anschuldigungen zu verbreiten, könne ihr Ärger einbringen. Er schimpfte sich in seine Wut hinein, vielleicht auch in Angst, und hätte Lea am liebsten vor die Tür gesetzt. Sie lächelte nur, dachte mehr an Frau Goldstein, als daß sie Arthur Klätke zuhörte, und sagte schließlich:

Ich werde Frau Goldstein selber fragen.

Dann ging sie, und Klätke fand es gut, daß der Junior ihr folgte. Vielleicht konnte der die Angelegenheit ins reine bringen.

Mutter Klätke fand keine Worte, schluckte und räumte den Tisch ab, begriff nicht, warum die alte Geschichte nach dreißig Jahren wieder zur Sprache gebracht werden mußte.

Toll, sagte Max und griff nach Leas Hand. Arthur Klätke wird meinem Vater davon erzählen, und der...

...wird mir Schwierigkeiten machen, unterbrach ihn Lea. Darauf wußte Max keine Antwort zu geben und umarmte Lea statt dessen. Aber sie wich aus, rückte ein wenig zur Seite und sagte: Mir ging's dabei nicht um dich, mir ging es um die Goldsteins.

An Schlaf war nicht zu denken. Ein Auto nach dem andern fuhr die Untere Straße entlang, dazwischen Stimmen, hin und wieder Rufe. Im Weinloch und im Pop war Betrieb, das konnte Katharina in ihrem Zimmer hören.

Moritz hatte ihr den ganzen Nachmittag geholfen, nicht nur die Koffer heraufgetragen, sondern auch ein Regal angebracht, den Plattenspieler angeschlossen und die Lampe aufgehängt. Suse hatte ihren Kleiderschrank zurückgelassen, weil sie ihn vorläufig nicht brauchte. Suse war zur Queen gezogen, und die hatte eingebaute Schränke. Überhaupt roch hier alles noch ein bißchen nach Suse, und Katharina hatte während des Einzugs immer wieder Überbleibsel gefunden, die sie in einem Karton zusammengetragen hatte, um ihn Suse zu bringen. Schminkzeug, getrocknete Blumen, ein an die Wand gehefteter Brief, ein Glas mit Bonbons und ein Beutelchen Schmutzwäsche. Weiterhin fanden sich vereinzelte Farbtöpfchen, meist vertrocknet, und ein Foto von Bernd, auf dem quer und mit rotem Filzstift das Wort Scheißkerl geschrieben stand.

Moritz hatte nur die Schultern gezuckt. Bernds wegen sei Suse ausgezogen. Nur fürs Bett sei sie sich zu schade, habe sie gesagt und dabei wie ein Schloßhund geheult. Wenn ihm die Revolution wichtiger sei als sie, müsse er sie auch ohne sie zuwege bringen. Sie habe jedenfalls die Schnauze voll, nur die Nachtschwester für ihn zu spielen.

Katharina hatte das Foto zu den anderen Sachen in den

Karton gelegt und keine weiteren Fragen gestellt. Unwillkürlich war ihr Max eingefallen, und einen Augenblick lebte sie in der Wunschvorstellung, er wäre es, der ihr hier zur Hand ginge. Aber sofort tauchte Leas Bild auf, sie hörte deren Lachen, deren Spott und die Frage, was dieser Kulissenwechsel denn zu bedeuten habe. Ja, genau so hätte Ma sich ausgedrückt.

Später kam Brigitte mit Jimmy, der sofort in Suses Kiste herumwühlte und alle Bonbons aufaß.

Fang mit Moritz nicht so eine Tour an wie Suse mit Bernd, sagte Brigitte zu Katharina, und Katharina antwortete schnell, daß sie das nicht vorhabe. Moritz, der gerade dabei war, die letzten Dübel für das Regal in die Wand zu setzen, drückte Brigitte schweigend den Bohrer in die Hand.

Na gut, sagte sie und setzte die Arbeit ebenso fachmännisch fort, wie Moritz sie begonnen hatte.

Er sah ihr zu, nicht ohne Neugierde und mit zweideutigem Lächeln. Spätestens morgen, meinte er, werde Brigitte versuchen, Katharinas Position zu klären und ihre Problematik inhaltlich zu diskutieren.

Wie recht du hast, nickte Brigitte, man könnte glauben, du hast schon etwas gelernt.

Jimmy fragte, ob er heute nacht bei Katharina schlafen dürfe, was allgemein abgelehnt wurde. Hingegen schlug Katharina ihm vor, gemeinsam mit ihr zu baden, was Jimmy nach längerer Überlegung für das größere Vergnügen hielt.

Zum Abendbrot gab es von Moritz gekochte Spaghetti mit Tomatensoße. Katharina aß viel und sprach wenig. Einmal fragte sie nach Bernd, und Moritz sagte, Bernd nehme selten an Mahlzeiten teil, wohne mehr im ASTA-Büro als hier, oder er sei für die Revolution unterwegs. Als Jimmy im Bett lag, machte sich Brigitte auf den Weg in die Kinderladenversammlung. Ob Katharina mitkomme, wollte sie wissen.

Warum?

Na Mensch, sagte Brigitte, für dich ist das wichtig. Irgendwie mußt du doch mal dein Privatleben politisieren, beispielsweise aus deiner Isolation rauskommen.

Im Kinderladen?

Bestimmt eher als in deiner Kneipe.

Brigitte setzte sich noch einmal hin, dicht vor Katharina, und legte ihre Hand auf deren Arm. So einen Konflikt kannst du nur in der Solidarität unter Frauen lösen.

Katharina wußte nicht, von was für Konflikten Brigitte redete, noch weniger konnte sie sich vorstellen, wie sie ihr Privatleben politisieren sollte. Aber das gab sie nicht zu und behauptete, erst ihr Zimmer einrichten zu müssen.

Dann das nächste Mal, sagte Brigitte fröhlich, ohne eine Spur von Enttäuschung.

Gut so, sagte Moritz, als Brigitte draußen war. Auch er rückte jetzt dicht auf Katharina zu. Sie zuckte zusammen, als er die Hand hob, doch er berührte sie gar nicht, stopfte nur seine Pfeife. Kommst du nachher mit ins Cave?

So ist das, dachte Katharina. Er will sich mit mir zeigen, den Einstand eintanzen, damit es jeder sieht, wohin ich ab heute gehöre. Wut packte sie, Ärger über Moritz, der sich anschickte, von ihr Besitz zu ergreifen.

Könnt ihr mich nicht in Ruhe lassen? fragte sie unfreundlich, mich interessiert weder Brigittes Kinderladen, noch will ich mit dir ins Cave!

Abrupt stand sie auf und ließ Moritz mit den abgegessenen Tellern und Resten allein.

Ein paar Stunden mußte sie auf der Matratze gelegen haben. Jetzt war es Mitternacht, und sie hatte noch immer keine Lust, sich auszuziehen und unter die Decke zu schlüpfen. Moritz war allein weggegangen und ohne auf Wiedersehn zu sagen. Sicherlich war er verletzt. Es tat ihr leid. Wäre er hereingekommen, sie hätte ihn um Entschuldigung gebeten. Still war es in der Wohnung, der Lärm kam nur von der Straße her. Immer noch roch es nach Suse. Katharina kam sich auf ihrer eigenen Schlafstatt wie zu Besuch vor. Vielleicht hätte sie doch das eine oder andere Bild von zu Hause mit hierher nehmen sollen. Die Wände, mit ein paar Postern beklebt, waren nicht ihre vier Wände; nur die Bücher, die

Kleider und ein Foto von Jette, auch die Lampe mit dem von Mühmchen genähten Schirm gaben ihr das Gefühl einer gewissen Geborgenheit.

Ob Ma noch auf war? Ob sie tatsächlich so spöttisch reagierte, wie es sich Katharina vorgestellt hatte? Womöglich hatte sie sich schon längst in Katharinas Bett verkrochen, so wie sie sich zwischen Jettes Kissen nach deren Auszug in den Schlaf geheult hatte. Lange hatte sich Katharina das ausgemalt, ganz versunken in die Vorstellung von der Trauer der Mutter um den Verlust der Tochter. Jetzt war Ma allein und mußte zusehen, wie sie mit Pa zurechtkam. Es wäre kein Wunder, wenn sie sich das Haus in zwei Hälften teilten. Wie verloren die Mutter in der zu großen Küche ohne Mühmchen, Jette und Katharina wirken würde, wie sinnlos ihre Bemühungen, alles in Ordnung zu halten.

Immerfort dieser Lärm von der Unteren Straße her, der in Wellen fremde Fröhlichkeit nach oben trug. Das machte einsam und traurig. Gemeinsam mit Max, weg von Lea, wäre das hier eine andere Sache gewesen. Wenn wenigstens Jette dagewesen wäre, wenn sie sich an sie kuscheln und ihr allen Kummer ins Ohr hätte flüstern können.

Katharina drehte sich der Wand zu, zog alle Kissen, deren sie habhaft wurde, in ihre Arme und sagte leise hinein:

Ich bin von zu Hause weg.

Ein merkwürdiger Satz, einer, der die Situation veränderte, sowie er ausgesprochen war. Die Traurigkeit verschwand. Katharina ließ die Kissen los. Diesem Zimmer fehlte nichts weiter als Gemütlichkeit. Morgen würde sie Kerzen und Blumen kaufen und nächste Woche beim Sperrmüll das finden, was sie brauchte. Ein Sessel wäre schön und davor ein kleiner Teppich. Vielleicht würde sie die Wände streichen, vielleicht schon morgen, vielleicht sogar hellgrün.

Plötzlich ging die Tür auf. Den Rücken zum Zimmer zugewandt, kam Bernd herein, in den Händen ein Tablett mit Teekanne und Tassen. Er bewegte sich behend und machte selbst rückwärtsgehend den Eindruck, sich genau auszukennen.

Bißchen spät, sagte er und zog mit dem Ellbogen die Tür zu. Anschließend stellte er das Tablett auf einem nicht vorhandenen Möbelstück ab und sagte:

Da bin ich.

Geschepper. Nichts blieb ganz, und der Tee strömte dampfend auf Katharinas Matratze zu. Scherben übersäten den Fußboden, in deren Mitte Bernd stand, fassungslos und stumm, bis er Katharina entdeckte.

Wo kommst denn du her?

Katharina, die zusehen mußte, daß der Tee nicht in ihre Matratze rann, und mit einem Höschen von Suses Schmutzwäsche einen Damm baute, war vielmehr der Meinung, daß sie das zu fragen hätte.

Das ist Suses Zimmer, sagte Bernd, und Katharina antwortete: Das war Suses Zimmer, jetzt gehört es mir.

Und weil er immer noch auf der Stelle stehen blieb, begann sie die Scherben aufzusammeln und auf das Tablett zu häufen.

Na los, sagte sie, helfen kannst du wenigstens.

Bernd holte einen Lappen, wischte auf und trug auch das Tablett mit den Scherben hinaus. Alles ohne ein Wort zu sagen, blaß und mit verkniffenem Blick.

Komm, sagte Katharina, nachdem alles aufgeräumt war, wir rauchen noch eine.

Er tat ihr leid, wie er da neben ihr auf dem Bett hockte, Suses Auszug so ohne weiteres nicht zu verschmerzen schien und sich schließlich damit tröstete, daß er deren Verhalten für außerordentlich kleinbürgerlich hielt.

So ein individueller Terror, weißt du, mit dem kannst du jede Beziehung kaputtmachen, wo bleibt denn da die Perspektive?

Weiß ich nicht, weiß ich wirklich nicht.

Katharina hatte die Beine gekreuzt und den Kopf an die Wand gelehnt. Sie sprach langsam mit aufwärts gerichtetem Kinn, ohne Bernd anzusehen.

Brigitte sagte, daß Suse unheimlich geheult hätte. Du würdest nur mit ihr schlafen, sonst spiele sich zwischen euch nichts ab. Wahrscheinlich war das für sie keine Perspektive.

Keine Solidarität, ich sag's dir doch, fährt ganz aufs Privatleben ab, als gäbe es keinen Klassenkampf und keine Revolution. Objektiv gesehen ist das der totale Besitzanspruch, bürgerliche Scheiße, was Suse da bringt.

Vielleicht liebt sie dich.

Bernds Mund klappte zu, als hätte ihm Katharina etwas hineingeworfen. Er schnappte nach Luft und ließ sich rücklings auf die Matratze fallen.

Soll das vielleicht ein fortschrittlicher Standpunkt sein?

Und weil Katharina schwieg, keine Lust mehr zeigte, auf diese ihr ungewohnte Art persönliche Probleme zu diskutieren, bemühte sich Bernd um sie.

Und wie kommst du hierher?

Moritz wußte, daß ich von zu Hause weg wollte, und als Suse gestern ausgezogen ist, hat er mir Bescheid gesagt. So was muß schnell gehn, verstehst du?

Bernd verstand und hielt ihren Entschluß politisch für richtig durchdacht. Seiner Meinung nach drückte sich durch Katharinas Verlassen des Elternhauses der Widerstand der Unterdrückten gegen die Unterdrücker aus.

Wie das?

Ganz einfach, fuhr Bernd fort. Eltern sind zwar für eine Art Sozialfürsorge zu haben, aber nicht für Gleichberechtigung mit uns. Sie zeigen einfach keine Bereitschaft zur Veränderung der Machtverteilung. Ihr Herrschaftsdenken bringt mich auf die Palme und dich auch, sonst wärst du ja nicht hier.

Das stimmte. Katharina gefiel, wie Bernd ihren eigenen Entschluß politisch darstellte.

Und du, fragte sie vorsichtig, wo zeigst du Widerstand?

In der Solidarität, die dadurch begründet ist, daß Leuten unseres Alters nur geringe finanzielle Mittel zur Verfügung stehen. Du wirst schon begreifen, was das heißt, wenn du plötzlich mit deinem Problem nicht mehr allein dastehst. Das ist die Gewalt des kommunikativen Protestes, mit der alles anfängt.

Erst als Moritz kam, nahm das Gespräch eine Wendung. Im Cave sei nichts los gewesen, sagte er, Katharina habe nichts verpaßt. Sie lächelte ihm zu, froh, daß er ihre unfreundliche Reaktion auf seine Einladung nicht mehr übelnahm. Sie rückte zur Seite, damit er sich neben sie setzen konnte, und seine Nähe war ihr plötzlich angenehm.

Ich möchte wissen, sagte Bernd auf einmal spröde und ohne eine Spur von Freundlichkeit, wieso du Katharina in unsere Wohngemeinschaft aufgenommen hast, ohne mich vorher zu fragen.

Du warst nicht da, Brigitte habe ich gefragt, und außerdem bin ich hier der Mieter.

Arschloch, sagte Bernd, und noch einmal: Arschloch. Mit so jemand wie mit dir sollte man überhaupt nicht zusammenwohnen. Kehrst hier den autoritären Macker raus, nur weil du als Wohnungsmieter den Vertrag unterschrieben hast.

Moritz winkte ab.

Und wer hat Suse mir nichts dir nichts hier angebracht?

Aber ich habe euch gefragt, erwiderte Bernd.

Du hast uns nicht gefragt, du hast es uns gesagt, das ist ein Unterschied.

Plötzlich fühlte sich Katharina gar nicht mehr so wohl. Die beiden redeten miteinander, als wäre sie gar nicht da, als ginge es um irgendwelche exotischen Lebewesen, die sie sich je nach Bedarf in der Wohnung hielten. Wieso hatte Bernd so ausführlich mit ihr über den Sinn einer Wohngemeinschaft diskutiert, wenn er ihre Anwesenheit gar nicht wünschte?

Ich muß hier nicht wohnen, sagte sie, ich werde schon eine Unterkunft finden. Alles mögliche ging ihr dabei durch den Kopf, selbst der Gedanke, Jette nachzufahren. Sie stand sogar auf und gab ihren Worten damit etwas Endgültiges.

Nicht doch, sagte Bernd und hielt sie fest, das hat nichts mit deiner Person zu tun, mir geht es doch hier um den Grundsatz solidarischer Entscheidungen.

Und ich dachte schon, es geht um mich.

Wenn Katharina geglaubt hatte, Lea wäre über die Mitteilung, die Tochter sei ausgezogen, in Tränen ausgebrochen, dann irrte sie sich.

Nachdem sie mit Moritz davongefahren war, hatte Felix lange und geduldig auf Lea gewartet. Er hatte sich nicht einmal getraut, in ihrem Laden anzurufen, da er sich fürchtete, sie dort vielleicht nicht erreichen zu können. Länger als gewöhnlich war er in der Klinik geblieben, und länger als sonst hatte er für seinen Heimweg gebraucht. Statt sich mit Barbara zu verabreden, wie er ursprünglich geplant hatte, telefonierte er nur mit ihr.

Ohne Abendbrot zu essen hatte er sich in sein Zimmer gesetzt und einen Whisky nach dem anderen getrunken. Er war nicht bereit, Katharinas Auszug stillschweigend zu dulden, und seine Stimmung schwankte zwischen Rührseligkeit und Zorn. Schließlich entschied er sich dafür, Lea für den Weggang der Tochter verantwortlich zu machen.

Ausgezogen? fragte Lea nachdenklich, und Felix wiederholte zum dritten Mal: Ausgezogen.

Und dann passierte etwas, womit Felix nicht gerechnet hatte: Lea lachte. Es war kein fröhliches Lachen, keines, das einem Vergnügen entsprang, es klang eher triumphierend. Es kam Felix vor, als wäre mit Katharinas Auszug für die Mutter eine Erwartung erfüllt worden.

Ich verstehe dich nicht, brachte er mühsam hervor, es scheint dich zu freuen, daß Katharina uns verlassen hat.

Ja, antwortete Lea, in gewissem Sinn freut es mich. Weißt du, wohin sie gegangen ist?

Er reichte ihr einen Zettel, auf dem die Adresse und die Telefonnummer von Moritz standen.

Sie nickte nur, lächelte noch immer befriedigt vor sich hin.

Wer ist dieser Kerl, schrie Felix plötzlich außer sich, daß er glaubt, sich an mein Kind heranmachen zu können?

Er schimpfte, fluchte, wartete auf keine Antwort.

Lea sah ihm so lange zu, bis ihm nichts mehr einfiel, womit er seine Empörung ausdrücken konnte. Erst dann sagte sie ohne Spott, daß es sich um keinen Kerl handelte, zu dem Katharina gezogen sei, sondern um eine Wohngemeinschaft, die sie wohl dem Elternhaus vorziehe.

Wohngemeinschaft! ahmte Felix Lea verächtlich nach, diese Brutstätten des Widerspruchs. Soweit hast du es also mit deiner Erziehung gebracht.

Weiter hörte Lea nicht zu, sondern verließ ohne ein Wort der Rechtfertigung das Zimmer. Sie überlegte, ob sie nachschauen sollte, was Katharina mitgenommen hatte. Es wäre gut, wenn es etwas hinterherzutragen gäbe, eine Kleinigkeit, nur als Zeichen des Einverständnisses. Sie beneidete die Tochter. Auf und davon. Was Lea nicht gelang, hatte Katharina ganz allein fertiggebracht.

Am nächsten Tag würde sie Katharina anrufen oder sie besuchen, um ihr etwas zuzustecken.

Sie holte ihr Bettzeug ins Gastzimmer. Sie dachte nicht an Felix und kaum an Max. Sie fühlte sich als Katharinas Verbündete. Sie schlief schnell ein und wachte auch nicht auf, als sich Felix über sie beugte und sie lange ohne Neugierde betrachtete.

Einen Tag später kam ein Brief von Jette. Felix fand ihn im Briefkasten und nahm ihn mit in die Klinik, obwohl er auch an Lea addressiert war. Er hatte keine Lust, ihn zu Hause zu öffnen. Aber auch in der Klinik las er ihn nicht, sondern legte ihn in seinem Sprechzimmer auf den Schreibtisch, um sich nach der Visite damit zu beschäftigen. An diesem Tag fehlte ihm der sonst so fröhliche Schwung. Es unterblieben die üblichen Ermunterungen, die väterlichen Gesten, mit denen er hin und wieder über den Kopf eines Patienten strich oder auf Schultern klopfte. Wortkarg lief er Bett für Bett ab, mehr mit den Krankengeschichten beschäftigt als mit den Kranken, die ihn wie jeden Tag hoffnungsvoll ansahen.

Den Rest, sagte Felix auf dem Flur zu seinem Stationsarzt, den können Sie allein machen. Ich bin zur Nachbesprechung wieder da.

Liebe Ma und lieber Pa, schrieb Jette, das ist mein erster Gruß an Euch. Ich sitze auf einem Stein zwischen Olivenbäumen vor unserem Haus, denn Stühle haben wir noch nicht. Das Häuschen, in dem wir wohnen, gehört einem Bauern, der es nicht mehr bewohnt. Es liegt einsam zwischen Weinbergen und Olivenbäumen inmitten der toskanischen Hügel. Wenn wir es wieder in Ordnung bringen, können wir hier wohnen, ich hoffe, für immer. Es muß eine Menge repariert und erneuert werden, das Dach, der Kamin. Und vor allem müssen wir den Brunnen reinigen, was nicht einfach ist. André und ich arbeiten von morgens bis abends. Seit gestern haben wir eine kleine Ziege, die mit uns im Haus wohnt, da wir ihren Stall erst noch bauen müssen. Unsere zwei Hühner sind viel kleiner als die in Deutschland und schlafen nachts in den Bäumen. Die Ruhe und Stille hier sind vollkommen, alles wird von der Natur bestimmt, meine Arbeit, mein Denken, mein Gefühl für Zeit. Langsam begreife ich, wie wahnsinnig es ist, keine Zeit zu haben, denn Zeit ist unendlich. Ich möchte lernen, mich darin zurechtzufinden. Heidelberg ist weit weg von mir, auch Ihr beide in Eurer Unermüdlichkeit, Eurem Wunsch nach Perfektion und gesellschaftlichem Ansehen. Ihr kämpft gegen die Zeit an, Ihr wollt sie beherrschen, statt sie zu akzeptieren. Ich möchte mich ihr unterwerfen, um mich selbst wahrzunehmen und zu erkennen. Es gibt Tage, da rede ich kein Wort. Ich kann Stunden im Gras zwischen Steinen liegen, einsam, glücklich und weinend. André geht es ähnlich. Er sagt, auch das sei ein Freiwerden von Energie, wie es bei Entscheidungen geschieht, die Unabhängigkeit auslösen. Ich weiß nicht, ob Ihr das versteht. Aber Katharina wird es verstehen und es Euch erklären. André hat heute Holz und Ziegel gekauft, um unsere Küche zu bauen. Bis jetzt habe ich draußen an der Nordseite des Hauses meine Kochstelle. Fleisch essen wir fast nie. Am billigsten ist Polenta mit Tomatensoße, dazu trinken wir Kräutertee. Ich merke richtig, wie sich mein Körper bei dieser natürlichen Ernährung wohl fühlt.

Ich weiß gar nicht, ob ich Euch mit meinem Brief eine Freude mache. Vielleicht wollt Ihr nichts mehr von mir wissen, aber ich vergesse Euch nicht, Eure Jette.

Nicht ein Wort der Entschuldigung, dachte Felix, nicht ein Wort der Erklärung, warum sie so plötzlich fortging. Keine Frage nach dem Wohlergehen von Mutter und Vater. Auch vom Kummer, den sie ihnen zugefügt hatte, sprach sie nicht. Hingegen haderte Sie mit seinem Fleiß und seinem Pflichtbewußtsein.

Felix legte den Brief zusammen, faltete ihn wieder auseinander, glättete ihn und las Satz für Satz noch einmal. Den einen oder anderen sprach er laut aus und reihte auf diese Weise nur das für ihn Wesentliche aneinander, was dem Brief einen anderen Sinn gab. Das wiederholte er mehrmals und ließ sich dabei nicht stören. Seine Stimmung wurde besser, seine Nervosität ließ nach. Und bevor er zur Nachbesprechung auf die Station ging, rief er Lea an und sagte, ohne Widerspruch zu dulden, daß er sie und Katharina heute abend zu Hause erwarte.

Es gelang Lea nicht, sich zu widersetzen, und kaum hatte Felix aufgelegt, rief sie Katharina an.

Pa will, daß du heute abend nach Hause kommst.

Willst du das auch?

Ich würde dich nie herbestellen, wie er es tut.

Gut, ich komme, aber nur für zwei Stunden.

Sie hatten zusammen gegessen und getrunken und dabei Höflichkeiten ausgetauscht, darauf bedacht, sich gegenseitig nicht zu verletzen. Sie beobachteten sich in den Pausen, dachten mühsam darüber nach, was noch gesagt werden könnte. Es blieb nicht viel. Etwas über die Klinik, etwas über den Laden, später wurde noch der Garten erwähnt, den Felix umgestalten lassen wollte, und der neue Wagen, den er wahrscheinlich kaufen würde. Von Katharinas Umzug in die Wohngemeinschaft wurde nicht gesprochen. Felix hatte lediglich zur Kenntnis genommen, daß es ihr dort gefiel.

Dann legte er den Briefumschlag auf den Tisch.

Sie hat geschrieben, sagte er.

Was?

Felix hob die Stimme, zärtlich und leise, griff mit beiden

Händen nach Lea und Katharina, hielt sie rechts und links fest, als gälte es, sie irgendwohin zu führen, und sagte, daß sie jetzt alle zusammenhalten müßten, denn es gehe um Jette. Weder Lea noch Katharina rührten sich, ganz benommen von dieser Fürsorglichkeit, mit der sie beide nichts anzufangen wußten.

Was ist denn mit Jette? fragte Lea schließlich und griff nach dem Briefumschlag. Felix hielt Leas Hand sanft zurück. Er würde es ihnen schon erzählen, sie sollten nur zuhören.

Jette lebte in totaler Vereinsamung in einer toskanischen Bruchbude. Keine Küche, kein Wasser, kein elektrisches Licht. Sie koche ihren Mehlbrei, denn zu mehr reiche das Geld nicht, im Freien. Zwischen jeder Zeile sei die Bitte um Hilfe zu lesen. Tapfer und eigensinnig, wie sie nun einmal sei, versuche sie, in diesem ganzen Schlamassel, in den sie durch ihr Fortlaufen geraten sei, eine Art Unabhängigkeit zu sehen. Aber er könne als Vater in diesen beschränkten Lebensverhältnissen weder eine Unabhängigkeit erkennen noch eine Verbesserung im Vergleich zu dem, was sich Jette zu Hause geboten habe. Am Schluß des Briefes, in der letzten Zeile, zeige sich deutlich, daß Jette hoffe, von der Familie nicht im Stich gelassen zu werden. Und er zitierte: Vielleicht wollt Ihr nichts mehr von mir wissen, aber ich vergesse Euch nicht.

Das, sagte Felix, habe ihn zu dem Entschluß geführt, nach einer gemeinsamen Lösung zu suchen, und sein Vorschlag laute, nach Italien zu fahren, um Jette aus ihrer mißlichen Situation herauszuholen.

Wer? fragte Katharina, wer soll denn fahren?

Wir drei, antwortete Felix etwas zu feierlich, einer allein wird nichts ausrichten. Sie muß fühlen, daß wir sie alle brauchen, vermissen und daß sie zu uns gehört. Er wollte noch mehr sagen, etwas von Familienzusammenhalt und von Verpflichtungen, doch Lea unterbrach ihn.

Ich fahre nicht mit, sagte sie und griff nach dem Briefumschlag. Wo ist der Brief?

Er habe ihn in der Klinik vergessen, aber der Inhalt entspreche dem, was er gesagt habe. Ob einer von beiden vielleicht daran zweifle?

Ja, sagte Katharina, ich.

Sie hatte so entschlossen geantwortet, daß Felix zusammenzuckte. Er schwieg. Langsam nahm er seine Hände zurück und legte sie ineinander. Er hatte keine Kraft mehr, seinen Vorschlag noch einmal zu wiederholen, statt dessen erfüllten ihn Enttäuschung und Leere. Stumm und verloren blieb er zwischen den beiden sitzen. Einen Augenblick war Lea versucht, ihn zu streicheln. Dann sagte sie:

Ich möchte den Brief selber lesen. Hast du ihn nicht vielleicht doch bei dir?

Gehorsam kramte er in seinen Taschen, brauchte Zeit und zog ihn schließlich hervor.

Komisch, sagte er, ich dachte, ich hätte ihn wirklich liegenlassen. Dann stand er auf und ließ Lea mit Katharina allein. Sein Gang war nicht so elastisch wie sonst, seine Haltung auch nicht so aufrecht. Aber das machte nichts, denn weder Lea noch Katharina sahen ihm nach.

Seit Herbert Leibig seine Strumpffabrik von Thalheim in Thüringen nach Leimen bei Heidelberg verlegt hatte, besaß Arthur Klätke das Privileg, jederzeit und unangemeldet das Chefbüro zu betreten. Niemand konnte behaupten, daß er diese Sondererlaubnis ausgenutzt hätte. Im Gegenteil, Herbert Leibigs langjährige Sekretärin erinnerte sich nur an drei solcher außergewöhnlichen Besuche. Einmal hatte es in der Fabrik gebrannt, das zweite Mal ging es um das Gerücht, die Arbeiter wollten streiken, und das dritte Mal war Arthur Klätke besoffen gewesen. Wenn auch nur bei den beiden ersten Malen der Besuch gerechtfertigt gewesen war und zum Nutzen der Firma beigetragen hatte, zeigte Herbert Leibig nicht weniger Verständnis beim dritten Mal, als sein ehemaliger Chauffeur in betrunkenem Zustand auftauchte.

Zum Erstaunen der Sekretärin wurde ihr aufgetragen, Kognak zu holen, Telefonate abzuwimmeln und überhaupt den Chef mit Arthur Klätke ungestört zu lassen. Stunden später dröhnte Gelächter durch die gepolsterte Tür, und sie hätte schwören können, Gesang gehört zu haben. Das, hatte Herbert Leibig am nächsten Tag zu ihr gesagt, sei eine Form der Kameradschaft und der Zugehörigkeit, auf die Verlaß sei.

Nach seiner Pensionierung hatte sich Arthur Klätke nicht mehr im Chefbüro blicken lassen, und man hätte meinen können, daß mit dem Arbeitsverhältnis auch der Anspruch auf derlei Besuche erloschen sei.

An diesem Tag nun war es anders. Arthur Klätke witterte eine Aufgabe. Lang und breit hatte er über deren Lösung nachgedacht und schließlich seine Frau aufgefordert, Sonntagshose und dazugehörige Jacke auszubürsten.

Ich muß zum Chef, Mutter, sagte er und machte sich ans Rasieren.

Mutter Klätke gehorchte schweigend, wenn auch seufzend. Wenn Arthur nicht wollte, gab er keine Auskunft, da war alles Fragen vergeblich. Vom Flur aus sah sie ihm zu, wie er so sonntäglich herausgeputzt vor dem geöffneten Kleiderschrank stand und darin herumsuchte. Das empfand Mutter Klätke als eine Verletzung ihres Bereichs, sie wurde böse.

Da hast du nichts zu suchen, sagte sie und rückte zurecht, was er in Unordnung gebracht hatte.

Die Mütze, murmelte Arthur Klätke, ich muß meine Mütze haben.

Ohne daß er sagte, um welche Kopfbedeckung es sich handelte, wußte Mutter Klätke Bescheid. Für ihren Mann hatte es immer nur eine Mütze gegeben, und die war seit vierundzwanzig Jahren verpackt.

Wozu brauchst du die Mütze?

Ich brauche sie eben, sagte Arthur Klätke und hatte dabei etwas im Blick, was Mutter Klätke stutzig machte.

Vielleicht bleibst du lieber zu Hause, Arthur, wir sind alte Leute, wir haben nichts mehr zu sagen!

Ihr Einwand machte Arthur Klätke nur ärgerlich. Er bestand auf seiner Mütze, und Mutter Klätke holte sie aus der Kommode hervor, wo sie, in eine Plastiktüte gewickelt und mit Seidenpapier ausgestopft, in einem Pappkarton lag. Daß sie nach Mottenkugeln roch, störte Arthur Klätke nicht. Er setzte sie auf, etwas schräg und darauf achtend, daß die Chauffeurskokarde die Mitte seines Kopfes einnahm.

Jesusmaria, sagte Mutter Klätke und wischte sich über die Augen, jetzt fehlt nur noch die Uniform und das Auto von Herrn Leibig, dann wär's wie früher.

Das Fahrrad tut's auch, winkte Arthur Klätke und hatte mit der Mütze auf dem Kopf eine Stimme bekommen, die eine gewisse Entschlossenheit versprach.

Es war Sonntag und daher anzunehmen, daß sich Herbert Leibig in seinem Haus in der Panoramastraße aufhielt. Arthur Klätke legte die wenigen Kilometer nach Heidelberg in einem für sein Alter beachtlichen Tempo zurück. Einen Augenblick hatte er überlegt, wie er sich verhalten sollte, wenn er dem Junior begegnete, wenn der gar bei dem Gespräch mit dem Chef dabei wäre. Das hatte zur Folge, daß er vom Rad stieg und ein wenig zu Fuß ging. Einesteils gefiel ihm das Vorhaben, das er sich zur Aufgabe gemacht hatte, gar nicht, andererseits erlaubte ihm sein Treuegefühl keinen Rückzug, und außerdem hatte die Geschichte ja nichts mit dem Junior zu tun, sondern mit der Thalheimer Lea.

Der Arthur, staunte Hilde Leibig, und weil er seine Mütze trug, sah sie sich verpflichtet, Kaffee und Kuchen in der Küche anzubieten. Das wies Arthur Klätke weit von sich. Bestürzt sah er Frau Leibig an und gab ihr höflich zu verstehen, daß er dem Chef eine Meldung machen müsse.

Zweimal hörte sich Herbert Leibig diese Meldung an. Die Wiederholung fiel Arthur Klätke besonders schwer, da er in der Aufregung die einzelnen Details des ersten Berichts mit solchen des zweiten durcheinanderbrachte.

Ganz ruhig, Arthur, sagte Herbert Leibig, kein Grund zur Aufregung, und immer schön der Reihe nach.

Es war schon beeindruckend, wie der Chef sich unter Kontrolle hatte. Kein Muckser in seinem Gesicht, schon gar nicht irgendein Zeichen von Angst, dachte Arthur Klätke. Es beeindruckte ihn so, daß er an der Wichtigkeit seiner Mitteilung zu zweifeln begann und verlegen nichts für ungut sagte. Er war jetzt sogar darauf gefaßt, hinausgeworfen zu werden. Ununterbrochen drehte er seine Mütze zwischen den Händen und hätte am liebsten schon wieder auf seinem Fahrrad gesessen. Wenn das Unglück es wollte, forderte ihn der Chef noch ein drittes Mal auf, die Geschichte zu erzählen.

Herbert Leibig machte sich eine Notiz, von der Arthur Klätke nicht wußte, ob sie im Zusammenhang mit seiner Nachricht stand, und er kam sich wiederum überflüssig vor. Als habe Herbert Leibig seine Gedanken gelesen, hob er jetzt den Kopf und nickte ihm zu.

Wenn *Sie* mir das sagen, Arthur... Er redete nicht weiter, Arthur verstand auch so, was gemeint war, und fühlte sich erleichtert. Der Chef griff plötzlich in die linke Schublade seines Schreibtischs, holte ein Fernglas hervor und richtete es auf seine Fabrik.

Eine Weile überlegte Arthur Klätke, was das für einen Sinn haben könnte, kam aber zu keinem Ergebnis und wartete ab.

Ach ja, sagte Herbert Leibig, als wäre er aus einem ganzen Bündel von Gedanken gerissen worden, und reichte Arthur das Glas. Als wenn das so einfach auf die alten Augen einzustellen gewesen wäre. Arthur mühte sich redlich ab, bis er die Fabrik im Visier hatte, um dann das eigene Häuschen ins Blickfeld zu kriegen, bekam aber nur das Dach zu sehen.

Und wie, fragte der Chef ganz nebenbei, aber doch so, daß Arthur Klätke aufhorchte, wie ist diese mir nicht bekannte Thalheimerin in Ihr Haus gekommen?

Ein Zufall war es nicht, und es schien Arthur Klätke an der Zeit, mit der vollen Wahrheit rauszurücken. Das bereitete ihm Unbehagen. Das Fernglas dicht an die Augen gedrückt, weder die Fabrik noch sein Eigenheim betrachtend, sondern gar nichts, sagte er: Der Junior hat sie mir gebracht.

Mein Sohn? staunte Herbert Leibig, und Arthur Klätke hörte ganz genau die Unruhe aus der Stimme seines Chefs heraus.

Ich möchte annehmen, sagte er, straffte den Rücken und legte das Fernglas zurück auf den Schreibtisch, die Frau hat sich an unseren Junior herangemacht.

Und weshalb?

Daß das wohl kaum einer Antwort bedurfte, traute sich Arthur allerdings nicht anzudeuten, und so hob er nur die Schultern und wackelte mit dem Kopf. Aber das reichte nicht aus, der Chef wollte seinem Verdacht nicht zustimmen, und so fuhr Arthur fort, daß es sich bei der Lea aus Thalheim um eine Frau handle, die seiner Meinung nach vom Alter her kein Umgang für den Junior sei, und genau das gebe ihm zu denken und habe ihn veranlaßt, dem Chef die Sache zu melden.

Herbert Leibig stand auf, klopfte Arthur mehrmals fest auf die Schulter.

Ist gut, Arthur, sagte er, machen Sie sich mal keine Sorgen, das ist alles kein Beinbruch. Er lachte sogar, gab auch seiner Freude darüber Ausdruck, daß auf Arthur Klätke immer noch derselbe Verlaß wie früher sei, und bestand auf der von seiner Frau angebotenen Stärkung in der Küche, die Arthur Klätke jetzt willig annahm.

Kaum war Arthur Klätke aus dem Zimmer gegangen, ließ sich Herbert Leibig in seinen Schreibtischsessel fallen. Seine Gedanken konzentrierten sich nicht etwa auf die Goldsteins. Auch über Lea dachte er vorläufig nicht nach. Da war Herbert Leibig schon mit ganz anderen Problemen in seinem Leben fertig geworden, und auch dieses müßte sich mit einigem Geschick bereinigen lassen.

Nein, Herbert Leibig machte etwas anderes zu schaffen: Er fühlte sich von seinem Sohn verraten. Bisher war die Rebellion von Max nicht ernst zu nehmen gewesen. Die kleinen Anzeichen von Ungehorsam und Widerspruch, auch die Malerei hatte Herbert Leibig als Auswuchs jugendlicher Unreife betrachtet, dem er nicht allzuviel Bedeutung beimaß. Aber das, worauf sich Max jetzt einzulassen schien, hatte nichts mehr mit der üblichen Widerspenstigkeit eines jungen Menschen zu tun. Das war eine Kampfansage.

Aber noch war er nicht in der Lage, seinem Sohn mit der notwendigen Kühle entgegenzutreten, noch machte ihm die

Tücke von Max zu schaffen. Herbert Leibig mußte zugeben, daß er litt. Das stille Glück über den ebenbürtigen Nachfolger war angekratzt, auch die Liebe, die er für sein Kind fühlte. Er schloß die Augen, verzweifelt darüber, daß er nicht verstand, warum ihm Max Schaden zufügen wollte. Er stand auf und räusperte sich, als hätte er einen Kloß im Hals. Danach räumte er das Fernglas weg, knöpfte seine Jacke zu und rief nach seiner Frau.

Ich geh' mal zu dem Jungen runter, sagte er, warte mit dem Essen, bis wir soweit sind.

Auf der Treppe zum Atelier brannte immer noch kein Licht. Auch das schien eine Form der Aufsässigkeit zu sein. Herbert Leibig holte tief Luft und atmete den Geruch von Farbe und Terpentin.

Max hatte an diesem Sonntagmorgen getrödelt und war noch nicht angezogen, als der Vater kam. Ungekämmt und im Bademantel öffnete er die Tür. Es war ihm unangenehm, den Vater in diesem Aufzug begrüßen zu müssen. Ich habe nicht gewußt, begann er seine Entschuldigung und wurde von Herbert Leibig mit einem kurzen schon gut unterbrochen.

Nachdem sich Herbert Leibig eine Weile umgesehen hatte, teilte er seinem Sohn mit, daß eben Arthur Klätke im Hause gewesen sei.

Sofort begann Max' Herz schneller zu schlagen. Die Dinge nahmen ihren Lauf, auch wenn er sich nicht ganz so sicher fühlte, wie er es sich gewünscht hätte. Er wartete ab.

Herbert Leibig beruhigte die Unsicherheit des Sohnes. Er überlegte jedes Wort, das er jetzt sagte.

Diese Frau, mit der du bei Klätke warst, ist doch die Mutter des Mädchens, das dich neulich hier besucht hat?

Max nickte und machte sich an den Papierstößen und Büchern auf seiner Schreibtischplatte zu schaffen, da sie seit dem letzten Besuch des Vaters hier unten unverändert herumlagen.

Hast du was mit dem Mädchen?

Unwillkürlich mußte Max die Hinterteile der Kühe auf seinem Bild betrachten, und er hätte gern eine Antwort zur Hand gehabt. Doch er schüttelte den Kopf, hilflos und wütend über sich selbst.

Herbert Leibig war über sein weiteres Vorgehen unschlüssig. Er hatte fest damit gerechnet, daß dieses Mädchen hinter der Geschichte steckte, daß die Mutter sich bloß gedankenlos in dieses Abenteuer gestürzt hatte. Jetzt mußte ein neuer Ansatzpunkt gefunden werden.

Und warum hast du diese Frau ausgerechnet zu Klätkes geschleppt?

Weil sie aus Thalheim stammt, antwortete Max, sie kennt Klätkes von früher. Er suchte nach einem Zeichen des Unmuts in dem Gesicht des Vaters. Nichts. Er zog den Gürtel seines Bademantels fester und strich sich die Haare glatt. Dann sah er dem Vater gerade in die Augen.

Sie weiß eine Menge über Thalheim, über Goldsteins, über Arthur Klätke und über dich.

Was du nicht sagst, antwortete der Vater und klappte die Augendeckel zu. Er wollte Ruhe bewahren, blieb bei dem Vorsatz, die Angelegenheit gütlich zu regeln.

Max war es unangenehm, daß gerade jetzt sein Atem zu hören war, und er hustete. Immerhin hatte er die Augen noch auf den Vater gerichtet, hielt seinem Blick weiterhin stand. Noch nie war ihm bewußt geworden, wie alt das Gesicht des Vaters aussah, wie faltig und schwer. Doch flößte ihm der große fleischige Mund wie immer Angst ein.

Also hat die dich aufgewiegelt? Woanders kann doch der Unsinn nicht herkommen.

Sie hat mich nicht aufgewiegelt, ich bin mit ihr befreundet. Ich habe sie um diese Auskünfte gebeten.

Herbert Leibig konnte sich nicht mehr beherrschen.

Was glaubst du eigentlich, was du mir noch alles erzählen kannst? schrie er. Er schob die Daumen unter die Revers seiner Jacke, als suchte er dort Halt, und setzte sich dann hin. Daß Max mit der Mutter und nicht mit der Tochter befreundet sei, hielt er für eine unverschämte Lüge. Es war an der Zeit, den Sohn in die Grenzen zu weisen, und zwar rücksichtslos. Mal sehen, wer hier der Herr im Hause war. Herbert Leibig brachte ein Lächeln hervor, aus dem Max alles herauslesen konnte, was der Vater dachte. Wenn er jetzt nicht dem Vater zuvorkam und zum Angriff überging, würde er auf der Strecke bleiben. Noch einmal horchte er seiner Angst nach, fühlte das Zittern seiner Hände in den Taschen seines Bademantels, war schon im Begriff zu kapitulieren und die ganze Sache für einen Scherz zu erklären, als der Vater noch einmal auf Lea zurückkam. Er sei recht erstaunt, zu erfahren, daß diese ehemalige Thalheimerin und heutige Frau Professor zu der Art von Damen gehöre, die jungen Burschen die Kunst des Liebens beibrächten. Aber heutzutage gäbe es ja nichts mehr, über das man sich noch zu wundern habe.

Zu weiteren Äußerungen kam Herbert Leibig nicht, denn Max nannte ihn ein Schwein. Er schrie das Wort seinem Vater gleich mehrmals ins Gesicht, und zwar so laut, daß es Hilde Leibig in der oberen Etage hören konnte. Es war wohl das Brüllen, das Max die Angst vergessen ließ und ihm Mut machte. Er hatte seine eigene Stimme noch nie in dieser Lautstärke gehört, und wären die weiteren Dinge nicht so kompliziert auszudrücken gewesen, er hätte weitergebrüllt. Tatsächlich war Herbert Leibig so erschrocken, daß er sogar einen Augenblick daran dachte, Max hinter die Ohren zu schlagen.

Max stand jetzt am Fenster, den Kopf an das Glas gelehnt, und sprach immer noch zu laut.

Daß Lea mit mir befreundet ist, sagte er, geht dich einen Dreck an. Aber was sie über dich weiß, sollte dich interessieren. Und dann redete Max los, fing bei Goldsteins an und hörte bei Goldsteins auf. Darüber, daß er ihre Fabrik aufgekauft habe, ließe sich ja noch reden, aber daß der Vater mit Hilfe Arthur Klätkes das jüdische Ehepaar bei Nacht und Nebel um einen Betrag von über hunderttausend Mark geprellt habe, das sei eine Angelegenheit, die zur Sprache gebracht werden müsse.

Bei Nacht und Nebel, fragte Herbert Leibig mit gespielter Naivität, und geprellt? Was er denn damit meine?

Die Goldsteins mußten weg, das wußtest du ganz genau, denn es war der Abend nach der sogenannten Kristallnacht. Sie mußten dein Angebot annehmen, entweder mit der gezahlten Summe zufrieden zu sein oder nichts zu bekommen.

Und woher willst du das wissen? fragte Herbert Leibig mit hörbarer Verachtung in der Stimme.

Von Lea, schrie Max.

Herbert Leibig beugte sich vor. Er war ganz ruhig. Nur die Brauen zog er hoch, wie er es immer tat, wenn er scharf nachdachte. Du willst mir Angst einjagen? fragte er.

Ja, keuchte Max, weil er glaubte, die Stimme würde ihm überschnappen, du sollst einmal die Angst vor mir haben, die ich ein Leben lang vor dir gehabt habe.

Jetzt war es draußen, jetzt war es gesagt. Max ließ sich erschöpft auf einen Hocker fallen und sah den Vater fast versöhnlich an. Er merkte nicht, daß ihm der Bademantel verrutscht war und seine Nacktheit preisgab, er sah nur den Vater an und wartete.

Der ging langsam im Atelier umher, ließ mit der Antwort auf sich warten und blieb lange Zeit vor dem Bild des Uniformierten stehen. Plötzlich drehte er sich um und sagte: Ich möchte es kaufen.

Du willst es kaufen? fragte Max fassungslos.

Herr Leibig antwortete nicht. Er setzte sich hin, zog ohne Hast Scheckheft und Kuli aus der Tasche.

Was wird es wert sein, dein Werk? murmelte er dann und wiegte den Kopf hin und her, fünfhundert? Nein, sagen wir tausend. Jawohl, tausend. Und er schrieb in seiner steil nach rechts gerichteten Schrift seinem Sohn einen Scheck aus.

Warum tust du das? flüsterte Max.

Ganz einfach, sagte Herbert Leibig und schob den Scheck über den Tisch seinem Sohn zu, damit du siehst, wie ich mit Menschen deines Schlags umgehe.

Dann stand er auf, drehte sich um, ergriff das Bild mit beiden Händen und trat hinein. Max riß die Arme hoch und den Mund auf, aus dem jetzt ein Wort herauskam, das nicht zu verstehen war. Herbert Leibig hörte auch gar nicht hin, sondern holte zum zweiten Tritt aus. Der erste hatte lediglich eine Beule hinterlassen, bröckelnde Grundierung und Farbe.

Beim zweiten Mal fuhr die Schuhspitze voll durch die Leinwand, und Herbert Leibig wäre beinahe gestürzt. Er griff mit den Händen in das Loch und riß es der Länge und Breite nach auf, bis nichts mehr auf dem Bild zu erkennen war.

Herbert Leibig war der Kraftakt nicht anzumerken, den ihn die Zerstörung der harten beschichteten Leinwand gekostet hatte. Er war kaum außer Atem und wischte jetzt lässig die Hände aneinander ab. Kein Farbsplitterchen blieb an seinen Fingern hängen.

Ab jetzt, sagte er in drohend freundlichem Ton, gibt es für dich nur noch dein Examen, verstanden?

Er griff nach Max' Schulter und schüttelte ihn leicht, so daß dessen Bademantel noch mehr verrutschte.

Max nickte. Ein Gefühl der Lähmung zog sich durch seine Hände, machte sie dick und schwer. Die Leinwandfetzen, die den Boden unter den Füßen des Vaters bedeckten, tanzten ihm vor den Augen. Er glaubte, sein Herz außerhalb seines Körpers schlagen zu hören. Das mochte wohl der Grund sein, warum er sich nicht wehrte, nicht schrie oder sich auf den Vater warf. Er nickte immer weiter und beantwortete auf diese Weise auch die Frage, ob er seine schriftliche Arbeit termingerecht abgegeben habe.

Gut so, sagte der Vater und schob mit den Schuhspitzen den Fußboden frei, dann sind wir uns einig.

Er verließ das Atelier und ließ dabei die Tür hinter sich offen. Von oben war die Stimme der Mutter zu hören, die das Mittagessen fertig hatte. So spät war es schon.

Der Herzschlag kehrte in Max' Körper zurück. Auch die Finger ließen sich wieder bewegen. Nur im Kopf bildete sich ein Druck, der ihm langsam das Gesicht rötete. Ein gurgelnder Ton kam aus seinem Mund, und mit ihm kam ein Weinen auf, das Max nicht eindämmen konnte. Es schüttelte ihn so, daß er die Arme auf der Arbeitsplatte zwischen den Büchern aufstützen mußte, um nicht vornüber zu fallen.

Ich kann nicht mehr, ich kann nicht mehr, sagte er immer

wieder. Als er nach einiger Zeit die Hände vom Gesicht nahm, an sich heruntersah und feststellte, daß er die ganze Zeit dem Vater nackt gegenübergesessen hatte, blieben ihm auch die Tränen weg.

Seit Katharina ausgezogen war, hielt es Lea zu Hause kaum noch aus. In dem unbenutzten Zustand bekamen die einzelnen Zimmer eine Art Museumscharakter, so daß man sich genötigt fühlte, leise zu gehen.

Eines Tages hatte Lea Felix das Essen in der Küche hingestellt, während sie selbst wegging. Und dabei war es dann geblieben. Manchmal nahmen sie eine Mahlzeit auch gemeinsam ein. Dann saßen sie sich schweigend gegenüber, lediglich mit Essen beschäftigt.

Einmal erkundigte sich Felix, ob Lea das als Dauerregelung einzuführen gedenke, worauf sie nur die Schultern hob und erklärte, daß sie sich nicht als sein Dienstmädchen betrachte. Danach war es zu einem Disput gekommen, und Felix hatte gemeint, als Ernährer der Familie habe er einen gewissen Anspruch darauf, daß sie ihm den Haushalt führe.

Versorge ich dich etwa nicht? antwortete Lea. Ich koche für dich, ich kaufe ein, ich bringe deine Wäsche weg, ich putze, mache dein Bett und den Abwasch. Das sei, so fuhr sie leiser fort, für freies Wohnen und Essen genug.

Felix hielt eine Weile den Mund. Nichts haßte er mehr als diese sich ständig wiederholende Diskussion über das, was nun einmal im Haushalt gemacht werden mußte. Dann versuchte er es noch einmal.

Was möchtest du eigentlich, Lea?

Ich? fragte sie, als müsse sie sich vergewissern, ob er auch wirklich sie meine. Ich möchte mein Leben leben und nicht das deinige und nicht das der Töchter.

Das hatte ihn sprachlos gemacht, noch mehr erschreckte es ihn. Von da an aßen sie noch seltener gemeinsam, und Felix sagte auch nichts, als Lea sich oben in den Zimmern der Zwillinge einrichtete. Wenn sie sich auf der Treppe, in der Küche oder einem der anderen Räume begegneten, redeten sie miteinander und fragten nach dem gegenseitigen Wohlergehen. Sie tauschten auch Informationen aus, wie zum Beispiel Nachrichten von den Töchtern, und hin und wieder saßen sie gemeinsam vor dem Fernseher, während sie zum Streiten kaum noch Gelegenheit fanden.

Es ging auf Mitte Juni zu, und Lea war mit der Veranstaltung im Museumsgarten beschäftigt. Sie hatte Plakate drucken lassen, Presseeinladungen verschickt; organisierte Material, sammelte Geld und sorgte dafür, daß ein kleiner Katalog zusammengestellt wurde. Sie nutzte jede Beziehung, die sie hatte, schrieb Briefe, telefonierte, verhandelte und hatte von Tag zu Tag mehr das Gefühl, sich erstmals in ihrem Leben für etwas einzusetzen, das Zukunft hatte. Manchmal überlegte sie sich, ob diese Tätigkeit als Job auszubauen wäre, und sprach mit Moritz darüber. Aber der lachte sie aus, erzählte es der Queen und Arno, die sie ebenfalls auslachten. Typisch bürgerlicher Einfall, hatten sie spöttisch gesagt und die ganze Sache schnell vergessen.

Max hatte sie in den letzten Wochen kaum gesehen. Immer öfter schützte er sein Examen vor. Nachdem er, wie er sagte, die schriftliche Arbeit abgegeben hatte, brauchte er nun jeden Tag, um sich auf die mündliche Prüfung vorzubereiten. Er hatte aufgehört zu malen. Manchmal telefonierte Lea nachts mit ihm, selten fuhr sie zu ihm hin. Er wollte es nicht. Ich muß allein sein, sagte er, ich darf mich nicht ablenken lassen, sonst schaffe ich es nie.

Lea fiel auf, daß er nie mehr von den Goldsteins sprach. Auch hatte er nur ganz nebenbei das Gespräch mit seinem Vater erwähnt. Der lasse sich eben nicht so schnell beeindrucken, da müßten wohl erst die Beweise beschafft werden. Aber Lea kam es vor, als hätte sein Interesse an diesen Beweisen nachgelassen.

Hast du es dir anders überlegt, hatte sie ihn gefragt, und Max hatte mit nein geantwortet.

Eines Nachts telefonierten sie stundenlang miteinander, und Max sprach von einer unerfüllten Sehnsucht, die ihm zu schaffen mache, ihn erdrücke, ihn blind und taub werden lasse.

Ich komm' zu dir, sagte sie, jetzt sofort.

Nein, nicht sofort, war seine Antwort, am besten gar nicht.

Am nächsten Tag fuhr sie zu ihm. Strahlendes, hartes Junilicht. Max hatte es mit Vorhängen ausgesperrt. Die waren neu, von Frau Leibig auf Wunsch ihres Sohnes angebracht. Dunkler Stoff, Dämmerlicht.

Ich denke, du lernst?

Leas Augen mußten sich an das Halbdunkel gewöhnen. Der Geruch von Farbe und Terpentin war längst nicht mehr so intensiv wie früher. Auf der Staffelei stand eine sauber grundierte Leinwand, ein weißes, leeres Rechteck, das Lea von ihrem letzten Besuch her kannte.

Ich habe die ganze Nacht gearbeitet, sagte Max sofort. Deshalb könne er jetzt kein Licht ertragen, eigentlich auch keinen Besuch, aber jetzt sei sie schon einmal da und könne auch bleiben.

Lea sah ihm zu, wie er anfing, Bücher zu ordnen. Du stellst sie ja der Größe nach hin, wunderte sie sich. Er lachte, als hätte sie einen Witz gemacht, und dann merkte sie, daß er alles im Raum der Größe nach ausgerichtet hatte. Die Bilder, Pinsel, Farbtöpfe, sogar die Bleistifte und Radiergummis.

Sie wartete ab, bis er zu lachen aufhörte, und blieb ganz ernst. Unter keinen Umständen wollte sie auf seine verzweifelte Fröhlichkeit eingehen, die sie erschreckte.

Und die unerfüllte Sehnsucht, fragte sie vorsichtig, wo ist die?

Max zuckte zusammen, drehte sich um, als könne er Leas Blick nicht ertragen, und sagte, den Rücken ihr zugewandt: Ich habe sie verloren, oder ich suche sie, eins von beiden, ich weiß es nicht. Ist es das, sie zeigte auf die leere Leinwand, kannst du deines Studiums wegen nicht mehr malen?

Sie hatte einen Augenblick lang das Gefühl, er höre ihr nicht zu, wiederholte ihre Frage und legte sich schon eine Antwort zurecht und einen Trost, als er sich ihr wieder zuwandte. Er öffnete die Arme wie zu einer Umarmung, lachte aber dabei, höhnisch und spitz, so daß Lea sich nicht von der Stelle rührte.

Genau, rief er, wie klug du bist, wie du mich kennst. Langsam kam er auf sie zu, und sie wich ihm aus, ging rückwärts bis zur Tür. Aber Max war schneller und hielt sie mit einer Hand zu, mit der anderen zog er Lea an sich heran. Verzeih mir, bitte verzeih mir. Ich wollte dich nicht kränken.

Er streichelte ihr Gesicht, ihre Haare, ihre Hände. Zum ersten Mal sah Lea, daß seine kleine Narbe oberhalb der Lippe zitterte.

Ich bleibe, sagte sie, ich werde dich auch nicht stören, ich versprech' es dir.

Max öffnete die Tür und schob sie behutsam hinaus. Nein, gab er leise zurück, ich muß allein lernen.

Lea ging nervös auf und ab. Seit einer halben Stunde wartete sie auf die Queen, Suse, Arno und Joker. Moritz, der vorher zur Druckerei mußte, wollte später kommen. Es ging darum, den Museumsgarten für die einzelnen Aktionen einzuteilen. Joker und die Queen würden am meisten Platz brauchen. Sie hatten sich für ein Fest entschlossen. Essen, Trinken, Spiele. Sogar die übergroßen Setzkästen hatte Lea besorgt, die Joker mit auswechselbaren Gegenständen für die erste Spielphase bestücken wollte. Suse brauchte weniger Platz, wollte herumlaufen, das Publikum mit Stelzen auf den Weg schicken, um es in die Aktion einzubeziehen. Sie hatte sich Postkarten mit ausgestanzten kleinen Löchern bestellt. Beim Durchschauen konnte man sein selbstgewähltes Bild als Kunstwerk begreifen. Arnos Plan war am ausgeklügeltsten. Sein Happening erforderte Zeit und Konzentration. Es sollte hier im Museumsgarten enden und eine Diskussion auslösen, die nur unter dem Publikum stattzufinden hatte. Es war also darauf zu achten, daß Joker und die Queen nicht Arno in die Quere kamen.

Längst hatte sich Lea die einzelnen Standorte überlegt, auch dabei an Max gedacht, der es abgelehnt hatte, mitzumachen. Mit Publikum habe er nicht zu tun, hatte er geantwortet, er brauche den einzelnen Betrachter, der sich allein mit dem ihm vorgestellten Bild beschäftigte und mit sonst nichts. Die Aktionen der anderen hatten ihn nicht interessiert. Nicht einmal mehr in der Teestube hatte er sich blicken lassen. Immer und ewig sagte er, er müsse für das Examen lernen. Seit ihrem letzten Besuch hatte ihn Lea nicht mehr gesehen. Es blieben nur die nächtlichen Telefonate, die von Mal zu Mal länger wurden. Bis in die kleinste Kleinigkeit wollte er ihren Tagesablauf erzählt haben. Machte sie eine Pause, bat er sie, weiterzureden. Am Tag zuvor hatte er sogar gefragt, wie das Wetter sei und was sie anhabe. Darauf war sie ungeduldig geworden und hatte ihm vorgeschlagen, selbst aus dem Fenster zu sehen oder sie zu besuchen. Da hatte er leise und grußlos aufgelegt.

Im Museumsgarten war es still, hier kamen unter der Woche wenig Leute her. Die hetzten die Hauptstraße entlang und hatten keine Zeit. Nur ein paar Kinder hüpften auf den Steinen herum.

Endlich kam Arno. Er winkte schon von weitem.

Wo sind die anderen? fragte Lea.

Die kommen nicht, die hocken bei Bernd und packen Flugblätter ab. Sie sagen, das sei wichtiger, sie wollen unsere Sache verschieben.

Verschieben?

Ja, bis die Protestaktionen gegen die Fahrpreiserhöhungen etwas erreicht haben, sagt die Queen.

Wortlos starrte Lea Arno an. Eigentlich hatte Arno eher mit Leas Ärger gerechnet, nicht mit ihrer Ratlosigkeit.

Ich bin auch nicht dafür, sagte er, wenn du willst, machen wir nur mein Happening.

Lea reagierte immer noch nicht. Dann sagte sie plötzlich: Was glauben die eigentlich, was sie mit mir machen können?

Sie hörte gar nicht hin, als Arno meinte, daß keiner der Freunde dabei an Lea gedacht habe, sondern an die Erhöhung der Fahrpreise, griff nach seinem Ellbogen und zerrte ihn mit, weg aus dem stillen Gärtchen, hinaus auf die Straße.

Bei Moritz hatten sich eine Menge Leute versammelt, von denen Lea die meisten nicht kannte. Der Raum strahlte ungewohnte, fröhliche Betriebsamkeit aus. Bernd machte Vorschläge und teilte die Arbeit ein. Das wichtigste sei, sagte er, sich gegen die Entscheidung der Herrschenden zu wehren. Die Tariferhöhung dürfe unter keinen Umständen auf die Lohnabhängigen abgewälzt, sondern müsse aus den Profiten der Kapitalisten bezahlt werden. Genau wie in Hannover hätten ASTA und SDS nur als agitatorische Spitze zu fungieren. Der Kampf gegen die Tariferhöhung sei in erster Linie von Hausfrauen, Rentnern, Arbeitern und Jugendlichen zu führen, das dürfe niemand vergessen. Moritz gab Packen von Flugblättern aus, die am nächsten Morgen vor den Fabriktoren im Pfaffengrund verteilt werden sollten. Die zweite Flugblattaktion war in der Innenstadt, zwischen zwölf und zwei Uhr geplant, die dritte während des Feierabendverkehrs.

Ihr müßt erreichen, daß die Leute diskutieren, dann können wir um so besser zu einer Blockade übergehen, sagte Moritz, der aus unerfindlichen Gründen auf einem Stuhl stand. Jeder Bürger muß begreifen, daß unser Ziel, die freie Fahrt zum Arbeitsplatz, dem Ziel einer Mehrheit entspricht. Spätestens morgen sollte jeder Heidelberger bereit sein, einen Zahlungsboykott zu unterstützen.

Weiter hinten zwischen den Fenstern sah Lea die Queen und Joker auf Knien und Ellbogen über Transparenten liegen, die sie in roter und schwarzer Schrift bemalten. Schwarzfahren statt gehen kommt billig zu stehen! Suse war von Schülern umringt, mit denen sie große Kreise aus weißem Papier schnitt, die andere mit roter Farbe bemalten. War die Farbe trocken, wurden die Kreise in Kartons eingesammelt und Autofahrern mitgegeben, die sich bereit erklärten, kostenlos Passanten mitzunehmen. Über tausend Fahrer machten bereits bei der Aktion Roter Punkt mit, berichtete ein Mädchen, das gekommen war, um sich neue Punkte zu holen. Warum macht ihr das denn hier drin? rief sie fröhlich, das müßt ihr auf der Straße machen.

Au ja, stimmten die Jugendlichen zu, zwischen den Schienen! Und weg waren sie, rannten juchzend mit flatternden Papierbögen und schwappenden Farbtöpfen die Treppe hinunter und hinterließen rote Klekse auf den Stufen.

Hallo, rief Suse Lea zu, die immer noch in der Nähe der Tür stand, ohne sich zu rühren, kommst du mit, Punkte verteilen?

Dabei lachte sie und schüttelte die Haare aus dem Gesicht. Nicht einmal ein Wort der Erklärung hielt sie für notwendig. Daß niemand bei der geplanten Kunstveranstaltung mitmachte, war offenbar genauso selbstverständlich wie das Mitmachen bei dieser Aktion hier.

Jetzt war es leiser im Raum. Über die Hälfte der Oberschüler waren mit Suse und ihren Punkten auf die Straße gezogen. Bernd hatte sich über einen Stadtplan gebeugt und zeichnete Anlaufstellen für die Fahr-mit-Aktion ein. Katharina half ihm dabei und schrieb Namen von Freiwilligen auf, die die Organisation übernehmen wollten. Sie hatten Schachteln beschriftet, in denen Benzingeld gesammelt werden sollte. Es war wirklich an alles gedacht.

Auf dem Barhocker saß ein junger Mann, der seine staunenden Zuhörer aufklärte, wie ein Wagen von einer Straßenbahn abzukoppeln sei. Für alle Fälle, meinte er, denn damit seien die Hannoveraner auch zum Erfolg gekommen. Weil es so kompliziert war, mußte der junge Mann – wie sich herausstellte, war er Hilfsschaffner – noch mal von vorn anfangen. Moritz bündelte die Flugblattpacken und versah sie mit Straßennamen.

An ihn hielt sich Lea zuerst. Weißt du, sagte sie zu ihm und schnippte dabei mit dem Finger gegen einen der Papierpakken, ich finde euer Verhalten läppisch. Wir reden wochenlang über eine gemeinsame Idee, wir bereiten alles vor, und kurz bevor es losgeht, laßt ihr alles sausen.

Die Queen und Joker sahen auf, auch Bernd drehte den Kopf nach Lea um. Nur Katharina tat so, als hätte sie nichts gehört.

Warum regst du dich auf, sagte Moritz freundlich, wir haben doch nichts aufgegeben, nur verschoben, weil der Kampf gegen die Tariferhöhung vorrangig ist.

Kampf, höhnte Lea, was ihr hier macht, ist doch kein Kampf. Ihr macht euch bloß wichtig.

Jetzt kamen die Queen und Joker herüber, sagten, daß sie mit den anderen mitmachten und nur aus Platzgründen nach hinten ausgewichen seien.

Es gibt Situationen, meinte die Queen, da muß man seine eigenen Angelegenheiten zurückstellen können. Die Rote-Punkt-Aktion ist so eine Situation, begreifst du das nicht?

Nein, Lea begriff es nicht und wollte es auch nicht begreifen. Was sollte sie dem Museumsdirektor sagen, der Presse und dem Fernsehen? Glaubten sie im Ernst, daß sich die Veranstaltung so einfach verschieben ließ, hatten sie denn so kindische Vorstellungen von einer Aktion, durch die sie ein Publikum gewinnen wollten, hatten sie ihrer Gruppe gegenüber kein Verantwortungsbewußtsein?

Ich bin Leas Meinung, sagte Arno, der die ganze Zeit nicht von ihrer Seite gewichen war. Ich fühle mich der Kunst mehr verpflichtet als der Straßenbahn. Ich werde sogar die Menschenmassen auf der Straße für meine Aktion nützen. Das eine braucht das andere nicht auszuschließen, überlegt es euch. Er klopfte Lea auf die Schulter. Mit mir kannst du rechnen.

Die Queen und Joker drehten sich langsam um und machten sich wieder an ihre Arbeit. Sie sagten gar nichts. Auch Moritz war plötzlich wieder mit seinem Flugblattpacken beschäftigt, noch eifriger und schneller als zuvor.

Und Bernd sagte von seinem Tisch her: Eure Dame, die scheint ja schwer unter Druck zu stehen. Er sah Lea bedeutungsvoll an. Zu wenig Straßenbahn gefahren, was? Und jetzt kapierste nichts. Na ja, ist auch nicht so schlimm, hier – er reichte ihr eine von Katharinas beschrifteten Benzingeldkästchen –, du könntest auf dem Bismarckplatz sammeln.

Mit einem Handgriff riß Lea Bernd das Kästchen aus der Hand und knallte es auf den Tisch. Katharina verließ das Zimmer, ohne auch nur den Kopf zu heben. Sie schämt sich für mich, dachte Lea, sie kann mich, so wie ich bin, nicht ertragen.

Plötzlich fühlte sie sich müde. Es war, als hätte die Tochter die ganze Kraft und Energie der Mutter mit hinausgetragen. Hier jedenfalls gab es nichts mehr, was für Lea zu erledigen gewesen wäre.

Max hatte den Eltern die Prüfungstermine mitgeteilt, knapp und bündig. Die Frage, ob er Lampenfieber habe, verneinte er. Weder am Abend davor noch am Prüfungstag selbst zeigte er Nervosität. Nur blaß war er, entsetzlich blaß. Wie Braunbier und Spucke, sagte Hilde Leibig. Sie hatte den Sohn mit einem neuen Oberhemd überrascht, einen Schlips und eine Fliege gekauft und ihm die Wahl überlassen. Herbert Leibig hatte nach der großen Auseinandersetzung nur noch das Notwendigste mit seinem Sohn gesprochen, ihn geschnitten und auch keinen Wert mehr auf die mitternächtlichen Gespräche gelegt.

Er wird noch durch die Prüfung fallen, wenn du so mit ihm umgehst, hatte Hilde Leibig gesagt und ihren Mann am Ärmel gezupft, der Junge braucht deine Unterstützung.

Der Junge braucht einen klaren Kopf, und den hat er, war die Antwort des Vaters gewesen. Trotzdem ließ er sich wenigstens zu einem Händedruck überreden. Lange Zeit hatte Max nicht mehr die Hand des Vaters gespürt. Sie war trocken und hart, obwohl nie ans Arbeiten gewöhnt, und erinnerte Max an erlittene Strafen, gleich welcher Art. Geschlagen hatte der Vater ihn selten.

Max hatte die Fliege gewählt. Sie zierte seinen Hals zwischen den Ecken des Hemdkragens und gab seiner Kleidung den Anstrich forscher Fröhlichkeit. Die Locken ordentlich gekämmt und gebürstet, mit gebügeltem Anzug, im Jackett den Zipfel eines Tüchleins, machte er den Eindruck eines adretten jungen Mannes, auf den Herbert Leibig stolz sein konnte. Hilde Leibig bekam feuchte Augen. Mach's gut, mein Kind!

Lange stand Max vor der Universität, ohne sich von dem Getriebe auf der Straße stören zu lassen, und starrte die Fensterfront an, hinter der seine Lüge gut aufgehoben war. Fremde Menschen standen in Gruppen und redeten miteinander, als wären sie alte Bekannte. Kein Wort fiel gegen Studenten und Radaumacher, man war sich einig und ein Volk von Brüdern. Flugblätter und rote Punkte machten die Runde. Jeder fuhr mit jedem mit, selbst Hunde wurden freiwillig transportiert. Um die Mittagszeit, so hieß es, sollten die Straßenbahnen am Weiterfahren gehindert werden, und man rechnete mit dem Einsatz der Polizei.

Max überquerte den Uniplatz und ging Richtung Kettengasse, um im Drugstore einen Kaffee zu trinken. An Lea dachte er nicht. Reiner Zufall, daß sie ihn sah. Im ersten Augenblick wollte sie zu ihm hinlaufen, doch als sie sah, wie er mit bedächtigen Schritten am Laden vorbeiging, als gäbe es sie nicht, verflog der Wunsch, ihn anzusprechen, zu rufen, daß er auf sie warten möge.

Sie ging zurück in den Laden, begann aufzuräumen und ließ sich dabei Zeit. Die Gläser standen in der falschen Ordnung, die Stiche waren vom letzten Kunden durcheinandergebracht worden, und irgendein Kind hatte die Einrichtung des Puppenhauses umgestellt. Erst nach einer Weile wurde ihr bewußt, wie unsinnig das war, was sie tat. Sie ließ die Sachen stehen, wo sie waren, und ging hinüber ins Drugstore.

Trübselig hockte Max in seinem komischen Anzug mit einer noch komischeren Fliege am Hals vor seinem Kaffee und starrte vor sich hin.

Max, sagte Lea ungeduldig, was ist mit dir los?

Prüfung, antwortete er scheu, ließ es bei dieser spärlichen Auskunft bewenden und rührte in seinem halbausgetrunkenen Kaffee. Wollte er etwas sagen, etwas, was wichtig war und vielleicht alles veränderte? Sie beugte sich vor und fuhr unwillkürlich über die kleine Narbe oberhalb seiner Lippe. Er rührte sich nicht. Lange Zeit sagten sie nichts, saßen nur da, fürchteten sich vor dem, was der andere sagen könnte.

Gut, sagte Lea schließlich, vielleicht können wir einmal in Ruhe miteinander reden, wenn du deine Prüfungen hinter dir hast.

Langsam stand Max auf und bewegte sich, wie an Fäden gezogen. Sein ohnehin blasses Gesicht war jetzt weiß, und er machte eine kleine lächerliche Verbeugung. Einen Augenblick lang sah es aus, als wollte er sie umarmen, doch es blieb bei der Verbeugung, in der er kurz erstarrte. Am liebsten hätte Lea ihn angebrüllt, aber sie brachte nur seinen Namen hervor, den er nicht hörte. Als die Bedienung ihm etwas nachrief, holte er ein paar Münzen aus der Tasche und legte sie ohne hinzusehen und nachzuzählen auf einen der Tische.

Zu spät, viel zu spät lief Lea ihm nach auf die Straße, sah gerade noch, wie er an der Ecke zur Hauptstraße zwischen den Menschen verschwand, auffällig mit seinem hölzernen Gang und in dem Anzug, der nicht zu ihm paßte.

Halt, rief Lea leise und hob die Hand, ohne zu winken. Sie blieb einfach stehen. Guck mal, sagte ein Kind zu seiner Mutter, die Frau da heult auf der Straße!

Das Gewimmel war unbeschreiblich. Nach dem Berufsverkehr hatte schlagartig die Blockade angefangen, die ersten Straßenbahnen wurden am Weiterfahren gehindert. Es bildeten sich Ketten von Menschen, eine hinter der anderen. Bernd hatte recht gehabt, der Funke sprang über. Rentner hakten Hausfrauen ein, Jugendliche nahmen die Opas in ihre Mitte, und Arbeiter mischten sich unter Studenten: Wir solidarisieren uns gegen den Staat, riefen sie, wir wollen freie Fahrt zum Arbeitsplatz. Mützen wurden geschwenkt, Taschen und hin und wieder Regenschirme. Die Bahn stand still.

Lea, die sich mit Arno im Museumsgarten verabredet hatte, kam nicht einen Schritt vorwärts. Von weitem sah sie Moritz und Katharina Flugblätter verteilen, und später tauchten auch die Queen und Joker mit ihrem Transparent auf. Arno war nicht zu sehen. Die Polizei hatte sich zurückgezogen, nachdem der Berufsverkehr funktionierte, und mit keinem erneuten Einsatz der Demonstranten gerechnet. Plötzlich lief das Gerücht um, an der Czernybrücke sei ein Pkw absichtlich in eine Gruppe von Demonstranten gefahren und habe einen Jugendlichen dabei verletzt. Das gab Auftrieb und frischte den Kampfgeist auf. Mittlerweile saßen die Studenten auf den Schienen, und plötzlich sah Lea, wie der junge Hilfsschaffner, den sie schon bei Moritz gesehen hatte, aus seinem Wagen winkte. Er warf seine Mütze nach hinten, der folgte seine Tasche, und dann sprang er mit hoch erhobener Faust aus der Straßenbahn ins Getümmel der Leute, die seinen Entschluß beklatschten.

Als wenn dies das Signal gewesen wäre, stürmten plötzlich von allen Seiten Polizisten auf den Bismarckplatz, um die Straßenbahn freizukämpfen. Die ersten Gummiknüppel wurden gezogen, die ersten Schreie waren zu hören. Starr und blaß saß der Fahrer in seinem Gehäuse und rückte zentimeterweise mit seinem Wagen die Schienen entlang. Es setzte Hiebe, und als Antwort folgte ein donnerndes Sieg Heil. Aus einer anderen Ecke erklang die Internationale, übertönte das Megaphon eines Polizisten, der vom Dach eines Straßenbahnhäuschens herunterbrüllte, daß die Polizei nicht beabsichtige, gegen die Demonstranten vorzugehen.

Lea wurde quer über den Bismarckplatz geschoben, blieb eingekeilt in der Menge, aus der sie sich nicht befreien konnte. Plötzlich winkte ihr Suse zu, die Hände von Farbe rot verschmiert.

Weißt du, schrie sie über die Köpfe der Menschen hinweg, daß es Arno an der Czernybrücke erwischt hat? Er liegt im Krankenhaus, Schädelbruch. So ein Arschloch hat ihn mit seinem Auto angefahren. Jetzt war Suse neben Lea. Sie wurden eng aneinandergedrückt. Vorne gab es wieder Prügel, und ein paar Schritte weiter fiel ein alter Mann hin. Er lag auf dem Rücken und zappelte mit den Beinen. Zwei Frauen halfen ihm auf, und schon war er wieder dabei, krähte: Freie Fahrt zum Arbeitsplatz, obwohl er doch längst keinen mehr hatte.

Und was hat Arno an der Czernybrücke gemacht? Wir waren am Museumsgarten verabredet. Lea schrie und hörte bei dem Krach kaum die eigene Stimme.

Bernd hat ihn eingeteilt, schrie Suse zurück und trieb schon wieder einer anderen Richtung zu.

Mit Mühe gelang es Lea, sich in Richtung der Theodor-Heuss-Brücke zu bewegen. Jetzt waren es nur noch Autos, die die Straßen entlangrollten, hupten, anhielten, um die Fahrgäste zu befördern.

Morgen, so hieß es, würden überhaupt keine Straßenbahnen mehr ausfahren. Der Kampf ging weiter, ein Ende war nicht abzusehen.

Zu Hause setzte sich Lea in der Küche auf einen Stuhl. Dort blieb sie sitzen, bis es dunkel wurde. Dann ging sie in das Zimmer von Felix, nahm den Whisky aus dem Schrank und trank in großen Zügen aus der Flasche. Als sie sich betrunken fühlte, ließ sie sich auf ihr Bett fallen, wo sie sofort einschlief und erst gegen Abend erwachte.

Da sie am Vormittag die Post übersehen hatte, stellte sie jetzt, nachdem sie wieder nüchtern war, fest, daß Goldsteins geschrieben hatten. Der Brief lag als einzige Post im Kasten, Felix war also noch nicht nach Hause gekommen.

Verehrte gnädige Frau, hatte Herr Goldstein seinen Brief begonnen und sich in der korrektesten Weise für Leas Schreiben bedankt. Mit Betroffenheit hätten er und seine Frau Leas außergewöhnliches Angebot zur Kenntnis genommen, ihnen zu einer Wiedergutmachung zu verhelfen. Aber, und hier kam ein größerer Absatz, Lea möge verstehen, daß sie nichts mehr mit ihrer Vergangenheit in Deutschland zu tun haben wollten. Einmal geschlagene Wunden, so schrieb Herr Goldstein, könne man nicht mit Geld heilen. Das würde nur alte Narben wieder aufreißen. Und weiterhin baten sie Lea um Verständnis, wenn sie, das Ehepaar Goldstein, trotz der Dankbarkeit, die sie ihr gegenüber empfanden, keinen Wert auf eine weitere Korrespondenz legten. Denn auch die bringe nur erlittenes Leid in Erinnerung. Der Brief schloß mit guten Wünschen und Grüßen an die Mutter, von deren Tod die Goldsteins nichts wußten. Als Postskriptum und dem Anschein nach von Frau Goldstein hinzugefügt, war zu lesen, daß sich ihr Sohn zur Zeit in Deutschland befinde und vorhabe, bei seinem Besuch in Heidelberg Lea seine Aufwartung zu machen. Jede Zeile des Briefes machte klar, daß der Plan von Max gescheitert war. Goldsteins spielten nicht mit, hatten ihrer Meinung nach genug durchgemacht und waren nicht auf Vergeltung aus. Sie wollten von nichts mehr etwas wissen, auch nicht von ihr. Sorgfältig faltete Lea den Brief zusammen und steckte ihn weg. Dann wusch sie sich, zog sich um und schminkte sich. Für Felix schrieb sie einen Zettel, daß sie später komme, zerriß ihn aber wieder und verließ das Haus.

In der Altstadt war es stiller geworden. Nur die mit roten Punkten versehenen Autos erinnerten an Aufstand und Solidarität. Ein Ziel hatte Lea nicht, noch weniger hatte sie die Absicht, jemanden zu treffen. Kam sie an Schaufenstern vorbei, warf sie einen Blick auf die Scheiben und kontrollierte ihren Gang. Plötzlich spürte sie das Verlangen, allen zu zeigen, daß sie mit sich allein nicht allein war, daß sie sich selbst auf die Spur gekommen und bereit war, das als Glück zu empfinden. Sie beschloß, ins Cave zu gehen.

Allein? fragte der junge Mann, der das Kläppchen in der Tür öffnete und Lea durch das Gitter musterte.

Allein, antwortete Lea und hielt ihm ihren Ausweis hin.

Am Tresen bestellte sie sich ein Bier. Gegenüber stand Katharina und neben ihr Moritz. Beide grüßten, und es war ihren Blicken anzusehen, daß sie hinter Lea Max suchten. Der Hilfsschaffner war auch da und erzählte lauthals, daß er im Einvernehmen mit dem Betriebsrat fristlos entlassen worden sei. Die Queen und Suse hockten an einem Tisch und schrieben etwas auf. Als sie Lea sahen, riefen sie ihr zu, sie möge sich an ihren Tisch setzen. Lea schüttelte den Kopf.

Beleidigt? rief Suse, und Lea schüttelte wieder den Kopf. Später würde sie den beiden sagen, daß sie ihr Interesse an der Veranstaltung im Museumsgarten verloren habe und nicht mehr damit rechne, es wiederzufinden. Nur Arno wollte sie besuchen, das hatte sie sich vorgenommen.

Katharinas beobachtender Blick machte Lea nervös. Sie prostete der Tochter zu. Dann stand sie auf und ging auf die Tanzfläche, die von niemandem benutzt wurde. Es war noch zu früh, um zu tanzen, und man wartete auf die angekündigte Band. Zuerst sah kein Mensch hin. Hier war man es gewöhnt, wenn Mädchen allein tanzten. Aber das Gehabe der Frau war etwas anderes. Sie machte keine Tanzschritte, führte nur Bewegungen aus, die sich dem Rhythmus der Musik anglichen. Lea nahm den ganzen Platz der kleinen Fläche in Anspruch. Sie hatte die Augen geöffnet, hob hin und wieder die Arme über den Kopf und kreuzte sie auf dem Rücken wie ein Spaziergänger. Dann lächelte sie in die Runde, ohne eines der ihr zugewandten Gesichter wahrzunehmen. Als sie mehr oder weniger die Aufmerksamkeit aller Gäste auf sich gezogen hatte, hörte sie plötzlich auf, ging zur Theke zurück und trank ihr Bier aus.

Machst du das öfter? fragte jemand neben ihr. Nein, sagte sie ernsthaft, eine Wiederholung sei aber nicht ausgeschlossen. Ein Blick auf die andere Seite des Tresens genügte, um zu sehen, daß Katharina weggegangen war. Wieder hatte sich Katharina geniert, hatte sich ihrer Mutter geschämt. Wie traurig das war, dachte Lea, und beinahe wäre sie noch einmal auf die Tanzfläche gegangen.

Statt dessen ging sie telefonieren. Sie mußte zweimal ihren Namen in die Muschel hineinschreien, bis ihn Hilde Leibig verstand. Nach einer längeren Pause fragte Frau Leibig, wen Lea zu sprechen wünsche.

Max wolle sie sprechen, sagte Lea höflich, aber es genüge auch, wenn Frau Leibig ihrem Sohn etwas ausrichten würde. Goldsteins hätten geschrieben, und die Antwort könne für Max von Interesse sein. Dann legte sie auf, ohne sich um das erschreckte ach der Frau Leibig zu kümmern.

Für Felix kam der Besuch von Herbert Leibig derart überraschend, daß es keine Möglichkeit mehr gab, ihm zu entgehen. Herbert Leibig war in die Klinik gekommen und hatte dort mit geschickter Dringlichkeit auf die Sekretärin eingeredet. Dabei ließ er es offen, ob er den Herrn Professor als Patient oder als Privatperson zu sprechen wünsche.

Jedenfalls saß er jetzt Felix in aufrechter Haltung gegenüber, die Beine übereinandergeschlagen, und die Hände auf einem seiner Knie gefaltet. Sein Gesicht, völlig ausdruckslos, war dem Fenster zugewandt, und nur sein Blick streifte Felix hin und wieder.

Er kam gleich zur Sache, denn der Anlaß seines Besuchs, meinte er, sei schon peinlich genug, man brauche nicht auch noch viel Fisimatenten zu machen.

Ihre Frau, sagte Herbert Leibig zum Fenster hin, hat ein Verhältnis mit meinem Sohn.

Da Felix mit dieser Mitteilung gerechnet hatte, hielt er Herbert Leibigs Seitenblick gut aus. Es gab nichts, was seiner Meinung nach darauf zu antworten gewesen wäre.

Sagen Sie, interessiert Sie das nicht? wollte Herbert Leibig wissen.

Nein, antwortete Felix und sagte, daß er Herrn Leibig in diesem Punkt enttäuschen müsse.

Gut, sagte Herbert Leibig nach kurzer Überlegung und wandte sich Felix zu, Ihre Ehe geht mich nichts an, noch weniger, was Sie sich bieten lassen oder nicht. Aber ich werde Ihnen sagen, was mich interessiert und was ich mir bieten lasse oder nicht.

Eigentlich wäre Herbert Leibig jetzt lieber herumgelaufen, als in diesem bequemen Patientensessel zu sitzen. Er hätte sich gerne Bewegung verschafft und seine Heftigkeit körperlich ausgedrückt. Es blieb ihm aber nichts anderes übrig, als mit den Fingern auf sein Knie zu trommeln.

Felix setzte eine geduldige Miene auf und hielt seinen Kopf wie ein Schwerhöriger nach vorn gebeugt, um auf diese Weise Herrn Leibig zu zeigen, daß er bereit war, sich dessen Sorgen anzuhören.

Erpressen, sagte der, bedrohen, die Vergangenheit in den Dreck ziehen, das ist bei mir nicht drin.

Wer läßt sich das schon gefallen? fragte Felix. Aber was hat das mit mir zu tun?

Herbert Leibig konnte nicht mehr stillsitzen, er sprang aus dem Sessel hoch, rannte durch das Zimmer und wieder zurück.

Wissen Sie denn nicht, daß Ihre Frau mich auf die infamste Weise zu belasten versucht?

Nein, sagte Felix, davon wisse er nichts, ganz und gar nichts, das möge Herr Leibig ihm bitte glauben.

Sie hetzt meinen Sohn gegen mich auf. Sie bringt es fertig, daß der Junge an der Redlichkeit seines Vaters zu zweifeln beginnt. Herr Leibig hieb bei jedem Satz durch die Luft, als teilte er Schläge aus. Sein Gesicht war gerötet, und er blies ein paarmal die Backen auf, was seine Empörung unterstrich.

Warum sollte denn meine Frau Ihren Sohn gegen Sie aufhetzen, unterbrach Felix, jetzt schon mutiger, weil ihm die Schwindelei so gut gelang.

Das, so sagte Herbert Leibig, wolle er von Felix wissen, deshalb sei er hier. Natürlich auch, damit der Herr Professor mit seiner Frau ein Machtwort rede. Es gebe Grenzen, die zu überschreiten nichts als Ärger nach sich ziehe.

Herbert Leibig wiederholte das Wort Ärger und sah Felix dabei bedrohlich an.

Ich weiß von nichts, winkte der ab, meine Frau hat mir nie etwas davon erzählt.

Einen Augenblick lang überlegte Herbert Leibig, ob er Felix gegenüber die Goldsteins erwähnen sollte. Aber er entschied sich anders und hielt sein Gesicht für besser gewahrt, wenn er nicht auf Einzelheiten einging.

Ich verlange von Ihnen, sagte er, daß Sie mit Ihrer Frau reden.

Felix erschrak. Allein der Ton dieses Mannes versetzte ihn in Unruhe. Fast wäre ihm ein Ja herausgerutscht, und nur im letzten Moment konnte er sich beherrschen, fühlte aber prompt die aufsteigende Hitze seines Körpers, die ihm lästig und feucht aus allen Poren drang. Und weil seine Füße sich den Stuhlbeinen näherten, dort, wie er wußte, Halt suchen würden, stand er auf. Sofort erhob sich auch Herbert Leibig, der, seinem Gesicht nach zu urteilen, mit einer Zustimmung von Felix rechnete.

Aber der schüttelte langsam den Kopf.

Ich denke, Sie sollten selbst mit meiner Frau reden, sagte

er, mich geht das alles nichts an, und ehrlich gesagt, ich möchte nichts damit zu tun haben, auch mit Ihnen nichts und schon gar nichts mit Ihrem Sohn.

Felix ging zur Tür und öffnete sie so weit, daß seine Sekretärin die Möglichkeit hatte, jedes weitere Wort mitzuhören. Er gab die Telefonnummer von Leas Laden an und bat Herrn Leibig, geduldig zu sein, da seine Frau oft schwer zu erreichen sei. Die Hand hielt er seinem Gast nicht hin, aber die angedeutete Verbeugung war höflich.

Hoffentlich bereuen Sie Ihr Verhalten nicht, sagte Herbert Leibig und ging grußlos davon, letzten Endes doch davon überzeugt, daß der Professor seiner Frau die Leviten lesen würde.

Straßenbahn-Blockade erfolgreich, stand in der Zeitung. Die Bahnen und Busse fuhren wieder zu den alten Preisen. Die Landesregierung hatte einen Zuschuß von einer halben Million zur Verfügung gestellt und damit die Ruhe wiederhergestellt. Freie Fahrt zum Arbeitsplatz gab es nicht, aber auch keine Tariferhöhung. Ein Kompromiß, mit dem sich alle Beteiligten zufriedengaben, wenn's auch beim ASTA anders zu hören war. Rund hundert Schüler sollten wegen der Beteiligung an der Blockade drei Tage vom Unterricht suspendiert werden. Die Klassensprecher des Gymnasiums beantragten eine Vollversammlung, um über diese Strafmaßnahmen zu diskutieren.

Lea legte die Zeitung weg, mehr war daraus nicht zu erfahren. Seit dem Tag der Blockade hatte sie von der Gruppe niemand mehr gesehen. Nur mit Moritz hatte sie telefoniert. Nein, hatte sie gesagt, für einen neuen Termin beim Museumsdirektor habe sie sich noch nicht eingesetzt. Er möge es doch selbst versuchen, sie habe im Augenblick keine Zeit und bitte um Verständnis. Darauf hatte sie niemand mehr angerufen. Natürlich hatte sie Arno im Krankenhaus besucht. Er hatte ihr von einer völlig veränderten Konzeption seiner Mischung von Alltäglichem und Fantastischem erzählt, und sie hatte ihm zugehört, genickt und lobende

Worte gefunden. Als sie ging, wußte sie, daß sie wahrscheinlich nicht noch einmal wiederkommen würde. Und da Max sie weder besuchte noch anrief, hatte sie ihm den Brief der Goldsteins fotokopiert und per Post zugeschickt.

In der letzten Zeit war Lea abends oft länger in ihrem Laden als notwendig. Ob es sich um einen Zufall handelte, wußte sie nicht, aber plötzlich hatte sie mehr Kundschaft. Sie hatte sich angewöhnt, nach Ladenschluß allein Tee zu trinken. Dann hockte sie auf dem Sofa in der Stille des Raums, die nur hin und wieder von den Geräuschen auf der Straße unterbrochen wurde. Ihr Blick hielt sich an einem beliebigen Gegenstand fest, den sie vorher nicht auswählte, und blieb daran haften. So kam sie am besten mit ihren Gedanken zurecht.

An diesem Abend fiel ihr Blick auf einen kleinen, aufstellbaren Jugendstilspiegel, mit Blumen aus bemaltem Blech umrankt. Sie konnte den Blick nicht von ihrem Spiegelbild abwenden. Aber mit einem Mal zerrann das Lächeln im Spiegelbild. Lag es an einer Geste, einem Zucken des Augenlids, an einer Haarsträhne? Ihr Gesicht, viel zu nah, mit erkennbaren Poren und kleinen Falten, ähnelte dem der Mutter, und Lea begriff in einem einzigen Augenblick, daß sie längst mehr Zeit hinter sich als vor sich hatte. Alles schien plötzlich zeitlich begrenzt und hatte doch noch gar nicht begonnen.

Jeder Atemzug mußte bedacht werden, jede Fröhlichkeit nach dem Grund geprüft, jeder Wunsch nach dem Sinn. Sekunden des Schreckens, und auch die waren schon wieder verloren. Die Uhr ging rückwärts. Für alles, was noch zu tun war, blieb die kürzere Zeit des Lebens übrig, die längere war ihr davongelaufen. Der Seitenwechsel hatte zu spät stattgefunden.

Dünn der Schrei, mühsam und in die Länge gezogen, der sich aus ihrem Mund herausdrückte und schlimmer als ein Schluchzen war.

Im ersten Augenblick glaubte Felix, Lea weine. Irgend etwas schien mit ihr nicht in Ordnung zu sein. Er musterte sie eine

Weile, bevor er sich setzte und zu reden anfing. Eigentlich war es ihm recht, Lea in dieser erbärmlichen Verfassung vorzufinden, denn dadurch konnte er auf eine besondere Taktik verzichten.

Obwohl ich es dir verboten habe, hast du an diese Goldsteins geschrieben, sagte er.

Lea erschrak nicht, sie fragte ihn nicht einmal, woher er das wisse, sie nickte nur ohne einen Funken von schlechtem Gewissen. Jetzt sah er deutlich, daß sie vorhin nicht geweint hatte. Sein Ton wurde schärfer.

Und warum hast du das gemacht?

Sie setzte sich aufrecht hin und sah ihn an. Die klägliche Verfassung, in der er sie vorgefunden hatte, war plötzlich dem Zorn gewichen.

Ich habe den Brief geschrieben, sagte sie, weil mir klar wurde, daß ich das den alten Leuten schuldig bin.

Du – denen? fuhr Felix dazwischen.

Sie sei sich erst gar nicht so sicher gewesen, gab sie zu, aber der Besuch bei den alten Klätkes habe sie davon überzeugt. Sie sehe das als persönliche Wiedergutmachung an, für die es keinerlei Rechtfertigung bedürfe, zumal der Brief ja für Herrn Leibig kein Nachspiel habe. Nicht einmal das ihnen noch zustehende Geld wollten Goldsteins wiederhaben. Begreifst du denn jetzt, um was es mir geht?

Um deinen Liebhaber, antwortete er kühl.

Du bist verrückt, sagte Lea, ganz und gar verrückt.

Felix gelang ein Lächeln, das er festhielt, solange er sprach. Lea habe diese ganze unnötige Geschichte doch nur angezettelt, um diesem jungen Mann zu imponieren, sagte er mit böser Stimme. Er wolle jetzt wissen, wieweit sie eigentlich an seinen doch klipp und klar geäußerten Wunsch gedacht habe, sich nicht mit Goldsteins in Verbindung zu setzen.

Ich habe nicht an dich und deine Wünsche gedacht, weil nichts etwas mit dir zu tun hat.

Auch Lea sprach leise, auch sie lächelte jetzt. Eine Weile sahen sie sich schweigend an.

Plötzlich schlug Felix auf den Tisch. Seine Hand knallte

flach auf die hölzerne Platte, und alles, was darauf stand, geriet durcheinander. Er wiederholte den Schlag mit gleicher Heftigkeit. Das Lächeln war weg. Er schrie. Er schrie Lea an, sie möge sich hüten, ihm Ungelegenheiten zu machen. Mehrmals betonte er, daß er sich nicht ruinieren lasse, er malte den Himmel schwarz und bezichtigte Lea, daß sie ihn ins Unglück stürze. Wenn sie sich weiterhin so verhalte, könne er bald von Heidelberg wegziehen, sagte er, denn derartige Affären schädigten seinen Ruf. Und weil sie nichts sagte, kein Widerwort parat hatte, es auf keine Verteidigung anlegte, wurde Felix immer zorniger.

Sie solle sich merken, daß er mit seiner Geduld am Ende sei. Entweder sie mache Schluß mit diesem jungen Mann, oder sie müsse die Konsequenzen ziehen.

Welche?

Lea fragte das sanft und bestimmt. Sie war aufgestanden, räumte jetzt ihr Teegeschirr zusammen und bewegte sich so, als wäre er gar nicht im Raum. Sie ging an ihm vorbei, um ihn herum, als gehöre er zu den Gegenständen ihres Ladens. Sie rückte auch die Sachen auf dem Tisch wieder zurecht und wartete auf seine Antwort.

Ich bin hierhergekommen, um mit dir zu reden, sagte er, aber ich sehe, es hat keinen Zweck.

Kein Wort von den Folgen, die er ihr eben noch angekündigt hatte. Trotzdem blieb Lea ein Gefühl der Bedrohung, das sich in ihr einnistete und Angst auslöste. Sie sah Felix zu, wie er sein Jackett glattstrich, über sein Haar fuhr und die Taschen nach seinem Autoschlüssel absuchte. Jetzt war er es, der sie nicht beachtete, sie stehen ließ, als gehöre sie zum Inventar des Ladens, und einfach davonging.

Von Jette gab es schon ein halbes Dutzend Briefe, in denen sie der Schwester von dem berichtete, was sie Glück nannte. Eigentlich hatte Katharina die Briefe vorlesen wollen. Aber dann genierte sie sich, fürchtete, verlacht oder nicht verstanden zu werden. Wer auf dem Wege zur Revolution war, hatte keine Zeit für sein persönliches Glück zu verschwenden, die

Revolution war das Glück. So jedenfalls hätte es Bernd ausgedrückt. Brigitte hatte Jettes Aufbruch von Anfang an für unsolidarisch und egozentrisch gehalten. Moritz hörte zwar hin und wieder zu, war nicht so scharf im Urteil wie die anderen, zeigte allerdings auch kein besonderes Interesse.

Nur Jimmy war eine Ausnahme, der konnte von Jettes Leben nicht genug erfahren. Mit aufgesperrten Augen und Ohren ließ er sich von den auf den Bäumen schlafenden Hühnern berichten, von den Ziegen, die mit Jette im Haus wohnten, und von der Küche, die kein Dach und keine Wände hatte. Er wollte wie Jette das Gras wachsen hören, mit den Eidechsen auf warmen Steinen liegen und bei Vollmond mit den Nachtigallen singen. Einmal auf das Thema gebracht, konnte Jimmy ganz aus dem Häuschen geraten, packte dann Katharina am Hals, an den Schultern, an den Händen und wollte mit ihr sofort los. Aber die legte dann ihren Finger auf den Mund, sagte, er müsse noch ein wenig warten und dürfe vor allem mit niemand darüber reden. Also nickte Jimmy, knallrot vor Freude, weil er mit Katharina ein Geheimnis teilte, das sonst niemand kannte. Immer wieder fragte er, wie lange er warten müsse, bis Katharina mit ihm nach Italien gehe. Wenn du zehn bist, flüsterte Katharina dann, wenn du zehn bist, hauen wir ab.

Heute, als ein Brief von Jette kam, war Jimmy nicht da. Niemand war da. Ich habe Sehnsucht nach dir, hatte Jette geschrieben, um das Glück mit dir teilen zu können.

Welches Glück? Dem Anschein nach Jettes Glück, das nicht das von Katharina war. Aber irgendwo mußte auch das zu finden sein.

Du mußt lernen, Prioritäten zu setzen, pflegte Bernd ihr zu sagen, und vor allem darfst du dich nicht an dir selbst, sondern mußt dich am Kampf für die Revolution orientieren. Wenn du da nicht endlich deinen Platz findest, ich meine damit deine Aufgabe, dann gibt's auch keine Veränderung für dich. Anschließend ließ er durchblicken, daß er mit Katharina unzufrieden war. Sie konnte sich für nichts entschließen, fand aus ihrem Privatleben nicht heraus, nahm an keiner Basisgruppe teil und hatte keinerlei Perspektive.

Bernd hatte eine Art, sich in alles, was Katharina anging, einzumischen, und alles, was sie tat, zu kommentieren, die ihr mit der Zeit den Atem nahm und sie kleinmachte, ohne daß sie sich wehren konnte.

Da war es mit Brigitte schon leichter. Die forderte wenigstens nicht ununterbrochen den politischen Einsatz. Die sagte, daß sie mit Katharina Geduld habe und es nur darauf ankomme, sie aus ihrer Isolation zu holen. Also übte Brigitte beispielhafte Solidarität, ließ keinen Situationskonflikt, wie sie das nannte, undiskutiert, und deckte Katharina mit Rat und Tat ein. Am meisten Verständnis zeigte Moritz. Er ließ sie in Ruhe, versorgte sie hin und wieder mit kleinen Nebenbeschäftigungen, die er ihr über seine Agentur zuschob, und half ihr dann obendrein noch beim Ausführen der Reinzeichnungen.

Laß dich nicht verrückt machen, sagte er mehr als einmal, ich lass' mich auch nicht verrückt machen.

Dann nickte sie ihm zu, froh darüber, daß sie mit ihm nicht über sich reden mußte und er von ihr keinen politischen Leistungsnachweis verlangte. Trotzdem ahnte auch er nichts von ihrer Verlorenheit, von ihrem Gefühl, überflüssig zu sein und den Erwartungen nicht zu entsprechen. Und weder er noch die anderen begriffen die Zähigkeit, mit der sie auf der Suche nach dem war, was Jette mit Glück bezeichnete und von dem Katharina immer noch nicht wußte, wo es für sie zu finden war. Daher fiel es niemand auf, daß sie sich im häuslichen Bereich der Wohngemeinschaft Aufgaben suchte, die kein anderer übernehmen wollte. Ab und zu bedankte man sich bei ihr für ihre Handlangerdienste, doch hielt man es bald für selbstverständlich, daß immer jemand zur Stelle war, der für die Bequemlichkeit der anderen sorgte.

Katharina ging, den Brief in der Hand, die Wände der Zimmer entlang, von einem ins andere. Bei Moritz angelangt, blieb sie zwischen den Fenstern stehen und sah auf das von Max gemalte Bild. Plötzlich nahm sie es von der Wand und schob es hinter einen der Schränke. Dann ging sie in ihr Zimmer, holte von dort eine getrocknete Rose und klebte sie schräg in das von dem Bild auf der Wand hinterlassene helle Rechteck. Jede ihrer Bewegungen wirkte präzise. Sie zog sich nicht in ihr Zimmer zurück, sondern blieb, wo sie war, stieg auf den Barhocker, der in der Mitte des Raumes stand, und begann an einem Pullover für Jimmy zu stricken.

Später wußte Moritz nicht mehr genau, was er zuerst wahrgenommen hatte, Katharina auf ihrem Hocker oder die Rose an der Wand. Als er sie ansprach, strickte sie weiter, und als er auf die Rose hinwies, strickte sie immer noch weiter.

Ich hab' sie dir geschenkt, sagte er, doch seine Worte klangen wie eine Frage. Klappernde Nadeln, die den Wollfaden vom Zeigefinger holten, abgezählte Maschen in ein Muster fügten und alle Aufmerksamkeit Katharinas beanspruchten.

Und das Bild, fragte Moritz weiter, wo ist das Bild?

Katharina wies mit dem Ellbogen zum Schrank. Er sah nicht nach.

Hör auf zu stricken, sagte er unvermittelt, hör sofort auf. Und in einer plötzlichen Umarmung, aus der er sie nicht mehr herausließ, holte er sie von dem Barhocker herunter, während das Strickzeug und auch der Brief zu Boden glitten und dort liegen blieben.

Sommersonnensonntag. Die Hitze flirrte über den Dächern der Altstadt, und in den Gassen hielt sich dumpf die Wärme. Wer irgendwie konnte, sah zu, daß er nach draußen kam, an den Neckar, an dessen Wiesen und Hänge oder hinauf in die Wälder zum Königsstuhl. Lea hatte Felix nicht mitgeteilt, wo sie den Sonntag verbringen wollte. Schon am Vormittag hatte sie das Haus verlassen und ihm einen schönen Sonntag gewünscht.

Felix fuhr nicht weg, legte sich in den Garten auf einen Liegestuhl, fest entschlossen, sich den Tag nicht verderben zu lassen, nicht von ihr. Seit er ihr von der Unterredung mit Herbert Leibig berichtet hatte, sprachen sie noch weniger miteinander. Weder die Familie Leibig noch das Ehepaar Goldstein wurden ein zweites Mal zwischen ihnen erwähnt, schon gar nicht Max. Der Waffenstillstand schien perfekt. Vielleicht, so dachte Felix, war es wirklich nur eine Frage seiner Geduld und ihrer Einsicht. Er hatte sich damit abgefunden, allein zu schlafen, und kam inzwischen mit der häuslichen Einsamkeit besser zurecht. Hin und wieder, so wie heute, war Barbara da, das lenkte ihn ab. Sie verbreitete Fröhlichkeit und vermittelte ihm das angenehme Gefühl, für ihn da zu sein. Kam Lea unvermutet nach Hause, ging Barbara meistens weg, einerlei, ob Lea sie zum Bleiben aufforderte oder nicht. In solchen Fällen beobachtete Felix die eine wie die andere, ließ sich keine Geste entgehen, kein Wort. Manchmal sahen sie sich an oder lächelten sich zu, mokant und ein wenig beflissen, so wie Frauen, die sich auf einer Einladung im gleichen Kleid begegnen. Meist war es dann Barbara, die einen Scherz machte oder eine Bemerkung, die keine Schärfe aufkommen ließ, und meist war es auch sie, die Lea zum Abschied flüchtig küßte. Das beseitigte von vornherein mögliche Schwierigkeiten, auch wenn es Felix andererseits nicht unlieb gewesen wäre, wenn sich Lea wenigstens etwas eifersüchtig gezeigt hätte.

Laß uns ein bißchen rausfahren, sagte Barbara, ins Neckartal, an deinem Grundstück vorbei, in den Odenwald.

Sie hatte ihren Liegestuhl dicht neben den seinen gestellt. Würde er die Hand ausstrecken, könnte er sie berühren. Sie roch nach einem ihm unbekannten Sonnenöl, und ihre Bräune war dunkler und gleichmäßiger, als die von Lea.

Ich möchte hierbleiben mit dir, antwortete er und fuhr unvermittelt in ihre dichten, kurzgeschnittenen Haare.

Danach lagen sie eine Weile schweigend nebeneinander, blinzelten ab und zu in die Sonne und fühlten sich dabei wohl.

Sie erschraken, als es plötzlich an der Haustür schellte. Bleib liegen, sagte Barbara fürsorglich und war schon unterwegs. Nach ein paar Minuten wandte Felix sich um. Ein junger Mann in Jeans, Sandalen und einem T-Shirt, in der Hand ein paar Blumen, lief schlaksig neben Barbara her.

Er dachte, ich sei Lea, sagte sie und bedeutete ihm, er möge sich setzen.

Sam, sagte der junge Mann, ich heiße Sam Goldstein. Dann reichte er Felix die Hand, der mit einem Satz aus seinem Liegestuhl hochschnellte und ihm ohne ein Wort der Begrüßung barsch mitteilte, daß seine Frau nicht da sei.

Sam Goldstein bedauerte das, denn er habe etwas von seinen Eltern auszurichten, was auch ihm am Herzen liege. Unverkennbar war jetzt ein amerikanischer Akzent herauszuhören. Er sah von Barbara zu Felix und wieder zurück, wikkelte die Blumen aus dem Papier und legte sie auf den Tisch. Das sah nach Warten aus, nach Hartnäckigkeit, das ließ etwas vorausahnen, das unangenehm enden mußte. Felix machte keinerlei Anstalten, Sam Goldstein etwas anzubieten. Er wollte ihn so schnell wie möglich loswerden, das war Barbara klar.

Aber wer war dieser Amerikaner, und was hatte er mit Lea zu tun? Felix benahm sich immer merkwürdiger, sah mehrmals auf die Uhr, zupfte an den Blumen, glättete sein Haar und legte soviel Nervosität an den Tag, daß Barbara schließlich sagte, Lea würde sicherlich gleich kommen. Wahrscheinlich sei sie nur in ihrem Laden oder bei Katharina. Wenn es Felix recht sei, könne sie ja telefonieren. Dabei zwinkerte sie Felix vertraulich zu. Felix winkte ab. Das fehlte ihm gerade noch, daß Barbara jetzt vielleicht bei Max Leibig anrief, um dort die Ankunft des jungen Goldstein mitzuteilen.

Ich bitte dich, sagte er mit betonter Verwunderung. Lea ist doch weggefahren. Wahrscheinlich kommt sie erst morgen zurück. Und zu Sam Goldstein gewandt fuhr er fort: Ich weiß wirklich nicht, wann sie kommt, es tut mir leid für Sie.

Sam Goldsteins Enttäuschung schien echt zu sein, und Felix hatte den Eindruck, daß der junge Mann nicht davon abzuhalten war, auf die Vergangenheit seiner Eltern zu sprechen zu kommen. Barbara würde eine Menge Fragen stellen, und so blieb Felix gar nichts anderes übrig, als auch hier einen Riegel vorzuschieben.

Wissen Sie, sagte er ebenso höflich wie bestimmt, vielleicht ein wenig zu schnell, schreiben Sie doch meiner Frau oder rufen Sie sie einmal an. Mir sind Ihre Eltern nicht bekannt, und ehrlich gesagt, er räusperte sich und machte eine kleine Pause, sind das wohl alles Dinge, die mich nichts angehen. Ich wüßte jedenfalls nicht, was.

Sam Goldstein hatte verstanden und wollte sich erheben. Sein plötzlich ausdrucksloser Blick erschreckte Felix. Jetzt war es an ihm, die Atmosphäre der Gastlichkeit wiederherzustellen.

Bleiben Sie doch noch, sagte er hastig und bat Barbara, dem Gast etwas zu trinken zu holen. Er ging nicht selbst, er blieb in der Nähe von Sam Goldstein, als könne der, allein gelassen, etwas in Unordnung bringen, etwas mit Wiedergutzumachendes anrichten. Felix ließ den Gast weder zu einer Ablehnung noch zu einer dankenden Zustimmung kommen. Er redete drauflos, mit geradezu verbissener Neugier. Was Sam Goldstein denn von Heidelberg gesehen habe, ob er schon auf dem Schloß gewesen sei, die alte Brücke mit den Barocktürmen kenne, vielleicht gar im Ritter wohne, der einer der schönsten Bürgerhäuser aus der Renaissancezeit sei. Natürlich dürften die Kneipen nicht unerwähnt bleiben. Keineswegs nur in der Innenstadt, nein, auch in Handschuhsheim komme man auf seine Kosten, wo besonders der Gilbert zu empfehlen sei. Junge sympathische Menschen tränken dort ihren Wein, und man fühle sich auf Anhieb wohl. Barbara kam mit Orangensaft und Eiswürfeln zurück, goß Sam ein Glas ein und hörte verwundert zu, wie Felix dem jungen Amerikaner die Stadt schmackhaft zu machen versuchte.

Vielleicht kennt er das alles schon, warf sie ein und war mehr an persönlichen Fragen interessiert. Wie lange Sam zu bleiben gedenke, ob seine Eltern aus Deutschland seien, ob sie denn wie Lea auch aus Thüringen stammten?

Felix stand auf, und im selben Augenblick erhob sich auch

Sam Goldstein. Nicht einen Schluck hatte er von dem Orangensaft getrunken, und er hatte auch nichts mehr gesagt. In der etwas unbeholfenen Art junger Amerikaner reichte er Barbara die Hand, dann Felix und bedankte sich, als die Gartentür klappte und Lea über den Rasen kam. Ihr Hallo wurde von niemand beantwortet. Sie sahen sich abwechselnd stumm an, bis Barbara sagte, wer Sam Goldstein sei und daß er eigentlich auf sie gewartet habe. Im übrigen, fuhr sie fort, hat Felix gesagt, daß du verreist seist!

So etwas Albernes, sagte Lea.

Ich möchte mich verabschieden, unterbrach Sam dieses kleine Zwischenspiel, das weder etwas mit seinem Kommen noch mit seinem Gehen zu tun hatte. Er wußte nicht, was er in diesem Haus noch zu suchen hatte, und wünschte sich nur, so schnell wie möglich seiner Wege gehen zu können.

Aber das ließ Lea nicht zu. Sie drückte ihn zurück in den Gartenstuhl, zog sich einen zweiten zu ihm heran und fragte, ob er ihr denn nichts von den Eltern auszurichten habe. Sie hörte nicht auf Felix, der vorschlug, daß sie mit Sam ins Wohnzimmer gehen könne, achtete nicht auf Barbara, die sich nicht vom Fleck rührte und den Mund hielt, um sich kein Wort entgehen zu lassen. Sie lächelte und fragte: Nun?

Grüße, antwortete Sam Goldstein höflich, Grüße soll ich ausrichten.

Und sonst?

Sam sah hinüber zu Felix, dann zu Barbara. Lea folgte seinem Blick. Kommen Sie bitte mit mir mit. Ich möchte Sie mit einem Freund bekannt machen, dessentwegen ich an Ihre Eltern geschrieben habe.

Aber es gibt nichts zu sagen. Meine Eltern wollen mit niemand mehr in Deutschland etwas zu tun haben. Verstehen Sie das denn nicht?

Sam Goldstein hatte zu laut gesprochen, zu heftig. Seine dunklen Augen waren noch dunkler geworden. Er wußte, daß er nicht mehr viel Geduld für diese Situation aufbringen würde, die ihm demütigend vorkam.

Lea schob ihren Arm unter seinen Ellbogen, war dicht an seiner Seite, Felix gegenüber.

Das sollten Sie meinem Freund selbst sagen. Mir wird er es vielleicht nicht glauben.

Sie zog ihn weg von Felix und Barbara über den Rasen, so daß er ohne Abschied davonkam.

Ihrem Mann ist mein Besuch nicht recht, sagte er, als sie beide ins Auto stiegen, und Lea antwortete, das sei ihr gleichgültig.

Und dieser Freund, fragte Sam Goldstein weiter, wer ist dieser Freund?

Lea fuhr schnell, so als habe sie Angst, der Amerikaner könne ihr aus dem Auto springen. Ebenso schnell antwortete sie jetzt, sagte, daß Max der Sohn des Mannes sei, der Herrn Goldstein Haus und Fabrik abgenommen habe.

Sam sagte nichts. Lea spürte nur, wie er sie ansah. Er ließ sich dabei Zeit, musterte sie von oben bis unten.

Und dieser Sohn ist Ihr Freund? fragte Sam endlich, immer noch mit diesem Blick, von dem sie nicht wußte, ob er abschätzig war oder nicht.

Ja, sagte sie, es schockiert Sie hoffentlich nicht.

Warum? Sam lachte kurz. Ihre Freundschaften gingen ihn weiß Gott nichts an, sagte er, nur wisse er nicht so recht, was Lea bewogen habe, an seine Eltern zu schreiben. Das hänge wohl mit diesem Freund zusammen.

Natürlich, sagte Lea, natürlich hängt das mit ihm zusammen. Im selben Augenblick bereute sie die Antwort.

Eigentlich möchte ich nur noch eines wissen, sagte Sam Goldstein höflich, ging es Ihnen bei dem Brief um Ihren Freund oder um meine Eltern?

Was für eine Unverfrorenheit, dachte Lea. Sie machte sich die Mühe, den alten Goldsteins zu ihrem Recht zu verhelfen, und dem Sohn schien nichts wichtiger zu sein, als ihre Beweggründe zu überprüfen.

Wissen Sie, sagte Lea, und Sam Goldstein hörte den Ärger in ihrer Stimme, ich wollte Ihren Eltern einen Gefallen tun. Das muß Ihnen als Antwort genügen.

Wie schnippisch das klang, wie überheblich. Sam Goldstein packte plötzlich die Wut.

Es genügt mir aber nicht, antwortete er kühl, man kann nicht alles mit Geld in Ordnung bringen. Darauf fuhr Lea an die rechte Straßenseite, stieg hastig aus und öffnete Sam die Tür.

Wollen Sie aussteigen?

Einen Augenblick lang wußte Sam Goldstein nicht, wie er sich verhalten sollte. Dann sah er Tränen in Leas Augen. Damit hatte er nicht gerechnet.

Ich denke, sagte er langsam und zog die Tür wieder zu, wir fahren zu Ihrem Freund. Ich möchte ihn kennenlernen.

Lea stieg wieder ein. Keiner von beiden hatte noch etwas zu sagen. Lea parkte den Wagen nicht direkt vor dem Haus. Sie benutzte den Hintereingang des Gartens. Sosehr sie sich auch zusammennahm, Sam Goldstein bemerkte ihre Nervosität, ihren schnellen Blick zu den oberen Fenstern, zur Haustür, an der sie vorbei mußten, um zum Atelier von Max zu kommen.

Er öffnete auf Leas Klopfzeichen, küßte sie mit zerfahrener Zärtlichkeit und war keineswegs verwundert, als sie ihm Sam Goldstein vorstellte.

Schön, daß du gekommen bist, sagte er so selbstverständlich zu Sam, als wären sie alte Freunde. Im Alter kaum auseinander, beide dunkelhaarig und hochgewachsen, wirkten sie auf den ersten Blick wie Brüder. Obwohl Lea zwischen den beiden stand, fühlte sie sich ausgeschlossen. Die Ernsthaftigkeit, mit der sich Max und Sam begrüßt hatten, das Schweigen, das ihnen vorerst wichtiger schien als das Reden, hatten nichts mit ihr zu tun. Es gab keinen Part, den sie übernehmen konnte, keine Vermittlerrolle, die ihr von dem einen oder anderen zugedacht worden wäre. Ich geh' jetzt, sagte sie, schon unter der Tür, in der Hoffnung, Max möge sie zum Bleiben auffordern. Er schwieg jedoch, nickte ihr zum Abschied nur kurz zu.

Sam Goldstein merkte mit Genugtuung ihr Zögern und ihre Enttäuschung.

Vielleicht kann es mir Max erklären, sagte er zu Lea gewandt, warum Sie erst jetzt die Verbindung mit meinen Eltern aufgenommen haben und nicht schon früher.

Sicher wird er es Ihnen erklären, sicher.

Max war schon voraus ins Atelier gegangen, während Sam noch in der Tür stand. Lea dachte plötzlich an Frau Goldstein, die gezwungen worden war, von heute auf morgen ein neues Leben zu beginnen, von dem sie nicht wußte, wo es sie hinführen würde. Sie hätte Sam gerne gebeten, seine Mutter zu grüßen, aber sie brachte es nicht fertig. Sie hob nur die Hand, murmelte einen Gruß und lief zurück zu ihrem Auto.

Felix machte kein Hehl daraus, daß er auf sie gewartet hatte. Er versteckte sich weder in seinem Zimmer, noch täuschte er besondere Geschäftigkeit vor. Als er ihr Auto hörte, öffnete er ihr sofort die Tür. Er schien nicht einmal die Zeit zu haben, mit ihr nach oben in ihre Zimmer zu gehen. Er bat sie in das untere Wohnzimmer, das sie nur mit Gästen zu benutzen pflegten, und legte eine ungewohnte Entschlossenheit an den Tag.

Du warst mit diesem Goldstein bei Leibigs?

Bei Max, sagte Lea, ich wollte ihn mit Max bekannt machen, das habe ich nicht verheimlicht. Eine andere Aufgabe hatte ich nicht.

Aufgabe, wiederholte Felix, jetzt ist es dir schon zur Aufgabe geworden, mir Schwierigkeiten zu bereiten. Er setzte sich, um sich vor dem auszuruhen, was er zu sagen hatte. Er wußte genau, wenn er jetzt nicht die Fäden in der Hand behielt, war er der Verlierer. Aber Lea war schneller, kam auf ihn zu, hockte sich neben ihn hin und sagte: Es geht nicht um dich, auch nicht um mich, vielleicht nicht einmal um Goldstein, es geht um den Standpunkt, der zu vertreten ist.

Und leiser fuhr sie fort, daß sie ihren noch nicht gefunden habe, sich beschämt fühle, unsicher, daß sie in gewissem Sinne unverantwortlich im Denken sei, vielleicht gar im Handeln.

Felix hielt den Atem an, sah ihre Hand auf dem Ärmel seines Jacketts und litt unter ihrer Nähe. Wieder einmal hatte er Geduld aufzubringen, und er wußte nicht mehr, was ihm das einbringen sollte. Kam sie jetzt zur Einsicht, jetzt, da er am Ende seiner Kräfte war? Wurde ihr tatsächlich jetzt erst klar, was sie alles zerstört und aufs Spiel gesetzt hatte? Er mußte sich beherrschen, um nicht nach ihrer Hand zu fassen. Ein weiteres Mal wollte er sich nicht foppen lassen. Was für einen Standpunkt, fragte er also, um ganz sicherzugehen.

Es geht mir um Moral, antwortete Lea, ich weiß nicht, wie ich es anders bezeichnen soll, vielleicht auch um Schuld oder um Verantwortung. Hätte ich in all dem einen festen Standpunkt gehabt, hätte ich mich Sam Goldstein gegenüber anders verhalten.

Du sprichst von Goldstein?

Felix schob vorsichtig ihre Hand von seinem Ärmel und sagte: Ich dachte, du sprichst von uns.

Er räumte dem Mißverständnis zwischen ihnen keinen Platz ein, ließ kein Wort der Erklärung aus. Er stand auf, als hätte er es sehr eilig.

Komm mit, sagte er und stieß Lea in kleinen Schüben vor sich her, die Treppe hinauf, komm, komm.

Lea wehrte sich nicht. Verblüfft darüber, daß Felix ihre Worte so völlig fehlgedeutet hatte, fiel ihr nichts anderes ein als zu gehorchen. Sie waren in seinem Zimmer angelangt, das Lea plötzlich zu groß vorkam. Der Schreibtisch, das Bücherregal, die ledernen Sessel wirkten fremd.

Lea blieb mitten im Raum stehen und sah Felix zu, der sich jetzt an einem der Ölbilder hinter seinem Schreibtisch zu schaffen machte, wo sich sein Safe befand. Im allgemeinen hatte es Felix vorgezogen, seine Besitztümer nicht in der Gegenwart anderer zu überprüfen. Nicht, daß er Lea gegenüber mißtrauisch war, aber es gab ihm ein größeres Gefühl der Sicherheit. Nun wühlte er zwischen Papieren, kleinen Schatullen und Tüten herum, bis er ein altes, recht abgewetztes Kuvert zutage förderte, auf dem Lea sofort die Handschrift ihrer Mutter erkannte. Für Felix und Lea zur Hochzeit, stand darauf geschrieben. Lea erinnerte sich des Geschenks, das die

Mutter ihnen verlegen überreicht hatte. Es hatte sich eigentlich mehr um eine Geste gehandelt, denn kurz nach der Währungsreform waren die Papiere und Aktien aus dem Familienbesitz, die da zum Geschenk gemacht wurden, nur Pfennige wert. Man hatte sich umarmt und lachend zur Kenntnis genommen, was für einen Wert das Päckchen in früheren Zeiten dargestellt hatte.

Und jetzt? Wollte Felix sie verhöhnen? Ihr die lächerliche Mitgift nach zwanzig Jahren zum Vorwurf machen? Längst hatte Lea diese Papiere vergessen, nie nach dem Stand gefragt. Felix hatte sie damals an sich genommen und weggeschlossen, ohne daß je einer von beiden dieses dürftige Erbe erwähnt hätte.

Hier, sagte Felix mit belegter Stimme und legte das Kuvert auf den Tisch, es gehört dir.

Und was soll ich damit? fragte sie.

Felix hob die Schultern und Hände zugleich, dann schloß er den Safe wieder ab und hängte sorgfältig das Bild an den Platz zurück. Damals waren die Papiere nichts wert, heute besitzt du damit knapp fünfzigtausend Mark.

Ich?

Ja, du, es ist dein Geld, das ich nie angerührt habe, deine Papiere, die seit dem Krieg von nichts zu einem kleinen Vermögen geworden sind. Jetzt kannst du damit machen, was du willst.

Das sagte er schnell und energisch. Er brüllte nicht, schwitzte auch nicht, war ganz ruhig und mit seinem Entschluß zufrieden.

Aber das gehört uns gemeinsam, meine Mutter hat es uns beiden geschenkt! Was soll ich damit? Das ist unmöglich... Lea stotterte, ging auf Felix zu. Sie wollte ihn fragen, ob er verrückt geworden sei und was das zu bedeuten habe. Aber er wich ihrer Berührung aus und zog sich mit kurzen Schritten zurück, wies nur noch einmal mit einer Handbewegung auf das Kuvert und verließ das Zimmer ohne ein Wort. Zwei der Uhren fingen an zu schlagen, langsam und mit unterschiedlicher Lautstärke. Lea sah zu dem Kuvert hinüber, das abgegriffen und unansehnlich auf dem Schreibtisch lag. Sie konnte es dort nicht liegen lassen. Felix hatte es so eingerichtet, daß sie es an sich nehmen mußte, ob sie wollte oder nicht.

Es wog schwer in der Hand, brannte auf den Fingerspitzen und ließ sich nicht so leicht irgendwo ablegen. Lea trug es umher, ohne einen Platz dafür zu finden. Weder in ihrem Schreibtisch noch auf ihrem Nachttisch schien der richtige Ort zu sein. Felix' Großzügigkeit hatte sie wie ein Schlag getroffen, sie schleppte ihre Schuldgefühle mit sich herum, bis sie sich in das gemeinsame Bett schlafen legte, zum ersten Mal wieder seit langer Zeit, das Kuvert unter ihrem Kopfkissen. Am nächsten Morgen war der Platz neben ihr unberührt, Felix hatte die Nacht nicht zu Hause verbracht.

Sie sagten immer noch nichts. Sam ging im Oval des Raumes rundum und betrachtete mal das eine, mal das andere Bild, während ihm Max geduldig zusah. Er paßte genau auf, welche Bilder Sams Interesse fanden. Merkwürdigerweise widmete er seine Aufmerksamkeit nicht jenen, die Herrn Leibig als Nazideutschen darstellten. Vielmehr wandte er sich Bildern zu, die Herrn Leibigs Brille zeigten, durch die bestimmte Details unnatürlich groß zu sehen waren, zum Beispiel ein Stück Fabrik, Max' Auge, eine in einer Schublade liegende Pistole, während andere Dinge wiederum stark verkleinert waren. Sam konnte sie nur unter näherem Hinsehen erkennen. Eine Tulpe, ein Fetzen Himmel, daneben ein Damenschuh.

Wem gehört diese Brille, fragte Sam.

Meinem Vater, antwortete Max, erleichtert, daß das zentrale Thema angeschnitten wurde, ohne daß er umständlich darauf hinführen mußte. In kurzen, wie auswendig gelernten Sätzen berichtete er die ganze Geschichte. Er war gründlich, ließ kein Detail aus und wirkte hinterher erschöpft wie nach einer ungewohnten körperlichen Leistung. Es berührte ihn seltsam, daß er im Augenblick an einer Reaktion von Sam Goldstein gar nicht interessiert war. Im Gegenteil, er hätte am liebsten seinen Gast verabschiedet, sich auf seinem Lager zusammengerollt und geschlafen.

Aber der schien es sich erst richtig gemütlich zu machen, zog sich einen der alten Sessel heran und setzte sich Max gegenüber.

Weißt du, begann er, dein Vater interessiert mich eigentlich nicht besonders.

Aber er hat deine Eltern um Hab und Gut gebracht, unterbrach ihn Max, durch Sams forschenden Blick leicht beunruhigt, willst du nicht mit ihm abrechnen?

Erst sah es so aus, als wollte Sam sofort antworten, aber dann ließ er sich Zeit und wechselte das Thema. Ob diese Frau, mit der Max befreundet sei, erst auf seine Veranlassung an die Eltern geschrieben habe und ob ihr Mann auch ein alter Nazi sei?

Max verspürte wenig Lust, darauf zu antworten. Er gab zu, Lea habe auf seine Bitte hin diesen Brief geschrieben, ob ihr Mann Nazi gewesen sei, wisse er allerdings nicht, und er habe auch nie danach gefragt. Beim Reden merkte er, wie ein leiser Groll in ihm hochstieg, und er fügte hinzu: Hör mal, es geht hier schließlich um meinen Vater, nicht um mich oder um Lea!

Aber Sam Goldstein war anderer Meinung. Ihm gehe es tatsächlich um Max, sagte er, denn der sei es dem Anschein nach, der sich an Herbert Leibig rächen wolle, und niemand anderer. Überhaupt koche hier jeder offenbar die eigene Suppe, egal, wer es nun sei.

Max wollte antworten, doch Sam ließ ihn nicht zu Wort kommen, und seine Stimme klang auf einmal seltsam.

Mit keiner Frage hast du dich nach meinen Eltern erkundigt, auch deine Freundin nicht. Weder ihr Schicksal noch ihr Leben interessiert euch. Schon daß meine Eltern euer Angebot abgelehnt haben, hat euch nicht gepaßt. Deine Freundin konnte sich nicht vor dir aufspielen, und du wiederum kannst deinem Vater keine Schwierigkeiten machen, weil meine Eltern nicht mitspielen.

Und dann sagte Sam Goldstein etwas Ungeheuerliches. Er

stand auf, wohl um besser Luft holen zu können, vielleicht aber auch, weil er sich hier nicht mehr als Gast fühlen wollte. Er mußte sich zusammennehmen, um nicht laut zu werden. Also flüsterte er.

Ihr, du und deine Freundin, ihr denkt immer noch wie die Nazis, geht nur von euch aus, ohne euch um andere Menschen zu kümmern. Endlich verstehe ich, warum meine Eltern mit euch Deutschen nichts mehr zu tun haben wollen.

Wie die beiden sich jetzt gegenüberstanden und sich ansahen, war nichts mehr von dem stillschweigenden Einvernehmen zu spüren, das zuerst zwischen ihnen geherrscht hatte. Die Enttäuschung verwandelte sich in Wut.

Ein Nazi, sagte Max, ich bin für dich wie ein Nazi? Die Worte vibrierten, bis er sie ausstieß, ganz hinten in der Kehle, und er versuchte ein Lachen, das höhnisch klingen sollte.

Sam Goldstein hob nur die Schultern und schwieg. Er wußte, daß er Max nicht schlimmer hätte kränken können, aber zunächst wollte er nichts zurücknehmen. Wie einfach wäre es im Grunde gewesen, auf Max zuzugehen, ihm zu sagen, daß er, Sam, sich bis vor kurzem nie sonderlich für die Vergangenheit seiner Eltern interessiert hatte, daß er das Gefühl gehabt hatte, all diese Dinge hätten kaum etwas mit ihnen zu tun; Max zu sagen, wie er sich zu jeder Zeit als Amerikaner gefühlt und sich gewehrt hatte, die Muttersprache der Eltern zu lernen, bis auch sein eigenes Schicksal eine unvorhergesehene Wendung genommen hatte. Er überlegte sich, ob sich all dies vielleicht nicht doch sagen ließe, als Max endlich einfiel, wie er sich für die Kränkung rächen konnte.

Sag mir den Unterschied, sagte er rasch, als wäre eine solche Frage nicht ruhig auszusprechen, sag mir den Unterschied zwischen uns Nazis – er betonte das Wort uns – und euch Amerikanern im Vietnamkrieg.

Und dann zählte er Stichworte auf, nannte Napalm, chemische Entlaubung, Erschießungen, Folterungen, Korruption und den antikommunistischen Kreuzzug Amerikas, bei dem ein Land wie Vietnam und dessen Bevölkerung keine Rolle spielten. Kriegsverbrechen, sagte Max, die bei eurer

Niederlage einen Prozeß zur Folge haben könnten, wie ihn die Deutschen in Nürnberg erlebt haben.

Und du, höhnte Max laut, du willst mir weismachen, daß ich mich wie ein Nazi verhalte, ich?

Im ersten Augenblick rührte sich Sam Goldstein nicht von der Stelle. Mit halb herabhängenden Lidern sah er aus dem Fenster, und sein Gesicht wirkte ganz alt.

Wieviel besser wäre es gewesen, ging es Max durch den Kopf, wenn sie das alles nicht ausgesprochen hätten, was sie gedacht hatten.

Vom Garten her waren die Schritte von Herbert Leibig zu hören, denen sie beide eine Weile nachhorchten.

Ich, sagte Sam Goldstein und wies mit dem Kopf in die Richtung, aus der die Schritte gekommen waren, ich könnte sein Geld gut gebrauchen.

Max warf den Kopf herum, als müßte er den Satz noch einmal hören.

Im vorigen Jahr, sagte Sam, ohne die Stimme zu heben, im vorigen Jahr habe ich auf einer Demonstration gegen den Vietnamkrieg mit anderen Studenten öffentlich meine Einberufungspapiere verbrannt. Ich gehörte zu den wenigen, die Glück hatten und nicht vom Selective Service verhaftet wurden. Das hieß, ich mußte sofort die Staaten verlassen. Und weil ich ein bißchen deutsch konnte und meine Eltern hier ein paar Freunde haben, kam ich als Emigrant in das Land zurück, aus dem meine Eltern fliehen mußten. Er lachte unbeholfen, als hätte er einen schlechten Witz gemacht, und fügte hinzu, daß jetzt wohl begreiflich sei, warum er das Geld von Herbert Leibig gut gebrauchen könne.

Und? fragte Max.

Ich will es nicht mehr, antwortete Sam, ich habe ja schon gesagt, daß ich inzwischen den Standpunkt meiner Eltern teile.

Er ging noch einmal zu den Bildern, besah sie sich ausführlich und sagte: Das hier ist deine Sache, laß uns aus dem Spiel, okay? Danach ging Sam Goldstein. Einen Augenblick glaubte Max, Sam wolle ihm die Hand reichen. Aber das war

Einbildung. Sam dachte nicht daran. Er drehte sich nicht einmal mehr um und murmelte seine Verabschiedung zur Tür heraus, als ließe er niemanden hinter sich zurück.

Keine Klöße und kein Sauerbraten. Es duftete nach Pilzen. Hilde Leibig kochte das Leibgericht ihres Sohnes, mit Morcheln gefüllte Poularde. Es duftete auch nach Kuchen, den sie frisch aus dem Backrohr gezogen hatte, um ihn mit einem Tuch bedeckt auskühlen zu lassen. Die Morcheln hatte ihr Mutter Klätke durch Arthur zukommen lassen.

Das Tafelsilber war geputzt, die kostbaren Gläser, keineswegs an allen Tagen benutzt, wurden aus dem Schrank geholt, und Herbert Leibig versprach, sich bei der Wahl des Weins nicht lumpen zu lassen. Die Feier sollte nur im engsten Familienkreis stattfinden, und der war nicht groß. Genau besehen wünschte Herbert Leibig, auch bei diesem Anlaß seine geschäftlichen Beziehungen zu pflegen. Auch Max sollte ruhig ein oder zwei seiner Freunde einladen, auch Mädchen konnten es sein. Am besten natürlich wäre es, sagte Herbert Leibig, wenn es sich dabei um Kommilitonen handelte, die mit Max im Examen gestanden hätten.

Aber Max hatte höflich abgewinkt, er wisse nicht, wen er einladen solle. Dann war er an den beiden vorbei nach unten in sein Atelier gegangen, um sich, wie er sagte, von den Strapazen des letzten Prüfungstags zu erholen.

Ach Gott, hatte Frau Leibig gesagt und die Hände vor der Brust zusammengeschlagen, das ist ja nun wirklich sein gutes Recht.

Lächelnd hatten ihm Vater und Mutter nachgesehen. Danach hatten sie sich einander zugewandt, immer noch lächelnd, und Hilde Leibig hatte den Arm ihres Mannes auf ihren Schultern gespürt, mit dem er sie an sich zog, als müßte auch sie ein Stück Dank für das bestandene Examen abbekommen.

Ja, ja, sagte Herbert Leibig, unser Sohn!

Mehr Worte zu machen, wäre nicht seine Art gewesen, und Hilde Leibig genügte es, die Freude im Gesicht ihres

Mannes zu sehen. Ach, mein Herbert, erwiderte sie im plötzlichen Bedürfnis nach Zärtlichkeit, ich bin ja so stolz auf euch.

Darauf legte Herbert Leibig noch einmal den Arm um die Schulter seiner Frau und führte sie ein paar Schritte durch das Haus, bis zu der Stelle, wo Max sie vor ein paar Stunden mit seiner erfreulichen Nachricht überrascht hatte.

Er war auf sie zugegangen, hatte den einen wie den anderen an die Hand genommen und sie festgehalten, als gelte es, gemeinsam etwas umzurennen. Frau Leibig war das komisch vorgekommen. Sie hatte sich dagegen gewehrt und laß doch den Unsinn gesagt. Aber Herbert Leibig hatte dem Anschein nach die richtige Vorahnung gehabt.

Na, mein Junge, sagte er fröhlich, was gibt's denn so Wichtiges, daß du deinen Vater von der Arbeit abhältst?

Wie blaß da Max wurde und wie er Herbert ansah, das beunruhigte Hilde Leibig ein bißchen.

Was ist denn, Junge? fragte sie.

Ich habe mein Examen bestanden, sagte er vorsichtig, und wie man mir mitteilte, mit der Note Zwei.

Donnerwetter, rief Herbert Leibig und schlug Max auf die Schulter, das ist eine Überraschung, mein Junge!

Max fühlte mit seinem Oberkörper den großen warmen Busen der Mutter und hätte am liebsten für einen Augenblick sein Gesicht hineingedrückt. Statt dessen blieb er stehen, bekam wieder etwas Farbe im Gesicht, hob nur leicht die Schultern und sagte: Das war doch so abgemacht, Vater – oder nicht? Und als Herbert Leibig dem fröhlich zustimmte, schob Max die Mutter beiseite, blieb dem Vater Auge in Auge gegenüber stehen, als erwartete er Rückfragen.

Aber Herbert Leibig fragte nicht, sagte nur, daß diese Nachricht begossen werden müsse, und rieb sich dabei die Hände.

Du wirst mir noch einmal dankbar sein, daß ich so hartnäkkig darauf bestanden habe, wiederholte er mehrmals und versuchte, seinen Triumph zu verbergen. In diesem Augenblick empfand er Zuneigung für seinen Sohn.

Bis zum Abend blieb Max allein in seinem Atelier. Einzige Unterbrechung war ein Telefonat mit Lea, in dem er ihr mitteilte, daß er sein Examen bestanden habe. Er hörte schweigend und so lange ihre Glückwünsche an, bis sie nichts mehr zu sagen wußte.

Schließlich erzählte er, daß seine Eltern eine kleine Feier für ihn veranstalteten, und ob sie nicht kommen wolle, um sich bei dieser Gelegenheit mit den Eltern auszusöhnen.

Ich zu euch?

Lea konnte über den Vorschlag nicht einmal lachen.

Wie meinst du das? fragte sie. Aber Max hatte nichts zu erwidern und legte schließlich auf, vorsichtig und leise, als hätte er Angst, sie mit dem Geräusch zu verletzen.

Danach zog er sich wieder in sein Atelier zurück. Umständlich räumte er die Gegenstände von einer Stelle zur anderen, wobei er alles, was er in die Hand nahm, betrachtete, umdrehte oder abtastete. Es wirkte, als wollte er seine Spuren verwischen. Als die Mutter ihn zum Essen rief, gelang es ihm gerade noch, einen prüfenden Blick rundum zu werfen, einen Moment die Augen zu schließen und etwas zu murmeln, was wie ein Kindergebet klang, aber ohne Inbrunst von ihm hergesagt wurde. Auch das schien eine Gewohnheit zu sein, die er beiseite räumte.

Als die Gäste da waren, die beiden Direktoren zweier namhafter Unternehmen samt ihren Frauen, erschien er in seinem Examensanzug, die Fliege ein wenig schief unterm Kinn, was Hilde Leibig veranlaßte, die Schleifenenden geradezurücken.

Mein Junge, sagte sie dabei voller Stolz und in plötzlicher Erregung, ohne den Satz fortzuführen, mein Junge!

Die Herren Direktoren gratulierten, und die Gattinnen schlossen sich an. Ein Lebensabschnitt, so wurde gesagt, sei nun beendet, und die Grenzen der Jugend überschaubar. Ein paar Scherze fielen, und besonders der Direktor der Sparkasse gab dröhnend Anekdoten und Possen aus seiner Studienzeit zum besten. Ja, das waren noch Zeiten.

Man erhob sich und ging zu Tisch, wartete, bis der Hausherr die Tischordnung festsetzte, und rückte die Stühle zum bequemen Sitzen zurecht. Die Zugehfrau servierte die Suppe, eine Soupe au Cresson, wie Hilde Leibig verschämt sagte, was von Herrn Leibig zu Kressesuppe eingedeutscht wurde.

Max hatte über seine Examensarbeit gewissenhaft, wenn auch knapp, Auskunft gegeben, so daß man bald zu anderen Themen überging, an denen er sich nicht beteiligte. Niemand merkte seinen spärlichen Appetit, selbst die Mutter nicht, die viel zu sehr um das Wohl der Gäste bemüht war.

Die Mondlandung kam ins Gespräch, die in den kommenden vierzehn Tagen erwartet wurde. Die Amerikaner, so wollte es die Frau des Stadtsparkassendirektors wissen, würden eine Fahne aus Metall zwischen den Mondkratern hissen, die aber aussähe, als sei sie aus Stoff. Da sei sie schief gewickelt, sagte ihr Mann, die Fahne sei aus Kunststoff. Zudem wollten die Amerikaner eine Gedenktafel auf der Mondlandefähre anbringen, die auf dem Trabanten zurückgelassen werde und die Inschrift trage:

Wir kamen in friedlicher Absicht, stellvertretend für die ganze Menschheit.

Hilde Leibig gefiel die Inschrift außerordentlich gut. Um so mehr war sie verwirrt, als Max leise in die Unterhaltung eingriff und meinte, in Vietnam hätten das die Amerikaner auch behauptet.

Papperlapapp, sagte Herbert Leibig, das eine habe nichts mit dem anderen zu tun, und außerdem gehe es den Amerikanern ja tatsächlich in Vietnam um den Weltfrieden.

Max schwieg, fast sah es so aus, als stimme er dem Vater zu, denn er hob sein Glas und trank. Im gleichen Augenblick hielten auch die anderen ihre Gläser hoch und riefen ein fröhliches Prosit aus, das dem Vater wie dem Sohn gleichermaßen galt. Der Toast klang Max laut in den Ohren und machte ihn mit einem Schlag taub. Nichts war mehr zu hören, und entsetzliche Stille begleitete alles weitere.

Die Gläser wurden abgestellt, und man wandte sich wieder dem Essen zu, vielleicht auch der baldigen Mondlandung oder dem Krieg in Vietnam. Aus den Poularden quollen die Morcheln und verbreiteten ihren Duft. Unaufhörliches Malmen der Kiefer, Lippen, von denen Max schwer ablesen konnte, ob sie Worte bildeten oder mit Essen beschäftigt waren. Jetzt reichte die Mutter wieder die Schüsseln herum, schien die Gäste zu bitten, sich doch zu bedienen, forderte in drohender Lautlosigkeit mit einem Nicken des Kopfes auf, zuzugreifen. Und dann stand der Vater auf. Groß und mächtig, wie Max fand, überragte er die Tischrunde und wandte sich ihm zu. Herbert Leibig hielt eine Rede, eine schöne, von väterlichem Stolz geprägte Rede, die allen außer Max zu Herzen ging. Da war von der Mühsal die Rede, mit der Herbert Leibig sein Scherflein zum Aufbau der deutschen Wirtschaft beigetragen hatte, er sprach davon, daß er seinem Sohn stets ein Vorbild hatte sein wollen, und er sprach von den Zweifeln, die er auch an sich selbst gehabt habe. Nicht immer sei er ein überzeugendes Vorbild gewesen, denn Max habe Kritik geübt.

Herbert Leibig sprach an dieser Stelle leise und suchte den Blick seines Sohnes. Nach einer Pause, die bei den Zuhörern, besonders bei der Hausfrau, Rührung ausgelöst hatte, hob Herbert Leibig wieder die Stimme und fuhr fort, daß aber der Apfel nicht weit vom Stamm falle. Max habe sich besonnen und bewiesen, daß er das Zeug dazu habe, das Werk seines Vaters fortzuführen. Die erste Sprosse dieser steilen Leiter, die Max erklommen habe, sei das bestandene Examen der Wirtschaftswissenschaften. Jetzt war es an Herbert Leibig, eine gewisse Ergriffenheit zu zeigen. Er hob schnell das Glas und ließ Max, seinen Erben und Nachfolger, dreimal kräftig hochleben.

Max hatte die ganze Zeit seinen Vater angesehen. Er saß gerade, wie er die ganze Kindheit über am Eßtisch gerade gesessen hatte. Er tauchte mit den Blicken in des Vaters Gesicht, um sich dort vor dem, was er fürchtete, zu verstecken – dem Haß.

Nach dem dritten Hoch stand er langsam auf, aber nicht, um die vom Vater erwartete Gegenrede zu halten, sondern um sich zu entfernen. Das verwunderte, wurde aber in der Meinung hingenommen, daß Max etwas holen wolle. Ein Zeichen oder einen Gegenstand, die seine Verbundenheit mit dem Vater unter Beweis stellen würde.

Der gute Junge, sagte Hilde Leibig und bat die Zugehfrau, den Nachtisch zu bringen: flambierte Erdbeeren mit Vanilleeis.

Max hatte die Tür hinter sich geschlossen. Leise und eilig ging er in des Vaters Arbeitszimmer und nahm dort einen Augenblick lang an dessen Schreibtisch Platz. Seine Finger fuhren über die Platte, ordneten die der Größe und Farbe nach gelegten Stifte anders an – erst die kleinen Stifte, dann die großen. Dann öffnete Max die beiden Schubladen. Er griff jedoch nicht in die linke, um das Fernglas herauszuholen, sondern in die rechte, nach der Pistole. Ganz leicht glitt sie in seine Hand und lag dort sicher und gut, als wäre Max den Umgang mit ihr gewöhnt. Es bedurfte keiner längeren Überlegung, um sie zu entsichern. Dann ging er zurück. Nicht etwa wie im Traum, nein, sein Schritt war fest und deshalb auch vom Eßzimmer aus zu hören. Die Gäste schreckten hoch, auch der Vater und die Mutter, als Max mit ausholendem Tritt die Tür aufstieß und dann mit der Waffe in der Hand dastand.

Als die Tür aufflog, hatte Max das Gefühl, er könne wieder hören. Dennoch war es ganz still. Nicht einmal ein Atemzug oder das Klappern eines Bestecks. Und nichts bewegte sich. Einzig die bläulichen Flammen über den Erdbeeren in der Mitte des Tischs flackerten. Max hielt die Pistole auf seinen Vater gerichtet.

Das löste in Hilde Leibig einen Schrei aus. Damit setzte Bewegung ein. Max ließ die Waffe sinken, und die Männer sprangen gleichzeitig mit einem Satz von ihren Stühlen auf. Noch einmal der Schrei der Mutter. Max machte auf den Hakken kehrt, durchquerte den Flur bis zur Treppe, die in sein Atelier führte.

Hinter ihm die Stimme des Vaters, die laut und herrisch seinen Namen rief, näher kam. Zu spät, um die Tür zu verriegeln, zu spät, um nach draußen in den Garten zu entkommen. Links sitzt das Herz, links. Ehe Herbert Leibig seinen Sohn erreichte, um ihm die Pistole wegzunehmen, fiel der Schuß, fuhr krachend zwischen die Rippen und streckte Max lang hin, während ihm die Waffe aus der Hand glitt, dem Vater vor die Füße.

Gegen Mittag kam Barbara in den Laden, um Lea zu ersparen, das Unglück aus der Zeitung zu erfahren.

Das ist ein Schlag für dich, sagte sie, ich weiß. Aber im Grunde wußte sie nichts, sondern sah Leas Entsetzen über die Nachricht mit wachsender Neugierde zu.

Kann ich etwas für dich tun? fragte sie, soll ich mit Felix sprechen, mit Katharina?

Lea verneinte, ganz weiß im Gesicht. Wie hätte sie jetzt reden sollen, und dann noch ausgerechnet mit Barbara? Doch die ließ nicht locker und ging ins Detail. Mitten ins Herz habe Max sich geschossen, nachdem er zuerst auf den Vater gezielt habe. Heute morgen nun habe man erfahren, daß Max weder eine Examensarbeit geschrieben noch Prüfungstermine wahrgenommen, geschweige denn eine Note erhalten habe. Alles sei ein Schwindel gewesen, den sich kein Mensch erklären könne. Vielleicht sei es Lea möglich, Licht in das Dunkel zu bringen. Auch das, so sagte Barbara, sei ein Grund ihres Hierseins, denn man könne doch die Eltern nicht so im ungewissen lassen.

Wieder verneinte Lea. Nichts wisse sie, gar nichts. Vorsichtig bewegte sie sich auf Barbara zu, bemüht, das Zittern ihrer Knie und Hände zu verbergen, und schob die Freundin zur Tür.

Am besten ist es, du gehst, denn ich habe keine Auskünfte zu geben, die für dich von Interesse sind, sagte sie so bestimmt, daß Barbara nichts anderes übrigblieb, als der Aufforderung zu folgen.

Schade, gab sie leicht pikiert zurück, ich dachte, wir stünden uns näher. Aber so –

Den Rest des Satzes konnte Lea nicht mehr verstehen. Sie

hatte die Tür hinter Barbara geschlossen. Allein im Laden, fing sie an, hin und her zu laufen, die Hände mit gespreizten Fingern gegen die Stirn gedrückt, als gelte es, die Antwort herauszupressen. Warum bloß hatte Max nicht nur dem Vater, sondern auch ihr das Examen vorgetäuscht? Was für eine klägliche Rolle mußte sie für ihn gespielt haben, daß er in der Lage war, sein Leben mit einem Schuß zu beenden? Plötzlich erinnerte alles um sie herum an Max. Das Sofa, auf dem sie sich geliebt hatten, das Bild im Bild, aus dem sein Gesicht herausblickte, das Telefon, der alte Schrank aus Waldmichelbach, Blumen und Kerzen, das alles bedeutete jetzt seinen Tod, den sie, stets nur von seiner Liebe beeindruckt und ohne etwas von seinem Leben zu wissen, mitverursacht hatte.

Sie hielt es nicht mehr in der Stille des Zimmers aus. So beklemmend spürte sie ihre Schuld, daß Trauer und Verzweiflung dahinter fast verschwanden.

Obwohl es draußen warm war, fröstelte sie, hin und wieder schlugen sogar ihre Zähne aufeinander. Um schneller vorwärts zu kommen, lief sie auf der Mitte der Gasse. Erst auf der Hauptstraße mußte sie sich an den Straßenpassanten vorbeikämpfen, die gemächlich in der Sonne über die Bürgersteige trotteten.

Katharina putzte Gemüse. Wie flink ihre Hände waren, wie geübt, denn sie schabte noch weiter, als sie Lea die Küche betreten sah. Eine Karotte nach der anderen flog gesäubert und gewaschen in einen Topf, und einen Augenblick lang stellte Lea fest, daß Katharinas Finger gelb und schmutzig waren.

Es roch nach Knochenbrühe und Pommes frites. Auf dem Herd standen große Töpfe, aus denen es herausdampfte. Rohes Fleisch, das in Portionen geschnitten und gewürzt zum Grillen bereitlag. Unzählige Salatteller, die von Mario in die Gaststube getragen wurden.

Ich muß mit dir sprechen, sagte Lea, allein!

Gehorsam stand Katharina auf, schob die Gemüseschüsseln beiseite, wusch sich die Hände, die nach wie vor gelb blieben, und ging voran in den Hinterhof, in dem die leeren Getränkekästen standen. Hier roch es nach abgestandenem Wein und nach Bier, gegorenen Fruchtsäften und Katzen, die in der Sonne schliefen.

Katharina glättete ihre Schürze und wartete auf das, was die Mutter zu sagen hatte, stand mitten im Hof zwischen den Kästen.

Max ist tot, sagte Lea, er hat sich erschossen!

Katharina wandte ihren Kopf langsam der Mutter zu, hob nur die Hände mit den Innenflächen nach außen, daß das Karottengelb noch mehr zu sehen war, und fragte zurück: Erschossen?

Drei-, viermal wiederholte sie das Wort, jeweils in einer anderen Stimmlage. Ja doch, sagte Lea, verwirrt über die stur wiederkehrende Frage der Tochter.

Er hat sich erschossen, nachdem er mit seinen Eltern ein Examen feierte, das er gar nicht gemacht hat.

Nicht gemacht? wiederholte Katharina erneut die Worte der Mutter.

Nein, sagte Lea, zum ersten Mal den Tränen nahe, er hat überhaupt nicht studiert, aber das hat er niemand gesagt.

Doch, flüsterte Katharina, mir! Mir hat er es mehrmals gesagt, aber ich habe es ihm nicht geglaubt.

Dir hat er es also gesagt!

Lea nickte plötzlich, als habe sie etwas Endgültiges erfahren, und entfernte sich von Katharina. Erst ging sie mit kleinen, unbeholfenen Schritten rückwärts. Als sie an eine der Kisten stieß, drehte sie sich um und wandte sich dem Ausgang auf der gegenüberliegenden Seite des Hofes zu, ohne ein Wort oder einen Blick für die Tochter zu erübrigen.

Ma, rief Katharina. Und weil Lea nicht hörte, einfach weiterging, auch schon die Klinke der Tür zum Hof in der Hand hatte, lief ihr Katharina hinterher.

Ma, sagte sie noch einmal, lauf jetzt nicht weg.

Sie blieben stehen, und jede sah, wie der anderen die Tränen über das Gesicht liefen. Unschlüssig, was zu tun sei, faßten sie sich an den Händen und hielten sich lange fest.

EPILOG

Die Haustürglocke schellt schon zum zweiten Mal. Die Töchter, sicher schicken ihr die Töchter ein Telegramm. Vielleicht ist es auch Johannes, der ihr ganz früh gratulieren will. Aber Johannes hat einen Schlüssel, der braucht nicht zu klingeln. Wer dann?

Frau Franke zum Beispiel, ihre langjährige Hilfe im Antiquitätengeschäft, oder Moni, die zweimal in der Woche im Laden aushilft?

Lea sieht auf die Uhr. Spät genug, wenn sie noch am Vormittag die Biedermeier-Tischuhr kaufen will. Vielleicht, so sagte die Besitzerin, gebe sie auch noch sechs Stühle aus derselben Zeit ab.

Die Glocke schellt zum dritten Mal. Ein Bote steht vor der Tür, Blumen. Mein Gott, ist das ein Strauß, von der Länge eines Armes und kaum zu tragen. Am Papier klebt ein Briefchen, nicht zugeklebt.

Herzlichen Glückwunsch, steht da in goldenen Lettern, herzlichen Glückwunsch zum fünfzigsten Geburtstag; unterschrieben ist die Karte von Felix und Barbara.

Mühmchen, ach Mühmchen, Felix ist mit Barbara glücklich.

Fünfzig gelbe, langstielige Rosen, das also ist der erste Gruß. An Felix hatte sie nicht gedacht. Wohin nur damit? Ihr Leben in Rosen gerechnet ist nicht in einen Kücheneimer zu stellen. Lea teilt Jahre in Rosen ein. Zwanzig davon für Kindheit und Jugend, heute kaum noch der Rede wert, vielleicht der Erinnerung. Immerhin ein beachtlicher Strauß, und im ganzen gesehen ein Blickfang fürs Auge, der im Flur seinen Platz findet. Die weiteren Rosen kommen ins Wohnzimmer. Fünf davon für die Liebe mit Felix, Erwartung und Gemeinsamkeit. Zehn Rosen nimmt Lea für die Zeit des vermeintlichen Glücks, für die Dankbarkeit. Zehn Rosen, die Lea behutsam auf den Wohnzimmertisch stellt; sie zupft jeden Stengel zurecht, um ihre Schönheit zur Geltung zu bringen. Eine Frau, die zu beneiden ist, wie Felix zu sagen pflegte, mit zwei aufgeweckten Kindern beschenkt, einer komfortablen Villa als Heim. Da war, so sah es doch jeder, Zufriedenheit und Glück zu Hause.

Lea starrt eine Weile den Strauß an. Warum bloß waren es nicht die Kinder, die ihr die Blumen schickten?

Noch fünfzehn Rosen sind zu verteilen, noch fünfzehn Jahre einzuordnen. Fünf davon, das weiß Lea genau, waren für sie lähmende Leere und Eintönigkeit. Felix hatte ihr Leben in Sorglosigkeit und Liebe besiegelt, es gab nichts mehr für sie zu tun als dankbar zu sein. Ein Tag war wie der andere, sie blieb sich gleich, wurde nur älter und fürchtete sich vor allem, was außerhalb der Begrenzung lag.

Dann folgte der Sommer mit Max, das langsame Erwachen, die ausschließliche Beschäftigung mit sich selbst. Die schönste aller Rosen bekam von ihr den Platz auf dem Schreibtisch zugewiesen, über dem eines von Max' Bildern hing. Nach seinem Tod war sie bald aus Heidelberg weggegangen. Felix hatte der Trennung nicht mehr widersprochen. Außer den Wertpapieren ihrer Mutter nahm sie nichts mit, nicht einmal Möbel. Zehn Rosen, zehn Jahre ist es her, seit sie Felix verlassen hat. Die Töchter nahmen die Scheidung der Eltern kommentarlos zur Kenntnis, teilten aber dem Vater ihr Mitleid zu.

Du, sagte Katharina zur Mutter, du mußt selber wissen, was du tust. Mit dem Erlös aus den Papieren richtete sich Lea in Berlin einen Antiquitätenladen ein. Sie trug Stück um Stück mühselig zusammen, während sie sich mit dem Hinterzimmer ihres Geschäfts als Wohnung begnügte. Später spezialisierte sie sich auf Biedermeier, eignete sich Fachkenntnisse an und bekam mit der Zeit unter Fachleuten einen Namen.

Seit fünf Jahren wohnt sie nun hier, nicht weit entfernt vom Laden, mitten in Charlottenburg, in der großräumigen Wohnung eines alten Hauses. Zum Einzug schrieb Felix ihr damals voller Anerkennung, daß sie es entgegen seiner Voraussage tatsächlich zu etwas gebracht habe.

Im selben Jahr vergrößerte sie das Geschäft, renovierte die Räume und beschäftigte neben Frau Franke noch Moni.

Die letzten Rosen stehen im Wasser und werden von Lea ins Schlafzimmer getragen. Zehn Jahre der wachsenden Selbständigkeit, der Unabhängigkeit. Niemand kaut ihr das Leben vor, niemand erwartet Wohlverhalten, niemand verlangt Dankbarkeit. Wieder fällt Lea Johannes ein. Warum ruft er nicht an, warum gratuliert er ihr nicht zum Geburtstag?

Ende vierzig, sagte er neulich, älter wolle er eigentlich nicht werden, und ihr war die Antwort im Hals steckengeblieben. Vielleicht gratuliert er ihr gar nicht, läßt den Tag ausfallen, mag keine Frau, die fünfzig ist, um selbst nie fünfzig werden zu müssen? Schönmachen, denkt Lea und reißt alle Kleiderschränke auf, ich muß mich schönmachen. Bluse, Hosen, Schuhe, Farben, die mich jünger machen, als ich bin. Sie schminkt sich sorgfältiger als sonst, und der ungewohnte Lidschatten verändert ihr Gesicht. Da wird der Tag wieder überschaubar, und den Rosen gönnt sie keinen Blick mehr. Egal, ob Johannes ihr gratulieren wird oder nicht, nichts soll ihr den Geburtstag verderben.

Der Ankauf der Uhr geht reibungslos vonstatten. Ein schönes Stück aus dem frühen 19. Jahrhundert, für das sie schon einen Kunden hat. Auch die Stühle kann sie mitnehmen, und als sie gutgelaunt ins Geschäft kommt, bewundert Frau Franke nicht Stühle und Uhr, sondern Lea.

Gut sehen Sie aus, sagt sie, nachdem sie herzlich gratuliert hat, kein Mensch käme auf die Idee, daß Sie schon fünfzig sind.

Moni hingegen lächelt und gibt Lea einen Kuß. Ich wünschte, sagt sie, meine Mutter hätte auch soviel drauf wie Sie!

Haben meine Töchter angerufen?

Nein, kein Anruf der Töchter. Nur Johannes will am Abend im Sender abgeholt werden. Es genüge, wenn Lea unten warte, er sei heute pünktlich.

Er fürchtet mein Alter, geht es ihr durch den Kopf, er glaubt, daß es vor den Kollegen zur Sprache kommt, vielleicht schämt er sich gar.

Der Tag verläuft wie jeder andere. Ein paar Freunde gratulieren und wollen vorbeikommen, und der Tagesumsatz ist zufriedenstellend.

Lea richtet es so ein, daß sie vor der vereinbarten Zeit im Sender ist. Der Pförtner kennt sie, nickt ihr zu, sie kann passieren.

Im Kontrollraum wird sie freundlich begrüßt. Johannes ist auf Sendung, sitzt hinter der Glaswand. Ein Fisch im Aquarium. Vom Band läuft Musik. Ein Blick, er hat sie gesehen. Stutzt er nicht? Noch steht sie herum, ein bißchen verlegen, obwohl sie oft genug hier ist.

Setz dich, sagt einer der Kollegen von Johannes, nur noch der Beitrag über Persien, dann ist Feierabend.

Johannes hebt die Hand, die Musik blendet aus. Über den Lautsprecher kommt jetzt seine Stimme, fremd und nicht zu ihm gehörend, während sie den Bewegungen seiner Lippen durch die schalldichte Scheibe zusieht.

Was er sagt, scheint nichts mit ihm zu tun zu haben. Sie würde sich nicht wundern, wenn er plötzlich hinter der Scheibe zu schwimmen anfinge oder nach Luft schnappte. Sie beobachtet seine Hände, seine Haltung, sein Gesicht.

Johannes hebt wieder die Hand, und die Musik setzt ein. So geräuschlos nimmt er die Kopfhörer ab, sammelt er seine Notizen zusammen, daß es scheint, er sei unendlich weit von ihr entfernt. Vielleicht hätte sie doch lieber unten auf ihn warten sollen. Er betritt den Kontrollraum und umarmt sie. Alles Gute zum Geburtstag!

Jeder hat es jetzt gehört, und die Kollegen schließen sich mit ihren Glückwünschen an.

Hör mal, sagt einer, ich will ja nicht neugierig sein, aber wie alt bist du denn heute geworden?

Fünfzig, sagt Lea etwas zu laut und sieht Johannes nicht an, der ihre Auskunft vielleicht verhindern und den Vorwitz des Kollegen zurechtweisen wollte.

Toll, sagt der bloß, wirklich toll.

Man verabschiedet sich, schüttelt Hände, wünscht einen schönen Abend oder ein fröhliches Fest, denn dieser Geburtstag ist ein Grund zum Feiern.

Nein, sagt Lea, eigentlich nicht.

Auf dem Flur dreht Johannes Lea zu einem der Fenster hin.

Wie du aussiehst, sagt er und reibt mit dem Daumen über das stark aufgetragene Make-up, wie eine Eule, ich mag das nicht. Zu allem Überfluß wischt er auch noch über den Lidschatten und betrachtet die abgeriebene Farbe auf seinem Finger.

Glitzergrau, wie abscheulich!

Da, sagt er und zeigt auf die Toiletten am Ende des Gangs, mach doch bitte wieder dein Gesicht sauber.

Lea geht schweigend den Gang entlang, seinen Blick im Rücken. Das Licht im Waschraum ist grell, der Spiegel hart. Als sie den Flur wieder betritt, hat sie nichts an ihrem Make-up verändert. Was ist? will Johannes wissen, der sich aufs Warten eingestellt hat.

Nichts, antwortete Lea, mir gefällt mein Gesicht, so wie es jetzt ist.

Im Fahrstuhl reden sie Nebensächliches, auf dem Weg zum Auto über die Kinder.

Sie haben nichts von sich hören lassen, sagt Lea, und nun bin ich enttäuscht und traurig.

Verdirbt es dir den Abend?

Kann sein, antwortet sie.

Sie steigen ins Auto, und als hätte sie Angst davor, daß Johannes den Abend allein zu verbringen wünschte, erzählt sie von ihrem Geschäft, von der Biedermeier-Tischuhr und den sechs Stühlen, die sie so günstig kaufen konnte.

Weißt du was, unterbricht sie Johannes, laß uns essen gehen. Ich will mit dir reden, meinethalben auch über dein Geschäft, wenn das nötig ist.

Lea ist wählerisch. Das Beste, sagt sie, ist heute gut genug für mich.

Obwohl sie im Grunde genommen keinen Hunger hat, bestellt sie Vorspeise, Hauptgericht und Dessert. Johannes prostet ihr mit seinem Glas Wein zu, setzt zum Reden an und bleibt plötzlich stecken. Dann spricht er von sich, spricht von ihr und zählt die Jahre ihrer Gemeinsamkeit auf. Erwähnt Dinge, die sie genausogut kennt wie er und die, plötzlich aneinandergereiht, befremdlich wirken.

Sie hat ein ungutes Gefühl, und sie muß sich räuspern, bevor sie ein Wort herausbringt. Langsam und ruhig sprechen, denkt sie, keine falsche Betonung.

Wenn man in dieser Weise über die gemeinsame Beziehung redet, sagt sie, bedeutet das meistens den Wunsch nach Veränderung.

Ja, nickt Johannes, so ist es auch, wir sind nun schon fünf Jahre miteinander befreundet, eine lange Zeit, findest du nicht?

Sehr lange.

Lea hat das Gefühl, das, was sie sagt, sei erst lange, nachdem sie es ausgesprochen hat, zu hören. Einen Augenblick denkt sie an Felix, sieht ihn vor sich, wie er seine Füße um die Stuhlbeine hakte, weil er nicht fortlaufen wollte. Komisch, daß sie jetzt dieses Bild vor sich hat. Etwas anderes wäre ihr lieber gewesen. Was also, fragt sie, was ist das für eine Veränderung?

Er greift über den Tisch nach ihrer Hand und stört sich nicht einmal daran, daß sie noch die Gabel hält, die unversehens an ihr Glas tippt.

Wenn du es richtig findest, sagt er, dann würde ich mit dir zusammenziehen. Ich habe unsere getrennten Wohnungen satt. Diese scheinbare Unabhängigkeit, die einem nichts weiter bestätigt als die Furcht vor der Zweisamkeit und sonst nichts, die stört mich mittlerweile. Geht's dir nicht auch so?

Das also ist sein Wunsch nach Veränderung. Leas Gabel fällt aus der Hand auf den Teller. Sie sitzt ganz still, ein wenig blaß unter seinem Blick, und die Lippen werden ihr trocken.

Ja, sagt sie, mir geht es auch so.

Endlich beugt sie sich über den Tisch zu ihm hin.

Kannst du dir nicht vielleicht doch das verdammte Zeug aus dem Gesicht wischen? fragt er leise.

Doch, Johannes, ich kann es.

Mitten im Lokal, vor halb vollem Teller, beginnt Lea sich das Gesicht abzuschminken.

Mein Gott, sagt eine Frau, die geniert sich vor gar nichts.

Ab nun essen sie beide mit einer gewissen Hast. Weder Johannes noch Lea haben das Bedürfnis, sich noch länger im Lokal gegenüberzusitzen. Es wäre ihnen angenehm, wenn sie jetzt etwas vorhätten, etwas, das ablenkt von dem, was sie beschlossen und ausgesprochen haben.

Bist du satt? will Johannes schließlich wissen. Lea ist satt. Sie zahlen und gehen in der halblauen Sommernacht schweigend nebeneinander her. Halb beeindruckt von ihrem Entschluß, halb erschrocken, wissen sie nicht so recht, was sagen, und der Weg nach Hause nimmt kein Ende.

Ich komme mit dir mit, sagt Johannes, und Lea antwortet, ja. Ob er jetzt die Wohnung aufteilen wird oder Vorschläge macht, was umzuräumen ist? Seine Wünsche äußert oder gar will, daß sie zu ihm zieht? Sie werden beide miteinander Geduld haben müssen. Nichts darf überstürzt werden.

Im Treppenhaus ist Licht, und von oben ist Gelächter zu hören. Bevor Johannes begreift, was los ist, läuft Lea die Treppe hinauf, immer zwei Stufen auf einmal, bis sie vor ihrer Wohnungstür steht. Dort sitzen Jette und Katharina, Claudia zwischen sich, trinken Wein, essen Brot mit Käse und prosten ihr zu, als säßen sie bei Lea im Wohnzimmer.

Herzlichen Glückwunsch!

Mein Gott, sagt Lea ganz überwältigt, warum habt ihr nicht vorher angerufen?

Weil wir dich überraschen wollten. Jette steckt Käse und Brot zurück in die Tasche, während Katharina mit Claudia die ausgebreitete Decke zusammenlegt.

Schließ auf, Ma, Claudia ist furchtbar müde, und wir haben dir eine Menge zu erzählen.

Kenizé Mourad

Im Namen der toten Prinzessin

Roman eines Lebens
Aus dem Französischen von Brigitte Weidmann.
611 Seiten. Geb.

In diesem Buch erzählt Kenizé Mourad die abenteuerliche Lebensgeschichte ihrer Mutter, Prinzessin Selma, die als Enkelin des Sultans Murad V. in den Zusammenbruch des Osmanischen Reiches hineingeboren wurde. Die Familie emigrierte nach Beirut. Später verheiratete man Selma mit einem indischen Radscha. In der Pariser Boheme gegen Ende der Dreißiger Jahre fand Selmas Leben ein tragisches Ende – ein außerordentliches Frauenschicksal vor dem Hintergrund einer untergehenden Welt.

»Eine wundersame Liebesgeschichte ergibt manchmal einen großen Roman. Wenn aber die Geschichte darüber hinaus wahr ist, ja ebenso wahr wie unwahrscheinlich, wenn sich in ihr der Untergang eines ganzen Weltreichs, einer bewegenden Epoche spiegelt, wenn die Heldin eine Sultanin ist und Istanbul ihr Geburtsort, von wo der Zusammenbruch des Osmanischen Reiches sie ins libanesische Exil nach Beirut zwingt, die Heirat mit einem ihr unbekannten Radscha sie an einen indischen Königshof führt und die bevorstehende Geburt ihres ersten Kindes ihr zum ersten Mal ein freies Leben – in Paris – ermöglicht, dann erwartet man ein außergewöhnliches Buch.« L'Express

PIPER